DOLORES VIESER · HEMMA VON GURK

DOLORES VIESER

Hemma von Gurk

CARINTHIA

ISBN 3-85378-505-0

Gestaltung: Reprozentrum, Klagenfurt
Druck: Theiss, Wolfsberg

Die Saat

Hemma kauerte auf der kalten Sandsteinstufe des Zwingertürleins und schaute dem Manne zu, der da im Schatten der Linde saß und auf einem pergamentbespannten Brett geheimnisvolle Linien zog. Aufmerksam betrachtete sie sein breites, mageres, braunes Gesicht, in dem sich die funkelnden Augen immer tiefer unter den buschigen, ausgebleichten Brauen zu verstecken schienen. Sein strähniges hellbraunes Haar bedeckte den Kopf wie eine runde Kappe. Sein Mund war schmal zusammengepreßt, doch manchmal warf er ihn auf und blies durch die Lippen. Dann pfiff er wieder oder stieß ein ärgerliches Ächzen aus. Es war sehr sonderbar.
„Meister Pezilin, was tut Ihr da?" fragte Hemma endlich.
Sie bekam lange keine Antwort. Doch da sie sich schon damit abgefunden hatte, daß Meister Pezilin ihre schüchterne Frage überhört oder verworfen habe, blickte er sie unvermittelt scharf an und sagte rasch: „Ich zeichne das Kloster von Lieding."
„Ach, für die Großmutter?"
„Ja, für Frau Imma."
Dann zeichnete er wieder weiter. Hemma stand nach einer Weile auf und schlich näher. Meister Pezilin schien sie gar nicht zu bemerken, so daß sie endlich wagte, ihm über den Arm zu lugen. Doch statt des schönen, herrlichen Klosters, von dem die Großmutter so oft sprach, sah sie nur schwarze krumme und gerade Striche, die sich auf eine überaus klare und doch rätselhafte Weise kreuzten und berührten.
Hemmas Ehrfurcht vor Meister Pezilin wuchs ins Ängstliche. Sie wußte nicht, was dieses dürre, wirre Bild bedeutete, doch verstand sie sofort, daß es eine große Kunst war, es zu zeichnen. Reglos stand sie neben dem Meister und sah ihm zu, wunderlich erregt von seinem grübelnden Innehalten, seinem zugreifenden, vorsichtigen Stricheln und Zeichnen. Es schien ihr so wundersam, hier zu stehen und Meister Pezilin zu belauschen, daß sie heimlich davor

zitterte, er könnte sich plötzlich umwenden und sie fortweisen. Doch der Baumeister beachtete sie nicht.
Es wurde Abend. Hemmas Füße waren schon ganz kalt und steif vom Stillestehen. Manchmal war es ihr, als höre sie, wie Atre draußen auf der Bergwiese hin und her lief und nach ihr suchte. Sie wird doch nicht zur Gurk hinuntergehen, sie fürchtet sich so vor dem Wasser –, dachte Hemma flüchtig. Ihr Herz blieb von diesem Gedanken ein wenig bedrückt, als sie ihn schon wieder vergessen hatte. Doch sie konnte jetzt nicht gehen, denn eben zeichnete Meister Pezilin in eine Ecke des Pergaments das Kloster, – ganz klein wie ein Spielzeug, aber so wirklich, daß auch sie es verstehen konnte. Ein langes, steinernes Haus mit schwerem Dach und festem Tor und eine schöne Kirche, – ja, sie sah schon, daß es eine Kirche wurde.
Das Türlein knarrte, und die Großmutter kam herein. Meister Pezilin stand hastig auf, und Hemma war erstaunt, daß auch er vor Frau Imma so rot und verwirrt wurde wie andere Leute. Sie selber lief ihr ohne Scheu entgegen, so rasch, wie es ihr langes Kleidchen aus schwerer Leinwand zuließ.
„Da bist du, Hemmilin“, sagte Frau Imma. „Ich wunderte mich schon, daß es so still im Hofe war.“
„Ich habe zugeschaut“, gestand Hemma verlegen, als verriete sie ein Geheimnis.
„War sie Euch lästig, Meister Pezilin?“ fragte Frau Imma. Das Kind zitterte davor, was er nun sagen würde.
„Nein, nein, Domina“, beteuerte Meister Pezilin in verwirrtem Eifer. „Sie war ganz still, gewiß, sie hat kaum ein Wort gesprochen.“
Er wußte wie alle Leute im Tal der Gurk, daß Frau Imma ihre Enkelin sehr ins Herz geschlossen hatte. Er wollte noch mehr zum Lobe Hemmas sagen, um der Herrin eine Freude zu bereiten, doch er fand in der Eile die Worte nicht, die für Frau Imma schön und demütig und auserwählt genug waren.
Frau Imma schritt zur Bank und setzte sich. Eifrig hob Hemma den langen grauen Witwenschleier und legte ihn der Großmutter nach vorne über die Schultern. Sie schmiegte sich an ihre Knie, doch Frau Imma schickte sie fort: „Sicherlich weiß niemand, wo du bist. Sie werden dich überall suchen. Und was wir hier zu reden haben, langweilt dich nur.“

Zögernd löste das Kind die Arme aus den reichen Falten des grauen Gewandes. Es hätte so gerne noch vieles gefragt. Doch der Großmutter widersprach man nicht. Am Zwingertürlein mußte Hemma sich noch einmal umwenden. Mit verlangenden Blicken sah sie zur Linde zurück, wo Meister Pezilin nun vor Frau Imma das Pergament ausbreitete. Nun sprach er wieder ganz ruhig und stolz, so wie es Hemma gefiel. Und die Großmutter neigte ihr großes, bleiches Gesicht über die Zeichnung und merkte nicht mehr, daß Hemmilin noch am Zwingertürlein stand.

Doch plötzlich schaute sie auf und rief herüber: „Wenn du schon so neugierig bist, will ich dich übermorgen nach Lieding mitnehmen." Hemma nickte, mit Glut übergossen, und lief davon.

In der Kemenate oben war es luftig und hell. Der Winter war vorbei, vorgestern hatten die Mägde die Fenster aufgetan. Nun sah der Raum ganz neu und fremdartig aus. Es roch nur noch ganz fein und fern nach dem Rauche, der sonst im Gewölbe hing, und nach den Kräutern, die Guda ins Feuer legte, wenn die Luft zu dumpfig wurde. Durch die doppelten Bogen der Fenster lachten der Wald und der Abendhimmel, die sonst vom ölgetränkten Pergament verdeckt worden waren. Und die dunklen Winkel waren verschwunden.

Hemma trat ans Fenster und lauschte in den Hof hinab, ob ihre Gespielen da unten seien. Sehen konnte sie es nicht. Die Mauer war so dick, und sie selber war noch klein, obwohl alle sagten, sie sei ein starkes Mädchen für ihre zehn Jahre.

Sie hörte nichts. Wahrscheinlich hatte man die Kinder schon in die Kapelle geschickt. Es war bald Vesperzeit. Doch – da unten an der Gurk, zwischen den Erlen, da wanderte etwas Helles hin und her. Hemma erschrak. Das war Atres Kopftuch. Sie war wirklich zur Gurk hinabgegangen!

Ohne einen Augenblick zu überlegen, wandte sich das Kind und lief über die Stiege hinab. Im Hofe standen nur einige Knechte vor der Tür des Leutehauses und warteten auf ihr Abendbrot. Hemma duckte den Kopf und flüchtete in den finsteren Torturm, durch den man in den äußeren Hof kam. Und dort gab es eine alte Bresche –. Hemma nahm nicht die Auffahrt, sondern kollerte quer über die Wiese hinab, die wundersam smaragdgrün leuchtete. Unten aber, in den Erlen, schwammen schon braungraue Schatten zwischen den dichten Stauden. Hemma rief. Doch sie bekam keine Antwort. Ein leichter Wind schwang die jungen Zweige gegeneinander. Hemma sah, daß viele, viele zartblaue Leberblümchen über das welke graue Laub verstreut waren. Es lockte sie, hier zu verweilen. Doch sie wußte, daß Atre sich ängstigte. Sie selbst empfand keine Furcht. Das leise Sausen des Windes und das Rauschen des Wassers, dem sie entgegenlief, entfachten in ihr eine jubelnde Wildheit. Sie warf die Arme in die Luft und lachte laut, wenn ihre flatternden Haare sich im Gebüsch verfingen. Sie sprang über die schmalen Gräben, in denen hellgraues Wasser rann, und rief singend immer wieder Atres Namen. Das Brausen des Wassers wurde so herrlich stark, daß ihre helle scharfe Stimme nur ganz leise daraus hervorstach. Und plötzlich stand sie am Ufer der Gurk. Wie groß war die heute! Sonst floß sie in flirrender Klarheit über die runden, rostig braunen Steine, die auf ihrem Grunde lagen. Doch heute war sie gelb und reißend. Baumstämme trieben in der Mitte der Strömung. Und das andere Ufer war weit entfernt. Erlen und Weiden wuchsen aus dem Wasser und strichen mit müden Zweigen den Wellen nach. Der Himmel war schon ausgebrannt und lag dunstig und bleigrau über der Furche des Flusses.

Hemma stand reglos auf einer gewölbten Wurzel und klammerte sich an einen nassen Erlenstamm. Zu ihren Füßen hüpfte das Wasser. Hemma lauschte halb betäubt dem zornigen Dröhnen. Ihr Übermut war verflogen. Bewunderndes Staunen und ein tiefes Gefühl des Überwältigtseins machten ihr Herz ganz still. Die Erlen standen hoch und grau um sie, das große Wasser rauschte unaufhaltsam an ihr vorüber. Schwindel überfiel sie. Sie stand so klein und schwach auf ihrem Wurzelsteg, wie eine schmale Königskerze, am Ufer aufgewachsen. Sie vergaß auf Atre, die vor der Gurk Angst hatte. Wunderbar war die Gurk, wenn sie so groß war – wunderbar –.

Auf dem Wasser trieb etwas Weißes daher. Ein blühender Schlehenstrauch. Er kam daher wie ein rollendes Rad, besetzt mit bleichen Sternen. Das Wasser riß ihn rasch vorüber. Da schwamm ein ganzes Dach den Fluß herab. Gleich einem gekenterten Schiff trieb es aufgegeben mit der Strömung fort. Da es hinter den Weiden verschwunden war, seufzte Hemma tief auf. Ein Dach! Von einem kleinen, armen Hause war es wohl, weil es aus altem braunem Stroh gewesen. Eine dunkle, warme Stube – ja, die hatte jetzt eben kein Dach mehr. Der graue Himmel schaute hinein. Wasser war darin.

Hemma seufzte wieder. Doch dann sah sie, daß etwas auf sie zugeschwommen kam, schwer und langsam. Die Strömung hatte es ausgestoßen, nun trieb es mit den zerfließenden Wassern an das Ufer. Hemma beugte sich spähend vor. Es dämmerte schon. Sie konnte nicht sehen, was es war. Es blieb in einem überschwemmten Gestrüpp hängen, kaum zehn Schritte von Hemmas Wurzel entfernt. Es war ein wenig blau, ein wenig gelb, ein wenig weiß – es war ein Mensch! Hemma raffte ihr Kleid und stieg ins Wasser. Sie fühlte nicht, wie kalt und stark es war. Sie watete immer tiefer hinein und hielt ihr Kleidchen hoch, damit es nicht naß werde.
Dann haschte sie nach dem Dorngesträuch. Ein Mädchen hing darin, kaum so groß wie sie selber. Das gelbe Wasser rann ihm über das bleiche Gesicht. Es hatte einen festen braunen Ledergürtel um den schmalen Leib, den faßte Hemma und begann, den leblosen Körper an das Ufer zu ziehen. Es war eine schwere Arbeit. Doch es gelang, weil sie es wollte.
Sie blickte nicht rechts noch links, wie groß und wild das Wasser war, sie schaute nur nach ihrer Wurzel aus, die ihr vom Ufer aus entgegenzugreifen schien. Und schließlich stand sie auf fester Erde. Sie zog das Mädchen zu sich empor und kniete sich zu ihm nieder. Es war ganz kalt. Die Glieder hingen schlaff und verrenkt aus den wasserschweren Falten des ärmlichen Gewandes. Lange blonde Zöpfe, von Sand und Schlamm verklebt, schlangen sich um den mageren Hals. Hemma rüttelte das Kind an der Schulter. Doch es rührte sich nicht. Seine Augen waren halb offen – im Munde gluckste sandiges Wasser.
Hemma zog hastig die Hand zurück. Sie fürchtete sich auf einmal. Es war so schrecklich anzuschauen, wie das schmutzige Wasser im offenen Munde stand. Mit hastigem, furchtsamem Griff drehte sie das Kind herum, daß der Kopf mit dem Gesicht nach unten über die Wurzel hinabhing. Dann rüttelte sie an den schmalen Schultern. War das Kind ertrunken? War es tot? Grausen erfaßte sie. Sie merkte auf einmal, wie allein sie war. Die Nacht kam schon aus den Auen. Die Gurk ging groß. Sie leckte schon die Wurzel.
Hemma fing gellend zu rufen an. „Atre! Atre!“ Sie wollte davonlaufen, doch die Gurk konnte dann das Mädchen wieder forttragen. Wieder ergriff sie es am Ledergürtel und schleifte es hinter sich her in das nächtige Gebüsch hinein. Und bei jedem ihrer stolpernden, mühseligen Schritte rief sie verzweifelnd: „Atre! Atre!“

Und plötzlich sah sie Atre vor sich im letzten Dämmer, kniend, mit ausgestreckten Armen. Sie stürzte sich an ihre warme Brust und umklammerte sie mit beiden kalten Händen.
Atre weinte – sie schluchzte und zitterte und stammelte wirr durcheinander: „Warum bist du so naß? Was hast du getan? Wie konntest du mir das antun! Und was ist das?"
Sie rutschte auf den Knien zum fremden Mädchen hin, das hinter Hemma lag. Sie wandte es hin und her, horchte an der Brust und schüttelte es heftig. „Es ist noch Leben in ihm – oh, lieber Christ, – ich glaube, es ist noch Leben in ihm! Wir müssen sie rasch an den Füßen aufhängen, komm, hilf mir!"
Doch Hemma wagte nicht, die armen dünnen Füße zusammenzuhalten. Atre konnte auch alles ganz allein fertigbringen, das Kind war ja so leicht. Die Erlenäste waren stark genug für die kleine Last.
Hemma bangte auf einmal davor, daß das Mädchen könnte lebendig werden. Hier – so an den Ästen aufgehängt. Atre klopfte ihm auf die Brust und bewegte seine Arme. Und dabei murmelte sie ununterbrochen vor sich hin. Hemma schüttelte es vor Grauen und Kälte.
Doch plötzlich sprang sie auf. Durch das eintönige Rauschen der Gurk und Atres unheimliches Gemurmel war ein heller starker Ruf gedrungen.
„Hier! Hier bin ich!" schrie sie gellend und starrte mit weitaufgerissenen Augen in die graue Wand aus Dämmerung und Erlenwald. Da schlugen die Ruten auseinander. Ein halbwüchsiger Knabe sprang mit einem Satz über den Graben und schrie Hemma zornfunkelnd an: „Du Schalkin! Was hast du da zu suchen?"
Hemma wand ihre lange geschmeidige Hand in seiner harten Knabenfaust. Die Angst war fort. Seine bösen Augen, sein derber Griff hatten sie verscheucht. Sie warf den Kopf in den Nacken und sprach hochmütig: „Was geht das dich an?"
Er knirschte mit den Zähnen und riß sie stumm vom Boden empor. Sein Blick streifte Atre und die kleine Gestalt, die da an einem Stamme hing. „Komm! Daheim sind alle in Angst um dich."
„Ich muß Atre helfen. Sieh doch!"
„Komm!" sagte er heftig.
Hemma spürte, wie der Zorn in ihm wieder aufsprühen sollte. Sie stand steif vor ihm, doch ihre Glieder schauerten leise.

„Geh, Hemma", flüsterte Atre ihr zu. „Geh schnell!"
Sie wandte sich und ging rasch voran. Sie mußte ihr Kleid raffen. Wie dunkel war es schon!
Sie schwieg trotzig und blickte sich nicht um. Doch sie hörte Wilhelms Schritte fest und stampfend hinter sich und glaubte die Scheltworte zu vernehmen, die er ihr sagen wollte.
Sie kamen auf einen schmalen Pfad, der breit genug war, daß sie nebeneinander gehen konnten. Wilhelm schob sich an ihre Seite.
„So tritt doch nicht in jeden Dreck!" sagte er grob und packte ihren Arm.
Hemma lachte spöttisch: „Du willst ein Knappe sein? Ha, die Frau Herzogin wird Augen machen!"
Wilhelm duckte den Kopf und schleuderte mit der Fußspitze einen großen Stein ins Dunkel hinaus. Dann sagte er rauh: „Jetzt denkst du daran. Früher – ach was!"
Das Mädchen blickte erschrocken auf. Ach ja, – sie wollten doch heute abend nach der Vesper mitsammen in die Waffenkammer gehen. Morgen reitet Wilhelm fort. Weh, sie hatte dies vergessen!
„Hast du dir unter den Waffen etwas ausgesucht?" fragte sie schüchtern.
„Ja, ein kurzes Schwert, – das mit dem Mondstein im Knaufe, das deinem Großvater gehörte. Tiemo wollte es mir zuerst verwehren, aber dein Vater hat mir doch freie Wahl gegeben."
Ja, Hemma sollte ihm ein Schwert oder einen Schild schenken – was ihm am meisten Freude machen würde. So hatte es der Vater gewünscht. Wie hatten sie sich darauf gefreut, mit dem alten Waffenmeister in den kühlen, hellen Saal hinaufzugehen und ihn von all diesen rostigen und funkelnden Eisen erzählen zu hören. Und nun hatte Hemma darauf vergessen, und Wilhelm hatte allein und wortkarg zwischen den Schildern und Rüstungen gestanden und dem Alten das Schwert Hartwigs abgefordert.
Hemma seufzte heimlich. Wie hatte sie nur vergessen können, daß Wilhelm morgen früh Abschied nehmen mußte? Nun war er böse auf sie – und würde es bleiben, eine lange, lange Zeit, bis sie sich einmal wiedersähen.
Sie brachte es aber nicht über sich, ihm ein gutes Wort zu geben. Reue und Trotz lagen auf ihr wie ein Marterblock, der sie immer lähmender beengte.
Nun kamen sie aus dem Erlenwald auf die freie Wiese. Der große,

wehrhafte Hof lag dunkelgrau und massig auf seiner Anhöhe über dem Dorfe. Rot erhellte Fensterlein blinzelten durch die graugrüne Nacht, die hier unterm freien Himmel von tausend Sternen funkelte. Es war kalt. Sehr kalt in nassen Kleidern.

Schweigend eilten sie den Fahrweg empor, kletterten über einen Zaun, um auf den schmalen, geraden Steig zu kommen. Unter ihnen sah man Lichter in den Auen wandern. „Sie suchen dich", sagte Wilhelm finster. Hemma stieg gerade über den Zaun. Sie wandte sich, um in das Tal zu schauen, und glitt in ihren nassen Schuhen aus. Sie schrie nicht, doch Wilhelm sprang herzu und fing sie auf. „Laß –", wollte sie sagen, doch das Wort blieb ihr im Halse stecken, als sie in sein Gesicht sah. Es war so fremd im Schein der Nacht, und in seinen zornigen Augen glitzerten Tränen.

Sie blieb stehen und starrte ihn an. Und plötzlich fiel ihr ein, welch gute Freunde sie all diese Jahre geblieben waren. Wilhelm war immer da gewesen, beim Lernen, beim Spielen, in der Kirche, in der Spinnstube. Und von morgen an würde er nimmer da sein.

„Wilhelm, ich – ich –", begann sie. Doch sie k o n n t e ihn nicht um Verzeihung bitten.

Er blickte ins Tal hinaus und schwieg.

„Wann reitest du morgen?"

„Nach der Messe."

Hemma konnte es nicht länger ertragen, daß er so still und finster war. Sie lächelte und redete dahin: „Ja, nun wirst du wohl nicht mehr mit mir sprechen wollen, wenn ich dir in Friesach einmal begegne. Jetzt bist du ein Knappe des Herzogs! Bist du nicht froh? Du hast es ja nicht mehr erwarten können, daß du von uns K i n d e r n fortkommst! Freust du dich? Freust du dich nicht? Warum nicht?"

Wilhelm gab keine Antwort. Da wagte Hemma nicht weiterzureden. Sie seufzte wieder und begann langsam bergan zu steigen. Der Knabe ging neben ihr her. Sein Atem keuchte hastig durch die Stille.

Sie waren schon nahe am Tore, als er im Schatten einer mächtigen Fichte stehenblieb. Hemma hörte verwundert, wie er an seinen Fingern zerrte, daß es knackte. Er hielt seinen starken Atem an und fragte dann rasch: „Hemma, du, glaubst du, daß dein Vater bei dem bleibt, was er dem meinen versprochen hat?"

„Was versprochen?"

„Daß – daß du meine Frau wirst, wenn wir erwachsen sind."
„Sicherlich", sprach Hemma verwundert. „Wahrscheinlich bald. Du bist ja schon fünfzehn Jahre alt."
„Nein, es wird noch lange dauern, ich weiß es. Fünf, sieben Jahre. Und dazwischen kann vieles anders werden. Vielleicht kommt ein besserer Freier um dich. Verlobt haben sie uns ja nicht."
Hemma erschrak leise vor der Bangnis in seiner Stimme. Warum war er so verzweifelt? Solange sie denken konnte, wußte sie, daß sie einmal Gräfin an der Sann werden sollte.
„Hemma, du, wenn dein Vater dir wirklich einen anderen Gemahl geben will, dann mußt du es ihm s a g e n , daß du lieber auf mich warten möchtest, hörst du!"
Sie schüttelte ernsthaft den Kopf. „Nein, Wilhelm, einen anderen mag ich nicht heiraten."
„Ich weiß nicht. Du bist immer so – so böse zu mir, und heute hast du ganz vergessen – –."
„D u bist böse zu mir!" verwahrte sich Hemma. „Erst heute sagtest du, ich hätte Haare wie die dreifarbige Katze der Herzogin. Und ich würde nie eine adelige Frau – –."
„Du bist aber auch immer wild und eigensinnig, und so hochmütig wie du ist kein Mensch, den ich kenne –."
„Außer Herr Wilhelm!" trumpfte sie auf.
„Ich bin ein Mann!"
„Da steht ihr und zankt, und derweilen ist der halbe Hof auf den Beinen, um euch zu suchen. Augenblicklich kommt ihr herein!"
Hemma fuhr zusammen und sah ihre Großmutter unter dem Tore stehen. Eine Fackel brannte im Gewölbe. Das rote Licht sah so warm und tröstlich aus. Und die Großmutter tat nur so, als ob sie böse wäre. Ihre Augen waren froh und gütig.
Die bebenden Glieder trugen Hemma kaum noch die Bohlenbrücke hinauf. Ihre Zähne schlugen aneinander, und blaue Wolken schwammen im roten Licht. Doch Hemma fühlte dies alles nicht mehr. Sie warf sich in Frau Immas Arme und weinte und lachte laut auf, als ob sie halb von Sinnen wäre.

Herr Rathold trug zu Ehren St. Georgs den blutroten Festornat, kostbar gestickt von Frau Tutas frommen, schneeweißen Händen. Drei armdicke, honigduftende Kerzen brannten zu jeder Seite des silbernen Kruzifixes. In der rohgewölbten, engen Burgkapelle

drängten sich alle Dienstleute, nur die alte Guda ging draußen als Feuerwächterin von Herd zu Herd. Hemma kniete neben ihrer Großmutter im Chorgestühl an der Evangelienseite. Sie hörte kaum, wie schön Herr Rathold heute wieder sang. Sie war so seltsam betäubt. Fast hätte sie vergessen, zum Evangelium aufzustehen. Sie sah in der ersten Reihe der Leute Atre auf den Knien liegen, bleich und verweint. Sie hatte ihr Kopftuch tief ins Gesicht gezogen und wischte sich manchmal mit dem Zipfel über die Augen. Sie tat Hemma leid. Sie war sehr gescholten worden. Und sie konnte doch nichts dafür. Sie hatte ja nicht gewußt, daß Hemma beim Versteckenspielen in den äußeren Zwinger geraten war und dort Meister Pezilin beim Zeichnen fand. Schuld war Hemma selbst.
Es tat so schrecklich weh, schuld zu sein, daß andere leiden mußten. So weh, daß ihrem Kopf ganz dumm und leer zumute war. Es war eine traurige Messe.
Die Großmutter hatte dunkle Ringe unter ihren großen, machtvollen Grauaugen. Ihr Herz war wieder krank. Nicht sehr krank, nein, sonst würde sie sich gewiß niedersetzen und nicht die ganze Messe knien.
Drüben an der Epistelseite stand Wilhelm, schon zur Reise gerüstet. Er trug ein neues, moosgrünes Gewand mit schmalen Goldsäumen. Hemma sah auf einmal, wie groß er schon war. Fast so groß wie Tiemo, der breit und steingrau hinter ihm stand. Seine breite glatte Knabenstirne war gerunzelt, die tiefliegenden, funkelnden graubraunen Augen blickten sorgenvoll und abwesend in Hemmas etwas knochiges Kindergesicht.
Hemma betrachtete ihn, als ob sie ihn zum ersten und letzten Male sähe. Sein Haar war grob und braun und für einen Herrensohn fast zu kurz geschnitten. Er wollte es so haben, weil ihm das Haar im Nacken zu heiß und lästig war. Sein Gesicht hatte einen wilden, freien Ausdruck. Die stumpfe gerade Nase, der etwas vorgeschobene, aber schön geschwungene Mund, der steile starke Hals, der frei aus dem feingefältelten Hemdsaume stieg, trugen das Gepräge feuriger Kraft und stolzen Trotzes. Hemma war so gewöhnt an seine Nähe, daß sie gar nicht richtig gewußt hatte, wie er eigentlich aussah. Doch heute dachte sie, es sei wohl wahr, wenn die Leute sagten, daß sie einen mächtigen, edlen und schönen Gemahl bekommen werde. Und sie erinnerte sich plötzlich mit unbewußtem Kummer, daß sie selber nicht für schön angesehen wurde. Ihr reiches, langes

Haar war von seltsam streifigem Blond, ihre Gestalt besaß keine mädchenhafte Süße, sondern war groß und eckig, und ihre Bewegungen waren zu heftig und unbedacht, um anmutig zu sein. Sie hatte ein starkes Kinn und hagere Backenknochen, ihr Mund war blaß und groß und immer herb geschlossen, wenn sie schwieg. Ihre Augen waren wohl klar und schön, doch schien ihre helle blaugraue Farbe mit dem dunklen Ring um die Iris das gelbliche hagere Gesicht noch farbloser zu machen.
Hemma hatte einmal die Fränkin Blandine, die Kammerfrau ihrer schönen Mutter Tuta, dies alles sagen hören. Sie hatte mit jemandem gesprochen, als Hemma schon zu Bette lag und zu schlafen schien. Und heute erst tat es weh.
Das silberne Glöcklein sang zum Sanktus. Hemma wachte auf und neigte schuldbewußt den Kopf. Oft hatte ihr die Großmutter gesagt, sie solle während der Messe andächtig sein. Andächtig – was bedeutete das eigentlich? Sie begann hastig einen Psalm zu lispeln, sie wußte kaum, was sie betete.
Es war mühsam, so zu beten, doch sie flüsterte eifrig weiter. Sie suchte alle Gebete zusammen, die sie auswendig kannte, den Lobgesang Benediktus, das Magnifikat, Vaterunser und Ave Maria. Und währenddem ging die Messe zu Ende.
Wilhelm trat nun zum Altar und empfing den Reisesegen. Herr Rathold schien gerührt, da er die Hände über seinen Schüler breitete, der freilich um der Bücherweisheit willen nie ein Spiel im Freien oder einen Waffengang mit Tiemo versäumt hatte. Doch heute waren Faulheit und böse Streiche vergessen.
Dann legte Wilhelm ein Opfer auf den Zinnteller, auf dem die Meßkännchen standen. Der Teller war zu klein dafür, denn Wilhelm schenkte der Kapelle drei schwere Ringe rohen Goldes und drei märchenhaft große Drusen goldklaren Topases aus seinen krainischen Bergwerken. Ein Reliquienschrein sollte daraus entstehen für die schmalen feinen Fingerknöchelchen der heiligen Märtyrerjungfrau Margareta.
Vor der niedrigen Kapellentüre warteten die Armen und die Dienstleute. Zum ersten Male trug der reiche Junker Geld in seiner Gürteltasche. Es würde ihm Segen bringen, wenn er davon den Armen schenkte, ehe er für sich selber etwas ausgab. Und Wilhelm schenkte reichlich, als er aus der kühlen, dumpfen Kapelle in den sonnenleuchtenden Hof trat. Ohne die Münzen zu besehen, teilte er

sie aus in alle zitternden, haschenden, bittenden Hände, die wie zerrendes Dorngestrüpp in seinen stolzen, sonnigen Weg griffen. Wilhelm blickte über die zerschlissenen Kopftücher und die kahlen und fahlen Häupter weg, er scheute innerlich vor den vielen hungrigen und hohlen, den unterwürfigen und mißgünstigen Blicken. Mit verlegener Hast schob er sich zu seinem Pferde, das schimmernd vor Kraft und Pracht der Geschirre unter der Linde stand, die erst einen zarten grünen Schein in ihren Ästen trug. Er sprang auf und blickte sich nun nach Hemma um. Die kam durch die schmale Gasse, die er zurückgelassen hatte, dahergeeilt. Sie konnte den Armen frei ins Gesicht schauen. Sie gab ihre Grüße freundlich zurück. Sie kannte sie ja alle, denn Frau Imma sandte sie täglich mit den Almosen zum Tore.
Frau Imma trat herzu mit ihrem Gefolge von Frauen, das Gesinde drängte sich heran, und die Kinder standen kichernd und staunend dazwischen herum. Wilhelm fiel es noch rechtzeitig ein, daß er doch nicht so vom Pferde herab von Frau Imma Abschied nehmen könnte. Er sprang noch einmal ab und beugte höfisch ein Knie. Doch seine wohlgesetzten Dankesworte brachte er nicht hervor. Sie strich ihm still über das Haar und sprach: „Gottes Segen und die Huld Unserer Lieben Frau mögen immer bei dir sein, mein Wilhelm!"
Er fühlte ihr Kreuzzeichen und sah ihr großes bleiches Gesicht ein wenig traurig werden, – dann war Hemma da und redete etwas auf ihn ein. Sie war auch blaß und blickte furchtsam. Warum trug sie ihr Haar offen wie an Feiertagen? Plötzlich schlang sie die Arme fest um seinen Hals und küßte ihn auf die Wange. „Sei nicht mehr böse –", flüsterte sie. Wilhelm errötete heftig und mußte sich ganz steif machen, um sie nicht von sich zu schieben. Doch dann haschte er ihre Hand und stieß hervor: „Hemma –."
„Ich komme mit den Eltern nach Friesach, gewiß", flüsterte sie. Da er fortritt, löste sie ihre Füße vom Platze und schlich zwischen den vielen Leuten auf die Bohlenbrücke hinaus, die vor dem Tore einen Graben überspannte. Sie lehnte sich ans Geländer und blickte dem kleinen Zug nach.
Nun waren sie schon im Tale. Sie ritten in den graugrünen Wolken der Erlenbüsche dahin. Die Sonne schien ihnen entgegen. Wie seltsam das alles war! Da ritt Wilhelm fort aus dem Kreise der Gespielen. Und von ihr. Er hatte doch immer zu ihr gehört. Und nun ritt er da unten, zwölf bewaffnete Knechte begleiteten ihn. Tiemo hielt

seinen Eisenschimmel an der linken Seite seines jungen Herrn. Der stach, so aus der Ferne gesehen, gar nicht von den anderen ab. Er war nicht mehr ihr Gespiel, er war der junge Graf an der Sann, der an den Hof des Herzogs zog. In Friesach würde er die Eltern sehen –.

„Ja, nun ist der Herr Bräutigam fort", spottete ein alter Jäger gutmütig über ihre Schulter. Hemma lächelte verlegen und beeilte sich, in den Hof zu kommen.

In Atres Bett lag das kleine Mädchen, das Hemma aus dem Wasser gezogen hatte. Es hatte Fieber und litt große Angst. Als Hemma mit ihrer Großmutter an das Bett trat, starrte es sie aus weiten blauen Augen an und wagte nicht zu sprechen. Hemma war enttäuscht. Sie hatte vielleicht gedacht, das Mädchen würde sehr glücklich sein, daß es noch lebe, und würde ihr schnell erzählen, wie es heiße und woher es sei. Und nun lag es da, als hätte es im Wasser die Sprache verloren, und zog mit dünnen, roten, verarbeiteten Krallen die Decke bis an den angstverzerrten Mund. Das Fieber glühte aus allen Poren, der armselige, steifgestreckte Körper zuckte wie im Krampfe.

Frau Imma legte ihre kühle Hand auf die Stirne des Kindes und sagte liebreich: „Schlaf nur, schlaf, mein Armes. Hier wird dir niemand etwas Böses tun!"

Sie traten wieder in den Hof hinaus, und Frau Imma nahm Hemmas Hand in ihren weiten Ärmel. „So könntest auch du jetzt im Fieber liegen oder gar tot sein, wenn Gott dich nicht behütet hätte."

„Bist du böse, daß ich ins Wasser gestiegen bin, Großmutter?" fragte Hemma niedergeschlagen und enttäuscht bis zum Weinen.

„Nein, es war recht so." Frau Imma seufzte. „Was soll ich dir sonst sagen? Gott der Herr möge mich so lange am Leben lassen, bis du die rechte Bahn gefunden hast, auf der du laufen kannst."

Hemma blickte fragend auf. Schon wollte sie halb getröstet aufatmen, doch vor Frau Immas bekümmerten Augen neigte sie wieder schuldbewußt den Kopf und schluckte an den Tränen, die heute immer in ihrer Kehle saßen. Die Großmutter hatte ihr vergeben. Trotzdem war alles falsch gewesen, was sie getan – ach, immer, immer war alles falsch und böse, obwohl sie es so von Herzen gut meinte.

Im Saale oben saßen die Gäste, die zur Reisemesse Wilhelms gekommen waren. Es roch schon auf der Stiege nach Kräutertunke, Wild und Met. Hemma hatte keine Lust, hineinzugehen, sie wäre am liebsten allein gewesen. Aber die ganze Burg war ja voll mit Leuten, die alle auf sie achthatten. Und nach dem gestrigen Abenteuer gelang es ihr sicherlich nicht, sich hinauszustehlen. So preßte sie ihre festverschlossenen Lippen noch fester zusammen, hob mit der linken Hand ihr rotes Hängerkleid und stieg die zwei hohen Steinstufen zum Saal empor.
Drinnen gab es einen gewaltigen Lärm, obwohl nicht mehr als neun erwachsene Leute beisammensaßen. Doch Herr Ulrich von Albeck schrie für zehn. Hemma konnte sein wildes, wohlgelauntes Gebrüll nicht verstehen, doch mußte sie immer lachen, wenn sie ihn nur sah, weil sein Mund wie ein rotes rundes Loch im fuchsigen Krausbarte auf und zu schnappte und sein linkes blitzblaues, kleines Schelmenauge so lustig zwinkern konnte. Seine Gattin, Frau Hazicha, redete auch nicht leise. Wie hätte sie sich sonst verständlich machen können? Doch ihre scharfe hohe Stimme klang nicht so lustig wie die Herrn Ulrichs. Hemma mochte es gar nicht gerne leiden, wenn die große hagere Frau sie an ihr Knie zog wie ein kleines Kind und ihr mit katzensüßer Freundlichkeit zu schmeicheln begann. Hemma wußte es ja, daß sie einmal den Besitz ihrer Eltern erben würde, den schönen Hof an der Gurk, die Burgen in Friesach und Zeltschach, die Märkte und Dörfer an Gurk und Metnitz, die Bergwerke in Zeltschach und im Gasteiner Tale, den Salzsud auf der Flattnitz und die Weingärten bei Osterwitz. Dies war so selbstverständlich, wie daß Gurkhofen ihre liebe Heimat und Frau Imma ihre Großmutter war. Frau Hazicha brauchte ihr das gar nicht zu sagen. Hemma lag nichts daran, die einzige Erbtochter zu sein. Sie hätte gerne ein paar Geschwister gehabt. Fremd reichte sie Frau Hazicha die Hand und entwischte um die Ecke des schweren Eichentisches zu einer anderen Frau, die breit und rundlich in einem Gehäuse von steifen grauen Lodenfalten saß.
„Kommst du diesen Sommer zu uns auf den Zammelsberg?“ fragte sie freundlich. „Ich möchte wohl, Mutter Regilint“, lächelte Hemma. „Aber wahrscheinlich werde ich keine Zeit dazu haben.“
„Keine Zeit! Was hast du denn so viel zu tun?“ lachte die Frau, deren Mann ein Freisasse war und ein großes Waldgut am Zammelsberg besaß.

„Lernen muß ich – Latein, Rechnen, Schreiben, Sticken, Harfe spielen", murmelte Hemma.
Mutter Regilint strich ihr mitleidig über den Arm. „Ja, das muß freilich schwer sein, so viel in den Kopf zu bringen! Plag dich nicht allzusehr damit. Schau mich an! Ich kenne keinen Buchstaben und keine Zahl und bin doch mein Lebtag immer wohl zufrieden gewesen."
Unbewußt stieg ein nachsichtiges, fast zärtliches Lächeln in Hemmas Augen. „Ja, Mutter Regilint, was würde aber Herr Rathold sagen?" Da drüben saß er und blickte zu ihr herüber. Sicherlich hatte er Regilints starke, tiefe Stimme gehört. Er hielt im Sprechen ein wenig inne und wartete, was Hemma sagen würde. Doch sie spürte seine Blicke kaum. Sie wußte ja selbst, daß sie lernen müsse, und sie lernte gerne.
Herr Rathold unterhielt sich mit dem Hausmeier und den zwei Kaufleuten aus Villach, die Wilhelms Gewaffen und seine kostbaren Opfergaben mitgebracht hatten. Sie waren reiche, geachtete Männer, auf die der Herzog große Stücke hielt. Hemma sah sie zum ersten Male. Sie wagte ihnen nicht mehr als einen scheuen, leisen Gruß zu bieten, denn ihre fein verrunzelten Gesichter, ihre geschliffenen Worte und Gesten kamen ihr unheimlich vor.
In der Fensternische, wo das Tischlein stand, an dem Frau Tutas Stickrahmen lehnte, saßen Meister Pezilin und eine vornehme Frau. Der Baumeister hatte das Pergament vor ihr aufgerollt, an dem er gestern gezeichnet hatte, und Frau Hildegard von Stein lauschte seinem eifrigen Erklären. Sie war eine Freundin Frau Immas, und Hemma kannte sie seit langer Zeit. Trotzdem wurde sie jedesmal verlegen, wenn sie mit ihr sprechen sollte, denn Hildegard von Stein erschien ihr als die vornehmste, adeligste Frau, die sie kannte. Sie trug stets ein nonnenhaftes Gewand aus schwarzem Tuche, ein weißes Linnen umrahmte eng ihr schmales mildes Gesicht, das seltsam jung und lieblich geblieben war, obwohl viele Leiden darin gezeichnet hatten. Sie war einst die schönste Frau des Draulandes gewesen. Aber die Leute sagten, daß die Schönheit ihr zum Unglück geworden sei.
Hemma glaubte dies aber nicht, denn Frau Hildegard sah gar nicht unglücklich aus. Im Gegenteil – stets war ein stilles Lächeln um ihren Mund, als dächte sie ununterbrochen an ein liebreiches Geheimnis. Und dieses Lächeln ließ sie so mädchenhaft jung erscheinen.

Sie strich dem Kinde leicht übers Haar und fragte, wie es ihm gehe. Hemma wußte nicht, was sie darauf antworten sollte. Sie schaute verlegen zur Seite und seufzte leise. Da lachte Frau Hildegard, aber sie neckte sie nicht mit Wilhelms Abreise, sondern wandte sich wieder Meister Pezilin zu, ohne den Arm von Hemmas Schultern zu lassen.

Was sie mit dem Baumeister redete, verstand Hemma nicht. Sie stand und blickte auf die feinen, runzeligen Frauenhände, die über dem Pergament hin und her schwebten, und atmete den kühlen Duft des schneeweißen Kopflinnens, das Frau Hildegards Gesicht umschloß. Ihr Herz pochte unruhig vor Scheu und leiser Schwärmerei. Und sie strahlte wie ein Spiegel in der Sonne, als Frau Hildegard sprach: „Du wirst morgen mit uns nach Lieding reiten, nicht wahr?"

Es war ein Tag, von Gott gesegnet. Ein weiches, silbriges Maienlicht füllte das Tal von einem blaugrünen Waldrücken zum anderen.

Die Felder im Grunde rauchten von treibender Wärme. Die Gurk schlängelte sich wieder sanft und singend durch die Erlen. Auf einem Acker pflanzten drei Mädchen Kraut und lachten dabei. Der laue, feuchte Wind ließ die hellen Klänge weithin flattern.

Auch die Pferde tanzten lustig dahin. Selbst Hemmas alte, fette Schimmelstute schnaubte tatendurstig und schüttelte das Fell, in dem sie die langen Winterhaare juckten, die dem Roßknecht Graman so viel Kummer machten. Das Gebüsch schallte von hellem, wirrem Vogelgezwitscher, und hoch im lasurblauen Himmel klang unaufhörlich vieler Lerchen Lobgesang. Eine Schar kleiner weißer Wolken wurde über den Waldberg im Süden emporgeweht, wie Blätter von Blumen, die irgendwo verblühten. Vor den Reitern aber, quer im Osten, stieg die Zirbitz aus dem blauen Dämmer eines fernen Tales, breit und mächtig und schimmernd von schmelzendem Schnee. Hemmas Blicke hingen unverwandt an diesem Berge. Der Gipfel, der aus breiten, flachen Flanken aufwuchs, weckte in ihr eine seltsam schmerzliche Sehnsucht. Sie vergaß für Augenblicke das Ziel ihrer kleinen Reise. Wie mochte es oben am Berge wohl aussehen? Niemand von allen Menschen, die sie kannte, war je oben gewesen. Aber es mußte herrlich sein – so nahe am Himmel. Dort mußte man die Sterne greifen können und die Engel singen hören.

Nun kamen sie aus dem Bereiche des gerodeten Landes, das um den Hof und die paar Häuser an der Gurk eine lichte Mark bildete. Der finstere Wald mit seinen mächtigen grauen Stämmen verschlang die Straße. Es war kühl und unfreundlich in der braungrünen, feuchten Schlucht, die in das dichte Geschlinge des Holzes gehauen war. Das Geplauder der beiden Frauen, die vor Hemma ritten, wurde leiser und bekam einen vorsichtigen Klang. Die drei bewaffneten Knechte aber begannen nun zu lachen und ein ungefüges Lied zu brummen. Meister Pezilin schwieg weiter, in grübelndes Rechnen und Planen versunken, und Herr Rathold betete hörbar einen lateinischen Psalm.

Hemma wurde es ein wenig unheimlich. Sie fürchtete sich nicht, – die Nähe all der lieben und vertrauten Menschen umgab sie wie eine schützende Ringmauer. Doch sie erinnerte sich an die unheimlichen, ungewissen Geschichten, die auf der Burg erzählt wurden und die in ihr die Vorstellung erweckt hatten, als wäre der Wald das Reich des alten Heidenglaubens, voll der Spuren feindlicher Götter und grausigen Spukes. Draußen über dem offenen Felde leuchtete das Kreuz vom Türmlein der Burgkapelle, und die fruchtbaren Äcker schimmerten vom Segen der Heiligen Dreifaltigkeit.

Der holprige Weg stieg aus dem feuchten Talgrund sachte an der Lehne des Berges höher. Doch der Boden wurde kaum trockener, so dicht starrten die Äste der Fichten, Buchen und Eichen ineinander. Hier wurde nicht zum Bauen gerodet, da es leichter war, die Stämme vom Waldhang ober dem Hofe in einer Riese herabzuliefern. Hemma dachte daran, daß Wilhelm einmal in den Wald entlaufen war, als er gezüchtigt werden sollte. Er hatte eine ganze Nacht hier zugebracht – in diesem grauen Dickicht aus modrigen Ruten und Dornen. Er hatte ihr nie erzählt, ob er etwas gesehen hatte. Aber gesehen hatte er ganz gewiß etwas –. Sie hatte es an seinen Augen gemerkt.

Die Hunde hatten ihn gefunden, – Greif, der große gefleckte Bluthund, und Diana, des Vaters beste Spürhündin mit den langen Seidenohren. Sie trugen seither silberbeschlagene Halsbänder, und Hemma sah, daß sie sehr stolz darauf waren und sich gegen die anderen Hunde hochmütig benahmen.

Hemma lächelte, da sie an die eitlen Hunde dachte. Doch da traf ein blitzender Sonnenstrahl ihr Gesicht. Sie blickte auf und sah, daß der Weg ins Freie führte.

Eine Lichtung war in den Wald gehauen, wo der Berg eine breite Stufe bildete und ein kleiner Bach aus einem finsteren Graben hervorkam. Hemma sah zuerst nur einen Haufen geschälter Stämme und behauener Balken wie wächserne Kerzen in der Sonne liegen. Männer in braunen Kitteln, mit nackten braunen Beinen arbeiteten mit Sägen und Hacken, daß es schallte, und ein säuerlicher, frischer, warmer Duft von Holz und Harz drang bis in die Waldkühle herein. Doch da Hemma aus dem Walde in die Lichtung kam, atmete sie entzückt auf.

Mitten im Gewimmel des Werkplatzes erhob sich die junge Kirche. Sie war so schön, so leicht, so freudig, als wäre sie aus der himmlischen Seligkeit herabgetragen worden. Die Sonne lag so golden auf dem gelblichen Stein wie nirgendwo, die Fenster waren hoch und rund gewölbt, wie sie Hemma noch nirgends gesehen hatte. Chor und Schiff waren schon vollendet und standen herrlich da, frisch vom Gerüst herausgeschält. Am Dache oben krochen Männer herum und deckten die weißen Sparren mit kleinen grauen Schieferplättchen. Am Turme aber wurde noch gebaut. Schon war er höher als das Kirchenschiff, doch das Gerüst stand noch über den frischen Mauern empor, und ununterbrochen schwebten die Steine an bebenden Seilen zur Höhe.

Hemma saß betäubt auf ihrem Pferde. Die grelle Sonne nach dem langen Ritt im Schatten, das Getriebe des Werkplatzes, der hinreißende Anblick der schönen neuen Kirche – Hemma vergaß sich selbst und alles um sie herum, sie wußte nur noch das eine: daß sie noch nie etwas Schöneres gesehen hatte. Erst als Graman kam und sie vom Pferde heben wollte, erwachte sie und bemerkte, daß die Großmutter sie lächelnd betrachtete. Sie errötete und glitt aus dem Sattel. Frau Hildegard aber hatte auch nur Augen für die Kirche. Und Meister Pezilins mageres Gesicht war ganz entflammt. Er hatte dieses steinerne Wunder geschaffen –. Er mußte wohl glücklich sein – jedesmal aufs neue glücklich sein, wenn er es sah.

Hemma überkam es wie Traurigkeit, sie wußte nicht warum. Die Kirche war so schön, so schön. Und Meister Pezilins Gesicht – sie wagte nicht mehr, ihn anzusehen, ehe sie seine Stimme wieder hörte, als er klar und ruhig mit den zwei Frauen zu sprechen begann.

Still schlich sie hinter den Erwachsenen her, als sie langsam den Platz überquerten. Sie verstand nicht recht, was gesprochen wurde.

Sie mußte oft über ein Wort so lange nachdenken, daß die anderen inzwischen schon von neuen Dingen redeten. Aber sie verstand, daß neben der Kirche ein Kloster gebaut werden sollte, in dem viele Priester wohnen und alle Leute im Gurktale bekehren sollten. Frau Imma umschritt den Platz, auf dem sie schon das Kloster sich erheben sah. Sie hielt einmal seufzend inne und blickte auf den Berg jenseits des Grabens. Ein wehrhafter, runder Turm stand dort oben. „Die dort wollen es nicht gerne sehen. Es wird noch manche Kämpfe geben", sagte sie leise zu Frau Hildegard. Hemma wunderte sich. Der Turm gehörte dem Erzbischof von Salzburg. Der mußte sich doch freuen, daß die Großmutter aus frommem Herzen hier ein Kloster baute! Sie grübelte so lange darüber nach, daß das Gespräch der zwei Frauen inzwischen schon bei einem anderen Bischof angelangt war, bei Albuin, dem Sohne Frau Hildegards, der auf dem Bischofsstuhle von Brixen saß. „Ich möchte ihn gerne noch einmal sehen, ehe ich von der Welt hinweggenommen werde", sprach Frau Hildegard leise.
„Fühlst du dich krank?" fragte Frau Imma.
„Nein, – doch du weißt ja, mein Herz will seit damals nicht mehr, wie es sollte. Und da ist es wohl am besten, stündlich gefaßt zu sein."
Hemma mußte wieder nachdenken, was jenes „seit damals" hieße. Sie hatte manches aufgefangen, was die Leute von Frau Hildegard sprachen. Sie war von ihrem Gemahl verstoßen worden – unschuldig. War es das?
Sie traten nun in die Kirche. Innen schien sie noch kalt und kahl. Das Gehämmer der Werkleute hallte seltsam erschreckend durch das leere Gewölbe. Vorne am Chore stand auf Brettern, die über Böcke gelegt waren, ein Mann. Er trug einen gürtellosen Rupfenkittel, der ihm bis an die Schuhe reichte und an Hals und Handgelenken knapp zusammengezogen war. In der einen Hand hielt er eine kleine flache Schale, in der anderen einen Pinsel. Er wandte sich nach den Eintretenden um. Hemma fühlte, daß er keine Freude an ihnen hatte. Er kam auch nicht herab, um Frau Imma zu begrüßen, sondern neigte sich nur vor ihr und drehte sich wieder zur Wand.
Herr Rathold deutete mit dem Finger nach ihm und flüsterte Hemma zu: „Das ist Bruder Lukas."
Hemma staunte mit offenem Munde. Sie hatte daheim schon ein

großes Für und Wider anhören müssen, ob die Salzburger den berühmten Bruder für eine kleine Weile aus dem Kloster entlassen würden oder nicht. Es war bekannt, daß niemand die Gestalten der heiligen Geschichte so fromm und lebendig nachbilden könne wie er. Und nun stand er da oben und malte vor ihren Augen! Mit schwarzer Farbe malte er starke Striche auf die feuchte Wand, so sicher, als zöge er nur ihm sichtbare Linien nach. Hemma sah aus diesen Strichen die Gestalt eines jungen, hageren Mannes erstehen, mit schmalen Füßen und schmalen Händen. Ein priesterliches Gewand fiel streng und ehrwürdig von seinen etwas gebeugten Schultern, und streng und ehrwürdig würde wohl auch sein bartloses Gesicht aussehen. Jetzt waren erst die Augen vollendet. Diese Augen waren wie schwarze Nacht, weit offen unter schweren Brauenbogen, schaudernd vor einem furchtbaren Geheimnis. Hemmas kleine Seele, die von Entzücken und Traurigkeit bewegt war, wurde von der Gewalt dieser Augen so erschüttert, daß sie am liebsten geweint hätte.

Sie ging mit den Erwachsenen wieder ins Freie. Nahe der Kirche stand eine Bretterhütte mit einer festen Tür. Darinnen hatte Meister Pezilin einen großen Tisch zum Schreiben und Zeichnen. Viele Pergamente lagen darauf herum. Frau Hildegard und die Großmutter ließen sich alles zeigen und sprachen mit dem Baumeister und dem Schreibgehilfen. „Geh nur hinaus und sieh dir den Bauplatz an!“ sagte die Großmutter, als sie Hemma so kläglich auf der Schwelle stehen sah.

Das Kind wandte sich und erblickte wieder die strahlende Kirche vor sich. Langsam schlenderte es über den Platz. Da war eine hohe Mauer, aufgeschichtet aus vielen Tausenden der kleinen durchlochten Schieferplättchen, aus denen das Dach der Kirche bestehen sollte. Sie waren wunderbar gleichmäßig aus dem dunkelgrauen, leise glitzernden Stein gehauen. Neben dieser Mauer hatte ein Steinmetz seine Hütte. Er saß, ein riesig großer, hohlbrüstiger Mann, zwischen seinen Quadern. Er schien schon alt zu sein, doch Haar und Bart und Kittel waren gleichmäßig gelbgrau von feinem Staub. Vielleicht war er darunter jung und blond. Man konnte es nicht sehen. Seine Augen waren gerötet. Seltsam sah es aus, wie dick der Staub an seinen Wimpern hing. Viele Steinmetzen wurden krank und starben früh –.

Hemma hatte dies sagen hören. Es wurde ja daheim immerfort vom

Bauen gesprochen. Sie hatte Mitleid gehabt mit den armen Leuten, wenn sie daran dachte, und sie dachte oft daran. Nun betrachtete sie den Mann, wie er mit einem rauhen Eisen den gelben körnigen Stein abschliff, und ihr Herz wurde schwer und wund.
Der Steinmetz blickte zu ihr herüber und lächelte ihr freundlich zu. Er hatte schöne weiße Zähne. „Willst du mir helfen?" fragte er. Hemma schluckte an den Tränen und blickte verlegen zur Kirche hinüber. „Schön ist die Kirche, nicht wahr?" sagte der Steinmetz. Hemma sah nun, daß er jung sein mußte, denn sein Gesicht leuchtete stolz und lebhaft auf.
„Ja – sehr schön", flüsterte sie und ging ihres Weges weiter. Nun weinte sie wirklich. Der junge Steinmetz würde sterben müssen – und doch war er froh, weil seine Kirche so schön geworden war.
In der Kirche drinnen war es still. Das Gehämmer hatte aufgehört. Auch Bruder Lukas war nicht mehr da. Auf den Fußspitzen schlich Hemma zum Chore. Ein leichter, lauer Wind schlug durch die leeren Fensterbogen herein, und der blaue, blaue Himmel war seltsam dunkel gegen den hellen Stein. Als Hemma schon die Stufen zum Chore hinaufschritt, hielt sie plötzlich inne. Sie hatte Bruder Lukas entdeckt – er kauerte auf einem Schemel vor seinem Bilde und hatte den Kopf auf seine Knie gelegt.
„Ach –", atmete Hemma erschrocken.
Da fuhr er auf und starrte sie böse an.
Schon wollte sie davonlaufen, da redete er sie an: „Was willst du denn hier? Sollst du mir etwas sagen?"
Hemma schüttelte den Kopf. „Nein – ich wollte – ich wollte nur das Bild noch einmal sehen", murmelte sie verstört. Die Augen des Heiligen flammten auf sie herab.
„Ja, das Bild!" seufzte der Maler und legte seine Hand an die Hand des Heiligen. „Es wäre nun fertig –. Ich sah es schon vor mir. Aber da seid ihr gekommen und jetzt –. Der Mund", murmelte er, „der Mund – ich weiß nicht mehr, wie es war."
Dann bemerkte er, daß Hemma ganz verstört zum Bilde aufblickte. Sie reichte mit ihrem Kinn gerade über die Bretter der Malbühne. Ihre Finger hielten die Kante so fest, daß die Nägel weiß wurden. Sie war bleich, und eine große Furcht stand in ihren hellen, weiten Augen. „Was hast du?" fragte er. Aus seiner Stimme waren Ärger und Erregung verschwunden. Hemma hörte etwas Tröstliches darin.

„Warum – habt Ihr das so gemalt?" stieß sie scheu hervor. Er hatte es ja so erdacht, er würde es wohl wissen und sie verstehen. Er verstand sie sofort. „Die Augen, ja", sprach er grübelnd. „Es ist Sankt Johannes, der Evangelist, weißt du. – Er sah den Herrn am Kreuze sterben. Und dann auf Patmos – er sah die Schrecken der letzten Zeiten und die Geheimnisse Gottes. Groß und furchtbar sind Seine Abgründe."

Über Hemma kam es wie ein Schrecken. Nie war ihr in der Kirche bange gewesen. Gott – das war etwas, mit dem sie aufgestanden und schlafen gegangen war. Der lichte, gütige Heiland. Eine gewisse Hilfe, wenn alles versagte.

Bruder Lukas schaute sie an. „Erschreckt es dich? Es sollte ja eine Botschaft des Gerichtes sein. Menschen kommen herein in das Haus des Herrn mit hartem Herzen. Sie denken nur an das Irdische, sie sind versteinert in ihrer Sünde, in ihrer Selbstgerechtigkeit und Gleichgültigkeit. Sie denken nicht, daß hinter alldem ein furchtbares Schwert droht, das sie treffen kann, ehe sie –. Du, freilich", lächelte er, als Hemma laut aufatmete, „du hast wohl kein hartes Herz?"

„Du Kind, du", sagte er leise, da Hemma nicht antworten konnte. Er kniete sich zu ihr nieder und strich mit eiskalten Händen über ihre Wangen. „Du sollst aber keine Furcht haben vor Johannes, den unser Herr so geliebt hat. Freilich hat er Größeres gesehen als je ein sterblicher Mensch vor oder nach ihm. Aber er war ein Adler mit überaus mildem Herzen. Da er alt wurde, predigte er nichts anderes mehr als das eine Wort: Kindlein, liebet einander!"

„Ja –", atmete Hemma auf. Und nachdem sie eine Weile mit sich gerungen hatte, wagte sie zu fragen: „Aber – ist das dann nicht falsch, wie Ihr es gemalt habt?"

Der Maler richtete sich auf und blickte St. Johannes lange schweigend ins Gesicht. „Ja, es war wohl falsch", sprach er dann. Er blickte sich nicht mehr nach dem Kinde um, das wartend auf den kalten Fliesen stand. Seine Lippen bewegten sich zuckend, seine blauen Augen bekamen einen eifrigen Glanz. Dann setzte er den Pinsel an und malte den Mund des heiligen Johannes.

Es war ein Mund mit schmalen demütigen Lippen, und man sah es, daß sie nichts anderes als von Liebe sprechen konnten. Und da dieser milde Mund in einem Antlitz mit solch gewaltigen Augen stand, mußte es wohl eine große Liebe sein, von der er redete.

Die Pfalz von Karnburg war ein Klotz aus grauen Quadern. Eine graue Ringmauer war in massigem Viereck um einen düsteren Hof gelagert. Zwei niedrige, schwere Türme schirmten sie gegen Feinde aus allen vier Winden. Es war ein wehrhaftes Haus, das der deutsche Kaiser vor zehn Jahren dem ersten Herzog von Kärnten zum Wohnsitz angewiesen hatte, wenn der in den kärntischen Gauen Gericht halten mußte.

Im Garten, der an der Südseite der Burg vor den Fenstern der Kemenaten lag, waren über Nacht die Obstbäume aufgeblüht. Primeln und Veilchen dufteten unter den Hecken, und die Vögel schmetterten aus weit offenen Schnäbelchen ihre vor Lust verwirrten Lieder.

Wilhelm lehnte im Fensterbogen der Halle, die über den niedrigen Gaden des Erdgeschoßes und der Leutekammern lag, und blickte in den Garten hinab, wo sich die Herzogin mit drei Frauen erging. Sie wanderten langsam und würdevoll auf dem kurzen, feuchten Wege auf und nieder und schienen nicht ein Wort zu sprechen. Zur Rechten und zur Linken der Herzogin Hildegard schritten Frau Gerberga und Frau Uta, die beide in ihren gesetzten Jahren nichts anderes wünschen konnten, als neben der hohen, tugendhaften Frau in sittsamem Schweigen einherzugehen, selbst kaum weniger hochgestellt und in der Tugend gewißlich noch gefestigter als diese. Hinter den drei dunkel gekleideten, feierlichen Gestalten aber schlich Jungfrau Gepa, zierlich und bräunlich wie eine Maurin. Gedankenlos bückte sie sich, wenn sich der Zipfel eines Gewandes oder Schleiers im Gebüsch verhängt, und schielte dabei nach dem Fenster, an dem Wilhelms dunkler Kopf im Dämmer des Vorhangschattens zu sehen war.

Wilhelm beugte sich ein wenig vor und schnitt eine trübselige Fratze. Ach ja, auch ihr war es langweilig. Und er war enttäuscht. Er wußte zwar nicht richtig, was er sich Großartiges vom Leben am Herzoghofe erwartet hatte, aber keinesfalls hatte er es sich so vorgestellt, wie es wirklich war. Freilich, Herzog Heinrich war noch nicht von seiner Reise zurückgekehrt. Er hatte sich zum Osterfeste dieses Jahres 985 nach Quedlinburg begeben, wo er beim sechsjährigen König Otto dem Dritten das Truchseßamt bekleidete. Nun war es Mai. Jetzt würde es wohl nicht mehr lange dauern, bis

er wieder heimkehrte. Denn allzu behaglich würde er sich dort wohl nicht fühlen, – bei den zwei Kaiserinnen, die er einst so schwer gekränkt.
Lanzo hatte freilich gesagt, daß es auch dann nicht viel anders sei, wenn der Herzog im Lande weilte. Vor einigen Jahren, da des Kaisers Vetter, Herr Otto, Herzog in Kärnten war, da gab es ein buntes fröhliches Leben in der ganzen Mark Karantanien, von Verona bis an die Enns. Herr Otto war jung, und seine Gemahlin Judith war sehr schön. Lanzo und alle, die jene Zeiten noch gesehen hatten, sprachen ganz verliebt von ihr. Obwohl sie eine tugendhafte Frau war, – anders tugendhaft freilich als Herzogin Hildegard, die da drunten im engen Garten auf und nieder lief, als ob es keine Wiesen und Wälder gäbe.
Wenn doch Hemma hier wäre! Er hatte Heimweh nach dem Hof an der Gurk. Wie schön waren dort die Abende gewesen, wenn alle Hausgenossen in der Halle ums Feuer saßen! Seit Frau Imma Witwe war und ihr Hauswesen sich um die vielen wilden Reisigen und einige Mägde vermindert hatte, versammelte sie auch das Gesinde wieder um sich. Da wurde gesungen und erzählt, und es war lustig, den Frieden durch ein paar lose Streiche ein wenig zu beleben. Hier wurde am Abend eine stille kleine Tafel gehalten. Wilhelm hatte die Ehre, der Herzogin aufzuwarten, und er tat dies mit so viel Sorgfalt und guter Sitte, als fühle er Frau Immas Blicke auf seinen ungeduldigen Händen. Und die Herzogin hob ihre müden umschatteten Augen und nickte ihm freundlich zu, wenn er ihr ehrerbietig die Hand reichte, um sie über die steile Treppe hinabzuführen.
Lange halte ich dies aber nicht mehr aus, dachte Wilhelm. Wenn doch der Vater bald käme! Dann werde ich ihn bitten, daß er mich von hier wieder fortholt. An den Bischofshof von Brixen oder zum Grafen Rapoto in Friesach. Dort würde ich Hemma öfters sehen, denn Frau Imma hat jetzt viel mit diesem Schwager wegen Lieding zu verhandeln.
Wenn aber der Vater mir befiehlt, hier zu bleiben, dann –.
Wilhelm atmete auf. Seine tiefliegenden Augen begannen zu funkeln. Es gab noch immer Mauren, es gab noch fremde Länder und bunte Abenteuer – gewiß, es gab dies alles, man merkte nur nichts davon im stillen Gurkerwalde und hier an diesem langweiligen Weiberhofe.

Wie wunderbar hatte Askuin gestern abend erzählt! Von Herrn Dietrich von Berne, der ausritt mit seinem vieltreuen Hildebrand. – Tiemo würde ihm gewiß folgen. Tiemo, – ja, der wartete nun schon unten im Hofe und hatte Bogen, Pfeile und den alten zerfetzten Uhubalg schon bereit. Weil man hier nichts zu tun hatte, vergaß man überhaupt auf alles.

Wilhelm sprang von der Fensterstufe und rannte über die schmale düstere Stiege hinab, vorbei an Jungfrau Gepa, die für die Herzogin einen Umhang holen mußte.

Freundlich wandte sie sich auf der untersten Stufe und blickte ihm nach, wie er mit einem wilden Satz ins Freie stürmte.

Das fremde Mädchen, das Hemma aus dem Wasser gezogen hatte, hieß Dewa. Hemma hatte diesen Namen noch nie gehört. Frau Imma schüttelte den Kopf, da sie ihr davon erzählte. „Das ist ein sehr alter Name", sagte sie. „Deutsch ist er nicht, und christlich wohl noch weniger." Sie fragte das Kind, woher es komme und wer seine Eltern seien. Doch Dewa war noch immer von Angst besessen. Sie sprach mit niemandem und wollte auch nicht aufstehen, obwohl sie nun ganz gesund war. Herr Rathold fürchtete, daß sie durch das Liegen im kalten Wasser gelähmt worden sei. Hemmas Herz wurde von Erbarmen zerrissen, sooft sie in Atres Kammer trat und das arme, gepeinigte Wesen daliegen sah.

Es war schon spät im Mai, an einem sommerheißen Tage, als Hemma und Atre auf einer Wiese ober dem Hofe Leinwand bleichten. Sie trugen das Wasser in hölzernen, geschnäbelten Bütten von einem lustigen Wiesenbächlein zu den langen, leuchtenden Streifen weißgrauen Gespinstes. Am Bleichplatz war der Rasen kurz und fein, doch ringsherum stand hohes Gras, durchwirkt mit bunten zarten Blumen. Ein großer Elsenstrauch, überschüttet mit verblühenden Dolden, streute von Zeit zu Zeit kleine Wolken winziger weißer Blütenblätter vor sich.

Hemma dachte, die Welt sei in diesem Jahr noch nie so schön gewesen. Der Himmel blendete von Bläue, Duft und Klang schwangen um sie, und ihre Glieder waren so froh, endlich den vielen winterlichen Hüllen entronnen zu sein. Heute trug sie zum erstenmal ein leichtes, hellrotes Sommerkleid und darunter ein Linnenhemd, das bauschig unter den ganz kurzen, engen Ärmeln des Kleides hervorkam und um die Handgelenke schloß. Die Ellbogen fühlten sich so

köstlich frei darin, so wie auch die nackten Füße in den guten alten hirschledernen Sandalen.
Hemma lief in ausgelassenen Sprüngen mit ihrer Bütte hin und her und sang dazu mit ihrer lauten, klaren Stimme. Atre dankte ihr jedesmal freundlich, wenn sie so schnell gelaufen war, daß sie sich den Weg zum Bache ersparte. Doch auf einmal sagte sie: „Nun komm mit, wir müssen der Dewa das Essen bringen."
Hemma fügte sich und dachte, daß sie ja bald wieder hier sein würde, auf dieser Freudenwiese, Himmelswiese, Paradieswiese. Eilig lief sie Atre voran und hüpfte vorsichtig von einem großen Stein zum anderen, als der Weg in der Nähe der Ställe immer schmutziger wurde. Sie traten durch das Gatter in den Hof, der auch noch nicht sommerlich trocken war, und gingen in Atres Kammer, die zu ebener Erde in einem Winkel unter der Halle lag.
Wie dumpf und traurig war es da! Türe und Fensterlein waren fest verschlossen. Trotzdem war die Luft kalt, und es roch nach Essig und Pech und einem bitteren Sud. Aus dem trostlosen Dämmer schien Dewas Gesicht wie ein fahler Nebelfleck. Arme Dewa, arme Dewa! Sie wollte das Mus nicht essen, das Atre ihr brachte, und wollte Hemma nicht anschauen, die sich so bemühte, sie zum Lächeln zu bringen. Da sagte Hemma zu Atre: „Du tragen wir sie in die Sonne hinaus! Sie ist so arm da herinnen."
Atre dachte ein wenig nach, was wohl Frau Imma dazu sagen würde. Doch schließlich antwortete sie mit ihrer stillen guten Stimme, die auch dann traurig klang, wenn Atre froh war: „Ja, das wäre gewiß eine schöne Abwechslung für die kleine Dewa. Nimm du die Decke."
Dewa zitterte und machte sich steif wie Holz, als Atre sie in ein Tuch wickelte und aus dem Bette hob.
Und dann saß sie auf der Freudenwiese in der schönen hellen Sonne. Hemma hatte die Decke ausgebreitet und das alte graue Tuch um Dewas schmale Schultern gehängt. Da saß sie nun in einem alten Hemd, das für sie viel zu weit und zu lang war. Hemma fing wieder an, Wasser herbeizutragen. Immerfort mußte sie dabei nach Dewa sehen. Sie sah so lieblich aus, schwach und schwank und so – so verlassen. Sie hatte wunderschönes Blondhaar, – hier in der Sonne sah man es erst. Es hing lang und verwirrt über Schultern und Rücken bis ins Gras und hatte einen rötlichen Goldglanz in den Wellen. Auch ihre Augen waren schön. Sie hatten

eine ähnliche Farbe wie Hemmas Augen, doch fehlte darin das Grau. Sie waren klar und blaugrün wie Aquamarin. Das kleine Gesicht mit den überfeinen Zügen war blaß, doch Hemma merkte mit glücklichem Staunen, daß es hier in der Sonne weich und ruhig wurde. Und als Hemma zum letztenmal vom Bach kam, hörte sie, wie Dewa mit einem Finken im Elsenstrauch ein zierliches Zwiegespräch pfiff. Man konnte den Vogellaut kaum von Dewas Künsten unterscheiden.

„Wie schön du das kannst!" rief Hemma bewundernd. „Wo hast du das gelernt?"

Dewa errötete zart. „Daheim, vom Vater", sprach sie leise, doch zutraulich.

Hemma war so beglückt, daß sie nicht zu fragen wagte, wer denn ihr Vater sei. Doch siehe da, nach einer Weile sprach Dewa von selber weiter: „Mein Vater kann mit allen Tieren reden."

„Ach –. Du auch?"

„Nein, ich kann nur ein paar Vögel nachahmen."

„O bitte, tu's einmal!" bettelte Hemma.

Dewa wurde verlegen und duckte den Kopf, als wollte sie ihn in sich zurückziehen. Doch als der Fink wieder zu flöten begann, spitzte sie die dünnen Lippen und pfiff ein süßes kurzes Tirili. Darauf folgten der Schrei des Käuzchens, das abendliche Amsellied, das traurige Rufen des Rotkehlchens, das zornige, verächtliche Pfauchen der Eule und das schadenfrohe Krächzen der Krähen.

Hemma trat begeistert von einem Fuß auf den anderen. Sie begann zu raten, welcher Vogel es wohl sei, den Dewa jetzt meinte, und kam dabei in flammenden Eifer. Dewa lachte leise, wenn Hemma daneben riet. Ihre Wangen bekamen ein wenig Farbe. Drüben am Bache kniete Atre und wusch ihr Kopftuch. Sie wusch und wusch und blickte dabei zu den zwei Kindern hinüber, die ganz in ihr Spiel versunken waren. Erst als die Mittagsglocke zu läuten begann, stand sie auf.

„Wir müssen beten, Kinder." Hemma stellte sich neben sie und faltete die Hände. Das Gesicht zum kleinen Kreuz am Dach der Burgkapelle gewendet, begannen sie den Angelus zu beten.

„Warum hast du nicht mitgebetet, Dewa?" fragte Atre, als die Glocke verklungen war.

„Ich kann das nicht", flüsterte Dewa, indes ihre schönen Augen wieder ihren gepeinigten Blick bekamen.

Atre blickte auf das arme Gestältlein nieder. „Du wirst es schon lernen“, sagte sie dann tröstend. „Was betest du denn zu Mittag und Abend?“ fragte sie nach einer Weile.
Doch Dewa gab ihr keine Antwort mehr.

Nun saßen sie an jedem sonnigen Tage auf der Paradieswiese. Sie nannten sie heimlich immer so, vermieden es aber ängstlich, vor Atre oder irgendeinem anderen Erwachsenen diesen Namen auszusprechen. Der Sommer begann mit großer Herrlichkeit. Das Gras stand schon so hoch, daß man darin hätte Verstecken spielen können, wenn Atre es erlaubt hätte. Doch an den Wiesenrändern durften sie Blumen pflücken, soviel sie wollten. Sie wanden Sträuße und Kränze und trugen sie heim, oder sie schmückten damit das Feldkreuz, das Frau Imma an der Stelle hatte aufrichten lassen, wo zwei fahrende Kaufleute vom Blitz getroffen worden waren. Manchmal beteten sie dort. Hemma war es eine große Freude, ihre neue Freundin zu belehren. Sie war zuerst sehr erschrocken gewesen, als sie gemerkt hatte, daß Dewa nicht einmal das Vaterunser konnte. Aber war dies nicht begreiflich? Sie hatte ja erzählt, daß sie tief drinnen in den Bergen daheim war. Weitab von allen Menschen wohnte sie mit dem Vater und der kranken Mutter in einer Hütte, die vor eine Höhle gebaut war. Der Vater war immer auf der Jagd, – sicherlich kümmerte sich niemand um die kleine Dewa. Aber Hemma hatte sie lieb. Es geschah ja zum ersten Male, daß sie eine Freundin gefunden hatte. Sie kannte viele Kinder, aber sie waren ihr immer ein wenig fremd geblieben. Die Kinder der Hörigen waren scheu und verstockt, wenn sie mit ihnen zusammenkam. Sie starrten ihre bunten Kleider an, die ihnen trotz aller Schlichtheit überaus prunkvoll schienen. Und schon die Sprache zeigte die große Kluft zwischen der Herrentochter und dem hörigen Gesinde. Die Großmutter erlaubte gerne, daß manchmal die Albecker Zwillinge auf eine Woche heraus nach Gurkhofen kamen. Doch Adula und Margret waren streitsüchtig und sehr empfindlich. Hemma kränkte sie zehnmal im Tage, ohne ihnen anderes als Liebes zu wollen. Aber es hieß immer wieder: „Glaubst du, weil du die Tochter Herrn Engelberts bist, dürftest du gegen uns so herrisch sein?“ So kam es, daß sie sich in der Gegenwart der beiden elfjährigen Mädchen behutsamer betragen mußte, als ob Frau Hildegard von Stein oder die Herzogin zu Gast gewesen wäre. Das war freilich wenig lustig. Am vergnüglichsten war es noch in Friesach. Da gab es auf der Burg Kinder von guten Eltern, und der Schmied im Markte hatte eine Schar übermütiger Mädchen, die es sich nicht zu Herzen nahmen, daß Hemma einmal reich sein würde. Schade, daß sie nicht öfters nach Friesach kam! Die Eltern verbrachten dort ihre meiste Zeit. Rapoto, der Schwager Frau Immas, war alt und von Gicht geplagt. Darum mußte der Vater an seiner Statt das Richteramt verwalten und die Grafschaft regieren. Das war sehr schwer. Hemma wußte nicht, warum es so schwer war, aber sie sah, daß der Vater von Friesach jedesmal eine sorgenschwere Miene brachte. Und sie wußte, daß die Mutter am liebsten von Gurkhofen niemals fortgegangen wäre.

Aber sie mußte ihren Gemahl begleiten, da Herrn Rapotos Hausfrau längst gestorben war und auf der Burg in Friesach an den Tagen, da das echte Thing gehalten wurde, immer ein großes Getriebe vornehmer Gäste einzog. So war Frau Tuta eigentlich Herrin in einem fremden Hause. Oft verging eine Reihe von langen Wochen, ehe sie auf kurze Zeit in Gurkhofen einkehren konnte. Sie kam wie ein stiller Gast – krank vor Sehnsucht nach ihrem einzigen Kinde, müde von Lärm und Sorgen.

Sie kümmerte sich nicht viel um das Hauswesen in Gurkhofen, das unter Frau Immas kraftvoller Führung seinen geordneten Weg ging. Manche Leute nahmen es ihr übel, daß sie stundenlang mit ihrer unwahrscheinlich feinen Stickerei in der Fensternische saß und mit Hemma zärtliche Gespräche führte. Dann wieder kniete sie in der Kapelle und betete wie eine Nonne, oder sie saß im Garten, die Hände im Schoß, die schönen sanften Augen nach den ziehenden Wolken gerichtet. Dann kam ihr Gatte und nahm sie wieder mit auf seine ruhlosen Ritte. Hemma blieb wieder allein. Die Großmutter war gut, gut, gut, aber es war doch wunderschön, daß Dewa jetzt hier war.

Die beiden Mädchen steckten den ganzen Tag beisammen. Sogar zu Herrn Rathold kam Dewa mit. Sie wurde rot vor Eifer, wenn er auch ihr ein Wachstäfelchen in den Schoß legte und ihr eine Reihe Buchstaben vormalte. Und willig sprach sie die Gebete nach, die er sie lehrte. Nur auf die Fragen nach ihrem Vater bekam sie ein verstocktes Gesicht.

Am Abend zwischen Vesper und Nachtmahl saßen sie im Frauengemach und sangen, daß die Leute unten im Hofe lauschend stehenblieben. Dewa spielte viel besser als Hemma auf der Harfe und hatte eine glockenklare, hohe, helle Stimme. Hemma sang nicht so schön wie sie. Ihre Stimme war stark und fest und tief. Es gab einen wundersamen Zweiklang, wenn sie im Scherze die Rufe der Hirten und Jäger nachahmten. Frau Imma und Herr Rathold saßen am Tische und schrieben, und dazwischen blickten sie freundlich zu den zwei Mädchen herüber. Manchmal sang Dewa auch allein. Sie wußte viele Lieder, die hier niemand kannte. Einige nahmen sich im Munde der kleinen Dewa recht seltsam aus, so viel Blut und Kampf, Rache und wilde Liebe schrie aus ihnen. Frau Imma erlaubte nicht, daß Hemma diese Lieder sang, und darum wagte auch Dewa bald nicht mehr, sie anzustimmen. Doch eine Weise summten sie fast jeden Abend, ehe sie schlafen gingen. Die Worte verstand Hemma nicht, sie waren weder deutsch noch slawisch, noch romanisch. Es war eine fremde Sprache, klangvoll und stark und sehr geheimnisvoll. Hemma konnte nicht satt werden, die unverstandenen Verse zu singen und dabei an die arme Wasserfrau zu denken, von der sie erzählten.

„Von einer Wasserfrau geht das Lied", hatte Dewa ihr gesagt. Mehr konnte sie selbst nicht erklären. „Es ist traurig –."

Das fühlte man ja, wenn man es sang. Hemma war jedesmal aufs neue von wehmütiger Süßigkeit ergriffen, wenn Dewa bei den letzten drei Tönen ihre Stimme von der eintönigen Melodie löste und leise darüber sang. Das war für sie etwas ganz Neues. Bis jetzt hatte sie nur die einstimmigen strengen gregorianischen Choräle und die Kampflieder der Reisigen gehört.

„Ein seltsames Kind", sagte Frau Imma zu Herrn Rathold hinüber, als die Mädchen schlafen gegangen waren. Der Priester schrieb noch ein paar kostbare Buchstaben in den Psalter, an dem er seit zwei Jahren arbeitete, und nickte dann. „Man sollte doch genauer erforschen, woher sie kommt. Was hat sie Euch erzählt, als Ihr sie fragtet?"

„Dasselbe wie vor drei Wochen. Sie sei ihrer Ziege nachgelaufen, die sich vor dem warmen Wind gefürchtet habe und ins Tal geflüchtet sei. Dabei habe sie sich verirrt und sei bis ans Wasser herabgekommen. Sie wollte über einen Steg, weil sie glaubte, die Ziege am anderen Ufer gesehen zu haben. Doch das Wasser riß sie mit der Brücke fort."

„Eine Brücke – das kann tief drinnen im Tal gewesen sein. Bei

Glödnitz –. Doch wäre sie dann kaum lebendig bis nach Gurkhofen gekommen!"
„Sie hat sich ja lange Zeit an einem Balken festgehalten, so sagt sie", murmelte Frau Imma. „Ich glaube, sie weiß wirklich nicht, wie der Ort heißt, wo die Brücke war."
„Dann muß sie tief in den Bergen drin daheim sein", überlegte Herr Rathold. „Köhler, Jäger, die wohnen so versteckt. Aber das Kind ist so fein und zart, – ich kann nicht glauben, daß es von solchen Leuten stammt."
„Ihr glaubt –", flüsterte Frau Imma kalt vor Schrecken und schlug ein Kreuz.
„Nein, nein, von Fleisch und Blut ist sie schon", meinte der Priester. „Sie hat keine Scheu vor Geweihtem. Und doch scheint mir, es sei nicht ganz richtig mit ihr. Könnte ihr Vater nicht ein Gebannter sein, der sich in die Wälder geflüchtet hat?"
„Ja, das könnte wohl sein", sprach die Frau langsam. „So mancher gute Mann ist verschollen und verschwunden, seit ich jung war. Aufruhr und Untreue fressen durch ein Land wie Schweine in einen frischen Acker."
„Daß sie nicht beten konnte –", murmelte Herr Rathold. „Nun, wie es auch sei, wir wollen das Kind im guten christlichen Geiste erziehen. Vielleicht aber melden sich seine Eltern doch noch."
„Ich glaube nicht. Unsere Jäger erzählen ja schon seit Monden in der ganzen Gegend von dem Findling herum, und niemand weiß etwas von dem Kinde. Hemma ist glücklich. Sie hat Dewa schon versprochen, daß sie immer als ihre Freundin bei ihr bleiben werde."
„Und Dewa? Was sagte sie dazu?"
„Ich weiß nicht, – anscheinend nichts, sonst hätte mir Hemma davon erzählt", antwortete Frau Imma betroffen.
Rathold schwieg und dachte nach.
„Ich sorge mich um Hemma", sprach die Frau weiter, und legte die Arbeit fort. „Sie hat eine so wilde, rasche Art. Sie wirft sich allem mit offenen Armen entgegen. Ihr Herz kennt kein Maß. Was soll aus ihr werden, wenn mich der Tod über Nacht heimsucht?"
„Die Liebe Gottes wird sie führen", tröstete der alte Priester.
„Ich habe nicht bemerkt, daß Hemma frömmer sei als ihre Gespielen. Sie betet wohl, wenn es an der Zeit ist, und hat Freude am Geben. Aber sie hätte es nötig, zu Gottes Freunden zu zählen."

„Was wissen wir, Frau Imma", sprach der Alte sacht. „Die Seele hat mit Gott ihre Geheimnisse. Bruder Lukas erzählte mir, er glaube, daß dieses Kind mit ganz besonderer Erkenntnis und Kraft der Liebe begnadigt sei. Sie habe ihm einmal in einer schlimmen Stunde wunderbar geholfen. Und habt Ihr gesehen, wie ernst sie die Fasten nimmt und wie sie sich lieber strafen läßt, als eine Lüge zu sagen? Hohen Sinnes ist sie, das ist gewißlich wahr."

„Hohen Sinnes war auch meines Mannes Großmutter, die schöne Mildreda, und ist doch Kaiser Arnulfs Buhle gewesen. – Ach, lassen wir das viele Reden, es macht mich nur noch bänger."

Sie stand müde auf und neigte sich vor Herrn Rathold, der ihr ehrfürchtig die Kerze bis zur Türe trug. Sie stieg die schmale hochstufige Treppe hinauf in den offenen Gang vor den Kemenaten. Sie lauschte in den Burghof hinab. Er lag still und dunkel da. Aus dem Torgewölbe kam ein leises Rasseln. Keine Fackel brannte. Die Wächter schliefen. Gott gönn es ihnen, die Zeiten waren ruhig.

Leise öffnete Imma die Türe zu Hemmas Stube. Sie war nicht groß, doch geräumig genug für das große Bett, den Betstuhl, das Schreibpult, für Stickrahmen und Harfe und zwei Truhen. Ein Tisch stand neben dem kleinen Fenster, das gegen Osten und halb nach dem Walde gerichtet war.

Frau Imma trat mit der Kerze ans Bett und schob den Vorhang zur Seite. Da lag die Kleine, ganz dem ersten süßen Schlafe hingegeben. Die mageren Arme lagen auf der Decke aus Fuchsfellen, die Handflächen waren offen nach oben gedreht, die Lippen fest geschlossen. Leise bewegten sich die stark geschwungenen Nasenflügel. Jetzt, da der starke, stets wechselnde Ausdruck daraus geschwunden war, sah man erst, wie kindlich dies Gesicht war. Mitleid ließ Frau Immas Hand erbeben. Du Kind, du süßes, armes, was wird dir das Leben bringen? Viel Arbeit wartet auf dich und gewißlich auch viel Leid. Sie zeichnete das Kreuz über die Schlafende und trat mit einem zerdrückten Seufzer vom Bette fort. Da sah sie in der Fensternische Dewas kleines Gestältchen stehen. Erst erschrak sie – das Kind sah aus wie eine Elbin. Der Mond kam eben hinter dem Waldkogel hervor und leuchtete spukhaft auf Dewas Hemd und leise wehendes Seidenhaar. Ach ja, Hemma hatte es durchgesetzt, daß Dewa bei ihr schlafen durfte.

„Was machst du da? Warum schläfst du nicht?" fragte Frau Imma streng.

„Ich konnte nicht schlafen", flüsterte das Kind. „Da bin ich aufgestanden, sonst wird Hemma aufwachen."
„Und was tust du da?"
„Ich denke – an den Vater." Dewa senkte den Kopf und schauerte zusammen.
Imma nahm die kalte kleine Hand. „Wie heißt dein Vater? Wir sollten ihn doch suchen!"
„Erchanger heißt er – aber bitte – bitte – nicht suchen, – lieber nicht suchen!" Sie schlug die Hände vors Gesicht und weinte lautlos. Imma war es, als müsse das Kind schon viele Nächte hier gestanden und so geweint haben. Sie wollte es nicht drängen und wußte auch nicht, wie sie es hätte trösten sollen. Sie strich ihm leise übers Haar und zog den Mantel über den schmalen Rücken, denn die Nacht war feucht und kühl.
Johanniskäfer schwärmten draußen. Eine Eule schrie. Dewa zuckte zusammen und machte sich heftig frei. Sie spähte in die Nacht hinaus. Drüben am Zingel aus Pfählen und Dorngestrüpp leuchteten zwei grüne Lichter. „Siehst du die Eule?" fragte Frau Imma.
Doch Dewa schluchzte plötzlich laut auf und warf sich wieder in Immas Arme. Die hoben sie auf und trugen sie zu Bett. Hemma schlief noch immer fest und ruhig. Imma legte das Kind neben sie und deckte sie sorglich zu. Dewa bemühte sich, die Tränen zu schlucken. Sie starrte in die Kerzenflamme und griff fast gierig nach der Reliquienkapsel, die Frau Imma von ihrem eigenen Halse löste.
Imma wartete, bis Dewas Augen zufielen. Dann ging sie leise hinüber in ihre Kemenate. Da brannte die Lampe vor dem Bilde der mütterlichen Maria, die kunstreich in Lindenholz geschnitzt über dem Betstuhle thronte. Frau Imma kniete sich hin und begann ihr Nachtgebet. Doch ihre Gedanken kehrten immer wieder zu den zwei Kindern zurück, die drüben schliefen. Es hatte doch so ausgesehen, als hätte Dewa auf etwas gewartet. Vielleicht hoffte sie, daß ihr Vater kommen und sie rufen würde. Jesus, guter Hirte, hüte sie beide auf deiner milden Weide, – auch Wilhelm drunten in St. Veit – ihn und alle unschuldigen Kinderlein!

Am St. Magdalenentage ließen sich Herr Engelbert und Frau Tuta zur Ader. Und da sich die edle Frau stets ein paar Tage darnach müde und krank fühlte, hatte die Großmutter ihr zur Erheiterung die kleine Hemma nach Friesach gesandt. Als Hemma ankam, war

der Trubel schon vorüber. Die Mutter lag in einem verdunkelten Zimmer auf einem Pfühl. Hemma herzte und küßte sie und begann sogleich zu erzählen – es gab ja so viel Neues, was die Mutter unmöglich schon wissen konnte. Dewa und Wilhelm und Bruder Lukas und Lieding und die jungen Hunde und der neue Wurzgarten im Zwinger und Herrn Ratholds hohes Lob über ihr Latein, und – und –.
Doch die Kammerfrau Blandine kam aus ihrem Winkel und sagte vorwurfsvoll:
„Die Frau Gräfin ist krank und braucht Ruhe. Wollet Ihr nicht morgen Euren Besuch fortsetzen?"
Hemma starrte sie an und war ganz benommen vor Schrecken. Sie hatte doch eben erst angefangen zu erzählen. – Und w i r k l i c h krank war die Mutter – und „Ihr" sagte diese dumme Kammerkatze zu ihr –! Ja – mußte sie jetzt gehen?"
Doch die Mutter sagte: „Nein, nein, Blandine, ich bin ja so glücklich, daß mein Töchterchen gekommen ist! Bleib bei mir, Hemmilin – nur, etwas kannst du doch auch für morgen zum Erzählen übriglassen, nicht?"
Hemma rieb den Kopf an der Mutter weichem, weißem Arm: „Ich bleib ja fünf Tage bei dir – fünf Tage, denk dir! Und dann kommst du bald nach Gurkhofen! Schön wird das sein!"
„Wir müssen dann nach Peilenstein, und der Vater sagte, du seiest nun groß genug, uns zu begleiten."
Hemma jauchzte so hell auf, daß sich die Mutter die Ohren zuhielt und Blandine fast von ihrem Stuhle fiel.
„Da sind wir dann lange beisammen, über den ganzen Winter! Nicht wahr? Wir bleiben bis zum Frühling dort?"
„Ja gewiß, bis über Ostern."
„O liebe, liebe Mutter, ist das schön! Du wirst sehen, wie brav ich da sein werde! Wenn ich bei dir bin, kann ich immer viel braver sein als in Gurkhofen."
Die Mutter lachte: „Du sprichst ja, als ob dich die Großmutter zu deinen bösen Streichen anstiften würde!"
„Nein, aber nein!" beteuerte Hemma eifrig. „Aber weißt du, die Großmutter, die ist eigentlich genau so wie ich, auch so mutig und herrlich und –." Sie stockte, denn Blandine hatte beide Arme hochgehoben, und die Mutter hielt sich die Hände vor den Mund. Sie kicherte verlegen: „Herrlich nicht – ich meine so – so –."

„Hemma, so darfst du nicht reden“, verwies ihr die Mutter nun ganz ernst. „Die Großmutter ist die erste Frau des Landes, hochgesinnt und adelig und klug wie keine zweite. Sie ist zu gut zu dir. Sonst könntest du nicht solch kecke Reden führen, du, ein kleines, unerzogenes Mädchen, das noch um jeden Bissen Brot bitten muß, den es bekommt!“

Hemma war bleich geworden. Sie konnte Tadel schwer ertragen. Und Blandine nickte so zufrieden. Die Mutter blickte sie an. Sie mußte nun um Verzeihung bitten. Aber sie konnte jetzt nicht. Die zerschlagene Freude schmerzte noch. Unrecht tat ihr die Mutter; sie hatte es doch nicht schlimm gemeint!

„Wie geht es der Großmutter?“ fragte Frau Tuta ein wenig traurig.

„Sie hat viel zu tun mit Lieding. Der Erzbischof will das Kloster nicht bauen lassen, sondern nur die Kirche. Und die wird nun bald fertig.“

„Daß sie noch so viel leisten kann!“ murmelte die Mutter.

„Sie ist oft sehr müde. Und das Herz tut ihr dann weh. Gestern war sie sehr traurig. Sie sagte: Eine andere wird das Kloster im Gurkerwalde bauen“, sprach Hemma stockend. Ihre Augen wurden weit. „Verzeih mir, Mutter, daß ich so von der Großmutter –“, stieß sie hervor.

„Nicht weinen, Hemmilin, ich weiß ja, daß du es nicht böse meintest“, flüsterte die Mutter, doch auch ihr traten die Tränen in die Augen. Sie hielten sich umschlungen und dachten beide an die große Frau, der sie so viel verdankten. Endlich fragte die Mutter: „Weißt du, daß Wilhelm in Friesach ist?“

„Wilhelm! Mit dem Herzog?“

„Ja. Morgen früh in der Messe kannst du ihn sehen. Vielleicht darf er auf eine Stunde zu uns kommen.“

Hemma nickte. Doch sie wagte nicht, vor Blandine zu sagen, wie sehr sie sich freue.

„Nun geh hinunter und sieh zu, daß du etwas zu essen bekommst. Und schlafen wirst du heute bei mir, dort, wo sonst Blandine schläft. Da könnten wir in der Nacht ein wenig plaudern.“

Hemma drückte den Kopf an der Mutter Schulter und flüsterte: „Danke, danke!“

Am Petersberge in Friesach hatte der Erzbischof von Salzburg schon vor hundert und mehr Jahren eine kleine Kirche und einen festen

Turm gebaut. Die Kirche schien den Friesachern schon lange zu klein und der Turm nicht allzu stark. Denn am Fuße des Petersberges war der Ort gewachsen, und die Bürger waren große Leute geworden, die sich das Leben nach eigenem Gutdünken einrichteten. Ein Haufen stattlicher Häuser drängte sich an den Berg heran. Da stand das feste Haus des Herzogs, grau und ein wenig öde, wie Häuser aussehen, die selten bewohnt werden. Daneben, kaum minder stattlich, Haus und Speicher des reichen Händlers Lenhard, vor dessen Türe bei Nacht und Tag die Plachenwagen standen. Darum reihten sich im engen Kreise die Höfe der Handwerker und Kaufleute, die drei Wirtshäuser, viele Knappenhütten, Herbergen, Zoll- und Maut- und Münzhaus, der schmalbrüstige Schlupfwinkel des Geldgebers Abraham, Speicher, Ställe, Schuppen und Stapelplätze. Denn Friesach war seit urdenklichen Zeiten ein guter Handelsplatz gewesen. Es war von durchziehenden Völkern gebrannt und geplündert worden, es war ausgestorben und wieder auferstanden, es war so zäh wie das Gold in den Zeltschacher Gruben und so unverwüstlich wie Geldgier und Prunksucht.
Am linken Ufer der Metnitz, die außen am Markte vorüberfloß, stand der wehrhafte Hof des Grafen von Friesach-Zeltschach, in dem jetzt Hemma wohnte. Er besaß keinen Turm, nur Zingel und Wehrgang, hinter dem der massige Palas, das Gästehaus und alle Vorratsschuppen und Lager der Reisigen und des Gesindes sich zusammendrängten. Man sah deutlich, daß da ein Gebäude um das andere hinzugekommen war, bis es schien, als solle der Zingel bersten. Alles war alt und finster, und zwischen den grauen, rohen Feldsteinen glänzten weiße Marmorplatten mit heidnischen Inschriften.
Hemma gefiel es aber trotzdem hier sehr wohl. Hier, wo die kränkliche Mutter so oft ans Haus gefesselt war und der Vater von tausenderlei Geschäften geplagt wurde, fühlte sie sich freier als in Gurkhofen. Kinder gab es da in Mengen, und im Markte ereignete sich täglich ein anderes aufregendes Geschehnis. Atre und Hemma waren selbst sehr begierig, die Bärentreiber und Affenspieler, die Gaukler und Fiedler, die Wunder in den Ballen fremder Händler und das ausländische Kriegsvolk zu sehen, das alles da auf der alten Römerstraße zwischen Nord und Süd auf und nieder zog. Atre freilich nannte sie die Heidenstraße, ja, den Teufelsweg, auf dem alles Unheil gekommen sei. Doch allzu lange brauchte man trotz-

dem nicht zu bitten, um sie in diese gefährliche Gegend hinabzulocken.
Die Messe begann erst um die Mittagsstunde, und Hemma war schon mit der Sonne aufgestanden. Trotz Morgengebet und Frühmahl, trotz dem ausführlichen Gespräch mit dem Herrn Oheim Rapoto und dem Besuch bei den Armen am Tore wollte die Zeit nicht vergehen. Der Vater war die ganze Nacht über beim Herzog gewesen, und die Mutter wollte schlafen. Was konnte man Besseres tun, als auf den Markt hinuntergehen?
Das war ein guter Gedanke gewesen, denn als Hemma mit Atre, Graman und der Frau des Leibarztes am Platze ankam, stand schon eine große Menschenmenge um einen schwarzhaarigen, mageren Mann, der mit dem Kopfe auf einer steinernen Flasche stand und dabei mit allen Zeichen des Behagens eine dicke Wurst verzehrte. Er bat um Brot.
„Wurst allein nit gesund", grinste er mit gelben Zähnen. Von allen Seiten drängten sich die Leute hinzu, um seinen Wunsch zu erfüllen. Eine Lücke wurde vor Hemma frei. Da sah sie Wilhelm sich gegenüberstehen. Er lachte gerade aus vollem Halse und schüttelte sich. Leute in des Herzogs Farben standen um ihn und lauschten begierig, was er sagte. Hemma sah in eines Augenblickes Schnelle, daß er anders war als einst – es tat ihr weh, und doch freute sie sich so, ihn zu sehen. Sie drängte näher zu ihm hin, ohne zu denken, daß er nicht allein war. Frauen waren auch bei ihm. Eine blickte neben seinem Arme hervor. Sie funkelte ihn aus schwarzen Augen so eigen wild und schelmisch an. Ihr Mund war rund und feingefältelt wie eine rote Nelke. Nun lachten sie zusammen, doch die Leute drängten sich vor Hemmas Blicke.
Atre ergriff ihren Arm: „Wohin willst du denn?"
„Wilhelm ist da", flüsterte Hemma, „dort – siehst du?"
Da stand er plötzlich fast frei ihr gegenüber – in einem Kettenhemd und einem langen Überwurf aus grasgrüner Seide, der an der Seite offen war. Das Mädchen steckte ihm eben an der linken Hüfte die Schnalle zu. Doch plötzlich riß er sich los und kam in zwei langen Sprüngen auf Hemma zu. „Du!" rief er leise. Es war ein so seltsamer Schrei, voll Freude, Zärtlichkeit, Mitleid und Kummer, daß Hemma ein heimlicher Schauer überrann. Sie reichte ihm die Hände und versuchte zu lächeln. Aber es war ihr gar nicht danach zumute. Sie wußte aber nicht, warum sie traurig war.

Die Leute, die bei Wilhelm gestanden hatten, kamen nun alle herzu, und Hemma mußte sich viele Male verneigen, denn die schönen, jungen Damen waren alle älter als sie, und sie sprachen und bewegten sich mit so viel Anmut und Sicherheit, daß ihr ganz bange wurde. Wilhelm nannte ihr einige Namen, aber sie merkte sich nichts, als daß das hübsche, braune Mädchen mit dem Nelkenmunde Gepa hieß.
Sie wußten aber nicht, daß sie mit Wilhelm so gut wie versprochen war. Niemand sagte davon ein Wort, und das war gut.
Atre, die gute Atre, kam hinzu: „Es wird Zeit zur Messe."
Mit fast unschicklicher Hast und Scheu nahm Hemma Urlaub von den neugierigen Leuten und floh in eine stille Gasse. Sie hatte es noch nicht gelernt, mit traurigem, erregtem Herzen maßvolle, höfische Worte zu sprechen und fremden, spöttischen Augen standzuhalten.
Noch bevor die Gasse langsam zu steigen begann, hörte sie Wilhelms hastige Schritte hinter sich: „Ich begleite dich zu eurem Tore!" sagte er atemlos. „Seit wann bist du da? Warum hast du mir keine Botschaft gesandt?"
„Ich dachte, du würdest in der Kirche sein. Aber es ist fein, daß wir uns jetzt schon getroffen haben. Was tust du immer?"
„Allerhand – aber nicht viel. Weißt du, unser Herzog ist ein geschlagener Mann. Der macht keine großen Sprünge mehr – solche, wie ich sie mir wünsche!"
„Warum?" fragte Hemma. Das Wort „geschlagener Mann" erschreckte sie.
„Die Ärzte sagen, er hat die schwarze Melancholie", flüsterte Wilhelm. „Gott hat ihn gestraft, weil er den kleinen König seiner Mutter geraubt und der Kaiserin die geschworene Treue gebrochen hat."
„Aber er hat sich doch ausgesöhnt, sonst hätte ihm die Kaiserin das Herzogtum nicht mehr zurückgegeben", sprach Hemma ängstlich.
„Ja, aber weißt du, eine gebrochene Treue, das ist wie eine Krankheit – davon wird keiner mehr gesund", flüsterte Wilhelm und erschauerte von seinen eigenen Worten.
Sie gehen jetzt mitten durch die Sonne den mittagsheißen Hang empor. Die Erwachsenen sind schon fast am Tore, sie aber gehen ganz langsam, denn es ist wunderbar, von solch schaurigen und schweren Dingen zu reden. „Du kannst mir glauben", sagte Wil-

helm, „Herr Heinrich schläft nicht mehr, seit er im Banne war. Die Güter, die ihm wieder zurückgegeben wurden, die schaut er gar nicht an. Wenn ich nachts bei ihm die Wache habe, so höre ich, wie er sich auf seinem Bette wälzt. Und einmal habe ich ihn rufen hören: Heinrich – Heinrich –. Er meinte wohl seinen Vetter, den Zänker, der ihn zum Aufruhr angestiftet hat. Doch Frau Uta meint, er rufe sich selber – den, der er einmal war."

„Fürchtest du dich nicht, wenn du bei Nacht bei ihm bist?"

„Nein", lächelt Wilhelm nachsichtig. „Aber traurig ist es bei uns. Die Herzogin ist immer still und müde. Einmal, da ich mit ihr ausritt und sie sehr gnädig war, wollte ich sie aufmuntern und fragte, ob sie nicht einen größeren, einen f r i s c h e n Ritt machen wollte. Da sagte sie: ‚Bedenke, mein guter Junge, wieviel ich in meinem Leben reiten mußte! Und wir sind wahrlich f r i s c h geritten, wenn wir flüchten mußten, – und damals, mit dem kleinen Königssohn –. Einst habe ich mir ein friedliches Leben gewünscht – ein sicheres Haus, Kinder. Ach ja', – seufzte sie. Sie tat mir geradezu leid. Frau Uta sagt, Gott habe ihnen Kinder versagt, weil sie selbst einer Mutter das Kind geraubt hätten. So ist das nun bei uns. Überall stößt man auf Dinge, die längst vorbei sind. Es ist schaurig, aber langweilig auch."

„Untreue muß etwas Schreckliches sein", murmelte Hemma.

„Gott behüte uns davor!" sagte der Knabe aufatmend. Hemma schien es, als habe dies allzu leichtherzig geklungen.

Nun waren sie am Tore. „Komm einmal zu uns!" bettelte das Mädchen.

„Freilich, ich werde um Urlaub bitten. Du – sprich aber nicht von dem, was ich dir erzählte!"

„Kein Wort!"

Was sie für süße, ernste, große Augen machen konnte! Er blickte sie fast staunend an. „Leb wohl, Hemma!" grüßte er dann steif und finster.

Mit ihrem Großoheim Rapoto erging es Hemma sonderbar. Wenn sie an ihn dachte und sich sein mürrisches Gebaren, seine grobschlächtigen Ermahnungen und sein grimmiges Aussehen vorstellte, so konnte sie nicht sagen, daß sie ihn besonders gerne mochte. Sie ging auch nur zu ihm, wenn er jemanden nach ihr sandte. Wenn sie jedoch bei ihm eintrat und er mit gröhlender

Stimme ihr entgegenrief: „Da bist du ja, meine kleine Hinde, mein armes, eingesperrtes Wölflein du!“, so hatte sie das Gefühl, daß es beim Oheim doch recht gemütlich sei.

Er wohnte im ältesten Teil der Burg, im ersten Gaden des einstigen Turmes, den Erzbischof Odalbert zur Hälfte hatte schleifen lassen. Hemma mußte über ein schmales Brücklein gehen, das vom Palas zum Turmpförtlein geschlagen war. Zu ebener Erde führte kein Eingang in den Turm. Der Oheim saß am Feuer und hatte einen Humpen Wein vor sich. Seine zwei Knechte, die seit vierzig Jahren seiner Waffen und seines Leibes warteten, hockten irgendwo in der rauchigen Düsternis und gurgelten erfreut: „Oho!“ und „Ha!“ Wolvold, der Riese, hatte nur ein Auge im zerhauenen Gesicht, dem Wito fehlte eine Hand. Graf Rapoto stand ihnen jedoch im Glanze ruhmvoller Narben wenig nach. Ein Keulenhieb hatte einst sein rechtes Knie zerschmettert. Es war nun steif und schuf ihm viele Qual. Auch seine Zähne lagen in Deutschland, Welschland und Mähren weit verstreut umher. Zwei seiner Finger moderten im Ungarland. „Ja, schöne Niftel, du wirst mir müssen suchen helfen am Tages des Gerichtes, sonst komme ich zu spät zur Auferstehung des Fleisches!“ Hemma lachte tapfer zu solchen Späßen, obwohl es sie zugleich ein wenig gruselte. Doch sobald sie in Herrn Rapotos Höhle trat und sich ein bißchen zerdrückt fühlte von den gewaltigen Stimmen und der reckenhaften Wildheit der drei argen Raufbolde, reckte auch sie sich in die Höhe. Ihr Schritt wurde laut und fest, ihre Rede scharf und unbekümmert. Dem Oheim gefiel dies über die Maßen wohl. „Du wirst die Rechte!“ lobte er und schlug ihr auf die Schulter, daß sie es bis in die Knöchel spürte.

„Das ist das einzig Gescheite, was die gute Imma in ihrem Leben getan hat, daß sie aus dir keine seidene Docke machte. Du und der Wilhelm, ihr werdet schon wieder ein wenig Leben hineinbringen in diese Sippschaft! Dein Vater sitzt drüben und schreibt wie ein Kaplan. Ich mag ihm die Freude nicht verderben, – Gott gönn es ihm! Ich aber habe nicht geschrieben, ich habe geschlagen, und Ordnung war! Keiner hat sich gemuckst. Ha, Hemma, das waren Zeiten!“

Ja, Hemma weiß davon. Von diesen Zeiten reden die Leute noch jetzt landaus, landein. Sie sagen: Wie Herrn Rapotos Großvater, der Kaiser Arnulf, die Welt mit seinem Schwer zusammen- und durcheinandergehauen habe, so wollte er selbst mit der Ostmark und den

umliegenden Reichen verfahren. Und manchem ist es leid, daß der Tod nicht auch Herrn Rapoto von seiner blutigen Arbeit vorzeitig abberief. Doch beim großen Kaiser Otto stand er hoch in Gunst. Als dieser hochgerühmte und gottgesandte Herrscher einst in Augsburg Hof hielt, schlug Graf Rapoto einem anderen hochgeborenen Manne im bloßen Scherz eine Wenge in den Helm, so daß der nur mehr mit der Kunst eines Schmiedes abzunehmen war. Und einen Ritter, dessen allzu zierlich gestazte Rüstung ihn zu einem guten Witze reizte, hob er an der Halsberge heimtückisch empor, so daß sein Roß unter ihm entlief und er sich unsanft auf die Straße setzte. Die Herren führten Klage beim Kaiser, doch der antwortete ihnen: „Lassen wir Herrn Rapoto seine Grobheit! Sie ist uns allzu not." Und es war, wie er gesagt. Kaum ein Jahr danach schwärmten die Ungarn gegen Augsburg herauf, und Graf Rapoto soll mit ihnen noch ungleich gröblicher verfahren sein.
Die grausigen Begebenheiten dieser Schlacht sind Hemma längst bekannt. Doch der Oheim läßt es sich nicht nehmen, sie ihr auch heute zu beschreiben, angefangen von dem unheimlichen Anblicke der heranflutenden Reiterhorden bis zur Gefangennahme ihres Anführers Bultzu und seinem unrühmlichen Ende am Galgen in Regensburg.
„Betet meine fromme Frau Schwieger noch für ihn?" fragte er zuletzt mit grimmem Lachen, das hohl im leergewordenen Humpen widerklang.
„Sie betet für alle armen Sünder und Hingerichteten", antwortete Hemma fast streng. „Und auch im Kloster wird sie dafür beten lassen."
„Ja, das Kloster! Sie soll es lassen!" Nun hatte Herr Rapoto wieder etwas zum Grämeln. „Wenn sie schon nicht anders kann, so soll sie dem Erzbischof eine Stiftung machen, daß e r es irgendwo baue, und nicht ihm in Straßburg eine Abtei vor die Nase hinsetzen, die noch dazu nur dem Päpstlichen Stuhle unterstellt sein soll. Das kann er doch nicht dulden! Aber so sind diese frommen Frauen! Da haben sie ihre eigenen Ideen und leben ganz in himmlischen Gefilden und vergessen, daß es hienieden so was wie Grenzstreitigkeiten, Hoheitsrechte, Marktgerechtigkeit und dergleichen gibt."
„Aber die Großmutter hat doch vom Kaiser selbst das Münz-, Zoll- und Marktrecht für Straßburg bekommen, damit das Kloster seine Einkunft hat", wandte Hemma ein. Rapoto fuhr auf und schlug sein

gesundes Knie: „Das ist es ja eben!“ schrie er weinerlich. „So stell dir das einmal vor: Mitten im Gebiete des Erzbistums steht da ein neues, ganz außergewöhnlich strenges Kloster, wie eine Insel, mit eigener Verwaltung und eigenem Gelde – ha, was verstehst denn du davon! Aber der Erzbischof muß nein sagen. Wo käme da das Ansehen der Salzburger Kirche hin?“

„Aber es muß doch ein Kloster in unserer Grafschaft sein! Du hast keine Ahnung, Oheim, was die Leute alles glauben! Im Frühling, wie das Hochwasser kam, hab ich ein Mädchen aus der Gurk gezogen, das hat nicht einmal das Vaterunser gekonnt!“

„Was hast du aus dem Wasser gezogen? Ein Mädchen? Du bist mir ein Wölflein, du!“ fängt Rapoto an und schüttelt sich vor Behagen. Doch Hemma fährt unbeirrt fort: „Und unsre Hörigen glauben lieber noch an den Belibog und an den Cernibog als an Gott Vater, und sogar vom Saxan singen sie noch droben am Beliz, sagt Herr Rathold. Der kann nicht alles tun, er ist zu alt.“

Der Oheim brummt vor sich hin und ruft dann ärgerlich: „Jetzt auf einmal muß ein Kloster her!“

„Es hätte schon lange eines sein sollen“, redet Hemma Herrn Rathold nach. Rapoto fährt auf: „So – und wir haben es versäumt, nicht wahr? Hörst du, wenn wir nicht gewesen wären mit unsern guten Schwertern, ich und mein Vater Hartwig und dessen Vater Zwentibolch, so könntet ihr eure Klöster in die Luft bauen! Wir haben das Land den Slawen und Awaren abgekämpft. Wir haben es für das Reich gewonnen! Verstanden?“

Hemma runzelt die Stirne und wird ganz starr vor Nachdenken. Dann sagt sie langsam und stockend: „Ja, Oheim, das Land ist deutsch, aber die Leute noch nicht. Die mögen unsre strenge Herrschaft nicht. Aber wenn wir ein Kloster haben und die Mönche – oder die frommen Frauen – lehren sie alles Gute und heilen die Krankheiten und pflegen die Kinder – vielleicht werden sie dann lieber deutsch und christlich sein? – – Sonst wäre – eure Arbeit ja – umsonst gewesen –.“

Graf Rapoto starrte sie lange an: „Wie kommst du auf das alles?“

„Ich denke oft nach – weil Dewa nicht beten konnte – und auch sonst“, antwortet das Mädchen und fällt ganz aus dem Tone, in dem es sonst mit dem Oheim redet.

„Wie alt bist du jetzt?“

„Elf Jahre.“

„Da hört ihr's, Wito, Wolvold, was sich die elfjährigen Kinder heutzutage für Gedanken machen! Die wird recht, beim heiligen Jörg, und o b die recht wird!"
Die beiden Knechte wiegen ihre Häupter und glotzen Hemma wunderlich an. Was sie sich denken, sagen sie nicht.
„Ja, ja, gewißlich, Kirchen und Klöster müssen sein", stimmt Herr Rapoto nach kurzem, freundlichem Nachdenken bei. „Auch ich habe ja der Kirche manche Buße gezahlt, und für die Seele des herzoglichen Ministerialen Sieghart, den ich im Zweikampf erschlug, habe ich in Maria Wörth eine große Stiftung gemacht. Wie das sich zutrug – du wirst es kaum glauben, daß es solche Zufälle gibt!"
Als Atre eine halbe Stunde später an die eisenbeschlagene Türe klopfte, war Graf Rapoto gerade dabei, seine Überraschung zu schildern, mit der er in dem diensteifrigen Pfarrerlein in Maria Wörth den Bischof Abraham von Freising erkannte. Der Bischof war da in der Verbannung und büßte den Verrat, den er mit den beiden Heinrichen am König begangen hatte. Und das war das letzte der vielen kleinen in jenem großen Abenteuer. „Und nun geh, mein Wölflein, und mache dir nicht über deinen armen Oheim so viele Gedanken!"

Die Birken und Buchen auf der Paradieswiese färbten sich herbstlich, und die ersten Marienfäden schwammen in der stillen Luft. Die Berge waren blau und der Himmel bleich, und die Schwalben zogen darüber hin gegen Süden. Hemma und Dewa blickten ihnen nach. Vielleicht fliegen sie über Peilenstein, dachte Hemma. Ob die Mutter ganz gesund ist?
Hemma hatte nicht mit den Eltern reisen können. Kaum war sie nach Gurk zurückgekehrt, erkrankte die Großmutter. Es war wieder das Herz, das sie schon oft gequält. Nun aber schien es, als solle sie nicht mehr gesund werden. „Deine Mutter ist auch immer krank, nicht wahr, Dewa?"
„Ja, sehr oft. Sie ist sehr schwach. Aber der Vater trägt sie immer in die Sonne hinaus und bringt ihr Kräuter und Vögel und manchmal auch Honig."
Es müßte schön sein, wenn der Vater immer da wäre. Hemma sah ihren Vater so selten. Er war ein sehr schöner, vornehmer Mann. Sie hatte nie von ihm ein gemeines Wort gehört. Sein Gesicht war so edel und klar. Hemma fühlte, wie sehr sie ihn liebte und wie fremd

er ihr eigentlich war. Arme Kinder hatten es besser als sie. Sie war so froh, daß Dewa bei ihr war. Sie sah nun so gesund und lieblich aus, daß es eine Freude war. Ihr Haar glänzte wie eitel Gold, Wangen und Lippen blühten täglich röter. In Hemmas ausgewachsenen Kleidern schien sie zierlicher und höfischer zu sein als Hemma selbst. Auch fromm war sie geworden, und obwohl sie nicht sehr klug war, hatte sie doch das Lesen halb gelernt. Am besten verstand sie sich aber immer noch aufs Singen. Die Leute staunten mit offenem Munde über die Kraft, die in dieser kleinen, zarten Kehle verborgen war. Herr Rathold hatte sie ein kunstreiches Gloria gelehrt. Es war wohl nicht üblich, daß Frauen in der Kirche sangen; doch Herr Rathold meinte, daß der Gesang eines unschuldigen Kindes lieblich zu Gott aufsteigen müsse. So hatte Dewa am Großen Frauentage das Gloria gesungen. Holder konnte es auf Betlehems Weide nicht geklungen haben.

„Singen wir!" bat Hemma.

Sie begannen das dunkle Lied von der Wasserfrau zu singen. Hemmas Herz wurde davon nicht leichter. Sie sang so dahin, halb wie im Traume, Dewas helle Stimme, Dewas helle Haare neben sich. Die Wiese war goldengrün. Tausendschönchen blühten im kurzgemähten Grase. Sie sangen das Lied von der Wasserfrau, das traurige, fremde Lied, und Hemmas Herz war still und schwer.

Oft mußte sie später daran denken – an das Lied und die Blumen und an Dewas süßen, hellen Gesang.

Der riß plötzlich ab. Dewa sprang heftig auf, krallte die Hand in Hemmas Schulter. Ein schluchzendes Keuchen sprengte fast die kleine Brust. Hemma erstarrte in schmerzhafter, angstgelähmter Spannung.

Ein fremder Vogel pfiff.

Und dann rannte Dewa – rannte in sinnloser Hast über die Wiese hin, dem Walde zu und verschwand hinter den Heckenrosen.

Hemma sprang auf. „Dewa!" schrie sie entsetzt. „Dewa! Dewa!" Sie fing zu laufen an, langsam, ohne Hoffnung, die Gespielin einzuholen. Doch da trat sie noch einmal aus der grünen Wand. „Hemma, nicht rufen!" schluchzte sie und schüttelte die Händchen vor der Brust, wie kleine Kinder tun, die haltlos weinen. „Laß mich! Leb wohl, Hemma – ach – Hemma!"

Dann schlugen die Ranken zusammen, und tiefe Lautlosigkeit lag über dem Walde.

Hemma zitterte so, daß sie die Hände nicht ballen konnte. Sie wollte Dewa nachlaufen, wollte rufen, doch mitten in allem Entsetzen stand der Gedanke vor ihr, daß Dewas Vater vielleicht gefangen und gerichtet würde, wenn man ihn fände. Sie durfte ihn nicht verraten – nichts verraten.

Sie setzte sich mitten auf die Wiese und starrte in den Wald hinüber. Doch als der Abend schwarze, lange Schatten über die Halde warf und sie allein heimgehen sollte, weinte sie und wagte lange nicht, in die Burg zurückzukehren.

Das kleine, tiefe Fensterlein in Hemmas Stube war nun wieder mit Pergament verschlossen. Der Wind peitschte die Flocken knisternd daran und pfiff durch die Fugen, so daß das Lämpchen über dem Betstuhle ängstlich flackerte. Es war sehr kalt. Hemma saß zwischen den Polstern in ihrem Bett und lauschte. Schlief die Großmutter? Nein, sie stöhnte. Hemma konnte es durch den dicken Teppich hören, der die schmale Türe verschloß. Es war ein schauriger, langgezogener Laut voll Angst und Qual. Nun hatte sie wieder Schmerzen – furchtbare Schmerzen, die niemand lindern konnte. Hemma sah es vor sich, wie das liebe arme alte Gesicht sich bläulich färbte, wie die Augen in höchster Angst und Not hervortraten und der Schweiß nach den tiefen Falten niederrann. Nun stöhnte sie wieder – und wieder – lauter und lauter. Hemma kauerte sich auf die Knie und rang die Hände. Sie litt mit der Kranken. Auch ihr Herz schmerzte in grausamer Qual und Angst. Sie wußte, einmal in einem solchen Krampfe würde die Großmutter sterben.

Horch – Stimmen raunten drüben – klagende, mitleidige Frauenstimmen, die hilflosen Trost zusprachen – Herr Rathold betete. Man hatte ihn geholt – mitten in der Nacht.

Starb sie?

Hemma sprang auf den Boden. Zögernd, Schritt für Schritt schlich sie zur Türe. Sie wagte nicht, einzutreten. Nun jammerte die Großmutter ganz laut – so arm – arm! Hemma biß in ihre Hand. So stand sie von Kälte und Schmerz geschüttelt, bis Atre den Teppich zur Seite schob und fast gegen das Kind stieß. „Komm, leg dich wieder zu Bett. Es geht ihr schon besser", flüsterte sie. Hemma warf einen Blick in das Zimmer der Großmutter. Es war voll mit Leuten, die mit Wasserbecken, Leinwand und Arzneien hin und her gingen.

Es roch nach Kräuterdämpfen und Essig und nach dem Rauch aus dem Kohlenbecken. Die Großmutter lag totenbleich dahin und hatte die Augen zu.
Hemma stolperte über ihr langes, wollenes Hemd. Da hob Atre das große Mädchen auf und trug es zum Bett hinüber. Sie setzte sich zu Hemma und redete ihr zu, sie solle schlafen. „Der Großmutter geht es wieder gut. Du weißt, sie will nicht, daß du ihretwegen Angst hast."
„Ja, ja, Atre, ich werde schlafen, geh nun zu ihr hinüber! Sie hat dich am liebsten von den Frauen. Wirst du heute bei ihr wachen?"
„Ja, Hemma. Ruf mich, wenn du nicht schlafen kannst!"
Auf ihren weichen Strümpfen ging Atre fort, und Hemma war allein.
Nun blieb es still in der Krankenstube. Doch Hemma konnte nicht schlafen. Sie faltete die Hände und begann zu beten. Herr Rathold hatte ihr ein schönes, langes Gebet aufgeschrieben, das sie beinahe schon auswendig konnte. Sie begann:
„Herrgott von Himmelreichen, nun lobe ich dich sehr, daß du so große Ehre mir gegeben und mich elendes Weib im Leiden dir angeglichen hast. Unwert bin ich der sehr kostbaren Schmerzen meines Leibes und meiner Seele und unwert dermaßen auch der gnadenreichen Verlassenheit, in die du mich geführt."
Hemma hielt inne. Es kam ihr auf einmal zum Bewußtsein, was sie sagte. Sie hatte dieses Gebet gelernt, ohne es wirklich zu verstehen, wie sie die Psalmen und das Kredo und die Meßgebete gesprochen hatte. Nun aber fühlte sie auf einmal, daß sie da zu Gott etwas sagte, das einen wirklichen Bezug auf sie selbst hatte – daß sie also zu Gott von sich selbst sprach und daß Gott sie hörte und verstand.
Sie flüsterte noch einmal: „– unwert der gnadenreichen Verlassenheit, in die du mich geführt."
Verlassenheit – ja, das war es wohl. Ich b i n verlassen, dachte sie. Die Eltern sind weit fort, Wilhelm ist mit dem Herzog in Aquileia, die Großmutter ist krank, und Dewa ist fortgegangen. Gott hat mich in die Verlassenheit geführt, ja, er hat alles so gefügt, und ich muß jetzt trachten, daß ich nicht unwert sei –.
Ein Gefühl überkam sie, wie sie es noch nie verspürt. Es war eine Innigkeit und Freude, die das Leid nicht nahm, sondern verklärte, und es war eine Stille und ein Friede und eine süße heimliche Un-

ruhe. Und doch war es nicht Freude und Friede, nicht Innigkeit noch Unruhe, wie dieser irdischen Worte Sinn und Laut sie meinet, sondern es war ein Licht darin und eine Dunkelheit, für die unsre arme Zunge nicht Klang noch Namen hat.

Am Tage vor Lichtmeß rief Herr Rathold Hemma zu sich in die Sakristei. Sie war gerade bei den Armen am Tore gewesen und hatte ihnen heißen Most, Brot und Schuhe gebracht. Die Großmutter wollte nicht, daß die Armen ihrer Krankheit wegen Not leiden sollten. Von jeder Mahlzeit trugen Hemma und Atre einen Korb voll zum Tore hinab. Drunten wurde ein leeres Wächterstübchen geheizt, und so manche der Kinder, Krüppel und alten Leute hielten sich den ganzen Tag darinnen auf. Es war bitterkalt in diesem Jahre.

In der Sakristei fror es so, daß der Atem wie eine weiße Wolke in der Luft stehenblieb. Hemma zog ihr Pelzmäntelchen eng um sich und blickte Herrn Rathold fragend an.

Der verschloß bedächtig den Schrein, in dem das silberne Altargerät bewahrt wurde, und fragte dann: „Jetzt mußt du mir doch einmal sagen, warum du so still und scheu geworden bist. Sag, Hemma, drückt dich was?" Hemma wurde rot, aber sie wußte mit bestem Willen nicht, was sie sagen sollte.

Sie lächelte verlegen und blickte zu Boden.

„Du mußt es dir nicht so zu Herzen nehmen, daß die Großmutter krank ist. Sieh, wir alle sind dazu geboren, in die Ewigkeit einzugehen, und Frau Imma hat in Ehren ein schönes Alter erreicht. Oder trauerst du immer noch um die Dewa? Das war freilich eine Undankbarkeit von ihr, so ohne Abschied fortzulaufen. Doch darfst du dich deshalb nicht so sehr kränken. Schau, die Leute reden schon davon, daß sie dich verhext habe. Sie sagen, sie sei ein Wasserweiblein gewesen. Aus dem Wasser sei sie gekommen und an einem Neumondtage sei sie verschwunden. Sag, hat sie dir etwas gewunschen, bevor sie fortgelaufen ist?"

Hemma schüttelte heftig den Kopf. „Nein, sie hat nur geweint. Sie hat mich liebgehabt. Ich weiß es wohl."

Herr Rathold legte begütigend eine Hand auf Hemmas Schulter. „Das glaube ich wohl auch, daß sie dir nichts Böses wünschte. Aber seltsam ist es, daß du nicht mehr so laut und fröhlich bist wie sonst."

Er blickte fragend in die großaufgeschlagenen Kinderaugen, in denen ein heimlicher Kampf zuckte. Doch Hemma vermochte ihm nichts zu sagen. Sie kannte Herrn Rathold, solange sie denken konnte. Er war ein guter, heiterer alter Mann, mit dem man reden konnte wie mit einem Verwandten. Aber das – von Gott – wagte Hemma ihm nicht zu sagen. Gerade weil er so alltäglich vertraut war.

„Die Großmutter tut mir so leid", murmelte sie. Es war keine Lüge. Das war gewiß der tiefste Grund, warum sie so anders geworden war.

Herr Rathold seufzte: „Ja, sie muß viel leiden. Desto schöner wird ihr Himmel sein. Mein gutes Kind, wir müssen uns alle ans Leiden gewöhnen. Es ist der einzige und sicherste Weg zur Seligkeit."

Er segnete das Kind und begann in einer Lade herumzukramen. Hemma ging in die Kapelle hinaus und blieb dort stehen. Die schwere Balkendecke spannte sich breit und niedrig über ihr. Die kleinen, rundbogigen Fensterlein in der ungefügen Apsis ließen nur ein schwaches, trübes Licht auf das strenge, byzantinische Kreuzbild und die schweren Leuchter fallen. Über dem steinernen Altartische schwebte an drei schweren, silbernen Ketten das Ziborium in Gestalt einer vergoldeten Taube. Auf einer bronzenen Säule stand die ewige Lampe. Die Kapelle war sehr schlicht, obwohl alles Gerät aus kostbaren Metallen und Stoffen gearbeitet war. Doch fand sich keinerlei steinernes Ornament oder kunstreiche Malerei darin, außer den zwölf Apostelkreuzen, die in schwarzer und ziegelroter Farbe an die rohen Wände gemalt waren. Man sagte, daß die Mutter Zwentibolchs, die Kaiser Arnulfs Buhle gewesen war, sie hatte bauen lassen, als Zwentibolch von seinem Vater das Land an der Gurk zu eigen bekam. Sie selbst hatte den geweihten Ort erst betreten dürfen, als Kaiser Arnulf tot und sie von der Sünde des Ehebruchs losgesprochen war. Neben der Kapellentüre war ein Fensterlein. Vor diesem hatte sie gekniet und hatte so der Messe beigewohnt, wenn sie bei ihrem Sohne in Gurkhofen war. Längst hatte der Kaiser sie um der Reichsgeschäfte und um anderer Frauen willen vergessen. Doch sie war ihm in einer so wilden, hartnäckigen Treue ergeben, daß sie nicht einmal von Christus und seiner Gnade etwas wissen wollte. Sie hatte Angst, daß das Versprechen, das sie Gott bei ihrer Umkehr geben müßte, sie hindern würde, Herrn Arnulf in alter Liebe zu empfangen. Er kam aber die letzten drei

Jahre seines Lebens nie mehr zu ihr und ist fern von ihr unter fremden Leuten gestorben. Das ist nun lange her. Von dieser großen, unbändigen Liebe zeugt nur noch die kühle Sandsteinplatte an der Epistelseite der Kapelle mit der unbeholfenen Inschrift: MILDREDA COM SSA OBIIT. Und die letzte ihrer Nachkommen ist das kleine Mädchen, das da vor dem Altare steht und auf den schmalen geraden Schultern das ungeheure Erbe von Sünde, Gewalt und Reichtum trägt.

Hemma aber fühlt nur die Schwere einer Süßigkeit in ihrer Brust. Sie steht leise schwankend auf den kalten Fliesen und blickt unverwandt mit weit offenen Augen zur goldenen Taube empor, die den Leib des Herrn trägt. Hemma weiß nicht, was sie beten soll. Sie kennt die eitle Geschäftigkeit der Erwachsenen noch nicht, die jedes aufquellende Gefühl gleich in Worten ausleeren müssen. Sie kann noch wortlos verharren, Aug in Aug mit einer inneren Schau. Sie ist nicht mehr verlassen, sondern wie umkleidet von Liebe – die Angst ist verwandelt in klare Zuversicht.

„Du wirst dir einen Husten holen!" ruft Herr Rathold von der Sakristei her, wo er das seltsame Gebaren des Kindes schon eine Weile beobachtet hat. Hemma schrickt zusammen und geht in verwirrter Eile fort.

Draußen im winkeligen Hofe liegt frischer Schnee. Silbern stäubt es in der Luft. Es ist zu kalt, als daß es richtig schneien könnte. Drüben aber in der Webstube ist es warm. Wohlig riecht es nach Rauch und trockenen Kräutern, nach Wolle und bratenden Äpfeln. Guda steht am Webstuhle, in den ein grobes Stück Linnen eingespannt ist. Sie ist taub und hört nicht, was die Frauen plaudern, die am andern Ende des länglichen Raumes in einem traulichen Kreise beisammensitzen und ihre Spindeln tanzen lassen.

Hemma setzt sich zu ihnen. Sie hat heute eine lustige Arbeit. Sie muß die Spindeln abhaspeln, die in dieser Woche vollgesponnen worden sind. Eifrig dreht sie das große Rad, daß der Wind ihr in die Haare fährt. Die Mägde reden davon, daß ein bergsüchtiger Knappe in Zeltschach prophezeit habe, es werde ein schlimmes Jahr über die Welt hereinbrechen. Mit einer großen Kälte werde es anfangen, so daß die Wintersaat erfrieren und alles Wild in den Wäldern verderben müsse. Die jungen Dinger, die noch nie solch ein Notjahr überstehen mußten, tun gar sehr betroffen und meinen wichtig, daß dieser Winter der ärgste sei, auf den sie sich besinnen könnten. Sie verdrehen entsetzt die Augen und können dabei das lüsterne, gruselige Lachen kaum verdrücken. Doch Wilbirg, eine braune, breite Sechzigerin, redet dagegen: „Streng ist er wohl, dieser Winter. Aber die Saat ist noch nicht erfroren, und von gefallenem Wild hört man auch nicht mehr als in anderen Jahren."

Denn sie gedenkt jenes unseligen trockenen Sommers vor mehr als vierzig Jahren, da in der ganzen Zeit zwischen Christi Himmelfahrt und dem Kleinen Frauentage kein Regen gefallen war. Die Frucht verdarb auf den Feldern zu fahlem Staub, die Bäume gilbten und wurden kahl, Bäche und Quellen versiegten, und über all dem Durst und all der Not kam ein großes Sterben über Mensch und Vieh. Wilbirg weiß noch, wie Tote und Verschmachtende auf den Wegen und Straßen ungelabt und unbegraben liegenblieben. Unter den Bäumen lagen Vöglein mit aufgerissenen Schnäbelchen, und aus den Wäldern kamen Luchs und Wolf, Hirsch und Bär bis zur Gurk herab, die als ein fadendünnes Rinnsal zwischen den glühenden Steinen dahinsickerte. Wenn aber ein Mensch ihr Wasser trank, wurde er krank und starb binnen drei Tagen grausam dahin. Auch Wilbirgs Eltern waren damals gestorben, auch ihre zwei Kühe und das graue Roß. Doch da sie selber nicht mehr von ihrem Heulager aufstehen konnte, kam jener Regen, und Gottes Fluch war wieder hinweggenommen.

„Furchtbar ist es gewesen", erzählt sie schaudernd. „In den Nächten fiel kein Tau, und am Himmel stand keine Wolke. Die Leute erschlugen sich wegen einer Kuh, die noch ein Tröpflein Milch gab, und wegen einer Handvoll Beeren, die einer im tiefsten Walde gefunden hatte. Manche wanderten fort, hinunter ins windische Land. Sie glaubten, dort an den Seen müsse noch Wasser sein. Keiner ist wiedergekommen. Später haben wir erfahren, daß auch die Seen gesunken waren. An den Ufern klaffte der stinkende Schlamm in breiten Strecken. Dort starben die Dörfer aus. Der Wörthersee stand so tief, daß man den Unwurm sehen konnte. Zwei Fischer von Maria Wörth fuhren um die Mittagsstunde über den See. Da sahen sie ihn tief unter sich – ein Tier, so lang, daß der Kopf irgendwo in eine Kluft hinter hing, die sie nicht mehr erschauen konnten. Er war fast weiß und sah einer ungeheuren Schlange gleich. Doch hatte es keine Schuppen, sondern Ringe wie eine nackte Raupe. Und baumdicke, baumlange Glieder ringelten

sich in Schlamm und Fels des Wassergrundes. Den Männern stockte vor Grausen der Herzschlag, so daß sie kaum von der Stelle rudern konnten. Sie erzählten den Priestern an der Kirche von Maria Wörth davon. Die glaubten ihnen nicht und verboten ihnen, davon zu reden, weil die Leute vor Angst und Not ohnehin schon fast von Sinnen waren. Doch wenige Tage später fügte es sich, daß ein junger Kaplan – Werigand hieß er, ich weiß es noch – an jenes Ende des Sees hinunterfuhr, das im Osten in den Sumpf verläuft. Dort hauste ein alter Otternjäger, der nie zur Kirche ging. Als Herr Werigand hinkam, war die Hütte leer. Er selber hatte wohl auch schon die Krankheit im Leibe, denn er vermochte nicht mehr die Heimfahrt anzutreten, sondern legte sich unter freiem Himmel auf einen Haufen Schilf. Die Nacht war hell, Herr Werigand konnte weit über den ausgetrockneten Schlamm bis zum Wasser sehen. Und als der Mond ganz hoch am Himmel stand, sah er das Untier aus dem Wasser steigen. Es kroch auf seinen ungeheuren Ringelfüßen mühselig auf den Schlamm heraus – weiß war es wie ein Molch und hatte einen breiten, bösen Schlangenkopf. Es kroch und kroch und nahm kein Ende. Es hob den Kopf und züngelte nach allen Seiten. Herr Werigand kam vor Angst halb von Sinnen. Doch das Tier atmete tief und stöhnte dreimal und begann dann am Strand entlangzukriechen. Herr Werigand sagte, es habe zwei Stunden gedauert, ehe es an ihm vorüber war, so lang war es und so schwer kam es am Lande vorwärts.
Am nächsten Tage fanden ihn seine Mitbrüder. Er tobte im Fieber und schrie immerfort: ‚Apage, Bestia!' Er ist dann gestorben, aber in einem lichten Augenblicke hat er noch dem Propste gestanden, was er gesehen hatte."
Die alte Wilbirg seufzte noch einmal dem alten Notjahr nach und trieb ihre Spindel wieder an, denn über den grausigen Erinnerungen hatte sie aufs Spinnen vergessen. Doch nicht nur ihre, sondern auch manch andere Spindel lag am Boden hingesunken, und Hemmas Haspel stand still. Guda kam von ihrem Webstuhle herüber und neigte fragend das Ohr gegen den lauten Mund der jungen Luza: „Was habt ihr denn, daß ihr nicht arbeitet?"
„Die Wilbirg hat uns von dem Unglücksjahr erzählt, – vor vierzig Jahren, wie es nicht geregnet hat", erklärte ihr das Mädchen.
„Gott bewahre uns vor solchen Zeiten!" mummelte die Alte. „Selm hat die Frau alles, was sie hatte, hergeschenkt, und wir in der Burg

hatten selber kaum noch etwas zu essen. Zwei ihrer Söhne starben, nur Herr Engelbert, der damals in der Wiege lag, ist am Leben geblieben."

Ach, damals war das, denkt Hemma. Die Großmutter hatte ihr wohl einmal gesagt, daß Rapoto und Georg, die Brüder ihres Vaters, jung gestorben seien. Aber sie hatte nie Genaueres darüber gesprochen. Sie wollte Guda bitten, daß sie erzählen möge, wie es eigentlich war, doch da trat Atre ein:

„Macht Feierabend! Morgen ist Maria Lichtmeß. Die Luza und die Kathrein sollen noch den Prozessionsweg kehren, sagt die Frau."

Dann winkte sie Hemma. Die bat, seltsam bis ins Herz erschrocken, das halbwüchsige Mädchen zu ihrer Linken: „Räume du den Haspel fort!" und folgte der Amme. Unter der Türe sagte Atre: „Du brauchst nicht zu erschrecken. Der Großmutter geht es heute besser als sonst. Aber sie möchte mit dir allein reden."

In der Krankenstube brannte schon ein Licht vor dem geschnitzten Marienbilde. Es war sehr warm und roch erstickend nach Kräutern und Essenzen. Die Großmutter saß im Bette, von allen Seiten durch viele weiße Kissen gestützt. Ihr Kopf war mit essiggetränkten Binden umwickelt, die sich auch um Kinn und Hals schlangen. Ihr Gesicht war bläulich, eingefallen und verschwommen. Die Augen schienen Hemma wie welke Blumen, von müden Lidern halb verdeckt. Die Hände waren wachsbleich, schmal und feucht.

„Da bist du ja, mein Hemmilin!" sagte die Großmutter mühselig. In ihrer Brust sauste es so eigen unheimlich, wenn sie angestrengt Atem holte.

„Setz dich ein bißchen her zu mir! Wie geht es dir?"

„Ganz gut, Großmutter. Heute war ich unten im Dorfe und habe ein paar schöne Wachslichte abgeholt."

„Sind die Albecker Mädchen noch da?"

„Nein, gestern früh sind sie heimgeritten", antwortete Hemma und unterdrückte ein „Gott sei Dank!"

„Da hast du es wohl sehr einsam, armes Kind", seufzte die Ahne. „Weißt du, daß ich habe nach Wilhelm senden lassen? Ich möchte ihn doch noch einmal sehen und ihm sagen, daß er zu dir gut sein soll, wenn du einmal sein Weib bist."

„Ich werde nämlich bald sterben", spricht sie weiter, als sie wieder zu Atem kommt. „Ich weiß es wohl. Deshalb habe ich dich rufen lassen. – Ich muß – mit dir reden. –"

Hemma faltet die Hände im Schoß und würgt an den Tränen. Aber sie sagt nicht „Du wirst wieder gesund werden“.
„Es ist eine große Weisheit Gottes.“ Die Augen der Großmutter blicken nun mit alter Macht und Festigkeit in das Kindergesicht, das aufmerksam, geduldig und ehrfürchtig zu ihr emporgewendet ist. „Nun bist du groß genug, daß du mit deinen Eltern reisen kannst. – Du sollst viel sehen, – selbst lernen, – deine Kinderzeit – ist aus. Ja – arme Kleine!“
Sie ringt nach Atem: „Wenn du dann zwölf Jahre alt bist, werden sie dich zur Herzogin Gisela nach Regensburg senden. Sie hat es deinem Vater mit Freuden – zugesagt, dich aufzunehmen. Dort gibt es junge Leute, – du wirst es dort – schön haben. Schöner als da – bei deiner alten – kranken Großmutter –.“ Der Schatten eines Lächelns geistert über das verfallene Gesicht. Hemma schüttelt heftig den Kopf. Ihre Wangen werden naß. „Und wenn du heimkommst, wird es – eine große Hochzeit geben. Hemma – ich habe viel gebetet – für euch beide. Ich wünsche dir, du mögest es leicht haben bei deinem Gemahl. Aber – wenn nicht – Hemma, glaub mir, es gibt kein so schweres Leben, daß man dabei hart werden dürfte. Immer kann man noch etwas Gutes – aus dem Schlimmen – schaffen. Nur beten – beten – nicht versinken, fest stehen – im Glauben – in der Hoffnung – Liebe. Lieben – kann man immer.“ Es ist, als ob ihre Gedanken entwandern wollten.
„Nicht so viel reden, Großmutter“, bittet Hemma. Doch Frau Imma schüttelt fast unwillig den Kopf und rafft sich zusammen.
„Ihr werdet sehr – reich sein. Nicht stolz sein! Aufgabe – Hemma, Aufgabe! – Dieses Land – armes, schönes Land – hinauftragen zu Gott Vater – Sohn – Heiliger Geist –. Wer wird es tun? – Dir auferlegt, Hemma – dir auferlegt! – Ich weiß, gut weiß ich – sehr harte Arbeit, – mit solcher Last den schmalen, steilen Weg –. Hemma, stark sein –“
Sie hebt die Hand und umschließt Hemmas zitternde Finger mit schwachem, kaum fühlbarem Drucke. Ihr Gesicht ist totenbleich und mit feinen Schweißtropfen bedeckt. Mit äußerster Anstrengung beginnt sie noch einmal:
„Und – noch etwas, Hemma – die Kirche – muß geweiht werden in – diesem Jahr – du mußt – es dem Erzbischof sagen, ihn bitten – mir verzeihen – einfältiges Weib – – nicht besser – – verstanden –“

Ihr Kopf fällt auf einmal zur Seite. Hemma springt auf und legt ihre Hand stützend unter die Wange. „Großmutter, – ist dir schlecht?" flüstert sie heiser.
Die Großmutter gibt ihr keine Antwort. Die großen, eingesunkenen Augen blicken verloren ins Leere. Zwischen Mund und Nase kerben sich die Linien tiefer und entstellend ein. Der Mund biegt sich wie zum Weinen – nein, nicht zum Weinen – schrecklicher, gequälter – angstvoller. Mit einem Stöhnen öffnen sich die Lippen. „Hemma – beten –"
Hemma versteht. Alles rauscht und kreist um sie. Die Großmutter stirbt – Jammer, Entsetzen, Angst und tiefe Schauer überfallen ihr Herz. Sie biegt sich wie ein junges Gras im Sturm, sie wirft sich nieder und fängt mit lauter, schwankender Stimme zu beten an:

„Kyrie eleison!
Christe eleison!
Kyrie eleison!"

Atre, die draußen in der Kälte am offenen Gange wartet, hört die hellen, inbrünstigen Schreie und schrickt zusammen. Leise und hastig öffnet sie die Türe. Da sieht sie das Kind in seinem roten Kleidchen neben dem Bette knien, die rechte Hand an der Wange der Kranken, die Linke wie in Ekstase ausgespannt. Und durch die rötliche Dämmerung von Kräuterrauch und Todesbangnis hallt die kindliche, verzweifelte, entrückte Stimme:

„Kyrie eleison!
Christe eleison!
Kyrie eleison!"

Atre stürzt auf den Gang hinaus. „Luza! Kathrein! Lauft zu Herrn Rathold! Er soll kommen! Rasch!" ruft sie beherrscht zu den Mägden hinab, die drunten den Hof kehren. Die hören am Klange ihrer Stimme, daß es nun Ernst werde. Dann tritt Atre in die Krankenstube und zündet die Sterbekerze an.
Hemma fühlt es nur wie im Schlafe, daß hinter ihr die Kemenate sich mit flüsternden, weinenden Menschen füllt. Sie hört Herrn Ratholds Stimme und löscht ihr eigenes heißes Beten zu wirrem Flüstern aus. Jemand nimmt leise ihre Hand von der feuchten, kühlen Wange. Steif fällt ihr Arm herab. Die Sterbekerze scheint golden über das wächserne Gesicht, das immer mehr verfällt. Schon liegt ein Ernst im Blick der Sterbenden, der unbegreiflich und schaurig ist.

Herr Rathold hält zwischen zwei Gebeten inne. Jemand weint: „Die gute Frau!" Da fängt Hemma wieder laut zu beten an. Langsam wenden sich die Augen Frau Immas zu ihr. Das Gesicht des Kindes verschwebt ihr schon im sinkenden Dunkel, doch dieses Beten und Rufen hört sie noch. In einer letzten, großen, verklingenden Freude lächelt sie noch einmal ganz fern und still. Diese Stimme des Kindes, – Stimme einer Seele, die längst die Schranken zwischen Gott und ihrer Liebe niedergerissen hat. Hemmilin –.

Herr Rathold betet wieder. Hemma spricht unbewußt die Responsorien. Doch plötzlich ist es ganz still im Raume. Frau Imma öffnet die Augen weit in verzücktem Staunen. „Mein Gott –", atmet sie demütig auf. Dann sinkt ihr Haupt zurück. Immer langsamer, stockender hebt sich die Brust, bis sich endlich der müde Leib zur ewigen Ruhe ausstreckt.

Atre erhebt sich leise weinend von den Knien und geht zum Fenster, um es der entfliehenden Seele aufzutun. Sie hebt den Rahmen mit dem Pergament aus der tiefen Wölbung. Kalte, scharfe Winterluft wirbelt herein. Hemma hört das zuckende, barmende Geläute der Sterbeglocke. Große Sterne flammen am Himmel.

Sie wendet sich auf den Knien dem Priester zu und fragt stockend: „Herr Rathold – ist sie –?"

„Ja, mein liebes, armes Kind, sie ist im Himmel, wie der Herr jenen verheißen hat, die ihn speisen, bekleiden und beherbergen", sagt der Alte mitleidig und will Hemma von den Knien aufheben. Doch sie entwindet sich seinen Händen und steht allein auf.

„Großmutter –", sagt sie irr und fällt Atre in die Arme.

Die Frauen springen auf und wollen das Kind hinaustragen. Doch Hemma atmet krampfhaft die eisige Winterluft ein und faßt sich mit Gewalt. Dann aber bricht sie in wilde Tränen aus und läßt sich willenlos von Atre fortführen.

An dem Tage, da Frau Imma zu Lieding begraben wurde, schneite es in großen Flocken. Kein Windhauch rührte sich im Tal. Der Schnee fiel lind und leise auf die Bahre und auf den langen Trauerzug. Frau Imma hatte schon vor sieben Jahren der Kirche von Lieding zwei schöne Huben am Zammelsberg verschrieben, auf daß sie bei ihrer Stiftung ihre letzte Ruhestätte fände und dort durch fünfzig Jahre hindurch allwöchentlich ihrer armen Seele eine heilige Messe aufgeopfert würde.

Nun aber war Frau Imma gestorben, bevor die Kirche geweiht worden war. Darum hatte ihr der Erzbischof ein Stücklein Erde zum Friedhof geweiht. Darin sollte sie ruhen, bis man ihr in der Kirche ein steinernes Grab bereiten dürfte.
Nun ritt der Erzbischof vor dem Sarge, der von vier schweren Rossen gezogen wurde und mit einer kostbaren, morgenländischen Decke verhangen war. Hochfürstlich war Herr Friedrich anzusehen. Seinen grauen kantigen Kopf trug er hoch und steil auf den breiten Schultern, von denen der schwarze Verspermantel bis über die Sporen schwer herniederwallte. Zwei seiner Domherren ritten rechts und links von ihm und psallierten laut mit ihren mächtigen, rauhen Kanzelstimmen.
Vor ihnen streckte sich ein langer Zug hoher und niederer Geistlichkeit, die beteten und sangen und husteten um die Wette. Hinter ihnen aber hockte Herr Rathold auf seinem alten, halbblinden Schimmel und weinte heimlich in sich hinein. Er wußte am besten, wieviel Güte, Frömmigkeit und edler Sinn mit der Toten dahingegangen war. Und er sorgte sich sehr, ob er in Gurkhofen würde verbleiben dürfen, alt und hinfällig und unbrauchbar, wie er war –. Hinter dem Sarge ritten Graf Rapoto, der Schwager, und Herr Engelbert, der Sohn der Verstorbenen. Rapoto trug über seinem derben Harnisch einen schweren Pelzmantel aus dreierlei Haar, Herr Engelbert aber sah in seinem schönen, prächtigen Trauergewande sehr würdevoll und stattlich aus. Sein Gesicht war sehr bleich und ernst, wie es sich ziemte. Nach ihnen kamen Frau Tuta und Hemma. Die junge Frau war von der harten Winterreise noch ganz zerschlagen und konnte sich kaum im Sattel halten. Doch Hemma saß sehr aufrecht auf ihrer Stute und hielt die Zügel mit solchem Anstand, daß die Leute bewundernd auf sie blickten. Ehe sie fortritten, hatte ihr der Vater aufgetragen, nicht zuviel zu weinen und zu bedenken, daß die Leute noch jahrelang davon erzählen würden, wie sie sich beim Begräbnis ihrer Großmutter betragen habe. Nun war sie scheu und wagte kaum, an die tote Großmutter zu denken, denn sie fürchtete, daß sie dann gar nicht mehr würde reiten können. Ihr Kopf war schwer und heiß vom vielen Weinen, die Kehle trocken und eng und ihr ganzer Leib von Kummer wund und weh. Sie ritt dahin und fühlte die tausend Augen auf sich gerichtet. Leute standen am Wege und schlossen sich dem Zuge an, nachdem sie die Pracht und die Trauer der Vornehmen beschaut

hatten. – Hinter Hemma ritten die vielen Freunde und Verwandten: die große Familie Aribos von Leoben, die Albuine mit Frau Hildegard, die Verwandten von der Moosburg, der Herzog und die Herzogin mit viel Gefolge, die Albecker, die Freien alle von Zammelsberg und Grades, von Zirnitz und Zuche. Von Friesach und Zeltschach waren alle Knappen und Bürger da. Hörige und Arme wimmelten in grauen Schwaden hinterdrein. Und alle wollten sie gerne sehen, was ihre kleine Hemma tat, die sie von der Wiege her kannten. Ob sie weinte und schrie wie ein gewöhnliches Mädchen, da sie doch so sehr an Frau Imma gehangen, oder ob sie die kühle, vornehme Art ihres Vaters hatte. Doch sie konnten wohl zufrieden sein mit ihrer neuen Herrin. Sie ritt sehr schön und hielt sich wie eine Königstochter, und doch konnte man an den wunden Flecken unter ihren Augen sehen, daß ihr der Tod der Großmutter sehr zu Herzen gegangen war.
Die vor ihr ritten, der Erzbischof und seine Priester, der Propst von Maria Wörth und jener von Maria Saal mit ihren Kanonikern und Diakonen, die waren wohl ganz in ihr heiliges Amt vertieft. Und doch war es, als sähe der Erzbischof Friedrich auch rückwärts und beobachte sie, so wie er überhaupt alles sah und hörte, was in seinem Bistum vorging, ob er nun in Köln beim Kaiser oder in Rom beim Papste war.
Hemma blickte auf seinen breiten Rücken und dachte: „Ich muß ihn heute noch bitten, daß er mich anhört. Morgen reitet er ja fort." Und da sie dies erwog, kamen ihr wieder die letzten Augenblicke der Großmutter in den Sinn, und sie konnte es nicht hindern, daß ein paar schwere Tränen über ihr Gesicht flossen.
Zu Lieding am verschneiten Werkplatze wartete eine große Schar von Armen, die von weit her aus der ganzen Gegend zusammengelaufen waren. Sie jammerten und weinten und rangen die Hände, denn nun hatten sie keine gute Mutter mehr.
Die Kirche stand nun vollendet da. Sie war schön wie damals im Lenze, aber sie strahlte nicht. Der gelbe Stein schien feucht und kalt. Am Dache lag Schnee, und auch der Wald und alle Welt ringsum war tief verschneit. Hinter dem Chore klaffte das schwarze Grab. Und nun begann ein Weinen im weiten Kreise, ein gewaltiges Beten und Singen, Weihrauch wolkte in blauen Schwaden am Boden hin. Jemand gab Hemma die kleine Schaufel in die Hand. Sie warf Erde auf die weiße Marmorplatte da unten. Dann war der

Vater da und flüsterte: „Die Frau Herzogin –. Geh zurück zur Mutter!“
Die Mutter lehnte bleich und schwach am Arme Rapotos. Hemma trat zu ihr. Auch ihr ward schwindlig und schwach zumute. Das Singen und Beten nahm kein Ende.

Endlich kam auch an diesem Tag die frühe Nacht. Die Gäste saßen beim Totenmahl in der Halle, doch Hemma durfte in ihre Kammer gehen. Die Mutter lag schon lange zu Bett. Sie war sehr elend vom Begräbnis heimgekommen. Hemma trat zu ihr ein und wollte ihr eine gute Nacht wünschen. Doch Blandine sagte, sie sei eben eingeschlafen. Da ging Hemma müde in ihre Kemenate. Sie war zu matt, um ihre Kleider abzulegen. Atre war nicht da. Die mußte unten die Mägde beaufsichtigen. Hemma setzte sich auf die Bettkante. Sie fühlte sich gänzlich verlassen. So traurig war sie in ihrem Leben noch nie gewesen.
Sie dachte, sie müsse in die Kapelle gehen und für die Großmutter beten. Doch sie vermochte nicht, sich zu rühren. Sie legte nur die Hände in ihrem Schoße zum Beten ineinander und bewegte lautlos die Lippen. „De profundis“ bete man für die Toten, hatte Herr Rathold gesagt.
Es pochte an die Türe. Herr Rathold trat herein. Er trug einen schönen Leuchter in der Hand und hielt sich sehr demütig und gebückt. Er trat zur Seite und hielt die Türe auf. Und dann füllte die mächtige Gestalt des Erzbischofs den steinernen Türbogen. „Nun, habe ich es nicht gesagt, daß sie jetzt allein im Finstern sitzt und weint?“ rief er so laut, daß der kleine Raum schütterte.
Hemma starrte ihn an wie eine Erscheinung. Sie hatte den ganzen Tag umsonst nach einem Augenblick gespäht, da sie ihn allein sprechen könnte, obwohl sie sich sehr vor dem hohen Manne scheute, der ihrer Großmutter so viel Sorge gemacht hatte. Nun aber kam er selbst zu ihr – der große, berühmte Erzbischof! Sie vergaß vor Staunen, ihn zu grüßen. Erst da er näher trat und sie die Wirklichkeit seines pelzverbrämten geistlichen Gewandes und der schweren goldenen Kette empfand, glitt sie von ihrem niedrigen Sitze auf die Knie.
Herr Friedrich reichte ihr gnädig die Hand zum Kusse und winkte ihr, aufzustehen. Sie hob sich langsam empor und blickte ihn schüchtern an, – klein und schmal und armselig war sie neben ihm.

Er sagte unbekümmert und rauh: „Du hast mir heute herzlich leid getan. Jetzt, da Frau Imma tot ist, hast du eigentlich niemanden mehr, der sich so richtig um dich annimmt. Deiner Mutter hast du ja die ganze Gesundheit genommen, und dein Vater hat wohl für Kinder keine Zeit, solange wir diesen untätigen Herzog ertragen müssen. – – Ja, ich wollte dir sagen, wenn du einen Rat und eine Hilfe brauchst, die dir diese armen Leute da nicht geben können, dann kannst du gerne zu mir kommen, wenn ich in Friesach bin."
Herr Rathold an der Türe bückte sich noch tiefer über seine verborgenen Hände, als er das von den „armen Leute da" hörte.
Hemma aber blickte den Fürsten groß und fragend an. Es schien ihr doch sehr fraglich, daß sie es jemals wagen würde, ihre kleinen Kümmernisse und Zweifel zu diesem gewaltigen Herrn zu tragen. Doch der feste, strenge, gerade Blick der eisblauen, alten Augen flößte ihr Zutrauen ein.
„Herr Erzbischof, ich bitte Euch", begann sie zögernd, „ich muß Euch etwas sagen –." Ach, nun wußte sie gar nicht mehr, wie sie es sich zurechtgelegt hatte – sie wußte nicht einmal, wie man den Erzbischof anredete! Nun würde er erzürnt sein, er, der gewohnt war, beim Kaiser und in Rom in hohen Ehren zu sitzen!
„Was wolltest du mir sagen?" fragte er kurz.
Hemma faßte Mut. „Die Großmutter bittet Euch, Herr Erzbischof, Ihr möget ihr verzeihen. Sie hat es nicht besser verstanden, hat sie gesagt, – sie wäre ein einfältiges –." Sie kann nicht weitersprechen. Sie hebt ein wenig die Hand und schlägt die Augen nieder und atmet krampfhaft auf. Es rührt den starken Mann, wie hart sie mit den Tränen kämpft und doch keine Schwäche zeigen will.
„Wann hat sie das gesagt?" fragte er kühl.
„Bevor sie starb, – ganz zuletzt –", antwortete das Kind ganz still und rasch.
„Nun, da kann Frau Imma ruhig schlafen. Ich wußte ja immer, daß sie alles aus frommem Herzen tat. Aber du mußt bedenken, Kind, ich darf keine Unklarheiten und Schwierigkeiten entstehen lassen. Die Kirche von Salzburg wird noch tausend und mehr Jahre herrschen. Nach mir werden noch viele kommen. Und sie alle würden sagen: Der Erzbischof Friedrich war ein fauler Knecht. Er hat sich ob seiner Milde benedeien lassen, und wir können nun mit Äbten und Herren endlose Prozesse führen. – Verstehst du das?"
Hemma nickt. Ihr kluger, ernster, aufmerksamer Blick gefällt ihm

wohl. „Ja, siehst du“, lächelte er grimmig, „so ein Erzbischof hat auch seine Sorgen!“ Hemma nickt wieder, eifrig und ein wenig mitleidig, so daß Herr Friedrich abermals lächeln muß. „Das ist schön, daß du mir das glaubst. So manche denken, der Erzbischof Friedrich fahre nur zu seiner Lust herum und plage die Leute aus Langeweile! Aber du hast wenigstens ein Einsehen. Nun, wenn ich zur Kirchenweihe im Sommer wiederkomme, dann werden wir uns wieder ein Stündlein unterhalten.“

„Ihr wollt die Kirche heuer weihen?“ ruft Hemma froh.

„Ja, das will ich. Mit der lebenden Imma hätte ich wohl noch ein wenig fechten müssen, – mit der toten mag ich's nicht mehr. Sie soll bald ihre Ruhe haben. Sie war eine gute Frau. – Nun aber befehle ich dir, in Frieden zu schlafen“, sprach er herb in Hemmas Dankgestammel hinein. „Knie nieder! Ich werde dir den Segen geben.“

Hemma sank in die Knie. Ihr Herz schlug hoch vor Freude und Dankbarkeit. Herr Friedrich reichte ihr die Hand zum Kusse hin. Verwirrt und hingerissen von all der Gnade, die ihr widerfahren, preßte sie anstatt der Lippen ihre heiße Wange darauf.

Herr Friedrich strich flüchtig über den blonden Scheitel und ging hinaus. Draußen am Gange sagte er bitter: „Mir will es scheinen, ich müßte zu unmündigen Kindern gehen, um verstanden und geliebt zu werden.“

Rathold hüstelte ehrerbietig und dachte in aller Untertänigkeit: „Oh, wollten Euer Edelgestrengen doch öfters solche Güte und Leutseligkeit bezeigen! Wie wäre es leicht, zu lieben und zu verstehen!“

Der strenge Winter war nach hartem Streit dem Frühling gewichen. Unten in Lieding wurde wieder tüchtig gearbeitet. Bruder Lukas hatte die Bilder der vier Evangelisten vollendet und malte nun noch die zwölf Apostelkreuze an die Wände der Kirche. Bei einem Glockengießer in Villach war ein schönes, großes Geläute bestellt, und der Friesacher Goldschmied arbeitete schon an den heiligen Geräten. Zum Feste der Himmelfahrt Mariä würde alles vollendet sein.

Hemma sollte dieses Fest, auf das sich schon der ganze Gau freute, nicht miterleben. Ihr Vater hatte bestimmt, daß sie jetzt schon an den bayerischen Herzogshof gesandt werde. Denn es war nicht mit anzusehen, wie unnütz das große Mädchen in der Burg herumlief. Die Mutter war kränker denn je. Es war nicht daran zu denken, daß sie einen großen, gastlichen Haushalt führen konnte, wie es die Ehre des vornehmen Geschlechtes eigentlich verlangt hätte. So kam Hemma mit niemandem zusammen, von dem sie die Art der großen Welt hätte lernen können. Wohl gab sie sich so, wie es bei ihrer edlen Abkunft und der Lehre Frau Immas zu erwarten war. Doch schien sie manchmal allzu frei und manchmal allzu scheu zu sein.

Herr Rathold war alt und einfältig geworden. Er war kein Lehrer, bei dem Hemma noch etwas lernen konnte. Herr Engelbert überlegte lange, ob er eine der edlen Witwen seines Freundeskreises bitten solle, nach Gurkhofen zu kommen, und er sah sich eine Weile nach einem neuen Lehrer um. Doch dann entschloß er sich, Hemma jetzt schon nach Regensburg zu senden.

In einem Gewöllbe der Burg standen schon dreißig Kisten und Truhen, zum Springen vollgepackt mit schönen neuen Gewändern, mit Schmuck und Pelzen, Gold und Leinen, und mit kostbaren Geschenken für die Herzogin. Vierzig schwerbewaffnete Männer, darunter drei aus edlem Geschlecht, würden die Reise begleiten und sich in den Dienst des Herzogs stellen für die ganze Zeit, die Hemma am Hofe verweilte. In zierlichen, ausgepolsterten Weidenkäfigen fauchten ein silbergrauer Kater und eine schneeweiße Kätzin. Herr Engelbert hatte die seltenen, kostbaren Tiere mit großem Aufwand an Mühe und Geld aus Venedig bringen lassen. Nun konnte man nur hoffen, daß sie die weite Reise bei guter Gesundheit überstehen würden, damit Frau Gisela sich eines von ihnen wählen könne. Das andere sollte Hemma gehören und ihr durch seine anmutigen, lustigen Spiele das Heimweh vertreiben.

Auch ein schöner, höfischer Brief war schon geschrieben und gesiegelt, den Hemma bei ihrer Ankunft dem Herzog und der Herzogin übergeben sollte.

Das Schönste an alldem war aber, daß der Vater am heiligen Osterfeste Atre die Freiheit gegeben hatte. Es sollte nicht heißen, daß er seiner Tochter eine Hörige zur Begleitung mitgegeben habe. Und das sah er wohl, daß Hemma mit keiner anderen reisen wollte als nur mit ihrer Atre. Zwar ritten noch drei edle Frauen mit, doch die kehrten wieder nach Kärnten heim. Atre aber sollte bei Hemma bleiben.

Atre war selbst sehr aufgeregt und bekümmert. Sie war noch nie über das Gurktal hinausgekommen und glaubte, daß die Welt hinter Friesach ein wildes Gewirr von Schluchten, Wüsten und Wäldern sei.

„Du mußt dich nicht so fürchten", sprach Hemma zu ihr, da sie am letzten Abend vor ihrem Ausritt auf der Paradieswiese saßen. „Du hast doch gehört, wie der Vater sagte, daß Bayern im Vergleich zu Kärnten wie ein Garten sei. Da gebe es herrliche Burgen und Städte und Straßen und ebenes Land. – Und Salzburg werden wir sehen – du! Am Nonnsberg werden wir Herberge nehmen. – Was tust du, wenn ich dort nicht mehr fortgehe, sondern mich bei den Nonnen in der Klausur verkrieche?" lachte Hemma aufgeregt.

„Dann werde ich vor der Türe sitzen bleiben, so lange, bis sie mich auch hineinlassen", antwortete Atre und lächelte betrübt.

Hemma schlang den Arm um Atres Schultern. Die gute Atre! Ganz von der Nähe betrachtet sie ihr hübsches, rotwangiges Gesicht, die feine, weiße, gerade Nase, die kleinen, hellbraunen Augen, die so tief in dichten, schwarzen Wimpern stecken.

Auch die Brauen sind schwarz und schmal, aber die Härchen legen sich nicht wie bei Hemma in dichten Bogen an die Haut, sondern stehen kurz und waagrecht ab. Das sieht so freundlich aus, findet Hemma. Die Haut ist fein und trocken und ein ganz klein wenig runzelig, die Wangen sind rund und himbeerrot, im weißen Kinn hat sie ein Grübchen. Hübsch ist die Atre, denkt Hemma überrascht.

„Wie bist du eigentlich zu mir gekommen?" fragte sie.

Da warst du noch ganz klein – drei Monate alt. Deine Mutter war mit Herrn Engelbert von Peilenstein gekommen, wo sie dich geboren hatte. Du hattest deine Mutter fast das Leben gekostet. Seit damals war sie krank und glaubte, sie müsse sterben. Sie hatte solche Sehnsucht nach Kärnten, die Arme. Sie wollte auf der Grünburg begraben sein – auf der Saualm drüben, weißt du, – dort war sie daheim.

Aber als sie hier bei deiner Großmutter ankam, war sie so elend, daß sie nicht weiterreisen konnte. Und du warst so schwach und krank! Da waren alle in großer Verzweiflung, denn ein jüdischer Arzt hatte Frau Tuta gewahrsagt, daß sie kein zweites Kind bekommen werde. Es war ohnehin schon traurig genug, daß du nur ein Mädchen warst.

Nun fügte es sich gerade, daß ich damals im Kindbette lag. Ich war halb von Sinnen vor Kummer, weil mein kleines Mädchen am zweiten Tage gestorben war. Die Wehmutter hatte es fallen lassen. Und am vierten Tage, wie ich so dahinweinte und selber sterben wollte, kam Frau Imma mit dir zur Türe herein und weinte auch bitterlich und sagte: ‚Atre, schau dieses arme Kleine an! Es muß verhungern, wenn es so weitergeht. Nimm es zu dir! Gott wird dich dafür trösten.'

Ich wollte zuerst nicht, – ich wollte mein eigenes Kind wieder haben. Das war so rund und rot und schön gewesen, und du warst lang und grau wie ein Weißfisch. Doch da ich Frau Imma so herzlich weinen sah, nahm ich dich doch zu mir. Und wie ich merkte, wie hungrig du warst und wie wohl dir bei mir war, und als du auf meinem Arm so selig einschliefst, da ging mir das Herz auf, und ich weinte wieder, aber vor lauter Mitleid mit dir kleinem Wurm. Und dann wollte ich dich nicht mehr hergeben und nährte dich über ein Jahr."

„Und jetzt bist du schon viele Jahre meine liebe, gute Atre!" rief Hemma und legte den Kopf an ihre Schulter. „Und du wirst immer bei mir bleiben, nicht wahr?"

„Ja, ja, solange du eben die arme, einfältige, windische Atre brauchen kannst. Wenn du einmal Markgräfin bist –"

Hemma hielt ihr den Mund zu: „Böse, böse, böse Atre! Aber, wenn dein Mann zurückkommt?"

„Der kommt nicht mehr zurück", sagte Atre ruhig. „Der ist gestorben, und wenn er lebt, hat er mich längst vergessen, so wie ich ihn."

Hemma weiß, wie es war. Ein fremder Spielmann sah die schöne Atre an der Gurk die Wäsche schwemmen. Ihr zuliebe blieb er auf der Burg und diente als Knecht ein halbes Jahr. Doch als er sie zur Frau bekommen hatte, wurde er faul und frech. Schelte und Schläge machten ihn nur schlechter, und als der Frühling wiederkam, verschwand er ohne Abschied.

„Mir geschieht es hart, daß ich fortgehen soll –", spricht Atre klagend. „Ich glaube, so schön wie da kann es auf Erden nimmer sein."

Hemma blickte über das Tal hin, als müßte sie sich erst fragen, ob Atre recht habe. Ja, es ist wirklich schön! Von dieser Wiesenlehne aus sieht man das Tal wie eine tiefe, breite, grüne Mulde zwischen zwei sanftgegliederten, mächtigen Waldrücken. Im Osten, wo es hinter einer Bergzunge verschwindet, lagern sich die Waldkämme hintereinander, die wie vier ungeheure, aufschwellende Wogen immer höher, immer blauer aufsteigen. Dahinter, wie die schaumweiße Krone der Bergbrandung, verschwimmt die schneeblinkende Saualm in einem feingekräuselten, perlmutterfarbenen Wolkenbande.

Im Winkel an der Talbiegung, auf einem freistehenden Hügel, da lugt der Turm des Erzbischofes aus dem Walde. Die Straßburg nennen ihn die Leute, weil man von ihm die Straße talaus, talein bewachen kann.

Die Gurk rauscht im Grunde, doch man sieht sie nur auf eine kurze Strecke. Dann verschwindet sie in den Auen. Das ganze Tal ist überwachsen mit Erlen und Weiden. An den Hängen reicht der Wald bis in die Auen herab. Nur um die Burg Gurkhofen dehnen sich Wiesen, Äcker und Weiden in weitem, lichtem Kreise. Da sind die Berglehnen zu beiden Seiten des Tales hoch hinauf bebaut. An der Gurk unten drängt sich ein Haufen Häuser aneinander. Die Mühle und die Ölpresse, die Schmiede und die Wachszieherei, die Gerberei, ein Häuschen, in dem Schuster und Schneider arbeiten, drei große, hohe, steinerne Kasten, in denen Vorräte aufbewahrt werden, vier Scheunen, darin zu ebener Erde das Vieh steht. In all diesen Häusern sind Kammern, Stuben und Stallwinkel, in denen hörige Leute schlafen. Es sind kluge und kunstfertige Leute unter ihnen, die sich auf manches gute Handwerk verstehen.

Auf der Burg selbst wohnen von den Leuten nur die bewaffneten Männer und die Knechte und Mägde, die im Haushalte zu tun haben. Und von den Vorräten sind es nur die kostbarsten, die dort in den großen, niedrigen Gewölben aufgespeichert werden. Wein und echter Met in den Kellern, seltene Gewürze, Heilkräuter und Blumensamen in den trockenen Dachkammern, Leinen und Loden und ausländische Gewebe, Honig und Wachs, Waffen und Geschirre, schöne, gestickte Mäntel und Gewänder, Pelze und buntes Leder. Auch ein paar Milchkühe sind immer auf der Burg, desgleichen einige junge Schweine, Hühner und Gänse, damit es bei überraschenden Besuchen keine Küchenverlegenheiten gebe. Selchküche, Färberei und Brauerei sind aber im Dorfe untergebracht. Denn die Burg ist nicht groß genug, um sie zu fassen.

Zu der Zeit, da Frau Imma in Gurkhof einzog, hatte sie eigentlich

nur aus dem hohen, breiten, runden Turme bestanden, der sich fünf Gaden hoch auf dem vorspringenden Hügel ober dem Tale aufreckte. Eine starke Mauer bewehrte den Rand des Abhanges, und innen an dieser Mauer waren Leutehaus, Badestube und noch einige andere Gebäude wechselnder Bestimmung angebaut. Die Kapelle stand schräg zum Turme und schien eine Lücke der Mauer auszufüllen. Nun hatte aber Frau Imma so viel an Heiratsgut mitgebracht, daß sie sich wohl den Wunsch erfüllen konnte, ein Haus zu bauen, in dem sie behaglich wohnen und ihre Gäste geziemend empfangen und beherbergen konnte. Nun steht der Palas drüben an der Bergseite der Burg und ragt mit seinem seidenschimmernden Schindeldach hoch über die Mauer empor. Er ist aus grauen, flachen Feldsteinen gebaut, die aber zierlich in Ährenform gelegt und mit rötlichem heißem Mörtel vergossen wurden. Im Erdgeschoß liegen Küche und Speisekammern und eine kleine Halle über festgewölbten Kellern. Im ersten Gaden aber prunkt der schönste Saal, den man hier in Karantanien zu sehen bekommen kann. Daran schließen sich zwei kleinere Stuben, in die sich die Frauen zu traulichem Plaudern und die Männer zu wichtigen Beratungen absondern können. Im zweiten Gaden liegen vier Kemenaten. Außen führen überdachte Stiegen und hölzerne Bogengänge zu den Türen. Der Bergfried ist nun mit dem Palas durch eine Fallbrücke verbunden.
Dunkelgrau steht die Burg in der lichten Frühlingsherrlichkeit. Hemma betrachtet sie und das Tal und das Dorf, als ob sie es zum ersten Male sähe. Dies alles gehört jetzt ihr. Frau Imma hat es ihr verschrieben. Wenn sie von Regensburg heimkehrt, wird sie hier herrschen.
Ich muß viel lernen, denkt sie ernsthaft, bevor ich alles verstehe, was ich zu tun habe.
Plötzlich überfällt auch sie die Angst vor dem Fortgehen. Regensburg ist so weit! Sechs Jahre sind eine lange Zeit. Vielleicht ist die Herzogin recht streng und mag sie nicht leiden – vielleicht stirbt die Mutter – nein, nein, das wird ganz gewiß nicht geschehen! Die Mutter ist ja erst neunundzwanzig Jahre alt!
Ihr Herz klopft auf einmal bis zum Halse. Noch weiß sie nicht, was Heimweh ist und was es bedeutet, von einer guten Heimat ins Ungewisse fortzugehen.
Fremde – das ist für sie etwas Neues, Buntes, Lockendes. Doch eine schwere Bangnis fällt sie an. Sie kann es nicht aussprechen, was es

ist. Doch Atre sieht wohl an ihren angstweiten Augen, daß auch sie nun traurig geworden ist.
Still sitzen sie beisammen und schauen in das Tal, über dem große weiße Wolkenburgen aufsteigen. Hemma liebt die Wolken so sehr. Morgen werden sie wieder über das grüne Gurktal fliegen, doch Hemma und Atre werden schon fern durch eine fremde Welt reiten.

In der Nacht erwacht Hemma von einem schweren Traume. Sie schlägt die Augen auf und will sich besinnen und sieht ihre Mutter an ihrem Bette sitzen. Sie hat die Hände unterm Kinn verklammert und weint so heiß und jammervoll, daß sie das Schluchzen nicht zurückhalten kann. Hemma ist es, als träumte sie noch. Sie richtet sich verwirrt auf und fragt: „Mutter – du?"
Die Mutter weint laut auf: „Nun habe ich dich aufgeweckt, und du solltest doch heute gut schlafen – vor der großen Reise! Aber ich wollte doch noch diese Nacht bei dir sein. Die letzten Stunden! Du bist ja doch mein Kind – mein Kind! Mein armes, kleines Kindchen!"
Sie schlingt die Arme um Hemma und küßt und streichelt sie mit verzweifelter Zärtlichkeit. Das Kind flüstert zitternd: „Nicht weinen, Mutter, nicht weinen! Ich komme ja wieder!"
„Ja, du kommst wieder, aber –." Sie wiegt sich in Qual und wimmert herzzerreißend. Hemma weiß, auch sie denkt, daß sie inzwischen sterben wird. Nun rinnen auch ihre Tränen. Bebend streichelt sie der Mutter schönes dunkles Haar.
„Mutter, liebe, liebe Mutter!"
„Eine schlechte Mutter war ich dir! Immer krank sein – immer andere Pflichten. Sie hatten ja recht, die dich mir genommen haben – aber ich kann es nicht verwinden, kann es nicht verwinden! – Du bist doch m e i n Kind!"
„O Mutter –", flüsterte Hemma mit blutendem Herzen, „ich hab dich so lieb! Immer war ich so froh, wenn wir beisammensaßen. Das war immer das Allerschönste. Mutter, nicht weinen!"
„Du bist so arm! Wenn ich gesund wäre, du solltest es noch ein paar Jahre schön und lustig haben wie andere Kinder. Hemma – wenn du einmal groß bist, dann darfst du mir nicht böse sein. Hemma – du kannst es ja nicht verstehen – aber ich gäbe wohl mein Leben, wenn ich deines damit glücklich machen könnte. Glaub mir, ich k o n n t e nicht so, wie ich wollte!"

Sie weint wieder und reißt sich los. „Du mußt jetzt schlafen, Kindchen, schlaf gut – leb wohl!"
Sie beugt sich über das Kind und küßt es wieder und immer wieder, als ob ihr Herzblut damit verrinnen sollte. „Behüt dich Gott, Hemmilin, behüt dich Gott tausend und tausendmal!"
Hemma möchte schreien vor Schmerz. Sie beißt sich in die Lippen. Wenn sie weint, dann wird die Mutter noch mehr traurig sein. Abgerissen flüstert sie: „Leb wohl, – immer – liebhaben – auf Wiedersehn."
Sie schließt die Augen, fühlt die Hände, den Mund, die Tränen der Mutter auf ihrem Gesicht und flüstert Worte, die sie nicht versteht.
Dann ist es auf einmal still und leer um sie. Die Mutter ist fort. Die Nacht schleicht hin. Hemma kann nicht mehr schlafen. Sie sitzt in ihrem Bette und weint. Und da sie nicht mehr weinen kann, starrt sie vor sich hin und denkt an viele traurige Dinge.
Als der Hahn kräht, steht sie auf und rüstet sich bang zur Reise, die sie aus Heimat und Kindheit fortführt in ein fremdes Land.

Verkündigung

Zwei Reitstunden vor Regensburg mußte Wilhelm seine eilige Fahrt unterbrechen, denn das Schneetreiben war in ein wüstes Unwetter ausgeartet. Eine Blockhütte mitten im sturmfinstren, heulenden Walde war ihnen gerade zur rechten Zeit im Wege gestanden, als sie schon im tiefen Dickicht sich einen Unterschlupf aus abgehauenen Ästen bauen wollten.
Die Hütte war langgestreckt und niedrig und hatte eigentlich nur einen einzigen Raum. Die Pferde standen neben der Türe im Mist, der wohl bereits ein Jahr dort lag; die vier Männer räkelten sich auf der großen Waldheuschütt, die so hoch aufgeschichtet war, daß sie liegend mit der Hand an die rußige, spinnwebbereifte Balkendecke rühren konnten.
Wilhelm hustete. Der Rauch beizte seinen schmerzenden Hals, und sein ausgefrorener Körper dampfte in der stickigen Wärme. „Mach die Tür auf!" schrie er zum verwilderten Waldmenschen hinab, der stark und stumm wie ein Bär auf dem Hackstock neben der Feuer-

statt hockte. Der Mann glotzte ihn an, ohne auch nur eine Wimper zu rühren. „Du mußt röhren wie ein Hirsch, wenn du willst, daß er dich versteht!“ lachte Lanzo und wälzte sich auf den Bauch, damit auch der Rücken trocknen könne. Da sprang aus dem braunen Dunkel hinter dem Backtrog ein Mädchen hervor und lief zur Türe. Kleidfetzen und wirre Haare wehten hoch auf im Sturme, der mit gehässiger Wildheit plötzlich in die Stube hineinfuhr, als es den hölzernen Riegel zurückschob.

„Tür zu, Raut!“ brüllte der Waldmensch, als das Feuer aufstob und die Funken ins Heu flogen. Wilhelm wollte zornig auffahren, doch Tiemo, der hinter ihm lag, brummte: „Laß ihn, wenn er der Gescheitere ist!“ Und Wilhelm wühlte sich knurrend ins Heu. Da lag er und ärgerte sich, daß er Tiemo wieder so rasch und widerspruchslos nachgegeben hatte. Er hatte das doch bei Gott nicht mehr nötig. An Waffenkunst übertraf er den Alten schon lange, und im übrigen war er jetzt Herr seiner selbst und seiner Güter. Und wenn er erst verheiratet war – mit einer so edlen, reichen und vornehmen Gemahlin, – dann würde es seinesgleichen an Ansehen und Macht und Herrlichkeit in der ganzen Ostmark nimmer geben. Dann war der Herzog neben ihm ein Schattenspiel, und die steirischen Großen konnten sich trotz ihrer hohen Würden nicht mit seiner Größe messen! Die Ehre großer Taten, die fehlte ihm freilich noch – nicht ganz, denn in Brandenburg hatte er sich mannhaft geschlagen, man sprach davon, gewiß. Und gewiß würde Frau Aventiure auch ihm hold sein, – nicht nur Lanzo, dem ja wahre Wunderdinge begegneten, wenn er nur von St. Veit nach Osterwitz ritt. Hemma würde wohl nicht die Frau sein, ihn mit Tränen und Bitten hinter dem Ofen zurückzuhalten. Als kleines Mädchen war sie mutig und hochgesinnt. Doch jetzt?

Morgen wird er sie wiedersehen, nach sieben langen Jahren. Sein Herz klopft fast beklommen, wenn er an sie denkt. Ein Kind war sie, da er sie in Friesach zum letzten Male sah – ein treues, gutes Kind. Sie konnte so lieb und verständig von ernsthaften Dingen reden, daß man fast lachen mußte und doch auch eine bewundernde Scheu vor ihr bekam. Sie war ihm die beste Gesellin gewesen. Ob sie es jetzt noch sein wollte? Sie war gewiß sehr anders, als sie gewesen. Sie sollte die liebste Freundin der jungen Herzogskinder sein, von deren himmlischem Sinn und tapferer Tugend man weit im Lande erzählte. Und da lebte sie wohl in Regensburg wie in einem

Kloster und betete und wusch den Armen die Füße und ging mit niedergeschlagenen Augen einher –. Vielleicht würde sie gar vor ihm erschrecken?
Denn man sah ihm wohl das wilde, kriegerische Leben an, das er geführt hatte. Zuerst am Herzogshofe, da er vor lauter Trübsinn und Langeweile anfing, zu würfeln und den Mädchen nachzustellen, da war ihm die Zeit gar lang erschienen. Doch als die Veroneser sich aufzublähen begannen und es nötig wurde, sie etwas zu ducken, kam ein wenig Abwechslung ins Leben. Und als dann Herzog Heinrich starb und sein bayerischer Vetter, Heinrich der Zänker, nun auch in Kärnten Herzog wurde, da ging es bald in Brandenburg gegen die heidnischen Liutizen los, und der König brauchte die tapferen Kärntner. Wahrscheinlich würde noch lange keine Ruhe werden mit diesem Räubergesindel.
Wilhelm dehnt sich und träumt mit einem grimmigen Lächeln von siegreich bestandenen Kämpfen in jenem nördlichen Lande, das ihm in seiner flachen, traurigen Öde so fremd scheint wie die wilden, breitgesichtigen Leute, die es bewohnen. Ah, er freut sich auf die Berge in Karantanien. Wo in der Welt gibt es solche Berge – weißblau, schroff und dräuend wie eine Feste, vom Gott der Kriegsheere unbezwinglich getürmt! Und grüne Waldnocke, auf denen das köstlichste Gewild und die besten Mannen gedeihen!
Von der Feuerstatt herauf klingt ein gedämpftes Lachen. Lanzo liebäugelt schon mit dem blonden Wechselbalg. Sie sitzen unten auf der Bank aus Lehm, die sich neben dem Herde an der Wand hinzieht. Ein Schein der aschenbedeckten Glut liegt auf den beiden blonden Köpfen, auf Lanzos messingblankem, glattem Scheitel und auf des Mädchens wirrem, weißlichem Schopf. Ihre Stimme ist seltsam tief und rauh, und ihr halblautes, abgerissenes Reden klingt aufwühlend wild. Sie lacht:
„Du – du bist ein feiner Ritter, – du Lügenmaul!"
„Nun, dann glaub, ich sei ein Jäger oder ein Kriegsmann", raunt Lanzo werbend, „es gilt mir gleich, wenn du mich nur für einen lieben Herzgespielen hieltest!"
Das Mädchen lauscht auf das feine, süße Wort, doch dann lacht es wieder, laut und erregt: „Du hast Herzgespielen genug, du streunender Wildkater du!" Sie stößt ihn derb gegen die Feuerstatt, als er den Arm um ihre Mitte legen will. Doch er setzt seinen Fuß fest auf ihren Holzschuh und umklammert mit beiden Händen ihren

Arm. „Nichts habe ich! Mir gefällt nicht so rasch eine, da muß schon eine ganz Besondere kommen – eine, wie du, Raut! Frag morgen meinen Freund, der wird's dir sagen, daß es so ist!"

„Dein Freund – der Braune da oben, der i s t ein Ritter, dem glaub ich's wohl", spricht das Mädchen stiller. Sie wendet ihre Augen, zwei Funken im Dämmer, gegen die Heuschütt. „Aber der, freilich hält er zu dir! Der ist gewiß der gleiche wie du!"

„Aber was denkst du!" tut Lanzo schier erschrocken, „der trägt seine Braut im Herzen wie ein Heiligtum!"

Wilhelm rückt ein wenig vor und kaut belustigt an einem dürren Stengel. Lanzo, Lanzo, dir ist wohl jeder Pfeil handlich, wenn er nur für ein Weiberherz zugerichtet ist!

„Der hat eine Braut? Ein reiches Mädchen wohl –?"

„Ja, sie ist sehr reich und vornehm", prahlt Lanzo, „sie besitzt mehr Land als der Herzog."

Raut seufzt und staunt: „So reich –."

Lanzo will sie nicht ablenken. „Reich ja – aber so hübsch wie du ist sie nicht, so frisch wie ein Reh. Du mußt wissen, sie ist im Vergleich zu dir –"

„W i e ist sie?" fragt Wilhelm von der Heuschütt herab.

Lanzo springt auf und vergißt aufs Reden. Dann lacht er ein wenig blöde: „Das weiß ich nicht – und du auch nicht."

„Was redest du dann?" ruft Wilhelm und springt so wütend auf den Boden herab, daß das Mädchen zu seinem Vater flüchtet, der immer noch dösend auf dem Hackstock sitzt. Im nächsten Augenblick halten sich die beiden jungen Männer ringend umklammert. Lanzo setzt sich geschmeidig und geschickt zur Wehr. Doch Wilhelms Kraft und Wut ist er nicht gewachsen. Ehe noch Tiemo vom Lärm erwacht ist und weiß, was geschieht, liegt Lanzo auf der gestampften Erde und keucht unter Wilhelms würgenden Händen.

„Verstehst du – keinen Spaß, du Narr –", knirscht er in das glühende, verbissene Gesicht des Siegers hinein.

Der läßt ihn langsam los und fährt sich über die nasse Stirn. Lanzo stemmt sich mühsam in die Höhe. Sie starren sich an, als ob sie nun Feinde wären. Und doch spüren sie beide in ihrem tiefsten Herzen, daß sie sich unmöglich hassen können. Sieben Jahre Waffenbrüderschaft sind stärker als dieser Streit um eines Mädchens willen.

Doch Wilhelm bohrt noch: „Was wolltest du über Hemma sagen, – sprich, wenn du dich getraust!"

„Ich gebe dir mein Wort, – ich weiß es nimmer", spricht Lanzo frei, und ein offenes Lächeln huscht kühlend über sein erhitztes Gesicht. Und wie schon oft entwaffnet auch diesmal seine leichte, fast spielerische Zuvorkommenheit das geballte Übermaß an Kraft und Wildheit in Wilhelms Wesen.
„Wie kannst du sie überhaupt mit dieser Hexe vergleichen!" zürnt er.
„Du hast gewiß mit Mädchen auch nicht lauter Weisheitssprüche geredet. Und so übel, wie es beim ersten Hinschauen scheint, ist die Raut nicht. Aber du wirst mir doch sicher glauben, daß ich deine Verlobte selbstverständlich für die erhabenste Jungfrau halte."
Wilhelm blickt ihn halb zweifelnd, halb nachsichtig an. Dann wendet er sich mit einem unterdrückten Aufatmen ab und klettert wieder ins Heu.
Nun ist es still. Raut gibt auf Lanzos leise Anrede keine Antwort mehr. Tiemo schnarcht wieder, und der Knappe liegt zusammengerollt in der hintersten Ecke. Wilhelm aber muß an Hemma denken und grübelt darüber nach, wie sie wohl sei. Er weiß es nicht. Wird Lanzo ein spöttisches Lächeln verbeißen, wenn er sie zum ersten Male sieht? Edel, ja, das wird sie wohl sein. Aber vielleicht ist sie ungeschlacht und reizlos – oder langweilig vor lauter Frömmigkeit. War sie als kleines Mädchen schön? Er weiß es nicht. Er hatte nie darnach gefragt. Er hatte sie gern gehabt – und sie war eine wundersame, gute Freundin gewesen, – trotz ihrem Eigensinn und obwohl sie nur ein Mädchen war. Aber nun hat er auf einmal fast Angst, daß die anderen, die nicht wußten, wie klug und gut sie war, sie vielleicht nicht so sehr über die Maßen bewundern könnten, wie er es wünscht, daß sie es täten, – ja, er hat Angst, daß er sich ihrer schämen müßte. Vielleicht wäre es doch das Beste, sich sein Weib mit harten, abenteuerlichen Kämpfen erringen zu müssen, – jene, die einem irgendwo begegnete wie eine Gestalt aus den Sagen, die von den Spielleuten landaufwärts getragen werden. Enite, Chriemhilt, Isot –.
Ach was! Er bohrt das Gesicht ins knisternde Heu und horcht auf den Sturm, der draußen langsam verrauscht. Es mag wohl nach Mitternacht sein, da steht er auf und tritt ins Freie. Draußen scheint nun der bleiche, grüne Mond durch die verrenkten Eichenzweige, an denen noch das krause, dürre Laub des Sommers hängt.
Eine makellose Schneedecke schimmert auf dem klafterbreiten

Wiesenstreif zwischen Hütte und Wald. Die Bäume aber sind schwarz und schneefrei, der Sturm war sehr stark gewesen. Wilhelm lehnt sich an den Türstock und blickt den fliegenden bräunlichen Wolken nach, die mit dem Mond gegen Süden jagen. Es kommt ihn eine Lust an, ein Stück in den Wald hineinzugehen, um seine lästigen Gedanken in Frost und Finsternis loszuwerden.

Doch da rührt sich etwas an anderen Türstock. „Wölfe", flüstert Raut. Sie steht neben ihm in einem Mantel aus dunklem Fell, aus dem ihr heller, zerzauster Kopf auf steilem Halse emporsteigt. Im Mondlicht sieht sie unheimlich aus. Graf Rapoto hatte oft erzählt, daß es in seiner Jugendzeit noch Weiber gegeben habe, die in den Wäldern Abgötterei trieben und Meisterinnen uralter Heilkunst und Weisheit waren. So sieht sie aus in ihrem Bärenfell, – wie eine Drude. Doch sie ist wohl zu jung, um weise zu sein, und zu derbgesund, um Göttergeheimnisse zu spinnen. Sie lacht verlegen unter seinem langen Blick. „Nicht in den Wald gehen", sagt sie unbeholfen.

„Nun ja, von den Wölfen will ich mich nicht gerne fressen lassen", lächelt Wilhelm und tritt in die Hütte zurück. Raut schließt die Türe. Drinnen ist alles pechschwarze, warmdumpfe Finsternis, in der ein einziger lichtloser, roter Funken glimmt. Wilhelm fühlt Raut neben sich hergehen. Er streicht ihr flüchtig übers Haar, das sich staubig und struppig wie Heu anfühlt. „Du bist ein gutes Ding", sagt er. Sie wehrt dem Lob mit einem kurzen, wegwerfenden Laut.

Wilhelm hat das dumpfe Gefühl, er habe zu Lanzo etwas gesagt, was sie gekränkt habe. „Du bist mir nicht böse?" fragt er scherzend, indes er nach der Heuschütte tastet und sich hinaufschnellt.

„Warum?" fragt sie zurück, und ihre Stimme klingt dunkel und traurig. Wilhelm streckt sich neben Lanzo hin. Der hat sie gelobt und umworben, und sie hat ihn weggestoßen. Er hat sie gekränkt, und sie läuft ihm nach, da soll einer klug aus den Weibern werden! Wie nun wohl Hemma ist – Hemma, die Traute, Hemma, die Fremde?

Der Bischof Wolfgang hatte in der dunklen, kalten Morgenfrühe das Adventamt gesungen. Nun lag er wie hingebrochen auf seinen alten Knien vor dem Altar der herzoglichen Kapelle. Ein schwerer, weiter Mantel aus Fuchspelz hing um seine abgezehrte Gestalt, doch seine blaugefrorenen Hände hielt er nackt und schwach vor seiner Brust. Mochten sie ihm den Pelz auch nachtragen und ihn damit sorglich bedecken, seine lieben geistlichen Söhne! Ihn wärmte er nimmer.

Der Bischof aber fühlte auch die Kälte nicht, die unbarmherzig auf den steinernen Fliesen lastete. Wohl schimmerte der schwache Schein eines Wachslichtes um Schultern, Haupt und Hände, doch seine blauen, entzündeten Augen staunten vor sich hin ins Dunkel, und tiefe Entsunkenheit hüllte die Züge des kleinen, schmalen Greisengesichtes. Die zwei Kleriker, die unter der steinernen Pforte standen, blickten sich bedeutsam an und wagten es nicht, den reglosen Beter zu stören. Sie steckten die frierenden Hände in die Ärmel und harrten stumm, bis Wolfgang aus seinem heiligen Bann entlassen war. Noch eine Dritte wartete mit ihnen, eine hochgewachsene Frau. Sie war in einen langen Mantel aus dickem, weißlichem Filz gehüllt, der in steifen geraden Falten von den Schultern bis auf den Boden fiel. Ein weißes Wolltuch umschloß nonnenhaft den Kopf und verschwand im engen schmucklosen Ausschnitt des Mantels. Ein glatter silberner Reifen hielt es um die Stirn fest. Sie sah sehr groß aus, wie sie da reglos im äußersten Lichtkreis der Kerzenflamme stand. Die Kleriker blickten sie verstohlen an. Ihr Gesicht war bleich und sehr still, als wenn sie die ganze Nacht gebetet hätte.

Endlich seufzte der Bischof tief auf. Die beiden Priester traten zu ihm und halfen ihm auf die Füße.

„Komm mit, meine gute Tochter", sagte er gütig, da er aus der Kapelle schlich. Sie folgte ihm in die Schreibstube, die er in der herzoglichen Burg innehatte. Er blieb oft tagelang beim jungen Herzogsohne Heinrich und lehrte ihn die Weisheit seines langen bewegten Lebens. Er setzte sich in seinen Lehnstuhl und dankte seinen Begleitern überaus freundlich für ihre Mühe. Und da sie gegangen waren, sagte er: „Nun setze dich hierher auf die Bank, Hemma, und erzähle mir, was dich bedrückt!"

Sie schlug die großen umschatteten Lider auf. „Ich bitte um Euren Rat, ehrwürdigster Vater", sprach sie ruhig. Ihre Stimme schwankte ein wenig, doch ihr Blick war klar und fest. „Heute oder morgen kommt Wilhelm – Ihr wißt, mit dem ich so gut wie versprochen bin. Und nun, – nun bange ich auf einmal davor, ihn zu sehen. – Ich weiß nicht mehr, was ich tun soll."

„Den Willen Gottes sollen wir alle tun, mein Kind“, sprach der Bischof milde. „Denken wir mitsammen ein wenig nach und beten wir um Erkenntnis, dann wird Er uns gewiß nicht in der Finsternis lassen.“

Er schweigt ein paar Augenblicke lang, indes er die halbblinden Augen auf das Kreuz richtet, das über Hemma an der Wand hängt.

„Was möchtest du am liebsten tun?“ fragt er dann.

„Ich weiß nicht – vielleicht möchte ich am liebsten Nonne werden wie Brigida, des Herzogs Tochter. Aber so von Herzen fromm wie sie bin ich doch nicht.“

„Nonne werden, jawohl. So glücklich wie im Kloster kann man auf Erden nirgends sein. Ich habe oft gewünscht, daß sie mich im Kloster gelassen hätten. Und doch war es Gottes Wille, daß ich hierher kam und Bischof wurde. Siehst du, so kann es auch Gottes Wille sein, daß du in der Welt bleibst und dort für ihn wirkest, ja, ich glaube, so soll es sein!“ ruft er plötzlich aus und faßt Hemmas große, schmale, eiskalte Hände. „Viel ist dir anvertraut. Du wirst es wie ein Kreuz zum Himmel tragen und dort niederlegen, aber nicht jetzt, viel später.“

Hemma senkt traurig den Kopf. Heimlich hatte sie gehofft, der fromme Bischof würde ihr raten, den Schleier zu nehmen. Sie wäre gerne mit Brigida zugleich in ein Kloster eingetreten. Wie schön wäre es gewesen, mit der lieben Freundin in allen Tugenden zu wetteifern! Doch der Bischof Wolfgang war von Gott erleuchtet.

„Brigida hat mir erzählt, Ihr hättet einmal ihr und ihren Geschwistern geweissagt. Zu Heinrich sagtet Ihr ‚Kaiser‘, zu Gisela ‚Königin‘, zu Brun ‚Bischof‘ und ‚Äbtissin‘ zu Brigida. Ich bitte Euch, sagt mir, – habt Ihr nie – meinetwegen – ein Gesicht –.“ Scham über ihre Kühnheit verschlägt ihr den Atem.

„Eine Dornenkrone sah ich über deiner Stirn und eine leuchtende Flamme in deinem Herzen. Hemma, liebe Tochter, auch dieser Schmuck gefällt unserm Herrn wohl, es muß nicht ein Jungfrauenkranz sein.“

Hemma sitzt regungslos da. Ihr ganzes Sein drängt sich nach innen. Sie ist wie gelähmt von einer großen Erregung, wie ein tiefes, stilles Wasser, in das ein schwerer Stein gefallen ist. Sie blickt dem heiligen Bischof mit weiten Augen in seine blauen, trüben und fühlt sich bis ins Innerste erkannt. Ja, – er weiß es, ihr Wunsch, ins Kloster zu gehen, ist nichts als der Ausdruck ihres brennenden

Verlangens, das Größte zu tun, das Schwerste, das Großmütigste. All ihren Reichtum den Armen hinzugeben in einem großen Aufschwung des Herzens und dann der lockenden Welt zu entlaufen in einer Liebe ohne Maßen. Und nun – anstatt dieses glühenden, hinreißenden Traumes stehen wie in kühlen Stein gehauen des Bischofs Worte da: – Der Wille Gottes – der Wille Gottes.

„Vor sieben Jahren, wie du zu uns gekommen bist, da warst du ein Kind. Du kamst zu mir – weißt du es noch, – mit einem Weihegeschenk deines Vaters für die Allerheiligenkapelle. Da erzähltest du mir von deiner Großmutter und von deinem Leben in Gurkhofen, und als du gingst, da waren wir gute Freunde geworden. Und wenn ich dann zu den Herzogskindern kam, da warst du immer bei ihnen, und du horchtest gerne, wenn ich von geistlichen Dingen sprach. Und immer warst du offen und wahrhaftig. Ich glaube, ich kenne dich wohl, liebes Kind, und ich habe dich von Herzen lieb. Ich möchte gern noch eine Weile dir helfen und raten können, aber ich spüre es schon, daß ich nun bald werde Rechenschaft ablegen müssen. – Und nun geh, Hemma, du versäumst sonst das Frühmahl, und du bist ja ganz blau vor Kälte."

Auf der Feuerstätte flammten die Buchenscheiter, und der bittre behagliche Geruch von Harz und Wacholder zog mit dem feinen Rauche durch die niedrige Halle. Im Rauchfang winselte der Wind. Die Fensterläden schütterten, und die Kienfackeln wehten hoch auf, wenn die Türe ging, die auf den offenen Gang hinausführte. Die Halle aber war erfüllt von blonder Jugend. Des Herzogs Heinrich Töchter spannen lichten Flachs: Gisela mit den roten, roten Wangen und dem goldgleißenden Engelhaar, und Brigida, die aussah, als wäre sie das Abbild ihrer Schwester, freilich aus einem Silberspiegel, der alle Farben blasser widerstrahlt. Noch lichter als sie saß Kunigunde im Kreise, des Lützelburgers Tochter. Sie kam aus dem Norden der deutschen Lande, darum war sie weizenblond von Haar und weiß von Antlitz, und ihre Augen waren von klarem, bleichem Blau. Ihr Gesicht war in edlen, geraden, ein wenig kühlen Linien gezeichnet, und ihre Bewegungen waren sehr gehalten. Sie sah so aus, als wäre sie in einem anderen Lande geboren, – auf jenem Eisberge am Ende der Welt, auf dem Blumen und Tiere und gar das Gras von keiner irdischen Farbe befleckt sind. Oder als käme sie aus einer der fernen Burgen, wo die schönen

Jungfrauen mit einer Ilge oder einem strahlenden Kelche in der weißen Hand umhergehen voll schimmernder Kühle und holdseliger Unantastbarkeit. So saß sie und webte an einer breiten goldenen Borte und schien nicht zu fühlen, daß der junge Heinrich am Pfeiler lehnte und sie andächtig anschaute. Auch Brun war da. Er trug schon das Klerikergewand, und seine Schwestern fanden, daß es ganz umsonst sei, wenn er sich mit geistlicher Würde betrage. Brun lächelte gutmütig. Er war nun achtzehn Jahre alt, der dunkelste und stärkste unter seinen Geschwistern, grobknochig und grauäugig, während die andern schlank und biegsam waren und die blitzblauen Sachsenaugen hatten. Doch war er zugleich der verträglichste und lenksamste. Hemma mochte ihn sehr gerne leiden, denn man war bei ihm so sicher, daß alles, was er sagte, gut gemeint war.

Sie saß und drehte Schnüre aus bunter Wolle, die in die obere Kante der Leinenhemden eingezogen wurden. Doch ihre Hände ließen immer wieder von der eintönigen Arbeit. Sie war müde von der langen wachen Nacht. Sie lauschte auf das Mailied, das Gertrud, Hartnid und Katharina trotz des Winterwetters sangen. Sie waren noch nicht lange am Hofe. Die Herzogin Gisela, die neben dem Feuer saß, horchte lächelnd, bis das letzte Wort verklungen war. Dann aber sagte sie: „Vergeßt nicht, daß wir jetzt Advent haben, eine heilige Zeit. Da geziemt es sich nicht, weltliche Lieder zu singen." Die drei jungen Kinder schwiegen erschrocken still.

„Im nächsten Winter sitze ich wohl mit der Frau Mutter allein da", sprach Gisela in die etwas bedrückte Stille hinein. „Brun kehrt wieder ins Kloster zurück, Kunigunde muß zu ihrem Vater heimgehen, Brigida trägt in einem Jahr schon den Schleier, und Hemma – ja, was wird Hemma tragen? Einen Schleier oder ein Ringlein?"

Hemma drehte rascher an ihrer Schnur und zuckte leise die Achseln. Sie glaubte nun wohl zu wissen, was aus ihr werde, doch sie wagte noch nicht, davon zu sprechen. „Vielleicht sitze ich da bei dir und seufze nach den anderen, die nicht mehr da sind", lächelte sie. Da ging die Türe auf, und mit einem Stoß reiner Schneeluft sprang ein junges Mägdlein in die Stube. „Hemma", rief es und warf den Umhang auf die Bank, „Wilhelm ist da! Eben sind sie eingeritten! Er mit drei Reitern ganz allein. Aber er ist es! Ich habe selbst gesehen, wie der Herzog ihn umarmte und ihm ‚Wilhelm!' entgegenrief. Lieber Gott, wie mögen sie gefroren haben bei diesem Wetter!"

Hemma saß da wie mit Blut übergossen und preßte die Hände ineinander. Nun war es da – das Schicksal war da. –
Der junge Heinrich aber stürmte aus der Stube. Es drängte ihn, den Freund und Waffenbruder zu begrüßen. Und die Herzogin sprach: „Komm, Gisela, wir wollen ihm den Trunk und frische Kleider bringen!“ Hemma blickte ihnen fast furchtsam nach. Gisela wandte sich noch einmal und lächelte ihrer Freundin zu. Oh, es mußte wunderschön sein, den Bräutigam zu empfangen, der durch Eis und Sturm geritten kam! Einmal würde ja auch sie es erleben. Ob es aber dann ein junger Ritter gleich Wilhelm war oder ein alter, dicker Liutizenfürst, dem man sie als Friedensopfer darbrachte? Ach!
Im Hofe unten hörte sie des Vaters Stimme. Dazwischen die junge des Gastes, der noch zusah, wie die Pferde untergebracht wurden. Und aus der Küche kam plötzlich der schwere Duft des heißen Würzweines. Sie mußten eilen, wenn sie nicht zu spät kommen wollten, dem Gast unter der Türe des Saales den Gruß zu bieten.

Nun war es Abend, und im Saale stand die Tafel gerüstet. Am großen langen Tisch in der Mitte sollte der Herzog mit seinen Gefreunden sitzen, doch rings an den Wänden standen Schragen, auf die man schwere eichene Bretter gelegt hatte. Auf der Feuerstatt in der Ecke flammten die Scheiter, und die Kienspäne gaben ihr rotes Licht. Waffen blinkten an den rohen grauen Mauern, Schild und Speer des großen Otto und manches gute Schwert, das berühmt war gleich dem ruhmreichen Mann, der es geführt.
Hemma legte ein Leinentuch über das obere Ende der Tafel, nahm von der Magd den silbernen Becher des Herzogs und stellte ihn vor seinen Platz. Dann stand sie in Gedanken und sah halb abwesend zu, wie die Mägde Wacholder ins Feuer warfen und die flachen Brote auf die Anrichte türmten. Sie hatte ein schönes Gewand angelegt, doch in einer seltsamen inneren Scheu hatte sie sich nicht schmücken wollen. So war kein Goldglanz an ihr außer dem Schimmer ihrer breiten Zöpfe, die über die Brust bis zu ihren Knien fielen. Ihr Kleid war aus weißer Wolle und hatte lange enge Ärmel. Doch darüber schloß sich eine Tunika von kornblumenblauer Farbe. Ein breiter Streifen starrer bunter Stickerei lief quer über die Brust und um die kurzen Oberärmel, und von gleicher Stickerei war auch der Gürtel, dessen Ende von der runden Schließe bis zu den Füßen

niederhing. Draußen ging der Wind und drinnen gingen Stimmen um. Eine davon war Wilhelms Stimme, doch Hemma kannte sie nicht mehr. Wieder beschlich sie Furcht, doch zugleich mußte sie denken: „Heute werde ich ihn wiedersehn" Und er wird mir von Kärnten erzählen, von den Eltern –. Und wir werden von den alten Zeiten reden."

Nun trugen die Knechte große Schüsseln herein, in denen gesottene Hasen schwammen. Hemma ging ihrer Herrin bis auf den Gang entgegen und kehrte inmitten der edlen Jungfrauen in den Saal zurück. Sie stand schon hinter ihrem Stuhle, da traten Heinrich und Wilhelm ein. Sie erschrak so sehr, daß sie die Hände an die Lehne klammern mußte. Sie erkannte ihn sofort. Wie groß war er, wie stark und schön! Er blickte sich suchend um. Seine blitzenden, tiefliegenden Augen wanderten über all die blonden Mädchenköpfe hin, indes er ein flüchtiges Wort in Heinrichs eifrige Rede warf. Nun sah er sie. Sein Gesicht erstrahlte, erlosch wieder in einem überraschten, fragenden, fast scheuen Ausdruck. Ja, so war er stets gewesen, – so rasch, so offen, daß man seine Gedanken im Gesichte spielen sah. Wie war er ihr doch vertraut, noch immer! Sie lächelte ihm entgegen, da er ihr näher trat. Vielleicht hätte es der Herzogin besser gefallen, wenn sie ernst und züchtig die Augen niedergeschlagen hätte. Doch sie konnte nicht anders – sie mußte plötzlich so heftig an Gurkhofen denken, an die Hunde, die Wilhelm im Walde gefunden hatten, – an Wilhelms Messer, das immer umkippte, wenn er damit prahlen wollte –.

Es tat ihr fast weh, daß er sich so tief und fremd verneigte. Wie im Schlafe sprach sie einen leisen Gruß und bot ihm die Wange. Er küßte sie hastig und wandte sich dann errötend zur Herzogin. Sie hätte er zuerst begrüßen sollen –.

Frau Gisela aber lächelte nur still in sich hinein und zupfte ihre ältere Tochter am Kleide, damit sie sich nicht also neugierig vorbeuge. Herzog Heinrich, der nun nicht mehr „der Zänker", sondern der „Landesvater" hieß, saß oben an der Tafel; neben ihm, nur ein klein wenig niedriger, seine Gemahlin. An sie schlossen sich Brun, Gisela, Hemma; neben ihr saß Herr Adalbero von Ebersbach, der beim Herzog weilte, um für seinen Neffen Adalbero von Eppenstein ein Lehen zu erbitten. Er sprach eifrig auf Hemma ein, da er voraussetzte, daß sie mit den Verhältnissen im Mur- und Mürztal vertraut sei. Sie konnte sich aber nicht recht besinnen. Sie erinnerte

sich nur, den jungen Adalbero einmal in Friesach gesehen zu haben, einen sehr schönen, großen, schwarzghaarigen Knaben, der allen Leuten Befehle austeilte – auch ihr, kaum daß sie in seine Nähe gekommen war. Aber seinen Vater Markwart – nein, den kannte sie wohl nicht. Damals war sie ein Kind, so wie Wilhelm, der jetzt da drüben, zwischen Heinrich dem Vater und Heinrich dem Sohne, saß. Er sprach mit ihnen, sie hörte seine tiefe, rauhe Stimme, und dazwischen sandte er kurze, fast befangene Blicke zu ihr herüber.
„Ich kennen keinen bedeutenderen Mann als Markwart. Und Adalbero scheint ihm in allen Dingen nachzugeraten, höchstens daß er einen noch lebhafteren Geist und –"
Was sagte Wilhelm eben? „– nur vier Tage bleiben – – – zu den Ungarn – Freundschaft – Kaiser und dem jungen König Istvan."
Der alte Herzog wurde warm und begann nun auch zu sprechen: „Die Zeiten sind noch nicht so lange her –." Nun kam sicherlich der alte Ungarnkrieg an die Reihe, von dem der Oheim Rapoto in Friesach so schön zu erzählen wußte.
Nein, nun fiel wieder der Name „Istvan".
„Adalbero wäre der rechte Mann für den Herzogstuhl in Kärnten", redete der Ebersbacher unentwegt weiter.
Sie sagte höflich: „Gewiß. Wenn er so klug und tüchtig ist –"
„Ich bin sehr froh, edle Jungfrau, daß Ihr mich so wohl versteht", rief der Ebersbacher aus. „Ihr und Graf Wilhelm an der Sann seid doch die Erben der zwei mächtigsten Geschlechter in Kärnten. Sprecht doch ein Wort mit Herzog Heinrich! Oder mit der Herzogin! Ihr geltet viel bei ihr, ich weiß es!"
Hemma blickte auf ihre Brotscheibe nieder, auf der ein Stücklein gebratener Huchen schon geraume Weile lag. Sie riß sich aus ihrem doppelten Lauschen und besann sich. So war es also – Adalbero wollte Herzog werden.
Aber sie kannte ihn nicht, wie konnte sie Herrn Heinrich überreden? Es war sehr wichtig, w e r Herzog in Kärnten wurde.
„Herzog Otto ist noch ein rüstiger Mann, er kann noch viele Jahre regieren", sagte sie. „Und dann – Ihr wißt, Herzog Heinrich läßt sich zu nichts überreden, was er nicht selbst als gut erkennt."
„Da dürftet Ihr recht haben", seufzte Adalbero von Ebersbach halb belustigt, halb ärgerlich. Er trank einen guten Schluck und meinte: „Versuchen könntet Ihr es doch. Wenn nicht jetzt, so später. Adalbero ist jetzt achtzehn Sommer alt. Er kann warten."

Er war verstimmt. Sie fühlte es, und es begann sie zu reuen, daß sie so abweisend gewesen war. Sie fing nun selber an: „Wenn ich wieder in Kärnten bin, dann will ich gerne einmal mit eurem Neffen darüber reden. Dann kann ich –." Was war das? Heinrich und Wilhelm schienen in Streit geraten zu sein. Laute Worte fielen. An den anderen Tischen wurde es still. Es ging um nichts. Heinrich sagte eben ein wenig erhitzt: „Schon die Römer hatten diese Schlachtordnung: ein Viereck, außen die schwere Reiterei –."

Doch Wilhelm überschrie ihn: „Und ich sage dir, ein Keil muß in die feindliche Ordnung getrieben werden!"

Meinungen wurden laut. In wenigen Augenblicken war unter den Männern ein fröhlicher lauter Streit ausgebrochen. Doch Wilhelms Stimme hallte scharf darüber:

„Du – so was hast du freilich nicht lernen können auf der Domschule zu Hildesheim! Da muß man als halbes Kind dazu kommen, um es zu verstehen! Die Römer – ha! Deutsche sind wir! Hast du's vergessen, du gelehrter Scholar?"

Heinrich sprang auf. Seine Augen flammten blau und grün. Doch da stand plötzlich ein feiner junger Mann zwischen ihnen, der lächelte leicht und sagte: „Wilhelm, mir scheint, dir tut der heiße Wein nach der Kälte nicht gut? – Herr Heinrich!" Eine Bitte lag in seiner Stimme, eine leise, sehr ehrerbietige Mahnung. Hemma war betroffen von seiner Sicherheit und seinem schönen, vollendet höfischen Wesen. Heinrich riß sich zusammen und schaute ihm mit einem Blick raschen Verständnisses ins Gesicht – Hemma hatte es schon öfters gesehen, wie wahrhaftig höfische Männer sich auf den ersten Blick verstanden, und wären sie auch einander fremd in Stamm und Sprache.

Doch Wilhelm rief: „Laß mich, Lanzo! Ich bin nicht betrunken! Aber ich lasse mich nicht behandeln wie einen Rotzbuben!"

Lanzo flüsterte ihm etwas zu. Hemma las das Wort „Frauen" von seinen Lippen.

Jäh wandte Wilhelm sein zornrotes Gesicht ihr zu. Und sie mußte wohl sehr erschrocken ausgesehen haben, denn er erblaßte und ließ sich wie betäubt auf seinen Sitz fallen. Gisela und Brun und Brigida begannen zu lachen und zu plappern, Heinrich machte Lanzo an seiner Seite Platz. Es wurde wieder behaglich am Tische. Doch Hemma konnte nicht mehr froh werden. Sie schämte sich für ihn. Und es war ihr über alle Maßen hart, sich schämen zu müssen. Es

war ja nichts geschehen, ein Wortwechsel beim Trinken, nichts weiter. Aber sie sah doch, daß er noch schlimmer jähzornig und rücksichtslos war als einst. Und jetzt war er doch ein Mann – wie beherrscht und gütig waren Heinrich und Brun!
Nun saß er dort und krümelte an seinem Brot. Seine starken Lippen waren zusammengepreßt, die Augen verschwanden fast unter den vorgelagerten Brauen. Er schien innerlich zu beben – sie wußte nicht, ob aus verkrampfter Wut, vor Scham, vor Reue. Sie betrachtete ihn und vergaß auf ihre eigene Kränkung. Und plötzlich wallte es in ihr auf, – ein Strom von Zärtlichkeit, Erbarmen und Verstehen. Er war so arm, so hilflos in all seiner ungefügen Kraft. Er sollte nicht so dasitzen unter den Leuten, die so heiter und ruhig schienen. Sie wartete ungeduldig, brennenden Herzens auf einen Blick von ihm.
Er starrte mißmutig vor sich hin und hatte sie wohl vergessen.
Ihr Herz sank wieder. Sie war schließlich froh, als die Herzogin die Tafel aufhob. Frau Gisela sammelte ihre Frauen um sich, grüßte die Herren und verließ mit ihrem Gefolge den Saal.
Drinnen erschienen nun statt der Speisen die mächtigen Humpen. Der aber, dem zu Ehren das Gelage gehalten wurde, schien sich am wenigsten daran zu freuen. Er spürte es wohl irgendwie, daß er um der anderen willen eine bessere Laune zeigen sollte. Doch er w a r eben kein leichter Gaukler, der jenen, die ihn gekränkt hatten, noch seine Späße vormachte, und er mochte sich nicht verstellen, wenn ihm nicht darnach zumute war.
Er trank und trank und schwieg und mußte dabei immer verzweifelter an den erfrorenen, erschrockenen Blick denken, mit dem Hemma ihn angesehen hatte. Schön war sie – stolz war sie – wunderschön war sie. Aber sie konnte ihn nicht mehr leiden, er hatte es gesehen. Das war nun der erste Abend, an dem sie nach so langer Zeit wieder beisammen waren.

Drei Tage gingen vorüber, ohne daß Hemma und Wilhelm mitsammen gesprochen hatten. Am Morgen nach seiner Ankunft hatte sie ihn in der Messe gesehen. Die anderen Männer schienen ein wenig übernächtig, obwohl die Messe erst um die Mittagsstunde gelesen wurde. Doch Wilhelm hatte der Wein nichts angetan. Ein wenig bleicher war er, da die scharfe Röte des Frostes aus seinem Gesichte verschwunden war. Er trug ein pelzverbrämtes grünes

Tuchgewand, das ihm bis an die Knöchel reichte und an den Seiten geschlitzt war. Sein schweres, langes Schwert hing an seiner Seite. Er war der Stattlichste von allen mit seiner mächtig breiten Brust und den schmalen Hüften, der kriegerisch stolzen Haltung. Heinrich wirkte neben ihm fast zart, obwohl er keineswegs zu den Kleinen und Schmächtigen zählte. Sie schienen wieder die besten Freunde zu sein.

Während der Messe wagte Hemma nicht, nach Wilhelm hinzuschielen. Sie fühlte seine Blicke unausgesetzt auf sich. Sie dachte bitter: „Nun prüfte er mich in aller Ruhe, ob ich die Rechte bin –." Eigentlich hatte er ja gestern sehr fremd getan. Und sie wußte nicht, ob das zitternde Gefühl in ihr Schmerz oder Freude war. Wenn er sie n i c h t wollte, dann würde sie mit Brigida ins Kloster gehen.

Sie konnte nicht beten. Es war eine bedrückte Verwirrung in ihr. Am Nachmittage hielten die Männer ein fröhliches Waffenspiel. Die Mädchen traten von Zeit zu Zeit auf den Gang hinaus, um zu sehen, wer der Beste wäre. Doch es war so bitterkalt, daß sie es draußen nicht aushielten. Sie riefen ein lustiges Scherzwort hinab, wenn einer in den zerstampften Schnee stürzte, und warfen dem Sieger ein winziges Wollblümchen zu. Wilhelms schwarzgraue Kettenhaube war schon gespickt mit diesen bunten Dingen, denn es ließ sich nicht leugnen, daß er der Beste war. Er schien außer sich vor Wildheit und Übermut. Sein rotfleckiger Hengst schrie vor Kampfbegier, wenn es einmal einen Gang zu Fuß galt. Hemma freute sich an dem prächtigen Spiel und noch mehr darüber, daß Wilhelm sich als Held erwies.

Da flog gerade der Ebersbacher im Bogen von seinem Schimmel. Hemma mußte hell auflachen. Es sah so lustig aus, wie Herr Adalbero seinen umfangreichen Leib aufrichtete und seine verdutzten Augen aufriß. Der helle Klang ihres Lachens flog bis an Wilhelms Ohr. Er sprang vom Pferde und stürmte zur Stiege und ließ sich oben vor Hemma auf ein Knie fallen, daß es dröhnte.

Kichernd drückte Gisela ihrer Freundin ein weißes Wollblümchen in die Hand.

„Du mußt ihn küssen, – er ist der Sieger", flüsterte sie neckend. Doch Hemma, die in Wilhelms sprühende Augen sah, vergaß der zarten Rittersitte. Sie ließ das Blümlein zu Boden fallen und lief eiligst in die Kemenate zurück. Da stand sie hoch atmend an die

Wand gelehnt neben der Türe. Sie hörte draußen Giselas fröhlich tröstende Stimme und Wilhelms Schritte, die langsam die Treppe hinunterstapften.
Und wieder erbarmte er ihr so sehr. Nun war er verletzt – enttäuscht. Aber warum mußte er so wild daherkommen und sie vor aller Augen erschrecken? Freilich – sie hätte Spaß verstehen sollen, aber – nach Spaß hatte es nicht ausgesehen.
Gisela kam herein. „Jetzt gnade Gott den Herren, die Wilhelm noch unter die Fäuste bekommt", sagte sie halb lustig, halb nachdenklich. „Er ist wütend, glaube ich, daß du ihn so stehenließest."
„Glaubst du?" fragte Hemma kleinlaut zurück.

Eine Woche vor Weihnachten trafen zwei ungarische Herren am Herzogshofe ein. Sie waren seltsame Gäste. Kostbare, fremdartige Felle hüllten sie ein, so daß sie selber ein wenig wie gefährliche Tiere aussahen. Sie verstanden kein deutsches Wort. Ihr Sprache aber klang schön und voll. Und abends, als sie zu Tische kamen, sah man erst, wie edel und geschmeidig sie gewachsen waren und wie kühn und scharf ihre knochigen Gesichter zwischen den glänzend schwarzen Zöpfen hervortraten.
Wilhelm saß zur Linken des Herzogs, den Ungarn gegenüber. Er hatte von seinem Waffenmeister Tiemo, der einst in ungarischer Gefangenschaft gewesen, die magyarische Sprache gelernt und konnte nun den Dolmetsch spielen.
Die Ungarn sprachen von ihrem König Istvan, der jung war wie sie. Im ganzen Saale war es still. Ihre feurigen, begeisterten Stimmen hallten über die Lauschenden hin. Nur Wilhelms zögernde Erklärungen und leise, höfliche Fragen des Herzogs fielen darein.
Istvan, – das war das neue Volk. Nicht mehr eine wilde Nomadenhorde, sondern ein Königreich von Gottes Gnaden sollten die Ungarn sein. Istvan, das war der Führer aus Barbarei und Heidentum, der Starke, der Weise. – Istvan, das war die Zukunft. Was mußte das für ein Mann sein, daß er die Jugend seines Volkes so glühend begeistern konnte! Welchen Mut mußte er haben, um gegen Heidentum und Machtgier aufzustehen, – wie klug war es, daß er die Freundschaft des Kaisers suchte, um sein Reich aus der eigensinnigen Abgeschlossenheit auf die Straße herauszuführen, auf der die Menschheit ihrem Ziele immer rascher entgegenwanderte!

Wilhelm und Lanzo sollten am nächsten Morgen mit den beiden Ungarn reiten, um König Istvan die Einladung des Kaisers zu bringen. In Scheyern wollten die beiden Herrscher sich treffen. Und Istvan wollte die Freundschaft Ottos mit nach Ungarn nehmen. – Deutsche Gelehrte, Geistliche und edle Ritter sollten mit ihm ziehen – vielleicht auch eine fromme deutsche holdselige Königin. Gyulas schwarze Augen wandten sich nach Gisela. Sie saß in atemlosem Lauschen. Ihre roten Wangen glühten röter als sonst, ihre blauen Augen schienen dunkel. Versunken hielt sie den Blick des Magyaren aus. Sie vernahm das Schweigen nicht, das plötzlich über dem Saale lag. „Erzählt weiter – von Eurem König Istvan“, sagte sie endlich scheu und klar. Und der Ungar hob den Becher gegen sie und leerte ihn mit einem lauten, wilden Ruf, den Wilhelm nicht zu übersetzen wagte.

Noch vor dem Frühmahle mußte Hemma ins Mägdehaus hinübergehen. Die Herzogin hatte Sorge, daß die Wäscherinnen die Aschenlauge zu scharf nehmen und damit ihrem schönen feinen Linnen schaden könnten. Hemma sah zu, wie die Mägde die kochende Lauge abseihten und mit dem warmen Wasser vermischten. Sie entdeckte unter dem Waschfaß der Renza eine Kanne mit Kalkmilch. Sie wurde zornig und schalt mit der Magd. Die hatte ein Kriegsknecht aus dem Welschland mitgebracht. Sie war sehr schön und unterwürfig, aber sie wußte so viele schlaue und heimliche Schliche, daß man immer auf sie achtgeben mußte. Gewiß hatte sie sich bei ihrer Herrin einschmeicheln wollen, da ihre Wäsche weißer wurde als die der anderen Mägde. Das kümmerte sie wenig, ob die schönen Linnenhemden binnen Jahresfrist zu Fasern zerfielen. Hemma war ernstlich empört. Nichts widerstrebte ihr so sehr wie Falschheit und Hinterlist. Doch als Renza in verzweifeltes Weinen ausbrach und wie eine Rasende die Hände rang, schien es Hemma doch, sie sei zu streng gewesen. Sie schüttete die Kalkmilch auf den Boden und sagte begütigend: „Nun weine nicht mehr, Renza, sondern schau, wie es die andern machen! Dann wird die Frau Herzogin mit dir wohl zufrieden sein.“
Da sie aus dem widerlichen Dunst der Waschküche ins Freie trat, blieb sie mitten im Hofe stehen, um Atem zu schöpfen. Es war bitter kalt. Am Himmel stand der flammende Morgenstern. In der Küche rumorte es verschlafen. Sonst war es still in der Burg.

Doch da Hemma gehen wollte, sprang plötzlich Wilhelm aus dem tiefen Schatten eines Wehrganges. Er trug keinen Mantel, sondern nur ein dünnes, enges Wams. „Ich sprach gerade mit Tiemo, – da sah ich dich“, flüsterte er zwischen zusammenschlagenden Zähnen hervor. Hemma hob das Gesicht zu ihm. Doch sagen konnte sie nichts.

„Ich kann nicht reiten, ohne e i n m a l mit dir gesprochen zu haben, Hemma!“ stammelte er. Er blickte sie mit großen Augen an, und wieder ergriff ihn Staunen darüber, wie schön sie geworden war. Ein mattes Licht fiel aus einem Fenster auf ihr emporgewandtes Antlitz. Wie breit und klar und leuchtend war ihre Stirn, wie schön waren ihre großen Augen, die tief unter den dunklen Brauen lagen! Ihre Züge war a l l e groß und klar wie einst, als sie noch ein kleines Mädchen war. Doch die Wangen waren nun nicht mehr hager und fahl, sie blühten in feinem Rund und hatten die schönste Farbe. Augen und Zähne schimmerten, und der Mund in seinem stolzen, lieblichen Schwunge war süßer als alle Kirschenmündchen, die er je gesehen hatte. Und dieser feine, gelbliche Ton der Haut, schöner als das Lilienweiß der Herzogstöchter! Und diese verwirrende Stille und Kühle, hinter der sich etwas verbarg – –!

Er hätte gerne ihre Hand gefaßt, aber er wagte es nicht. Sie schien so stolz und unnahbar in ihrem langen, strengen, lichten Mantel. „Hemma – ich muß wissen, wie du denkst! Wenn ich vom König Istvan heimkomme, dann reite ich nach Kärnten und lasse bei deinem Vater um dich werben, – Hemma. Aber ich möchte wissen, ob es dir recht ist – Hemma!“

Sie sah, wie glühend er auf ihre Antwort wartete. „Es war ja immer so bestimmt“, sagte sie leise, mit einem Zittern in der Stimme.

„Aber d u , Hemma, du! Denkst du nicht mehr wie einst? Hemma, in all den Jahren hab ich an dich gedacht, wie an das Beste in der Welt, wie an eine Burg, in der man daheim ist, – wie an das Heilige Grab – ach, ich kann es nicht sagen, wie es war, – frag Lanzo! Hemma, ich habe in dieser Zeit viel getan, was ich vor deinen Augen nicht erzählen möchte, aber ich wußte immer – einmal, dann, wenn ich mit dir beisammen sein werde, dann wird es anders sein, dann! – Hemma, oder willst du mich nicht mehr, weil ich nicht bin wie Heinrich und die andern guten Herren hier am Hofe? Hemma, du weißt doch – ich war fünf Jahre im Kriege –.“

Scham überwältigte ihn. Er zog die Hände, die er nach ihr ausstrecken wollte, hastig zurück und verkrampfte sie vor der Brust. Hemma legte schüchtern die Hand darauf. „Wilhelm –“, sagte sie. Er hörte in ihrer Stimme die aufsteigende Wärme, die Zärtlichkeit und Trautheit von einst, Erbarmen – Liebe. Seine Stirne fiel schwer auf ihre Schulter.
„Hemma, ich liebe dich“, murmelte er bebend. Sie legte die Wange an sein grobes braunes Haar und hielt seine gefalteten Hände mit ihren umschlossen. So standen sie eine kleine Weile, bis draußen im äußeren Hofe ein gellender Hornruf erschallte.
„Sie wecken die Männer. Wir müssen zeitig reiten“, sprach Wilhelm aufatmend. „Leb wohl, Hemma, Süße!“ Er preßte ihre Finger, daß die Ringe schmerzten. „Nie will ich diese Stunde vergessen! Ich bin so froh – so froh!“
Er legte den Arm um ihre Schulter und führte sie so bis zur Treppe am Palas. Dort gab er sie frei. „Schenk mir etwas, das ich bei mir tragen kann, – ein Zeichen, daß du mir gut bist, – daß ich dein eigen bin!“ bat er.
Sie wandte sich auf der zweiten Stufe und blickte in sein Gesicht, das ganz verwirrt schien vor Glück und Zärtlichkeit. Und wieder wallte es in ihr auf. Es war wohl Liebe, was ihr Herz plötzlich zum Springen füllte. Sie nestelte die schmale Silberschließe von ihrem Mantel und legte sie in seine Hand. „Da, nimm, Wilhelm – lieber Wilhelm! Und grüß mir die Eltern!“ fügte sie hastig hinzu, denn nun kam Leben in die Burg. Er kniete sich auf die unterste Stufe und wollte Hemmas Hände küssen.
„Nicht, Wilhelm, leb wohl!“ wehrte sie ihm. „Komm bald zurück!“
Wie im Traume stand er auf und sah ihr nach, wie sie rasch die Stiege hinaneilte. Oben wandte sie sich und winkte ihm noch einmal und verschwand im dunklen Gang.
Der Hof aber war schon leicht erhellt von rotem Fackelschein und vom ersten bleichen Licht des anbrechenden Morgens.

Nun war Weihnachten nahe. In der ganzen Burg gab es in allen Räumen ein geschäftiges Treiben. Es wurde geschlachtet, gebraten, gebacken, gekocht, – überall waren die Böden überschwemmt, und die freundlichen, gutherzigen, ordentlichen Mägde schienen in zornmütige Hexen verwandelt, die mit Besen, Bürsten und Kochlöffeln und erhitzten, zottigen Köpfen herumrasten und den

Männern mageres Essen und böse Worte gaben. Auch die Herzogin und ihre Mädchen waren von dieser Besessenheit ergriffen. Frau Gisela war an sieben Orten zugleich. Ihre Töchter standen mehlbestaubt in der Küche und wirkten Kuchen. Hemma und Kunigunde halfen wacker beim Füllen der Gänse, die bratfertig zu Dutzenden in die eiskalten Speisekammern geschafft wurden. Noch zwei Tage harter Arbeit standen ihnen allen bevor, dann aber brach die Festzeit an!

Schon bargen die Mädchen ihre kleinen Geschenke in den Truhen. Und große Körbe guter Gaben standen für die Armen bereit.

Gegen Abend sandte die Herzogin Hemma vor die Stadt hinaus. Zwei Knechte wurden mit einer Bahre voll schwerer Säcke und Körbe beladen. Atre trug eine Rolle feiner, alter, zerschlissener Leinwand, und Hemma hielt einen großen Krug voll köstlichen Weines im Arme. So wanderten sie durchs Tor hinaus zu dem niedrigen steinernen Hause, in dem alte und bresthafte Leute wohnten, die sonst im Elend verkommen wären. Eine alte Frau empfing sie an der Pforte. Sie war die Witwe eines reichen Bürgers und pflegte die Siechen um der Liebe Gottes willen. Aus tiefstem Herzen froh, rief sie: „Gott lohn es der edlen Frau Herzogin! Gott lohn es ihr! Sagt ihr, wir wollen für sie beten!"

Hemma dachte im Fortgehen: Eigentlich sind alle unsre Geschenke nichts im Vergleich zu dem, was diese Frau tut, die sich selber aus Liebe ganz verschenkt. Sie seufzte ein wenig und dachte an Wilhelm, der sie liebte und der sie brauchte. Ja, sie wollte gut zu ihm sein, – zu ihm und zu all den Menschen, die ihr begegneten. Ob sie dann Gott ebenso vollkommen diente wie Agnes, die Siechenmutter?

Aus ihren Gedanken schreckte sie plötzlich auf. Da hatte jemand gestöhnt. Ja – da lag ein Mann neben dem Wege im Schnee. – Sie kniete zu ihm nieder und beugte sich über ihn. Ein Bettler war er – durch Lumpen und Fetzen sah man die abgezehrte Brust. Das schmale, junge Gesicht war blaugefroren, das blonde Haar voll Reif. Er hob den verschwimmenden Blick zu ihr und wimmerte leise. Sie winkte den Knechten. „Der Mann ist krank", sagte sie. „Nehmt ihn mit in die Burg!"

Atre meinte: „Das Siechenhaus ist näher –." Doch Hemma schüttelte bestimmt den Kopf. „Im Siechenhaus ist jetzt im Winter so wenig Platz. Und in der Burg hat er es viel schöner."

So kam es, daß die Knechte mit einer neuen Last heimkehrten. Die Herzogin hatte keine Zeit. „Du hast ihn mitgebracht. Nun sieh auch, wo du ihn unterbringst!“ sagte sie ein wenig ärgerlich.
Hemma war gekränkt. Die Herzogin war sonst eine gute Frau. Sie hatte geglaubt, im Sinne ihrer Herrin gehandelt zu haben. Was sollte sie nun tun? In der Burg wurden zu Weihnachten Gäste erwartet. Überall würde der kranke Bettler im Wege sein. Früher, in alten Zeiten, da hatten heilige Frauen den Kranken ihr eigenes Bett gegeben. Von der heiligen Paula von Rom erzählte man, daß sie es getan. Aber Hemma durfte dies wohl nicht wagen, ohne die andern zu erzürnen. Auch das Gesinde würde beleidigt sein, wenn sie den Landstreicher in eine der Leutestuben legte. Da blieb wohl nichts andres übrig, als ihn in einen Heuwinkel zu betten, rückwärts in den Pferdestall, wo die Schimmel der Mädchen standen.
Dort war es warm und dunkel. Sie legten den Kranken ins weiche Heu und deckten ihn mit Pferdekotzen zu. Im Kuhstalle daneben wurden gerade die Kühe gemolken. Hemma holte ein Schüsselein voll der warmen, schäumenden Milch. Durstig trank der arme Mensch das süße Labsal. Aber er war von Fieber halb bewußtlos. Er hustete und stöhnte, doch schien es nicht das schwere Brustfieber zu sein, an dem er litt, sondern er war eben vor Hunger, Kälte und Erschöpfung dem Tode nahe.
Hemma tat alles, wie sie es von Frau Imma und der Herzogin gelernt hatte. Sie horchte an seiner Brust und roch seinen Atem, sie legte die Hand an seinen Puls und zog mit zarten Fingern seine Augenlider herab. Sie sah, daß er fast kein Blut in sich hatte und daß seine Hände und Füße schwer erfroren waren. Aber das Brustfieber hatte er bestimmt nicht.
Sie lief in die Küche hinüber und kochte dort eine kräftige Weinsuppe und brockte weißes Brot hinein, indes sie Gisela und Brigida von ihrem Pflegling erzählte. Die Mädchen steckten ihr einige Kuchen zu. Es kam oft vor, daß die Herzogin kranke Pilger oder Arme in die Burg aufnahm, doch diesmal hatte Hemma die ganze Wartung und Verantwortung auf sich genommen, und darum war sie von Freude und Eifer für ihr gutes Werk erfüllt. Sie holte aus der Wäschekammer ein altes leinenes Panzerhemd, da die Kleider des Kranken ganz durchnäßt waren. Und so, mit allen guten Dingen beladen, eilte sie in den Stall zurück.
„Setz dich jetzt auf –“, sagte sie zum Kranken. Doch der verstand

sie nicht. Sie mußte eine Magd aus dem Kuhstall rufen, damit sie ihr helfe, den großen Mann so weit aufzurichten, daß sie ihm den schmutzigen, nassen, zerfetzten Kittel über den Kopf ziehen konnte.
Doch dabei sah sie, daß sein Rücken von blutigen und vernarbten Striemen bedeckt war. Der Frost hatte seinen Wunden arg zugesetzt. Es sah schrecklich aus.
Hemma stockte fast das Herz, als sie dies erblickte. Wer war er? Ein Verbrecher, den man so hart gestraft hatte, – ein Höriger, der einem grausamen Herrn entlaufen war? Nein, nein, es konnte nicht sein! Wenn es aber doch so war, dann durfte sie ihn nicht verbergen, dann mußte sie ihn dem Herzog übergeben. Strenge Strafen verhängte das Gesetz von Ranshofen über jene, die flüchtige Verbrecher und Hörige aufnahmen.
Hastig sandte sie die Magd um Wasser, Öl und Leinwand. Nein, wie ein schlechter Mensch sah er nicht aus! Sie beugte sich vor, um sein Gesicht zu sehen, das vornüber an ihre Schulter gesunken war. Es war dunkel im Stalle, aber sie erkannte doch den überaus scharfen, stolzen Bug der Nase, einen schmalen, feinen, verhärmten Mund, ein eckiges, starkes Kinn. Er war ohnmächtig! Er konnte nicht so lange sitzen! Wo nur die Magd blieb! Nein, nein, sie konnte ihn nicht angeben! Man wußte ja gar nicht, wer er war. Ein Armer, Heimatloser, ein Todkranker, der in Ruhe sterben, – nein, er konnte doch wieder gesund werden –.
„Schnell! Schnell!" rief sie der Magd entgegen. „Und bring die Laterne mit herüber!"
Die kleine Magd stellte alles in eine Krippe. Nun wusch Hemma mit zitternden Händen den zerschundenen Rücken. Wie arm war er! Sie tat ihm weh – es mußte sein. Tat es sehr weh? Die Wunden waren nicht frisch. Sie hatten wohl wegen der Kälte nicht heilen können. Und weil er so krank und herabgekommen war.
Die kühlen Leinwandbinden und das weiche Hemd taten ihm wohl. Er hob die Lider ein wenig und atmete tief, da er ins Heu zurücksank.
Wie schwer hatten es die armen Leute!

Am nächsten Morgen lag er noch immer so dahin. Die Magd erzählte, er sei in der Nacht unruhig gewesen und habe gestöhnt. Hemma fragte ihn: „Wie geht es dir? Hast du Schmerzen?" Er antwortete heiser in einer fremden Sprache, die Hemma nicht verstand. Sie verstand nur die Pein in seinen fiebersprühenden Augen, die Unrast in seinen abgezehrten, erfrorenen Händen. Und sie saß bei ihm wohl eine Stunde lang und freute sich, wenn seine wirren Blicke einen flüchtigen Herzschlag lang klar und fragend wurden.

Der Heilige Abend kam über das weite deutsche Land. In des Herzogs Burg war fromme Stille eingekehrt. Alle Arbeit war getan. In der großen Halle waren die Tafeln überreich für den Festschmaus gedeckt, der nach der Mette gehalten werden sollte. Kein lautes Wort wurde gesprochen, keine Tür geschlagen. Die Waffen hingen an den Wänden und schwiegen.

Brigida und eine kleine Schar gottinniger Leute knieten schon in der dämmrigen Kapelle und harrten voll süßer Freude der Geburt des Herrn. Die anderen aber saßen in der kleinen Halle am Feuer und sprachen leise von Weihnachten, die längst vergangen waren.

Der junge Heinrich saß in seinem Stuhle und schwieg. Weißt du noch, Heinrich, wie du bei Bischof Abraham in Freising Weihnachten hieltest, – du und deine Mutter und deine kleinen Geschwister, die krank von der grausen Flucht bei dir im großen Bette lagen? Die Mutter hielt das Jüngste im Arm und weinte, weinte, weinte. Der Vater war in die Acht getan. Wo war er, – wann kam er wieder? Und das Jahr darauf, Heinrich, da du als sechsjähriges Kind an der Domschule von Hildesheim das Heimweh kennenlerntest! Sie hatten dich der Mutter fortgenommen. Der Kaiser hatte Angst, daß du einst nach der Krone greifen könntest, wie dein Vater. – Heinrich, war es schwer zu denken, daß du ein geschorener Bruder sein solltest, – dein Leben lang? Oder bist du nicht doch als heimlicher Mönch von Hildesheim an deines Vaters Hof zurückgegangen, da er beim Kaiser wieder in Gnaden aufgenommen war?

Heinrich senkte den Kopf. Es ist schwer, doch es wird, es muß ihm glücken, seine starke Jugend, seine künftige Macht, sein Kämpfen und Herrschen und seine tiefe Liebe zu der kühlen, süßen Frau mit jenem Geiste zu durchdringen, der in jenen Jahren des Leides über ihn gekommen war.

Kunigunde fühlt Heinrichs Blicke, doch sie wendet sich ihm nicht zu. Sie erzählt Gisela von ihren vielen Geschwistern. Ihr weißes Gesicht ist still und traurig.

Hemma ist nicht unter ihnen. Sie ist noch einmal zu ihrem Kranken hinübergegangen. Sie trägt schon ihr Festgewand aus lichtblauer Wolle, nur ihren Schmuck hat sie noch nicht angelegt.
Vorsichtig setzt sie sich auf das dreibeinige Stühlchen, das sie sich zurechtgerückt. Der Kranke blickte sie an – sie weiß nicht, ob er bei Sinnen ist. Da spricht er leise, fast bang: „Sagt mir, – sagt mir, wer Ihr seid –."
Hemma erschrickt vor seiner Stimme. „Ich bin eine der Frauen der Herzogin", antwortet sie. Sie ist froh, daß es ihm besser geht.
Lange starren seine Augen in ihr Gesicht. „Welcher Herzogin?" fragt er dann.
„Der Herzogin Gisela von Bayern."
„So bin ich in Regensburg? Wie ist das alles – so sonderbar. Ihr – da in dem finstern Stall – bei mir –"
Er spricht wie im Fiebertraume, in einem fremdartigen, schönen Deutsch.
„Ja, ich mußte dich in den Stall betten, da wir zur Weihnachten viele Gäste bekamen. Es ist nämlich Heiliger Abend heute." Es ist ihr, als müßte sie um Verzeihung bitten.
„Weihnachten. Ja –." Er schließt die Augen und öffnet sie wieder, um Hemma mit einem verschlafenen Blicke anzuschauen. „Ich danke Euch, edle Frau", flüstert er.
Hemma errötet. „Aber nun mußt du mir auch sagen, wer du bist", lächelt sie rasch.
Er schüttelt den Kopf. „Das werde ich Euch – später einmal sagen, wenn ich es überstehe –", spricht er mühsam.
Hemma legt leise ihre Hand auf seine. „Wenn du nicht willst, dann mußt du mir deinen Namen nicht nennen", stammelt sie. „Aber du brauchst nicht zu fürchten, daß ich dich angebe. Ich werde dem Herzog nichts von dir sagen, bis du wieder fortwandern kannst. Außer einer Magd und mir weiß niemand, daß du – daß sie dich so geschlagen haben."
Da glüht eine siedende Röte in dem bleichen Gesicht auf. Er legt eine Hand über die Augen und atmet keuchend. Dann aber spricht er, indes er den Kopf ein wenig zur Seite wendet: „Ich muß es Euch doch sagen, damit Ihr mich nicht für einen ehrlosen Mann haltet. – Aber Ihr werdet es mir nicht glauben, so wie sie es mir in Passau nicht geglaubt haben."
„Doch, ich glaube dir!"

„Meine Heimat, edle Frau, ist zu Worms am Rheine im Burgunderland. Und mein Name ist Herrand von Borne.“
„Herrand von Borne“, spricht sie nach. Sie hebt die gefalteten Hände vor den Mund. Nun könnte sie weinen und weiß doch nicht, warum.
„Und – den Schimpf auf meinem Rücken, den haben mir die Mähren angetan. Ich war drei Jahre bei ihnen gefangen.“
Und wieder brennt die Scham auf seinen hageren Wangen. „Nun denkt Ihr wohl, ich löge. Aber ich gebe Euch mein Wort, daß es die reine Wahrheit ist. Oder gilt Euch mein Wort zu wenig?“
„Du brauchst – Ihr braucht mir Euer Wort nicht zu geben. Ich glaube Euch“, spricht sie scheu.
Da wendet er sich hastig gegen die Wand und verbirgt das Gesicht in seinen Armen.
Hemma sitzt eine Weile ganz still und reglos da. Dann fragt sie: „Erlaubt Ihr, daß ich es der Frau Herzogin sage? Sie ist meine Herrin, und ich möchte ihr nichts verbergen. Aber, wenn es Euch besser dünkt, daß ich schweige –.“
„Sagt es ihr nur“, spricht er ins Heu hinein. „Ob s i e es glaubt, das gilt mir gleich.“
Da fangen am hohen Dome die Glocken zu klingen an. Christ ist geboren!
Die Pferde schütteln aufhorchend ihre Köpfe. Im Kuhstall drüben geht ein leises, dumpfes Regen um. Auch die Tiere wollen ihre Mette halten. Sie können reden in der Heiligen Nacht. Und wer sie hört, muß sterben im nächsten Jahr.
„Nun muß ich gehen“, sagt Hemma. „Hört Ihr die Glocken?“
„Ja –“, flüstert er lauschend.
Die Glocken dröhnen nun in brausendem Chor.
„Ihr müßt schlafen“, spricht Hemma sehr leise. „Gute Nacht, Ritter Herrand!“
Er hält ihre Hand fest. „Sagt mir noch Euren Namen“, bittet er.
„Hemma.“
„Ja, Hemma –.“ Die Augen fallen ihm zu.
Lautlos geht Hemma fort. Nahe der Türe bleibt sie stehen. Sie klopft ihrer lieben, sanften Schimmelstute den glatten Hals und flüstert ihr ins Ohr: „Sprich leise, Silberlin, – leise!“
Während des Festmahls, zwischen den gefüllten Gänsen und den süßen, gesottenen und gewürzten Dörrbirnen, ruft die Herzogin

über den Tisch: „Nun muß ich dich doch noch einmal fragen, was mit deinem Findling geschehen ist. Wie geht es ihm?“
„Er war heute zum ersten Male bei Bewußtsein, Frau Herzogin. Ich glaube, er wird doch wieder gesund“, antwortet Hemma.
„Hat er dir gesagt, woher er kommt und wie er heißt? – Du mußt ihn darum fragen, Kind, der Ordnung wegen“, setzt sie hinzu, da Hemma zögert, ihr Antwort zu geben.
Dann aber sagt sie rasch:
„Doch, Frau Herzogin, er hat es mir gesagt. Er heißt Herrand von Borne.“
Die Herzogin legt das knusprige Küchlein auf den Tisch zurück.
„Von Borne? Ein Burgunder, nicht wahr?“
„Ja, zu Worms ist er daheim –.“
Frau Gisela starrt vor sich hin auf die Schüssel, in der die Küchlein sich zu einem Berge türmen. „Das werde ich nun leicht herausbekommen, ob er die Wahrheit sprach“, sagt sie entschlossen. „Komm mit, und du auch, Brun!“
Über Hemma kommt eine Angst. Wie, wenn er vor Frau Gisela nicht besteht – wenn sie ihm nicht Glauben schenkt? Zitternd legt sie den Mantel um und eilt der Herzogin nach, die schon mit einer Laterne voranschreitet. Im Stalle ist es lautlos still. Das Gesinde ist im Leutehaus beim Schmaus versammelt. Das Vieh schläft. Auch Herrand liegt in leichtem Schlummer da. Die Herzogin leuchtet ihm ins Gesicht. Hemma kann an ihren Zügen nicht erkennen, was sie denkt. Erst da er die blauen Augen aufschlägt, geht eine Bewegung durch sie. Sie hält das Licht noch näher zu ihm und fragt: „Wie heißt Ihr?“
„Herrand von Borne“, antwortet er, noch halb im Schlafe.
„Und Eure Mutter?“
„Die Mutter? – Biltrud.“
Dann gibt es ihm einen Ruck. Er blickt die Herzogin scharf an und versteht nun, daß er in einem Verhör befragt wird.
„Mein Vater hieß Gerulf. Aber er ist tot.“
„Erzählt mir, woher Eure Mutter stammt.“
„Sie ist als Waise am Hofe des Königs Konrad von Burgund erzogen worden. Ihre Eltern waren Azzo, ein Ritter des Königs, und Abense, die Tochter des bischöflichen Hausvogtes Isan.“
„Da hat Euch die Mutter wohl oft von der Zeit erzählt, da sie am Hofe des Königs war. Was sagte sie da?“

„Sie erzählte, sie sei die Gespielin der kleinen Königstochter gewesen. Die erste Gemahlin des Königs habe noch gelebt. Sie sei eine gute, schöne Frau gewesen, anders als die zweite, die Königin Gerberga."
„Ja – –. Aber was erzählte sie von den Spielen, die sie mit der Königstochter trieb?"
Herrand schloß die Augen. Man sah, daß eine Schwäche über ihn kam. Doch er redete mühsam weiter: „Sie hatten Docken aus Samt und Seide, – und zwei Hündlein, die hießen Krumm und Grad. Aber heimlich gaben sie ihnen schöne Ritternamen. – Am liebsten aber spielten sie draußen auf einem Anger, wo das Linnen gebleicht wurde. – – Und einmal, ja, ich glaube – eine wilde Kuh kam und wollte die Königstochter auf die Hörner nehmen. Doch meine Mutter sprang dazwischen und rettete die Freundin. Davon hat sie noch heute eine Narbe an der linken Schulter. – – Die Königin aber schenkte ihr einen goldenen Schmuck – eine Kapsel, in der eine Reliquie des heiligen Antonius verborgen war. Man mußte außen an einem hellblauen Edelsteine drehen, wenn man die Kapsel – öffnen wollte. Als ich ein Kind war, – durfte ich es manchmal versuchen. Die Königstochter hatte auch – hatte auch ein Kästchen, in dem war Seidengarn – in vielen bunten Farben –" Nun überzog Totenblässe sein Gesicht. Die Herzogin wischte ihm mit einem Zipfel ihres Mantels den Schweiß von der Stirne.
„Nun sehe ich wohl, daß du in Wahrheit meiner liebsten Gespielin Sohn bist", sprach sie erschüttert. „Du hast ja auch ihre Augen. – Die kleine Königstochter, von der du sprachst, Herrand, die bin ich einst gewesen."
Sie beugte sich über ihn und küßte ihn auf beide Wangen.
Er aber blickte mit strahlenden, abwesenden Augen in Hemmas tränenüberströmtes Gesicht und verlor wieder die Besinnung.

Die Stube, in der nun Herrand lag, war einst das Ausgedinge eines alten gichtischen Kapellans gewesen. Sie lag über der kleinen Halle und war trocken und warm und sehr behaglich. Die Herzogin und ihre Töchter und Frauen pflegten den Kranken mit aller Liebe. Es ging ihm nun etwas besser. Die Wunden heilten langsam, und langsam kam die Lust zum Leben wieder. Die Frauen konnten es kaum erwarten, daß er ihnen endlich die ganze Geschichte seiner Leiden erzählen würde. Doch er sprach sehr wenig. Er lag so dahin und war sehr dankbar für jeden Dienst, den man ihm tat. Man wußte nun, daß er im Heerbann des Babenbergers gestanden hatte, als er bei einem Einfall der Mähren gefangengenommen wurde. – Ja, die Borne waren keine reichen Herren. Sie besaßen wohl edles Blut und stolzen Sinn, darüber hinaus jedoch nichts als einen alten Turm im Walde bei Worms. Und Herrand als der zweite Sohn hatte fremde Dienste nehmen müssen. Die Herzogin sagte, Biltrud habe wohl vor Liebe den Verstand verloren, da sie Gerulf von Borne in seine Eulenburg folgte. König Konrad hätte der Freundin seiner Tochter leicht einen wohlhabenden Gemahl finden können. Doch Gerulf war ganz so, wie sich die Mädchen ihren Ritter träumen, tapfer und mild und ehrenhaft. Und schön. So sah wohl Siegfried von Xanten aus, da er nach Worms geritten kam. Und so würde vielleicht auch Herrand aussehen, wenn er nicht so verfallen und verhungert wäre.

„Ihr müßte mehr essen, Ritter", predigte die kleine Katharina eifrig. „Nun habt Ihr die schöne Wurst übriggelassen! Wollt Ihr sie später essen?"

„Nein, nein", wehrt Herrand ab. „Doch tut mir das Fenster ein wenig auf. Ich möchte gerne die Sonne sehen."

Katharina löst mit den Fingernägeln das Pergament vom Rahmen, so daß eine schmale Spalte frei wird. Die Sonne bricht mit blendenden Pfeilen in die dumpfe Dunkelheit. Katharina lehnt in der Fensterwölbung und blickt durstig hinaus, wo über weißen, schneegepolsterten Dächern der feurigblaue Himmel steht.

„Sagt mir, Katharina, wer sind wohl Hemmas Eltern?" fragt der Kranke nach einer Weile.

„O, Hemma kommt aus einer sehr reichen und mächtigen Sippe!" plaudert das Mädchen halb zum Fenster hinaus. „Ihr Vater ist der Graf Engelbert von Friesach-Zeltschach. Sie ist bestimmt die reichste Erbtochter von ganz Karantanien. Und dabei ist sie mit allen mächtigen und großen Leuten verwandt: mit unserem Herzog Heinrich und mit dem Kaiser Otto, mit dem Herzog von Kärnten und vielen anderen. Die kalte Luft tut eigentlich gut, nicht wahr?" fragt sie, da sie Herrand einige Male tief aufatmen hört. Doch da er keine Antwort gibt, redet sie weiter: „Und denkt Euch nur, ihr Bräutigam, der junge Graf an der Sann, ist genauso reich wie sie! Der hat Bergwerke und Burgen und Weinberge und Huben –!"

„Sie ist verlobt?" fragt Herrand.

„Ich glaube, so ganz fest ist es noch nicht, so mit Ring und Brief und Handschlag", plaudert die Kleine wichtig. Es ist so wonnig, von den Liebesangelegenheiten der Großen zu reden! „Aber sie sind miteinander aufgewachsen, wißt Ihr, und es ist schon längst bestimmt, daß sie einander heiraten sollen. Er ist ein sehr schöner Mann, – wie ein Riese so groß und stark. Im Kampfe soll er schier unbezwinglich sein. Jetzt ist er zu den Ungarn geritten und bleibt wohl lange fort. Aber Hemma braucht keine Angst zu haben, daß er ihr untreu wird. Er liebt sie wie ein Unsinniger", lacht sie und schaudert zugleich bis ins Herz. „Ihr hättet sehen sollen, wie er sie anblickte!" Sie rollt ihre hübschen kleinen hellen Augen in einem menschenfresserischen Blick zu Herrand hinüber.

Der fragt: „Und – und sie?"

„Ja – bei Hemma weiß man nie, wie es ihr ums Herz ist", wiegt Katharina den Kopf. „Sie frißt alles in sich hinein, wißt Ihr. Aber das sind die Allerschlimmsten. – Doch Ihr habt Schmerzen, nicht?" ruft sie erschrocken, da sie plötzlich sieht, wie Herrand die Lippen aufeinanderpreßt.

„Nein, nein", spricht er ruhig. „Ich bin nur – ich möchte schlafen, Katharina. Ich danke Euch – sehr."

„Dann will ich Euch in Ruhe lassen. Wollt Ihr das Fenster offen haben?"

„Nein, macht dunkel, Katharina. So – – ist es gut."

Er hört die Schritte der Vierzehnjährigen die Stiege hinunterhüpfen, dann ist es still im dämmerbraunen Raume. Herrand legt die Hand an die brennende Stirne und redet mit lautlosen Lippen vor sich hin: „Was wollt ich denn – was dachte ich denn? Er ist stark und schön und mächtig – und sie ist vornehm und reich. Was dachte ich – daß es mich nun so trifft –?"

Der Erzbischof Wolfgang hatte von der seltsamen Begebenheit gehört, die sich am Herzogshofe zugetragen hatte. Und obwohl er krank und mit vielen wichtigen Geschäften belastet war, kam er doch, um den burgundischen Ritter zu besuchen.

Herrand war ganz benommen von der Ehre, den berühmten und heiligen Mann in seiner Stube zu sehen. Mühsam riß er sich empor, um dem Bischof die schuldige Ehrfurcht zu erweisen. Doch Wolfgang bedeutete ihm, er solle liegenbleiben.

„Ich bin gekommen, mein Sohn, um dich über mancherlei zu befra-

gen", sprach er und setzte sich neben das Bett des Kranken. Seine gütigen alten Augen forschten lange in Herrands Gesicht. „Du hast viel leiden müssen, nicht wahr, mein liebes Kind", sagte er dann traurig. „Und so jung bist du noch! Wie geht es dir nun?"
„Herr Erzbischof, wie soll es mir hier anders gehen als gut? Ich habe so lange kein freundliches Wort gehört. Nun ist es mir oft, als träume ich."
„Ja, darum wollte ich dich befragen, wie es dir in Mähren ergangen ist. Ich habe einen werten Freund und Amtsbruder dort, den Erzbischof Adalbert von Prag. Ich sah ihn vor Jahren, als er nach Rom ging, um dem Papste Hirtenstab und Ring zurückzugeben. Er hatte alle Hoffnung verloren, unter seinem wilden, störrischen Volke jemals etwas Gutes auszurichten. Doch nun soll er zurückgekehrt sein, und ich möchte wohl wissen, wie es im Lande bestellt ist. Erzähle mir, was du gesehen hast! – Wie steht es dort um das Christentum?
„Ich kann Euch nur das sagen, was ich mit eigenen Augen gesehen habe, und das ist nicht sehr viel. Ich war ja all die Zeit auf der Burg eines mährischen Herrn gefangen. Slawibor hieß er. Und die Burg lag drei Tagesreisen nördlich der ostmärkischen Grenze.
„Wie kam es, daß du gefangen wurdest? Wir haben jetzt doch keinen Krieg mit den Mähren und Böhmen."
„Es war ein räuberischer Überfall, wie er dort öfters vorkommt. Ich hatte einen Teil der Grenzwacht bei Freistadt zu befehligen. Die Feinde wurden zurückgeworfen, doch während des Kampfes wurde ich verwundet und fiel in ihre Hände. Sie brachten mich auf die Burg des Slawibor, der ihr Anführer war. Und dort blieb ich drei Jahre."
„Und wie erging es dir da? – Du kannst mir alles erzählen, auch wenn es dir schimpflich scheint, was dir geschehen ist. Sieh, ich bin ein alter Mann und denke über viele Dinge anders als ihr jungen Feuerköpfe."
„Ich war in einem Turme eingesperrt", begann Herrand mit Überwindung; „zu essen bekam ich genug, wenn auch fast lauter verdorbenes Zeug. Und ein kleines Fenster hatte ich auch, ein winziges Kellerloch, durch das ich ein Stück Himmel sah. Manchmal wurde ich zu einer Arbeit herausgeholt, zum Zureiten der jungen Pferde oder zum Graben, als sie einen neuen Wall bauten. Doch oft, wenn Slawibor ein Gelage hielt, dann – da wurde ich gebunden in

die Halle hinaufgeführt. Dort saß er mit seinen Gästen und seinen Weibern. Alle waren betrunken und schrien und fluchten. Dann fingen sie an, mich zu verspotten – und –."

Der Bischof strich über Herrands Faust und wartete geduldig, bis er weitersprach.

„Sie hielten mir einen Becher mit Wein vor den Mund und sagten, ich sollte ihn auf das Wohl der alten Slawengötter leeren. – Oder sie befahlen mir zu sagen, wie viele Männer Herzog Leopold in seiner Burg habe. – Oder sie stießen ein sinnlos betrunkenes Weib an mich heran und – lachten und schrien, ich sollte sie küssen. – Ich – merkte wohl, daß sie nur ihr Vergnügen an mir haben wollten. Es war ihnen ganz gleich, ob ich ein Christ und ehrlicher Ritter blieb oder ob ich ihren Willen tat. Sie hatten nur ihre Lust daran, mich zu peinigen; denn wenn ich mich weigerte, dann ließen sie – durch Sklaven ließen sie mich peitschen, – wie einen Hund, – bis das Blut auf den Boden rann. – Und wenn ich so nackt und blutig auf der Erde lag – –." Herrand wühlte stöhnend seinen Kopf ins Kissen. Nimmermehr, nimmermehr würde er die Schmach verwinden, die man ihm angetan!

Der Erzbischof betrachtete ihn betrübt. Ja, wenn das so war, dann würde sein lieber Bruder Adalbert wenig Freude an seinem Amte erleben. Doch schön und tapfer hatte sich dieser junge Mensch gehalten, wenn er auch innerlich noch keinen Lohn verspürte.

„In einer solchen Nacht – gewahrte ich, daß meine Kerkertüre offengeblieben war. Ich nahm alle meine Kraft zusammen und schlich mich aus der Burg. Sie waren alle betrunken und dachten wohl auch, daß ich mich tagelang nicht würde rühren können. Und ich wußte, daß sie den ganzen Tag schlafen würden. Ich wandte mich nicht nach Süden, sondern nach Westen, wo sie mich nicht vermuteten. Ich wollte heim. – Was wohl mein Bruder sagen wird, wenn ich so komme – so voller Schimpf und Schläge, krank, ohne Roß und Wehr –."

„Und doch in hohen Ehren bei Ihm, der aller guten Ritter Herre ist", begann der Bischof voll Erbarmen. Da hörte er einen Seufzer von der Türe her, ein leises Klirren und Kleiderrauschen. Er wandte sich um und sah Hemma in der Türe stehen. Sie trug einen Krug mit heißem Weine in der Hand, um den der Bischof gebeten hatte, weil er den ganzen Tag aus einem harten Frösteln nicht herausgekommen war. Sie hatte Herrands Erzählung mit angehört – sie

konnte nicht anders, als wie in einem Banne stehenbleiben und lauschen. Ihren leisen Gruß hatte der Bischof überhört. Nun stand sie da und wagte nicht, in Herrands peinvoll beschämtes Gesicht zu sehen. Krampfhaft hielt sie mit der einen Hand den Krug, mit der anderen den Türrahmen umklammert. Bewunderung und Erbarmen rissen sie hin; Scham und Angst, ihm weh zu tun, wollten sie aus der Stube jagen. Doch sie fühlte wohl, daß sie jetzt bleiben und ihr stürmendes Herz anständig verbergen müsse. Still ging sie an das Bett heran und reichte den Krug mit einer tiefen Verbeugung dem Erzbischof hin. Und dabei fing sie einen brennenden Blick aus Herrands Augen auf, – zuckend vor Scham und starr vor Angst, Erregung – vor Qual und –."
Erbleichend trat sie zurück und verließ die Stube. Im Gange draußen wehte der kühle, weiche Frühlingswind. Tropfen fielen vom Dache auf ihre bebende Hand, die am hölzernen Gesimse lag. Hemma fühlte sie nicht. Sie sah einen jungen Ritter auf dem Boden liegen, – wilde, rohe Knechte schändeten ihn mit Schimpf und Schlägen, – den edelgeborenen Mann. Wie konnte er weiterleben? Sie atmete hoch auf. Und doch hatte der Erzbischof recht: „– in hohen Ehren bei Ihm –."
Er hatte es ja in Treuen gelitten wie ein Held, um Gottes und seines Rittereides willen, – in Ehren, ja, auch wenn er die Schmach nicht hatte rächen können.
Drinnen in der Stube summte Herrn Wolfgangs gute alte Stimme – immer nur die gute alte Stimme. Herrand schwieg. Hemma wußte, wie peinvoll es ihm nun war, daß sie sein Bekenntnis gehört hatte. Sie mußte ihn sprechen, – mußte ihm sagen, daß sie lange genug Herrn Wolfgangs Schülerin gewesen war, um seine Demütigung in geistlichem Sinne zu deuten.
Seltsam – oft hatte sie sich gewünscht, sie möchte einem jener heiligen Helden begegnen, – St. Sebastian, der für seinen Glauben die hundert Pfeilwunden empfing, – oder St. Georg, dem himmlischen Ritter. War es Vermessenheit, Herrand mit ihnen zu vergleichen? Wunden hatte er wie sie getragen –.
Die Sonne zog ihre letzten Pfeile hinter das Dach des gegenüberliegenden Hauses zurück. Nun war es plötzlich kalt. Es war ja noch Eismond. Hemma schauderte wie im Fieber.
Der Bischof kam aus Herrands Stube. Er sah das Mädchen stehen, so angstvoll, so zum Weinen beschämt, schien es ihm. „Sei nicht

traurig, Hemma! Ich weiß, daß du nicht horchen wolltest", sagte er. „Aber du hättest ihm ein gutes Wort geben sollen! Er leidet große Verlassenheit. Gott weiß, warum er ihn so bitter prüft, anstatt ihn zu lohnen." Er ging mühselig die steile Treppe hinab, auf der ihm sein Kaplan entgegenkam.

Sie trat in die Stube – es war zu Anfang der Dämmerung, da sich das Tageslicht in eine braungoldene Helle verwandelt. Sie ließ sich lautlos in den Stuhl sinken, in dem der Bischof gesessen hatte. Herrand grüßte sie nicht wie sonst, wenn sie zu ihm gekommen war. Er hatte sich zur Wand gekehrt, als ob er schliefe. „Ritter Herrand", flüsterte sie. Er rührte sich nicht. Vielleicht schlief er wirklich? „Vergebt mir, daß ich nicht hinausgegangen bin", sprach sie leise weiter. Es war ihr, als ob er sie nicht hörte, als ob sie für sich selber spräche.

„Ich wußte ja schon, was – was Euch widerfahren war. Nur, – so richtig habe ich es mir nicht denken können, wie es war –."

„Und jetzt müßt Ihr Euch meiner schämen!"

„Nein!" Hemmas Stimme schwang schwer und tief und weich. „Ich bin sehr froh, daß ich Euch gefunden habe. Ihr seid ein Held – nicht nur vor Gott!"

Er wandte sich ihr zu. Ein schmales, bleiches, reines Knabengesicht, durch dessen kranke Hagerkeit die Seele schien wie Licht durch feines Pergament. „Ein Held –", sagte er, seltsam schwach. „Ein Held, das ist einer, der große Taten vollbringt, so wie ich sie mir einst träumte, – einer, der siegt über alle seine Feinde, ein Starker, ein Großer."

„Das alles habt Ihr getan", redete Hemma eindringlich dagegen. „Ihr habt ja gesiegt in einem schweren Streite. Treu sein, – das ist wohl eine große Tat."

„Ihr habt mir schon viel Gutes getan", spricht Herrand nach einer Weile. Hemma versteht ihn nicht. Sie fühlt nur, daß Qual und Krampf sich in ihm lösen. „Ich wollte, ich dürfte Euch helfen", flüstert sie scheu. „Damit Ihr Euch freuen könntet an Euren Schmerzen." Ihre Blicke sind nun ineinander verhangen. Viel Schweres und Ernstes steht in ihren Augen. Doch eine wundersame Stille blüht zwischen ihnen auf. Zwei Saiten, vollkommen zueinander gestimmt, erklingen im selben Hauche, – o klare Süße!

„So sah ich Euer Antlitz über mir, da ich im Stalle erwachte", spricht er wie in Entrückung. „Immer sehe ich Euch so, – immer."

Und leise, doch herber und scheuer im Tom, stammelt sie: „Ich fand Euch im Schnee. – – – Ich war ein Kind, da zog ich ein kleines Mädchen aus dem Wasser, – Dewa hieß sie. Ich gewann sie sehr lieb.“ Sie wußte nicht, warum ihr dies in den Sinn kam.
„Sehr lieb –“, spricht Herrand lautlos nach.
„Ja. – Und doch ist sie wieder fortgegangen. Und ich habe sie nie wiedergesehen.“
Herrands Blick wird langsam bewußt und forschend. „Warum, Hemma, warum seid Ihr Eurer kleinen Freundin nicht nachgegangen, da Ihr sie doch sehr liebhattet?“
„Wie hätte ich das tun dürfen“, antwortet Hemma und sinkt ein wenig in sich zusammen. „Da war doch die Großmutter, – und die Eltern, – und Wilhelm.“
Die Entrückung ist verflogen. „Ja“, murmelt Herrand mit schmalen Lippen. „Die Treue ist eine harte Herrin.“
Wiederum versteht ihn Hemma nur halb. Sie muß an jenen Abend denken, da Dewa in den Wald gelaufen war. Grüngoldene Wiese, Paradieswiese! Und ein kleines Mädchen darauf, das mit starren Augen zum Waldrande blickt und sich fürchtet, in die Burg hinabzugehen.
Einmal wird auch Herrand reiten müssen. Seiner Mutter haben sie Botschaft gesandt. Sie wird ihn mit Ungeduld erwarten. Ja – sobald er gesund ist, wird er reiten.
Tief aufseufzend neigt sie das Gesicht in den Schatten. Eine große Traurigkeit fällt sie an. Sie schauert zusammen, da Herrand sich aufrichtet. Er spricht kein Wort, doch sie liest es wohl aus jedem Zucken um seinen Mund, was er ihr sagen will.
Tausend wirre Worte flüstert ihr Herz. – Herrand – Herrand – komm! Geh nimmer fort von mir, Herrand! Niemand gehört zu mir wie du – niemanden kann ich so verstehen, – du bist wie ich, Herrand, lieber Herrand –.
Doch ihre Lippen sind bleich und still verschlossen. Endlich steht sie langsam auf und reicht ihm die Hand. „Lebt wohl, Ritter Herrand“, sagt sie mühsam.
Er kann ihre Hand nicht lassen. „Habe ich Euch gekränkt? Vergebt mir – ich wußte nicht, was ich sagte.“
„Nein – aber nein –“, lächelt sie, indes sie mit Tränen zu kämpfen beginnt. Einen Herzschlag lang versinkt sie in einem schwindelnden, dunklen Brausen und Tönen. Und da sie daraus erwacht, hat

sie die Hände an seinen Schläfen. Sie fühlt seinen Mund innen an ihrem Handgelenk, – wieder steigt es dunkel und süß und singend um sie auf. Sie wendet sich zitternd und geht aus der Stube.

Schwankend steigt sie die steile Treppe hinab. Immer noch kreist und braust es um sie. Herrands Kuß auf ihrem Pulse, – geschlossene Augen, geliebte Augen im entzückten Gesicht. –
Sie geht und geht die Stiege hinab, durch den Zwinger, über den Hof, in den Palas. Im Frauensaale klingt das Lachen Katharinas, die freundliche Stimme der Herzogin. Sie sitzen alle beisammen und warten plaudernd auf die Vesper. Hemma eilt vorüber in ihre Kemenate, die fast am Ende des Ganges liegt.
Es dunkelt schon unter der braunen Balkendecke. Die drei Betten mit ihren purpurn und blau gemusterten Vorhängen stehen wie fremdartige Häuser an der langen, kahlen, grauen Wand. Das Pergament in den zwei kleinen Fenstern fängt noch einen rauchtopasenen Schein.
Hemma schließt die Türe hinter sich und lehnt sich an die kalte, rohe Wand. Sie birgt das Gesicht in ihre Hände. Wie heiß sind ihre Wangen gegen Herrands hagere Schläfen!
Hinter dem Vorhang des nächsten Bettes rührt es sich. Hemma schrickt zusammen. Sie faßt sich. „Bist du da, Gisela?" fragt sie mit fremder Stimme.
„Ich bin's, Kunigunde", antwortete es zitternd aus dem Winkel.
Hemma tritt heran. „Du weinst? Was ist dir denn?"
Kunigunde kniet vor ihrem Bette, den lichten Kopf in die inbrünstig verklammerten Finger gewühlt.
„Hemma, ich bitte dich, sag niemandem, daß du mich hier gefunden hast!" bittet sie unter verzweifeltem Schluchzen.
„Nein, Kunigunde, niemand wird davon erfahren", spricht Hemma und kauert sich neben die Freundin auf den niederen Bettrand. Behutsam legt sie den Arm um die zitternden Schultern, selbst noch bebend und schaudernd vom Aufruhr des eigenen Herzens.
Kunigunde, die Hemma in den zwei Jahren ihres Beisammenseins nie anders als ruhevoll, kühl und auch ihren Freundinnen irgendwie unnahbar gesehen hatte, drängte sich an sie heran, bis ihr Kopf auf Hemmas Knien lag. „Sag mir doch, was dich drückt", bittet diese endlich. „Vielleicht kann ich dir helfen, – sag mir's."
Es währt lange, ehe Kunigunde sprechen kann. „Die Frau Herzogin

sagte mir heute, wenn Ritter Herrand nach Worms reitet, so könne ich – mit ihnen gehen. Es sei für mich eine gute Gelegenheit, nach Hause zu kommen. Zu Pfingsten wollte mich mein Vater ja ohnehin heimkommen lassen."

Sie weint wie ein kleines Kind.

„Mit Ritter Herrand sollst du reiten –. Wann?"

„Wohl noch vor Ostern, sobald es wärmer wird. Es geht ihm ja schon viel besser. Und zu Ostern müssen sie zur Kaiserhuldigung nach Aachen, der Kämmerer und seine Gemahlin und viel Gefolge."

Ja, der Herzog war nicht gesund. Er mußte einen Stellvertreter senden. „Da werdet Ihr eine sichere Reise haben. Gewiß meint es die Herzogin gut. Du darfst nicht glauben, daß sie dich fortschicken will."

„Doch, doch! Ich weiß es!" schluchzt das zarte, stille Mädchen wild heraus. „Und sie hat recht! Wer bin ich denn? Eins von den vierzehn Kindern des armen Grafen von Lützelburg! Aus Gnade nahm sie mich an ihren Hof – und nun –. Glaube mir, Hemma, ich habe es nicht gewollt! Ich wußte es ja vom ersten Augenblick an, da ich ihn sah, daß er hoch über mir steht, – ‚Kaiser' nannte ihn der Erzbischof. – Und immer glaubte ich, daß niemand ahnte, wie ich ihn liebte. Doch wie ich es ertragen soll, – ihn niemals sehen, – niemals mehr wiedersehen –, Hemma, ach Hemma!"

„Arme Liebe!" flüstert die Freundin und streichelt das seidenweiche, silberblonde Haar der Lützelburgerin. „Doch glaube ich, Herr Heinrich ist dir von Herzen zugetan. Ich habe dies schon längst gesehen." Doch Hemma weiß, daß dies ein bitterer Trost ist. Sie läßt die Arme weinen und wartet geduldig, daß sie stiller würde. Noch nie hat sie sich ihrer Gesellin so innig nahe gefühlt wie zu dieser Stunde, da sie beide sich im Dunkel der Kemenate bebend umschlungen halten, die gleichen Schmerzen leiden, vor demselben Tage zittern. Vor Ostern, – noch vor Ostern –.

„Du und Gisela, – ihr seid glücklich", spricht Kunigunde unter den letzten Tränen. „Gisela – sie träumt bei Tag und Nacht von dem edlen Ungarnkönig. Und es ist wohl sicher, daß er um sie werben wird. Ich würde mich freilich fürchten, in solch ein wildes, heidnisches Land zu ziehen. Doch Gisela ist so frisch und tapfer und wohlgemut. – – Und du, bei dir ist alles einfach und klar. Dein liebster Freund und Gespiele wird dein Mann sein. Immer, solange du denken konntest, hast du ihn liebgehabt."

Wilhelm, – ja solange sie lebt, hat sie ihn liebgehabt. Da ist kein Tag in ihrer Kinderzeit, der nicht irgendwie sein Zeichen trüge. Da sind Gedanken und Träume, Wünsche, Sorgen aus sieben Jahren, – das lebenslange Wissen um ihre Verbundenheit. Wilhelm. – Hemma preßt die Fäuste in ihre Augen. „Hemma, ich liebe dich –." Sie hört seine Stimme wieder, – demütig, so ganz an sie verloren, trotz aller rauhen Kraft –. Wilhelm –. Die Silberschließe gab sie ihm und ihr Wort.

Nein, ihr Wort wohl nicht. Und das würde auch nicht viel wiegen. Der Vater vergibt ihre Hand.

Nein! Nein! Wilhelm baute und vertraute auf sie. Sie muß ihm Treue halten. Treue, ja.

„Was hast du, Hemma? Du zitterst ja."

„Nichts, Kunigunde. Nur, so glücklich, wie du glaubst –", entfährt es ihr mit einem trockenen Aufschluchzen.

Kunigunde hält den Atem an. Sie können sich jetzt nicht mehr sehen. Es ist sehr dunkel.

„Herrand –?" fragt sie fast unhörbar.

Hemma antwortet nicht. Und Kunigunde fragt nicht mehr.

Bald darauf hören sie draußen die Leute zum Nachtmahle eilen.

„Ich werde unten sagen, daß du ein wenig krank seist. So verweint wirst du nicht gerne hinuntergehen?" spricht Hemma leise und streicht sich aufstehend die Kleider zurecht.

Kunigunde drückt ihre Hand. Sie wissen es beide, daß sie einander nimmer vergessen werden.

„Ich danke Euch geziemend, teure Frau Schwägerin", sagte die verwitwete Herzogin Hildegard von Kärnten, „aber ich würde es für sündhaft halten, in meinem Alter und traurigen Stande ein Gewand aus diesem kostbaren Pialt zu tragen, und wäre er auch von schwarzer Farbe. Legt ihn nur wieder in die Truhe zurück und seid bedankt."

Frau Gisela hielt mit freundlichem Anstand den Blick der Verwandten aus, der bedeutungsvoll von ihrer Gestalt niederstreifte, und legte den schweren, körnigen Seidenstoff zu den anderen Schätzen. Ja, Frau Gisela trug auch Pialt – und es war keine ernste Ursache dafür vorhanden, denn es war ein gewöhnlicher, stiller Werktag. „Vielleicht macht Euch ein Pelzmantel größere Freude", fragte sie.

Sie standen in einem der erfreulichsten Räume der Burg, – in der Kammer, in der die edlen Stoffe, Felle und Gewänder darauf warteten, von anmutigen und vornehmen Frauen hervorgeholt und getragen zu werden. Großes Vergnügen machte es der freundlichen Hausfrau, diese Schätze ihrer Gastin vorzuzeigen. Und Frau Hildegards Tugend schien die Freude an solch weltlichem Tand noch nicht vollkommen abgetötet zu haben. Eine Stunde war ihnen wie im Fluge vergangen. Sie waren beide im gleichen Alter und hatten beide das gleiche Glück und das gleiche Elend getragen. Doch während Frau Hildegards Gesicht zwischen den Leinenbinden abweisend, streng und verdrossen aussah, schien das Frauentuch der bayrischen Herzogin ihr freundliches Gesicht nur jünger und frischer zu machen, denn es verdeckte die angegrauten Haare, die Falten an Schläfen und Wangen und das gutmütige Doppelkinn.

„Hier seht Ihr einen Mantel, den uns der Herzog Rastislav aus Böhmen gesandt hat. Wie gefällt er Euch?"

Frau Hildegard unterdrückte einen Hauch des Entzückens. Der Mantel war aus grobem, dunkelgrünem Tuche und mit dem gelben Felle vom Halse des Edelmarders gefüttert. Flaumweich und golden fiel er in langen, schweren Falten nieder, wie geschaffen für die große, tannenschlanke Frau.

„Was denkt Ihr – wie könnte ich solchen Putz und Prunk an mir tragen! Schon lange kenne ich keinen anderen Umhang als grauen Loden –."

„Ihr müßt bedenken, daß wir nicht jünger werden. Wer weiß, wie bald es Euch not tut, Euch einen warmen Pelz umzulegen!" versuchte sie Frau Gisela. „Am besten ist es, Ihr nehmt ihn gleich um die Schultern. Es ist kalt hier. Spürt Ihr es nicht?"

„Doch – doch, es ist kalt –", schauderte Hildegard zusammen. Zaghaft ergriff sie die verbrämten Ränder des Mantels und zog ihn um sich zusammen. Wie wundersam warm und weich! Wo waren die Zeiten, da man auch ihr solche Geschenke sandte?

Nach ihrem Tode könnte sie den Mantel einem alten Bischof oder einer Äbtissin vererben –.

„Wenn Ihr ihn nicht tragen wollt, so schenkt ihn weiter", spricht die kluge Herzogin, „aber kränkt mich nicht, indem Ihr alle meine Geschenke zurückweist!"

„Habt Dank!" spricht Frau Hildegard würdevoll und küßt die Schwägerin auf beide Wangen.

„Nun will ich Euch drüben in der nächsten Kammer noch etwas zeigen: Wolle, die wir schon vor dem Spinnen gefärbt haben."
Herzogin Gisela tritt ans Fenster, um den Laden zu schließen.
Von unten klingen Stimmen herauf. Im Wurzgärtlein zwischen Vorratshaus und Zwingermauer suchen die Mädchen nach den sprossenden Pflänzlein, die sich schon in den Beeten zeigen wollen. Im Schatten der Mauer liegt noch Schnee. Doch drüben an der Wand des Wehrturmes leuchtet die süße, bleiche erste Frühlingssonne. Der junge Heinrich lehnt im steinernen Rahmen des schmalen Turmtürleins und mischt sich von Zeit zu Zeit in das wichtige Geplauder der Mädchen. Nicht weit von ihm sitzt Herrand auf einer verwitterten Bank. Er ist sehr bleich und müde – man sieht es von weitem.
Herzogin Hildegard blickt über die Achsel der Schwägerin in den Garten hinab. Und als müßte sie ihre frühere Schwäche durch besondere Sittenstrenge wieder gutmachen, spricht sie nach einer Weile mit sanftem Vorwurf: „Ihr habt wohl burgundische Sitte in Bayern eingeführt, – ich merkte es schon gestern. In meiner Jugend, da konnte ein Jahr vergehen, ehe ein ritterlicher Gast die Tochter des Hauses zu Gesicht bekam."
„So streng war die Sitte?" lächelte Frau Gisela ein ganz klein wenig ungläubig. „Bei uns, – ja, da fand man es sehr gut für die jungen Ritter, daß sie sich um der Damen willen im Zaume halten mußten."
„Das ist die leichte fränkische Art! Sie paßt nicht zu uns!"
„Ja, die Deutschen nehmen alles ernster, auch den Frauendienst. Sie sind mit der schönen, höfischen Form nicht zufrieden. Sie müssen einen tiefen Gedanken hineinlegen. Findet Ihr nicht, daß Heinrich und die meisten der jungen Herren am Hofe sich so gegen die Frauen betragen, als ehrten sie in ihnen Unsere Liebe Frau?"
Zurückhaltend murmelte die Gastin: „Ich war so erstaunt, als ich sah, wie sich Mann und Weib am selben Tisch niedersetzten, daß ich nichts sehen und ‚finden' konnte."
„Der Herzog liebt seine Töchter mehr als alles andere in der Welt. Er will sie zur Tafel bei sich haben, da er sonst keine Zeit für sie findet. Und meine Töchter sind so fromm und gut, wie Mädchen nur sein können."
„Gegen Eure Töchter will ich nichts sagen. Doch wie steht es um die anderen Jungfrauen, die Eurer Obhut anvertraut sind?"

„Sie sind mir lieb wie Töchter. Es ist gut, wenn sie mildere Sitten mit nach Hause bringen. – Unsere Zeit ist schwer. Wir müssen hart und fromm sein, um sie in Ehren zu ertragen. Doch ein wenig Anmut und Innigkeit machen die Kraft und Frömmigkeit erst wirksam."
„Dünkt Euch dies nicht zu viel Innigkeit?" fragt Frau Hildegard nach einem kleinen, gekränkten Schweigen vorsichtig.
Drunten im Garten ist Heinrich über die zwei steinernen Stufen hinabgetreten und steht nun vor Kunigunde. Sie hatte unter den Büschen in der sonnigen Ecke zwei Schneerosen gepflückt und hält sie nun mit beiden Händen an der Brust. Heinrich spricht zu ihr.
Frau Gisela hält den Atem an. Sie hört eine verhaltene junge Stimme, die anders klingt, als sie die Mutter je gehört. Sie sieht, wie ihm das Mädchen endlich die Blumen hinreicht. Züchtiger und lieblicher könnte sie es nicht tun.
Heinrichs ernstes, festes Gesicht erstrahlt von innen heraus. Die Mutter sieht es, und das Herz wird ihr schwer. Der Herzog spricht von einer lombardischen Königstochter. Wie schwierig ist es doch mit all diesen jungen Leuten! Vielleicht war die alte Sitte doch die bessere?
„Das war Kunigunde, eine Tochter des Grafen Siegfried von Lützelburg. Sie ist schön, nicht wahr?"
„Aber – ich denke, daß Heinrich –", stammelt die andere.
„Gewiß, Heinrich kann bei jedem Könige anklopfen. Doch eine so tugendsame, schöne, fromme, liebe Braut ist heute vielleicht noch seltener zu finden als eine Königstochter." Angestrengt spricht sie den Satz zu Ende. Was sagt sie da? Hildegard hat sie gereizt mit ihrem Mäkeln. Nun wird es ihr wohl die Rede verschlagen haben.
Für eine Weile, ja. Doch dann spöttelt sie leise: „Es ist nur schade, daß Ihr noch keinen fahrenden Ritter am Hofe habt wie der Babenberger. Es wäre ein herzlicher Lai davon zu singen. Oder ist Ritter Herrand von dieser Art?"
„Nein", antwortet Frau Gisela abwesend: „Es ist der Sohn meiner liebsten Jugendgespielin."
„Ach, deshalb schickt Ihr ihm die jungen Mädchen auf die Stube! Ich habe davon gehört – des Kämmerers Gemahlin –"
Nun ist die Geduld der Herzogin zu Ende. „Zu allen Zeiten war es Brauch, daß die Frauen die kranken Ritter pflegten. Und Herrand

war krank, bis zum Sterben. Er hat nämlich für seinen Glauben und seine Ehre beinahe den Martertod erlitten, obwohl er nicht sonderlich viel von seiner Tugend und seiner edlen Sitte redet. Und selbstverständlich wohnt er jetzt, da er nicht mehr der allersorgsamsten Wartung bedarf, drüben bei den anderen Rittern, und ebenso selbstverständlich hat seither keine von den Jungfrauen seine Schwelle betreten."

„Verzeiht, Frau Gisela, daß ich es wagte, meine törichten Gedanken auszusprechen. Ich bin eine alte Frau geworden, der es nicht mehr zusteht –"

Rasch versöhnt und sehr in Ängsten vor der Demut der Schwägerin lacht Frau Gisela: „Aber Frau Schwieger! Wir wollen uns doch nicht zanken, nachdem wir so lange alles gemeinsam ertragen haben! Ihr versteht mich doch – man hat seine Sorgen mit diesem jungen Volke."

Rasch entschlossen schlägt sie den Fensterladen zu und zieht Hildegard vertraulich mit sich fort.

Und die verwitwete Herzogin von Kärnten brauchte nicht allzusehr um den lieblichen Ausblick in den Wurzgarten zu trauern, denn da unten trug sich nichts mehr zu.

Heinrich war mit seinen Schneerosen ins Haus gegangen, die Mädchen standen plaudernd und bewundernd um einen immergrünen Strauch, den Brigida voriges Jahr von der Äbtissin von Niedermünster geschenkt bekommen hatte. Buchsbäumlein, so hatte Brigida ihn genannt.

Herrand saß allein und schweigend auf seiner Bank. Gisela und Katharina warfen ihm manchen mitleidigen Blick, manch freundliches Wort zu. Die beiden anderen sprachen nichts mit ihm.

Die Sonne rückte von der Mauer fort. Da stand er auf und ging ins Haus, groß und bleich und hager wie ein Mönch. Doch seinen zerschundenen Rücken hielt er wieder gerade, und sein Blick war klar und nach innen gekehrt.

In den regsamen Gassen der Stadt schlief schon das Leben sachte ein, da kurz vor Torschluß ein kleiner Zug gegen die Herzogsburg geritten kam. Es waren vier Leute, zwei Frauen und zwei Männer, die müde auf müden, mageren Pferden saßen. Die Männer waren in Eisen. Doch ihre Waffen schienen alt und verrostet zu sein wie sie selber. Von den Frauen erkannte man die eine leicht als die Herrin,

die andere als die Magd, obwohl sich die beiden in der Kleidung nicht viel unterschieden. Sie ritten so rasch, wie es hier in den schmutzigen, löchrigen Gassen der Stadt möglich war, ohne Schweine, Gänse und Regensburger über den Haufe zu rennen.
Im Burghofe dämmerte es schon stark. Lange mußten sie warten, ehe der Torwart, den sie zur Herzogin gesandt hatten, wiederkam. Er war noch nicht ganz über den Hof herangekommen, als rotes Licht aus der breiten Türe des Palas auf die Treppe fiel und die Herzogin die Stufen herabschritt.
„Biltrud! Gottwillkommen!" rief sie und streckte beide Hände aus. Steif glitt die Frau aus dem Sattel. Sie schwankte, da sie auf dem sicheren Boden stand. Die Herzogin nahm sie in die Arme, und sie hielten sich lange umschlungen, indes die Tränen über ihre zuckenden Gesichter rannen. Viel Wasser war den Rhein hinabgeflossen, seit sie voneinander Abschied genommen hatten.
„Gisela, wo ist mein Sohn?" Angst, Ungeduld, Zweifel erschütterten Biltruds Stimme so sehr, daß sie rauh und brüchig klang.
„Drinnen im Saale, Liebe! Er saß eben mit uns zu Tische. Doch da kommt er!"
Biltruds Füße, die eben noch so steif und kraftlos gewesen, flogen nun über das grobe Pflaster des Hofes, ohne es zu spüren. Schluchzend rief sie immer wieder Herrands Namen und fiel an seine Brust und küßte und streichelte mit flatternden Händen sein Gesicht, das vor Erregung noch bleicher war als sonst.
Die Herzogin trat in den Saal. „Herrands Mutter ist gekommen", sagte sie zu ihrer Tochter Gisela. Der Herzog und Herr Heinrich waren schon seit einer Woche in Passau.
Gisela sprang vor Freude von ihrem Sitze auf. „Seine Mutter? Lieber Gott, wie glücklich wird sie sein! Sie hatte doch sicherlich geglaubt, daß Herrand tot wäre!"
Alle Leute, die da an den Tafeln saßen, freuten sich an dem Glücke, das sie miterleben durften. Herrand hatte am Hofe viele Freunde gewonnen. Sein seltsames Schicksal weckte Teilnahme. Er sprach aber kaum von sich, sondern verstand es, sich im Hintergrund zu halten und keinem von den kampferprobten Rittern und weitgereisten, vielerfahrenen Herren auch nur ein Stücklein ihrer Geltung wegzunehmen.
Die Frauen aber waren ihm gut, da sein Wesen zu ihren guten Herzen sprach. Er war arm und pflegebedürftig und von schweren

Leiden sehr feinfühlig geworden. Und es war kein Nachteil, daß er auch noch schön und ritterlich und vornehmer Gesinnung war. In seiner schmalen, stillen, ein wenig schwärmerischen Blondheit und Jugend glich er wohl den Rittern, von denen die Lieder sagen und die Mädchen träumen, – wenn die es schließlich auch vorziehen, derbe, rauflustige Männer zu ehelichen, die ihnen Macht und Ansehen und handgreifliche Güter einbringen. Während des fröhlichen Gewirres, das über der guten Nachricht entstanden war, ging die Türe auf, und Herrand führte seine Mutter herein. Biltrud schien schüchtern und verlegen. Man sah es ihr an, daß sie lange nicht unter Menschen gewesen war. Suchend ging sie um die Tafel herum, bis sie vor Hemma stand.
„Ihr müßt es sein, die meinen Sohn gerettet hat, Jungfrau Hemma", sagte sie mit leuchtenden Augen.
Hemma stand ehrerbietig auf. Wie glich dieses schmale, vornehme, blauäugige Gesicht dem Sohne!
Demütig bot das Mädchen beide Wangen den Küssen Biltruds und wehrte leise lächelnd den stammelnden Dankesworten. „Jede andere hätte es auch getan, vieledle Frau, und es ist mir wie ein Glück und eine Gnade, daß gerade ich Euren Sohn finden durfte", sprach sie und erschrak fast über ihre Worte. Sie hatte es irgendwie im geistlichen Sinne gemeint, und nun klang es anders, klang es anders.
Biltrud streichelte ihre Hand. „Herrand erzählte mir, wie gut Ihr zu ihm wart. Ihr müßt seiner Mutter erlauben, daß sie Euch Dank sagt, so gut sie kann!"
Nochmals umarmte sie Hemma und wandte sich dann zur Herzogin, die ihr an ihrer rechten Seite Platz machen ließ.
Hemma hörte, wie sie sprach. Sie erzählte von ihrem Kummer und ihrem Schmerz um ihren Sohn, von dem sie erfahren hatte, daß er schwer verwundet in die Hände der Mähren gefallen sei. Mähren, die waren grausamer als Hunnen. – Wie hatte sie sich mit Zweifeln und Ängsten gequält, hatte ihren Sohn in Martern sterben sehen, – sah ihn zum Knecht erniedrigt, verstümmelt, tot. Und dann kam der Bote der Herzogin. – Da hatte sie den Frühling nicht erwarten können. Sie hatte ihre Dienerin und ihre zwei treuen Knechte genommen und war gegen Regensburg geritten.
Später sprach sie mit der Herzogin von den alten Zeiten. Sie sprach wie Herrand in einem schönen, fremdklingenden Deutsch, – und

manchmal versprach sie sich und redete alle mit Du an, so wie es Brauch war, ehe sie die Frau von Borne wurde. Auch beim Essen war ihr manch feine neue Sitte fremd. Sie wischte ihre Finger am Tischtuche ab, anstatt zu warten, bis der Knappe mit dem Aquamanile kam. Und sie wollte das flache, runde Brot, auf dem sie gegessen hatte, zuletzt zum Munde führen, während es hier stets liegengelassen und an die Armen verteilt wurde. Vielleicht hatte sie daheim nicht immer genug Brot –.

Fast konnte man dies glauben. Sie sah so verhärmt und bescheiden aus, – wie – ja wie ein Waisenkind, das viel herumgestoßen wurde. Ihr Kleid war nach einem alten Funt geschnitten. Es war noch am Halse reich gezogen und fiel in vielen kleinen, etwas rundlich machenden Falten bis auf die Füße. Um die Mitte wurde es von einem losen Gürtel gehalten. Jetzt trug man anliegende Gewänder mit spannbreiten geraden Stickereiborten, die quer über Brust und Arme oder vom Halse bis zum Saume der Tunika liefen und streng und vornehm und erlesen aussahen. Die Frauen schienen darin größer und schlanker zu sein. Gewiß war es Frau Biltrud in ihrem Leben nicht allzu gut ergangen. Sie war so rührend bemüht, die alte Freundschaft der Herzogin neu anzufachen. Sie lobte jede Speise und jedes Geschirr, – sie war so weltfremd und kindlich, wußte von vielen selbstverständlichen Dingen nicht, wozu sie gebraucht wurden.

„Nein, Gisela, Rebab heißt dieses Saitenspiel? Es muß wohl sehr kostbar sein, obwohl es nur eine Saite hat. Ich würde nicht wagen, es anzufassen."

„In den Ländern der Languedoc und bei den Mauren ist es sehr gebräuchlich. Es klingt sehr fein zu gesprochenen Liedern."

„Ihr habt wohl manchmal Sänger am Hofe?"

„Ja, wie es sich gibt. Aber wir singen auch selbst an den langen Winterabenden."

„Ja, so wie einst wir beide. Weißt du es noch? Seither habe ich wenig gesungen. Mein Herr starb so früh. Und dann kamen traurige Zeiten für mich und meine Kinder."

Sie lächelte, als ob traurige Zeiten etwas Selbstverständliches wären. Hemma fühlte auf einmal, daß sie diese Frau sehr liebhabe. Es müßte wunderschön sein, sie in eine große, behagliche, reiche Stube zu führen und zu sagen: „Hier mögt Ihr nun wohnen, wenn es Euch gefällt. Und wenn Ihr einen Wunsch habt, so laßt es dem Hausvogt

sagen. Er weiß, daß er Euch in allem zu gehorchen hat. Und ich bitte Euch, mit allem so zu schalten, wie es der Mutter des Herrn zukommt."
Gott verzeihe mir, aber es müßte wunderschön sein.

„Ich danke dir sehr, daß du mich hierhergeführt hast", sprach Biltrud. „Ich wollte so gerne sehen, wo du Herrand gefunden hast."
„Ja, hier war es." Hemma stand und blickte auf die Erde nieder. Damals hatte Schnee gelegen. Heute blühten Gänseblümchen am Straßenrande, und das junge Gras stach schon ganz zart durch das alte, verfilzte Heu. Weiter drinnen im Acker lag noch der Schnee in den Furchen.
„War er sehr elend?" fragte Biltrud bang.
„Ja, sehr. Er war fast erfroren. Ich hielt ihn zuerst für einen Bettler. Aber ich fühlte wohl, daß etwas Besonderes an ihm sei."
„Das fühltest du –? Ja, er ist anders, besser als alle andern. Er ist das liebste von meinen Kindern. Sein Bruder Gerulf ist auch gut, o, gewiß, aber er hat ein kühles Herz. Und seine Frau, weißt du, die hat eine schöne Mitgift gebracht. Nicht viel, aber für uns bedeutet jeder Schilling und jedes Stücklein Acker etwas. Und nun will sie auch alles Recht haben. Ich will es ihr gerne gönnen. Ich habe genug gesorgt und geschafft. Aber so unnütze Leute sieht Richardis auch nicht gerne. Das war manchmal nicht leicht für mich, besonders diese fünf Jahre, da Herrand fort war –."
Das Schneidebrot, das sie essen wollte – vielleicht bekam auf der Borneburg die Mutter das Brot, das hier zum Tore getragen wurde –.
„Meine Tochter ist weit fort, in Lüttich. Sie hat einen reichen Kaufmann geheiratet. Es war mir nicht lieb, aber sie, – ja, Gisela konnte dieses Leben nicht mehr ertragen. Richardis war auch zu ihr recht hart. Und diese Armut und Enge! Sie sagte: ‚Was nützt mir das Wappen, wenn ich elender lebe als eine Magd. Ich werde keine Frau, aber eine reiche Herrin sein, wenn ich Ragin nehme.' Und sie hat es gut bei ihm. Er liebt und ehrt sie wie ein Heiligenbild. Sie ist sehr schön, weißt du."
Hemma hört gespannt auf Biltruds Worte. Sie blickt unverwandt in das schmale, ein wenig hilflose, immer noch anmutige Gesicht, das sich bleich gegen den stahlblauen Vorfrühlingshimmel abhebt.

Weiße Wolken eilen da droben gegen Norden. Unten flimmert und flirrt die Sonne in all dem sickernden Wasser und dem schmelzenden Schnee. Auf dem Wege, der im Stadttor verschwindet, stehen Atre und Lena, Biltruds Dienerin. Sie reden eifrig, wohl von denselben Dingen und Menschen wie ihre Herrinnen.
„Herrand aber war noch ganz klein, als sein Vater starb. Er verstand noch nichts. Vor den größeren Kindern mußte ich mich zusammennehmen, aber bei ihm weinte ich mich aus. Ganze Nächte lang hielt ich ihn im Arm und klagte ihm mein bitteres Herzeleid vor. Er blickte mich mit seinen großen Augen an, als ob er alles verstünde, und griff mit den dicken Patschhänden nach meinen Tränen, als ob sie ein Spielzeug wären. Machmal weinte auch er, manchmal aber lachte er so süß, daß auch ich halb getröstet war. – Ja, und so waren wir es von Anfang an gewöhnt, alles mitsammen zu tragen, und vielleicht ist er darum so gütig und aufrichtig und zarten Herzens geworden. Und du kannst dir denken, wie mir zumute war, als ich die Nachricht bekam, er sei gefangen."
Hemma nickt selbstvergessen. Sie könnte stundenlang stehen und lauschen. Sie möchte Herrands Bild noch klarer, noch deutlicher besitzen, um es unverlierbar mitzunehmen.
Doch die Sonne sinkt in die Wolkenstreifen am Horizonte nieder. Ein kalter Wind steht auf. Biltrud zieht den dürftigen Mantel um sich und wandert langsam gegen die Stadt. „Leichter wäre mir, ich wüßte, wie es nun werden soll. Daheim kann Herrand nicht bleiben. Aber der Kaiser Otto verbraucht Männer genug in Italien. Er würde ihn wohl aufnehmen. Doch lieber wäre mir, Herrand bliebe im Lande."
„Ich dachte mir schon gestern, Ihr solltet den Herzog fragen, ob er ihn in seine Dienste nehmen möchte. Da könntet Ihr hier am Hofe bleiben und der Frau Herzogin bei vielen Arbeiten helfen."
Frau Biltrud wurde rot. „Ich wage nicht, ihn zu fragen. Ich bin es nicht gewohnt, mit großen Herren zu reden. Und ich habe Angst, die Herzogin könnte mich für zudringlich und berechnend halten. – Aber schön wäre es für mich – ja, das wäre das Allerschönste."
„Wünscht Ihr, daß ich ihn bitte? Ich glaube nicht, daß er mir den Wunsch abschlägt. Und die Herzogin würde sich gewiß freuen, wenn es so käme. Ihr hättet hören sollen, wie schön sie von Euch sprach und welche Freude sie hatte, daß ihrer liebsten Gespielin Sohn in ihrem Hause war!"

„Ich bin so ängstlich geworden", seufzte Biltrud. „Immer glaube ich, man könne mich nicht brauchen und sei froh, wenn ich wieder ginge. Sag mir, – sag es ganz offen, wirst du nicht froh sein, wenn Herrand und ich wieder fort sein werden?"
„Nein", antwortete Hemma leise. Und nach einer Weile: „Mit eurem Sohne habe ich doch schon lange keine Mühe mehr gehabt, – und ich bin glücklich, wenn ich Euch alles zeigen und erklären kann. Ihr könnt so schön erzählen."
Biltrud tastet nach Hemmas Hand und hält sie ein paar Schritte lang in der ihren. „Seltsam, – mir ist oft, als wärest du meine Tochter. Das macht wohl, daß du so gut zu Herrand warst. Ich danke dir, Hemma."
„Herrand war auch gut zu mir. Es war auch für mich sehr schön, daß jemand da war –." Sie weiß nicht, wie sie es sagen könnte. Sie ist froh, daß sie am Tore sind.
Biltrud glaubt, sie müsse Einlaß begehren und ihren Namen nennen. Doch die Torknechte schieben schon von weitem den Sperrbalken in die Mauer und grüßen die Frauen der Herzogin in aller Ehrfurcht.
Süß ist es Frau Biltrud, so gegrüßt zu werden.

Herzog Heinrich hatte Herrand von Borne mit Freuden unter seine Ritter aufgenommen. In den wenigen kurzen Gesprächen, zu denen er Zeit gefunden hatte, konnte er erkennen, daß der junge Ritter in manchen wichtigen Dingen gut Bescheid wußte. Er hatte in der Ostmark mit angesehen, wie der Babenberger die Festungswerke in neuer, besserer Form herstellen ließ, er kannte die Sprache und die Kampfweise der Mähren und Böhmen, und er schien wie dazu geschaffen zu sein, wichtige und vertrauliche Botschaften auszutragen. Nun wollte er heimreiten, um auf das geringe Erbteil, das ihm zukam, Anspruch zu erheben und die Angelegenheiten seiner Mutter zu ordnen. Sie sollte jetzt schon hier am Hofe verbleiben. Die Herzogin war froh, sie bei sich zu haben, denn es geschah ihr hart, eines ihrer Kinder nach dem andern herzugeben. Zu Heiligendreikönigen war Brun nach Niederaltaich gegangen, um sich dort auf seinen geistlichen Beruf vorzubereiten. Zu Lichtmeß war Brigida ins Kloster eingetreten. Heinrich ging immer mehr in seinen Pflichten auf. Und Gisela würde wohl noch dieses Jahr zu den Ungarn fahren müssen.

Da tat es wohl, einen Menschen um sich zu haben, der in demütigem, dankbarem Eifer jede Gelegenheit ausspähte, der wiedergefundenen Freundin etwas Liebes zu tun.
Hemma war nun nicht mehr so viel mit Frau Biltrud beisammen wie in den ersten Tagen. Sie war nun wieder fleißig und las Griechisch und das klassische Latein des heiligen Kirchenvaters Augustinus. Auch lernte sie, mit arabischen Ziffern umzugehen. Der griechische Schreiber des Herzogs brachte ihr alle diese Künste bei. Brigida und Gisela kamen längst nicht mehr zu ihm. Die beschäftigten sich lieber mit feinen Handarbeiten und mit Musik. Doch Hemma war es, als müsse sie lernen, solange sie noch Zeit habe, obwohl sie sich heimlich schämte, besser als die meisten Männer zu lesen, zu schreiben und zu rechnen und mit so vielen Sprachen vertraut zu sein. Sie sprach außer ihrer Muttersprache Griechisch und Latein, Französisch und Romanisch und die slowenische Mundart, die Atre sie gelehrt hatte. Freilich war dies eine Sprache, die sich für eine edle Frau wohl kaum geziemte. Doch Hemma mochte sie gerne.
Überdies wurden hier am Hofe des mächtigen, klugen Herzogs so viele Fragen laut, welche die große Welt bewegten, so daß Hemma mit dem Gange der großen Politik, den Winkelzügen verworrener Rechts- und Besitzstreitigkeiten, mit allen neuen, blendenden oder im Dunkel schleichenden Ideen vertraut wurde. Sie hörte die Gespräche großer Ärzte, die Weisheitssprüche der Gelehrten, die so merkwürdige Dinge über alles Geschaffene zu sagen wußten, – von den Erzen der Erde bis zu den Sternen des Himmels, von der Erschaffung der Welt und ihrem nahen Untergange. Ohne große Mühe gelang es Hemma, dies alles aufzufassen. Ihr Verstand, der bis jetzt von keinem rascheren Herzschlage verwirrt worden war, tummelte sich mit wahrer Lust in den unendlichen Gefilden menschlichen Wissens.
In diesen Tagen freilich erschien ihr die glühende Sprache des großen Bischofs von Hippo wie Asche, die ihr unter den Fingern verrann. Sie saß in ihrer Kemenate und hatte das große Buch vor sich am Pulte aufgeschlagen. Aber ihre Blicke streiften hinaus in die Lindenkrone, wo zwischen den zartknospenden Zweigen Finken und Meisen spielten. Der Himmel war grau verhängt, und die Luft war weich und ein wenig dumpf vom Geruch des Wintermoders, von dem der Schnee hinweggeschmolzen war.

Herrand würde morgen ein gutes Reiten haben. Sie stellte es sich vor, wie sie durch das bayerische Land zum Rhein ritten, so wie sie einst nach Regensburg geritten kam – mitten in einer Schar eisenklirrender, schweigsamer Männer. Die Wege waren wohl schlecht, besonders jetzt zur Zeit der Schneeschmelze. Und in den Dörfern und Städten längs der Reise war alles noch grau und unordentlich, wie es der Winter zurückgelassen hatte. In Mainz würde sich Herrand vom Troß des Kämmerers trennen und nach Süden, gen Worms, reiten. Und von dort brauchte er noch zwei Tage bis zur burgundischen Grenze. Sie sah ihn allein durch den Wald reiten, gesenkten Scheitels. Dachte er an sie? Wohl kaum. Es war die Heimat, die er wiedersah.
Der Bruder hatte keine große Freude, daß Herrand wiederkam. Und Richardis keifte. – Wie bitter mußte es sein, so heimzukommen! Das Beste daran war, daß er nun wußte, wo er hingehörte, daß er und seine Mutter in Regensburg eine zweite Heimat gefunden hatten.
Doch wenn er wiederkehrte, wollte Hemma nicht mehr in Bayern sein. Nun war Wilhelm vielleicht schon in Kärnten und brachte beim Vater seine Werbung vor. Dann konnten die Boten zu Christi Himmelfahrt vor ihr stehen, und um Pfingsten herum würde sie bereit sein, heimzukehren.
Gott wolle es ihr schenken, daß sie dann vergaß, was sie jetzt Tag und Nacht im Sinne trug.
Nicht Wünsche, – nein, das war vorbei. – Untreue – das wäre wie ein Weltuntergang gewesen, der alles mitriß, dem Hemma verpflichtet war. Das durfte nicht heran, das durfte nicht gedacht werden, – das mußte blindlings zugedeckt werden mit Nächten voller Gebeten, mit Giselas Hoffnungen, mit Kunigundes Kummer, Biltruds Freude – mit Lesen und Lernen und der Sorge für die Armen und die Bresthaften!
Doch die Sehnsucht ließ sich nicht ersticken, – das Verlangen, ihm zu begegnen, ihn nur zu sehen, wenn er aus der Kirche kam oder mit dem Herzog ausritt. Nur seinen Blick auf sich zu spüren, einen Herzschlag lang dieses süße, gute, gute Gefühl zu haben, bei ihm zu sein, dessen Seele dieselben Ziele hatte, in dessen Herz die gleichen stillen und großen Feuer brannten. Sie brauchten nicht zu sprechen – Worte schienen dieses Gefühl der Harmonie fast schmerzhaft zu steigern, so wie es Zwieklänge gibt, die so voll-

kommen in Art und Reinheit des Tons zusammenschwingen, daß ihre durchdringende Klarheit zu süß und quälend wird. Nein, Worte brauchten sie nicht, um zu wissen, daß sie dieselbe Sprache redeten.

Und so geschah es, daß es Hemma not tat, in dieser letzten Nacht vor Herrands Abreise in die Kapelle zu gehen, die an den Palas angebaut war. Es war wohl Mitternacht, da sie sich aus der Kemenate schlich. Sie nahm das Öllichtlein mit, das an der Wand ober ihrem Bette hing, und schlug den weißen Mantel um ihr Untergewand. Draußen in der Stube vor der Kemenate sah sie Atre angekleidet auf ihrem Bette kauern. Sie war die letzte Zeit so sonderbar gewesen. Hemma duldete es, daß sie ihr von ferne durch den dunklen Gang nachschlich und ihr bis in die Kapelle folgte. Sie war es so gewöhnt, Atre um sich zu haben, daß es ihr nicht viel anders war, als ginge sie allein.

In der Kapelle brannte das Ewige Licht auf der bronzenen Säule. Die silberne Taube schimmerte in seinem Scheine, und die schwere Balkendecke und die zwei ungefügen Pfeiler zu beiden Seiten der Türe schienen aus schwarzem Basalt zu sein. Weit und gespenstisch reckten sich die Arme des Kreuzes, das über dem Opfertische ragte. Hemma stellte ihr Lichtlein auf die Altarstufe und kniete sich daneben hin. So hatte sie schon oft gekniet. Es hatte eine Zeit gegeben, da es sie so sehr zur Liebe Gottes hingezogen hatte, daß sie jede Nacht zum Gebete aufgestanden war. Und im ersten Jahre, das sie in Regensburg verbrachte, hatten sie Heimweh, Trauer und der Vorsatz, für die Großmutter zu beten, oft hierhergetrieben.

Heute konnte sie aber nicht beten. Sie bewegte wohl die Lippen und faltete die schmalen, großen Hände vor der Brust, doch ihr Geist wußte nichts von Psalmen und Paternoster, er wanderte in irrem Kreise immer wieder dieselben Wege, die nun schon beinahe leere, ausgefahrene Geleise waren. Nur, wenn ihre Gedanken zu ihr selbst zurückfanden, flammte Inbrunst auf in dem verzweifelten Flehen: „Du mußt mir helfen, die Pflicht zu tun! Du mußt mir helfen! Du hast es mir auferlegt, nun mußt du mir helfen!“ Und sie fühlte eine Kraft auf sich zukommen und gelobte in schneller, großmütiger Bereitschaft, ihr Kreuz freudig und in Treuen zu tragen und nicht feiger zu sein, als Herrand war – Herrand – Herrand – Herrand. – Und wieder verlor sie den Faden ihres Gebetes.

Atre trat leise an sie heran und zupfte sie an einem ihrer handbreiten Zöpfe. Ja, sie mußte in die Kemenate zurückgehen. Es war nicht schicklich, so lange auszubleiben. Kunigunde hatte wachgelegen, als sie gegangen war. Die Arme fand heute auch keine Ruhe. Hemma nahm ihr Lichtlein und ging zur Türe. Da sah sie im Schatten der Säule eine Gestalt in grauem Mantel –, sie wußte, wer es war, noch ehe sie die Lampe gehoben und in sein Gesicht geleuchtet hatte. So hatte auch er diese Nacht nicht ohne Gnade ertragen können. – Sie blieb vor ihm stehen und blickte ihn an. Die Lampe brannte zwischen ihnen und gab ihren bleichen Gesichtern durchsichtige Klarheit, ihren verwachten Augen dunkles Feuer.
Sie reichte ihm die Hand, er hielt sie klammernd fest. Die maßlose Erschütterung dieser nächtlichen Begegnung machte sie beide stumm. Und doch vernahm er das Weinen ihres Herzens und tröstete sie in blutender Zärtlichkeit: Quäle dich nicht, Geliebte, – ich weiß, warum du so fremd tatest. Ich liebe dich, süße Herrin!
Es war ihm, als kniete er vor ihr, indessen er stumm in reglosem Schweigen stand. Denn beide wagte nicht, sich mit Worten anzureden, als fühlten sie, daß ein Geheimnis zwischen ihnen stehe, als hätte es eine tiefe Bedeutung, daß sie hier Abschied nehmen sollten, wo Gottes Gegenwart sie bannte und der Schatten des Kreuzes an den dunklen Mauern aufwuchs. Eine Träne rann aus Hemmas Augen und fiel auf ihren Mantel nieder.
Herrand ließ aufschreckend ihre Hand.
Hemma schloß die Lider und schwankte ein wenig. Nicht so – Herrand – nicht so.
Sie tastete nach der Türe und ging hinaus.
Mit zitternden Knien klomm sie die Stiege hinan. Da war ja nichts geschehen als ein schweigender Händedruck – aber es war ihr, als sei nun ihre Kraft zu Ende.
Atemlos und betäubt eilte sie über den Gang. Doch ehe sie in die Vorstube treten konnte, fiel Atre vor ihr in die Knie und drückte ihr tränenüberströmtes Gesicht in Hemmas Mantel. „Ich danke Euch!" schluchzte sie. „Ich danke Euch! Ich hatte s o l c h e Angst, Ihr wolltet vielleicht nicht mehr nach Kärnten heimkehren. Sie hoffen ja alle auf Euch – Ihr dürft uns nicht verlassen."
„Ach –", sagte Hemma mit brüchiger Stimme und wandte sich heftig von der Weinenden ab.

Es war wirklich so gekommen, wie Hemma gedacht. Drei Tage vor Christi Himmelfahrt waren drei Ritter mit ihrem Gefolge in Regensburg eingezogen und hatten Hemma einen Brief ihres Vaters gebracht. Es stand darin zu lesen, daß er freudigen Mutes dem edlen Grafen Wilhelm in der Sann ihre Hand zugesagt habe. Und er warte nun mit Ungeduld auf ihre Heimkehr, damit sie das Verlöbnis geziemend feiern und über Mitgift und Morgengabe die Urkunde schreiben könnten.
Wilhelm aber sandte ihr durch seinen Freund Lanzo ein kostbares Brautgeschenk: ein Buch, dessen Deckel wunderbar mit Gold und vielfarbigen Edelsteinen geschmückt war. Innen stand auf purpurnem Pergament das Leben der heiligen Ingundis geschrieben, und der Schreiber hatte keine Mühe gespart, seine erbaulichen Worte aufs köstlichste mit Bildern und Ranken auszuzieren. Hemma hatte noch nie solch schönes Buch gesehen. Fast schien es ihr zu zierlich für die fromme Lesung, die es enthielt. Doch Lanzo erzählte ihr, daß im Süden die edlen Frauen viel Wert auf solche Bücher legten und daß es der wunderbaren Geschichte der heiligen Ingundis wohl gebühre, mit Gold und Silber auf purpurne Blätter geschrieben zu werden.
Lanzo erzählte auch, daß Wilhelm das Buch in Villach bei einem Händler gekauft habe, der seltene ausländische Kostbarkeiten feilgeboten hatte. Und obwohl die herrlichsten Schmuckstücke, Stoffe, Tischgeräte und Blumenöle zur Wahl gestanden hatten, war Wilhelm doch der Meinung gewesen, daß Hemma mit dem Buche die größte Freude haben würde.
Mehr als alles andere, was Lanzo zu berichten wußte, sagte ihr dieses Buch, wie sehr Wilhelm sie liebte. Es war quälend, dies zu wissen, denn sie konnte ihm nicht mit gleicher Liebe vergelten.
Doch sie wünschte selbst, daß sie bald heimkäme. Sie hatte auf einmal wieder Heimweh. Es schien ihr, als würde vieles wieder gut werden, wenn sie wieder in Kärnten wäre. Dort gehörte sie hin. Alles, was in Regensburg geschehen war, würde ihr dort bald wie ein Traum erscheinen.
So geschah es, daß sie am Dienstag nach Pfingsten aufbrach und mit ihrem Gefolge von fünfzig bewaffneten Männern und zwölf Frauen gen Süden ritt.
Es war das Jahr 993.

Je näher sie an die Berge herankamen, desto fröhlicher wurden die Reisigen. Sie waren ja alle mit Ausnahme der Brautboten sieben lange Jahre in der Fremde gewesen. Sie hatten es gut gehabt in Regensburg. Zu essen und zu trinken hatte es nur das Beste gegeben. Und wenn es langweilig wurde, brach irgendwer eine Fehde vom Zaun, und sie hatten Gelegenheit, dem kärntischen Namen vor dem Herzog Ehre zu machen. Zum Schutze ihrer jungen Herrin hatten sie keinen Schwertstreich führen müssen, denn sie war ja gehegt und gepflegt worden, daß sie von einer großen Messe zur anderen schöner aufgeblüht war wie eine Rose am Maientag.
Hemma war sehr in sich gekehrt. Wohl entzückte sie sich andächtig an der lichten Frühlingsherrlichkeit ringsum und freute sich an der guten Laune ihrer Reisegefährten. Doch sie hatte so viel zu denken. Denn die Geschehnisse der letzten Tage hatten sich so dicht gedrängt, daß sie erst jetzt in ihrem Innern alles ordnete und erwog.
Der Abend ging ihr vor, an dem sie der Erzbischof vor der Vesper hatte in seinen Hof rufen lassen. Er hatte in einer braungetäfelten Schreibstube gesessen und sehr armselig und hinfällig ausgesehen. Doch er brauchte nur das kleingewordene, blutleere Greisengesicht zu heben, und es kam von selbst, daß jeder vor ihm in die Knie sank. In Regensburg wußten es alle, daß er ein Heiliger war. Und seit seiner schweren Krankheit, die ihn im Winter überfallen hatte, wollten sie ihn nicht mehr aus der Stadt lassen, damit er nicht draußen irgendwo stürbe und der Dom um seinen Leichnam käme. Trotzdem hatte er Hemma heiter erzählt, der heilige Othmar sei ihm im Traume erschienen und habe ihm verkündet, er werde eine Reise machen, die ein gar gutes Ende nehmen werde.
„Ich habe wohl verstanden, was er mit der Reise meinte, und ich bitte dich, liebes Kind, bete für mich, wenn du hörst, daß der Bischof Wolfgang gestorben sei. – – Aber nun will ich dir danken für alle Freude, die du mir in diesen sieben Jahren bereitet hast. Viel ist mir fehlgeschlagen, was ich wollte. Doch in dir und den vier Herzogskindern sah ich jedes Wort Frucht bringen. Vielleicht wird Euch gelingen, was mir verwehrt war. Ihr habt frische Waffen. Doch ich möchte dir einen guten Rat mitgeben, den du zu allen Zeiten brauchen kannst. Sieh, ich bin alt und vielerfahren, und ich habe vieler Frauen Weg gesehen. Kaiserinnen und Königinnen,

Nonnen und Sünderinnen, arme Mägde und reiche Bürgersfrauen, edle Jungfrauen und Herrinnen haben ihre Tränen vor mir geweint und haben mich um Rat und Hilfe angesprochen. Und von all diesen Frauen schienen mir immer jene die besten, die Maß und Treue besaßen. Drum will ich dir diese zwei Tugenden am meisten anempfehlen. Du bist fromm und hast eine große Gewalt der Liebe in deinem Herzen. Das wird dich zum Himmel ziehen. Und wenn du das rechte Maß in all deinem Tun und Wesen hast, wirst du vielen ein Vorbild sein, und sie werden dir gerne folgen, wohin du gehst. Die Treue aber, die wird dein Stab sein. Sie wird dich an deinen Mann und an dein Land binden, wie sie eine Mutter ewiglich an ihre Kinder bindet. Und Christus, der bis in den Tod Getreue, wird dich segnen." So schön hatte der alte Bischof von der Treue gesprochen. Hemma hörte seine Stimme, die ihr so oft Rat und Trost zugesprochen, fühlte die Wahrheit und Tiefe seiner Worte, die Gewalt seines Wesens, der sie sich immer frohen Willens untergeordnet hatte. Und doch konnte sie nicht hindern, daß sich etwas in ihr dagegen auflehnte. „Die Treue ist eine harte Herrin."

Herrand hatte es gewußt. Und sie selber hatte es auch schon erfahren. Ach, da halfen alle die guten Lehren nichts!

Die Herzogin hatte ihr von der Freudigkeit im Leiden gesprochen, – der Herzog von der Wichtigkeit des Zusammenhaltens aller deutschen Fürsten. Gisela hatte ihr die Freundschaft ans Herz gelegt und Brigida die Gottseligkeit. Nur Heinrich hatte nicht viel geredet, und Frau Biltrud hatte nur bitterlich geweint und ihr nichts als ein herzinniges „Leb woh!" gesagt.

Ach, alle guten Worte, die sie gutwillig mit sich nahm wie ein Bündel heilsamer Kräuter, die wohl irgendeinmal für etwas zurechtkommen würden, – heute halfen sie ihr nicht und morgen auch nicht.

In Salzburg kehrte sie wieder bei den Töchtern der heiligen Ehrentrudis ein. Das Kloster war in den sieben Jahren größer und schöner geworden, doch die Schwestern schienen nicht gealtert zu sein. Sie lächelten gleich klug und kindlich und bescheiden, und sie schienen es gar nicht zu bemerken, daß Hemma jetzt kein schüchternes kleines Mädchen war, sondern eine schöne adelige Jungfrau, die sich voll Würde und Sittsamkeit zu geben wußte. Sie waren gleich mütterlich besorgt, ein klein wenig neugierig und von heim-

lichem Mitleid mit diesen verworrenen unruhigen Weltleuten durchwärmt.
Der Erzbischof Friedrich lag schon zwei Jahre unter seiner Steinplatte im Dome begraben. Hemma ging am Morgen hin, um zu beten. Sie kniete mit Atre und Oda vor dem Grabe, Lanzo und sein Knappe standen hinter ihnen, – da zog gerade der neue Bischof zum Amte in die Kirche ein. Hemma beugte sich tief vor ihm und der Schar der Priester, die ihm folgten.
Doch während des Amtes betrachtete sie ihn. Er war noch nicht alt. Vielleicht vierzig Jahre. So großmächtig und herrscherlich wie Herr Friedrich sah er nicht aus – er war mittelgroß und hager und dunkel von Haar und Auge. Er las die Messe ziemlich schnell. Seine Bewegungen waren rasch und schön, und das ehrwürdige Latein der heiligen Gesänge schien in seinem Munde zu federn und zu funkeln wie eine edle Waffe. Hemma besorgte, daß er ahnen könnte, wer sie sei, und daß er sie für unhöflich halten würde. Sie mußte gleich nach dem Amte Ritter Lanzo mit geziemender Begleitung in den Bischofshof senden, und Herrn Hartwig ihren demütigen Gruß entbieten lassen. Sonst wußte er wohl nicht, daß sie ohne Verwandte in Salzburg weilte und erst gestern abend angekommen war.
Doch der Bischof schien sie nicht zu bemerken. Die geistreich geschwungenen Linien seines Gesichtes waren in strenger Sammlung wie versteinert. Es dünkte Hemma, er sei nicht so gottinnig fromm wie der heilige Bischof von Regensburg. Aber er würde wohl alle Pflichten so streng nehmen wie die des Messelesens.
Während sie über die Höhe der Radstädter Tauern ritten, zog ein Gewitter auf. Hemma war nun sehr ermüdet von der langen Reise. Sie bat Herrn Lanzo, einen Unterschlupf zu suchen, wo sie die Nacht verbringen könnten. Die Männer machten scheele Augen. Hier oben in den Bergen war es kalt und unwirtlich. Doch da sie Hemmas bleiches, schmalgewordenes Gesicht sahen, redeten sie kein Wort dagegen, sondern waren ganz zufrieden, als sie eine offene Blockhütte im Schutze überhängender Felsen gefunden hatten.
Das Gewitter tobte sich drüben in den Hohen Tauern aus und schickte ihnen nur einen kurzen Regenschauer. Die Pferde grasten draußen zwischen den Felsblöcken, und die Männer hatten sich in einen windgeschützten Winkel der Wand gelagert. Unterm Dache

aber drängten sich die Frauen und plauderten leis und müde dahin, bis das kurze Abendrot verglommen war und eine an der Schulter der anderen in den Schlummer sank. Hemma konnte vor Müdigkeit nicht einschlafen. Halb schon im Traume sah sie draußen in der hellen Nacht die Nebel fliegen, hörte das dumpfe Reden der Männer, das Schnauben der Pferde. Eine Weile lehnte die Gestalt eines Mannes am Pfosten. War es Lanzo?
Die Nacht verging unter Frösteln und wirren Träumen.
Im ersten Morgengrauen stand Hemma auf. Mit steifen Gliedern stieg sie über die schlafenden Frauen hinweg und trat ins Freie. Die Sonne war noch nicht da. Zwei breite, goldene Strahlenpfeile brachen hinter einem Berge hervor. Dünner Nebel zog um Hemmas Füße. Das kurze Gras war naß und grau vor Tau.
Die Männer sahen sie über die Almwiese gehen und fingen nun an, lauter zu reden und herumzuwerken, um die Frauen zu wecken. Es trieb sie fort aus dieser öden Einsamkeit, aus dem Bannkreis der gewaltigen schweigenden Drohung, mit der die unbezwinglichen Berge sie rings umstanden.
Hemma betrachtete mit Staunen, wie auf den höchsten der weißen Gipfel blendende Glut aufflammte. Wie stark ist Gott! dachte sie. Mit einem Finger wies er diesen steinernen Ungeheuern ihren Platz. Und wie klein sind wir, – wie schwach sind wir! – Und lehnen uns auf wider Ort und Arbeit, die uns zugewiesen.
Ein ernster Trost überkam sie. Die Kraft und Schönheit dieses Bergmorgens machte ihre Gedanken groß und still. Langsam ging sie zwischen den Felsblöcken auf dem zarten Almgras dahin. Und als sie auf den freien Rain über dem Saumpfad hinaustrat, traf sie ein weißgoldener Sonnenpfeil mit solcher Gewalt, daß sie stehenbleiben und die Augen schließen und wie eine Harfe erbeben mußte, in deren Saiten ein Erzengel zu Gottes Lobe griff.
Dann hörte sie Klirren und Hufschlag am Wege. Geblendet hob sie die Hand über die Augen. Ein Reiter kam den steilen Pfad herauf. Er trug keinen Helm, sondern einen funkelnden Reifen im braunen Haar. Und er war schön geschmückt wie zu einer Brautfahrt. Das Zaumzeug funkelte. Doch er war allein.
„Wilhelm!“ rief Hemma leise. Es war, als habe er sie gehört. Er grüßte sie mit der Hand. Das rostfleckige Roß griff aus.
Beide Arme streckte sie aus, da er den sanften Rain hinaufschritt und sein erblaßtes, demütiges, fast fremdes Gesicht zu ihr hob.

Es war der Augenblick, vor dem sie gebangt hatte, wenn sie, übermüdet von der Reise, auf fremden Betten oder dürftigen Strohschütten lag und keinen Schlaf finden konnte. Es würde schwer sein, so hatte sie gedacht, im Angesichte vieler Zeugen vom Vater dem Bräutigam übergeben zu werden – und Wilhelm voll Stolz und Freude eintreten zu sehen und selbst bedrückt zu sein von der Neugierde der Verwandten und der Müdigkeit der Reise, von der Mühe, die traurigen Gedanken an ein anderes Gesicht weit fortzutreiben, – ja, und von Angst und Scham vor der so offen und herrlich brennenden Liebe des Treugespielen.
Doch nun war er allein gekommen. Zu einer Stunde, in der die Güte Gottes ihr Herz so wundersam geweitet hatte, daß sie voll Freuden ihre Bürde an sich nahm und in einer fast feierlichen Zärtlichkeit und Hingabe erglühte.
Sie hielten sich an den Händen und sprachen kein Wort. Und plötzlich erscholl zwischen den Felsen ein lautes, fröhliches Schreien und Waffenklirren. Die Männer hatten gesehen, wer gekommen war, und stürmten nun herbei, um ihrer Herrin Glück zu wünschen. Sie schlossen einen Ring um die zwei schönen jungen Leute und schwangen ihre Waffen und schrien „Heil", bis Wilhelm dem Anführer seinen Geldbeutel gab, damit er jedem daraus seinen Teil schenke.
„Dein Vater wartet unten im Tale", sprach Wilhelm, da sie mitten unter den fröhlichen Männern zum Lager schritten. „Wir wollten dich in Tamsweg empfangen. Doch ich ritt während der Nacht davon, – als ob ich gewußt hätte, daß du ganz nahe warst."
Hemma neigte lächelnd den Kopf. Wie gut hatte sie es doch im Vergleich zu vielen Frauen ihres Standes! Die wurden um Güter und Macht von Männern gefreit, von denen sie mit Verachtung, Schlägen und Kränkung niedergetreten wurden. Leise drückte sie Wilhelms große, harte Hand. Er war doch ihrer Kindheit liebster Freund, und er war vor vielen anderen stark und edel und gut. Und er liebte sie. Eine Sünde wäre es, trüben und falschen Gedanken nachzuhängen, anstatt Gott für solch gnädiges Geschick zu danken.
Und da sie nebeneinander talwärts ritten, kam es wie Duft der Kindheit über sie. War es nicht die Flattnitz, von der sie heimkehrten, wie einst an jenem großen frohen Tage, an dem Frau Imma dort den Salzsud aufgetan? Doch damals hatte Wilhelm

nicht daran gedacht, die Zweige von ihrem Gesichte abzuwehren. Und niemals wäre es ihm in den Sinn gekommen, ihren Schleier zu küssen, den der Wind an seine Schulter wehte. Wie seltsam war es doch –!

„Wie mag es jetzt wohl in Gurkhofen aussehen?" fragte sie.

„Ein wenig öde. Deine Eltern haben all die Zeit in Friesach gelebt. Doch Herr Rathold haust immer noch in seiner alten Stube. Und alle freuen sich auf dich."

„Ich freue mich auch, Wilhelm. Wir beide, du und ich, wieder in Gurkhofen, – es wird sehr schön sein."

Wilhelm neigt nur den Kopf und schweigt.

„Nur die Großmutter fehlt", spricht Hemma leise verschattet.

„Ein Rosenbusch wächst an ihrem Grabe", sagt Wilhelm bebend und verhalten, als spräche er von Liebe, „er blüht gerade."

Die Heimsuchung

Hei, wie sangen die Reigenspringer, daß die Schilde an den Wänden mitsummten! Des Herzogs Halle in seinem Hof zu Friesach schien fast zu klein für all die prächtigen Gestalten, deren jede genug Kraft und Selbstbewußtsein und eigenen Sinn ausströmte, um eine ganze Burg mit all ihren Huben, Äckern und Wäldern zu erfüllen.

Hemma tanzte nicht. Sie saß mit drei älteren Frauen in einer Fensternische und sah dem Reigen zu. Doch ihre Gedanken waren drüben in der Kemenate der Herzogin, der blutjungen Mathilde von Schwaben, die dort in ihrem Prunkbette lag und ihr erstes Söhnlein ans Herz drückte. Heute war es getauft worden.

Der Herzog Konrad trat zu ihr. „Seit dem Tage, da ich hier als Herzog eingesetzt wurde, sah ich Euch nicht mehr, Frau Hemma. Wie ist es Euch inzwischen ergangen?"

Sie hob den schönen, ernsten Blick zu dem jungen Manne. „Wilhelm war so lange fort beim Kaiser. Während dieser Zeit wollte ich nicht gerne unter die Leute gehen. Und da er zurückkam, gab es so vieles zu ordnen. Wir waren fast zwei Jahre auf unseren Gütern unterwegs, – in Krain, in Cilli, im Gasteiner- und Ennstale. Jetzt aber möchte ich gerne eine Weile in Zeltschach bleiben."

„Meine Frau Liebste wird sich darüber freuen. Ihr werdet es wohl schon gemerkt haben, wie sehr sie an Euch hängt."
Hemma lächelte. „Sie ist ein Mensch zum Liebhaben. Wenn Ihr und Eure Gäste es nicht für unschicklich halten wolltet, möchte ich gerne wieder zu ihr hinübergehen."
„Liegt Euch so wenig an dieser Lustbarkeit, Frau Gräfin?" lächelte der Herzog. „Doch Mathilde wird Euch Dank wissen. Allzu viele alte und weise Frauen können auch so einer kleinen Wöchnerin langweilig werden. Obwohl es ganz wunderbar ist, wie endlos sich's über ein Wickelkind reden und raten läßt!" Er lachte, aus tiefstem Herzen froh.
Hemma ging an seiner Hand die bunte eilende Reihe der Tanzenden entlang. „Nein, bleibt doch hier, Herr Konrad!" bat sie an der Türe. „Ihr habt noch andere Gäste! Und Frau Mathilde werde ich es getreulich sagen, wie gerne Ihr zu Eurem Sohne gegangen wäret!" meinte sie ein wenig schelmisch, ehe sie den Türvorhang hinter sich fallen ließ. Wie gut tat die Luft nach dem heißen staubigen Dunst der Halle! Aufatmend trat Hemma an die Brüstung des offenen Ganges. Schnee flockte auf ihre Hand. Nun schneite es schon wieder. Und war doch schon Ostern gewesen. Unten im Hofe lagen Kot und Eis, als wäre es noch Fastnacht. Die Linde neben dem Brunnenloch stand kahl und grau. Mißmutige, müde Mägde drückten sich mit ihren Körben, Krügen und Tragbrettern vorsichtig auf dem schmalen Erdstreifen an den Mauern dahin. Ja, es war nicht leicht für sie, wenn die Herrin krank lag und der Hof voller Gäste war und ein Dutzend übertüchtiger fremder Burgfrauen das Regiment führte –.
„Laß nur, gutes Kind", wehrte sie dem zerzausten Mädchen, das über die schmutzige Stiege heraufgeeilt war, um ihr die Mantelschleppe zu tragen. „Bleib nur bei deiner Arbeit. Ich gehe oben durch die Stuben." Sie stieg ins obere Gaden hinauf und ging durch einige der kleinen, öden Kammern, die fast immer leer standen, weil der Herzog selten längere Zeit in Friesach wohnte. In der dritten stieß sie beinahe mit einem jungen Manne zusammen, der unruhig in der dämmerigen Enge auf und nieder schritt. Überrascht blickte sie in ein bräunliches Gesicht, so schön und zwingend, daß sie fast erschrak. Ein unwilliger Blitz traf sie aus seinen grauen Augen, doch dann grüßte er sie ritterlich und bat: „Vergebt mir, Gräfin Hemma, ich habe Euch wohl erschreckt."

„Ich war nur erstaunt, hier jemanden von des Herzogs Gästen zu finden. – Doch woher kennt Ihr mich? Ihr wart vorher nicht bei der Tafel?"
„Ihr kennt mich auch, – Ihr habt mich nur vergessen. Und das kränkt mich von einer so schönen jungen Frau."
„Ihr scheint verwöhnt zu sein", lachte sie leise, halb gegen ihren Willen. „Doch Ihr müßt mir helfen, wenn ich mich erinnern soll."
„Hier in diesem Hause sahen wir uns schon einmal. Denkt nach –. Der Herzog trug freilich einen anderen Namen, Ihr aber fandet mich sichtlich sehr unverschämt und keck. Und es will mir scheinen, Ihr habt Eure Meinung bis heute beibehalten."
Unverschämt, – zum mindesten keck, – ja, man konnte sein Betragen nicht anders nennen, wenn es ihm auch so gut zu Gesichte stand, daß man ihm nicht böse sein konnte.
„Meinen Namen wenigstens solltet Ihr Euch gemerkt haben, Frau Hemma. Ich heiße Adalbero von Eppenstein."
„Ach, der seid Ihr!" entfuhr es ihr. „Nun weiß ich freilich genug! Ihr habt mich oft geärgert, damals vor – achtzehn Jahren!"
„Frau Hemma, tragt es mir nicht nach! Ich habe inzwischen doch gelernt, wie man mit holden, edlen Frauen umgeht. Ihr werdet Euch nicht mehr zu beklagen haben."
Er war im Welschlande gewesen – dort lernte ein Mann wohl, solch werbende huldigende Blicke abzusenden. Noch nie hatte Hemma solchen Klang in einer Mannesrede gehört – so bebend vor Verehrung, die keine Ehrfurcht war, so anmutig und demütig unverschämt –.
Verwirrt entgegnete sie: „Ihr seid lange fort gewesen, Herr Adalbero. Wie Ihr seht, war es hohe Zeit, Euch bei Euren Nachbarn wieder in Erinnerung zu bringen. Doch für m i c h ist es nun Zeit, zur Herzogin zu gehen – lebt wohl, wir sehen uns später noch."
Wie er sich nun verneigte – er hatte etwas an sich, etwas Erregendes, gewaltsam Anziehendes. Rascher, als sie sonst zu gehen gewohnt war, eilte sie fort, einen heimlichen Unwillen im Herzen. Doch ehe sie zu den Wohnräumen der Frauen kam, begegnete ihr die zweite Überraschung. Die Schwester Frau Mathildens, Beatrix, trat ihr in den Weg – sehr gegen ihren Willen, das sah Hemma im ersten Augenblick. Eine flammende Röte fuhr in das bleiche, rundliche Mädchengesicht, und das dunkle, durchsichtige Blau der Kinderaugen verfinsterte sich in jähem Schrecken.

„Wie geht es Eurer Schwester, Jungfrau Beatrix?" fragte Hemma endlich, da ihr die Pein und Scham des jungen Geschöpfes wehe tat.
„Sie schläft, – und das Kleine auch", stammelte das Mädchen und erglühte noch tiefer.
„Ach, ich wollte zu ihr gehen. Kommt mit mir und erzählt mir ein wenig von Bamberg! Ihr wart doch im letzten Sommer dort, bei der Königin Kunigunde."
„Ich kann jetzt nicht – verzeiht –", flüsterte Beatrix gehetzt. „Ich muß – ich soll dem Herzog eine Botschaft sagen –."
„Zum Herzog müßt Ihr", sprach Hemma und konnte nicht umhin, ihrer Stimme einen bedeutungsvollen Klang zu geben. Die Kleine log – es war ganz klar, zu wem sie ging. Und sie war noch solch ein Kind –. Sollte sie ihr nicht ein Wort sagen?
Doch Beatrix neigte sich hastig und eilte fort. Hemma blickte ihr nach. Sie schien ganz verwirrt zu sein. Es sah so seltsam aus, wie sie sich mit kleinen, unsicheren, fast taumelnden Schritten vorwärts trug. Sie war so lieblich wie eine schwere Fliederdolde an einem sommerschwülen Maientag. Ihr Körper blühte in einer süßen, weichen, lässigen Fülle, fast zu üppig für ihre siebzehn Jahre. Der kleine Kopf auf dem feinen, runden Halse aber schien einem stillen, sanften, treuherzigen Kinde zu gehören.
Und Hemma mußte an Adalbero von Eppenstein denken, und es war, als fühlte sie selbst an ihrem Leibe, wie die arme kleine Beatrix bei seinen leisen, dunklen Worten erschauern und unter seinen Liebesblicken vergehen würde. Eine Sünde war es wohl, dieses Kind gehen zu lassen, wohin es wollte. Unschicklich aber wäre es, ihm nachzuschleichen. Nein, das ging nicht an. Und Beatrix war die Schwester der Herzogin, die Verwandte des Königs. Adalbero würde es nicht wagen, sie zu kränken.
Die Unruhe fiel von ihr, da sie in die Wochenstube trat. Da waren die Fenster mit grüner Seide verhangen, die tiefen Farben morgenländischer Teppiche glommen am Boden, wo die bronzene Ampel ihr Schattengitter warf. Die junge Herzogin war in ihrem Bette sitzend eingeschlafen. Der Kopf hing ihr auf die Schulter, sie sah sehr bleich und müde aus. Den ganzen Tag waren die Frauen bei ihr aus und ein gegangen, hatten mit ihren Kuchentellern um ihr Bett gesessen und von schweren Geburten erzählt. Gott sei Dank, bei ihr war alles leicht und rasch gegangen.
Nun saßen die vier hocherfahrenen Frauen, die sie pflegten, in der

kleinen Kemenate nebenan. Hemma hörte ihr gedämpftes Geplauder durch den Türspalt, den sie offengelassen hatten, und steckte den Kopf zu einem kurzen, schweigenden Grüßen zu ihnen herein. Eine Wachskerze brannte auf dem Tischchen, um das sie saßen, und jede hatte einen Krug stärkenden Würzweines vor sich. Hemma hörte sie über den langen Winter klagen. Es war wirklich traurig, wie lang der Frühling zögerte!
Leise machte sich Hemma in der Schlafstube zu schaffen. Sie nahm lächelnd den goldenen Stirnreifen vom Haupte der Schläferin und schob den gestickten Schleier von den schweißfeuchten Haaren zurück. Es blieben immer noch genug der Ketten und Ringe, dem zarten Leib die Ehre anzutun, die ihm für seine junge Mutterschaft gebührte. Dann setzte sie sich an die Wiege. Das Ampellicht fiel mild auf die zwei winzigen, winzigen Händlein, die sich zu kleinen Knospen ballten. Das Gesicht lag tief im Schatten, sie konnte es nicht richtig sehen. Doch diese Händlein waren so süß, so süß, – undenkbar, daß sie einst ein Schwert führen sollten. Und wie leise der Atem strich – wie sich das Brüstlein hob und senkte –. Ein zarter Laut kam von dem Mündlein her, nicht anders, als ein Vogel ruft im Traume.
O glückselige Mutter! Du weiß nicht, wie gebenedeit du bist! Du bist zu jung, du kannst es nicht ermessen.
Mit einem tiefen Seufzer stützt Hemma die Wange in die Hand. O säße sie jetzt an einer anderen Wiege, an der Wiege ihres eigenen Kindes! Ein solches Händlein küssen dürfen – ein solches Seelchen hüten! Nächtelang wollte sie am Bettlein knien und Gott in tausend Tränen für die Gnade danken, – nie mehr wollte sie ihr Los beklagen – ihr ganzes Leben wäre überreich gesegnet.
O Gott, Vater alles Lebens, zehn Jahre lang flehe ich dich an, und du willst mich nicht erhören! Aber ich will nicht aufhören, dich zu bitten, nicht zu hoffen aufhören!
Ach, es ist nur ihr Herz, das eigensinnig weiterhofft und weiterbetet. Sie weiß doch, daß nun wohl alle Hoffnung schon vergebens ist. Zehn Jahre lang ist sie nun Wilhelms Frau, ein unfruchtbares, unnützes Weib! Wie lange wird er noch mit ihr Geduld haben? Ach, leichter wäre es zu ertragen, wenn er nicht so sehr nach einem Sohne verlangte! Wallfahrten, Ärzte, weise Frauen, Gebete, Almosen und Gelübde konnten ihr nicht helfen, – sie war verstoßen aus dem Paradiese der Frauen.

Auf einmal fühlte sie, daß sie vom Türspalt her beobachtet wurde. Sie wagte nicht hinzuschauen, wer von den alten Frauen sie belauschte. Sie wußte ja, was sie nun tuschelten, die Ahninnen großer Sippen über sie, die Kinderlose.
Sie schaukelte mit dem Fuße die Wiege und summte leise, als hätte sie nichts als Freude an dem kleinen Konradin. Und als sie sich so weit gefaßt hatte, daß sie glaubte, in Ruhe ihre Augen heben zu können, sah sie gerade Mutter Regilint sich an zwei neugierigen Gestalten vorüberdrängen. Sie hatte sich wenig geändert seit der Zeit, da sie zu Wilhelms Abschiedsmesse nach Gurkhofen gekommen war. Die Barthaare um ihren freundlichen Mund schimmerten wohl weiß, und ihr schwarzgraues Lodengewand mußte ein wenig weiter geschnitten sein als das hellgraue, das sie an jenem Tage getragen hatte. Doch ihr Gesicht strahlte noch immer von guter Laune und Tüchtigkeit, und ihre ruhige Behendigkeit ließ sie jünger erscheinen, als sie war. Hemma sah ihr noch eine Weile mit Wohlbehagen zu, wie sie mit festen, geschickten Händen Wickelbänder rollte und Leinentücher faltete und endlich in einem Salbentiegel zu rühren begann, aus dem es stark nach Ringelrosen roch. Sie wäre gerne noch dageblieben, wo das Kind so lieblich schlief und die Ampel so dunkel brannte. Doch sie mußte sich nach ihrer Kammerfrau umsehen, damit sie ihr vor dem Nachtmahl die Zöpfe neu flechte und ihr das Schmuckkästchen bringe.

Der Mond schwebte klein und müde über dem schwarzen Waldgewipfel, da Wilhelm und Hemma mit ihrem Gefolge heimwärts ritten. Der Markt hinter ihnen lag dunkel und schweigend, und in Grafendorf, wo sie einen wehrhaften Hof besaßen, schliefen alle ihre Bauern in den niederen, braunen Balkenhäusern. Der Mondschein glänzte grünlich auf den feuchten Strohdächern. Hunde schlugen an, und das Vieh stöhnte dumpf, als die kleine gewappnete Schar durch die Nacht vorüberklirrte.
Nun fing die Straße zu steigen an und führte in den finsteren Graben hinein. Im Hohlweg unter den kahlen Büschen lag Eis, auf den Wiesen faulte der Schnee. Ja, spät kam der Frühling in diesem Jahr.
„Gott verdamm mich!“ fluchte Wilhelm, da sein Hengst strauchelte und ihn fast aus dem Sattel warf. „Das ist ein Reiten bei stockfinsterer Nacht! Das vergeß ich dieser Docke von einem Herzog

nicht, daß er uns bei Sturm und Nebel aus dem Hause jagt!" Der Zorn zerbiß ihm fast die Stimme.
„Wilhelm!" bat die Frau. „Er hat dies doch nicht getan! Wie hätte er dies wagen können! Er ist dir nachgegangen und hat dich g e b e t e n zu bleiben!"
„Ja! Das war die zweite Kränkung!" schrie er sie an. „Er hält mich wohl für einen Knecht, der grinsend stehenbleibt, wenn ihn der Herr ins Gesicht schlägt. Doch er wird noch spüren, mit wem er es zu tun hat! Er kennt mich noch nicht! Gerd, du weckst Herrn Lanzo, sobald wir heimkommen, und sagst ihm, daß er morgen in aller Frühe mit dreißig Männern nach Friesach reiten und dem Herzog die Fehde ankünden soll."
„Wilhelm –", bittet die Frau. Sie weiß nicht, um was es ging. Sie saß mit einigen Frauen am Kamin, als draußen in der Halle ein Streit entstand. Angstvoll war sie aufgestanden und wollte nachsehen, was es gebe, – Wilhelm war ja so jähzornig und empfindlich und brach so leicht einen Zwist vom Zaune, der dann Kummer, Kampf und Tod heraufbeschwor. Wirklich kam ihr in der Türe der Knappe Gerd entgegen. Der Junge war ganz verschreckt. „Graf Wilhelm läßt Euch sagen, Ihr möget rasch Eure Frauen zusammenrufen. Er reitet –"
Und Hemma war, wie sie es längst gelernt hatte, mit ruhigem Gesicht zu den Frauen zurückgekehrt und hatte von ihnen Urlaub genommen, als bräche sie zu einem freundlichen Abschied auf. Draußen im Hofe aber liefen Wilhelms Männer durcheinander, Pferde schrien, und aus der Saaltüre drängte sich eine Schar von Herren, die den beleidigten Gast zu halten suchten. Der Herzog, der gute arme Mann, weinte fast vor peinlicher Beschämung und Hilflosigkeit. Was er auch gesagt haben mochte, – gewiß war es nicht schlimm gemeint gewesen.
Hemma wagte nicht, ihn mit einem begütigenden Blick oder gar mit einem Gruß zu trösten. Schweigend, mit bleichem, steinernem Gesicht, ritt sie ihrem Manne nach, und hinter ihnen rumpelte die Gefolgschaft über die schlüpfrige Bohlenbrücke zum äußeren Tore hinaus.
Erst draußen in der stillen, kühlen Nacht erinnerte sie sich, daß Adalbero von Eppenstein ein wenig abseits von dem Durcheinander der zankenden, beschwichtigenden Männer gestanden hatte. Und sie entsann sich, daß seine Augen, die vorhin an der Tafel von allen

Funken verliebter, leichtsinniger Schwärmerei zu sprühen schienen, nun mit einem seltsam kühlen, wachen Ausdruck in den erhitzten Gesichtern der anderen forschten. Und plötzlich waren seine Blicke auch ihr begegnet, – fragend, gespannt, – und dann mit einem bewundernden Bedauern. Sie hatte sich sehr hochmütig und gleichgültig abgewandt und war ohne Gruß mit Wilhelm davongeritten. Doch jetzt brannte die Scham wie eine Krankheit in ihren Adern, und sie kämpfte seltsam verzweifelt, Adalberos Gesicht aus ihren Gedanken fortzubringen.

Sie kamen an einem Hochofen vorüber. Er stand schwarz und breit neben dem Wege. Wilhelm fluchte über das faule Knappengesindel, das die Schmelzfeuer ausgehen lasse. „Es ist noch sehr früh, Wilhelm", beruhigte Hemma. „Sieh, dort kommen schon die Leute."

Wirklich irrten Grubenlichtlein den steilen Hang herab. Sie kamen langsam, stockend näher, denn auf den Äckern lag Eis. Schwarze Gestalten wuchsen aus dem Morgengrau, den schweren Erzkorb am gebeugten Rücken, mit Bergkittel und Lederschurz ehrwürdig angetan. „Glück auf, Herr Graf!"

„Ihr faules Pack!" schrie Wilhelm und schwang in überkochendem Zorne die Reitpeitsche, ohne zu treffen. „Der Ofen ist kalt! Und übermorgen abend soll alles Silber in Friesach beisammen sein!"

„Der Schmelzmeister liegt krank, heute nacht –"

„Schweig!" brüllte der Herr den Knappen an. Hemma trieb ihr Roß an. Sie konnte es jetzt nicht hören, wie Wilhelm tobte. Sie wußte, er war seinen Leuten gut. Doch wenn der Zorn ihn packte, dann galt es ihm gleich, einen Unschuldigen zu schlagen oder eine ungerechte Strafe zu verhängen, die er dann um des Ansehens willen nicht mehr aufheben konnte.

Sie ritt voran, bis sie die Scheltworte nicht mehr verstehen konnte, sondern nur noch die grobe, harte Stimme hörte. Am liebsten hätte sie geweint. Doch Wilhelm vertrug Tränen nicht. So rang sie Scham und Kummer und Kränkung in sich hinein, bis sie so müde war, daß sie am liebsten die Wange in die Mähne des Pferdes gewühlt hätte, um eine trostvolle Wärme zu spüren.

„Warum reitest du davon?" fuhr Wilhelm sie an, da er an ihre Seite kam.

„Er tat mir leid", murmelte sie.

„Leid! Leid!" höhnte er. „Dir tun alle so sehr leid, daß du nicht mehr

weißt, was sich für eine Frau gehört! Wohin ich blicke, überall Widerwille und Feindseligkeit!"
„Wilhelm! Da kannst du doch m i c h nicht meinen!" bat die Frau und blickte hilfesuchend zur Burg empor, die nun über den Wiesen und Äckern aufwuchs. Hinter Turm und Dächern steilte der schwarze Fichtenwald in den graurötlichen Himmel hinein.
„Dich auch! Dich und alle die falschen und glatten Gleisner!"
Hemma schwieg, bis ins Innerste verletzt. Eine ihrer jungen Mägde schluchzte auf. Weh, daß eine Magd über sie weinen durfte!
Am ersten Zauntor fing Wilhelm wie zum Trotze wieder an: „Vergiß nicht, Gerd, daß du sogleich Herrn Lanzo weckst! Und dreißig von den Männern sollen sich sogleich wappnen, damit sie zeitlich früh nach Friesach kommen. Unterwegs sollen sie die fünf Bauernhöfe vor dem Tore plündern und niederbrennen, damit der Herzog sieht, daß es mit der Fehde Ernst ist."
„Ja, Herr", sagte der Knabe furchtsam. Sein Gemüt war weich. Er hatte keine Angst vor Schwertern und wilden Rossen. Doch wenn er daran dachte, wie die Frauen weinen würden, wenn das Feuer Haus und Hausrat fraß –. Er seufzte tief auf wie ein gestraftes Kind.
Müde schlich Hemma in das Schlafgemach hinauf. Dort war es kalt und finster. Niemand hatte daran gedacht, daß sie jetzt schon heimkommen würden. Sie setzte sich im Dunkeln auf das breite Ehebett und stützte den Kopf in die eisigen Hände. Träne um Träne rann erkaltend an ihren langen Fingern nieder und fiel auf den starren Filz ihres Reisemantels. Sie war allein – allein – allein. Niemandem durfte sie klagen, niemand konnte sie trösten. Einen starken ruhigen Arm um ihre Schultern, eine Brust, an die sie sich voll Vertrauen schmiegen könnte – ihr war es nicht beschieden. Immer mußte sie stehen und kämpfen, allein kämpfen, um Frieden und Ehre des Hauses zu retten, – immer aufrecht scheinen, wenn auch Mut und Kraft dahinsanken.
Vor der Türe klangen Schritte. Rasch stand sie auf und begann den Mantel aufzunesteln. Eine Magd trat mit dem Feuerbecken ein, von dem es rot und warm ausstrahlte. Atre folgte ihr mit einem Wachslichte. Sie begann das Bett zu bereiten. Zwischen Polstern und Decken und Fellen warf sie mitleidige Blicke auf die junge Frau, die verloren an ihrer Gürtelschließe herumfingerte.
Hemma lauschte. Unten in der kleinen Halle, unter den lärchenen

Dielen, wurden Schritte laut – Stimmen. Wilhelm redete wild dahin, dann klang eine Frage, ein leises Lachen. Lanzo –. Er war wohl schon oder noch wach gewesen. Seine Stimme war weich und ein wenig gleichgültig wie sonst. Ihm konnte es recht sein, wenn Wilhelm Fehde haben wollte. Ihm war es ein tolles Waffenspiel, nichts weiter. Er konnte nichts dabei verlieren – höchstens das Leben.

Ein unmerkliches Lächeln trat in Hemmas Augen, da sie an Ritter Lanzo dachte. Doch nun schien auch seine Rede in Unmut umzuschlagen. Nein – jetzt machte er gewiß einen seiner losen Witze. Ach, er war mit Wilhelm eines Sinnes.

Langsam streifte Hemma ihr Gewand ab. In ihrem langen Hemde aus weißem Linnen setzte sie sich neben das Feuerbecken und ließ sich von Atre die Haare strählen. „Beeile dich, Atre", sagte sie auf einmal. „Hol mir aus der Truhe das Hausgewand. Ich habe keine Lust zu schlafen." Sie schlüpfte hastig in das dunkelbraune Wollkleid, das schlicht und schmucklos war, wie ein Nonnengewand. Seltsam war es, daß sie in ihm noch schöner, frischer und fürstlicher schien als in der bunten höfischen Pracht von Samt und Seide.

In der Türe rannte Wilhelm gegen sie. „Gehst du nicht schlafen?" fragte er verwundert.

„Ich bin nicht müde", antwortete sie. „Und wir waren acht Tage fort. Da ist es Zeit, daß – –"

Sie glitt an ihm vorbei, über die Treppe hinab in den Hof. Unter dem Tore blieb sie stehen und überlegte, ob sie Herrn Lanzo rufen lassen sollte. Doch ehe sie wußte, was das Rechte war, kam er selbst durch die kalte, graue Morgendämmerung auf sie zu. Seine hagere Gestalt steckte in einem nachlässigen hellen Kittel, sein glattes Haar hing in Strähnen über seine eingeschwungenen Schläfen und die scharfgeschnittenen, feinen Jochbeine ober den Augen. Sein Atem dampfte in kurzen, schnaubenden Stößen vor ihm her, die faltigen Lederstrümpfe scharrten am Harsche in einer bäurisch gleichgültigen Weise. Und dennoch gelang es ihm nicht, anders als höfisch und seltsam jünglingshaft auszusehen –. Es ist schade um ihn, dachte Hemma.

Sie trat aus dem Schatten in das düstere Licht der ausbrennenden Fackel über dem Tore. Lanzo riß sich zusammen. „Frau Gräfin! Gott zum Gruß daheim!" rief er und neigte sich. Dann lachte er leise.

Er lacht über mich, da er weiß, wie arg mir diese neue Fehde scheint, dachte sie. Ihm ist es gleich, – alles gleich. Und sie konnte ihm nicht mehr sagen, was sie sich zu sagen vorgenommen hatte.
„Frau Hemma, wünscht Ihr etwas von mir?" fragte er in ihr Zögern hinein, in einem Tonfall, als hätte er zur Nacht zuviel getrunken.
„Nein." Sie ging in den Hof zurück. Und bei jedem ihrer stolzen, langsamen Schritte flog ein anderes schreckenvolles Bild an ihr vorbei. Die brennenden Bauernhöfe – die arme junge Herzogin, die ihr die aufrichtigste Freundschaft geschenkt hatte – Tote und Verwundete, von kaltem Stahl zerfetzt, von siedendem Pech versengt – verwüstetes Land – und Haß, Haß, Haß, der ihr so wehe tat wie heißes Pech und kalter Stahl.
Herr Lanzo stand noch immer am Tore, und da sie sich wandte, kam er herbei. Sie blickte an ihm vorüber auf die matthellen, trüben Stallfenster, hinter denen hastige Schritte geisterten. „Herr Lanzo, ich bitte Euch, seid milde. Wenn Ihr könnt, so vermeidet eine offene Feindschaft, – gebt nach, wenn Euch der Herzog entgegenkommt! Ihr seid klug und vernünftig!"
„Ich bin sehr froh, daß auch Ihr von mir einmal einen Dienst verlangt", brachte er endlich mit schwerer Zunge hervor. „Und ich will gerne tun, wie Ihr es sagt. Aber Wilhelm hat mir eigentlich – eigentlich gerade das Gegenteil befohlen." Er lachte leise summend in sich hinein und stierte die Frau mit weiten, trunkenen Blicken an. Dann nickte er lächerlich zuvorkommend. „Doch da Ihr es wünschet, soll es so geschehen. Ich werde mich so fein und mild und vorsichtig betragen, als wäre ich ein Sendbote des Papstes – oder einer schönen, edlen Frau. Ja –. Ihr werdet mit mir zufrieden sein, Frau Hemma. Wilhelm nicht – nein, Wilhelm nicht. – – Doch Ohnedank – Ritter Ohnedank ist auch ein hübscher Name, – besonders, wenn man keinen anderen hat –."
Er lachte erfreut und trunken in sich hinein und hob die Hand wie zu heiterem Gruße. Und doch schien es Hemma, sie habe ihn noch nie so verzweifelt gesehen. Er wird die ganze Nacht beim Weine gesessen haben, dachte sie. Was wird er wohl anrichten, wenn er jetzt reitet, – mit solch zwiespältigem Auftrag im dumpfen Kopfe! Unrecht war es von mir, einen Befehl Wilhelms umbiegen zu wollen. Nun bin ich gestraft.
Die Tränen waren ihr nahe, da sie Herrn Lanzo stehenließ. Sie hatte so sehr gehofft, bei ihm Hilfe oder Rat zu finden. Und er antwortete

ihr mit den sinnlosen Redensarten eines Betrunkenen. Es tat ihr weh, zu sehen, wie er sich zwischen Zechbrüdern und üblen Weibern verlor. Es war so gut, daß Wilhelm ihn zum Freunde hatte. Aber er zeigte wohl in letzter Zeit allzusehr den Herrn gegen Lanzo, der doch um drei Jahre älter und auch aus edlem Blute war.

In der kleinen Kapelle las Herr Simon die Messe. Hemma kniete in ihrem schönen eichenen Stuhle zur Rechten des Altares. Es war seltsam, wie trostlos ihr das Heiligtum erschien; die drei kleinen, schiefen Fensterlein – schmale, tiefe Löcher im feuchten Gefüge der Quadern. Wässriges, weißes Licht fiel herein. Draußen schien die Sonne schwach durch die Decke von zähem Hochnebel, der seit Wochen zwischen Himmel und Erde lag. Und flüsternd rieselte das Schmelzwasser von allen Dächern. In diesem kalten, bleichen Lichte war Herrn Simons Gesicht noch härter, grauer und verfallener als sonst. Er beeilte sich sehr mit dem Messelesen. Hemma konnte dem Gehaspel seiner Gebete nicht folgen. Nein, sie wollte sich nicht an ihm ärgern. Er war ein bedauernswerter alter Mann, geplagt von vielen Krankheiten und Sorgen. Wohl quälte auch ihn das unheimliche nasse Wetter. Gott verzieh ihm gewiß, daß er lieber in seiner geheizten Kammer als hier in der feuchten, kalten Kirche war. So wollte auch sie sich nicht daran stoßen und sich nicht darnach sehnen, einen herzensfrommen, klugen Kapellan zu haben, der ihr ein wenig helfen und raten würde, wenn sie zu ihm käme, anstatt dieses alten Zech- und Raufbruders ihres verstorbenen Schwiegervaters.
O guter Heiland, verzeih mir! Wie kann ich solche Gedanken gegen einen deiner Diener hegen – jetzt, während er dich auf dem Altare opfert! Vergib mir! Ich weiß, ich w e i ß , daß er besser ist als ich. Gewiß hat er seinem Sündenleben in wahrer Buße entsagt, als er sich zu deinem Dienste weihen ließ. Ich aber bin herzenshart und unzufrieden und lau. Ich verdiene nicht, daß ein Priester sich meiner annimmt – ich weiß ja gar nicht, ob du mich nicht schon ausgespien hast aus deinem Munde –.
Sie fühlte, wie sie erbleichte, wie alles Blut kalt und schwarz in ihrem Herzen gerann. Sie hob die Hände vors Gesicht. Ohne es zu denken, wußte sie doch, daß ihr gegenüber, wo oben in der Höhe des ersten Gadens ein Fenster ausgebrochen war, ihre Mutter auf

einem Spannbette lag. Die sollte nicht wissen, wie schlimm ihr zumute war.
Es war, als sei sie in ein Dornengehege geraten, das sie verwundete, wohin sie sich auch wandte. Das holde kleine Kind in Friesach riß mit seinen zarten Händlein die Wunde auf, die ihr zutiefst das Herz versehrte. Die liebe junge Herzogin würde ihr nun bald verfeindet sein. Mit Wilhelm – o Weh und Leid, lieber Herre mein, wie wird dies wohl noch enden, wenn er mich immer weiter von sich fortstößt, in Verbitterung und Scham hinein. Und ich kann nicht mehr zurück zu der Freundschaft und Geneigtheit, zu der frommen Hingabe, die ich empfand, als ich sein Weib wurde. Lanzo – er war doch all die Jahre unser Freund. Nie wieder will ich mit einer Bitte zu ihm gehen, nie wieder! O Herr und Gott, und wenn ich zu dir komme, so sind meine Gedanken voll Härte, Sünde und Verzweiflung. Meine Gebete matt, meine guten Werke ohne Liebe, mein Herz ohne Gottinnigkeit.
Sie stand auf, als sie hörte, wie die Leute sich zum letzten Evangelium erhoben. Es waren ihrer nicht allzu viele. Ihre Mägde, ein paar Arme, einige alte Männer. Denn Wilhelm hielt bei seinen Mannen nicht darauf, daß sie außer an Sonntagen zur Messe gingen. Draußen im Hofe lärmten sie herum, die breitbrüstigen, bärenhaften Recken, die Wilhelm aus den entlegensten Wäldern und Bergen, aus den Saualmgräben und Tauernschluchten zu sich heranzog. Sie waren mächtige Kämpen, Trinker und Sänger, doch ihre unverletzbare Treue und ihr hoher Mut kamen wohl nicht von der Taufgnade –.
Herr Simon kümmerte sich nicht um sie. Und Hemma konnte sich nicht verhehlen, daß sie Angst vor ihnen hatte. Sie waren wohl bis ins Innerste roh und lästerlich. Die Worte einer höfischen, sanften Frau rannen an ihnen herab wie Regen am Dachsfell. Und ihr war es nicht gegeben, anders zu sprechen.
Da sie aber ungetröstet und öden Herzens in den Hof trat, war er ganz leer. Von drunten, wo die Kuhställe schon etwas tiefer an der Bergkuppe den äußeren Hof begrenzten, rauschten Stimmen – gedämpft und gedrückt. Sie raffte den Rock und schritt durch den immer tiefer werdenden Kot zum Stall hinab. Da sah sie, wie eine kleine Schar von Männern zwei Kühe ins Freie schleifte. Sie waren bei Nacht verendet.
Die Leute machten für die Herrin Platz. Hemma erschrak. Die

toten Tiere lagen da mit hochaufgetriebenen Bäuchen, die Mäuler blaugrau wie angelaufenes Blei.
„Was ist da geschehen, Moja?“ fragte die Frau entsetzt.
Die Stallmagd starrte dumpf und ratlos auf die mageren Beine der toten Kühe nieder. „Kein Futter“, murmelte sie dann finster. „Vorgestern waren sie gesund. Gestern haben sie angefangen krämpfen und blähen, und heut nach Mitternacht sind sie umgestanden. Mehr weiß ich nicht. Ich hab alles getan, wie es sich gehört.“
In all den zehn Jahren ihrer Ehe hat Hemma an der Moja nie eine Nachlässigkeit bemerkt. Darum fragt sie nicht weiter, sondern tritt in den Stall.
Da ist es warm und finster. Die winzigen Luken in den Holzwänden sind mit Horn verspannt und mit Fetzen abgedichtet. In zwei langen Reihen steht das Vieh an den fortlaufenden Leiterkrippen. Hinter Hemma drängen sich die Leute in den Stall, flüstern und seufzen und brummen und warten, was die Herrin wohl sagen werde.
Hemma geht von Stand zu Stand. Ochsen und Kühe sind mager und still und fragen mit ihren schönen, traurigen Augen, ob sie ihnen auch heute Salz und Kleie bringe wie sonst. Hemma schwillt das Herz vor Mitleid mit der armen Kreatur. Da warten sie umsonst in ihrem dumpfen Gefängnis, daß sie hinaus dürften auf die grüne, frische, sonnige Weide. Es müßte doch schon an der Zeit sein –. Und geduldig kauen sie an hartem Stroh und bitterer Rinde und zittern nach dem Büschlein Heu, das ihnen zweimal am Tage zwischen die Krippensprießeln gesteckt wird. Wie lange noch, und dann ist auch das zu Ende. Im Stadel ist es so hell, daß die Mäuse keinen Schlupf mehr finden.
Im Herbst hat es angefangen. Das Grummet hat es verregnet. Es ist auf den Wiesen verfault. Dann kam der frühe Schnee, auf den Almen lag er schon zum Großen Frauentag. Sie mußten das Vieh viel zu früh abtreiben, das Almheu verdarb. Und ehe der Hafer reifte und das Laub fiel, kam der Winter auch in das Tal. Die Rüben gruben sie aus dem Schnee, den Hafer rauften sie wie Leim. Doch die Körner waren noch milchig, und die Rüben waren gar bald im Boden eingefroren.
Und nun nahm der Winter kein Ende – kein Ende. Kein Tag vergeht, da nicht ein Bergbauer mit einem abgehungerten Öchslein durchs Tor gefahren kommt und schlotternd vor Harm und Scham

um einen Sack Gerste, einen Bund Heu bettelt. Der Schaffer flucht. Der alte Vorrat ist längst aufgebraucht. Aber die Frau versteht ja nichts davon, was sechzig Stück Vieh fressen.
Die Frau versteht es wohl, sie hat bei Frau Imma gelernt, was es heißt, einen großen Hof zu besorgen. Aber sie versteht auch, daß die armen Bergbauern am Verzweifeln sind. Ihr Vieh fällt vor Hunger. Und ihre Mehlkasten sind leer, sie haben keine Milch, kein Schmalz, keine Eier mehr. Hier auf der Burg haben sie bis jetzt wohl sparen, aber noch nicht hungern müssen. Und darum gibt sie, obwohl sie weiß, daß es nur ein Tropfen auf den heißen Stein ist.
Aber was das nun ist – eine Seuche, eine Krankheit, die vom schlechten Futter, vom langen Eingesperrtsein kommt? Das andere Vieh scheint gesund.
„Ich werde Herrn Simon bitten, daß er herunterkommt. Er ist dem Vieh ein guter Arzt", sagt Hemma sorgenvoll.
Die Leute stehen bedrückt um sie. Sie spüren, daß auch die Herrin diesmal keine Hilfe weiß, – sie, die sonst so ruhig, fest und tüchtig ist. Die Moja fängt zu weinen an. Sie preßt das Schluchzen rauh und tief und unbeholfen aus ihrer breiten Brust, wie ein Mann weint, wenn er eines lange zehrenden Kummers nicht mehr Meister wird. „Meine Küah –", sagt sie bloß und reißt an ihrem rupfenen Fürtuch, ehe sie darin ihr Gesicht verbirgt.
„Herr Simon soll lieber einen Umgang halten, daß unser Herrgott uns hilft", ruft da plötzlich eine Alte grell. „Denn sonst liegen wir bald alle so auf der Streu wie die zwei Viecher da draußen!"
„Still bist!" schaffen die Männer sie zur Ruhe.
Dann stehen sie wieder stumm, bis Hemma zur Türe geht. „Niemand soll vom Fleische essen", sagt sie fest, „Ihr wißt, in Zossen drüben ist eine ganze Sippschaft ausgestorben wegen einer gefallenen Sau. Grabt es wo ein, wo wenig Leute hinkommen, und so, daß euch niemand dabei sieht. – Jetzt aber sollst du nimmer weinen, Moja, ich weiß, daß du nicht schuld bist. Und vielleicht hat Gott bald ein Einsehen mit uns –."
Die Moja schüttelt den Kopf und knirscht hinter ihrer Schürze: „Meine Küah –."
Wild stürzt sie in den Stall zurück und schlägt die Türe hinter sich zu, daß die eisernen Riegel schreien.

Das Frühmahl war traurig. Sie löffelten ihren Gerstensterz und die braune Mehlsuppe und ärgerten sich, daß Herr Simon sich zu Bett gelegt hatte und vielleicht gar nicht mehr kam, die Kühe anzusehen. „Er hat gesagt, er habe es schon lange gewußt, daß es kommen würde", erzählte Gerd, der ihm das Essen getragen hatte. „Das Jahr wird wohl noch mehr bringen, hat er gesagt. Ihm ist es gleich, er hat die Gicht."
Hemma lächelte. „Wenn es gefährlich wäre, hätte er das nicht gesagt. Ihr wißt ja alle, daß er sich ums Vieh sehr annimmt."
„Ums Vieh ja", brummte einer. Die andern lachten grob.
In ihren trüben Gedanken spürte Hemma es gar nicht, daß sie den Männern jetzt einen strengen Verweis geben sollte, da sie von einem Priester so ohne Ehrfurcht sprachen. Sie stand auf und sprach das Tischgebet.
Die Reisigen aßen draußen in der Vorstube, das Stallgesinde drüben im Marhaus. Doch aßen sie alle denselben bitteren Gerstensterz zur Morgensuppe. Ihnen hatte Hemma wenig zu befehlen. Wilhelm war ja der Herr über die Reisigen. Und über das Feld- und Stallgesinde gebot der Schaffer, der Mar. Der war so tüchtig, daß er es nicht vertrug, wenn ein anderer neben ihm den Mund auftat. Nun, Kaiser und Könige hatten es leichten Herzens ertragen, daß ihr Mar das Reich allein regieren wollte. Auch Wilhelm hatte sich darein gefunden. Nur Hemma schien es manchmal, er sei hart und verderbe manches mit seinem Eigensinn.
Nun ging sie mit ihren Mägden hinüber in die Webstube. Drei Webstühle standen da, ein großer, in dem schon ein schönes breites Stück starker Leinwand gediehen war, ein kleinerer, an dem sich Atre zu schaffen machte. Nur sie verstand es, ihr eigenes, wunderfeines Flachsgespinst zu schillernden künstlichen Mustern zu verweben. Jetzt arbeitete sie an einem Tafeltuche. Wenn man den Webstuhl schräg gegen das Licht schob, sah man schon ein Stücklein des Paradieses auf dem noch ungebleichten Damast erschimmern: seltsame Tiere, die noch von ferne jenen glichen, die wir auf unserer armen Erde zu sehen gewohnt sind, doch auch schöne, fremde, sagenhafte, von denen die Seefahrer meldeten, und andere, die nur in Atres Kopfe lustwandelten. Der Baum der Erkenntnis wuchs schon voll und dicht wie ein Kärntner Apfelbaum aus dem Harfenspiel der Fäden, und Evas runde begehrliche Hand reckte sich schon nach der verbotenen Frucht. Manchmal fragte sich Atre: „Warum

hat Gott weitergewoben, da er doch das Bild schon in sich sah, das aus seinen schönen, feinen Fäden erstehen würde –?“ Doch lange konnte sie diesen Gedanken nicht weiterspinnen, denn sie brauchte alle ihre Sinne, um durch das kunstreiche Muster hindurchzufinden.“

„Wie schön!“ rief Hemma voll Bewunderung. „Kommt alle hierher und seht euch dies an! Das hat Atre in Regensburg gelernt. Kaum hatte sie es gesehen, so konnte sie es auch schon.“

Sie standen und schauten, und Atres Wangen wurden röter als Himbeeren. Dann aber setzte sich Hemma selbst an den kleinsten der Webstühle und zeigte einem jungen Mädchen, wie es das seidene Gürtelband zu arbeiten habe. „Frage Atre, wenn du etwas nicht weißt. Ich gehe jetzt zu Frau Tuta. Du, Gerlind, siehst nach dem Met, ob er schon fertiggegoren hat; Luza, du bringst Herrn Lanzos Stube in Ordnung, gibst frisches Stroh und frischen Rupfen ins Bett und waschest den Boden auf. Die andern wissen ihre Arbeit, nicht wahr. Was, der Färber kommt heute? Ja, dann müßt ihr mich gleich rufen. Das paßt euch wohl, daß Meister Udo sich in Friesach niedergelassen hat! Nun brauchen wir uns nicht selbst zu plagen und zu ängstigen und zu grämen, wenn die Wolle nicht grün werden will, wie letztesmal“, lächelte sie.

Die Mädchen kichern. Ja, sie waren alle grün gewesen von der Nase bis auf die Knie, nur die Wolle nicht –. Jetzt gibt es in Friesach einen Färber, der bei den Mauren seine wackere Kunst gelernt hat. Die Herrin will es mit ihm versuchen, zumal sie im Herbste keine Hölzer und Flechten mehr suchen konnten.

Der Tag versank in leise rieselndem Schnee. Kleine, nasse Flocken knisterten am Pergament in den Fenstern. Das Feuer wollte nicht brennen. Rauch hing unter der niedrigen Balkendecke.

Hemma spann. Ihre Finger drehten den trockenen, zarten Flachs zu langen, langen Fäden. Die Spindel tanzte, sank nieder, stand auf, sank nieder. Hemma achtete ihrer Arbeit kaum. Sie ließ ihre Blicke in den Raum schweifen, betrachtete die bunten Umbehänge an den Wänden. Ein alter Sperlach hing hinter Wilhelms Sitz, braun und pflaumenblau und gelb gemustert. Chorbischof Gotabert von Maria Saal sollte ihn dem Waltuni gegeben haben, Wilhelms Ahn, der ein Kampfgenosse Zwentibolchs gewesen. Ja – Waltuni und Zwentibolch hatten sie geheißen, ihre Ahnen in jener lang vergangenen

Zeit. Sanftere, frömmere Christennamen trugen ihre Nachfahren: Wilhelm und Hemma.

Und nach ihnen –?

Sie seufzte und blickte zu Wilhelm hinüber, der in einem Faltstuhl vor dem Feuer saß. Er hatte den ganzen Tag geschlafen, doch nun war er in die Halle gekommen, um Lanzos Rückkunft zu erwarten. Er saß ein wenig vorgeneigt und sprach mit der Mutter. Frau Tuta lag halb aufgerichtet auf ihrem leichten Gestell aus vergoldetem Holze. Ein Sack aus weichem Leder, mit Daunen gefüllt, war auf den Strippen angebunden, die zwischen das Bettgestell gespannt waren. Darüber waren seidene Tücher gebreitet, und seidene Kulter deckten die zerbrechliche Gestalt der Mutter zu. Sie selber war in ein schlichtes Gewand aus dunklem, kostbarem Bissard gehüllt. Diesen dicken, weichen Wollstoff hatte sie schon früher wegen seiner zärtlichen Wärme gerne getragen, seit ein französischer Händler ihn zum ersten Male nach Friesach gebracht hatte. Und nun sorgte Wilhelm dafür, daß immer ein Stück davon in der Kleiderkammer lag, ja, er ließ sie keinen geringeren Stoff tragen, selbst wenn sie es gerne gewollt hätte. Wenn sie ihm auf ihre sanfte Weise sagte, sie würde gerne einmal eine blaue Leinwand tragen, so wurde er böse über ihre kindische Bescheidenheit. Frau Tuta dachte, auch kühle Leinwand trüge sich manchmal gut. Doch sprach sie dies niemals aus. Sie wollte lieber für ein wenig geziert gelten, als ihrem Schwiegersohn Kummer bereiten. Nie sollte er fürchten, daß er in seinem heftigen Eifer, ihr Liebes zu tun, auch einmal beschwerlich sein könnte! Seine stürmische, ungefüge Art tat ihr wohl nach all der schönen Form und kühlen Gemessenheit, in der sie jahrelang gefroren hatte.

Lächelnd hörte sie zu, wie er in mühsam gedämpftem Tone auf sie einsprach. „Es ist feines, klares venezianisches Glas. Ihr werdet gut durchsehen können bis auf den Altar hinunter. Und wenn das Fenster verschlossen ist, dann stellen wir Euch vor der Messe ein Glutbecken ins Oratorium, und Ihr könnt ohne Gefahr für Eure Gesundheit beten." Immer wieder mußte Hemma darüber staunen, wie gut sich diese zwei verschiedenartigen Menschen verstanden. Vor zwei Jahren war es gewesen, droben auf der Burg in Deutsch-Gereuth, dem finsteren, bösen Eulennest. Nur mit äußerster Überwindung hatte sie zu Wilhelm sprechen können. Er war gerade so verärgert gewesen. Er lag neben ihr im Morgengrauen so fremd und

hart und ferne. „Wilhelm", hatte sie gesagt, „meine Mutter hat mir Botschaft gesandt. Der Vater geht nun doch nach Santo Jago in Compostela, – vielleicht noch weiter ins Heilige Land."
„Soll er es tun. Ich habe ihm oft genug davon abgeredet", brummte Wilhelm.
„Ja, – aber was nun aus der Mutter wird? Sie ist krank, du weißt es. Ich – ich hätte solche Angst um sie, wüßte ich sie allein in Gurkhofen, – so allein im Gurkerwalde. In Friesach auf der Burg kann sie nicht bleiben."
Wilhelm hatte geschwiegen. Und es hatte ihr nichts geholfen, – sie hatte ihn bitten müssen. Der Bote sollte diesen Tag nach Friesach heimreiten. „Wilhelm, am besten wäre es wohl, sie ginge nach Zeltschach. Wir werden dort leben – sie wäre gewiß gerne bei – uns. Wilhelm – ich bitte dich, sei gegen sie nicht hartherzig –."
Wilhelm hatte ihr keine Antwort gegeben. Das kränkte sie bitterlich. Nein, er war nicht gut zu ihr – obwohl sie sich so bemühte. Voll versteckter Bitterkeit wandte sie sich von ihm ab, daß ihr honiggoldener Zopf aus seiner Hand schlüpfte. Und als er plötzlich aufstand und sich noch hastiger als sonst kleidete, schloß sie die Augen, denn sein Gesicht war so froh und jung – selbstbewußt und schadenfroh schien es ihr. An der Türe sagte er: „Es soll alles so geschehen, wie du es willst." Beim Frühmahl sprach er mit dem Boten. Es war der junge Hartnid, der dritte Sohn Herrn Alfs von Eberstein. „Nun sage der edlen Gräfin Tuta, sie möge so rasch als es ihr tunlich scheint, nach Zeltschach siedeln. Womöglich noch, solange Graf Engelbert im Lande ist, damit sie die Reise sicher überstehe. Wir bitten sie von Herzen, sich zu erinnern, daß sie zu ihren Kindern gehöre, und ganz so zu tun, als sei sie in Zeltschach daheim. Eh der Winter einfällt, werden auch meine liebe Frau und ich dort sein. Dann aber trage ich Euch, guter Jungherr, auf, daß Ihr eilends den besten Maurer von Friesach nach Zeltschach sendet. Er soll von der Kemenate neben der Kapelle ein Fenster ausbrechen, damit Frau Tuta die Messe hören kann, denn sie wird nicht fähig sein, aufzustehen und in die Kirche zu gehen. Und Isak, ihr Arzt, soll mit ihr kommen und in Zeltschach bleiben. Vor allem aber soll ihr die Schafferin die zwei schönen, sonnigen Turmstuben aufs beste herrichten, die Fenster mit Pergament und Horn versehen, gute Felle auf die Fliesen legen, den Kamin putzen und ein weiches Bett machen. Sagt ihr, wenn ich von Frau Tuta auch nur

eine Klage höre, so sei sie am längsten die Schafferin gewesen."
Da Hartnid mit Brief und Botenstab, wohl versehen mit Wein und Brot und Käse und einem guten Botenlohn, davongeeilt war, trat Wilhelm auf sie zu und fragte: „Ist es dir nun recht so?" Überwältigt von seiner Freundlichkeit hatte sie die Arme um seinen Hals geschlungen und ihm wortlos alle bitteren Gedanken abgebeten. „So selten läßt du mich dir eine Freude machen", hatte Wilhelm geflüstert.
Das hatte sie getroffen wie ein kränkender Vorwurf. Wie konnte sie mit Bitten zu ihm kommen, da er doch oft so hart und wild und ungerecht war, so ohne Friede und ohne Freundlichkeit des Herzens! Nun war sie es schon fast gewohnt, sich das Notwendige selbst zu nehmen und auf die seltsamen, heimlichen, kindischen Wünsche einer jungen Frau wortlos zu verzichten. Und er sollte sie nicht daran erinnern, daß sich eine Kluft von Scheu und Fremdheit und Bitternis zwischen ihnen aufgetan hatte!
Ja – Bitternis. So froh sie darüber war, so tat es ihr doch zugleich auch weh, daß Wilhelm mit ihrer Mutter freier, herzlicher, angeregter sprechen konnte als mit ihr selbst. Es war schon einige Jahre her, daß jedes Gespräch zwischen ihnen bald ein leise verstimmtes Ende nahm. Vieles, allzu vieles in ihrem Leben und Schaffen erinnerte sie daran, daß sie kein Kind hatten. Das Sinnlose ihres Werkens und Planens stieg wie eine vorwurfsvolle Feindseligkeit in ihren Worten auf. Der heimliche, hoffnungslose Kummer machte ihn wild und sie empfindlich. Mutter Regilint hatte ihr einmal gesagt, sie werde ihr einen guten Rat geben. Was sie wohl meinte –? Ach, alles war umsonst.
Zehn Jahre, – unfruchtbare, traurige Jahre –.
„Nun will ich aber nimmer länger warten. Hemma, komm mit mir, ich möchte schlafen gehen", sagte die Mutter.
Hemma ließ die Spindel sinken. Sie halfen der Kranken vom Spannbett auf den leichten Tragsessel. Frau Tuta wünschte an der Türe ihrem „lieben Sohne" eine gute Nacht.
Drüben in ihrer Schlafstube saß Blandine bei einer Kerze. Sie war über ihrer feinen französischen Spitzenarbeit eingenickt. Ihre grauen Haare hingen ein wenig unordentlich unter der Linnenhaube hervor, und ihr schwarzgraues, klösterliches Gewand stand vorne offen, so daß man das blütenweiße Hemd sehen konnte. Das magere Altjungferngesicht mit der spitzen, rötlichen Nase zeigte

einen bedauernden, unmutigen Zug, doch irgendwie schien es Blandine sogar im Traume wohl zu tun, daß sie das Recht hatte, über die weniger tugendsamen Brüder und Schwestern im Herrn unmutig zu sein. Frau Tuta lachte lautlos und legte den Finger an den Mund. „Tu ihr die Schmach nicht an, sie aufzuwecken. Du hast ihr Hemd gesehen –."

Hemma half der Mutter selbst aus den Kleidern und stopfte ihr die Kissen hinter den schmerzenden Rücken. Die Kranke war leicht und zart wie ein Kind. Selbst das gelbblasse Antlitz, aus dem alle Farbe und Frische hinweggeschwunden waren, konnte an Tagen, da sie weniger litt, mädchenhaft und süß aussehen.

„Ich danke dir, liebes Kind. Das habe ich um euch nicht verdient, daß ihr mich nun so hätschelt wie eine Docke", flüsterte sie ein wenig traurig.

Hemma kauerte sich auf den Bettrand nieder. „Ich habe all die Jahre gespürt, daß Ihr mich liebhattet und Euch um mich sorgtet, Frau Mutter. – – – Erinnert Ihr Euch der Nacht, eh ich nach Regensburg zog?"

Eine tiefe Röte stieg langsam in das Gesicht der Mutter. Sie wandte die Augen von ihrer Tochter. Im ungewissen Scheine der Kerze schien es Hemma, als zucke ihr Mund wie von verhaltenen Tränen. Da sagte sie: „Es dünkt mich, Ihr seid jetzt weniger traurig und trübe als zu der Zeit, da ich ein Kind war."

„Ja, damals, da war ich jung und heftig im Gemüte. Es schmerzte mich, daß ich dich nicht bei mir haben konnte, – es schmerzte mich, daß ich nicht mehr Kinder bekam, daß ich immer kränkeln mußte, – und am meisten tat es mir weh, daß dein Vater nicht diese Liebe zu mir hatte, die ich mir wünschte. – Ja. – – Nun, mit Gottes Hilfe läßt sich vieles überwinden. Und endlich wird man still und ganz zufrieden. Man sieht dann: Es ist alles gut gewesen."

Hemma neigte sich über ihre geballten Hände. Ihr Seufzer klang in die milden Worte der Mutter wie der leise Schrei eines gejagten Vogels über abendstillem Weiher.

„So wirst auch du einst reden", tröstete Frau Tuta ein wenig scheu. Es war nicht immer gut, Hemma zu nahe zu kommen. „Ich sehe wohl, daß du und Wilhelm nicht sehr glücklich miteinander seid. Aber er ist gut, – viel besser, als er sich gibt."

„Zu dir ist er gut", preßte Hemma hervor. „Von dir erträgt er alles, dir dient er wie der beste Sohn, und wenn einmal ein hartes Wort

fällt, so klingt es wie ein Scherz. Ja, zu dir ist er gut! Warum aber kann er es zu mir nicht sein?"
„Weil er dich mehr liebt. Willst du ihn schelten, wenn er innerlich tobt und schäumt, weil du sein Herz hungern läßt? Daß er über eine Kleinigkeit rasend wird, weil er um seines großen Kummers willen dich nicht strafen kann?"
„Ich verstehe Euch nicht, Frau Mutter", flüsterte Hemma fast unhörbar. „Ich bemühe mich, alle meine Pflicht zu tun, – ich glaubte bis jetzt nicht, daß ich eine schlechte Frau sei –."
„Du bemühst dich, ja! Merkst du denn nicht, daß Wilhelm dies Bemühen spürt und daß es ihm ärger ist, als strittest du mit ihm und sagtest ihm böse Worte! Tiefer könntest du ihn nicht demütigen als damit, daß du ihn wie ein Kreuz zum Himmel trägst, gottergeben und barmherzig, – ihn, der all sein Leben nichts so heiß gewünscht hat, als daß er dich glücklich machen dürfte?"
„Ich kann nicht – ich kann nicht –. Glaubt mir, Mutter, ich hatte den besten Willen! Niemals sollte er merken, daß ich ihn nicht auf dieselbe Weise liebte wie er mich. Daß er es spürte – dafür kann ich nicht. Und jetzt straft er mich mit Härte und Kränkung – und es wird für mich immer schwerer und schwerer – ach Mutter!" schluchzte sie plötzlich hell auf.
Blandine fing an, wach zu werden. Sie legte wohl den Kopf auf die Arme und atmete tief, als wollte sie weiterschlafen, doch Hemma faßte sich schnell und stand auf. Sie nahm der Mutter Hand. Frau Tuta zog sie zu sich herab und küßte ihre nasse Wange. „Hemma, du weißt, daß ich alles tun möchte, dir zu helfen. Gott schütze dich, Hemmilin!", und sie kämpfte mit sich, ob sie ein Wort davon erwähnen sollte, was Hemmas frühere Magd Oda ihr erzählt hatte – von einem kranken Ritter in Regensburg – Herrand von Borne hatte er wohl geheißen –. Doch davon wagte sie nicht zu reden.

Als Hemma in die Halle zurückkam, saß Herr Lanzo bei einem Kruge Würzwein und aß und erzählte in bester Laune von seinem Fehderitt. Wilhelm stand mit finsterer Miene vor ihm.
„Ja, da kamen wir nun zu den Bauernhöfen, die wir brennen sollten, aber – du kannst es glauben oder nicht – als wir hinkamen, hatten die Dörper schon all ihren Hausrat, ihr Vieh und ihr letztes bißchen Fressen hinausgerafft. Eine flinke Dirne soll ihnen weisgemacht haben, daß der Graf und der Herzog sich in den Haaren lägen. Da

sei es gut für die Bauern, zu retten, was zu retten sei. Nun, ich dachte, Befehl ist Befehl, und habe die leeren Dreckshütten niederheizen lassen." Er lachte, ohne Hemma anzublicken. Ihr stockte der Atem. Über alldem, was der Tag gebracht hatte, schien ihr nun die Besorgnis des Morgens ferne und ihr Gespräch mit Lanzo seltsam traumhaft. Da saß er nun und redete leicht und lose wie sonst. Am Morgen war er anders gewesen – unheimlich.

„Die Friesacher erschraken sehr, als wir in ihren Zingel ritten. Im Fürstenhofe aber hatten sie uns schon erwartet. Der Herzog saß auf seinem Hochsitz – Gotts Blut, er wand sich wie ein Wurm! Er sagte, er wollte dir gerne Entgelt bieten für die Kränkung, die niemals in seiner Absicht gelegen, – er habe dich immer für den tapfersten Helden gehalten, niemals sei es ihm in den Sinn gekommen, dich der Feigheit zu zeihen. Ich sagte ihm, du verlangest, daß er dich vor allen damals versammelten Herren um Verzeihung bitten sollte. Das konnte er aber nicht annehmen, seine Stellung ist ohnehin schon schwierig genug zwischen euch großen, eingesessenen Herren. Wir redeten wie zwei Handelsjuden. Schließlich kam die Schwester der Herzogin, Jungfrau Beatrix, dazu und bat und beschwor uns in Frau Mathildens Namen, wir möchten die gute Freundschaft nicht auseinanderreißen. Es nützte ihr aber nichts, ich ließ ihm deinen Handschuh dort. Doch konnte ich nicht umhin, die holde Jungfrau im Fortgehen ein wenig zu getrösten, daß du deinen Sinn vielleicht ändern würdest, wenn Frau Hemma sich der Sache annehmen wolle –." Er schmunzelte spöttisch.

Ja – besser wäre es gewesen, sie hätte Wilhelm mit Bitten und Tränen bestürmt, nachdem sie heimgekommen waren, als ihn im Trotz allein zu lassen und zu Lanzo zu gehen.

„Es ist nun zu spät", sagte Wilhelm kalt. „Nun mag es gehen, wie es mag. Du willst wohl schlafen gehen?" fragte er die Frau, die an ihn herangetreten war und um ein Wort rang. „Du warst den ganzen Tag bei der Arbeit. Gute Nacht."

„Gute Nacht –", murmelte Hemma.

Ihr Schlafgemach lag über der Halle. Sie lag schon lange schlaflos da, als sie unten noch immer Wilhelms Schritte hörte – auf und nieder – auf und nieder. Sie fühlte auf einmal, wie sehr er einsam war. In Scham und Reue, Zärtlichkeit und Zorn rang sie die Hände. Ein Leben lang hatte er sie über alles geliebt – sie wußte es immer. Und sie hatte seine Liebe wie ein Kreuz getragen. Das wußte er.

Vielleicht wollte er es ihr nun abnehmen –.
Sie schauderte zusammen unter der Decke von lindem Hasenhaar. Zehn Jahre! Da kann ein Herz wohl müde werden.
Spät nach Mitternacht öffnete Wilhelm die Türe. Sie schloß die Augen und lag, als ob sie schliefe.

Wenn Hemma später an diesen Tag zurückdachte, so schien es ihr, als habe damals all das Unheil seinen Beginn gehalten. Es war ihr wie einem einsamen Bergwanderer, der auf die Wurzeln und Steine seines steilen Weges achten muß und nicht eher aufblickt, bis daß ein dumpfes Grollen ihn erschreckt. Er hebt die Augen und sieht mit Entsetzen, daß über ihm von allen Seiten schwarze Gewitter heranziehen und die hohen dunklen Fichtenwipfel schon im Sturme schauern.

Nun hofft im ganzen Lande niemand mehr auf ein gutes Jahr. Pfingsten ging vorüber ohne Freude und Maientanz. Drunten in Grafendorf, wo Hemma eine kleine Steinkirche hatte bauen lassen, hatten die Leute still auf dem Dorfplatz gestanden. Ihre Gesichter waren so grau wie ihre lodenen Kittel, die Augen hohl und rotgerändert. Die Kinder saßen fröstelnd an die Kirchenmauer geschmiegt, die jungen Burschen, die sonst ihre Ruten und Peitschen so lustig und keck den Waffenknechten des Grafen vor die Nase knallten, drängten sich finster bei der Sakristeitüre zusammen. Die bleichen Knappen in ihren Lederschürzen, die verhärmten Frauen, die Siechen und Armen, die zu schwach gewesen waren, um nach Friesach zu wallen, – sie alle drängten sich heran, als Wilhelm und Hemma mit ihrem Gefolge geritten kamen. Sie grüßten die Herrschaft tief, doch klagten sie nicht. Hemma sah die Angst und das Elend in all den müden Augen. Sie nickte und grüßte freundlich wieder und floh in die Kirche. Ein dumpfer Geruch von Not und Sterben war darin, denn alle Tage wurde hier über eine Leiche die Messe gelesen, und im Karner unter dem Chore häufte sich das feuchte Totengebein, das in den frisch aufgeworfenen Gräbern zutage kam.
Der Pfarrer von Grafendorf war eine Woche vor Pfingsten an der Seuche gestorben. Darum hatte Hemma eine Bittschrift nach St. Peter in Friesach gesandt, ob einer von den drei Salzburger Mönchen, die dort den Seeldienst versahen, zu Pfingsten in Grafendorf das heilige Amt singen wolle. Sie hatten ihr geantwortet, zwei von

ihnen seien selber erkrankt, doch habe sich der Neffe Pater Rudberts, Herr Balduin, gerne erbitten lassen, seine Weiterreise um einen Tag zu verschieben und Pfingsten bei der verwaisten Herde zu feiern.

Herr Balduin war sehr jung. Hemma hatte selten einen Priester gesehen, der mit den heiligen Gewändern seines Amtes so himmlisch eins gewesen war. Sein Gesicht war bleich und rein und klar wie das eines Engels –. Nein, St. Johannes, den Evangelisten, hatte sie sich so vorgestellt, schlank und hoch und blond, mit Händen wie aus Lindenholz geschnitten und dunklen, weiten, entrückten Augen.

Sie sah, wie er in Andacht ganz versunken war. Tränen rannen über seine fast noch knabenhaften Wangen, da er sich nach der Kommunion zum ersten Male zum Volke wandte. Vielleicht hatte auch er einen lieben Menschen verloren? Oder weinte er aus Liebe zu seinem Herrn? Brigida hatte sich so sehr darnach gesehnt, aus Liebe und Reue weinen zu können. Nun hatte sie es wohl schon längst gelernt, in all den Jahren, die sie im Kloster war, dachte Hemma betrübt. Sie selber war trotz allem guten Willen hart und herb wie eine unreife Frucht, die keinen Tropfen guter Labung birgt.

O Herre mein, dunkel ist mein Weg, – ich weiß nicht, seit wann ich in die Irre gehe. Doch erlaube mir, dir zu dienen, obwohl ich eine täppische und unbrauchbare Magd bin! Dies war das einzige Gebet, das sie während des Amtes in Andacht sprechen konnte.

Doch ihr Herz hatte ein wenig von diesem Anflug einer zitternden, beschämten, törichten Hartnäckigkeit in sich bewahrt, und darum entließ sie ihre Mägde, als die Messe zu Ende war, und belud sich selber mit den Körben und Kannen, die sie zu den Kranken mitnehmen wollte. Nur Atre durfte ihr die kleine Truhe mit den Arzneimitteln nachtragen. Im Hause neben der Kirche lag der Bauer krank. Er war ein tüchtiger, fleißiger Mann, der aus der Hütte, die ihm vor zehn Jahren zum Lehen gegeben worden war, einen ansehnlichen Bauernhof geschaffen hatte. Mit eigenen Händen hatte er Balken auf Balken gehoben und gezimmert, hatte Feld um Feld gerodet. Um seiner Tüchtigkeit und Redlichkeit willen hatte Wilhelm ihn zum Zechner gemacht. Doch nun sah es aus, als würde er nie mehr imstande sein, eine Pflugschar durch ungebrochene Erde zu drücken.

Er lag in der Stube, die vom Stalle reinlich durch einen Balkenwand abgetrennt war. Grober Rupfen war ordentlich über das feine Moos des Lagers gespannt, die Lodendecken und Schaffelle waren mit zart durchlöcherten roten Filzstreifen gesäumt. Die Bäurin hockte auf einem Schemel neben dem Bett. Sie hatte wohl den Kopf verloren und fand keinen Gedanken für ihre Wirtschaft und ihre Kinder. Der älteste Sohn stand draußen im Hofe und teilte die letzte Sau für einen ehrenvollen Leichenschmaus. Sonst rührte sich kein Laut.
Hemma fand in diesem Hause nicht viel zu tun. Was sie der Bäurin geraten, hatte die alles getan. Es hatte nichts genützt, – der Vater starb dahin. Schon lag er kalt und grau wie Erde da. Ein feiner, klebriger Schweiß überzog sein Gesicht, – die schreckliche Blähung des Leibes war verschwunden. Welk und fahl und ausgeronnen streckte sich der mächtige Leib des großen Roders und Bauers hin. Die Hände, breit und hart wie Grabsteine, hielt er willig dem Zechner Gottes, dem Tod, entgegen.
Da er seine Herrin erkannte, ging eine Bewegung über sein verfallenes Gesicht. Sie wußte um seine Wünsche und sagte darum laut und deutlich, um ihm eine letzte Freude zu bereiten: „Dein Sohn Hans wird nach dir Zechner sein. Am Dreifaltigkeitssonntag wird er dem Grafen den Handschlag geben." Er schloß die Augen und atmete hoch auf, wie von seiner schwersten Sorge befreit. Doch sprechen konnte er nicht mehr.
Beinahe in allen Häusern lagen Kranke. Einige von ihnen schienen gesund zu werden. Doch waren sie schwach wie ein Licht im Wind. Und sie hatten keine kräftige Kost und keinen Wein, um sich zu stärken. Andere wanden sich im ersten krampfhaften Anfall der Seuche. Sie stöhnten und jammerten in Qual und Todesangst, Blut kam in dunklen dampfenden Stürzen von Mund und Nase und mit dem Kot. Die Sterbenden aber lagen seltsam still und fühllos und benommen da und waren nicht mehr fähig, ihrer armen Seele den letzten Weg zu bereiten.
Hemma gab ihnen allen aus dem großen qualvollen Erbarmen, das sie Tag und Nacht wie eine Krankheit umhertrug. Sie teilte den Genesenden und Hungernden von ihrem Weine aus wie alle Tage, sie verschenkte ihr Weißbrot, ihre geräucherten Fische, das letzte Selchfleisch und den letzten Käse. Für die Kranken hatte sie Wermut und Tausendguldenkraut, Cordebenedikt und Minzenschnaps

sowie Staub und Sud einer Rinde, die von weit her aus dem Morgenlande kam. Schon der seltsame starke Geruch schien den Kranken neue Kräfte einzuflößen. Zimmet nannte Frau Hemma diese kostbare Arznei.

Mittag war längst vorbei, als Hemma ihren traurigen Rundgang beendet hatte. Müde und zu Tode betrübt von all dem Elend, das sie gesehen, ging sie wieder der Kirche zu. Dort stand immer noch ihr Pferd, neben der steinernen Pforte an einen Ring gebunden. Atres Maultier graste in der Nähe. Hemma trat in die stille leere Kirche. In ihren Ohren brannten noch die Klagen der verwaisten Kinder, das verzweifelte Weinen der Mütter, die zerbrochenen, mutlosen Stimmen der Männer. Es war ihr so elend bis ins Herz hinein, daß sie glaubte, sie habe nun selber die böse Seuche gefangen.

Doch da sie eine halbe Stunde später von Grafendorf gegen Zeltschach aufwärts ritt, spürte sie, wie die reine kühle Waldluft allen Wacholderqualm und Dunst der Pestilenz aus ihrer Brust fortspülte. Sie lauschte auf das süße, leise Vogelsingen und auf des Bächleins volles, rasches Rauschen wie auf einen Trost aus Engelsmund.

Eine hölzerne Hütte hing am steilen Raine zehn Schritte ober der Straße. Die Tür stand halb offen. Hemma hörte dahinter den eintönigen Singsang einer heiseren Frauenstimme. „Wie reiten denn die Herrn? Hopp, hopp – wie reiten denn die Frauen – – wie reiten denn die Bauern – wie reiten denn die Herrn?"

Am Morgen, da sie zur Messe geritten war, gellte jämmerliches Kindergeschrei aus der Hütte. Hemma glitt aus dem Sattel und stieg rasch das steile Weglein empor.

In dem einzigen Raume der armen Behausung kauerte neben der kalten Feuerstätte ein Weib am bloßen Boden. Ein Kind lag in ihren Armen, ein kleiner Knabe. Hemma hatte ihn oft am Wasser spielen sehen. Er war so groß und stark für seine fünf Jahre und hatte sie mit seinem dunkelblonden, dicken Krauskopf immer an ein munteres Stierkälbchen gemahnt. Nun wand er sich in den hilflosen Armen seiner Mutter und hatte keine Kraft mehr zum Schreien. Nur die Augen schrien zu dem kalkweißen, versteinerten Antlitz empor, in dem ein paar fremde Lippen sinnlos flüsterten: „Es wird besser, Bubele, – tu nit weinen, es wird besser –."

Und zwischen den Krämpfen, wenn die Todesschwäche wohlig

durch den kleinen Körper rann, bettelte er matt: „Singen, Mutter!“ Und die Mutter sang irr und bis ins Mark zerrissen das Kindersprüchlein, bei dem er sonst vor Lust gejauchzt hatte.
„Grüß dich Gott, Gertraud“, sagte Hemma.
Die Mutter blickte sie an und schüttelte sich. Und dann kam sie auf ihren Knien herangekrochen, trug in der blutbefleckten Schürze das hinwelkende Kind und hielt es der Herrin hin.
„Frau!“ keuchte sie. „Frau! Wißt Ihr – kein Mittel? Es ist krank – bei der Nacht hat es ihn gepackt.“
Hemma nahm das Kind in ihre Arme. Der runde schweißfeuchte Kopf fiel schwer an ihre Brust. Die Gliederlein bebten in Fieber und Angst. Sie schlang ihren Mantel darum. Und plötzlich, zum ersten Male seit langen Tagen, rannen ihre Tränen.
Das Weib am Boden starrte sie in verzweifelter Erwartung an.
„Du mußt es warm und trocken halten“, sagte die Frau und blickte sich in der Hütte um. Da war das Feuer längst erloschen, die Laubschütt im Winkel war naß und blutig. Und hinten neben der leeren Krippe lag die tote Geiß.
„Komm mit, du kannst es hier nicht pflegen“, sprach Hemma.
Angstvoll, als wolle sie ihr das Kind rauben, sprang Gertraud auf und folgte ihr zur Straße hinab, ohne auch nur die Türe hinter sich zuzuschlagen.
Mit keuchender Brust rannte sie neben dem Pferde her und wandte keinen Blick von dem bläulichen, verzerrten kleinen Gesicht, das aus den hellgrauen Mantelfalten hervorsah. Und wenn Hemma das Pferd anhielt, weil die Krämpfe wiederkamen, dann krallte Gertraud ihre Finger so fest in Hemmas Knie, daß es schmerzte. „Es wird schon besser, Folkili, es wird schon besser – Armes, – Armes – siehst du, jetzt darfst du Hoppereiter machen –.“
Endlich kamen sie in die Burg. Hemma hatte zu ebener Erde eine helle Vorratskammer ausräumen lassen. Dort lagen jetzt auf Laub und frischem Heu die armen Kranken, die niemanden hatten, der sie pflegen wollte. Und in der Torstube hielten sich die Bettler auf. Hemma führte die zitternde Frau in eine der Gastkammern. Es schien ihr, sie könne das arme Kind unmöglich in einen Stallwinkel betten, da es so lange an ihrer Brust gelegen hatte. Wie sie es zwischen die vielen weichen Polster legte, schlug es die Augen auf und lallte: „Du – wer du bist?“ Die Stimme, rauh vom Schreien und doch so süß, – das Gesichtlein krank und verzogen und doch so

lieblich in seiner reinen Unschuld – ohne Sünde leidend. Um Hilfe bettelnd, schlug es die Händlein zusammen, als die Schmerzen wieder hoch aufbrannten.
O Kinder, warum müssen kleine Kinder leiden?
Und warum müssen sie sterben, ehe sie gelebt haben? So wie das arme Folkili starb, als am nächsten Morgen die Sonne kam.
Gertraud ließ das tote Kind nicht aus den Armen. Sie lachte, als gegen Abend auch sie die Sucht ansprang, und lachend ertrug sie alle Qual, bis ihr Bewußtsein schwand. Leise lallte sie immer wieder ihres Kindes Namen. Und so starb auch sie dahin in einem leichten Abschied von dieser Welt.

Gegen Abend ging Hemma allein in ihren Wurzgarten hinab. Der lag am steilen Südabhang des Burgberges und war kunstvoll in breiten Stufen angelegt. Kleine schmale Steintreppen führten von einem Beet zum andern. Unten schloß ihn die Ringmauer gegen das freie Feld und die scharfen Winde ab, oben fing die Wand der Burg die Sonnenwärme auf.
Sie ging zu den Kamillen und zum Wermutstock. Sie waren kahl und zerzaust. Hemma seufzte vor Müdigkeit. Sie war den ganzen Tag bei den Kranken gewesen. Nun ließ sie sich auf die steinernen Stufen nieder. Die Erde war noch warm vom Sonnenschein, sie dampfte geradezu von all der Feuchtigkeit der langen Regentage. Der vielfältige Ruch der Kräuter stieg wie Weihrauch in die stille, weiche Luft.
Fern im Süden standen die Karawanken hinter den grünen, runden Bergen des Kärntischen Landes. Zacken und Schrofen glänzten wie rotes Gold, und darüber glomm der Abend in breiten, blutpurpurnen Streifen. Rauchige Kräuselwolken und schwefelgrüne durchsichtige Schwaden schwammen unirdisch still in das ferne Land hinunter, das hinter den Bergen lag.
Eine seltsame, brennende Sehnsucht überfiel die träumende Frau, gleich jenen schönen Wolken fortzufliegen, fort von dieser Erde voll Qual und Blut und Gram und Not, weit fort in eine lichte Himmelsweite.
Drüben auf der Wiese jenseits der Bergmulde graste das Vieh. Es war zu einem kleinen Häuflein zusammengeschmolzen. Doch die Seuche war für das Vieh vorbei. Und Gras gab es genug auf den mageren Bergwiesen, mehr als in anderen Jahren. Freilich, im Tale

und im Krappfeld draußen versumpften die Wiesen und Äcker. Hemma freute sich so sehr, wenn sie das Vieh betrachtete, wie es langsam hin und wieder ging und sich am frischen Grase gütlich tat. Zwei Kälblein sprangen um einen Haselbusch.
Einmal werden auch die Menschenkindlein wieder spielen und springen –. Auch diese Not wird einmal vorübergehen. Nur werden es viele, viele nicht mehr erleben.
Und eigentlich konnte sich Hemma auch nicht denken, w i e es ein Ende nehmen sollte. Denn ob Korn und Wein und Obst in diesem Jahre reifen würden, das konnte man kaum noch hoffen. Was aber dann? Dann mußten die Leute weiter das schlechte Rindenbrot essen und Gras und Laub zur Suppe kochen. Fleisch würde es bald auch keines mehr geben, wenn die Leute nicht auf Milch und Butter verzichten wollten. Wilhelm wollte von seinen krainischen Gütern große Wagenzüge voll Korn und Speck und Wein bringen lassen. Doch es war nicht möglich, damit über die Karawanken zu kommen. Laue auf Laue krachte von den Bergen nieder und vermurte Steg und Straßen. Die Bäche und Flüsse schossen mit Macht dahin und rissen die Brücken mit, die Drau wälzte sich, zur Riesin angewachsen, gelbgrau durch ihr Tal und fraß Auen und Dörfer.
Ungeheure Schneemassen hatten auf den Bergen gelegen. Nun schmolz der späte Sommer sie jäh dahin. Großes Unglück geschah überall in den Almdörfern und in den Orten, die an Bächen und Hängen lagen.
Da war es kein Wunder, wenn die Menschen irre wurden. In ihrer Burg, da gingen die Leute wohl zur Messe und beteten zu unserm Herrn und seinen Heiligen um Hilfe in der Not. Nun, sie hatten die ärgste Not ja auch noch nicht zu kosten bekommen. Immer noch hielt Hemma die Ordnung aufrecht und teilte die letzten Vorräte sparsam ein, sah auf regelmäßige Arbeit und tröstete die Leute, daß es vielleicht doch bald möglich sein werde, über die untere Drauburg einen Warenzug voll Korn zu bekommen. Und die Seuche wütete in der Burg nicht so schrecklich. Das Essen war reinlich gekocht, und ununterbrochen gingen Mägde mit Rauchpfannen durch alle Räume.
Aber die armen, armen Leute in den Einödhöfen, in den abgelegenen Tälern, – die Knappen, die nun um ihr Geld nichts zu kaufen bekamen –.
Hemma wußte, sie trieben heidnischen Aberglauben in den tiefen

Wäldern. Sie kamen bei Nacht zusammen, – vom Bergfried aus konnte man da und dort auf den Höhen gedämpften Feuerschein erkennen. Und am Morgen kamen sie wieder hervor, mit bleichen, wilden Gesichtern und einem seltsam verwandelten Wesen.
Und dann wurden sie krank und starben, und ihre Seele wußte nicht, wohin sie gehen sollte.

Ein Schritt klang ober ihr am Wege. Sie wandte sich und sah Wilhelm durch das tiefe Dämmern des Abends kommen. Er bemerkte sie erst, als er ihr ganz nahe war. Da blieb er stehen und blickte auf sie nieder.
„Bist du krank?" fragte er endlich.
„Nein, Wilhelm", antwortete sie, indes sie dem Unterton von bängster Sorge nachlauschte, der in seiner Stimme klang. „Ich war nur müde. Und die Luft tat mir wohl."
„Du plagst dich allzusehr", meinte er halb tadelnd, halb mitleidig. „Die Herzogin, die Eppensteinerin, Frau Glismod und alle anderen geben wohl den Armen von dem Ihren, aber sie sperren ihre Türen zu und mühen sich nicht selber mit den Kranken ab, wie du es tust."
Sie schwieg.
Da setzte er sich zögernd neben sie. Nach einer Weile begann er wieder: „Ein Bote war da, ein Winzer aus der Gegend von Osterwitz. Einen von unseren Weinbergen hat dort die Lahn herabgerissen. Es soll arg ausschauen. Der halbe Berg soll heruntergebrochen sein."
„Ist ein Mensch umgekommen?" fragte sie leise.
„Ein Bauernhaus hat es verschüttet. Die alte Ahne und ein Wiegenkind waren darin."
Hemma stützte die Stirn in die Hand. Und auf einmal brachen die Tränen aus ihren Augen, sie schlug die Hände vors Gesicht und weinte laut.
„Hemma, Liebe!" Wilhelm legte begütigend den Arm um ihre Schulter.
„Nun kann ich es bald nicht mehr ertragen!" schluchzte sie. „Es tut so weh, so weh, all das zu sehen, zu hören! Mein Gott, ich kann nicht mehr –."
„Hemma, wenn du willst, so ziehen wir auf die Flattnitz, bis die Sucht erloschen ist – willst du? Dort bist du weit weg von all dem

greulichen Elend. Du kannst Herrn Simon den Auftrag geben, für die Armen zu sorgen."
„Nein, nein, Wilhelm, ich muß es selber tun! Gott gibt mir diese Mühe wie ein Seil in meine Hand, – er will mich herausreißen aus meiner Lauheit, aus meiner Selbstgerechtigkeit! Ja, aus meiner Selbstgerechtigkeit! Vielleicht wird es anders mit mir, wenn ich ihm mit allen meinen Kräften diene – mit allen meinen Kräften – Wilhelm!"
Sie warf den Kopf an seine Brust. Wilhelm streichelte sie voll Verwunderung. Er konnte diesen leidenschaftlichen Ausbruch nicht begreifen. Er verstand nur, daß sie übermüdet war und von Mutlosigkeit heimgesucht wurde.
Und es war seit ihrer Kinderzeit das erste Mal, daß sie bei ihm weinte. Er hätte sie gerne trösten wollen, doch er fürchtete, das falsche Wort zu sagen und sie zu verscheuchen. So schlang er die Arme um sie und ließ sie weinen.
Draußen in der Niederung des Krappfeldes schwamm rötlicher Nebel. Darüber aber hob sich der Nachthimmel dunkelblaugrün wie eine unergründliche Wassertiefe. Sterne tauchten daraus hervor, und das Mondschifflein kam vom fernen Strand eines Bergsaumes hergezogen.
Halb war es wie ein Traum: Er saß mit seiner süßen, lieben Braut allein im Garten. Noch drückte ihn das Herz von der langen Zeit, da sie ihm ferne gewesen, als hielte er nur ihr Kleid in Händen – sie selber habe ein schlimmer Zauber ihm entrissen. Doch nun lag sie an seiner Brust. Sie hatten mitsammen im Wurzgärtlein die Nacht erwartet, und sie hatte ihm ihr Leid geklagt – eines jener zarten, geheimnisvollen Kümmernisse, um deretwillen die Frauen so hold und unverständlich scheinen.
Und es war ihm, als spränge ein Reif von seinem Herzen.

Am Sonnwendtage hatte der junge Herzog unter der Linde vor der St. Veitskirche Gericht gehalten. Es war in diesem Frühjahr viel Unfug und Unrecht geschehen, denn die Leute nahmen in ihrer Verzweiflung und Lebensgier wenig Rücksicht auf die Gesetze eines Kaisers, der hinter hundert Bergen auf seinem Throne saß.
Als der Gerichtstag zu Enge ging, versammelten sich die Edlen des Landes im Herzogshofe. Es mußte ein Rat geschafft werden, wie man der dringendsten Not Herr werden könnte. Im Lande selbst

gab es keine Vorräte. Schon seit elf Jahren war jede dritte Fechsung eine Mißernte gewesen.

Es gab ein langes Klagen und Beraten, doch schließlich nahmen alle gerne das Anerbieten Wilhelms und Adalberos an. Die wollten gemeinsam nach Melk zum Babenberger reiten und ihm den Vorschlag machen, kärntisches Eisen und Silber gegen ostmärkisches Korn zu tauschen. Es schien jetzt, als wolle das Wetter sich eine Weile aufs bessere besinnen. Vielleicht war es doch möglich, einige Wagenzüge auszusenden. Und im Donaulande, so hieß es, sei die Not nicht alsogroß wie hier in den unfruchtbaren Bergen.

In der Kemenate neben der Halle saßen die Frauen. Die späte Sonne schien durch zwei enge tiefe Fensterlein. Ein seidener Vorhang wehte im Abendhauch, das bunte Kätzlein strich von Knie zu Knie, und die welkenden Heckenrosen am Boden gaben einen traurigen, süßen Duft.

Zwischen den schön und feiertäglich gewandeten Frauen schlich das Geplauder lustlos hin. Die junge Herzogin war allzu still und scheu. Sie wußte mit diesen großen, selbstsicheren, reichen Herrinnen nicht viel zu reden, und es bedrückte sie der Gedanke, daß wohl auch sie ihre Ehe nicht für ganz gültig halten könnten. Ach, niemand von all ihren Verwandten hatte etwas Böses darin gesehen, daß sie und Konrad ihre Herzen tauschten, obwohl sie über drei Glieder miteinander versippt waren. Doch König Heinrich war so streng in diesen Dingen –. Und wenn es ihm auch nicht gelungen war, ihren Bund zu zerreißen, so konnte doch jeder, der es wollte, einen Makel daran sehen. Und vielleicht wollten dies hier so manche –.

Sie hätte es leicht getragen, wenn sie nicht gewußt hätte, daß Konrad darunter litt. Es war für ihn als Landfremden so schwierig, den König zu vertreten – hier unter diesen großen Wächtern deutscher Grenze, die schon so oft für das Reich geblutet hatten und so oft im Stiche gelassen worden waren. Sie hatten sich so oft selber helfen müssen; nun waren sie selbstherrlich, stolz und überaus empfindlich gegen den leisesten Schein eines Mißtrauens. Sie lebten wie sie wollten, buhlten und rauften und wehrten sich gegen Sitte und Recht. Doch sie wußten es alle bis in den tiefsten Schlaf: Bessere Deutsche und männlichere Recken gab es im ganzen Reiche nicht, wenn sie auch nicht auf seidenen Pfoten gingen und nicht wie Sänger und Gaukler von Minne flöteten.

Nein, Herr Konrad hatte es nicht leicht mit diesen Herren. Mathilde unterdrückte einen Seufzer und blickte hilfesuchend zu Hemma auf, die neben ihr auf der Bank saß, hochfürstlich anzuschauen in ihrem Gewande aus rostrotem, dunkelgrün durchmustertem Samit. Eine schwere Goldkette mit einem Anhänger aus Rauchtopas lag auf ihrer hohen Brust, ein breiter glatter Goldreifen umspannte den Kopf. Das schmale Gebende aus schneeweißem Linnen kam darunter hervor und umschloß züchtig das weiche, stolze, blühende Frauengesicht.
Frau Mathilde schien es stets, daß Gräfin Hemma die Schönste sei. Die klare, glatte, reine Stirn, diese großen, stillen, klugen, gütigen Augen unter geraden schwarzen Brauen! Manche Frauen sagten, man könne ihren Mund wohl kaum mit einer Kirsche zudecken, und ihre Farbe sei zu wenig weiß. Doch was verschlug es, man wurde so froh und ruhig in ihrer Nähe.
„Geht es dem kleinen Konradin nun wieder wohl?" erkundigte sie sich freundlich.
„Gott sei es gedankt, ja!" rief die Herzogin. „Ich war vor Sorge wie von Sinnen. Wenn auch er die Seuche bekommen hätte und gestor–" Sie brachte das schlimme Wort nicht über die Lippen und starrte in Schrecken vor sich hin.
„Brustkinder bleiben wohl meistens verschont", meinte Wezela, die Tochter der Hildegard von Stein. Da nun die Rede auf die Kinder kam, wußten die Frauen alle etwas zu erzählen, zu klagen und zu raten. Und Frau Mathilde war diejenige, die als letzte von ihnen im harten Kampf der Geburt gerungen hatte, und sie wußte so kindlich dankbar die weisen Ratschläge der erfahrenen Frauen hinzunehmen. Sie fühlten es auf einmal alle, daß sie die hübsche, sanfte junge Frau eigentlich gut leiden konnten.
Nur Hemma wußte nichts zu sagen. Sie saß im Kreise der Mütter wie eine Fremde, eine Ausgestoßene. Wie schon so oft fühlte sie, daß erst die Mutterschaft für die Frau das Leben bedeutet.
„Meine Mutter läßt Euch inniglich grüßen, Frau Hemma", sprach Wezela in ihr trauriges Sinnen hinein. „Wir wollten sie bereden, mit uns nach Sankt Veit zu kommen. Wir hätten ihren Rat gut brauchen können. Doch sie will ihre geweihte Klause auf Stein nicht verlassen. Sie hat jetzt viele Kranke und Arme dort."
„Ich bitte Euch, sagt Frau Hildegard, wie sehr ich froh bin über ihr freundlich Gedenken! Ich hoffe, es geht ihr wohl?"

„Ich glaube ja –. Obwohl ich kaum verstehe, wie sie bei diesem Leben kann glücklich sein. Sie denkt von früh bis spät nur an Gott und ihre Armen und plagt sich allzu arg für ihre Jahre. Und doch kann ich mich nicht erinnern, daß sie je so froh war, als wir noch alle beisammen auf der Burg am Skarbin lebten", sprach Wezela leiser. „Seit vorigem Jahre, da unser Vater gestorben ist und sie die Witwenweihe empfangen hat, ist sie noch frömmer geworden. Wir können sie kaum noch verstehen. Nur Albuin ist eines Sinnes mit ihr. Vorgestern hat er sie besucht –"
Wie schön mußte es sein, wenn Mutter und Sohn beisammen waren und beide von gleicher Gottesminne glühten! Ein leiser, zehrender Schmerz wehte durch Hemmas Gedanken. Sie wußte nicht, war es wieder die Trauer über ihre Kinderlosigkeit, oder war es Sehnsucht, auch jemanden zu haben, der sie herausführte aus Dunkelheit und Lauheit? Oder war es nur ein Duft der Kindheit, der sie angerührt? Fern, fern lag der Tag, an dem sie mit Frau Hildegard und der guten Großmutter in Lieding gewesen.
Nun trat Glismod, die Gräfin im Oberland, an Wezelas Seite. Sie war eine Immidingerin, die ihr Geschlecht von König Widukind herleitete. Hemmas Ahn aber war Kaiser Arnulf, der Nachfahr des großen Karl. Die beiden Frauen konnten einander besser leiden, als es ihre Stammväter getan hatten. Glismod war ein wenig stürmischen Gemütes, dabei gutherzig und lachlustig, obwohl ihre lichtblonden Kraushaare schon ins Rötlichgraue falbten. „Liebe Frau Hemma", sagte sie fröhlich und ohne Arg, „könnt Ihr mir nicht sagen, was mit der Schwester der Herzogin geschehen ist? Zu Weihnachten war sie solch hübsches, munteres Kind, und jetzt schleicht sie umher wie eine Mondsüchtige!"
Hemma lächelte. „Es soll vorkommen, daß junge Mädchen ihr Herz verlieren", meinte sie leichthin. Doch ihre Blicke suchten nach Beatrix. Sie ging im Kreise der Frauen hin und her und ließ sie alle von einem Feigenkranze zupfen. Sie lächelte abwesend. Ihr Gesicht war schmäler geworden, hatte etwas Angestrengtes, Horchendes. Einmal, da eine schöne, tiefe Männerstimme draußen in der Halle lauter aufklang – ja, auch Hemma kannte den Ton –, stieg eine tiefe Röte in das liebliche Kindergesicht und fiel leise wieder nieder, als hätte ihr Herz einen allzu starken Schlag getan. Warum Adalbero nicht um sie werben ließ?
Nun ging die Türe auf, und der Herzog mit einigen Herren trat

herein. Er nahm seine liebste Treugesellin zart an der kleinen runden Hand und führte sie allen andern voran in die Halle hinüber. Da waren an den Längswänden zwei Tafeln aufgestellt. Die edlen Gäste setzten sich auf die Wandbänke nieder, die Herren auf der Fensterseite, die Frauen an der Kaminseite. Denn es war geschehen, daß durch die Fenster Steine und Pfeile geflogen kamen. Innen, wo die Tische nicht besetzt waren, gingen Knechte und Mägde hin und her und trugen die Speisen auf. Sie waren einfach genug: Milchsuppe und schlechtes Brot, ein sommerlich magerer Wildbraten, und statt der Küchlein ein Mus aus Brein, auf dem ein wenig Schmalz und Honig schwamm.

Adalbero sah müde aus. Hemma mußte daran denken, was man von ihm sprach – daß ihn der König mit wichtigen Sendungen betraut habe. Und daß er in seiner Herrschaft vieles verbessere und sich um alles kümmere. Wenn Hemma seinen Blicken begegnete – und dies geschah oft während des kurzen Mahles –, so wehrte sie sich jedesmal dagegen, ihn so schön und edel zu finden, wie er aussah und wie er wohl auch wirklich war. Sie zürnte ihm unbewußt, daß er auch sie zwang, sich mit ihm auseinanderzusetzen, daß sie ihn nicht mit solch freundlicher Gleichgültigkeit hinnehmen konnte wie die vielen anderen Herren, die ihren Weg kreuzten. Und es schien ihr, als wäre ihr leichter, wenn sie ihn verabscheuen könnte. Doch sie fand keinen Grund dafür. Sein aufreizend höfisches Gehaben, das Feuer seiner Augen, das dunkle Beben in seiner Stimmen, wenn er mit Frauen sprach – es war ja doch alles schön und bei ihm so selbstverständlich.

Wilhelm saß neben ihm. Sie sprachen vom Ritt nach Melk so einhellig und vertraut, als ob sie die besten Freunde wären. Wilhelm, – an ihm war kein Arg, s e i n Eifer und s e i n e Wärme waren echt. Adalbero hatte ihn wohl leicht gewonnen. Es brauchte immer lange, bis Wilhelm begriff, daß ein Mann schöne, edle Worte auf den Lippen und falsche, berechnende Gedanken im Herzen haben konnte.

Was bin ich für ein böses Weib! dachte sie inzwischen. Da sitze ich und traue einem Ritter, den ich kaum dreimal in meinem Leben gesehen, alles Schlechte zu, bloß weil er feinere Sitten hat als wir und allen überlegen ist, – auch Wilhelm.

Sie wartete, bis sich Wilhelm nach ihr wandte. Dann nickte sie ihm herzlich zu. Es war eine Wohltat, in sein starkes, freies Gesicht zu

schauen, das fast derb schien neben dem verhaltenen Mienenspiel in Adalberos klar geschnittenen Zügen.
Er hob den Becher und trank ihr zu. Da tat Adalbero desgleichen. Sie aber setzte die Lippen an den Silberkelch, der vor ihr stand, und trank den Rest vom süßen Weine aus, Aug in Aug mit ihrem Gemahl. Denn sie fühlte es plötzlich in Freuden, daß kein Mann im Saale adeliger war als er, trotz seiner Wildheit und seiner Härte. Denn Wort und Waffe waren ihm heilig, als wären sie Sakramente, die zu verwalten ihm auferlegt worden, als Kaiser Otto ihm das Schwert gegeben.

Nach dem Mahle brachen viele von den Gästen auf. Der Tag war jetzt lang. Und so manchen von den Edelingen und freien Leuten behagte es nicht allzusehr, sich im Herzogshofe in höfischen Sitten zu üben. Sie hausten auf ihren großen Bauernhöfen und verräucherten Holzburgen wie die freien Luchse und Hirsche der unermeßlichen Wälder. Viele von ihnen waren Slowenen, die von den Gesprächen am Hofe wenig verstanden, andere aber stammten noch von den Langobarden und Herulern her, die vor den Slawen das Land besessen hatten. Und die hielten sich für zu gut, um in der Stube eines königlichen Knechtes länger herumzulungern, als nötig war.
Zurück blieben jene, die einen weiten Ritt vor sich hatten oder die sich freuten, einen Abend mit gleichgesinnten, klugen und freundlichen Menschen verbringen zu können. Unter ihnen waren Glismod und ihr Gemahl Ozi, der Graf im Oberland; Wezela, Geza und Gepa, die Töchter der Hildegard von Stein mit ihren Männern, Aribo, ihr Sohn, der jetzt die Burg am Skarbin besaß, und sein Bruder, Bischof Albuin von Brixen. Auch Wilhelm und Adalbero waren geblieben, Lanzo aber war heimgeritten.
Bischof Albuin hielt in der St. Veitskirche eine Abendandacht. Er sang die Litanei mit matter Stimme und mußte sich einmal auf einen Stuhl setzen, den ihm Herr Balduin hastig hinschob, als er sah, daß es dem Bischof übel wurde. Es sah aus, als würde er nicht mehr lange zu leben haben. Doch es hieß, er wolle seine Bußwerke und Nachtwachen und Arbeiten nicht aufgeben.
Viele gute Beispiele habe ich vor Augen, dachte Hemma. Frau Hildegard und ihren Sohn, den heiligen Bischof, – Herrn Balduin, der seine Weiterreise von Woche zu Woche verschiebt, um den

Kranken und Elenden zu dienen, – Herrn Wolfgang, den Erzbischof von Regensburg – bitte für mich in deiner Herrlichkeit, und du auch, liebe Großmutter, die du mich mehr liebtest als alle anderen! Was für ein hartes Herz habe ich doch in meiner Brust!

Und eingedenk ihres Vorsatzes, auch ohne Liebe und ohne Geschick in guten Werken geduldig fortzufahren, blieb sie allein in der Kirche, als alle anderen schon in die Burg zurückgekehrt waren. Draußen war der Himmel noch hell, und in der Linde, unter der heute das Gericht gehalten worden war, sangen die Vögel.

Hemma kniete auf der steinernen Stufe vor dem Priesterchore. Ihre Gedanken gingen zu Wilhelm und Adalbero, zu Beatrix und Mathilde, zu Lanzo. Warum war er schon heute fortgeritten? Sie hätte ihn bitten sollen, zu bleiben, bis auch sie heimkehrten. Ja, und sie hatte ihm noch nie richtig gedankt, daß er ihr zuliebe die Befehle Wilhelms so milde ausgeführt hatte. Freilich, die Fehde war im Elend der Sucht und des Hungers erstickt.

Durch die Sakristeitüre kam Herr Balduin herein. Sie grüßten sich leise. Er kniete sich vor den Altar und betete eine Weile. Dann aber kam er zu Hemma und sprach sie an: „Ich möchte von Euch Abschied nehmen, edle Frau. Morgen reise ich mit Bischof Albuin nach Brixen und von dort weiter nach Clugny."

Hemma hatte sich von den Knien aufgerichtet. „Dann wünsche ich Euch Gottes Segen zu Eurer weiten Fahrt, Herr Balduin", sagte sie leise. „Und ich danke Euch inniglich für alle Mühe an unseren armen, kranken Leuten. Gott vergelte es Euch und Euren Anverwandten! – Doch eigentlich weiß ich gar nicht, welche Namen ich ihm im Gebete vortragen soll, da ich nicht weiß, aus welchem Geschlecht Ihr seid –"

Er lächelte. „Balduin, das ist genug für den Allwissenden. Das andere möchte ich vergessen, so wie es vor ihm nur Rauch und Dunst gewesen. Und danken muß ich E u c h , vieledle Frau. Ihr habt mir ein hohes Beispiel gegeben mit Eurem demütigen Pflegen und Dienen, mit Eurer Gutheit und Frömmigkeit."

„Ich bin keine fromme gute Frau", fiel sie ihm in die Rede. „Ihr wißt nicht –. Würdiger Herr, wenn es Euch nicht an Zeit mangelt, so wollte ich Euch bitten, mich anzuhören!" Sie wußte nicht, wie es ihr plötzlich in den Sinn kam, ihn um Rat zu bitten, den fremden jungen Priester, der nach Clugny zog, um sie nie mehr wiederzusehen.

Er neigte still den Kopf. „Kommt mit in die Sakristei. Hier soll man nur zu Gott reden."

In der kleinen, kühlen Sakristei hingen starrende Seidengewänder an den Wänden. Es war kein Stuhl darin, nur ein Betstuhl vor einem Kruzifix. Er bat sie, auf der Kniebank Platz zu nehmen, blieb jedoch selber vor Hemma stehen. Sie senkte das Gesicht tief über ihre im Schoß gefalteten Hände und begann unsicher: „Was Ihr an mir gepriesen habt, das ist wie ein schönes Gewand über einem kranken Leib. Es ist wahr, ich bemühe mich –. Aber es dünkt mich, es seien schon viele Jahre her, daß ich beten konnte. Ich lebe so gedrückt dahin, ich habe eine Unruhe in mir, ich spüre es, Gott will mich anders haben, aber ich weiß nicht, wie ich mir helfen soll –."

Sie schwieg, überwältigt von dem Unvermögen, dem fremden Priester ihre Not klarzulegen, und von dem Gefühl, sie dürfe nicht darüber sprechen, wie es zwischen ihr und Wilhelm stehe.

Balduin blickte vor sich nieder. Sein junges Gesicht war von Ernst so ganz erfüllt, daß es Hemma mitten in ihrer Erregung wie ein mütterliches Mitlied überkam.

„Ich sehe wohl", sprach er endlich, „daß Gott Euch mit Trockenheit und Finsternis prüft. Aber das ist nichts Großes, das geht vorüber und wird belohnt." Leicht kann er so reden, dachte Hemma, da er die Gnade der Tränen hat –. „Aber eines will mir immer wieder kommen, wenn ich bete und betrachte, und ich will es Euch sagen; vielleicht hilft es Euch wie mir: Gar viel von unserem Leiden kommt daher, daß wir uns selber allzu wichtig nehmen. Was sind wir denn vor Gott? Ein Nichts. Wir aber, tun wir nicht, als wären wir der Scheitelpunkt der Welt? Wir lassen uns schon irremachen, wenn unsere Verwandten uns nicht so überaus schätzen, wie wir es verdienen, wir leiden um so vieler Kleinigkeiten willen, die wir gar nicht empfinden würden, wenn wir uns nur wirklich ganz vergäßen. Ja, wir plagen mit unseren Tugenden Gott und die Welt, weil wir uns selbst darin so wohl gefallen. Und so sind wir ein störrisches Werkzeug in der Hand unseres Herrn. Immer w o l l e n wir allzuviel. Könnten wir doch dies: unser selbst entsinken in tiefer Gelassenheit – nichts sein als ein Hauch vor seinem Munde, wir müßten den vollkommenen Frieden finden! Ich möchte Euch raten, liebe Schwester, strebt nicht mehr nach Tugend und Andacht und wünscht nicht mehr allzusehr, Eure Ruhe zu finden. Denkt nicht über Euch nach, sondern sucht nach dem ewigen Wert in den anderen Seelen und vertraut auf Gottes Liebe."

„Ich will es versuchen", sprach Hemma nach einer Weile. Eine leise Freude wollte sich in ihr regen. Sie erkannte auf einmal, daß sie schon auf dem Wege dahin war, – zu jener Gelassenheit, von der er sprach. In diesem Jahre – diesem furchtbaren, unglücklichen Jahre, war schon vieles zusammengebrochen, das sie in sich aufgebaut. Sie hatte erkennen müssen, wie wenig sie vermochte, wie schwach und elend sie in Gottes Hand lag, und sie hatte eingesehen, daß sie nicht die edle fromme Frau war, die ihre traurige Ehe hochherzig erlitt. Sie hatte ihren Gemahl, dem sie seit ihren Kindertagen die höchste Minne bedeutete, neben sich hungern und verbittern lassen und war einem Traume nachgehangen.

Nun war es nicht mehr weit bis dahin, daß sie froh sein würde, ihrer selbst entsinken zu d ü r f e n –.

Sie wußte nicht, daß langsam die Tränen in ihre Augen stiegen und überflossen, indes sie voll Scham und Entsetzen dachte: Ja, mich selbst habe ich gesucht all die Jahre her in dem, was ich gute Werke nannte – mich selbst sah ich als Dulderin, wenn ich schweigend Wilhelms Verbitterung trug – m e i n e Süßigkeit suche ich in den Gebeten und meinen Lohn bei Gott!

Sie konnte plötzlich des Priesters wissende Augen nicht mehr ertragen. Sie trat zu ihm und küßte seine Hand und ging, ohne ein Wort des Dankes zu finden, in die dunkelnde Kirche hinaus.

Herr Balduin aber blickte zu den Wunden seines Heilands auf und dachte der Zeiten, da er ein junger, reicher Kanonikus zu Passau gewesen. Er wußte, man hatte ihn seines reinen Wandels wegen gerühmt. Doch er wußte auch, daß all seine Tugend nur Schaum und Schein gewesen, ehe sein Herr Christus ihn so an sich gezogen hatte, daß alles im Feuer seiner Wahrheit verbrannte.

„Ja, Herr Graf, ich werde alles tun, wie Ihr es mir aufgetragen habt", sagte der alte Turmwärtel. „Den Schopf Jungwald vom Bach bis auf die halbe Höhe niederhauen lassen, damit man besser in die Runde schauen kann; aus der Friesacher Burg noch dreißig Männer hierherkommen lassen, und Tag und Nacht drei Wächter auf dem Turme haben. Ihr könnt Euch verlassen, daß alles schon morgen geschieht, wie Ihr es wollt."

Wilhelm reichte ihm die Hand. „Das weiß ich, Ruother. – Und

noch eins: Wenn die Gräfin krank werden sollte, dann schickt mir sofort einen reitenden Boten nach."
„Herr, Herr", brummelte der Alte, „die Sucht will schon verlöschen. Ihr müßt Euch nicht allzu groß sorgen."
„Niemand weiß, was noch kommt. Morgen früh reiten wir aus. Ich nehme nur den Grimo mit mir, damit wir schneller vorwärts kommen. Die Wagen mit dem Silber und die Bedeckung folgen uns nach. Erreichen wir beim österreichischen Herzog nichts, so kehren wir sofort um. Da begegnen wir dem Zuge wohl schon früh im Murtale und sind in zwölf Tagen wieder zurück. Geht Herzog Leopold aber auf unsere Bitten ein, so erwarten wir die Wagenzüge in Melk und begleiten sie bis Friesach. Dann wird es gewiß im Erntemond sein, daß wir heimkehren."
„Gott gebe Euch eine gute Fahrt", wünschte Ruother.
„Und dir eine ruhige Wache! Du weißt, es ist mir nichts Neues, unterwegs zu sein", lachte der Herr. Die Bekümmernis in des Getreuen Stimme griff ihn seltsam an.
Er trat an die Brüstung und schaute in die sinkende Nacht hinaus. Ruother kroch die enge Stiege hinunter und setzte sich ins Turmstüblein. Er kannte es schon: Seine schweren Gedanken trug der Herr gerne bei Nacht auf den freien Turm herauf. Da ging er auf und nieder, daß die Fliesen leise hallten. Wenn ich an seiner Stelle wäre, so legte ich mich lieber zu meiner schönen, klugen, jungen Frau und spräche mit ihr die ganze Nacht, bis mein Herz wieder frei und ruhig wäre, dachte der Wärtel und setzte sich an seinen einsamen Tisch in kahler Kammer.
Über dem Turme stand die Nacht funkelnd und hoch und ganz durchrieselt von Mondenschein. Der schwarze Kranz der Fichtenwälder bog sich wie der Rand einer Schale um die Senkung, aus deren Tiefe wieder steil und nach Süden fruchtbar gewölbt die Burghöhe von Zeltschach aufstieg. Nur nach Südwesten war die Mulde offen. Dort ergoß sich das funkelnde Wasser des Baches durch eine enge Talrinne ins freie Land. Dort war der Weg in die Welt.
Morgen würde er dort unten reiten. Friesach, das Murtal, der Semmering. Bei Leoben wartet Adalbero. Es wird den langen Weg verkürzen, mit einem solchen Freunde zu reiten.
Daheim ist alles aufs beste vorgesehen. Lanzo hat er die Rechte eines Vogtes übertragen. Und jetzt, da die Leute alle mit der Sommer-

arbeit beschäftigt sind, würde er als Graf ohnehin wenig zu ordnen und zu schlichten haben. Es ist jetzt die beste Zeit, zu reiten. Er geht auf und nieder und denkt nach, ob er gestern etwas vergessen habe, als er mit dem Berghutmann sprach – etwa das Merk auf die Silberbarren – oder, ja, er hatte vergessen zu sagen, daß er keine landfremden Knappen in Arbeit nehmen dürfe. Viele sind gestorben, das ist wahr. Doch er will keine schlechten Leute in den Gruben haben. Dort sollen die guten Berggesellen einander trauen dürfen.

Er denkt und denkt an viele Dinge, doch dazwischen kommt es ihm in dieser Sommernacht, als wünschte er so sehr, sie möge nun nicht unten liegen und schlafen. Damals in ihrer kurzen Brautzeit, da hatte er geträumt, wie sie als sein liebstes Ehegemahl hier neben ihm am Turme stehen würde. Da hatte er gedacht, es müsse der Himmel sein, ihr in der Stille flüsternd zu erzählen, was er noch keinem gesagt, sie zu küssen und ihr zu lauschen, wenn sie von Liebe spräche. Doch seltsam – aus diesen überschwenglichen Stunden hatte sie sich unvermerkt und scheu zurückgezogen, so daß er sich heute vor seiner eigenen Sehnsucht schämt.

Es schauderte ihn plötzlich in seinem braunroten, fast knöchellangen Gewand, das ohne Schmuck ist bis auf den breiten Gürtel und das kurze Schwert. Er schlägt die Arme vor der Brust übereinander. Eine Eule streicht knapp an ihm vorbei. Nun wäre es Zeit zum Schlafengehen. Doch sie wird tun, als ob sie ihn nicht hörte, und morgen früh wird sie ihm einen freundlichen, kühlen Reisesegen mitgeben –.

Brächte er es doch über sich, es anderen nachzutun, die zehn Kinder von ihren Kebsen hatten und den Tüchtigsten zum Erben einsetzten! Oder die sich hübsche, lustige Mägde im Hause hielten, damit es ihnen bei ihren frommen Frauen nicht allzu öde wurde! Doch er wartet auf sie – sein Leben lang, scheint es ihm – wartet, wie Herwig auf Gudrun gewartet hat, und zittert davor, ihre Liebe ganz zu zerstören. Denn sie ist da, er hat sie einmal in ihren Augen gesehen. Damals in Regensburg, am Morgen, ehe er zu den Ungarn ritt. Oder war es auch damals nur die alte Kinderfreundschaft?

Es geht eine Sage von einem Ritter, der eine holde Frau sein Leben lang geliebt. Sie schien es nicht zu sehen und wußte ihm keinen Dank. Da starb sie dahin und ließ ihn im tiefen Grame zurück, ohne

Hoffnung und ohne süßes Erinnern. Doch in der siebenten Nacht, die sie unter der Erde lag, erschien sie ihm. Ihr weißes Kleid war naß von seinen Tränen – sie weinte selbst und sprach: „Ich kann keine Ruhe finden –. Dein Herz liegt bei mir im Sarge und klopft so schmerzenlich. Weh mir, daß ich es nicht gestillet habe, solang ich noch warm und rosenlicht war! Ich war zu stolz, nun muß ich leiden!" Da fiel der Ritter auf seine Knie und bat: „O du, holde Herrin, küsse mich mit deinem bleichen Mund – und wär's mein Tod!" Sie küßte ihn so süß und zehrend, daß ihm die Sinne vergingen. Am nächsten Tage aber starb er, noch ehe die Sonne zur Ruhe gegangen war.

Das ist eine traurige Sage. Warum kommt sie ihm heute in den Sinn? Das ist der Mond, beruhigt er sich selber. Er wendet sich hastig von der Brüstung ab und will nun in die Burg hinuntergehen. Da sieht er Hemma mitten auf den Fliesen stehen – ihr leichter Schleier bläht sich sanft im Nachtwind, ihr lichtblaues Kleid scheint im Mondlicht wie aus Silber.

Vielleicht steht sie schon lange so –.

„Kommst du zu mir herauf?" fragt er sie unsicher.

„Ja – ich wartete unten auf dich. – – Wie früh reitest du morgen?"

„So früh es geht. Grimo weckt mich beim ersten Tagen."

Unruhig tritt sie neben ihn an die Brüstung. Er betrachtet von der Seite ihr Gesicht. Es ist etwas darin, etwas Neues, Weiches –. Wie eine Braut, durchschauert es ihn.

„Wilhelm", beginnt sie bebend.

„Was ist dir, Liebste?" Er spricht unwillkürlich leise. Ist es nicht ein Trugbild der Mondnacht, daß sie hier steht?

„Ich bitte dich, Wilhelm, reite morgen noch nicht! Bleibe noch ein paar Tage", flüstert sie in die Nacht hinaus.

„Warum, Hemma? Fürchtest du dich auf einmal, allein zu sein – oder bist du krank?"

Sie schüttelt heftig den Kopf und verkrampft ihre Hände. „Ich habe Sorge um dich", stößt sie hervor, „es ist ein böses Reiten in diesem Jahr. Wenn dir etwas geschähe –"

Da legt er den Arm um ihre Schulter. Und gälte es seine Seligkeit, er müßte sie fragen: „Was wäre dann, Hemma?"

Sie zögert. Dann aber lehnt sie sich an ihn und schlägt die Hände vors Gesicht und spricht mit einem rauhen, trockenen Aufschluchzen: „Ich könnte es nicht ertragen! Dann wüßtest du ja nicht – ach,

Wilhelm, nie, nie habe ich es dir gezeigt, daß ich dich liebhabe! Doch glaub mir, vergib mir –." Sie schlingt die Arme um seinen Hals und küßt ihn.
Und da er seinen Mund auf ihrem läßt, muß er die Augen schließen, und eine lautlose Stille fließt bis in sein Innerstes über. So mag es einem Menschen zumute sein, der viele Jahre vor einer Tür gefroren und gewartet hat – und plötzlich geht sie auf, und er schaut die Wärme und Herrlichkeit, in die er eintreten darf.
Er wagt es nicht, dem Wunder nachzufragen, das da geschehen ist. In seinem einfachen Sinne versteht er wohl, daß es für vieles keine Worte gibt.
Auf einer Steinbank sitzen sie unter dem funkelnden Himmel. Sie halten sich umschlungen und neigen die Häupter zueinander, und manchmal sagen sie sich voll Andacht ein süßes Wort von Minne. Doch sagen sie es leise, denn es ist ihnen beiden, als sei Gott ganz nahe und segne sie.

„Wie gut das Heu riecht!" sagte Hemma und hob sich ein wenig näher zum Fenster. Drüben auf der steilen Wiese arbeiteten die Leute in der prallen Vormittagssonne. In langen, rauschenden Wällen lag das Heu. Knechte und Mägde stiegen in einer schütteren Reihe ununterbrochen den Burgberg herauf. Schwere Bündel des duftenden, knisternden Futters trugen sie auf den Köpfen, aber sie lachten und eilten und sprangen eifrig die Wiese wieder hinunter, wenn sie ihre Last im Stadel abgeladen hatten. Denn das Heu war gut geraten, besser als in anderen Jahren. Es schien fast, als ob nun die Not ein Ende hätte.
Frau Tuta blickte ihrer Tochter forschend ins Gesicht. „Du bist heute wieder so bleich, Hemma. Was hast du nur? Sorgst du dich so um Wilhelm?"
„Ja – das mag es wohl sein", sprach Hemma verwirrt und beugte sich wieder über das Waffenhemd, an dem sie nähte. „Ich hoffe so sehr, daß das Wetter so bleibt, – daß sie bald zurückkämen."
Frau Tuta lächelte in sich hinein. Sieh, welch ein Herzenston –.
„Du bist nicht mehr die gleiche seit einigen Monden, meine liebste Tochter", meinte sie vorsichtig.
„Das lange Sitzen tut mir wohl nicht gut!" sprach Hemma hastig und stand auf – ein wenig steif im Kreuze, so schien es der Mutter. „Ich will zu den Heuern hinüberschauen."

Frau Tuta blickte ihr sinnend nach. Sie sah Hemma drüben auf der Wiese auftauchen. Die Leute grüßten sie tief und schauten nach ihr, wie sie langsam zwischen den Reihen hinging und mit dem einen oder anderen ein kurzes Wörtlein sprach. Dann aber, nachdem sie eine Weile beim Schaffer gestanden hatte, begann sie höher hinaufzusteigen. Da war die Wiese schon abgeerntet. Oben am Waldrande standen Haselbüsche und Elsengesträuch. Dort setzte sie sich hin, halb verborgen zwischen dem dunklen Sommergrün.

Hemma hatte eigentlich ein Stück in den Wald hineingehen wollen. Nicht weit, nur zu einer lichten Stelle, wo zwischen den jungen Stämmen der giftige Fingerhut wuchs. Sie mußte nun nach und nach ihre Arzneitruhe auffüllen. Doch da sie über die sonnige Wiese aufwärts schritt, war wieder dieses seltsam schwache Gefühl über sie gekommen. Sie mußte sich in den Schatten setzen und warten, bis es vorüberging.

Doch diesmal ging es nicht so schnell vorbei. Ihre Glieder wurden so kraftlos und weich, und ihre Gedanken zerflossen ins Ungewisse. Sie wußte nicht mehr, wo sie war – ihr schien, als löse sich ihr Leib zu einer fühllosen Wolke, darin ein Wesen schwebte, schwer und kostbar und geheimnisvoll.

Sie zitterte, da sie in die Zeit zurückfand. Sie barg ihr feuchtes Gesicht in die Hände und fühlte, wie Wärme und Kraft langsam wiederkehrten.

Gute Mutter Maria, Himmelskönigin, kann es denn sein, – kann es denn sein –? Ich wage es nicht zu hoffen! Himmelmutter, betrüge mich nicht – ich bitte, bitte, bitte dich, laß es wahr sein!

Sie verschloß die flüsternden Lippen mit der Hand. O, wenn es nicht wahr wäre, dann –. Sie durfte nicht zu früh hoffen! Doch wie auch ihre Gedanken voll Angst vor Enttäuschung sich von der Hoffnung abwendeten, ihr Herz wußte es, daß sie gesegnet war. Gesegnet –.

Und wieder beugte sie sich betend in ihre Hände. Ich danke, danke dir für das Wunder! Eine Wallfahrt will ich tun zu dir, Gottesmutter! Bevor noch ein Mensch darum weiß, will ich mein Geheimnis zu dir tragen, damit du es segnest. Mein Kind, mein Kind will ich zu dir tragen –.

Der Jubel überwältigte sie. Maria, wie kann ich dir meinen Dank bezeigen? Allein, auf bloßen Füßen will ich zu dir gehen, nach Maria Elend zu deinem heiligen Bild!

Und wieder wurde sie schwach und weich vor Glück, denn diese Wallfahrt, die sie gelobte, war das erste, was sie um ihres Kindes willen tat. O, es war wahr, – wahr! Laß es wahr sein!
Betend, von schauernder Hoffnung und Angst überflogen, saß sie am Wiesenhange, bis die Mittagsglocke auf der Burg zu tönen anhub.

Eine Woche später sagte sie zu Frau Tuta: „Ich möchte morgen auf eine Wallfahrt nach Maria Elend gehen. In einer Woche bin ich wieder zurück. Wenn Wilhelm heimkommt, so dauert es gewiß eine gute Zeit, ehe er mich gehen läßt. Und inzwischen wird es spät, der Winter kommt vielleicht auch heuer früh", setzte sie errötend hinzu.
„Aber Hemma, eine Wallfahrt! Hast du es dir auch richtig überlegt?" meinte Frau Tuta besorgt. „Ich weiß nicht, ob ich dich gehen lassen soll. Wenn Wilhelm gerade in diesen Tagen käme –."
„Ich bitte Euch, Mutter, laßt mich! Ich habe guten Grund, Gott und Unserer Lieben Frau zu danken. Keines von uns ist gestorben – wir haben dieses Jahr überwunden."
Frau Tuta kannte ihre Tochter gut genug, um zu wissen, daß hier kein Zureden hülfe, sondern höchstens ein Befehl. Doch sie war zu fromm, um ihr die Kirchfahrt zu verbieten.
So kam es, daß Hemma früh im ersten Morgengrauen aus der Tür der Burgkapelle schritt und sich auf den Weg machte. Sie trug ein einfaches, blaues Linnengewand und hatte ein weißes Tuch um den Kopf gebunden, nicht anders als eine Bäuerin. Doch war es auch in dieser Tracht nicht zu verkennen, daß sie eine vornehme Frau war. In der Hand hielt sie einen langen, derben Stock mit schwerer Eisenspitze, mehr als Waffe denn als Stütze zu gebrauchen. In ihrem kleinen Bündel, das von ihrem Gürtel hing, lagen ein Wecken trockenes Brot und ein Büschlein Melissen.
Von Freude und Innigkeit beschwingt, schritt sie aus. Im engen Graben war es noch Nacht. Doch als sie ins breitere Metnitztal hinauskam, hörte sie über sich die Lerchen singen, und über Dobritsch auf der Höhe begann der Himmel morgendlich zu glühen.
Bald war sie an der Brücke, wo die Metnitz in die Gurk mündet. Sie sandte einen Gruß ins Tal hinein und schritt eilends weiter nach Süden, wo sich das Krappfeld breitet. Dort begann es warm zu werden. Sie hatte nun den Blick auf die Karawanken, zu deren Füßen

ihr frommes Ziel gelegen war. Zu ihrer Linken auf der sanften Höhe sah sie die Burg Althofen liegen, und vor ihr im Süden tauchte die seltsam geformte Kuppe des Kärntner Berges auf. Sie ging und ging in den steigenden Tag hinein. Ihr Füße waren nicht gewohnt, auf steiniger Straße zu gehen. Und der Weg, den sie so oft geritten war, erschien ihr unbegreiflich lang. Die Leute, die ihr begegneten, grüßten sie tief. Hier kannten sie alle.

Zur Zeit des Frühmahls kam sie an den Woischarter Wald. Ein schlichtes Holzkreuz stand unter den ersten Bäumen. Sie kniete sich davor nieder und betete um Schutz in den Gefahren, denen sie nun entgegenging. Und Gott behütete sie, denn in all den Stunden, die sie durch das rauschende grüne Holz wanderte, sah sie weder Wolf noch Bär, noch Räuberskerl. Und doch war es ihr eine Erlösung, als sie endlich ins freie Licht treten konnte und über den sanften weitgeschwungenen Abhang hinweg das kleine St. Veitskirchlein und den Herzogshof erblickte. Da setzte sie sich zu kurzer Rast auf den minzduftenden Rain und nagte ein wenig an ihrem harten Brote.

Nun sah sie auch, daß die Sonne den Mittag schon längst überschritten hatte. Nun, bis Maria Saal würde sie heute wohl noch kommen. Mehr wollte sie sich nicht zumuten – um des Kindes willen.

Sie wagte sich nicht nach St. Veit hinein. Wenn sie der Herzogin in den Weg käme, so würde Frau Mathilde sie gewiß laben und beherbergen wollen. Darum ließ sie den Ort zur Rechten liegen und eilte nach einem schmalen, nassen Steiglein den Wimitzbach entlang, bis sie an die Glan und bald darauf wieder auf die Straße kam. Die Sonne wurde schon ein wenig gelb, als sich das Zollfeld vor ihr auftat. Die Karawanken schienen nun schon sehr nahe. Sie war erschöpft und hungrig. Immer wieder stolperte sie auf dem schlechten, grundlosen Wege. Rechts und links dehnte sich brauner Sumpf. Krüpplige Weiden standen an schwarzen Wasserlöchern, und uralte Eichen drohten mit ihren dorrenden Ästen. Hier hatte einmal eine heidnische Stadt gestanden, Virunum mit Namen. Tief, tief unter Schlamm und Filz lagen die weißen Marmortempel, die nackten Götterbilder und bunten Fußböden. Und tief unter dem Moor begraben lagen auch die Leute von Virunum, von wilden Feinden erschlagen und zurückgelassen in ihrer schönen, zerstörten Stadt. Es war nicht gut, bei Nacht übers Zollfeld zu gehen.

Der Herzogsstuhl stand plötzlich neben der Straße. Zwei Eichen umrauschten ihn. Hemma war selbst dabei gewesen, wie Herr Konrad hier von den Bauern als Herzog eingesetzt worden war. Heute aber erschien ihr der Stuhl wie ein Sitz der alten Heidengötter, aus schweren grauen Felsblöcken unheimlich aufgetürmt. Niemand wußte, wessen Hände ihn gebaut.
Die Karnburg grüßte vom Hügel im Westen, und ihr gegenüber rückten hinter einer Waldzunge endlich, endlich Kirche und Propstei von Maria Saal hervor.
Mit frischaufgerüttelten Kräften stieg Hemma die niedere Anhöhe empor. Die schöne, kleine Steinkirche war einst von den Chorbischöfen gebaut worden. Sie barg zwei heilige Kostbarkeiten: das liebliche Gnadenbild und das Grab des heiligen Modestus, der einst die frohe Botschaft nach Kärnten gebracht hatte.
Hemma kauerte sich auf den Altarstufen nieder und begann zu beten. Doch ehe sie das dritte Vaterunser gesprochen hatte, sank sie vollends auf den kalten Stein hin und schlief ein.
Sie erwachte schaudernd, von einer fremden Hand berührt. Verwirrt blinzelte sie ins Licht einer Wachskerze und erkannte ein rotes, freundliches Altmännergesicht vor sich.
„Gott minne uns, – seid Ihr nicht – seid Ihr nicht die Gräfin Hemma?" rief jemand.
Da strich sie schnell ihre Kleider zurecht und richtete sich empor.
„Ja, das mag wohl sein, Herr Propst", lächelte sie.
Er bot ihr höfisch die Hand, denn sie war so steif, daß sie nicht aufstehen konnte.
„Gott zum Gruß und sein Heil! Ja sagt, habt Ihr hier übernachten wollen? Das wäre Euch übel bekommen!"
„Das wollte ich gewiß nicht! Außer, Ihr hättet es mir zur Buße anbefohlen –"
O, es tat gut, nach all der ungewohnten Einsamkeit des Weges diesem runden, guten Menschen zu begegnen!
„So strenge bin ich nicht, edle Frau! Ich bitte Euch, nehmt mit meinem Tisch vorlieb und laßt Euch zu Gaste laden! Kommt gleich mit mir, Ihr braucht gewiß eine Labung."
Eine halbe Stunde später saß Hemma auf dem Ehrenplatze neben dem Hochsitze des Propstes. So gut war noch nie ein Linsenmus gewesen, und noch nie war ein Hecht so zart gebacken! Ein paar junge Kleriker und die zwei Schwestern des Propstes nahmen an der

Mahlzeit teil. Sie freuten sich sichtlich, die um ihrer Schönheit und Klugheit willen vielgerühmte Frau so nahe vor sich zu sehen. Sie warteten darauf, nach dem Essen mit ihr reden zu dürfen. Doch der gute Propst sprach nach einem kurzen Dankgebet: „Edle Frau, nun wollet meiner Schwester folgen! Ihr seid ja zum Umfallen müde. Gott schenke Euch eine ruhige Nacht. Die Messe halten wir kurz vor dem Frühmahl.“

Die zwei Schwestern des Propstes schliefen sonst jede in einem eigenen Bett. Diesmal aber hatten sie für Hemma eines freigemacht. Sie schlief darin süß und schwer, bis ihr die Sonne ins Gesicht schien.

Um die Mittagszeit aber war sie längst wieder auf dem Wege. Wohl waren ihre Füße matt und weh. Sie sahen gar nicht mehr ihren eigenen weißen, schmalen, zarten Füßen ähnlich, sondern waren rot und geschwollen und von Blut und Staub befleckt. Doch immer wieder, wenn sie sich von neuem an einem Stein stieß, betete sie: „Nimm meine kleinen Schmerzen als Zeichen meiner großen Dankbarkeit an, o liebste Frau!“

Sie wanderte nun nach Südwesten zwischen den waldgrünen, niederen Hügeln Mittelkärntens dahin. Lendorf hatte sie schon hinter sich gelassen. Langsam stieg der Weg zur Höhe von Halleg an. Der Wiesengrund war moosig und einsam, doch man spürte, daß Burgen in der Nähe waren, die Moosburg, Hallegg, Drasing, Hornstein. Der Wald war nicht allzu wild. Kleine, hölzerne Bauernhütten duckten sich an seinem Rande.

Dann senkte sich der Weg zum Wörthersee. Von einer Lichtung aus sah sie ihn liegen. Dunkelblau blinkte er wie ein Spiegel, in den der Himmel scheint. Schön war es hier oben.

Unten an seinen Ufern aber war es unheimlich.

Hemma setzte sich dort auf einen gestürzten Baumstamm, der weiß und morsch über das Wasser hing. Sie ließ die Füße in den kleinen Wellen baden. Es tat so wohl. Junge Weißfische kamen und bissen ganz zart in ihre Zehen. Sie wußte nicht, warum ihr darüber die Freudentränen kamen. Es war ihr, als sei sie auf einmal eins mit der Welt und sich, jetzt, da sie selber ein neues Leben trug.

Sie mußte lange warten, ehe sie ein Boot erblickte. Endlich tauchte eines aus dem Dunst des Ostufers auf. Sie nahm ihr Kopftuch ab und winkte damit und schrie, bis es die Fahrt zu ihr lenkte.

Sie hatte Glück gehabt: Es war ein Boot der Propstei von Maria Wörth. Ein alter Fischer und ein jüngerer Priester saßen darin.
„Hochwürdiger Herr, ich bitte Euch, nehmt mich um Gotteslohn zu Eurer Kirche mit", bat sie.
„Steig ein!" sagte der Priester kurz.
Dann fuhren sie über den weiten See. Die Ruder klatschten, und das Wasser raunte. In diesem Jahre kann man wohl nicht den Unwurm sehen, dachte Hemma.
Sie saß am Steuer und blickte der lieblichen kleinen Kirche entgegen. Es war so wundersam, im Boot zu sitzen, zu rasten und ganz stille vor sich hin zu beten. Die Männer sprachen nichts. Sie war froh darüber.
Da sie in Maria Wörth anlegten, bat sie den Priester, ob sie in der Herberge übernachten dürfe. Er sagte: „Ja, wenn du einen Platz findest. Es sind noch Pilger da vom Großen Frauentag." Sie dankte ihm sehr.
An diesem Abend betete sie lange in der Kirche. Es dunkelte schon, da sie zur Herberge hinunterschritt. Hemma hatte selbst eine große Stiftung gemacht, als sie gebaut worden war. Nun kam ihre Gabe ihr selbst zugute.
Die Herberge war am Seeufer gelegen. Unten war sie aus Stein, oben aus Holz gebaut. Die winzigen Fensterlein durchbrachen hoch oben die Wände des einzigen Raumes im Erdgeschoß. Hier war die Feuerstätte, auf der ein großer Kessel mit Wassersuppe kochte. Der Boden war mit Schilf bedeckt. Eine Menge Leute suhlten darauf herum. Hemma blieb ein wenig zaghaft in der Türe stehen. Da waren viele Bettler und Krüppel, die am Großen Frauentag vor der Kirchentüre gesessen hatten, ein paar wüste Weiber, eine Gesellschaft von dunklen, ausländischen Leuten, Gaukler oder Hausierer oder was sie wohl waren, und einige Bauern mit ihren Weibern. Zu diesen gesellte sich Hemma. Sie sahen so ordentlich, ja fast vornehm aus im Vergleich zu den anderen Leuten. Ein großes, rohes Geschrei hallte hin und wider, die Bettler zankten sich, die Gaukler würfelten neben dem Herde und stießen jeden fort, der sich dem Feuer nahen wollte. Eine alte Bettlerin, die so tat, als ob sie hier zuhause wäre, nahm schließlich einen hölzernen Weidling von der Wand und füllte ihn mit Suppe. Da drängten sich alle wie die hungrigen jungen Hunde heran und zückten ihre Löffel und schlürften die Suppe zu ihrem Bettelbrot.

Hemma wollte sich überwinden und mit den anderen aus der Schüssel essen, doch da sie sich zwischen die Leute drängte und den kranken Dunst von Schweiß und Schmutz und Elend roch, wurde ihr plötzlich so übel, daß sie an die Wand zurücktaumelte und nach Luft ringen mußte. Eine alte Bäurin faßte sie unter die Arme. „Du bist wohl nicht allein", lächelte sie gutmütig. „Armgard, bring einen Schluck Wasser!"
Das flinke, saubere Dirndlein kam mit einem Geishörnlein voll Labung gerannt. Nun wurde ihr wieder leichter. Sie vermochte an der Hand der Alten die steile Leiter in den Schlafraum der Weiber emporzuklimmen. Da sah es etwas reinlicher aus. In der hintersten Ecke fand Hemma Platz. Sie legte sich aufatmend hin und schloß die Augen. Die Bäurin deckte Schilf auf sie, wischte ihr den Schweiß von der Stirn und rieb ihr die Pulse. „Ja, ja", meinte sie, „die ersten Monate, die sind oft nicht gut. Mich wundert es, daß du allein auf die Kirchfahrt gehen magst."
„So meinst du, es sei schon sicher –?" fragte Hemma bebend.
Die Bäurin lachte. „Ist es dein erstes, daß du so dumm fragst? Nächste Ostern, da lacht es dich schon an."
Da richtete sich Hemma empor und küßte die Bäurin auf die Wange. „Lieberes konntest du mir nicht sagen!" stammelte sie unter Lachen und Weinen. „Wie heißest du, Mutter, – ich möchte dir einmal einen Botenlohn geben!"
„Am Zossen bin ich daheim, und heißen tu ich Gotta. Und Botenlohn brauchst du mir keinen geben, außer einem Vaterunser für jedes meiner Kinder. Ich habe zwölf gehabt."
Nun kamen auch die anderen Weiber herauf und legten sich schlafen. An Hemmas rechter Seite wühlte sich die Bäurin in die Streu, nachdem sie ordentlich ihren Leinwandrock am Balken aufgehängt und statt des weißen Kopftuches ein blaues fest ums schüttere, graue Haar gebunden hatte. Sie betete andächtig auf ihren Knien, ehe sie sich zur Ruhe legte. Zu Hemmas Linken aber warf sich eine Fahrende lose hin, streute ihre nachtschwarzen Locken um das bräunliche Gesicht auseinander und achtete ihrer bunten Fetzen nicht.
Auch diese Nacht schlief Hemma wohl. Am Morgen ging sie zeitlich in die Messe. Und als sie, schon reisefertig, aus dem Kirchtore trat, kam ihr aus der Sakristei der alte Priester nachgerannt, der den heiligen Dienst versehen hatte. „Frau Gräfin!" rief er außer Atem.

„Wie kommt Ihr so früh zu uns nach Maria Wörth? Ich bitte Euch, kommet doch zu uns in die Propstei zum Frühmahl!"
Hemma war es nicht ganz lieb, daß er sie erkannt hatte. „Ihr seht, ehrwürdiger Vater, daß ich auf einer Kirchfahrt bin. Ich möchte lieber ohne Frühmahl weiterwandern." Und sie neigte sich vor ihm und ging eilends hinweg. Denn sie sah den Priester von der Propstei herüberkommen, mit dem sie gestern über den See gefahren war.
Und weiter ging ihr Weg durch die Wälder um den Keutschacher See, über Moos und Hügel, immer einsamer und beschwerlicher. Sie kam in den Turiawald, wo Weg und Steg aufhörten und sie sich nur noch nach dem Schatten der Bäume richten konnte und nach dem Baumbart, der die Nordseite der Stämme kleidete. Es war ein furchtbares Gehen. Der Boden war mit Gestrüpp verwachsen, der Wald stand dicht wie eine Mauer um sie. Und er nahm kein Ende, kein Ende. Manchmal hörte sie es im Gebüsch knacken. Sie betete ohne Unterlaß, sie vertraute, daß ihr auf ihrer Reise zur Lieben Frau kein Unglück widerfahren könne. Doch als sie auf der steilen Höhe ober der Drau herauskam, brach sie zusammen und schluchzte laut vor Erschöpfung und Mutlosigkeit. Denn nun mußte sie ja noch den steilen Hang hinunter, mußte die reißende Drau, das breite sonnenglühende Tal überqueren und mußte drüben noch den hohen schroffen Berg zur Kapelle emporklimmen. Und sie konnte nicht mehr – sie konnte nicht mehr –. Sie weinte sich in einen fiebrigen Schlaf. Ihr träumte, sie sähe Engel vom Himmel steigen, die trügen die hölzerne Kapelle Unserer Lieben Frau vom Berg hernieder – ihr entgegen. Sie streckte die Arme aus und erwachte.
Erstaunt sah sie sich um. Ja, da saß sie noch – sie mußte sich beeilen, wenn sie noch bei Tag am Berge sein wollte! Mühselig stand sie auf. Vorsichtig klomm sie ins Tal hinab. Der Fährmann an der Drau holte sie über. Doch der Weg durchs Tal war schwül. Sie setzte Schritt für Schritt wie eine Kranke. O Himmelsherrin, laß es meinem Kinde nicht zum Schaden sein!
Sie trat aus einem Gehölze an den Fuß des Berges heran. Da taumelte sie zurück, als sei ein Blitz vor ihr in den Boden gefahren. Denn da stand die Kapelle Unserer Lieben Frau vor ihr, – von Engelshänden herabgetragen.
Sie fiel auf die Knie und starrte das Wunder an. Eine Laue war vom

Berg gebrochen und hatte das hölzerne Kirchlein mitgerissen. Doch es lag nicht in Trümmern oder verschüttet und begraben – es stand unversehrt und traut inmitten der Verwüstung wie ein Gleichnis des ewigen Lebens.
Wie betäubt schleppte sich Hemma hin. Sie wagte kaum, die Türe aufzutun. Drinnen war der Altar zerbrochen. Das Gnadenbild stand auf den Stufen. Sie fiel davor nieder, bis ins letzte erschüttert von der fast erschreckenden Nähe des heiligen Bildes.
Sie küßte die herabhängende Hand des Gekreuzigten, den Mantelsaum der Schmerzensmutter. Und während sie die Stirne in den Staub beugte, brausten über sie Grauen und Entzücken des Wunders hin.
Es war ihr, als bräche auch in ihr eine Laue nieder und zerstöre sie ganz. Sie wußte nicht, was ihr geschah, sie fühlte sich von einer Gewalt fortgerissen, schmerzhaft, süß und glühend, – einen Augenblick lang war es ihr, als stürze sie vergehend in eine brausende Flamme – ahnte Schönheit, Weisheit, Liebe ohne Maßen und flammte selbst in Liebe auf, die über ihre Grenzen ging.
Und in einem kurzen, flüchtigen Hauche fühlte sie die fast tödliche Wonne einer Berührung – –.
Sie fand zurück und sah sich über den Leichnam Jesu gebeugt. Ihre Wange lag auf seiner durchstochenen Brust. Die war von ihren Tränen überronnen.
Sie war wie zerschlagen und konnte ihre Gedanken lange nicht sammeln. Doch dann kam ein Friede über sie, ein seliges Staunen über das, was ihr widerfahren. Eine große, demütige Liebe lag wie ein purpurner Rubin in ihrem Herzen, wie ein Geschenk, das Gott ihr zum Gedenken an diese Stunde zurückgelassen hatte.
Als ob es aus weiter Ferne käme, hörte Hemma, wie draußen eine neue Laue niederkrachte. Ein Unwetter war aufgezogen und tobte um die kleine Kapelle. Doch Hemma hatte keine Angst. Nun muß ich die ganze Nacht hierbleiben, dachte sie froh.
Sie setzte sich vor das Bild der Gottesmutter hin und erwartete die Nacht. Es wurde sehr dunkel. Sie dämmerte auf ihrem harten Platze flüchtig ein. Da war es ihr, als lächle Unsere Liebe Frau ihr zu und sage: „Mein liebes Kind, zwölf Jahre lang hast du mir ohne Lohn gedient. Ich habe wohl gesehen, wie hart dir die Treue war. Nun aber sollst du ein wenig rasten."
Da seufzte Hemma halb im Schlafe vor großer Müdigkeit. „Noch

hundert Jahre will ich dir dienen, liebe heilige Frau, segne nur mein Kind, nimm es als deines an. Dann ist ihm wohl."
Und sie war so gewiß, daß Maria ihre Bitte erhört habe, daß sie glückselig einschlief, indes Blitz und Donner und Steinschlag um die Kapelle tosten.

Sie blieb am nächsten Tag in Maria Elend. Bei einer Bauernkeusche bekam sie ein wenig Milch geschenkt. Am dritten Tage aber brach sie auf. Der Abschied fiel ihr schwer. Es war ihr, als würden für sie nie mehr solche Tage innigster Gnade kommen. Doch sie wußte wohl, daß sie nun hingehen und mit der Gnade wirken mußte.
Sie wagte nicht mehr, durch den Turiawald zu gehen. Sie wanderte durch das Drautal hinauf bis Rosegg und nahm von dort den kürzesten Weg zum Wörthersee. Auch diesmal gelang es ihr, bald eine Fähre zu finden. Ein Floß nahm sie mit bis zu der Stelle, wo der Weg nach Lendorf führte. Das Floß fuhr die ganze Nacht hindurch. Vier wilde Männer waren darauf. Doch keiner fiel ihr lästig. Sie durfte auf ihren zusammengeworfenen Mänteln liegen und einen Schluck von ihrem heißen Moste tun. Sie hatten am Rande des Floßes ein Feuer angezündet, das spiegelte sich so schön in den Wellen.
Sie übernachtete wieder in Maria Saal. Die Schwestern des Propstes bedauerten sie sehr. Sie sehe aus, als ob sie schwer krank gewesen sei.
„Nun, morgen abend bin ich daheim, dann kann ich es mir wieder gutgehen lassen", sagte Hemma tröstend.
Es schien aber, als könne sie Zeltschach an diesem Tage nicht mehr erreichen. Sie war nun so müde, daß sie sich fragte, ob sie nicht doch zur Herzogin gehen sollte. Doch sie überwand sich und schritt tapfer in den Woischarter Berg hinein.
Mitten im Walde hörte sie das Klirren und Klappern einer Reiterschar. Vorsichtig trat sie zur Seite. Gott gebe, daß es ehrliche Männer waren! Doch wie der erste unter den Bäumen hervorkam, schrie sie leise auf: „Wilhelm!"
Er sprang vom Pferde und nahm sie in seine Arme. „Hemma, du gute, du schlimme, wie war ich erschrocken, als du nicht zuhause warst!"
„Und ich habe mich so beeilt, noch vor dir heimzukommen!" sagte sie leise.

Er führte sie von den Männern fort auf einen grünen, schmalen Rasenplatz und ließ sie sacht ins Gras gleiten. „Wie bleich und müde du bist, Liebste, und wie froh bin ich, daß ich dir begegnet bin! Nun kannst du mit mir heimreiten!"
Sie blickte zu ihm auf. Auch er war ein wenig schmäler von seiner Reise heimgekehrt. „Wann kamst du nach Zeltschach?"
„Heute früh. Wir sind die Nacht hindurch geritten. Aber es ließ mir keine Ruhe. Ich mußte dich holen."
Sie streichelte seine Hand.
„Ich war sehr zornig auf dich. Wie konntest du allein solch weiten, gefährlichen Weg auf dich nehmen! Mußtest du wirklich diese Wallfahrt tun?"
„Ja", sagte sie und stand auf, von einer tiefen, verhaltenen Freude angeglüht. „Ich mußte Gott für eine große Gnade danken. Denn, Wilhelm, im Frühling wirst du einen Sohn haben."
Er wurde bleich und griff klammernd nach dem Knauf seines Schwertes. „Hemma –", rief er dann leise.
Und vor den Augen seiner Männer brach er vor ihr in die Knie und legte schluchzend das Gesicht in ihre Hände.

Der Segen Gottes

O du allerlieblichstes Mündlein, dein Lallen ist mir wie ein vergessener Klang aus der süßen Sprache der Engel!
O ihr blaudunklen Augen, in denen noch die Wunder des Paradieses träumen!
Ihr Händlein, zart und sanft wie Schneerosen, greift ihr nach unsichtbaren Gespielen? Wie fremd und fragend tastet ihr nach meinen Haaren! Nur meine Brust ist dir vertraut, mein Kind. Sie ist das einzige, was dich an die Erde bindet, wo es dir warm und weich und heimlich dünkt.
Weine nicht, kleiner Wilhelm! Du wirst schon Wurzeln schlagen in dieser Welt!

Sie saß an der Burgmauer zuoberst im Wurzgärtlein, noch bleich von den Schrecken der Todesnähe und den endlosen Qualen der Geburt. Das Kind schlief in ihren Armen. Es war ein starker, großer

Knabe. Sie konnte nicht satt werden, ihn anzuschauen. Er war so schön, nicht rot und zerknittert und zwergenhaft wie andere Kinder in den ersten Wochen. Nein, seine Haut war bräunlich, als habe er in der Sonne gelegen, das Mündlein voll und süß, die Augen rein, von einer blauschwarzen, noch ungewissen Farbe, von langen, seidendünnen Wimpern umkräuselt.
Sie wagte nicht, ihr Kind zu küssen. Zu neu war noch das Wunder, zu heilig das Glück. Sie zog nur mit zärtlicher Hand das Nesseltuch ein wenig höher über ihre Schulter, auf daß sein Schatten das Gesichtlein bedecke. Die österliche Sonne schien warm und hold. Leberblümchen und Lungenkraut blühten blau und violen zwischen gilbem Grase und vermodertem Laub, und der gute Ruch der frischen Erde dampfte aus den schwarzen Beeten. Unten bei den Luschstöcken werkte Atre – die Brave, heuer hatte sie allein den Garten versorgen müssen.
Und wahrscheinlich würde ihr diese Sorge noch für eine Weile überlassen bleiben. Denn Hemma lebte jetzt nur für ihr Kind. Zum ersten Male empfand sie es, wie wundervoll es war, eine große Herrin zu sein und eine Menge Leute zu haben. Sie schüttelte ihre Pflichten mit einer ruhigen Leichtigkeit ab, über die sie selbst erstaunte. Nun, – war nicht der Schaffer für die Wirtschaft da, der Hausvogt für das Gesinde, Atre für das Hauswesen, der Hutmann für die Knappen und Herr Simon für die Briefschaften und für die Armen? Ihr Kind aber, das brauchte s i e , ihm konnte niemand die Mutter ersetzen, und ihr Kind war das Wichtigste, das Kostbarste auf der Welt. Sie nährte es selbst, sie wusch und wickelte es selbst, sie trug es auf ihren Armen und wiegte es in den Schlaf. Sie konnte stundenlang wie verzaubert an der Wiege sitzen und den süßen Schlaf des Kleinen bewachen. Und nachts schlummerte sie so leicht, daß sie bei seinem leisesten Klagen aufschreckte. Dann freilich erlaubte Wilhelm nicht, daß sie selbst aufstand, sondern befahl, daß eine der zwei Kindsmägde den kleinen Wilhelm der Mutter ins Bett bringe. Die beiden Frauenzimmer hatten ja sonst den lieben langen Tag nichts zu tun. Sie waren adeligen Geblütes und ließen sich nicht dazu herab, die feinen Windeln auszuschwemmen. So waren sie zu nichts anderem gut, als mit wichtigen Gesichtern der Herrin nachzufolgen, wenn sie mit dem Kinde auf dem Arm zur Kirche oder in den Garten ging.
Sie waren im Schatten des aufknospenden Kirschbaumes eingenickt

und hörten es nicht, daß hinter der Gartenmauer leise Schritte knirschten. Hemma, trotz ihrer Versunkenheit hellsichtig und hellhörig wie noch nie, blickte rasch auf und deckte das Kind zu. Sie sah einen großen, bärtigen Mann über der Mauer auftauchen. Er spähte hastig umher und schwang sich behend in den Garten hinein.

Sie unterdrückte einen Schrei – droben in der Burg standen die Reisigen, und der Mann drückte mit verzweifelt flehender Gebärde die Hand auf seinen Mund, indes er wie eine große, wilde Katze den Weg heraufsprang.

Er fiel keuchend vor ihr nieder. „Hört mich an, edle Frau, hört mich an –“, stieß er flüsternd hervor und preßte einen hastigen Kuß auf den Zipfel ihres Umhanges. „Sie sagen alle, Ihr hättet ein Gelübde getan, – Ihr wolltet keinem eine Bitte abschlagen, wenn Ihr Euren Sohn im Arme habt – da Gott Euch also gnädiglich erhört hat – ist es so, Frau?“

Sie nickte erschrocken. Der Mann sah so verwahrlost und verzweifelt aus.

„Steh auf und sprich“, forderte sie ruhig.

Er blieb auf seinen Knien liegen, als habe er sie nicht gehört. „Ich bin seit drei Nächten unterwegs, da ich dies erfuhr. Bei Tag verbarg ich mich im tiefsten Walde. Und heute sah ich Euch im Garten sitzen – von dort drüben. Da wagte ich mich in die Burg. Ihr könnt mich nicht verstoßen, sowenig Gott einst Euren Sohn verstoßen möge!“

Sie hob abwehrend die Hand und wartete schweigend, daß er weiterspreche.

Er holte tief Atem, und indes seine Blicke erregt nach allen Seiten flogen, hub wieder sein keuchendes, beschwörendes Geflüster an: „Ich bin der Mann, der vor elf Jahren den Königsboten erschlagen hat –.“

„Thietmar von Albeck –“, murmelte sie fassungslos.

„Wißt Ihr davon – Ihr wart damals außer Landes, in Regensburg oder in Krain. Ich schlug ihn im Zweikampf; er hatte mich geschmäht, und ich war jung und hatte Großes im Sinne. Aber dann sagten sie, ich hätte es aus Eifersucht getan – meuchlings – und hätte ihm das maurische Schwert mit dem Rubin gestohlen, – und sie klagten mich an, und Euer Vater verurteilte mich zum Tode. Ihr wißt ja, es sah damals alles nach Aufruhr aus, – und Wulf war in des Königs Namen hier in Kärnten. Und sein Bruder beschwor es, er habe den Mord gesehen –."

Ja, sie hatte davon gehört – es war viel über Thietmars kühne Flucht geredet worden. Er hatte sich gewünscht, vor seiner Hinrichtung in der St. Peterskirche in Friesach beten zu dürfen. Und da er wieder herauskam, trat er an den Rand des Kirchhofes, als wolle er mit einem letzten Blick vom Berge aus von dieser schönen, weiten Erde Urlaub nehmen. Und plötzlich war er blitzschnell wie ein Luchs über den Zaun hinausgesprungen, stürzte über die zerklüftete Felswand hinunter, fuhr über turmsteile dürre Rasenflächen abwärts, kletterte, stürzte wieder durch Steinklüfte und Gebüsch, bis er unten auf dem menschenleeren Marktanger liegenblieb. Als die entsetzten Leute auf den vielfach gewundenen Steigen den Berg herabkamen und seine Leiche bergen wollten, fanden sie nichts mehr als eine Blutspur, die zur Metnitz führte. Wahrscheinlich war er dort ein Stück weit geschwommen und dann im Wald verschwunden. Oder er war ertrunken – Gott sei seiner Seele gnädig.

„Nun sind es elf Jahre, daß ich flüchtig bin, – elf Jahre! Ich lief in der Welt umher, von Land zu Land, – doch ich konnte kein Glück finden und konnte die Heimat nicht vergessen. Ich flehe Euch an, edle Frau, erwirkt es mir bei Eurem Gemahl, daß er mich freispricht und mich heimkehren läßt!"

„Wenig vermag ich in Dingen seines Amtes", sagte Hemma zögernd. „Ich kann Euch nicht versprechen, daß Ihr frei werdet, auch wenn ich es wage, ihn zu bitten."

„Dann will ich hier stehenbleiben, bis sie mich finden und fangen!" rief er laut. „Allzu lange habe ich dieses Leben ertragen – jetzt schreckt mich der Henker nimmer!"

„Geht, geht", bat Hemma schaudernd. Die beiden Kindsfrauen waren aufgeschreckt und starrten den verwilderten Menschen entsetzt an. „Hilfe!" schrie eine gellend auf.

Er sprang empor wie ein flüchtiges Wild. Doch dann klammerte er sich an den Kirschbaum und stand erstarrt und blickte mit wilden Augen auf das Gartentürlein, durch das jetzt die Männer kamen. Mit einem Satz warf sich Herr Lanzo zwischen die Frau und den Fremden. Hemma legte ihm die Hand auf den Schwertarm. „Herr Lanzo, er hat mich nicht bedroht. Er bat nur um eine Fürsprache. Es ist Thietmar von Albeck."

„Thietmar – du!“ rief Lanzo aus. Dann stellte er sich vor ihn hin und betrachtete ihn lange. Der Geächtete hielt seinem Blicke stand. Endlich sagte er mühsam: „Lang ist es her, Lanzo, seit wir den Bären auf der Saualm jagten –.“

Lanzo senkte den Kopf. „Trotzdem muß ich dich in Gewahrsam nehmen. Komm, Thietmar. Der Graf kehrt morgen heim. Dann magst du ihm deine Sache vorbringen.“

„Schwert kann ich dir keines übergeben. Das ist mir schon lange abhanden gekommen“, lachte Thietmar.

Sie neigten sich beide vor der Gräfin, die bleich und ruhig an der Mauer stand, und gingen schweigend fort. Sie blickte ihnen nach, wie sie nebeneinander dahinschritten. Sie mochten im gleichen Alter sein. Doch neben Lanzos schlanker, junger Gestalt sah Thietmar seltsam verkrümmt, verroht und abgehetzt aus. Du armer Mensch, – wenn du auch schuldig wärst, diese elf Jahre haben vieles ausgelöscht!

Die Kindsfrauen schnatterten auf Atre ein, die aufgeschreckt herangelaufen kam. Hemma hörte es kaum. Sie saß mit dem Kinde im Arm, in ernsten Gedanken versunken.

Ihr war, als sei sie durch dieses Kind der Gnade bis ins tiefste Sein Mutter geworden. Nun war ihr Herz geöffnet für aller Menschheit Schwäche und Not. Ihr überströmendes Glück machte sie demütig wie eine Schuldnerin. Sie hatte in Herrn Simons Hände das Gelübde gelegt, keinem eine Bitte abzuschlagen, wenn sie das Kind im Arme trage. Dies hatte sich unter den Leuten rasch herumgesprochen. Die Armen und Geringen warteten auf sie, wenn sie in Friesach zur Kirche ging, oder sie saßen tagelang am Burgtore. Sie klagten ihr Elend in Hemmas holdes, glücksweiches mütterliches Gesicht hinein. Die meisten von ihnen, die Bettler und Kranken, baten sie um Geld und gute Gaben, um einen warmen Platz für ihre verlassenen alten Tage. Es waren ihrer so viele, daß Hemma ein Haus in Friesach für sie eingerichtet hatte. Dort lebten sie nun in einer seltsam lustigen Gemeinschaft. Sie zankten und tratschten und murrten auch ein wenig, wenn einmal die Suppe zu mager und der Sonntagsmost zu sauer war. Doch im Grunde waren sie doch trotz Alter und Gebresten guter Dinge, denn es war bis jetzt unerhört, daß für die Siechen und Greisen in dieser Art gesorgt wurde. Es war kein Wunder, daß sie zu Schnurren und Späßen aufgelegt waren. Die Friesacher ergötzten sich an ihren spaßigen Sprüchen

und Streichen. Doch im Lande ringsum verübelte man der Zeltschacher Gräfin die verschwenderische Wohltätigkeit.
Hemma wußte es wohl.
Nun, einmal würde auch der kleine Wilhelm so groß sein, daß er nicht mehr auf ihrem Arme schlafen wollte. O, zöge dieses Jahr sich hin! Mochten die Bettler sie auch plagen, mochten die Bauern ihren Zins behalten, die Schelme straflos ausgehen!
Das Vertrauen der Leute war ja doch auch etwas Beseligendes. Fast schämte sie sich, weil sie so wenig von den Herzkindern Gottes, den Armen und Leidenden, wußte. Nun hatte die Mutterschaft ihr Herz geöffnet, nun nahm sie alle Not furchtlos an sich. Und während ihr eigenes Kind von einem Tag zum andern süßer aufblühte, brach in ihr eine heiße, zitternde Liebe auf zu den Kindern, die bleich und verlassen und verwahrlost zwischen den ausgestorbenen Hütten herumstreunten, zu all der bitteren Hilflosigkeit, die sich ihr an die Brust warf. Und wozu war sie Mutter geworden, wenn nicht, um zu lieben und zu dienen?

Das Pfingstfest verlebten Wilhelm und Hemma auf ihrer Burg in Friesach. Im Markte schwoll von Tag zu Tag das laute Treiben an, denn am Dienstag nach dem Feste der Heiligen Dreifaltigkeit sollte Thietmar von Albeck für seine Unschuld kämpfen. Es war eine große Gunst und Gnade, daß ihm erlaubt worden war, sich unter das Gottesurteil zu stellen, nachdem er elf Jahre in Acht und Bann gelebt. Man verdachte es dem Grafen, daß er der unvernünftigen Weichherzigkeit seiner Gemahlin so sehr zu Willen war. Doch er hatte im Sechswochenthing vor allen Männern seine Meinung ausgesprochen, daß es auch nach elf Jahren noch nicht zu spät sei, eine dunkle, ungewisse Sache ins reine zu bringen, die über einen guten, tapferen Mann und das ganze Land Schmach und schwere Buße gebracht habe.
Und er blieb bei seinem Spruch, obwohl es schien, als wäre er vertan. Denn die Boten, die Herrn Wulfs Verwandte einluden, ihre einstige Anklage im Zweikampf zu vertreten, kamen mit der Zeitung zurück, daß der Hauptkläger, Wulfs Bruder, inzwischen auf der Jagd umgekommen sei, sein Vater als Mönch in Tegernsee lebe, der Schwager aber von der ganzen Angelegenheit nichts wissen wolle.
Nun ließ Wilhelm an allen Messetagen laut verkünden, daß jeder

Mann von Waffen das Recht habe, das Gesetz zu verfechten und Thietmar von Albeck in die Schranken zu fordern. Doch es wollte sich niemand melden. Man erinnerte sich an Thietmars Gewalttätigkeit, an seine schroffen, beleidigenden Reden, sein hochfahrendes, empfindliches Wesen. Und er hatte Herrn Wulf getötet – es ließ sich schwer bestimmen, wieweit ein Zweikampf im Zorne ehrenhaft war.

So kam Pfingsten heran, indes Thietmar in enger Turmstube gefangen saß. Einmal im Tage war es ihm gestattet, in den Hof hinabzugehen und sich mit einem der Männer in den Waffen zu üben. Denn er hatte die ritterliche Kampfesweise fast verlernt. Doch es schien, als solle er diese Kunst umsonst wieder erwerben. Denn wenn es ihm nicht gelang, sich durch Beweise oder das Gottesurteil von der Schuld des Meuchelmordes zu befreien, so half ihm kein Teufel mehr gegen das Schwert des Henkers.

Doch am Freitag vor Pfingsten trat Lanzo zu Wilhelm in die Halle und sagte in seiner lässigen Art: „Du wirst es mir gewiß nicht verwehren wollen, daß ich mit Thietmar kämpfe. Ich habe ihm gegenüber eine alte Schuld zu begleichen."

„Im Namen Gottes nehme ich es an. Lanzo, ich danke dir!" rief Wilhelm und umarmte ihn. Dann ließ er Meister Simon und den Hausvogt zu sich kommen. Und Lanzo gelobte feierlich vor den beiden Männern, den Kampf für das Recht auf sich zu nehmen, und gab Wilhelm seinen Handschuh zum Pfande.

Nun strömten die Menschen in Friesach zusammen, um das Gottesurteil zu sehen. Auf dem Anger unter dem Petersberge, von dem Thietmar einst so verwegen geflohen war, standen schon die Schranken aufgerichtet, einen Roßlauf in der Runde. Hinter diesem Balkenzaune stieg das Gestühle auf, in dem die vornehmen Gäste Platz nehmen würden. Zwischen Gestühl und Schranken aber war Raum genug für das Volk der Zuschauer, zumal die Leute ohnehin von den Felshängen des Petersberges freien Blick haben konnten. Am Vorabend des Kampfes fanden die Fremden im Markte keine Unterkunft mehr. Viele nächtigten im Freien. Die Nacht war sommerlich still und lau.

Im engen, schattigen Zwingergärtlein, das sich zwischen den Burgmauern hinfristete, saßen noch Hemmas Gäste, um die Spannung ihrer Gemüter in der milden Abendluft zu sänftigen. Die Männer wanderten am knirschenden Wege auf und nieder – sie hielten es bei den aufgeregten Frauen nicht aus, die sich in der Ecke aneinanderdrängten. Ulrich von Dietrichstein erzählte dem Propste von Maria Saal, dem Herzog und dem Herrn von Kolnitz von einem anderen Gottesgericht, das sich in Verona zugetragen. Er war als halbes Kind dabeigewesen. Seither war er wohl über die Grenzen Karantaniens nicht mehr hinausgekommen. Er stach sehr gegen die Höfischheit Adalberos ab. Der stand mit Wilhelm ein wenig abseits von den anderen.

„Dies kann ich nun nicht verstehen, daß Ihr Euch über Euer Urteil Gedanken macht, Graf Wilhelm", sagte er in vertraulicher Mißbilligung. „Ihr habt das einzig Richtige angeordnet. Ich war von Anfang an Eurer Meinung."

„Ich weiß es. Ich habe Euch zu danken, Ihr habt mich wacker verteidigt, wenn man mich in dieser Sache angriff", entgegnete Wilhelm und drückte des Gastes Hand. „Euch mag ich es im Vertrauen eingestehen. Die Leute hatten nicht so ganz unrecht. Es geschah wirklich auf die Bitte meiner lieben Frau, daß ich Thietmar eine Gnadenfrist vergönnte. Doch als ich zu überlegen begann, erschien es mir selbst als das Gerechteste, daß er seine Sache vor Gott verfechten möchte."

Adalbero nickte. „Gräfin Hemma ist eine kluge Frau." Sie wandten sich gegen die Ecke, wo die Frauen beisammensaßen. Im sinkenden Dämmer konnten sie noch die einzelnen Gestalten unterscheiden: die mädchenhafte Herzogin in etwas Lichtem, Schimmerndem, wie immer dicht neben Hemma, die in weiches Grau gekleidet war, so daß sich aus der Dämmerung fast nur ihr weißes Gesicht abhob. Vor ihnen ging langsam Frau Beatrix hin und wieder. Das Sitzen machte ihr Schmerzen. Sie war hochschwanger. Sie sah so arm und schwerfällig aus, wie sie auf ihren geschwollenen Füßen mühselig herumwanderte und ihr gelbes, gedunsenes Gesicht beinahe unverwandt nach ihrem Herrn kehrte.

Sie hätte zuhause bleiben sollen, dachte Adalbero ein wenig unwirsch. Sie kann sich den Tod holen von ihrem kindischen Eigensinn! Doch er wußte zugleich, daß sie nicht aus Neugierde nach Friesach gekommen war, sondern allein deshalb, weil sie es nicht ertrug, eine lange Woche ohne ihn zu sein. So trat er zu ihr und legte den Arm um ihre Schultern: „Liebste, wäre es nicht besser, wenn du zu Bett gingest?"

Sie lehnte sich an ihn. „Laß mich noch hier! Es ist so dumpf in der Stube!“ bettelte sie, als wäre selbst Gottes milde Abendluft eine Gnade, die er ihr spende.

„Wenn es dich freut –“

Da stand Adula von Albeck auf und fragte mit schwankender Stimme: „Auch Ihr vertraut auf Gott, lieber Herr – nicht wahr?“

„Gewiß, in solch ernster Sache werden wir ihn nicht umsonst anrufen.“

Sie atmete auf und sprach fester: „Mein Bruder ist unschuldig.“

„Das wünschen wir alle. Es wird sich morgen offenbaren.“

„Ja, Gott ist gerecht. Denn sonst –. Thietmar hatte elf Jahre lang kein Schwert in der Hand, und Lanzo ist berühmt –.“ Sie schluchzte laut auf.

Hemma trat zu ihr. „Adula, vertrau auf Gott! Ich weiß, er k a n n Wunder wirken“, sagte sie still und innig.

Es war etwas in ihrer Stimme, das Adula zu trösten schien. Sie warf sich an ihre Brust und weinte wie ein Kind. „Hemma, weißt du noch, wir waren Gesellinnen in unserer Kindheit. Oft kamen wir zu dir nach Gurkhofen, Margret und ich. Es waren schöne Tage. Und dann ist alles so traurig gekommen – so traurig –“

Hemma streichelte sie leise. Ja, traurig mochte es wohl sein in der Burg über der Engen Gurk. Frau Hazicha hatte ihren redefrohen Mund schon längst geschlossen, Margret war ins Unglück gekommen –.

Ein fahrender Ritter hatte sie verlockt, mit ihm zu entfliehen. Zu süß hatten dem jungen Kinde wohl seine werbenden Worte geklungen neben all dem Schelten und Keifen der Mutter und den eintönigen, groben Jagd- und Kriegsgesprächen Herrn Ulrichs. Nach einem Jahre kam sie wieder heim. Sie sagte, ein Priester habe sie getraut, doch Raymond habe sie in einer welschen Stadt verlassen. Nun lebte sie daheim und wagte sich von der einsamen Burg nicht fort. Noch immer klagte sie um ihr Kind, das ihr auf der elenden Heimfahrt verstorben war, und immer noch konnte sie den Haß gegen ihren Mann, der sie betrogen hatte, nicht verwinden. Dann war das Unglück mit Thietmar gekommen. Und den Vater hatte über all dem Schrecken der Schlag gerührt. Er lag verbittert und gelähmt in seiner Stube und dankte seiner guten ältesten Tochter die geduldige Pflege nicht. Man sprach davon, daß Raymond eines Tages auf Albeck aufgetaucht sei, als die Kunde von Thietmars Tat und Herrn Ulrichs Krankheit weit ins Land gedrungen war. Er wollte sich mit Margret aussöhnen und das Erbe antreten. Und es war kein Mann da, ihn gebührend zu empfangen. Margret warf wohl ihr Messer nach ihm, daß es in seiner Schulter knapp neben dem Halse steckenblieb. Doch er kam frei und lebend wieder aus der Burg, deren Friede und Ehre er einst gebrochen hatte. Nun sollte er sich oft in Aquileia, in Verona und Venzone zeigen. Es hieß, Herr Ulrich klammere sich deshalb so an sein bißchen elendes Leben, weil er wisse, daß Raymond zur Erbteilung kommen und seinen Anspruch erheben würde.

Doch nun war Thietmar heimgekehrt. Adula hatte ihn gesehen. Schluchzend hatten sie sich einander in die Arme geworfen und hatten kaum gewagt, sich anzublicken. Denn ohnmaßen bitter war es, die Verheerung zu schauen, welche die bösen Jahre angerichtet hatten. Als schöne, flammend stolze, kühne junge Menschen waren sie voneinander gegangen. Nun war die Schwester verblüht und zermürbt von ihrem freudlosen, hoffnungslosen Opferleben, der Bruder verzweifelt und zerbrochen.

Gott gebe es, daß er die Wahrheit sprach! Dann würde ja vieles wieder gut werden.

„Weine nicht mehr, Adula“, bat Hemma. „Komm, wir wollen lieber in die Kapelle gehen und für ihn beten.“

Sie führte die Wankende ins Haus und durch einen engen Hof in die winzig kleine Kapelle. Das heiligste Sakrament war nicht darin, da hier keine Messe gelesen wurde, seit Ohm Rapoto gestorben war. Doch heute brannten zwei Fackeln in eisernen Ringen zu beiden Seiten des Altars, über dem ein bemaltes Bildwerk des Weltenrichters thronte.

Im roten Scheine der leise singenden Flammen kniete Lanzo. Er trug schon das Waffenhemd seines Vaters mit den eingewebten heiligen Zeichen. Seine Hände waren mit einem Riemen verbunden, und sein Schwert lag auf dem Altar über dem Steine, der die Reliquie umschloß.

Adula schluchzte laut auf, da sie ihn sah. Sie wußte, nun kniete auch ihr Bruder so vor dem Kreuze, das sie ihm in die Zelle gebracht hatten. Sie ließ Hemmas Arm und ging zu dem betenden Ritter vor. Einen Schritt hinter ihm blieb sie stehen und zerrte an ihren Händen. Sie wußte nicht, ob sie ihm danken sollte. Er war Thietmars Gegner, wenn auch nicht sein Feind. Vielleicht würde

der Bruder von dieser sehnigen, schmalen, edlen Hand den Todesstreich empfangen, noch ehe die Sonne wieder sank –.
Er wandte sie nach ihr um. Da flüsterte sie: „Herr Lanzo, – ich – ich –." Er legte den Finger um den Mund und kehrte sich wieder gegen den Altar. Sie besann sich. Sie konnte Thietmar schaden, wenn sie mit seinem Gegner sprach.
Hemma blieb neben ihr knien, bis Lanzo sich nach einer Weile bekreuzigte, das Schwert umgürtete und fortging. Da stand auch sie auf und raunte Adula zu: „Ich muß nun nach meinem Kinde sehen. Bleib nur, solange du willst! Ich schicke dir meine Kammerfrau."
Sie sah wohl, daß Adula sie ungern gehen ließ. Doch es war Zeit, daß sie ihr Kind stillte.
Aufatmend ließ sie sich oben in den tiefen Frieden ihrer Kemenate fallen. Hierher drangen das unruhige Treiben der Gäste, die Erregung und Sorge nicht. Hier schlief das Kind so süß in seiner Wiege, die Ampel schien, und Atre saß in ihrem Stuhle, unberührt von allem Lärm des Tages.
Leise nahm Hemma das Kind und wickelte es auf. Es dehnte und streckte die runden Glieder und schnaufte wohlig. Es war so stark und voll Leben – die Wickelbänder behagten ihm nicht mehr. Ein sanftes, warmes Glück wehte all die schweren Gedanken vor die Türe hinaus. Nun war nichts mehr auf der Welt als diese kleine gewölbte Brust, die sich kraftvoll hob und senkte, dieses Mündlein, das so lustig schnalzte und gluckste, halb noch im Traume, halb von der Nähe der Mutter wohlig aufgeweckt. Sie küßte die runden Knie, die seidenfeinen Fußsohlen, die sich so fest in ihre Hände stemmten. Er tat ihr leid – es machte ihr innige Freude, ihm ein wenig Freiheit zu gönnen. Sie schlug den Kleinen nur leicht in ein paar frische weiche Tücher und nahm ihn so an ihre Brust.
Sie fühlte, wie wohl ihm war. Leise und glücklich begann sie ein Gebet zu murmeln. Ihre schönsten, reinsten und frömmsten Gedanken rief sie herbei und schenkte sie dem Kinde mit der süßesten Liebe ihres Herzens. Und da es eingeschlafen war, saß sie noch eine Weile so, denn sie vermochte sich nicht von der warmen, lieblichen Nähe zu trennen. Noch waren ja die Fäden stark und neu, die sie an diesen kleinen Körper banden.
Atre kam herein. „Herr Lanzo läßt Euch fragen, ob er mit Euch ein

paar Worte sprechen dürfte. Ich bin ihm unten vor der Kapelle begegnet", berichtete sie ein wenig atemlos. „Ich sagte zuerst, das ginge jetzt wohl nicht an. Doch dann kam der Graf vorüber, und Lanzo trug ihm seine Bitte vor. Da meinte Euer Gemahl zu mir, es sei gewiß zu verstehen, daß Lanzo von Euch Urlaub nehmen wolle, da doch niemand wissen könne, ob er morgen mit dem Leben davonkäme. Er wartet draußen auf Euren Bescheid."

„Dann rufe ihn herein", sprach Hemma. Sie schloß ihr Kleid. Ihre Finger zitterten leicht – es war etwas Besonderes daran, daß Lanzo sie sprechen wollte.

Er trat herein und ließ die Türe hinter sich weit offenstehen. Es dünkte Hemma, sie habe ihn noch nie so schön gesehen. Er war bleich, mit einem fremden, hohen Ernst um Mund und Augen.

„Ich möchte von Euch Abschied nehmen, Herrin", sagte er einfach. Seine Rede klang nicht viel anders als sonst. „Und ich bitte Euch, denkt nicht so sehr an mein liederliches Leben als daran, daß ich in Wahrheit wünschte, Euch in Treuen zu dienen."

Sie lächelte traurig. „Ihr sprecht, als ob Ihr in den sicheren Tod ginget. Thietmar hat nicht das Recht, Euch zu töten, wenn Ihr unterliegt."

„Trotzdem kann es geschehen, daß es so kommt. Es geht für ihn auf Leben und Tod. Weiß Gott, ich gönnt' es ihm, daß er den Sieg davontrüge!"

„Das wünsche auch ich", sprach Hemma. Und nach einer kleinen Weile, da sie befürchtete, er könne sie mißverstehen: „Kommt glücklich wieder, Herr Lanzo, – auch Ihr!"

Er neigte sich leicht und schwieg.

„Ihr wart wohl mit Thietmar eng befreundet, da Ihr jetzt so viel um seinetwillen tut?"

„Wir waren Knaben", murmelte er. Sie fühlte plötzlich, daß ihm das Herz hoch in der Kehle pochte. Ihr wurde so seltsam angst.

„Herr Lanzo, Ihr habt wohl einen Wunsch?" ermunterte sie ihn, da er allzu lange schwieg.

Da schlug er plötzlich die fiebrigen Augen auf. „Einen Wunsch habe ich wohl", sagte er rasch, wie in einem jähen, tief innen flackernden Zorn. „Doch diesen Wunsch würdet Ihr mir nicht erfüllen, obwohl Ihr das Kind am Schoß habt!"

Sie saß gebannt – eine Erkenntnis zuckte in ihr auf. Doch nein, das konnte nicht sein, daß er sie liebte, – Wilhelms bester Freund!

Er sah ihr Erschrecken und faßte sich. „Viele Dinge sind es, die nicht in Eurer Macht liegen", lenkte er ein. „Vielleicht möchte ich nur – ein anderer Mensch werden."
Erleichtert seufzte sie: „Wer möchte dies nicht, Herr Lanzo!"
Wieder schwiegen sie eine Weile. Das Kind zwitscherte leis im Schlafe. Am Gange klangen dumpf die Schritte von Lanzos Knappen. „Leb wohl, Gräfin", sagte er.
„Gott sei mit Euch – kommt glücklich wieder!"
Da er die Türe hinter sich geschlossen hatte, kam es ihr, als habe er ihr gewiß etwas anderes sagen wollen. Seltsam war es – ja, konnte es sein, daß er nicht um der fernen Knabenfreundschaft, sondern um ihretwillen den Kampf auf sich genommen hatte? Konnte es sein, daß er kämpfen wollte, um zu sterben –? Glücklich und zufrieden war er nicht. Das hatte sie schon lange gesehen. Und war sie schuld daran? Hastig stand sie auf und legte das Kind in die Wiege, als wollte sie es vor ihren wirren, sündigen Gedanken schützen. Es war gewiß nicht wahr, was ihr der Böse vorgaukelte. Sie beugte sich über die Wiege und betrachtete ihr schlafendes Kind so lange, bis etwas von seinem tiefen, unberührten Frieden auf sie überging und sie über ihre eigenen Gedanken lächeln konnte.

Bei Sonnenaufgang ritt Lanzo in voller Rüstung allein aus der Burg. Es waren schon Leute auf der Straße. Die wichen vor ihm zur Seite und grüßten ihn und staunten ihn an. Die blendende Morgensonne umglastete das Kirchlein auf dem Petersberge. Die jungsommerliche Pracht der Bäume umwölbte Lanzos Weg, als er aus dem Markte herausgekommen war und den Berg hinanritt. Die Vögel sangen wirr in allen Zweigen. Es war gut, daß der Kampf schon zur Zeit der Prime beginnen sollte. Der Tag schien heiß zu werden.
In der kleinen Kirche oben traf er schon Thietmar an. Der hatte heute die Sünden all der Jahre gebeichtet und den Leib des Herrn empfangen. Er trug die Rüstung, die ihm sein Vater durch Adula gesandt hatte. Haar und Bart waren beschnitten und gekämmt. Nun sah man erst, daß er im Gesicht sehr hager war.
Sie beteten nach der Messe still um Gottes Beistand, bis vom Pfarrhofe her der Laienbruder kam und ihnen das Frühmahl brachte. Da aßen und tranken sie schweigend, indes Thietmars Blicke

spähend an Lanzos Rüstung auf und nieder glitten. Der andere schien es nicht zu bemerken. Er bröckelte gedankenlos das Brot in seinen Mund und starrte mit weit offenen blauen Augen durch das schmale, leere Fenster in den seidenen Morgenhimmel hinaus. Das Summen und Wogen der wachsenden Menschenmenge stieg nun schon bis zur Kirche empor. Thietmar schob den Becher von sich und lauschte mit zusammengepreßten Lippen und verkrampften Fäusten.

Dann klagte plötzlich das kleine Glöcklein grell und schneidend auf. Thietmar sprang empor und wartete ungeduldig, bis Lanzo das Härsenier über das Kinn geschnallt und den Helm mit dem Nasenbande aufgestülpt hatte. Er brauchte lange dazu – der eiserne Handschuh wollte die schmalen, harten Riemen nicht fassen. Doch dann ging er so leicht und rasch zur Kirche hinaus und schwang sich behend aufs Pferd –, man sah es, daß er die schwere Rüstung wie ein Alltagskleid trug.

Sie trabten nebeneinander den Berg hinab. Das Brausen schwoll hoch auf, da sie in die Nähe der Schranken kamen und durch das enge Pförtlein einritten. Auf den Plätzen der Vornehmen drängten sich die Frauen. Da saß auch die Gräfin neben ihrem Gemahl –. Sie sah bleich aus in ihrem schmucklosen, dunklen Kleide. Sie hielten an und senkten die Lanzen und blieben so, indes Graf Wilhlem aufstand und mit seiner lauten, rauhen Stimme rief: „Von Gott dem Allmächtigen und unserem Kaiser zum Herrn und Richter dieses Gaues aufgestellt, gebiete ich Frieden auf diesem Platze, bis zwischen dem edlen Manne Lanzo und dem des Meuchelmordes und Leichenraubes angeklagten Thietmar, dem Albecker, das Gottesurteil ausgetragen ist. Wer einem der beiden Kämpfenden durch Zuruf oder leibliche Hilfe beisteht, wird nach Brauch und Gesetz mit dem Verlust der Hand bestraft. Nun walte Gott der Wahrheit!"

Es kam der Propst von Maria Saal mit Priestern und Diakonen in die Schranken gezogen. Der freundliche Mann sah sehr bekümmert aus.

Er trug einen schwarzen Rauchmantel, als solle er ein Begräbnis halten. Mit zuckenden Lippen sprach er den beiden Rittern die Eidesformel vor: „So wahr mir Gott helfe und sein heiliges Kreuz, gelobe ich, daß ich hier vor seinem Angesichte für die reine und unverletzte Wahrheit streite."

Thietmar hebt seine beiden Hände auf und spricht den Eid, wie er

ihn gehört. Seine Stimme ist heiser, so daß ihn die Leute nicht verstehen können. Er küßt das Reliquiar und schlägt unter dem Segen des Propstes ein Kreuz. Er hört Lanzos klare, deutliche Stimme – er spricht: „– – für das reine, unverletzte Recht –.“
Das Blut beginnt ihm in den eisenverdeckten Ohren zu singen – was soll die schwarze Bahre, die sie da vor ihn hinstellen, sie schreckt ihn nicht! Was will Adula noch vom Grafen, was tut es, wenn ihm die Sonne gegen das Gesicht steht – seinetwegen brauchten sie ihren Stand nicht so beflissen abzuwägen! Nun ist seine Stunde da – Stunde der Erlösung, der Gerechtigkeit, – Stunde der Tat! Endlich! Endlich!
Er legt den Speer ein und stürmt gegen Lanzo vor. Der weicht ihm aus, sie wenden, und im nächsten Augenblick prallt Lanzos Speerspitze so hart an Thietmars Schildbuckel, daß es wie ein schriller Schrei in das atemlose Schweigen gellt. Thietmar hält sich, weicht zurück und sprengt zur Hurte an. Doch Lanzo hat sein eigenes Roß besser in der Gewalt als Thietmar den Hengst seines Vaters, der wohl schon lange keinen Kampflauf mehr getan. Der Anprall des feindlichen Rosses ist so stark, daß Thietmars Tier sich hoch aufbäumt. Und im selben Augenblick sticht Lanzo – sticht wieder, diesmal schräg unter dem Schild nach Thietmars Brust, daß er die scharfe Eisenspitze im Fleische spürt. Da packt ihn wilde Wut, er rennt ihn an und stößt und fängt Lanzos Stoß, – sie wenden und stoßen wieder. So kämpfen sie wohl eine halbe Stunde in einem hitzigen Puneiz. Keinem gelingt es, den Feind gefährlich zu treffen, bis endlich einmal Thietmar den Stoß verfehlt und ins Leere brescht. Lanzo reißt sein Pferd blitzschnell herum und will ihn von hinten fassen, doch Thietmar hat schon den Schild auf den Rücken geworfen, und Lanzos Speer zersplittert am Schildgespenge.
Thietmars Hengst bricht in die Knie. Beide springen ab und ziehen die Schwerter. Und indes die Grieswärtel die Pferde einfangen, beginnen sie den schweren Kampf auf Leben und Tod.
Die Sonne steigt nun höher und höher. Die beiden Kämpfer haben keine Zeit, den Schweiß aus den Augen zu wischen. Sie fechten nun mit furchtbaren Hieben, daß die Ringe ihrer Kettenpanzer in den zerwühlten Sand rasseln. Sie schlagen und wehren ab, decken sich und gehen los, sie wechseln das Schwert von einer Hand in die andere und springen und biegen sich wie in einem wilden

Tanze. Ihr Keuchen und das Klirren der Waffen füllt die Totenstille über dem Platze. Niemand weiß mehr, wie lange es schon dauert, daß die beiden eisenschweren, seltsam unmenschlichen Gestalten gegeneinander toben. Das Zeitmaß eines ritterlichen Zweikampfes ist längst überschritten. Doch d i e s e r Kampf nimmt erst ein Ende, wenn Gott gesprochen hat. Eine Frau sinkt ohnmächtig an den Schranken hin und bleibt dort liegen. Niemand trägt sie fort.

Dann klingt es plötzlich hell wie eine zerrissene Saite: Thietmars Schwert ist bei einem doppelhändigen Hieb zerbrochen. Er schleudert den Griff von sich und läuft geduckt wie ein Bär gegen Lanzo an. Er unterläuft ihn und packt ihn mit Gewalt und preßt ihn an sich, als wolle er ihn an seiner eisernen Brust zermalmen. Lanzo greift nach Thietmars Nacken, doch plötzlich sinken seine Arme ohnmächtig herab. Und während Thietmar einen Augenblick unsicher innehält, gleitet Lanzo aus seines Gegners Umklammerung schwer zu Boden.

Ein schauerndes Aufatmen, ein kleiner gepreßter Schrei aus Frauenmund wird hinter den Schranken laut, als flöge eine Schar von Tauben auf. Thietmar kniet neben Lanzo nieder. Der hebt mühsam die Hand und reicht sie ihm. Dann läßt er sich auf den Rücken fallen und liegt reglos wie ein Toter auf dem Sande.

Thietmar steht auf – seltsam steif und unbeholfen nach der verbissenen, wilden Hast des Kampfes. Er zieht einen Handschuh aus und läßt ihn fallen. Dann nimmt er Helm und Härsenier vom Kopfe und streift sich das von Blut und Schweiß verklebte Haar aus der verschwollenen Stirn.

Nun schreien und jubeln die Menschen aus der Inbrunst ihrer erschütterten Herzen. Doch Thietmar steht leise schwankend da, als höre er von all dem nichts. Er sieht wohl, wie sie Lanzo forttragen, und möchte ihm etwas sagen, – er fühlt seine bloße Hand von anderen Händen erfaßt. Der Propst, der Graf – Adula. Sein Kopf ist von Schlägen und der furchtbaren Spannung ganz betäubt. Sein Herz ist leer, nun er mit einer ungeheuerlichen Anstrengung den schweren Stein hinweggewälzt, der darauf gelegen hatte. Er fühlt nichts – keine Siegesfreude, keine Erlösungswonne. Nur leicht ist ihm, so schwebend leicht.

Sie heben ihn aufs Pferd und geleiten ihn im Triumph zur Peterskirche, um dort dem ewigen und gerechten Richter ein Tedeum

darzubringen. Denn alle Herzen sind über sich selbst hinausgetragen, da der Unsichtbare sich vor ihnen geoffenbart hat. Der Schauer seiner Größe hat sie angerührt.
Adula geht hinter Thietmar zwischen der Gräfin und der Herzogin in die Kirche. Sie allein kann sich nicht zu heiliger Freude aufschwingen. Sie ist wohl allzu sorgenmüde. Sie umfängt ihres Bruders hagere Gestalt mit nassen Blicken. Da geht er hin – immer noch irgendwie mit dem vorsichtigen, gehetzten, scheuen Gang der Waldtiere, von Staunen, Ehren und Rührung überflutet. Doch die elf Jahre – elf schöne, junge Jahre –, die kann ihm keiner wiedergeben.

Lanzo lag in der kleinen Stube über der Halle, neben dem Schlafgemach. Sonst schliefen Atre und die Kammerfrauen darin. Doch die hatten sich in der Vorstube ihre Nester gemacht. Lanzos große luftige Turmkammer starrte vom Schmutz seiner Hunde und Falken und war für eine lange Pflege auch zu entlegen. Und die brauchte er wohl, falls ihn Gott genesen ließ.
Es stand übel um ihn. Er trug viele Wunden an Brust und Armen, wo Thietmars wilde Schläge den Kettenpanzer zerschnitten hatten. Doch einer, wohl der letzte, hatte den Halsberg auf der Schulter durchgehauen. Das Schlüsselbein und die zwei obersten Rippen waren gespalten. Die Wunde klaffte fürchterlich.
Er hatte seit dem Morgen das Bewußtsein nicht mehr erlangt. Der starke Blutverlust, vielleicht auch die Betäubung von Helmhieben und die Erschöpfung nach dem langen, schweren Kampfe hielten ihn in tiefer, wohltätiger Ohnmacht gefangen. Meister Silvester, Frau Tutas Arzt, hatte ihm gegen Abend noch eine Schlafwurzel zwischen die Zähne gesteckt.
Hemma war schon während des Dankgottesdienstes in die Burg zurückgekehrt. Sie hatte geholfen, den Schwerverwundeten mit Öl und Wein zu waschen und die salbenbestrichenen Verbände anzulegen. Mit eigener Hand bereitete sie ihm das weiche, kühle Bett, sie kühlte ihm die Stirn und bestrich seinen Körper mit Butter, um das immer höher aufglühende Wundfieber zu mindern.
Unten in der Halle feierten sie Thietmars Sieg und Rechtfertigung. Die Heilrufe, die Glückwünsche und Gespräche drangen gedämpft durch den Bretterboden. Doch eine rechte, laute Fröhlichkeit wollte nicht aufkommen. Thietmar selbst war ein gar stiller Gast. Er war

es nicht mehr gewöhnt, unter vielen und vornehmen Leuten zu sitzen, und er war erschöpft und im Innersten erschüttert. Seine Wunden brannten. Doch diesen Schmerz empfang er fast als Glück. So war es doch kein Traum wie sonst in schlaflosen Mondnächten auf den friulanischen Bergen. –

Manchmal pochte es leise an der Türe, und jemand von den Gästen wollte nach Lanzo sehen. Doch Hemma und Atre ließen niemanden herein außer Wilhelm. Der war so betrübt, daß ihm die Tränen in den krausen Bart rannen, als er Lanzos fieberflammendes Gesicht betrachtete.

„Ich bitte dich, Hemma, sieh selbst, daß es ihm an keiner Pflege mangelt!" bat er sie. „Nun werden es bald zwanzig Jahre, daß wir Blutsbrüder sind. Einen treueren Freund als ihn kann es nicht geben."

Sie nickte. Gott verzeih ihr, daß sie Lanzo gestern mit mißtrauischen Gedanken herabgesetzt hatte! Niemals hatte er ihr Anlaß gegeben, so schlecht von ihm zu denken.

Als Wilhelm gegangen war, setzte sie sich wieder an das Krankenbett und begann ihre Arzneitruhe einzuräumen. Triakel und Diktamsalbe, Arnikasaft und Bibernellwurzel wickelte sie säuberlich in weiße Tüchlein ein, ehe die Dämmerung so dunkel wurde, daß sie nichts mehr sehen konnte. Dann kam Atre mit einem Öllämpchen herein.

Der Abend war heute nicht so schön und mild wie gestern. Ein scharfer Wind fuhr in jähen Stößen zum Fenster herein. Kleine dunkle Wolken jagten am Monde vorüber.

Hemma überhörte bei dem leisen Knattern der Schindeln auf allen Dächern ein hastiges Pochen. Erst als die Türe aufging und Adula hereintrat, blickte sie auf. „Hemma!" flüsterte die Albeckerin erregt, „ich bitte dich, komm rasch mit mir hinunter!"

Die Gräfin stand auf. „Was ist? Ist jemandem etwas geschehen?"

Adula schüttelte den Kopf und zog sie an der Hand mit sich fort. „Ich weiß nicht, ob ich recht gesehen haben, – ein Pilger verlangte mit Thietmar zu reden. Ich ging ihm nach bis an das Tor hinaus, – und nun dünkt es mich, der Pilger sehe deinem Vater gleich –"

„Adula!"

Sie liefen durch die zwei Höfe und den Durchgang des Torturmes. Von dort aus sahen sie zwei Männer im tiefen Schatten eines Apfelbaumes stehen. Der eine war Thietmar. Er sprach auf den anderen

ein, schien ihn um etwas zu bitten. Schließlich nahm er von ihm Abschied und ging langsam zur Burg zurück.
„Geht mit ihm hinein, Adula, doch sage keinem etwas von dem, was du gesehen hast", flüsterte Hemma. Sie wartete, bis die Geschwister im Tore verschwunden waren, und trat dann auf den Fahrweg hinaus.
Der Pilger stand allein im letzten Grauen der Dämmerung. Sie konnte nur die Umrisse seiner Gestalt erkennen – sie sagten ihr nichts. Sie hatte den Vater immer schlank und schön in vornehmen Kleidern gesehen. Diese unförmige Pilgerkutte, die müde Haltung schienen ihr fremd. Dennoch begann ihr Herz immer wilder zu klopfen. Warum kam er nicht näher?
Endlich hatte sie den Mut, an ihn heranzutreten. „Wollt Ihr nicht bei uns Herberge nehmen, würdiger Vater?" fragte sie bebend. „Es wird Nacht."
Er antwortete nicht. Doch da er ihr sein Gesicht zuwandte, erkannte sie ihn.
„Gott minne dich, liebe Tochter", sagte er und preßte sie heftig an sich.
„Vater!" rief sie in heller Freude. Seine Zärtlichkeit hatte das beklommene Gefühl aus ihrem Herzen fortgewischt. „Wie froh bin ich – wie froh bin ich, daß Ihr heil und gesund heimgekehrt seid!" Sie küßte seine Hand – niemals hatte sie gewagt, aus freien Stücken seine Wange zu küssen –, doch er umarmte sie wieder.
„Komm, setze dich zu mir, Hemma!"
„Vater, Ihr müßt gleich zur Mutter und zu Wilhelm kommen! Oft sprachen wir in der letzten Zeit davon, daß Ihr nun wohl bald heimkehren würdet. Wie werden sie sich freuen!"
Sie nahm ihn bei der Hand und zog ihn mit sich zum Tore. Sie war vor Freude und Überraschung so benommen, daß sie sein Zögern gar nicht merkte. Erst am Tore, wo der alte Ruother mit zwei Knechten stand und alle drei den Pilger zweifelnd anstarrten, trat er an ihre Seite.
„Ruother", rief Hemma strahlend, „geh hinein in die Halle und sage dem Herrn, er möge ein wenig zu mir herauskommen!"
Der Alte lief voraus. Immer wieder wandte er sich um. Und ehe er im inneren Hofe verschwand, sahen sie ihn lachen. „Er hat Euch erkannt, Vater. Kommt! Wie wird sich Wilhelm freuen!"
Sie hatten die kleine Saaltreppe noch nicht erreicht, als Wilhelm

aus der Türe kam. „Wilhelm! Sieh, wen ich bringe!“ rief sie ihm entgegen.
Mit einem Sprunge war er bei ihnen. „Schwiegervater! Seid willkommen!“ Sie küßten sich auf beide Wangen und schüttelten sich die Hände.
„Was ist das heute für ein großer Tag!“
Hier, im Scheine, der aus der offenen Türe fiel, konnten sie sich erst betrachten. Der Vater war noch wie einst – ein wenig grauer, ein wenig schmäler und etwas verwildert von der weiten Reise. Doch er mochte wohl finden, daß seine Tochter noch schöner und frischer sei als einst, denn er lächelte voll Freuden, als er sie sah.
„Ihr werdet hungrig und müde sein. Kommt doch herein, wir haben Bäder für unsere Gäste gerichtet. Und inzwischen will ich in der Küche sagen, daß sie für Euch von neuem auftragen“, sagte Hemma eifrig. „Lieber Gott, wie froh ich bin!“
„Laß das nur sein“, bat Herr Engelbert stille. „Um ein Bad am Abend bin ich froh. Doch an Eure Tafel mag ich mich heute nicht mehr setzen. Ich bin zu müde. Mit Thietmar habe ich schon gesprochen. Die anderen will ich lieber nicht sehen. Doch jetzt möchte ich die Mutter aufsuchen. Wie geht es ihr?“
„Nicht schlechter als damals, als Ihr fortginget“, beeilte sich Wilhelm zu versichern. „Ich will vorausgehen und es ihr vorsichtig beibringen.“
„Die Mutter und Wilhelm sind die besten Freunde“, lächelte Hemma ihm nach. „Ihr werdet bald sehen, daß sie es bei uns gut hatte. Wir waren beide froh, sie bei uns zu haben.“
Der Vater blieb stehen. „Das glaube ich wohl. Dein Mann ist ein guter, aufrechter Mensch. – – Doch nun will ich allein zur Mutter gehen.“ Sie legte die Arme um seinen Hals und küßte ihn, ehe sie in ihre Kemenate ging. Sie konnte nicht anders – er war ihr so nahe wie noch nie. Seine Stimme war so unsicher gewesen, da er diese Worte gesprochen hatte –.

Drei Wochen später wurde sie nach St. Veit gerufen. Die Schwester der Herzogin, Frau Beatrix, war dort von den Wehen überrascht worden. Hemma blieb die ganze Nacht bei ihr. Noch war es nicht lange her, daß sie die gleichen, ja wohl noch ärgere und langwierigere Qualen erduldet hatte. So schien es ihr manchmal, wenn das Schreien des jungen Weibes hoch anschwoll, als litte sie selber den

Schmerz um das neue Leben. Gegen Morgen gebar Beatrix einen schönen, starken Sohn. Er sollte Markward heißen nach seines Vaters Vater.
Als der kleine Eppensteiner endlich gebadet und gewickelt in der Wiege lag, nahm Hemma Urlaub von der Herzogin und kehrte nach Zeltschach heim. Sie hatte keine Zeit, die Feste mitzufeiern, die Adalbero in seiner Vaterfreude halten ließ. Daheim war sie überall vonnöten.
Lanzo lag noch schwer krank darnieder. Seine Wunde eiterte zwar nicht. Das Schlüsselbein heilte schon, und die schlimmsten Schmerzen waren überstanden. Doch würde es gewiß noch manche Woche dauern, ehe er aufstehen konnte. Er lag in großer Schwäche dahin. Auch die Mutter war vor Freude kränker geworden. In den ersten Tagen nach des Vaters Heimkehr hatte es ausgesehen, als sollte sie wieder eine halbe Gesundheit erlangen. Doch nun lag sie fiebernd in ihrer Kemenate.
Ein Stück weit ober St. Veit begegnete Hemma einem kleinen Reiterzuge. In einer Sänfte zwischen Pferden saß eine alte Frau, sechs bewaffnete Männer und zwei Mägde begleiteten sie. Hemma erkannte sie. Es war Hadmut von Eppenstein, die Mutter Adalberos. Die Greisin hatte schlechte Augen und erkannte die Junge- nicht. Ein wenig unwirsch und ängstlich ließ sie sich zur Seite tragen, um die fünf Reiter vorbeizulassen. Doch Hemma hielt neben ihr und rief sie fröhlich an: „Frau Hadmut, nun gebt mir das Botenbrot! Heute früh seid Ihr Großmutter geworden!"
„So, ist es schon da? Gott sei gelobt – es ist wohl alles gutgegangen, da Ihr so fröhlich seid, Frau – Frau Hemma?"
„Gut und schnell! Und es ist ein Knabe, ein schönes und starkes Kind. Euer Sohn hat allen Grund, vor Freude den Verstand zu verlieren, wie er es tut –"
„Ja, ja, es war Zeit", meinte Frau Hadmut brummig. „Lange genug ist er in der Welt herumgestreunt. Jetzt ist ihm die Vaterwürde neu, und er mag sich wohl rühmen. Und mehr kann er auch von seiner Frau nicht verlangen, als daß sie ihm gleich im ersten Jahre einen Sohn in die Wiege legt."
Hemma mußte lachen. „Ja, andere müssen zehn Jahre darauf warten. Und ich bitte Euch, verargt es Eurem Azo nicht, wenn er sein Glück nicht genug zu schätzen weiß. Trotz aller Klugheit kann ein Mann dies niemals ganz erfassen."

„Ach ja, was wissen die Männer, was das heißt, ein Kind gebären, aufziehen, sein Herz daran hängen. Und wenn die Kinder groß sind, dann laufen sie in die Welt und zeigen uns, daß all unsere Liebe ihnen kaum an die Fußknöchel rührte –."
Es gab Hemma einen kleinen Stich ins Herz. Doch heiter entgegnete sie: „So mag wohl der Lauf der Welt sein, Frau Hadmut. Doch sagt man – und ich weiß es selbst –, daß die Liebe zwischen Großmutter und Enkelkind die zärtlichste sei. Ich wünsche Euch, daß Ihr sie lange genießen möget."
Ein seltsamer Schein ging über das alte, mürrische Gesicht, als rühre ein warmer Sonnenstrahl daran.
„Nun muß ich aber eilen, daß ich den Knaben sehe", sprach sie hastig, um ihre Rührung und Freude zu verbergen. „Seid bedankt, liebe Gräfin, und kommt gut nach Hause! Das Botenbrot will ich Euch geben, sobald Ihr einmal auf dem Eppenstein einkehrt. Säumt damit nicht zu lange!"
Sie schieden mit einem festen Händedruck.
Ehe Hemma in den Wald hineinritt, ließ sie ihre Stute ein wenig rasten. Die gute Silberlin wurde alt. Doch es schien sie zu kränken, wenn sie ein anderes Pferd aus dem Stalle holte.
Es war eine Lust, über das runde Talbecken hinzuschauen. Die waldigen Höhen wölbten sich sommerlich dunkel um die goldgrünen Wiesen und Ackerflächen. Im tiefsten Grunde unten lag St. Veit, ein Häuflein grauer Stein und braunes Holz zwischen den runden Kuppeln der Linden, Erlen und Buchen. Das hohe Dach des Kirchleins und des Herzogshofes stach ein wenig daraus hervor. Und ringsumher schwelte und schwoll es in sprühender Sommerglut. Auf den Äckern wallte es schwer von drängender Reife, das kurzgemähte Wiesengras trug schon wieder samtenen Schein. Gottlob, das Jahr war gut! Bald würde das Hungern und Sparen ein Ende haben. Gott hatte seinen Segen wieder tauen lassen.
Sie ritt in den lautlos schweigenden, kühlen Wald hinein. Und es war ihr, als dehne sich ihr Herz bis zum Zerspringen von einem fast schmerzlichen Gefühl innigster Freude und Dankbarkeit.
Ja, sie hatte den Segen Gottes auf ihrem Leben – unverdient, wie Regen auf einem steinigen, undankbaren Felde. Sie war gesegnet, tausendfach, in ihrem Kinde, ihrem süßen, liebsten Knaben. In einigen Stunden konnte sie ihn wieder an ihre Brust legen. Gewiß

hatte er aus dem Kuhhörnlein nicht trinken wollen! Wie sie sich um ihn sorgte, nach ihm sehnte! Nun war er schon so stark, daß er sich aufsetzen konnte, schon so klug, daß er sie erkannte. Vielleicht weinte er eben um seine Mutter, die ihn alleine ließ. Geschehen war ihm wohl nichts – Atre ließ ihn ja nicht aus den Augen. Wie reich an Freude und lieber Sorge war sie durch dieses Kind!

Hier unter diesen Lärchen hatte sie es Wilhelm gesagt. Und seither wußte sie erst, wie innig sie ihn liebte. Es war wohl eine andere Liebe als jene, die Beatrix an Adalbero band. Aber vielleicht war sie glücklicher als Beatrix. Sie litt nicht die Angst und Unruhe der Leidenschaft, die Gier nach dem Ganzen, Ungeteilten, die sklavische Abhängigkeit, die aus dem noch kindlich unbeherrschten Wesen der Eppensteinerin so deutlich sprach. Ihre Liebe war ein tiefes, ruhiges Bewußtsein der Zusammengehörigkeit, der Hochschätzung und mütterlichen Zärtlichkeit, und darüber hinaus ein stilles, geheimnisvolles Weben von Herz zu Herz, das all ihr Tun und Denken zusammenschmolz. Wilhelm – er liebte sie freilich mit aller Glut von Anbeginn. Doch ihr war die Liebe Lohn und Leben nach langem Dienste.

Sie wußte ja nicht, wie es nun wäre, wenn sie der Liebe und Treue Wilhelms nicht so gewiß sein könnte, wenn auch ihm alle Herzen zuflögen wie Adalbero und auch er in allen Kammern der Minneburg zuhause wäre. Adalbero hatte erzählt, wie höfisch die Herren und Damen in den Ländern der Languedoc der Minne dienten. – Ein schmachtender Ritter war Wilhelm nicht. Doch sein gutes, treues deutsches Herz war wohl ebenso gut wie alle Lieder und höfischen Liebesspiele der Provence.

Auch jetzt noch tat es ihr weh, wenn sein Jähzorn, seine Härte, sein unbeugsames Wesen oft in einigen Augenblicken zerstörten, was sie mit dem Aufgebot aller Nachsicht, Geduld und Klugheit aufgebaut hatte. Wenn er Freundschaft und Treue hart auf die Probe stellte, kaum versöhnte Feinde und Untergebene wieder in Verbitterung stürzte oder im Zorn und Ärger Anordnungen traf, die das ganze Hauswesen in Verwirrung brachten. Es war nicht leicht für seine Frau, alles wieder gutzumachen, ohne daß er es merkte. Doch es war fast rührend zu sehen, wie sehr er sich um Haltung bemühte, seit er einen Sohn besaß. Um seinetwillen, der einmal nach ihm in diesem Gaue leben würde, hütete er sich, unnütze

Feindschaft und Fehde heraufzubeschwören und sein Gut aus Trotz und Laune zu vergeuden. Und das machte ihn ihr so lieb. Denn früher hatte sie oft geglaubt, er lebe ohne Ziel und hohes Streben in den Tag hinein wie ein Heide. Es war nicht so, sie wußte es. Doch nun sah sie, daß er seine Taten wog. Und sie war glücklich. Wohl wußte sie, daß sie ihm von manchem nicht erzählen konnte, was sie bewegte. Doch er legte ihr nichts in den Weg, wenn sie die Armen und Kranken zur Burg heranzog, wenn sie eine Kirche baute und von ihrem Besitze die Pfründen stiftete. Es freute ihn wohl selber, daß sie von allen Leuten geliebt und gepriesen wurde und daß man seine Grafschaft das karantanische Himmelreich nannte.

Guter Gott, verzeih mir, wenn es Vermessenheit und Hochmut ist – ich kann nicht anders als mich freuen! Ich weiß ja, es ist dein Segen, daß unter meinen Händen alles gedeiht! Liebster Herr, ich möchte ja alles aufs beste tun, wie du es willst. Ich erkenne wohl, daß du mir vieles übergeben hast. Doch nichts soll mich von dir zurückhalten! Laß mich alles nach deinem Willen verwalten und austeilen, damit dein Segen allen zugute komme!

Sie sieht es wie ein Bild vor sich – Felder und Wiesen und Weinberge mit allem bunten Leben bäuerlicher Wirtschaft, den Ställen voll Vieh, den Mühlen und Schmieden und Brechelstuben und Scheunen, mit dem Volk der hörigen und freien Bauern auf Huben und Höfen. Wie alles gedeiht, wie alles strömt und kreist im Lauf der Jahreszeiten! Sie steht mitten in der Fülle des lebenspendenden Erdsegens. Ihre heilige Pflicht ist es, ihn zu verwalten, daß all die vielen ihren Teil erhalten und nichts verlorengehe.

Und da ist die Burg, die vielen Menschen Heim und Zuflucht ist, – die Stätte, an der sich ihr irdischer Kampf um das ewige Heil ereignet. An ihr liegt es, daß Reinheit, Ordnung, Frömmigkeit und Frieden allen beistehen, – daß sie an Leib und Seele bei ihr geborgen seien.

Und die Kranken, die Waisen und Alten, die Armen und Reisenden warten auf ihre Hilfe, die halbheidnischen Waldleute auf den Trost des Glaubens. Knechte und Mägde und viele andere kommen zu ihr um Rat und Trost, Freunde und Anverwandte brauchen ihren Beistand.

Vor allem aber muß sie Wilhelms Freundin sein. Viel liegt auf ihm: die schwierige Verwaltung all der weitverstreuten Güter und Bergwerke, die Verantwortung für die ihm anvertraute Grafschaft, der harte Waffendienst an Land und Reich und all die Aufträge und Beziehungen, die zwischen dem Kaiser und seinen Großen hin und her gehen. Er ist Kaiser Heinrichs vertrautester Vasall in Karantanien. Alte Waffenbrüderschaft und die Zuneigung der Kaiserin Kunigunde zu Hemma binden sie aneinander. Und Wilhelm ist so geartet, daß diese hohe Freundschaft ihm nicht viel anderes einträgt als strengeren Dienst und Opfer an Zeit, Freiheit und Silber.

Ja, so ist er. Und darum liebt sie ihn, darum muß sie ihm Ruhe, Freude, Süße sein – ein tiefer Brunnen, in den er alles versenken kann, was ihn bedrückt, der dennoch klar und kühl bleibt, ihn zu laben.

Es ist eine schöne Gnade, inmitten all dieser Aufgaben zu stehen. Lang hatte sie gebraucht, um sich aus den verspielten Träumen der Jugend zu lösen und zu erkennen, wie verächtlich es sei, in ihrem hohen strengen Amte als Herrin und Weib ihren schwachmütigen Sehnsüchten nachzuhängen und sich um ihrer selbst willen zu grämen.

Nun sind ihr die Augen aufgegangen, nun rauscht es wie ein Strom von Kraft und Mut in ihrer Seele. Nein, Herr, es ist nicht Stolz und Vermessenheit! Nie noch erkannte ich so klar, daß es dein Segen ist, der alles schafft und wirkt. Doch laß mich dich lobpreisen, daß du mich als Werkzeug in deine Hand genommen hast!

Die Gurk rauscht nun schon neben der steinigen Straße. In ihres Herzens Freude stimmt Hemma das Magnifikat an. Die zwei Waffenknechte, die schon einige Jahre in ihrem Dienste stehen, singen froh und fromm darein. Der dritte summt unsicher mit und wundert sich, was die Gräfin für eine schöne Stimme habe.

Vom Hohenfeld über dem Zusammenfluß der Metnitz und der Gurk leuchtet das neue Kirchlein, das sie der heiligen Radegundis hat bauen lassen. Da kommt es ihr in den Sinn, daß ihre Mutter hier ihre letzte Ruhstatt haben möchte. Ein Schleier fällt auf ihre Freude. Die Mutter schwindet dahin. Schon gleicht sie einem Gefäß aus hauchzartem Alabaster, darein sich ein starker Vogel gefangen hat. Die Schwingenschläge der Freude, des Leides, der Liebe erschüttern die durchsichtige Wand. Es mag schon morgen sein, daß sie zerbricht.

Doch wird auch dieses Sterben Gnade sein. Nach einem Leben voll

Krankheit und heimlichen, fromm getragenen Leides vereint mit Gott hinüberzugehen in eine glückselige Ewigkeit – wer dürfte trauern, wenn es geschähe?

Im Sanngau hatten sich die Slawen gegen die deutschen Herren empört. Wilhelm mußte eilends mit einem Heerzuge über den Loibl reiten. Ein Bote kam nach Zeltschach. Der Graf habe mit dem Schwerte die Ruhe wiederhergestellt, doch er wolle erst gegen Weihnachten über Cilli heimkehren. Fast drei Jahre war er von seiner Herrschaft fern gewesen. Da hatten die Vögte Zeit gehabt, sich als arge Herren aufzuspielen.

Wenn ihr die viele Sorge um ihre Kranken und um die Ernte Zeit ließ, dachte Hemma oft mit Bangen darüber nach, wie Wilhelm nun wohl im Sanngau mit schweren, gewaltigen Streichen nach allen Seiten die aus den Fugen geratene Ordnung wieder zusammenschlagen würde. Sie hatte des Kindes wegen nicht mitreiten können – zum ersten Male. Sie war darob fast froh gewesen. Mancher Anblick blieb ihr dadurch erspart, der ihr Herz verwundet hätte. Doch sie litt auch daheim, wenn sie an die armen Leute dachte, denen sie nicht helfen konnte. Mit den Vögten mochte Wilhelm mit aller Strenge verfahren. Nichts schien ihr verächtlicher und hassenswerter als Mißbrauch des Vertrauens und Gewalttätigkeit gegen die Hilflosen. Doch wie er sich wohl gegen die armen Windischen zeigte – sie hatte sie so liebgewonnen in den Jahren, da sie unter ihnen lebte. Sie waren sanft und geduldig und fleißig wie ihre schönen, rahmweißen, glatten Kühe, anhänglich und diensteifrig. Sie trugen viel in dumpfem Schweigen. Doch wenn es zu schwer wurde, dann schlug ihr Wesen in heimtückischen Haß, in Blutgier und starre, glühende Rachsucht um. Und Wilhelm sah in seiner Erbitterung vielleicht nur dies. Es wäre doch gut gewesen, wenn sie hätte mitreiten können. An ihr hingen sie alle mit unterwürfiger Zärtlichkeit, sie wußte es wohl.

Ehe Wilhelm fortgeritten war, hatte er Adalbero eine Botschaft gesendet, mit der Bitte, seiner Gemahlin beizustehen, falls sie es brauche. Gottlob, sie brauchte Adalberos Beistand nicht. Die Ernte ging voll freudigen Eifers vonstatten, die Leute hielten ringsum Frieden, und das Kind gedieh.

Doch zu Anfang des Brachmonds trabte der Eppensteiner plötzlich

den Berg herauf, nur von einem Knechte begleitet und zur Jagd gerüstet. Hemma sprach gerade mit der Schafferin vor der Brechelstube, die einen Hirschensprung vor dem Burgtore unter einer goldrauschenden Buche stand. Wie immer, wenn Wilhelm ferne war, trug sie ein einfaches, der Ernterarbeit wegen fast bäurisches Gewand aus fahlbrauner, grober Leinwand. Statt des zierlichen Gebendes hatte sie ein leichtes, weißes Tuch um den Kopf gebunden. Sie stand mit dem Rücken zur Straße und sagte eben voll Eifer: „Dann können wir also am Montag mit dem Brecheln anfangen."
Da legte sich eine feste, kosende Hand auf ihren Nacken, und eine heitere Stimme sprach: „Solch schöne Hinde habe ich hier noch nicht gesehen. Woher bist du, mein –"
Zornig fuhr sie herum und blickte in Adalberos fassungsloses Gesicht. Dann lachte sie. Sie konnte nicht anders – es tat ihr wohl, ihn einmal in Verlegenheit zu sehen.
„Vergebt mir, edle Frau", bat er endlich. „Ich habe Euch nicht erkannt – ich dachte, Ihr wäret in der Burg –"
„Das kann geschehen", begütigte sie wohlgelaunt. „Doch nehmt es Euch zur Lehre! Nicht von jedem Bäumlein fallen Rosen, wenn man es rüttelt."
„Frau Hemma, die Schuld liegt nicht an mir allein. Auch im Bauernkittel seid Ihr so schön, daß man an Euch nicht vorübergehen kann."
Sie wurde ernster. „Dies mag ich nicht glauben. Ich bin Euch auch gar nicht böse, daß Ihr mich für eine Magd gehalten habt. Ihr braucht Euch um keine Ausrede zu bemühen. Doch kommt jetzt herein! Die Suppe wird gleich fertig sein." Sie ärgerte sich, daß sie ihrer Rede einen beinahe scharfen Ton gegeben hatte. Immer noch fiel es ihr schwer, Adalbero als Freund aufzunehmen.
Die Abendsuppe war nicht zu üppig. Hemma wollte ihretwegen kein umständliches Sieden und Braten anschaffen und aß dasselbe wie ihre Dienstleute, wenn sie allein war. Frau Tuta wollte nichts anderes verzehren als ein wenig Milch, Lanzo aber hatte nach all der zarten Krankenkost Lust auf das dicke, kräftige Gerstenmus, in dem Schwarten und Knochen und bunte Bohnen mitgekocht waren. Er kam in die Halle herab, als die Essensglocke geläutet wurde. Seit einigen Tagen konnte er seine Stube verlassen. Der Arm war wieder beweglich, die Schmerzen in der Lunge und das Bluthusten hatten sich etwas gebessert. Unter der Türe blieb er stehen, als sei er während seiner Krankheit menschenscheu geworden. Doch

Adalbero streckte ihm die Hand entgegen: „Heil Euch, Herr Lanzo! So habt Ihr alles glücklich überstanden?"
„Ja, es geht mir wieder gut", sprach Lanzo und verneigte sich vor dem mächtigen fremden Herrn.
Sie setzten sich zu Tische. Hemma ließ für den Gast einen Bärenschinken und eine Schüssel grünen Salat auftragen. Er wußte diese seltenen Leckerbissen wohl zu schätzen und sprach ihnen tüchtig zu. Als dann das Bier gebracht wurde, ging Atre mit den Kindsfrauen und den zwei jungen Knappen fort. Sonst blieben sie abends gerne bei der Herrin, doch Adalbero hatte trotz seiner Freundlichkeit solch vornehmes, überlegenes Wesen, daß sie sich neben ihm nicht heimisch fühlten. Lanzo aber blieb.
„Wo bleibt Herr Engelbert?" fragte der Gast.
„Er ist in Friesach. Der Schreiber des Erzbischofs ist heute dort. Er hat mit ihm zu reden", antwortete Hemma, indes sie ihre Spindel nahm und sich in ihren hohen Stuhl neben dem Kamine setzte. Die Knechte trugen die Tafelbretter ab und zündeten zwei Fackeln an. Adalbero ließ sich einen Sessel vor die Feuerstatt rücken, Lanzo setzte sich auf eine Truhe, die daneben stand, und beide stellten ihre Becher auf den schön geschnitzten Deckel.
„An jenem Abend nach dem Gottesgericht fand ich nicht Zeit, Euch zu besuchen, Ritter. Graf Engelbert kam heim, und am nächsten Morgen fühlte sich meine Frau sehr krank. Nun weiß ich gar nicht richtig, wie Ihr verwundet wurdet", sprach Adalbero.
„Herr Lanzo hätte Euch schwerlich Antwort geben können", lächelte Hemma. „An jenem Tage hatte ich wenig Hoffnung, ihn gesund zu pflegen. Es sah böse aus. Das Schlüsselbein war durch den Hieb zerbrochen, zwei Rippen hatten die Lunge verletzt. Und es war fast unmöglich, das Blut zu stillen." Adalbero blickte nach Lanzos linker Hand, die geschwollen und unbeholfen auf den Rand der Truhe hing. „Auch das wird sich noch geben. Ein Wunder ist es, daß Ihr es überwunden habt. Ihr schuldet der Gräfin einen hohen Dank."
„Ja", sprach Lanzo kurz. Um seine wachsbleiche Nase, die wie ein Geierschnabel aus dem abgemagerten Gesichte vorsprang, zuckte es, als hätte Adalberos harmlose Mahnung ihn verletzt.
„Es war ein Wunder G o t t e s", sagte Hemma. „Und wir alle sind froh darüber. Ungerecht hätte es uns gedeucht, wenn Ihr derselben Strafe Gottes verfallen wäret wie ein meineidiger Ankläger."

Adalbero blickte sie an. Sie saß so stille und züchtig da – gewiß dachte sie nichts anderes als was sie sprach.
„Heute war Heimo bei mir“, begann nun Lanzo zu erzählen. „Er wird immer reicher. Nun gehört ihm schon fast das halbe Krappfeld. Gestern haben sie die Grenze abgeschritten zwischen Euren Weinbergen bei Osterwitz und den Feldern, die er eingetauscht hat. Er sagte, daß nun die Bauern ihre Höfe schon wieder aufgebaut hätten, die voriges Jahr die Lahn zerstörte. Es sei ein schönes neues Dorf geworden. Lahnsdorf wollen sie es heißen.“
„Alles wird einmal gut“, sagte Hemma im Gedenken an das schlimme Jahr, dessen Wunden nun zuheilten.
Lanzo hustete. „Ja, weil alles einmal vorbeigeht“, sagte er dann heiser.
„Leider auch das Glück und die Liebe“, lächelte Adalbero.
Der andere hustete wieder und spie einen Flecken hellroten Bluts auf den Boden.
Sie schwiegen eine Weile.
„Ihr habt eine Laute“, rief Adalbero und stand auf. Er nahm sie von der Wand und fuhr über die Saiten. „Die Araber, die klugen Leute, sagen, die E-Saite versinnbilde das Feuer, die A-Saite die Luft, die D-Saite das Wasser, die G-Saite die Erde. – Welche mag Euch wohl die liebste sein, Frau Hemma?“
Sie sann ein wenig nach. „Ich könnte es nicht sagen. Am schönsten dünkt mich die Harmonie der Töne, wenn jede Saite klingt, wie es die Weise fordert, so wie ja auch ein Element allein den Tod in sich trägt, doch alle vier vereint das Leben.“
Adalbero strich mit der Adlerfeder langsam die Leiter der Töne auf und nieder. „Nun ist es mir“, sprach er verhalten, „als würde mir manches klar, was mir an Euch ein wundersames Rätsel dünkte. – Harmonie –.“
Er summte:

„Leides muß ich dir klagen von Minne,
Leides muß ich dir klagen.
O wollest ein Wort mir sagen,
Das mich erlöset,
Süße Königinne.“

Seine Stimme war schön, nicht zu weich und nicht zu rauh, tief dunkel mit einem schwärmenden Ton. Er hielt inne, als besänne er sich auf den nächsten Reim. Gegen ihren Willen überlief es Hemma seltsam warm und süß, als er seine grauen, umschatteten Augen zu ihr hob und weitersang:

„Bittrer als Wunden sehrt mich die Not der Minne,
Bittrer als tiefe Wunden.
O laß mich bei dir gesunden,
Daß ich nicht sterbe deinem harten Sinne!"

„Das ist ein schönes Lied", sprach Hemma, um das leise schwingende Schweigen zu brechen. „Wo habt Ihr es gehört?"

„Ich weiß es nicht. Vielleicht in meinem eigenen Herzen – vielleicht in der Provence.

Be fai amors a honrar finamen,
qu'el mon nord es tant –"

summte er noch. Dann legte er unvermittelt die Adlerfeder auf die Truhe und neigte sich über die Wirbel der Laute, als fürchte er, sich zu verraten.

„Wie verschieden doch der Länder Brauch und Sitte ist!" sprach Lanzo spöttisch. „Im Welschland singen die Ritter, und die Damen verlieren wohl darob den Kopf. Bei uns tun es die Gaukler und Mönche. Und manche deutsche Frau würde es sich verbitten, wenn ihre Schönheit und Tugend auf Straßen und Höfen herumgezogen würden."

Adalbero fuhr auf. Die beiden Männer starrten sich plötzlich in offenem Hasse an.

„Ihr seid allzu strenge, Herr Lanzo", sagte Hemma schnell. „Wißt Ihr denn nicht, daß an den deutschen Höfen, ja auch an den Bischofssitzen gar mancher feine Reim und Leich gedichtet wird?"

„Ja, drinnen im Reiche, wo sie sich ihres Reichtums und ihrer Muße freuen können! Doch hier an der Mark, da braucht es wohl härtere Sitten."

Adalbero sprach ruhig: „Überall und zu allen Zeiten hat Liebe gesungen. Auch Ihr, Herr Lanzo, könntet gewiß von Minnenot und Sehnsucht manch schöne Weise sagen, wenn Euer Herz die Worte fände –"

Lanzo sprang auf die Füße. Kerzenblaß, mit glühenden Augen fuhr er auf Adalbero los und packte ihn an den Schultern. Der Eppensteiner griff nach dem Schwerte, doch er besann sich und faßte den Waffenlosen vorn am Lodenkittel und schleuderte ihn von sich, daß er krachend über die Truhe fiel.

Das Blut rann Lanzo aus den Mundwinkeln, da er sich schwankend aufrichtete. Erschrocken trat Hemma zu ihm. Doch er sah sie nicht. Mit vergehenden Sinnen taumelte er den zwei Männern entgegen, die in die Halle gelaufen kamen, und hängte sich in ihre Arme.

Adalbero fuhr sich ärgerlich mit der Hand über das Gesicht herab. „Ich vergaß – er ist noch krank und reizbar.“

„Das ist er, es ist wahr. Doch auch Euch muß ich um Nachsicht bitten. Ihr seid mein Gast und Wilhelms Freund. Es tut mir leid, daß Ihr hier gekränkt wurdet“, sagte sie mühsam.

„Der Ritter konnte mich nicht kränken“, lächelte Adalbero ernst. „Da gibt es anderes, was mich schmerzt –“

Sie wandte sich zu ihm. „Herr Adalbero, ich bitte Euch, sprecht nicht so. Ihr wißt, ich bin zu schwer und ungeschickt zum Spielen. Und Wilhelm ist wohl auch nicht so höfisch wie die welschen Herren, daß er es ruhig ansähe, wenn ein anderer Mann mir diente. Ich muß Euch dies sagen, da Ihr Euren Freund doch nicht zu kennen scheint.“

„Verzeiht mir, Frau Hemma! Spielen – das wollte ich nicht, so wenig als ich Wilhelm kränken möchte. Doch dies werdet Ihr mir erlauben müssen, daß ich Euch für eine sehr schöne, kluge und edle Frau halte, wie ich selten eine gesehen. Und wenn ich Euch dies manchmal sage, so habt Geduld mit mir. Mehr begehre ich nicht.“

Sie gab sein freies, offenes Lächeln zurück, so gut sie konnte. „Dann können wir ja als gute Freunde scheiden. Ich wünsche Euch eine sanfte Nacht.“

Sie zündete eine Kerze an und ging fort. Draußen vor der Türe befahl sie einem Knechte, den Gast in seine Kammer zu geleiten.

Am nächsten Morgen kam Lanzo nicht zum Frühmahl. Adalbero aber war schon zeitig auf die Jagd geritten.

Hemma ging mit Atre zu Lanzo hinüber. Er stand am Fenster seiner finsteren runden Turmstube und spielte mit einem Falken. Doch man sah es ihm an, daß er sich sehr krank und elend fühlte.

„Wie geht es Euch?“ fragte Hemma freundlich. „Hoffentlich habt Ihr Euch gestern keinen Schaden getan.“

Er nahm den Falken an seine Brust und streichelte ihn mit unruhigen Fingern. „Nein, nein, es ist nicht der Rede wert“, murmelte er verdrossen, als hätte sie seine traute Zwiesprache mit dem Vogel gestört.

„Ihr seid jetzt anders, als Ihr früher wart, Herr Lanzo.“

„Ihr meint, weil ich gestern das schwüle Gerede des Herrn von Eppenstein nicht ertragen konnte", sagte er seltsam verbissen. „Ich mag ihn nicht leiden. Das kann er ruhig wissen."
Sie sah ihn bekümmert an. „Er ist Wilhelms Freund –."
„Nein, das ist er nicht!" rief er heftig. „Er braucht ihn, das ist alles. Doch glaubt Ihr, es sei ein Zufall, daß er gerade jetzt nach Villach reitet, da der Herzog dort ist und er mit ihm wegen der freigewordenen Königshuben an der Olsa verhandeln kann, ehe Wilhelm ein Wort von dieser Sache erfährt? Und sein Betragen gegen Euch –! Die Schafferin hat es herumerzählt, wie höfisch er Euch begrüßte, – und dann am Abend! Sagt selber, ob dies die echte Mannesart ist, sich heimlich gegen Gut und Weib des Freundes zu versündigen und –"
„Herr Lanzo!" fiel sie ihm erschrocken in die Rede. „Ihr tut ihm unrecht! Gewiß hat er mir ein loses Wesen gezeigt, doch meinte er es nicht schlimm. In den Ländern, wo er jahrelang lebte, ist es ja Sitte, mit Frauen so zierlich umzugehen. Und wegen der Huben hat er wohl mit Wilhelm gesprochen."
„Ich weiß nichts davon. Und von der fremden Sitte mag ich auch nichts wissen. Ich habe von der Welt nicht viel anderes als Schlachtfelder und Kampfplätze gesehen. Im übrigen war ich in meiner ersten Jugend Edelknabe der traurigen Herzogin Hildegard. Dann kam Wilhelm nach Karnburg, und wir gesellten uns, ich wurde sein Freund und Blutsbruder –." Er röchelte und warf den Falken von sich, daß er erschreckt an die niedere Balkendecke flatterte und sich in seinen Käfig verkroch. „Nun merke ich, daß mir Adalbero die Freundschaft Wilhelms ablisten will. Mag er es tun, solange er es ehrlich meint! Er wäre ein mächtiger, kluger, einflußreicher Freund. Ich bin ein armer Ritter vom sechsten Schild und habe ihm nichts zu geben als meine Kraft und mein Blut. Doch ich sehe, daß der Eppensteiner mit allem spielt, was mir stets heilig war. Ja, heilig und ernst –"
Bebend vor Zorn und Schmerz warf er sich mit dem Rücken an die rohe Wand, daß über ihm ein Schild aufsang. „Ich kann das nicht mit ansehen", keuchte er. „Wozu habe ich denn jegliche Möglichkeit, mich zu bereichern, zurückgewiesen, als versuche mich der Teufel selber, und wozu habe ich mir schmiedeeiserne Reifen um Herz und Mund und Leib gelegt –." Er schlug die geballten Fäuste vor die Augen und zuckte am ganzen Körper, als ob er weine.

Sie legte die linde Hand auf seinen geschwollenen Arm. „Herr Lanzo, ich weiß es, daß Wilhelm Eure Treue nie vergessen wird. Als Ihr krank laget, wie hat er sich gesorgt!“
Er schüttelte ungeduldig den Kopf.
„Seltsam ist es aber“, fuhr sie fast schüchtern fort, „daß auch Ihr Adalbero nicht liebt. Ich werde in seiner Nähe ein Bangen nicht los. Ich will es überwinden um Wilhelms willen, der so viel von ihm hält. Es gelingt mir nicht.“ Und von einer plötzlichen Angst gejagt, bittet sie: „Helft mir wachen, Herr Lanzo, daß Wilhelm aus dieser Freundschaft kein Unheil kommen möge!“
Er reichte ihr eine Hand hin. „Ihr fiebert, Herr Lanzo“, sprach sie besorgt. „Ihr müßt Euch zu Bett legen. Und Ihr müßt trachten, gesund zu werden, ehe der Winter kommt.“
Er warf sich auf ein unordentliches Bett hin und vergrub das Gesicht in den Armen. So blieb er liegen, bis die zwei Frauen bekümmert und ratlos fortgegangen waren.

Den ganzen Vormittag mußte Hemma über Lanzo nachdenken. Sie nahm sich vor, Wilhelm zu bitten, daß er seinem Freunde eine einträgliche Vogtei auf einer seiner Burgen übergeben möchte. Dann könnte er sich eine gute Frau suchen – Adula von Albeck würde gewiß nicht nein sagen, wenn er um sie werben wollte.
Vielleicht würde er dann zufrieden sein.
Er hatte ein schweres Leben hinter sich. Sie wußte, daß seine Mutter von ihm fortgestorben war, als er kaum zwei Jahre zählte. Der Vater nahm sich eine neue Frau. Die gebar ihm jedes Jahr einen starken Sohn. Und sie biß den Ältesten hinaus, damit er den Platz für ihre eigenen Kinder freigebe. Sie waren es alle wohl zufrieden, daß er beim Herzog und später beim Grafen Dienste nahm. Einmal war er zuhause gewesen, als sie seinen Vater begraben hatten. Der hatte das Gut dem ältesten Sohne der zweiten Frau überlassen. Lanzo war nicht vergrämt darüber. Die Stiefgeschwister saßen auf dem Edelhofe am Wallersberge wie die Bilche beisammen und zankten sich um jeden Wecken Brot.
Doch mochte es wohl auch ihm im Blute liegen, ein Herr zu sein.

Am Abend, da sie zur Vesper in die Kapelle ging, erkannte Hemma erst, daß sie den ganzen Tag in einer brennenden Unruhe verbracht hatte. Die stille, dunkle Kühle des heiligen Raumes schlug über ihr zusammen wie ein Wasser, das sie plötzlich von allem Leben trennte. Erschrocken fragte sie sich, wie das wohl kommen möge. Gott sah in ihr Herz, – er wußte, daß Adalberos Schmeichelreden ihre innere Sicherheit mit keinem Hauche anrühren konnten. Doch wenn sie an Lanzo dachte, kamen Mitleid und Unruhe über sie. Es war ihr, als wisse sie es nun, daß er sie liebte. Sie konnte darüber keinen Abscheu empfinden, wie sie es sollte. Sie liebte ihn nicht, des war sie wohl gewiß. Doch er war ihr nahegekommen, als sie ihn pflegte. Und irgend etwas zog sie zu ihm hin –.

Sie schloß die Augen unter den Händen und strengte sich an, bis in ihr Innerstes zu schauen. Und sie fand es wie eine heimliche Wunde, demütigend und rührend zugleich – dieses unterdrückte Verlangen, klein und schwach sein zu dürfen. Immer war sie einer Pflicht verschrieben gewesen. Seit ihrer Kinderzeit hatten Einsamkeit und Verantwortung auf ihr gelegen. Auch Wilhelm, wenn er ihr auch lieb und nahe war, verkörperte für sie doch Amt und Strenge und einen schweren, harten Ring von Pflichten, in dem sie aufrecht und würdevoll stehen mußte.

Wie frischer, süßer Wind der Freiheit rührte es sie aus Lanzos Liebe an. Angstvoll verschloß sie ihr Herz. Sie wußte doch so gut, wie reich und schön die Last war, die auf ihr lag. Was sollte ihr flüchtige Süße, leichtsinnige Zärtlichkeit?

Am St. Andreastage wurde Frau Tuta begraben. Sie war leicht und gottselig in den Armen ihrer Tochter gestorben, als des frühen Winters allerstillstes Schneien die Burg umflockte. Da Hemma das Fenster auftat, um der Seele den Weg ins Grenzenlose zu weisen, war es draußen in der schwarzen Nacht so reglos ruhig, daß das Sterbelicht nicht flackerte. Und still und leise ging es in der Burg zu, indes die Tote auf Erden lag. Der tiefe, frischgefallene Schnee hielt die Boten auf, die zur Bestattung baten. Nicht viele Leichengäste kamen. Auch Wilhelm nicht.

Als der Stein über die Gruft geschoben war, ritt Hemma an der Seite ihres Vaters nach Hause. Herr Engelbert war bleich und gebeugt. Seit er von seiner Wallfahrt heimgekehrt war, schien er der Tochter oft fremd – seltsam und rührend schwach und menschlich. Er überließ ihr allein die Sorge um das große Leichenmahl und flüchtete sich in die enge, dunkle Betkammer, die er sich ausgebeten hatte.

Gegen Abend, da die Gäste von Wein und Met schon heiter waren, nahm Hemma einen Krug warmes Bier, ein weißes Brot und einen Fisch und trug dies hinüber in das dunkle Gelaß neben der Kapelle. Ein tiefes, kleines Fensterlein gab den Blick nach dem Altare frei und ließ einen trüben Schimmer vom Ewigen Lichte herein.

Der Vater kniete auf dem eiskalten Lehmboden. Das dunkle Grau seines Trauergewandes verfloß mit der kerkerhaften Finsternis, doch sein scharfes, verhärmtes Gesicht leuchtete im geheimnisvollen Widerschein des Herrgottslichtes, und sein ausgebleichtes, wirres Blondhaar schien weiß wie Silber.

Hemma hielt voll Scham und Scheu an der niederen Türe an. Es war ihr, als dränge sie sich in eine verborgene Kammer in ihres Vaters Wesen, die er stets ängstlich vor allen verschlossen gehalten hatte. Doch nun war sein starker Wille, sein Stolz, sein Ich gebrochen, – er war nicht mehr auf der Hut und ließ jeden ein, der neugierig und keck genug war.

„Ihr habt heute noch nichts gegessen, Vater", mahnte sie ihn leise und zog die Türe hinter sich zu.

Er wandte sich ihr ohne Ungeduld oder Verlegenheit zu. „Du denkst an alles, gutes Kind", sagte er und stand mit steifen Beinen auf. Er zitterte vor Kälte.

„Kalt habt Ihr es hier –", schauderte sie zusammen.

Er lächelte eigen und schwieg. Dann aber trank er das Bier mit Wohlbehagen. Er setzte sich auf das schmale, aufgemauerte Gesimse hin, das an einer Breitseite der Kammer entlanglief, und begann das Brot zu essen. Nun lag das matte Licht auf seinen Knien und auf dem langen Ende seines breiten, silberschimmernden, topasblitzenden Gürtels.

„Setz dich zu mir, Hemma", bat er. Seine Stimme war heiser und verhalten. Sie tat so, obwohl sie fühlte, daß die Mauer von grüner Feuchtigkeit glitschig war.

Er aß langsam, in Gedanken. Sie sah seine schönen, frostbleichen Hände, den schweren funkelnden Ring am rechten Daumen. Doch sein Gesicht konnte sie kaum erkennen. Dann staubte er sorgsam die Brotkrumen ab, preßte die Fingerspitzen aneinander und begann schließlich mit dem Gürtel zu spielen.

„Du zitterst ja", sprach er nach einer Weile freundlich. „Dir mag es hier wohl düster scheinen. Doch mir war es schon als Kind, als ob es sich hier gut beten ließe. Ich dachte oft, hier müsse einmal ein Heiliger gerastet haben, – Sankt Modestus oder Sankt Hermagoras, die hier durchs Land zogen, um uns die frohe Botschaft zu bringen. Oft schlich ich mich hierher und verbrachte lange Zeit in einer himmlischen Seligkeit. Es war mir, als sei ich Sankt Alexius unter den Stiegen. Gerne wollte ich lieber ein Bettelknabe sein als der einzige Sohn des Herrn. Denn es dünkte mich, daß Gottes Liebe das Süßeste sei auf dieser wie in jener Welt."

Sie saß ganz still, und das Herz tat ihr von Reue weh. Nie hatte sie gewagt, zu ihrem Vater ein Wort von der Kinderfreundschaft ihrer Seele mit Gott zu sagen. Und auch späterhin hatte sie ihn für allzu klug und allzu kühl gehalten, als daß er sie hätte verstehen können. Viel hatte sie verloren –.

„Damals war ich ein einfältiges Kind. Doch besser wäre es mir gewesen, ich wäre in dieser Einfalt verblieben. – – Sechzehn Sommer war ich alt, als ich in die Hände unseres alten Burgpfarrers das Gelübde ablegte, ins Kloster zu gehen und fortan Gott allein zu dienen. Doch zu derselben Zeit fing ich auch an zu erkennen, wie reich ich war und wie mächtig ich einst sein würde. Und ich begann von den Waffen Ehre zu gewinnen. Mein Vater sah mein weltabgewandtes Wesen nicht gern, ja nicht einmal meine fromme Mutter Imma schien sich so recht darob zu freuen. Ich kämpfte einige Jahre hin. Ein seltsames Wissen war in mir, daß ich endlich doch der Welt glücklich entkommen würde. Doch dann sah ich deine Mutter.

Ich hatte mich im Nebel auf der Saualm verirrt und war froh, als ich noch vor Nacht zur Grünburg fand. Ich war viele Jahre nicht dort gewesen. Herr Lutker hatte sich nach dem Aufstand in sein Waldnest verkrochen, als seine Pläne fehlschlugen.

Da sah ich deine Mutter. Sie war so hold, daß es mir schien, es könne nichts Reineres, Lieberes und Schöneres in Himmel und Erde geben. Sie war in ihrer Waldeinsamkeit aufgeblüht und wußte nichts von der argen Welt, und wußte auch nicht, daß ich ein Gelübde gebrochen hatte, als ich um sie freite. Freilich – der Erzbischof hatte mich feierlich davon befreit, und meine Eltern nahmen die holde Braut trotz ihrer Armut mit Freuden auf. Und so glaubte ich, aller Pflicht gegen Gott entronnen zu sein. Niemand konnte mir einen Vorwurf machen. Der Kirche bezahlte ich meine Freiheit mit vollen Händen. Doch Gott wollte mich nicht entlassen."

„Vater, Ihr habt allezeit recht getan", flüsterte Hemma erstickt. „Nie habe ich an Euch einen Fehler oder gar eine Sünde finden

können. Immer wart Ihr ein vollkommener Herr und Richter. Ihr habt Gott die Treue nicht gebrochen!"
Herr Engelbert seufzte. „Ja, ich bemühte mich. Ich dachte, ich wolle wenigstens meine Pflichten gut erfüllen. Aber es war eine dürre, äußerliche Gerechtigkeit. Meine Seele war ohne Haus. Den himmlischen Reichtum meiner Jugend hatte ich vertauscht gegen irdische Schätze, mit denen ich nichts anzufangen wußte. Deine Mutter war bei mir nicht glücklich. Sie verstand nicht, daß ich bald anfangen mußte, mich gegen ihre Liebe zu wehren. Als der erste süße Rausch vorüber war, brach wieder das Verlangen in mir auf, dem Irdischen zu entfliehen, auch ihr, auch dir –. Ich wollte wieder zurückfinden in jene reinste Sälde, die nur Gott selber schenken kann. Aber es war umsonst. Es war nur Öde, in die ich geriet – Verlassenheit von aller menschlichen und göttlichen Liebe. Da glaubte ich mich ganz von Gott verstoßen."
Hemma atmete tief auf. Des Vaters gewaltsam stille Stimme machte ihr angst. Und dennoch zerrann ihr Herz zum ersten Male in Zärtlichkeit gegen ihn, der so einsam gekämpft und gelitten hatte. „Ich habe Euch immer liebgehabt, Vater. Doch zugleich wagte ich vor Ehrfurcht in Eurer Nähe kaum zu sprechen. Und auch die Mutter hing an Euch. Ich sah es in den letzten Jahren, als Ihr fern wart."
„Ja, damals hatte ich ihr gebeichtet – endlich. Und sie selber riet mir, auf die Wallfahrt zu gehen. Sie hatte recht wie immer, die liebste Seele. Auf den fremden Wegen fand ich den Frieden wieder. Ich erkannte, daß Gott seinen Pakt treuer gehalten hatte als ich. Da wollte ich nicht mehr heimkehren, sondern als unbekannter Pilger meine Untreue büßen. Doch da hörte ich von Thietmars Rückkehr. Es drängte mich, ihn wegen des falschen Urteils um Verzeihung zu bitten und ihm Buße anzubieten. Und dabei fandest du mich und führtest mich in die Burg."
„Ihr wäret wohl wieder fortgegangen, ohne uns zu sehen", flüsterte Hemma fassungslos.
„Ich danke dir, daß du es nicht zuließest", sagte er und zog ihre Hand zwischen seine bebend kalten. „Denn deine Mutter und ich verlebten noch eine schöne Zeit – die beste wohl, die uns beschieden war."
Nun schwiegen sie beide voll Trauer und inniger Versunkenheit. Doch plötzlich wußte Hemma, daß ihr der Vater dies alles nicht

zufällig erzählte – daß er ihr noch etwas zu sagen hatte. Ja – nun war die Mutter tot. Die Grafschaft lag bereits in Wilhelms Händen. Nun war es Zeit, das Gelübde einzulösen.
Sie erschrak so sehr, daß sie aufstöhnte und ihr Gesicht im Dunkeln gegen ihn wandte.
„Nun will ich noch auf Wilhelm warten", sprach er rasch und weniger gedämpft. „Dann will ich ihm alles übergeben, was ich noch besitze."
„Und was wollt Ihr dann tun?"
„Zu einem Mönche tauge ich wohl nicht mehr", meinte er. „Nur schwer würde ich noch die vielen Übungen der Gottseligkeit erlernen, wie ich sie in den Klöstern sah. Und es zieht mich in die Einsamkeit. Ich weiß einen Ort ober Diex, schon nahe an der Alm, den Sapotnikfelsen. Dort will ich mir eine Klause bauen. Es ist ein Platz, wo die Erde weit und der Himmel nahe scheint."
„Ja –", sagte Hemma ergeben.
So würde ihr einst so schöner, prächtiger Vater ein wilder Waldbruder werden. Friede – ja, Friede war da oben im Schweigen des Waldes und der Wolken und der fernen, blau-goldenen Höhenzüge. Da mochte wohl Gott zu der verirrten Seele wieder sprechen.
„Möget Ihr finden, was Ihr erhoffet!" sprach sie, von Tränen gewürgt. „Mir geschieht es hart, daß ich auch Euch verlieren soll. Doch so viel weiß ich schon, daß unser bestes Teil bei Gott ist."
„Weißt du das schon, Hemmilin?" murmelte er und strich ihr über die Hand. „Ich dachte bisher, du hättest Grund, auch mit der Welt zufrieden zu sein. Alles ist dir wohl geraten."
Sie nickte und starrte ins Ewige Licht hinüber. „Ja, das ist wahr", flüsterte sie dann heiß. „Doch allzu geizig ist unser Herz. Es genügt uns nicht, – nein, was vergeht, genügt uns nicht. Liebe ist ewig – ewig –."

Es wurde Mai, ehe Wilhelm nach Zeltschach heimkehrte. Er war um die Zeit, da Frau Tuta starb, von König Heinrich nach Italien gerufen worden, damit er ihm mit seinen tapferen Kärntnern gegen die Welschen beistehe. Hemma ritt ihrem Gemahl bis Villach entgegen. Sie hatte sich in diesem einsamen, trauervollen Winter so sehr nach ihm gesehnt. Und es war ihr, als wüßte sie immer besser, wie gut es war, solch treuen, festen, starken Menschen an ihrer Seite zu haben.

Als sie in Villach gegen die Draubrücke ritt, sah sie schon am anderen Ufer das Blinken der Waffen und Geschirre, hörte durch das wilde, lenzhafte Rauschen des Stromes das helle Wiehern und Klirren und die heiteren, händelsüchtigen Stimmen der Kriegsleute. Da gab sie es auf, im Bischofshofe nach ihrem Manne zu fragen, wie sie es zuerst gedacht.

Strahlend ließ sie sich an der Spitze ihres kleinen, prächtigen Gefolges über die polternde Brücke tragen. Übermütig ließ sie den Schleier flattern und die junge Stute tanzen. Sie fühlte es bis in die Fingerspitzen, daß sie zu Wilhelm kam wie das Glück, die Minne, der süße Frieden und die Schönheit selber. Sie brauchte nicht zu beben wie Beatrix, die nicht mit ihr hatte reiten wollen, da sie wohl fürchtete, Adalbero lästig zu fallen.

Sie hatte den Brückenkopf noch nicht erreicht, als sich die Männer schon zusammenrotteten. „Heil! Heil!" scholl es ihr entgegen. Schilde und Schwerter klirrten aneinander, eiserne Kappen und Keulen flogen in die linde Maienluft. Hemma winkte ihnen einen fröhlichen Gruß. Die meisten dieser Krieger waren Bauern aus den Tälern der Gurk, der Metnitz, der Görtschitz und von den Bergen, die dazwischen lagen. Sie hatten in Italien Ruhm und Beute gewonnen. Denn sie verstanden mit dem welschen Feinde nicht weniger gut zu kämpfen als mit ihren steilen, steinigen Äckern und den Tücken des Waldes.

Dann wuchs plötzlich ein brauner Kopf über den anderen auf, und im nächsten Augenblick lag sie an Wilhelms Brust und fühlte seinen Willkommkuß lang und heiß auf ihren Lippen. Dann sahen sie sich an – er war braun und hager im Gesicht, trug den linken Arm in einer schmutzigen Schlinge. Verwildert war er – o, es stand ihm gut! Sie hatte von seinen großen Waffentaten schon gehört. Schwach vor Stolz und Glück schlang sie den Arm um seinen Nacken und küßte ihn wieder. Mitten in der Schar seiner Getreuen führte er sie in sein Zelt. Darinnen kauerte sie sich zwischen den besten seiner Männer, die mit Wilhelm schliefen, auf das niedere Strohlager und trank von einem süßen, dunklen, fremden Weine. Und sie fühlte selber, wie sehr sie in ihrer weißgoldenen, bunten Pracht von den heimkehrenden Kriegern abstach. Die waren sich alle gleich in ihren zerrissenen Lederwämsern und verwilderten Bärten – die Herren von Zeltschach, Kolnitz und Dietrichstein, wie der Schwertträger Grimo und der alte Hartmann, einst des jungen

Kolnitzers Waffenmeister. Adalbero von Eppenstein fehlte. Er war mit dem König gegen den Brenner gezogen und wollte erst später heimkehren.

Noch in der Nacht mußte Hemma daran denken. Sie lag mit Atre und Oda in einer Gaststube des Hofes, der dem Bischof von Bamberg gehörte. Wilhelm wollte auch diese letzte Nacht des Feldzuges unter seinen Männern verbringen. Der Mond schien giftiggrün durch das kleine Fensterloch, Mäuse raschelten, und die Turmwärtel der zwei Bischofshöfe, des Herzogshofes und die Wachen im Heerlager draußen stießen mehr laut als schön in ihre Hörner. Hemma fand lange keinen Schlaf.

Adalbero. – Stolz und zufrieden hatte Wilhelm erzählt, wie er den Freund, der in den unsteten Jahren seiner Jugend fast zum Landfremden geworden war, dem König nahegebracht hatte. Erst war der fromme Heinrich gegen den vielgereisten, weltlichklugen, geheimnisvoll unwiderstehlichen Mann mißtrauisch gewesen. Doch bald erkannte er, daß keiner die Welschen so leicht zu nehmen verstand wie der Eppensteiner. Ja – und da war er nun auf diesem Feldzuge dem Könige eine unbezahlbare Hilfe gewesen. Er wußte der Kriegslist des falschen Arduin von Ivrea ebenso listig zu begegnen, er verstand es, die deutschgesinnten Bischöfe zu wahrer Begeisterung für den Trost der Kirche, den tugendhaften König Heinrich zu entflammen; er war unentbehrlich als Unterhändler und Gesandter. Manch loses Stücklein hatte Wilhelm unter fröhlichem Lachen erzählt, wie Adalberos Glück bei Frauen zum Segen für die Deutschen wurde.

Da war es begreiflich, daß König Heinrich Adalberos Angebot, ihn nach Brixen zu begleiten, mit Freuden angenommen hatte. Denn in Brixen erwartete er die Abgesandten seines Oheims, des kinderlosen Königs Rudolf von Burgund. Frankreich und Deutschland hofften, dieses herrliche Land zu erben. Noch waren von keiner Seite Verhandlungen begonnen worden. Doch vielleicht gelang es diesmal, einen brauchbaren Vorschlag zu finden. Hemma war gewiß, daß Adalbero in dieser Sache Glück haben würde. Er würde dem Kaiser und dem Reiche einen unschätzbaren Dienst erweisen. Wilhelm war stolz auf ihn und zufrieden mit sich selber. Er hatte dem Freunde einen ruhmreichen Weg gebahnt, hatte dem König einen hervorragenden Ratgeber zugeführt. Warum konnte s i e sich nicht darüber freuen? War es gekränkter Ehrgeiz, daß Adalbero ihren

Gatten so rasch überflügelte? Gott helfe ihr – sie wußte, daß es ehrenvoll genug war, als treuer Wächter deutscher Macht und deutscher Sitte aufgestellt zu sein. Nein, nein, mißgünstig war sie Herrn Azo nicht! Doch König Heinrich konnte ihn ruhig mit nach Bamberg oder Magdeburg nehmen!
Sie warf sich auf dem raschelnden Strohlager herum und barg das Gesicht in den nackten weißen Armen. Ihr Herz pochte hoch auf, – Angst hatte sie vor ihm, – deshalb wünschte sie ihn in alle Weite!
Sie schämte sich bis in ihr stolzes, heißes, wahrhaftiges Blut hinein. Das war der Teufelsspuk der Mondnacht, der ihr Herz unruhig und ängstlich machte. Begegnete sie Herrn Adalbero am hellen Tage, so würde sie darüber lächeln. Nein! Nein! Nein! Hassen müßte sie ihn dafür, daß er sie schwach und feige machte – töten müßte sie ihn wie einen Todfeind, der Verrat und Mord im Sinne trägt!
Sie setzte sich im Bette auf und strich sich über die Stirne. Gott – Gott – was hat er nur getan, daß ich ihn hasse? Hilf mir gegen die bösen Geister dieser Nacht!
Hinter geballten Fäusten mühte sie sich, an bessere Dinge zu denken; an das Festmahl, das sie zu Wilhelms Heimkehr halten wollte, an die herzliche Einladung ihrer Freundin, der Königin Kunigunde, die sie gebeten hatte, nach Brixen zu kommen. Doch – in Brixen war Adalbero – und unter den Gästen, die sie laden mußte, war Adalbero – immer er – er!
Nun wußte sie, wie bitter der Haß dem Herzen tut.
Ein Horn schrie draußen in der Nacht: „Kämpfe! Kämpfe bis aufs Blut!“ Schaudernd schlug sie drei Kreuze in die knisternde Finsternis.

Sieben Tage trauerte Wilhelm am Grabe Tutas. Doch als das letzte der Totenämter gesungen war, rüsteten sie in Zeltschach zum großen Freudenmahle. Während einer Woche lief Hemma in einem blauen Leinenkittel durch alle Gaden der Burg. Sie wachte über das Brauen des Mets und des Steinbiers, sie beizte selbst das Wildbret, sie stand dabei, als die Würste und Schwartenmägen gestopft wurden, und zählte die Brote und die Kuchen. Sie sandte die Boten aus, um den ganzen Gau einzuladen, sie ließ in allen Kammern und sommerleeren Scheunen Stroh aufschütten, damit alle Platz zum Schlafen hatten, und sie bereitete kostbare Gastgeschenke vor. Ja sie bemühte sich sogar, Sänger und Spielleute aufzutreiben. Doch dies schien ihr nicht zu gelingen. Die Gaukler erhofften sich wohl in Brixen ein fetteres Kraut.

Endlich aber war es soweit, daß sie ihren Arbeitskittel ablegen und in ein dampfendes Kräuterbad steigen konnte. Sie wusch ihr Haar mit scharfer Lauge und spülte es mit Essig und heißem Kamillensud, daß es wie Messing glänzte und in großen duftigen Wellen aus der Stirne fiel. Und sie holte sich ein Festgewand aus ihren Truhen, – nicht das schönste, denn sie wollte die anderen Frauen nicht kränken, – doch eines, in dem sie jung und lieblich aussah und das doch festlich genug strahlte, um den Gästen Ehre zu erweisen. Es war ein Kleid aus feinstem, dunkelblauem, ausländischem Tuche über einem weißseidenen Untergewand. Es war sehr schlicht und züchtig, ja streng geschnitten. Hemma konnte nicht umhin, zu wissen, daß sie in solcher kühlen Schlichtheit am reizvollsten war.

Die Gäste kamen. Zuerst die Hörigen und Armen, für die im äußeren Hofe zwei Ochsen schmorten und zwei Fässer Bier bereitstanden. Doch kaum hatten sich die ersten satt gegessen, als der alte Ruother auf seinem Horne ein freundliches Zeichen erschallen ließ. Wilhelm und Hemma traten auf die Treppe vor den Palas hinaus. Da sahen sie Frau Beatrix von Eppenstein auf ihrer sanften weißen Stute in den Hof reiten.

Sie umarmten und küßten sich und wünschten einander Gottes Minne und Heil. Doch ehe sie noch einen Fuß in die Halle gesetzt hatte, sagte Beatrix: „Ich bin so froh, Euch zu sehen, Graf Wilhelm! Ihr werdet mir gewiß sagen können, warum mein Gemahl nicht mit Euch heimkehrte. Es ist ihm doch nichts zugestoßen?"

„Ich habe Euch ja Botschaft geschickt, edle Frau", sagte Wilhelm.

„Ja, ja, Adalbero sei mit dem König in Brixen. Aber es ist mir, als verberget Ihr mir was. Ist es nicht nur eine Ausflucht? Ich finde keine Ruhe, ehe Ihr mir nicht alles erzählt habt!" Flehentlich zog sie ihn zur Bank, vor der schon die gedeckten Tische standen. Da saß sie und hielt Wilhelm an einem Zipfel seines Mantels fest, auf daß er ihren sehrenden, stammelnden Fragen nicht entrinnen könne. Er antwortete geduldig, mit jener herzlichen Gutmütigkeit, die er für die Frau seines Freundes empfand. Dazwischen schielte er zur Türe, unter der Hemma die Gäste empfing. Sie kamen nun in hellen Haufen, wohl an die sechzig Edlen mit ihren Kindern und Dienstleuten. Manche traten zu Wilhelm und begrüßten ihn und die blühende junge Frau. Sie reichte ihnen ungnädig die Hand und forschte weiter. Und als ihre Magd kam, um zu fragen, ob sie ihr nicht ein frisches Gebende richten solle, ehe die Tafel beginne, schlug sie ihr derb ins Gesicht und schrie: „Scher dich zum Teufel, du Krautscheuche! Dich mag ich jetzt nicht vor Augen haben!“ Die Alte drückte sich beschämt durch das Gewimmel der Gäste davon. Hemma konnte ein böses Lächeln kaum unterdrücken, da sie das Gehaben der Eppensteinerin sah. Doch in diesem Augenblicke traten zwei Hornbläser an die Türe heran und bliesen ein kurzes lustiges Stücklein, das allen Geladenen lieblich in die Ohren klang. Alle drängten sich an die Tische heran. Nur Beatrix blieb sitzen, als ob sie die Hornstöße gar nicht gehört hätte. Da schämte sich Hemma ihres harten Herzens. Sie trat zu ihr und legte die Hand auf die Schulter der jungen Frau. „Eure Schwester, die Herzogin, konnte uns heute nicht die Ehre antun, zu kommen. Ich bitte Euch, nehmt heute ihren Platz.“

Nun wurde die Suppe aufgetragen. Brotschnitten und kleine Würstchen schwammen darin. Im Saale, wo die edlen Herren und Frauen saßen, bekamen je zwei ein silbernes Schüsselchen, aus dem sie gemeinsam aßen. Doch draußen im Hofe wurden drei große Kessel hingestellt, aus denen sich die Dienstleute um die Wette die guten Brocken fischten. Das übermütige Lachen, Johlen und Zanken der Leute, das Quietschen der Mägde drang zu den offenen Fenstern herein. Für die Kinder aber hatte Hemma im Grünen draußen eine lange Bank mit Leckereien decken lassen. Da saßen die Kleinen im zarten Grase und schmatzten und patzten nach Herzenslust. Die Kindsfrauen gingen dazwischen hin und her und schoben sich die besten Bissen selber in den Mund. Doch es war so viel vorhanden an Küchlein und süßem Triät, an weichgesottenen Dörrbirnen, Nüssen, Feigen, zartem Schinken und weinbeergespicktem Weißbrot, an Honigbrezeln und Hühnerbrüstchen, an Schüsseln voll gestandener Milch und lockerem Schmalzmus, daß alle, halb wirr vor Sattheit, mit einem leisen Räuschlein unter den Apfelbäumen lagen, noch ehe die Nachmittagssonne hinter die Berge ging.

Drinnen im Saale zögerten sie mit dem Auftragen. Es fehlten noch einige Gäste. Das waren Hemmas Anverwandte von der Moosburg. Herr Ulrich und Frau Diemut waren kinderlos gestorben, als vor

zwei Jahren die böse Seuche umging. Erst hatte es geschienen, als ob die Moosburg und alles dazugehörige Land zu Hemmas Besitz fallen sollte. Doch heuer im Frühling hatte sich eine Erbin gemeldet: Frau Cäcilia, die Witwe eines babenbergischen Burgvogtes. Sie war die Enkelin eines Vetters Herrn Ulrichs. Sie hatte wohl kaum ein größeres Recht zu erben als Hemma, zumal sie sich nie um die zwei einsamen alten Leute gekümmert hatte, während Hemma und Wilhelm ihnen in allem behilflich gewesen waren. Doch Hemma kam es nicht in den Sinn, gegen die arme Witwe einen Anspruch zu erheben. Nun aber war sie begierig, die neue Verwandte zu sehen.
Wildbret wurde hereingetragen, und der Vorschneider begann es mit zierlichen Gebärden zu zerlegen. Da öffnete sich die Türe vor einer blonden Frau, die war so schön, daß die Männer vergaßen, die Bierschalen niederzustellen, und die Frauen erschrocken stille schwiegen. Ein Knappe trat neben sie hin und rief: „Frau Cäcilia, Witwe Herrn Karls von Ratzegg, entbietet allen versammelten edlen Herren und Frauen ihren Gruß!"
Sie neigte sich anmutig und lächelte, indes ihre strahlenden, kornblumenblauen Augen langsam in die Runde schweiften. Dann ging sie auf Hemma zu. „Liebe Frau Base, ich danke Euch, daß Ihr Euch unserer Verwandtschaft erinnert habt!" Da sich die beiden Frauen umarmten, sah man erst, daß Cäcilia kaum mittelgroß war. Doch ihre üppige Gestalt war von solchem Ebenmaß und ihre Haltung so selbstbewußt und kerzengerade, daß sie sehr stattlich aussah. Sie schien sich bald zwischen der Schwester des Propstes von Maria Saal und der jungen Frau von Mallenthein sehr wohl zu fühlen. Hemma erhaschte einen Satz aus ihrem freundlichen, eifrigen Geplauder. Sie sprach von den Kleidern der Markgräfin Agnes.
Hemma ließ sich kaum Zeit, an der Tafel Platz zu nehmen. Wie es die gute Sitte forderte, ging sie unermüdlich hin und her, um nachzusehen, daß alle Gäste zu ihren Leibspeisen kamen, daß in der Küche alles am Schnürchen ging, daß zwischen den Dienstleuten kein Streit ausbrach und die Nachtlager sauber und weich bereitet wurden. Stolz und glücklich vernahm sie die Lobsprüche der Herren, die den gefüllten Schweinsbraten, den Kressesalat und die Pfeffertunke priesen, und gerne ließ sie sich erst eine Weile bitten, ehe sie den Frauen verriet, daß sie ein wenig Honig in die Rebhuhnpastete getan, damit sie diesen milden Geschmack bekäme –.

Der Propst von Maria Saal genoß der guten Dinge voll Andacht und Entzücken. Immer wieder versicherte er der Hausfrau, daß man in Karantanien kein zweitesmal sich solcher Tafel erfreuen könne. „Ihr sparet nicht an Euren Freunden, Frau Hemma!" schmunzelte er. „Ihr bringt es ja an Euren Schuhen wieder herein!" Sie wurde rot und lachte. Ja, das würde der gute Propst wohl nicht so schnell vergessen, daß er die Zeltschacher Gräfin barfuß in seiner Kirche aufgelesen hatte. „Kostbaren Pfeffer habt Ihr genug in dieser Brühe!" lobte er, schon wieder ganz an die irdischen Genüsse hingegeben. „Wißt Ihr auch, woher das kommt, was Ihr verschwendet?"
„Nein", bekannte Hemma. „Von weit her kommt es, daß weiß ich wohl. Doch die Kaufleute wußten das Land selber nicht zu nennen."
„Ich habe es nun für gewiß von einem alten Spielmann gehört, der jeden Herbst bei mir einkehrt, wenn er nach dem Süden zieht. Er ist ein durchaus achtbarer, wahrheitsliebender Mann, dem man wohl Glauben schenken mag. Der sagte, der Pfeffer wachse in einem Lande nahe am Paradiese, dort wo der Berg Olympias steht, auf dem die alten Heidengötter hausten. Da reift der Pfeffer wie in einem Rohrwalde. Doch ehe er zu ernten ist, kommen jedes Jahr giftige Würmer ins Gebüsch – die schickt der Teufel, um den Menschen die Freude zu verderben. Denn merket wohl – er grämt sich, wenn wir Gottes Gaben schätzen und mit Dankbarkeit genießen! Dann brennen die Leute den ganzen Rohrwald nieder und ernten aus der Asche die schwarzgebrannten Pfefferkörner."
„Merkwürdig ist das, was Ihr erzählet. Wißt Ihr nicht noch mehr solcher klugen Berichte? Ich habe gehört, Ihr hättet ein Buch im Hause, in dem alle Länder der Welt beschrieben seien."
„Später, liebste Hausfrau, später!" entschuldigte sich der Schlemmer. „Doch halt, eins muß ich Euch noch sagen, daß ich es nicht vergesse! Ihr müßt Euch doch noch an den Priester Balduin besinnen können, der im schlimmen Jahr den Friesacher Geistlichen half und später nach Clugny zog, um dort einzutreten? Der kehrt nun wieder heim, noch ehe es Winter wird. Der Erzbischof Hartwig von Salzburg hat ihn als Domherrn berufen. Es heißt, er will das ehrenvolle Amt nicht annehmen. Aber er wird sich dem oberhirtlichen Befehl nicht widersetzen können."
„Das ist eine gute Nachricht!" rief Hemma freudig. „Solche gelehrten, frommen, ja heiligen Priester tun uns not!"

Der Propst blickte zweifelnd und gedankenvoll auf den knusprigen Happen nieder, den er auf die Spitze seines Messers gespießt hatte. „Ja, ja, Herrn Hartwigs Schärfe, beraten von Balduins Heiligkeit – es wird Gott wohl gefallen, doch minder den Menschen, fürchte ich."
„Nun, Herr Propst, da wird es doch einmal anerkannt werden, daß Ihr an Gelehrsamkeit und Fürsorge für die Armen alle anderen Geistlichen übertrefft und daß Ihr für den Schmuck Eures Gotteshauses mit so viel Liebe sorget. Nirgends in Karantanien sah ich so ehrbare Ordnung in allen kirchlichen Geräten, solche Pünktlichkeit im Messelesen, solche Gastfreundlichkeit gegen arme Pilger", lächelte sie.
Da wurde auch er wieder heiter. Gott wußte es, er gab sich Mühe, seine Pflichten zu erfüllen. Wenn er es auch nicht vermochte, darüber hinaus sich etwas anzutun –.
Spät in der Nacht, als alle Gäste schliefen und nur einige alte Männer noch bei Wein und Heldentaten zusammensaßen, ging Hemma mit einer Kerze durch Keller und Speisekammern, daß nirgends ein Faß ausrinne oder eine andere Gabe Gottes verderbe. Sie sah nach den Pferden der Gäste und kam zuletzt in die Küche. Dort schliefen ein paar Mägde um den warmen Herd herum, die zwei ältesten am Rande der Asche. Doch im Winkel, wo die großen Wasserbottiche standen, starrten zwei angstweite, nasse Kinderaugen in das milde Kerzenlicht.
Hemma betrachtete das armselige, fetzenverhüllte Gestältlein. „Dich kenne ich ja noch nicht", flüsterte sie halblaut, um die müden Mägde nicht zu wecken. „Wie heißest du denn?"
„Lieblint", hauchte das Kind, ohne sich zu rühren.
„Wer sind denn deine Eltern?"
„Der Vater war der Bergknappe Treviz. Aber jetzt sind schon alle tot."
Hemma strich dem Mädchen über die braunen Haarzotteln. „Du sollst aber nicht da im Nassen liegen. Am Herde wirst du schon noch ein Plätzchen finden. Komm!"
Lieblint aber sträubte sich gegen die freundliche Hand. „Ich darf nicht bei ihnen liegen, sie sagen, ich hätte Gewandläuse. Aber das ist nicht wahr!" flüsterte sie halb böse, halb weinerlich.
Traurig und verwundert blickte die Frau auf das Mädchen nieder. Immer wieder sah sie, wie die älteren Mägde die jungen quälten und verachteten, wie eine jede die andere trat, die sie unter die

Füße bekommen konnte. „Hast du dich wenigstens satt gegessen?" fragte sie.
Die Kleine brach in bitteres Schluchzen aus.
So war heute, wo alle Tafeln sich gebogen hatten, ein armes Waisenkind in ihrem Hause hungrig geblieben –. Ohne ein Wort zu sagen, ging Hemma in die Speisekammer hinüber, wo sich die Überbleibsel türmten. Schinken und Weißbrot, Nußküchlein und Lebzelt legte sie in eine Mulde zusammen. „Komm und iß, Lieblint!" sagte sie und stellte alles auf den Küchentisch, der dem Herde am nächsten stand. Zögernd schob sich die kleine Magd heran. Mit eigenen Händen schnitt ihr die Frau von Schinken und Brot und schob ihr lächelnd die Küchlein in die arbeitswunde Hand.
„Küchlein hat mir die Mutter auch einmal gebacken", sagte Lieblint andächtig.
„Jetzt mußt du denken, daß ich deine Mutter sei, und mußt mit allem zu mir kommen, was dir hart ist", sprach Hemma. Auch ihre Stimme bebte leise. Gott vergebe ihr – wieviel mochte in ihrem Hause an Herzlosigkeit und Härte geschehen, um das sie sich nicht kümmerte wie sie sollte!
Vom Herd herüber blinzelten versteckte, wachsame Blicke. Hemma merkte es wohl. Ruhig und freundlich bediente sie das Mädchen, bis es nicht mehr essen konnte und die Hände wie im Traume über dem Leib faltete. Doch als sie fortging und eine der Mägde einen unterwürfigen Gruß murmelte und nach ihrem Mantelsaume haschte, schritt sie am Herde vorüber, ohne auch nur einen Blick auf die herrschsüchtigen Weiber zu werfen.

Im Dom zu Brixen wurde ein großes Amt gehalten, ehe König Heinrich und seine Gemahlin die Heimfahrt antraten. Im Schiff der Kirche drängten sich die Menschen. Doch wenig Andacht schaute aus den tausend starrenden Augen. Denn vorne im hohen Gestühle knieten die Großen des Reiches in ihrer unfaßlichen Pracht.
Neben der Königin Kunigunde kniete Hemma, selbst aus königlichem Geschlechte, hohen Sinnes, Fürstin, Mutter und Frau. Aus ihren großgeschnittenen, blendend klaren Zügen strahlten Demut und Dank. Denn es war wunderbar, wie sie der Herr begnadet hatte.
In dieser Woche, die sie bei den Freunden ihrer Jugend verbracht hatte, war es ihr bewußt geworden: Alles lag in seiner Hand, –

Gnade ist es, wenn er uns unter sein Joch beugt, um uns auf weiten, vielverschlungenen Wegen heimzuführen.
Sie mußte plötzlich des Abends gedenken, da sie Kunigunde weinend in der Kemenate gefunden hatte. Damals glaubten sie beide – junge, schwärmerische Kinder, die sie waren –, sie würden ihr Leben lang eine verschwiegene, unglückliche Liebe im Herzen tragen. Doch Heinrich, den Kunigunde liebte, hatte auch ohne Brief und Handschlag an ihr festgehalten. Sie hatte ein hohes Ziel erreicht, wenn es für sie gewiß auch nicht leicht war, es zu behaupten und in ihr Amt hineinzuwachsen.
Und sie selber – wollte sie ihr reiches, flutendes Leben, die treue Gemeinschaft mit ihrem Manne, ihr liebes Kind, jetzt noch gegen jene herzbeklemmende, verstohlene Süße eintauschen, die ihr einst als der Inbegriff irdischer Glückseligkeit erschienen war?
Sie lächelte. Wie gut war es, daß man älter und klarer wurde. Unwillkürlich suchten ihre Augen unter dem Gefolge des Königs. Da stand er zwischen den anderen Herren, Herrand von Borne, den sie einst aus dem Schnee aufgelesen hatte, um langes Herzeleid von dieser Guttat zu gewinnen. Nun saß er im Rat des Königs, ein stiller, unscheinbarer, aber ohnmaßen rechtlicher und getreuer Mann. Er sah fast noch so jung und blond und schlank aus wie vor zwölf Jahren. Erst in der Nähe entdeckte man die vielen Fältchen seines gleichsam vertrockneten Gesichts. Und irgendwie schien er auch sonst vertrocknet zu sein in einer seltsam strengen, mönchischen Frömmigkeit und einem peinlichen Eifer im Dienste seines Herrn. Er war unvermählt geblieben.
In den heiteren Mittagsstunden, wenn die Frauen in kühlen Kemenaten und Lauben der Ruhe pflegten und ein wenig von dem lieben Nächsten plauderten, sprachen sie manchmal auch von Herrands Zurückhaltung gegen die Frauen. Viele glaubten, er habe ein Gelübde abgelegt, denn er mied alle Feste und Kampfspiele und spann keine zärtlichen Abenteuer.
Auch Hemma hatte nicht mit ihm gesprochen. Wohl war er zu den wichtigen Verhandlungen mit den Burgundern herangezogen gewesen und hatte wenig Zeit gehabt, den Gästen der Königin die Langeweile zu vertreiben. Doch wenn sie ihm begegnete, grüßte er sie so unbewegt, daß sie nicht wußte, ob er sich jener fernen Tage erinnerte. Sie fand dies ritterlich und höfisch von ihm, bis auf das leise, unwillkürliche Widerstreben, das sie gegen alles empfand,

was nicht ganz einfach und wahrhaftig war. Doch als sie ihn nun betrachtete, wie er dort andächtig stand, die Hände um das Kreuz seines Schwertes gefaltet, die schmalen Lippen abweisend zusammengepreßt, da war es ihr, als ob sie ihn verstehe. Das war ein Mensch, dem im ersten Kampfe des Lebens die Kraft zerbrochen war und der sich dennoch auf streng gesichertem, engem Platze gegen alles zu behaupten suchte, was ihn hinabziehen wollte.

Gott segne dich, armer Freund, dachte sie. Einmal wirst auch du den Lohn erhalten für alle harte Treue. Ich wollte, ich könnte dir ein tröstliches Wort geben!

Das Hochamt ging dem Ende zu. Sie riß sich aus ihren Träumen. Es war vorüber – es war vorüber. Der Strom des Lebens trug sie immer weiter von ihm fort. Schon sahen sie sich aus so großer Ferne, daß sie sich kaum noch erkannten. Gott segne dich, Herrand – fahr wohl!

Morgen trat sie die Heimfahrt an. Wilhelm wartet auf sie, – das Kind. Nun war es schon so süß und klug, ein kleines, wildes Menschlein.

Und nächsten Frühling würde sie ein zweites wiegen. O Gnade! Die Königin Kunigunde wandte ihr plötzlich das weiße Antlitz zu. Sie schauten sich in die Augen und wußten beide, daß sie das gleiche fühlten. Und wie in einem Rausche des Dankes standen sie von den Knien auf und stimmten in das Tedeum ein.

Der Herzogsstuhl

Am Zollfelde in Kärnten steht der alte Herzogsstuhl. Niemand weiß, wer die schweren, graugrünen Steinblöcke zu urweltlichem Throne getürmt hat, – niemand weiß, wie lange er schon dort steht. Stumm und verödet ragt er aus dem weiten, moosigen Brachfelde. Kühe weiden und Nebel ziehen um ihn, und die Menschen, die nächtens vorübergehen, wagen nicht hinzuschauen. Denn es könnte wohl einer jener furchtbaren Großen um das Machtmal geistern, deren Namen, von Blut und Rache verdunkelt, aus ferner Vorzeit tauchen: Samo, Boruth, Carast, Chetumar, Walkun. –

Hemmas Augen, brennend von Staub und Schweiß, können sich vom Herzogsstuhl nicht abwenden. Es ist nun schon so lange her, an die zwölf Jahre, und dennoch sieht sie es vor sich, als wäre es gestern gewesen: den Tag, an dem Adalbero von Eppenstein dort auf dem steinernen Throne gesessen hatte.

Es war auch im Sommer gewesen – ein strahlender Tag. Sie hatte mitten unter dem Volke gestanden, das in freudigem Gewimmel das Zollfeld füllte. Sie hatte gesehen, wie der alte Edlingerbauer, gefolgt von seinen zwölf Söhnen, durch die zurückweichende Menge geschritten kam und sich mit feierlich ernstem Gesicht auf den Herzogsstuhl setzte. Zur Rechten hielt er einen bunten Stier, zur Linken eine gescheckte Stute. Und rings um ihn stand ein Heer von Bauern stolz und stumm, indes Adalbero von Eppenstein mit einer kleinen Schar von Edlen vor ihn hintrat. Er war wie ein Bauer in grauen Loden gewandet, mit rotem Leder gegürtet und beschuht. Schön war er gewesen an jenem Tage. – Sie hatte die Augen nicht von ihm wenden können. Sein Gesicht war so froh und stolz, von Zuversicht und ernstem Wollen angeglüht; – sie hatte ihm vieles abgebeten. Sie verstand, daß er nun das Ziel erreicht hatte, um dessentwillen er sich mit List und Gewalt befleckt hatte. Und sie glaubte daran, daß er nun das hohe Amt wie ein heiliges Schwert vor sich hertragen würde.

Der Edlinger fragte: „Wer ist jener, der so einhergeht?“ Die Männer um ihn antworteten: „Er ist des Landes Fürst.“
„Ist er ein gerechter Richter, der einzig des Vaterlandes Heil sucht?“
„Er ist es und wird es sein.“
„Ist er ein Freigeborener?“
„Er ist es.“
„Ist er ein Freund und Verteidiger des wahren Glaubens?“
„Er ist es und wird es sein!“
„Aber mit welchem Rechte kann er mich von meinem Sitze entfernen?“
„Er wird es dir ablösen mit sechzig Pfennigen, und du sollst den scheckigen Stier erhalten, das Pferd und das Gewand, welches der Fürst anhat, und frei wird er dein Haus machen von Zins und Fron.“
Da trat der alte Bauer über die zwei steinernen Stufen herab und schlug dem jungen Herzog auf die Wange.
„Nun richte recht und sei deinem Lande ein gerechter Herr!“ sprach er und schritt mit den zwei Tieren durch die Menge fort.
Dann stand Adalbero an dem steinernen Throne und schwang sein Schwert nach allen vier Winden, daß es wie eine weiße Flamme sein Haupt umzischte. Und er trank Wasser aus einem Bauernhute und gelobte mit bleichen Lippen, „allen ein Richter zu sein nach Pflicht und Recht“.
Wenn der heilige Stein dort seiner Stummheit ledig werden könnte, würde er segnend sagen: „Besseren Herzog habe ich nie getragen. Sein Gericht ist klug und strenge, seinen und seines Landes Namen hat er erhöht über alle Fürsten und Gaue des Deutschen Reiches. Sein überfließender Reichtum ist des Volkes Segen und sein schreckliches Schwert der Marken Schutz.“
So würde der Stein sprechen, und so sprachen Volk und Herren von Rom bis auf die Schlachtfelder der Liutizen. So sprachen auch Hemmas Lippen, wenn bei Gastmählern und Messen die Rede auf ihn kam. Warum sprach ihr Herz immer noch dagegen?
Und manchmal konnte sie es nicht unterdrücken, Wilhelm zu warnen, wenn er seine alte Waffenbrüderschaft mit Kaiser Heinrich und ihre tiefe Freundschaft mit Kunigunde immer wieder in die Waagschale warf, um des Eppensteiners Glück noch höher emporzutragen. Doch dann schalt der Treue sie mit harten Worten,

als habe sie eine Meintat begangen. Wahrlich, keine Ursache hatte sie, an Adalberos Geradheit zu zweifeln –.
Wohl hatte er es verstanden, sich dem Kaiser Heinrich so unentbehrlich zu machen, daß er seines alten Waffenbruders Wilhelm leicht entraten konnte. Denn der war in den feinen Schlichen der hohen Politik nicht also wohl bewandert wie der kluge Herzog. Er saß zufrieden auf seinen Gütern, ohne an die Freuden und Ehren des Hofes zu denken, bis eine Not des Reiches ihn rief und er im wilden Kampfzorne aufsprang. Dann warf er sich mit all seiner Macht an Gut und Männern und mit seinem eigenen Leben in die Schanze und kämpfte, bis der Sieg gewonnen war und er um ein Gutteil ärmer, doch bis ins Innerste aller Opfer froh, heimkehren konnte.
Adalbero war klüger. Auch er gönnte sich keine Rast in der Erfüllung seiner Pflicht, er tat noch mehr als diese. Doch es lohnte sich ihm schier allzusehr –.
Ein Donnerschlag krachte ihr zu Häupten, daß sie erschrocken zusammenfuhr. Die Kronen der Eichen um den Herzogsstuhl brausten auf, knisternd lief es durch das hohe, gelbe Sumpfgras, das seltsam weißlich unter dem schwarzen Himmel stand.
„Wir müssen uns beeilen, Frau!" rief Herr Gerd. „Es bricht schon los! Vielleicht erreichen wir noch die Karnburg!"
Die aufgeschreckten Pferde setzten über Wasserlöcher und Weidenwurzeln hinweg. Die ersten Tropfen klatschten ihnen ins Gesicht. Blitze fuhren um den Kärntner Berg, der wie in schwarzblauem Dunste über dem schweflig leuchtenden Sumpfe aufwuchs. Der Wald an seinen Hängen brauste wie eine Brandung, über dem gilbenden Korn auf den Feldern um die Karnburg waberte es wie niedere Flammen. Schlimm sind die Wetter am Salafelde.
Schon stürmten sie den steilen Burgweg hinan, als der Himmel zerriß und prasselnde Wasserfluten auf die dampfende Erde rauschten. Doch ehe der Regen durch ihre Mäntel dringen konnte, ritten sie schon in den Hof ein.
„Ist der Herzog auf der Burg?" fragte Hemma den Mann, der ihr den Zügel abnahm.
„Ja, vorgestern ist er aus Verona gekommen."
„Heil Euch, Frau Gräfin!" rief nun Adalberos wohlklingende Stimme von der Halle her. „Das ist mir ein freundliches Wetter, das mir Euch ins Haus bringt!"

Er ergriff ihre beiden Hände und zog sie in den Saal hinein. Da war es finster wie am späten Abend. Die Balken waren vor die kleinen Fenster gelegt. Auf der Feuerstätte schwelte ein Bündel gesegneter Kräuter und Palmweiden. Am kleinen Tische in der Ecke aber brannte eine geweihte Kerze, und die Herzogin Beatrix saß in ihrem heftig flackernden Scheine und murmelte vor sich hin: „Es bezwinge dich der Gott Abrahams, der Gott Isaaks, der Gott Jakobs – –." Sie wollte aufstehen, um ihre Gäste zu begrüßen, doch ein krachender Donnerschlag zwang sie auf die polsterbelegte Bank zurück. Die sechsunddreißigjährige Frau schlotterte vor Angst an allen Gliedern. Hemma reichte ihr die Hand. „Ich bitte Euch, daß Ihr uns Obdach gebet, bis der ärgste Regen nachgelassen hat."

„Bleibt, liebe Gräfin, solang es Euch beliebt", stotterte die Herzogin und blickte sie mit verständnisloser Bewunderung an. Sie konnte es nicht verstehen, daß Hemma mit solch lächelnder Ruhe zu sprechen vermochte, und sie begriff voll Bitterkeit, wie erquickend es für ihren Mann sein mußte, Hemmas sicheres, klares Wesen um sich zu spüren. Sie war froh, als die Gastin ihr zur Antwort gab:

„Ich danke Euch, doch ich möchte heute noch in Friesach sein."

„Ihr kommt aus Krain?" fragte Adalbero, indem er ihr selbst den regenschweren Mantel von den Schultern nahm. Neidisch flatterten der Hausfrau Blicke über ihre volle, hohe, herrliche Gestalt, deren Kraft und Schwung man es nicht ansah, daß Hemma nun in den Vierzig stand. Sie selber war kaum mittelgroß und seltsam schlaff und von ewiger Unruhe gezeichnet. „Bring der Gräfin meinen Reisemantel!" herrschte sie die Magd an, die Wein und Schinken auf den Tisch stellte.

„Ja, ich war in der Wochein bei den Bergwerken", antwortete Hemma. „Wilhelm war diesmal nach seiner Verwundung doch nicht frisch genug, um selbst zu reiten. Und nach und nach werde ich schon eine ganz tüchtige Stellvertreterin des Grafen!"

„Das seid Ihr, bei Gott!" rief Adalbero. „Ihr wäret gar wohl imstande, die Grafschaft allein zu regieren, denn an Klugheit und Tatkraft steht Ihr keinem Manne nach! Wilhelm könnte sich ruhig ganz in des Kaisers Dienst stellen!"

„Ach, laßt mich damit in Ruhe!" lachte sie laut und herzlich auf. „Glaubt Ihr, ich finde es schön, bei jedem Wetter zwischen Krain und Kärnten hin und her zu reiten und an jedem Orte, wohin man kommt, Unannehmlichkeiten zu hören und die rächende Gerechtigkeit zu spielen?"

Er seufzte. „Seht Ihr, das ist mein Los an jedem Tag, seitdem ich Herzog bin. Meine eigene Burg sehe ich kaum von innen. Immerfort bin ich zwischen Verona und Leoben, zwischen Cilli und Lienz unterwegs. Heute sitze ich am Tische des Patriarchen von Aquileia, in einer Woche bin ich in Salzburg zu Gast."

„Und dennoch rühmt man Euch, daß Ihr Euch des eigentlichen Karantaniens besser annehmet als Eure Vorgänger, denen es südlich der Alpen besser gefiel."

„Der Kaiser sieht es gerne. Er hat die Tapferkeit und Treue der Kärntner nicht vergessen –"

Er hielt inne und blickte auf die Magd, die den Reisemantel der Herzogin hereinbrachte. „Gestrenger Herr", sagte sie unterwürfig, „ein Bote ist eben angekommen und will Euch dringend seine Kunde sagen."

Ein wenig unwirsch winkte er. Und wenige Augenblicke später flog die Türe auf. Mit einem Windstoß trat ein junger Mann in leichter Rüstung herein, naß und bespritzt von den erhitzten Wangen bis auf die silbernen Sporen.

„Herr Dankwart, Ihr?" fragte der Herzog betroffen. „Womit habt Ihr es so eilig?"

„Eine schlimme Kunde habe ich Euch zu melden, Herzog Adalbero. Unser König und Kaiser, Herr Heinrich, ist am 13. Juli dieses Jahres 1024 gestorben."

Die junge, harte, erregte Stimme war verstummt. Es war so still in der Halle, daß man das leise Singen der Kerzenflamme hören konnte. Der Herzog griff nach der Tischkante. „Wie kam das so schnell?" fragte er dumpf.

„Es war sein altes Leiden, – Kolik nannten es die Ärzte. Diesmal überstand er den Anfall nicht. Er starb unterwegs, in der Pfalz Grona."

Hemma bekreuzte sich. „Kaiser Heinrich –", flüsterte sie klagend. „Weh uns, daß er von uns gegangen ist –." Dann brach sie in heiße Tränen aus, denn sie dachte an ihre liebe Freundin, die Kaiserin Kunigunde, die nun eine Witwe war.

Sie sah durch Schleier, wie Adalbero und Beatrix sich um den fremden Ritter drängten und ihn mit Fragen bestürmten. Ihr Schluch-

zen bezwingend, stand sie auf und ging in die Kapelle hinüber. Sie war fast kahl. Kein Ewiges Licht brannte. Regen stäubte zu den schiefen Fensterlöchern herein.
Sie kniete sich auf die feuchten, kalten Fliesen hin und begann für des toten Kaisers Seele zu beten. Doch sie war sich so seltsam gewiß, daß er schon bei Gott weilte, daß ihre Gedanken zu lieblichen Bildern einer fernen Vergangenheit entflohen. Sie sah sich wieder als junges Kind in Regensburg, wo sie voll Ehrfurcht zu dem ältesten Anführer der blonden Jugendschar aufgeblickt hatte. Er war so ernst, so männlich, so pflichtbewußt gewesen. Und später, da sie ihn als König und Kaiser wiedergesehen hatte, war er ihr Freund geblieben. Ein wenig strenger, ein wenig ferner wohl, doch stets voll Güte und warmer Treue.
Nun war er tot und dahin – ihr Freund und Wilhelms Waffenbruder, Adalberos gnädigster Gönner und Gnadenhort, Kärntens Vater wie kein Kaiser vor ihm.
Wer würde nach ihm kommen?
Ahnungsvolle Bangnis beengte Hemmas Brust. Sie trat ans Fenster und schaute in den sinkenden Abend hinaus. Das Land war von Regen verhangen. Noch immer schauerte der Wind im nassen Laub. Doch es war Vollmond. Die Nacht würde wohl hell werden. Sie mußte gleich weiterreiten und Wilhelm die Botschaft bringen. Kein Fremder sollte es ihm sagen.
Sie trat in die Halle zurück. Dort saß Herr Dankwart am Tische und sprach hungrig dem Mahle zu, das für ihn aufgetragen worden war.
„Die Wahl wird also im Herbste sein“, sprach Adalbero langsam. Er saß mit dem Rücken an den Wandbehang gelehnt, den dunklen Kopf in den Nacken geworfen, die grauen Augen fieberisch leuchtend ins Leere starrend.
Sie zögerte, ehe sie ihn anredete: „Nun müßt Ihr mir Urlaub geben, Herzog. Ich will zu meinem Manne. Die Botschaft ist allzu wichtig, als daß ich zögern dürfte.“
Wie aus einem blendenden Traume fuhr er empor. „Ja, Gräfin, reitet! Und sagt Wilhelm, ich käme übermorgen, – nein, morgen abends zu ihm. Ich reite nach Eppenstein. Grüßt ihn von mir! Ich habe ihm Wichtiges zu sagen.“
Die Herzogin hängte sich an ihren Hals. „Glaubt Ihr, daß es zu einem Kriege kommt?“ schluchzte sie.

„Nein – das wohl nicht", antwortete Hemma. Aber ihr Herz war schwerer, als wenn der Schwertbote zu ihnen gekommen wäre.
Tief zog sie die Gugel in das Gesicht, als sie durch den langsam einschlafenden Regen von dannen ritt. Und wie schon oft, mußte sie sich auch diesmal mühen, Adalberos Gedanken zu ergründen. Sie wehrte sich dagegen. Doch es war, als triebe sie eine dunkle Gewalt in ihrem Blute, wachsam zu sein – wie eine Hündin, der sich die Haare sträuben, wenn sie den heimlichen Feind des Hauses wittert, und die ihm dennoch nachschleicht bis an die letzte Tür.
Was hatte sein Blick zu bedeuten, mit dem er an ihr vorüberstarrte, als er von der Kaiserwahl sprach?
Dachte er daran, daß er durch seine Frau mit dem sächsischen Kaiserhause verschwägert war? Dachte er daran, daß Heinrich keinen Erben hinterließ?
Er hatte genau so viel Recht auf die Krone wie der ältere und der jüngere Konrad, seine einstigen Feinde.
Die Krone –.
Sie lachte hart auf, daß Atre sich erstaunt zu ihr wandte. „Eine üble Nachricht bringen wir nach Hause", sagte sie nun.
„Der Herr Kaiser hat einen seligen Tod gehabt", meinte Atre beschwichtigend und einfältig.

Der Wind pfiff über die Flattnitzer Höhe, doch den Leuten, die da heroben den Salzsud betrieben, verdarb dies nicht die Laune. Sie waren daran gewöhnt. Manchmal peitschte es Schnee über das Murtal her, manchmal Regen und Nebel, dazwischen brannte die Almsonne ihre von Salzdampf gegerbten Gesichter dunkel. Doch sie ließen es sich mit Weib und Kinder wohlergehen. Sie hatten ihre braunen Sennhütten in die Paßmulde gebaut, Rinder und Schafe gediehen ihnen wohl. Gerste zu Brot und Bier wuchs reichlich in geschützten, tiefer gelegenen Hängen. Was sie an Wachs und Honig, an Holz, Arznei, Wildbret, leckeren Beeren und Apfelmost brauchten, gab ihnen der Wald, der in unübersehbaren Flächen Hänge und Höhen überwucherte. Die Frau versorgte sie mit Flachs und lichtem Mehl, ja sie hatte ihnen sogar eine hölzerne Kapelle bauen lassen, damit sie nicht ohne Schutz den bösen Geistern der Einöde preisgegeben seien.
So konnten sie ihren reichen Lohn sparen. An den Knappenkirchtagen zu Dreifaltigkeit und Sankt Barbara kamen sie in hellen

Haufen nach Friesach herab und vertaten dort ihr Geld mit Saufen und Spielen. Sie rauften aus altem Haß mit den Hüttenberger Eisengrabern und den Zeltschacher Goldschürfern, sie hieben und stachen mit Messern, Schlagringen und Rehzinken, bis einige von ihnen verblutet auf den Lehmböden der Schenken lagen. Die Mörder wurden meistens nicht gefunden. Dem Büttel gegenüber hielten sie alle wieder zusammen. Recht und Brauch, Schuld und Ehre ihres Standes waren von außen unantastbar.
Hemma wußte nicht, ob sie lächeln oder zürnen sollte, als sie zum letztenmal vor Einbruch des Winters auf der wettermorschen Bank an der Kapellenwand saß und die Anliegen der Flattnitzer anhörte. Da war eine Mutter, die ihren jüngsten Sohn für also klug und fromm hielt, daß sie die Frau bat, ihn in das neugegründete Kloster zu Ossiach zu bringen, damit er das geistliche Handwerk erlerne. Der Vater aber redete wild dagegen. Er war der Meinung, ein guter Knappe sei Gott dem Herrn angenehmer als ein schlechter Pfaffe. Warum er nicht glauben konnte, daß sein Sohn ein rechter geistlicher Mann werden sollte, vermochte er nicht zu begründen. Doch Hemma durchschaute, daß er vom starren Knappenhochmut besessen war, der jeglichen anderen Stand verächtlich fand, zuvörderst aber einen so weichlichen, ungefährlichen, knechtisch gebundenen, wie es der mönchische war. Der frische, kraushaarige, sehnige Knabe gefiel ihr. Es schien ihr, er sei sowohl zu einem Streiter Gottes wie auch zu einem Rädelsführer der Knappen wohl beschaffen. Sie sagte schließlich: „Ich will ihn über den Winter mit mir nehmen und ihn nach bestem Wissen und Gewissen prüfen, zu welchem Werk er besser taugt. Im Frühling soll er sich dann entscheiden, und ich will ihm weiterhelfen, wie es auch kommen möge."
Der Vater stierte sie böse an. Dann trat er vor sie hin und warf ihr die freche Forderung ins Gesicht: „Gebt mir Euer Wort, daß Ihr ihm niemals zuredet, ein Mönch zu werden, solange er unter Eurer Gewalt ist!"
Sie strecke ihm freimütig die Hand hin: „Hier hast du mein Wort. Niemals soll er nach einer Seite hin beredet oder gar gezwungen werden."
„Dann nehmt ihn mit!" murmelte er finster, doch im Innersten beruhigt. Er schob ihr den Buben zu und nahm sein aufgeregtes Weib am Arm und trollte sich mit einem steifen Kratzfuß.

Hemma betrachtete heimlich den Knaben. Er hatte keine Augen für die kostbare Reliquienkapsel an ihrem Halse, noch für das Evangelienbuch, das in ihrem Schoße bereitlag, falls ein ernster Rechtsfall einen feierlichen Eid erheischen würde. Seine Blicke hingen verlangend an dem kurzen Schwerte Herrn Gerds.

„Lugg heißest du?“ fragte sie ihn zwischen zwei gewährten Zinsnachlässen.

„Ja, Frau“, antwortete er frisch.

„Dir gefällt wohl dieses Schwert?“

„Ja, ich habe noch kein solches gesehen.“

„Bitte den Ritter, vielleicht läßt er es dich anschauen.“

Lugg legte schön die Hände zusammen, und der Ritter zog lächelnd das Schwert aus der ledernen Scheide.

Des Buben Augen flammten hoch auf. „Das ist nicht bei uns geschmiedet worden, gelt –“

„Woran kennst du das?“

„Das sind nicht unsere Zeichen, – und es ist so blau –“

„Da hast du recht, Bub. Ich habe es im Kampfe gewonnen. Der Ritter, der es besaß, hatte es aus dem Maurenlande gebracht.“

„Aus dem Maurenlande –. So möchte ich auch schmieden können wie die Mauren. Sieben Messer habe ich schon geschmiedet – heimlich. Im Walde habe ich eine Werk –.“ Er stockte, da er in Hemmas freundliche Augen blickte.

„Da wirst du dich wundern, wenn du Meister Gundolfs Werkstätte in Friesach siehst! Willst du ihn einmal besuchen?“

Er nickte. „Das muß ich ihn dann fragen, wie man das mit dem Öl macht. Klingen in Öl härten, das kann man nämlich auch!“

„Ja, und ich glaube fast, daß du dein Brevier bei Meister Gundolf lernen wirst“, lachte sie, als sie die festen, geschickten Bubenfinger mit wahrer Wollust über den Stahl tasten sah.

Doch dann mußte sie sich einer neuen Schar von Klagenden zuwenden. Es war die Sippe des Knappen Cyrill, er und seine drei Brüder, zwei Söhne, sieben Neffen. Sie klagten den Knappen Dieter an, daß er die einzige Tochter, das jüngste Kind Cyrills, entführt und geschändet habe, da er und ihre Brüder die Einwilligung zur Heirat versagt hatten. Ja – mancher Streit zwischen Cyrills und Dieters Sippe war mühsam, rein äußerlich geschlichtet worden. Und nun hatte der Junge die Tochter entehrt –.

„Ihr wißt, daß auf Entführung und Schändung einer Jungfrau

der Tod steht. Und nicht nur der Täter soll gerichtet werden, sondern alles, was in dem Hause lebendig ist, in dem solche Schandtat geschehen konnte: Mann und Weib, Pferd und Rind, Hund und Katze, sogar die Schwalben unter dem Dache, da sie des Schreiens des Mädchens nicht geachtet haben. Der Mann aber soll drei Tage lebend am Rade hängen."

„Ja, so sagt das Gesetz", sprach Cyrill und kniff die grüngrauen Augen grausam zusammen.

Hemma befahl dem Wärtel, Dieter vor sich zu laden. Doch kaum war sein Name in den Kreis gerufen worden, als ein blutjunges Weib die Reihen durchbrach und sich laut aufschreiend Hemma zu Füßen warf. „Er hat mich nicht entführt! Ich bin selber mit ihm gegangen! Frau Gräfin, seid barmherzig! Was hätten wir denn tun sollen, wenn alle dagegen waren? Wir gehören doch zusammen!"

Hemma blickte in das hingerissene, leidenschaftliche Gesichtlein, in dem Haut und Haare und Augen dieselbe zarte, seidene Farbe der Haselnuß schimmerten. Pflicht – hatte sie denn nichts davon gewußt? Oder war Liebe die erste Pflicht gewesen, die ihrem Herzen bewußt geworden, der sie bis zum Letzten gehorsam gewesen war?

„Habt Ihr es nicht gewußt, daß das Mädchen so an dem Manne hängt?"

Cyrill schüttelte verbissen den Kopf.

„Er hat es gewußt! Und die Stiefmutter auch! Ich habe es Euch gesagt, hundertmal, noch öfter! Jeden Tag, wenn Ihr mich deshalb schlugt und schaltet! Dieter, sag es der Gräfin, wie es war, damit sie nicht diesen meineidigen Lügenmäulern glaubt!"

Cyrill wollte auf das Mädchen losgehen. Doch seine Brüder hielten ihn zurück.

„Ernste Schuld hast du auf dich geladen, Dieter", sprach Hemma. „Leg deine Hand auf dieses heilige Buch und erzähle mir vor Gott die Wahrheit, wie alles gekommen ist."

Der Knappe trat vor sie hin, stark und großmächtig in seiner schwarzen Tracht. Blondes Haar fiel ihm in derben Wirbeln in die niedere Stirn, aber seine blauen Augen blickten darunter trotzig und gerade. „Bei Gott und seinem heiligen Evangelium will ich die Wahrheit sagen", begann er ruhig. „Ich und die Gretiza sind uns schon seit zwei Jahren einig. Wir sind miteinander aufgewachsen.

Ich bin zu ihrem Vater werben gegangen. Das erstemal hat er mich fortgewiesen, das zweitemal hat er mich von seinen Buben überfallen lassen, bevor ich zu seiner Tür gekommen bin. Das drittemal hat er mir die Hacke zugeworfen. Da hat die Gretiza gesagt, sie wolle nicht warten, bis der Alte gestorben sei. Sie wolle gleich zu mir kommen. Ich hab mir nichts Besseres wünschen können, hab sie geholt. Drei Wochen später bin ich zum Waldbruder auf den Mödringberg gegangen und hab ihm gesagt, er soll uns zusammengeben. Er hat es nicht getan, weil ihr Vater dagegen war. Da sind wir dann erst recht beieinander geblieben."

„Wer von euch allen weiß, daß es so gewesen ist?"

Zwei, sechs, zehn Knappen traten vor.

„So hast du eine falsche Klage geführt, Cyrill", sagte Hemma streng. „Du scheinst das Gesetz zu kennen. Du weiß wohl auch, daß der falsche Kläger dieselbe Strafe erhalten soll, die der Angeklagte erlitten hätte, wenn er sich nicht hätte reinwaschen können. Und überdies hast du dich einer großen Hartherzigkeit schuldig gemacht. Obwohl du sahst, wie dein Kind an dem Manne hing, hast du es lieber in Kummer und Unsicherheit, in Sünde und Schande kommen lassen, als daß du deinen alten unchristlichen Haß aufgegeben hättest! Doch ich will milde sein, da auch Gott mit uns barmherzig ist. Als einzige Strafe lege ich dir auf, hier vor allen versammelten Männern deine Tochter dem Manne zu übergeben, dem sie schon gehört, und ihr die Mitgift nach Fug und Recht auszuzahlen. Du aber, Dieter, hast ebenfalls unrecht getan. Wenn dich dein Mädchen aus unsinniger Liebe bat, sie zu dir zu nehmen, so mußtest du der Klügere sein und zuerst alle rechtlichen Wege suchen, um nicht das junge Ding in Schande zu bringen. Warum bist du nicht zum Grafen gekommen? Deine Strafe soll sein, daß du noch heute dein Hab und Gut zusammenlegst und samt deinem Weibe mit uns nach Friesach wanderst. In Zeltschach wirst du Arbeit und Behausung finden."

Das Mädchen kroch aufschluchzend zu Hemma hin. „Gretiza", sagte die Frau und strich ihr übers Haar. „Aus Liebe hast du gefehlt. Du hast mit der Gewalt deines Herzens ihn zur Sünde verführt, nun mußt du ihn auch zum Gute führen. Und versuche, ob du nicht auch Gott so minnen kannst –", setzte sie leise hinzu. Doch sie wußte, daß viele grausame und zehrende Flammen solch wildes Herz ausbrennen müssen, ehe es jene stille, reine Glut versteht. Für ein paar Augenblicke sah sie in frommem Sinnen über die dunklen Gestalten hinweg, in deren Kreise nun der alte Cyrill seine Tochter dem Feinde übergab. Ein wenig abwesend vernahm sie die Aufzählung der Mitgift – eine Kuh und zwei Ziegen, drei Schweine, all ihr Selbstgesponnenes und Selbstgewebtes, ihr mütterliches Erbteil an Hausgerät und Kleidern – dreißig Pfennige Silber –.

Drüben, wo die Almwiese hinter der niederen Kirchhofmauer anstieg, hielt eine Reiterschar – nichts Ungewöhnliches hier auf der Flattnitzer Paßhöhe. Dennoch zuckte ihr Herz plötzlich in tödlichsüßem Schrecken, daß es ihre beiden Hände zu ihrer aufwogenden Brust emporriß. War es denn möglich – konnte es sein? Diese zwei jungen, sonnenbraunen Gesichter, die lachend zu ihr herübersahen –. Sie öffnete die Lippen zu einem erstickten Ruf. Da traten die Leute vor sie hin – sie mußte dem jungen Paare Segen wünschen und es ermahnen, sich am nächsten Messetag in Grafendorf vom Priester trauen zu lassen – sie mußte dem alten Cyrill noch einmal ins Gewissen reden, auf daß er fürder Frieden gebe, und sie mußte fragen, ob noch jemand hier sei, der Spruch, Rat oder Hilfe von ihr begehre.

Doch keiner trat mehr vor, sie konnte das Vaterunser sprechen und die Versammlung schließen. „Herr Gerd, ich bitte Euch, nehmt Euch des Knaben und all dieser Dinge hier an! Ich muß –"

Sie drängte sich durch die kreisende Menge der Männer und fiel lachend und weinend an eine breite Brust, in zwei andere, starke, junge Arme, fühlte weichen Bartflaum an ihrer Wange und stammelte unter heißen Tränen: „Wilhelm! Hartwig! Seid ihr's denn wirklich? Gott sei Dank – Gott sei Dank, daß ich euch wieder habe!" Sie hörte nichts von dem Begrüßungsgeschrei der Knappen, die nun auch die Grafensöhne erkannten. Sie war in einem rauschenden Meer von Seligkeit versunken. Sie waren wieder bei ihr, ihre Kinder, ihre zwei großen, guten, schönen Söhne, – wieder bei ihr nach drei langen, sehnsuchts- und sorgenbangen Jahren!

Sie zog sie an ihren Händen höher die Wiese hinan, bis sie allein waren. „Wir wollten Euch überraschen, Mutter", lachte Hartwig, „heute nacht wären wir wohl in Friesach angekommen. Da wollten wir großen Lärm schlagen, um Euch aufzuschrecken. Und statt der grimmen Feinde wären es Eure schlimmen Buben gewesen!"

„Ja, und nun waren w i r überrascht, Euch hier zu finden, streng und würdig als Richterin", sprach Wilhelm, ein wenig stiller, ein wenig ernsthafter als sein Bruder.

„Der Vater ist nicht ganz gesund in diesem Jahr. Die Narbe in der Hüfte schmerzt ihn beim Reiten", erklärte die Mutter. Aber sie lachte dabei, da sie ihre Söhne anblickte. Wie seltsam war es doch, daß sie nun größer waren als sie – und waren doch wie ein Büschlein Apfelblüten auf ihrem Schoß gelegen.

„Nun wollen wir zuhause bleiben und ihm in allem helfen", versicherte Hartwig. „Herr Konrad suchte uns wohl zu bereden, bei ihm zu bleiben, doch wir wollten nicht so schnell nach dem Tode Kaiser Heinrichs einem anderen Herrn den Diensteid leisten. Wilhelm sagte auch, wir hätten lange genug in der Fremde gelernt, nun könnten wir es in der Heimat schon anwenden."

„Herr Konrad, sagst du. Ist denn die Wahl auf ihn gefallen?"

„Ja, auf den älteren der beiden Namensvettern. Die Kaiserin Kunigunde hat ihm Krone, Zepter und Reichsapfel übergeben, damit kein Streit entstehe. Alle priesen ihre Klugheit, die ersten Männer des Reiches schlossen sich ihrer Meinung an, und selbst der jüngere Konrad trat freiwillig zurück. Selten ist ein König so einmütig gewählt und so friedfertig gekrönt worden", berichtete Wilhelm, glücklich, als erster die wichtige Nachricht nach Hause zu bringen.

Der Mutter Glückseligkeit wurde von flüchtigem Ernst verschattet. „Hier glaubten manche, unser Herzog könne die Krone gewinnen –", sagte sie nach einer Weile beklommen.

„Nein, draußen im Reiche dachte niemand ernstlich daran. Dazu hatte sich's Adalbero doch allzusehr mit den großen Herren verdorben!" lachte Hartwig. „Er hat gewiß Großes für das Reich geleistet, aber in den letzten drei Jahren war sein Hochmut manchmal kaum erträglich. Solange Kaiser Heinrich lebte, mußte man es ihm verzeihen. Doch nun, da Herr Konrad an der Macht ist, wird er sich etwas mäßigen müssen. Der hat es ihm noch nicht verziehen, daß er ihn wegen der Erbschaft seiner Frau so hart befehdet hat."

„Ja, es ist nicht gut für ihn, daß gerade dieser Mann König wurde. – – Doch warum reden wir von solchen Dingen! Heute wollen wir nur an unsere Freunde denken!"

Rasch und behende stand sie auf und schritt ihren Söhnen voran zu den Pferden, die auf der Almwiese grasten. Schimmernd wie

Bronze gingen sie über die smaragdgrüne Trift dahin. Die Nachmittagssonne füllte die Mulde mit honigfarbenem Schein und blauen Schatten.
Bei Hemmas Fuchsstute stand einer, der mit Wilhelm und Hartwig gekommen war. Das Pferd schien ihn zu kennen – es fraß aus seiner Hand Brot und Gras und rieb den Kopf an seiner Schulter.
„Seht, Mutter, die Gulda hat nicht vergessen, daß Lanzo sie aufgezogen und für Euch eingeritten hat!"
Nun bemerkte sie ihn. In ihrer Freude über die Heimkehr der Söhne hatte sie seiner nicht geachtet. Nun trat sie zu ihm und reichte ihm die Hand. „Seid mir willkommen, Herr Lanzo! Und ich danke Euch tausendmal, daß Ihr mir diese beiden Wildfänge glücklich wieder zurückgebracht habt!"
Er blickte sie an, und sie sah in seinem noch immer seltsam jungen, erbleichenden Gesicht, daß alles geblieben war, wie es einst gewesen.

In der kleinen Krypta unter dem Chore der Liedinger Kirche wartet Frau Imma auf die Auferstehung. Es ist kühl und dunkel um das steinerne Grab. Doch durch die kleinen Fensterlein nicken Rosen und das sanfte Kirchhofgras. Vögel zwitschern, Kinderfüße springen, und der Wind bläst silberne Flöckchen vom Löwenzahn herein wie einen Gruß vom süßen, flüchtigen Leben.
Eine andere wird das Kloster im Gurkerwalde bauen, hatte Frau Imma einst gesagt, als Hemma noch ein kleines Mädchen war. Nun reitet sie, eine schöne, reife, große Frau, denselben Weg von Lieding nach Gurkhofen, den sie einst in ferner Kinderzeit mit der Großmutter geritten war. Damals war ihr die Fahrt gar lang erschienen. Heute dünkt sie ihr wie eine kurze Lustwanderung. Denn viele und weite Straßen ist sie in dieser Zeit gezogen, die inzwischen vergangen ist. Es war wohl so, daß jeder ihrer Wege sie ein Stücklein aufwärts geführt hat. Ihr Reichtum ist wie von selber wunderbar gewachsen, und Gott hat sie in ihrem Mann und ihren Kindern überreich gesegnet. Überall kommt ihr Liebe, Vertrauen und Achtung entgegen, und Friede und Freude findet sie in ihrer Seele.
Trotzdem beschleicht es sie wie Sehnsucht nach ihren Mädchentagen, als sie aus dem Walde kommt und Gurkhofen in der Frühlingssonne liegen sieht. Damals war sie ein Kind, das nichts sein

eigen nannte. – Besser wäre es vielleicht, ohne irdische Sorge und Lust ganz nur der Liebe Gottes zu leben. Manchmal kommt dieser Wunsch heimlich an sie heran, jetzt, da sie auf der Höhe aller Macht und allen Glücks steht. Das Leben rauscht so laut um sie, daß sie die Stimme Gottes in ihrem Herzen oft nicht mehr hört. Doch wer sie einmal vernommen, den läßt das Heimweh nicht mehr los –.

Wenn Gott es fügen sollte, daß sie Witwe würde und ihre Söhne und Schwiegertöchter ihr die Sorgen aus der Hand nähmen, dann möchte sie ein Kloster stiften und selber darin Nonne werden. Frau Wichpurg, Gemahlin des Grafen Otwin vom Pustertal und Schwester des Erzbischofs Hartwig von Salzburg, hatte das gleiche getan, als ihr Mann auf seiner Wallfahrt ins Heilige Land verscholl. Sie baute das Kloster St. Georgen am Längsee und nahm darin mit ihrer schönen Tochter Perchkunt den Schleier. Ihre älteste Tochter Hiltipurch, die schon zu St. Erintrud in Salzburg Nonne gewesen, trug nun den Äbtissinnenstab.

Auch Frau Glismod und Graf Ozi hatten zu Ossiach ein Mönchskloster gestiftet. Doch Hemmas liebe Freundin hatte nicht mehr das Glück gehabt, die Einweihung ihres Werkes mitzufeiern. Sie war in der Fremde gestorben, als sie voriges Jahr ihren berühmten Sohn, den Patriarchen Poppo von Aquileia, besucht hatte.

Kaiserin Kunigunde hat sich nun auch in ihre Stiftung Kaufungen zurückgezogen. Ja – wenn Wilhelm einmal nicht mehr ist, dann möchte sie das gleiche tun. Schwer ist es für eine Frau mit weichem Herzen, in dieser Welt voll Grausamkeit und Härte, Kampf und Blut auszuhalten, wenn sie Zeit hatte, über all dies Unrecht nachzudenken, und keine Macht mehr besaß, ihm zu steuern. Für viele war das Kloster der einzige Ort, an dem sie zu leben vermochten.

Drunten am Zauntore steht Wilhelm und winkt zu ihr herauf. Er hatte auf sie gewartet. Sie winkt ihm zurück und treibt ihr Pferd ein wenig an, indes ihr Herz in jähem Schrecken schmerzlich brennt. Wie könnte sie es ertragen, daß Wilhelm stürbe! O, überaus hart müßte es sein, losgerissen zu werden von aller Liebe und Gemeinsamkeit! Sie gleitet vom Pferde und legt die Arme so innig und heftig um seinen Nacken, daß er sie erschrocken fragt: „Liebe, dir ist doch nichts Übles begegnet?"

„Nein, Wilhelm. Und doch bin ich froh, wieder bei dir zu sein!"

antwortet sie tief und faßt in einem aufleuchtenden Blick sein liebvertrautes, großgefurchtes Gesicht, das leise ergrauende dichte Haar, die mächtige Riesengestalt, deren schildstarke Schultern sich mählich zu runden beginnen, seit er den schweren Schwerthieb in die Hüfte bekam. „Ich mußte an die Zeit denken, da wir Kinder waren und mit der Großmutter hier lebten. Damals habe ich noch nicht gewußt, wie gut es die Eltern mit mir meinten, da sie mich dir verlobten.“

Er lächelte. „Ich glaube fast, ich habe damals schon gespürt, daß du mein alles sein solltest.“

„Wilhelm“, atmete sie auf, eine Hand an seiner Mantelschließe, die andere am hölzernen Riegel des Gatters. „Du bist zu gut zu mir. Aber du darfst nicht denken, daß ich dies nicht sehe –“

Sie gingen Hand in Hand in den Hof hinein, wo sie einst miteinander gespielt hatten, und es war, als wäre die Zeit stehengeblieben. In den niederen, braunen Holzställen summte und polterte es gedämpft, Heu duftete, und Mägde trödelten an den Hackstöcken und auf den Stadelstiegen. Die Rückwand des Palas war grün angelaufen und sah ein wenig öde aus. Blickte dort nicht die Großmutter aus dem schmalen Fensterlein, voll Freude, daß ihre beiden Kinder so einträchtiglich von der Wiese kamen?

Sie fuhren zusammen, da im inneren Hofe vom Brunnen her eine fröhliche Stimme schallte: „Da kommt Ihr wie ein Liebespaar gegangen und laßt Eure Gäste Wasser trinken!“

Es war Adalbero von Eppenstein, der nun vom Brunnentroge sprang und ihnen entgegenkam. Hemma mochte kaum ihre Verstimmung zu verbergen. Es wäre so schön gewesen, mit Wilhelm allein einige Tage in Gurkhofen zu verleben. Nun hatte sie das Haus voll verwöhnter Gäste!

„Ihr braucht Euch nicht zu sorgen, Gräfin, daß Ihr allzu viele hungrige Mäuler an Euren Tisch bekommt. Ich bin diesmal allein. Nur mein alter Drago begleitet mich“, sprach er, als ob er ihre Gedanken erraten hätte.

Errötend lachte sie: „Seid mir nicht böse – aber für das Gefolge, das man sonst bei Euch gewohnt ist, wären die Gurkhofener Vorräte wahrhaftig zu schmal gewesen! Außer Eure Mannen hätten sich selber auf die Jagd begeben.“

„Ich weiß ja, daß diese Wirtschaft alles nach Friesach liefert. Und ich bin nun lange genug verheiratet, um zu verstehen, daß solch ein

Überfall Euch böse gemacht hätte. Ich bin eigentlich nur gekommen, um dich, Wilhelm, einzuladen, mit mir zu reiten. Ich möchte mich einmal vom Vorwurf des Hochmutes reinwaschen und der Reihe nach die Albecker, die Dietrichsteiner, die Moosburger und Keutschacher besuchen. Der Mai ist herrlich – warum sollten wir nicht einmal nur zu unserem Vergnügen reiten?"
„Dann wäre Hemma hier allein", redete Wilhelm dagegen. Doch Adalbero rief: „Das wäre freilich für Frau Hemma traurig. Doch kommt mit uns! Auch Euch wird es guttun, einmal zu Euren Verwandten und Freunden zu kommen. Habt Ihr nicht Lust dazu?"
Sie konnte nicht leugnen, daß sie Lust hatte. Sie war den ganzen Winter über zuhause gewesen. Und sie freute sich, Thietmar von Albeck und seine Frau Agnes wiederzusehen.
So ging sie frischen Mutes daran, mit der alten Schafferin einen Berg von Leckereien für die Kinder zu backen, in alten Truhen nach Pelzen, Schmuck und brauchbarem Spielzeug zu kramen und ein Körbchen für die drei jungen Kätzlein herzurichten, die sich hier in Stall und Stadel halbwild herumtrieben. Gewiß würden Thietmars Kinder große Freude damit haben, und auch Cäcilia mochte es höfisch finden, solch kostbares Tierchen zu zärteln.

Die Halle in Albeck füllte den ersten Gaden des viereckigen Turmes. Die dicken, rohen Mauern waren nur spärlich mit Teppichen verhangen, die Ruhebänke an den Wänden zierten Bären- und Fuchsfelle. Doch schöne, alte Waffen hingen als ernster Schmuck an schweren Eisenhaken, und das Linnen am Tische war fein gesponnen und kunstreich gestickt. Hemma fühlte sich überaus wohl in dem kleinen, alten Felsennest, das hoch über den Schluchten der Engen Gurk seit urdenklichen Zeiten dastand. Es umfaßte eigentlich nur den schweren, hohen Turm, der inmitten eines ziemlich kleinen, stark ummauerten Hofes stand. Innen waren an diese Mauer noch ein Stall, ein Haus für die Frauenarbeit und ein Vorratsschuppen angelehnt. Die größeren Ställe und Scheune und Vorratshäuser standen ein wenig abseits von der Burg und waren nicht so alt. Zwar wurde Hemma jedesmal fast ein wenig schwindlig, wenn sie aus der Halle trat und nun den Fuß fast in die leere Luft setzen sollte. Denn von der engen Türe führte nur eine lose, leicht angelehnte Stiege in den Hof herunter – nicht viel besser als eine Leiter. Und ungewohnt war es ihr, daß das Fleisch an der Feuerstätte im Saale gebraten und Zukost und Näschereien vom Frauenhause herübergetragen wurden. Über der Halle war der Innenraum des Turmes abgeteilt in das Ehegemach Thietmars und Agnetens und in die Kinderstube, wo auch Margret schlief. Darüber lag ein Vorratsraum, schon unter dem Lugaus.

Alles war ziemlich beengt und für abgehärtete Leute geschaffen. Doch gefiel es Hemma, daß hier auf Albeck die alte Vätersitte so hochgehalten wurde. Dies kam wohl auch daher, daß Thietmar menschenscheu und eigensinnig war und von seiner Burg fast niemals fortging. Auch Margret mied alle Feste und Zusammenkünfte, und Agnes war also stillen und fraulichen Gemütes, daß sie sich daheim bei den Ihren am glücklichsten fühlte. Rührend war die Geschichte ihrer Liebe. Sie war als das jüngste Kind auf einer kleinen, armen friulanischen Felsenburg aufgewachsen. Sie hatte die Ziegen gehütet und das Linnen gebleicht und war in den wilden Schrofen und Klüften herumgestiegen, um Königskerzen für ihre kranke Schwester zu suchen. Eines Sommers, da sie fast schon zu groß geworden war, um in solch einem kinderkurzen Kittelchen herumzulaufen, war ein großer, blonder, bärtiger Mann zwischen Bäumen und Steinen hervorgetreten und hatte sie mit verzauberten Augen angestarrt. Sie hielt verwundert stille – sie wußte ja nicht, daß sie dem friedlosen Manne wie eine holde Salige der Weißen Berge erschien, lichtbraun und goldhaarig wie sie war, eine Bergblume aus edlem Langobardenblute. Er bat sie um einen Trunk Milch. Sie molk eine Ziege in das Hörnlein, das ihr am Gürtel hing, und reichte es ihm. Von nun an sah sie ihn öfter. Manchmal saßen sie beisammen und erzählten sich von ihrem Leben. Und es kam so, daß die kleine Agnes den geächteten Mann so liebgewann, daß sie ihm eine Heuhütte hoch oben in der Trenta zeigte, wo er warm und geborgen den Winter verbringen konnte. Als der Frühling kam, sah sie ihn wieder. Sie waren beide so glückselig, daß sie sich in die Arme fielen und sich küßten. Doch konnte es nicht lange verborgen bleiben, daß sie sich öfters trafen. Agnes wurde zu ihrer Muhme in ein Kloster nach Aquileia gebracht, und Thietmar mußte fliehen. Da kehrte er in die Heimat zurück und focht sein Gottesurteil aus. Dann aber ritt er mit seinen Verwandten auf die Brautfahrt und gewann sein holdes Herzgespiel für immer.

Agnes hatte Hemma einmal dies alles erzählt, damals, als sie ihr

erstes Töchterlein zur Welt gebracht hatte und Hemma gekommen war, es aus der Taufe zu heben. Die beiden Frauen hatten eine große Zuneigung zueinander gefaßt. Darum war es ein Freudentag für sie beide, als sie nun den ganzen Abend beisammensitzen und plaudern konnten.
Manchmal lauschten sie flüchtig zu den Männern hinüber. Adalbero sprach eifrig davon, daß die Kärntner nun auf sich selbst angewiesen seien, da sie vom neuen König nichts zu hoffen hätten. Sie müßten sich zusammenschließen und versuchen, eine größere Selbständigkeit im Reiche zu gewinnen.
Margret kam und sagte, sie habe die Kinder schlafen gelegt, doch sie wollten noch der Mutter gute Nacht sagen.
„Laß mich mir dir gehen, Agnes!" bat Hemma. „Es ist schon lange her, daß ich meine zwei Buben zu Bett gebracht habe."
Sie stiegen die schmale, steinerne, geländerlose Stiege zur Kinderstube hinauf. Da lagen sie in einem breiten Heubettlein beisammen, die achtjährige Liutswinde, der sechsjährige Ulrich und die dreijährige Adula. Mit übermütigen, noch spielheißen Gesichtlein guckten sie neugierig über die braune Wolfsdecke hervor. Die Mutter küßte und segnete ein jedes, Hemma aber legte den beiden Mädchen zarte Silberketten um die Hälslein, dem Knaben schenkte sie ein paar Handschuhe aus weißem Hirschleder, schön gestickt mit bunter Seide und goldenen Fäden.
Dann führte Agnes sie hinüber in die Kemenate. Sie zog die Freundin neben sich auf den Bettrand nieder und sagte unvermittelt: „Du – weißt du, daß Lanzo vor einigen Wochen bei uns war?"
„Er sagte uns nichts davon. Er ist jetzt öfters unterwegs, da meine Söhne ihn als Waffenmeister nicht mehr so nötig haben."
„Ja, er war hier. Und er sprach mit Thietmar so seltsame Dinge. Weißt du, Hemma, ich verstehe nichts von alldem, was den Männern im Kopfe herumgeht, aber Lanzos Reden machen mir bange."
„Wovon sprach er?" fragte Hemma betroffen.
„Vom Herzog. Er liebt ihn wohl nicht?"
„Ja, er hat etwas gegen ihn. Er sagte wohl, daß er meinem Manne kein treuer Freund sei?"
„Davon sprach er auch, ja. Doch eigentlich drehte es sich darum, daß Adalbero sowohl seine Macht als auch all seine Klugheit und sein Herzogsrecht nur zu seiner eigenen Erhöhung und Herrlichkeit ausnütze. Und daß er sich sowohl gegen das Land als gegen Kaiser

und Reich wenden würde, wenn es zu seinem Vorteil wäre. Ich konnte dies erst nicht glauben – er ist doch solch ein edler, kluger und reicher Mann!"
„Das denke auch ich nicht, daß Habsucht und Machtgier ihn zur Untreue verleiten könnten. Doch manchmal kommt auch mir die Angst, daß er eine Zurücksetzung nicht ertragen könnte. Er ist gewiß hohen Sinnes – ich wollte, der König vergäße die alte Fehde!"
„Ja. – Wenn doch Adalbero nicht so von ihm spräche! Es kann ihm zu Ohren kommen, und dann ist die Abneigung noch größer."
„Herr Konrad ist es wohl gewöhnt, daß nicht nur Schönes von ihm geredet wird. Das müssen die Großen sich gefallen lassen."
„Lanzo sagte, der König sei ein überaus leidenschaftlicher, eigenwilliger und streitbarer Mann. Adalbero dürfte mit ihm nicht spielen. – O, Hemma, wenn sie doch Thietmar in Ruhe ließen! Warum kommt er und redet ihm die Ohren mit dem Unfrieden der großen Welt voll! Er will doch nichts anderes als endlich in Zufriedenheit auf seiner Burg leben. Er hat genug von allem Streit! Und nun will ihm der Herzog von großen Dingen schwatzen, bis in ihm wieder die Lust aufwacht, bei allem mitzutun, was gefährlich und erregend und ruhmbringend ist! Und er nimmt Wilhelm wie seinen liebsten Freund mit sich, damit es aussehe, als handle es sich um die ehrlichste Sache der Welt, da doch jeder deinen Mann als einen Spiegel aller Treue und Rechtlichkeit achtet! Da muß es jedem dünken, er sei mit Adalbero einverstanden – ja, vielleicht ist er es auch, aber ich sage dir offen, Hemma, ich halte es für ein großes Unrecht an uns allen, Thietmar gegen den König aufzuhetzen, der von Gott als unser Oberhaupt eingesetzt worden ist!"
Hemma schaute ihre junge Freundin mit überraschten, nachdenklichen Augen an. Sie hatte Agnes als einen überaus warmherzigen, aufrichtigen und kindlich-schlichten Menschen gekannt, doch niemals hatte sie sie für klug oder scharfsinnig gehalten. Sie hatte niemals lesen und schreiben gelernt – ihre Gedanken schienen über ihre einfache altväterliche Wirtschaft und die Kinderstube nicht hinauszugehen. Und selbst in diesem ihrem eigensten Bereiche benahm sie sich oft seltsam ängstlich, kleinlich und kurzsichtig – aus übergroßer Liebe und Sorge um die Ihren. Doch nun hatte ihr wachsames Herz tiefer gesehen als all die anderen klugen Leute.

„Ich fürchte, du hast recht, Agnes", sprach sie nach einer Weile. „Und ich danke dir, daß du so offen mit mir geredet hast! Doch glaube mir, Wilhelm ahnt nicht, daß Adalbero ihn als Bundesgenossen hinstellen will! Wir sind mit ihm geritten, um unsere Freunde zu besuchen, Euch und den Dietrichsteiner und meine Verwandten auf der Moosburg –. Doch nun will es mir selber scheinen, als ob es nicht so harmlos gemeint wäre. – – O Agnes", brach sie aus, „wie konntest du glauben, daß wir es mit der Treue so leicht nehmen könnten! Bedenke doch, alles wäre verloren, was wir für das Reich getan haben, wenn wir uns gegen den König auflehnten! Die deutschen Bauern, die wir und unsere Vorfahren hier ansiedelten, die Burgen, die wir bauten, das Gold und Silber, das wir graben! Wie könnten wir alles selbst zerstören, was unser Stolz und unsere Ehre war! Dein Schwiegervater wird dir vielleicht erzählt haben, wie es war, als sich Herzog Heinrich gegen den Kaiser erhob. Namenloses Unglück kam über das ganze Land, und der Herzog wurde seines Lebens nimmer froh."

Agnes saß steif, mit haßglühenden Augen. „Hemma, wenn Adalbero wirklich solches Unheil im Sinne trüge, so wäre es besser, eine von uns Frauen stieße ihm ein Messer in den Rücken, ehe er die Männer betört."

Hemma kannte die stille, sanfte Frau nicht wieder. „Ich kann mir nicht denken, daß Adalbero ernstliche Pläne gegen den König spinnt", sagte sie beruhigend, doch selbst im Tiefsten aufgewühlt. „Er kann sich nur noch nicht daran gewöhnen, daß gerade dieser Mann gekrönt wurde, dem er die Macht am wenigsten vergönnt."

„Ja", lachte Agnes böse, „er denkt, die Krone hätte ihm am besten gestanden – dem schönen Azo –"

„Lanzo muß ja recht übel von ihm gesprochen haben", meinte Hemma ablenkend.

„Lanzo ist recht!" fiel ihr Agnes scharf in die Rede. „Ich kenne keinen treueren Mann. Ich wollte, er und meine Schwägerin Adula wären Eheleute geworden. Mein Schwiegervater hätte ihr eine schöne Aussteuer vererbt, und Wilhelm hätte es wohl erreicht, daß ihm Kaiser Heinrich die Burg Grades zum Lehen gegeben hätte, da das Geschlecht mit Herrn Jury ausgestorben war. Doch Adula in ihrem Eigensinn verbot Thietmar, davon zu Lanzo zu reden, – sie bildete sich ein, er wolle sie nicht. Und so ging sie nach Sankt Georgen ins Kloster, obwohl sie ihn von Herzen liebhatte."

Hemma senkte schuldbewußt und beschämt den Kopf. Hatte Adula geahnt, daß Lanzo eine andere im Sinne trug?
„Sie wollte sich Gott zum Opfer bringen, sagte sie mir –"
„Oft verstehe ich euch nicht!" rief Agnes herausfordernd aus. „Wenn ich einen Menschen liebe, dann will ich ihn gewinnen und halten und ihm alles schenken bis zum letzten Atemzuge. Und wenn ich einen hasse, dann soll er wissen, daß ich ihn verderben will mit aller Macht, die ich besitze."
„Christlich ist dies nicht, Agnes", flüsterte Hemma nach einer Weile.
„Ich weiß nicht", sagte die Junge fast geringschätzig. „Ich bin zwischen Steinen und Tieren aufgewachsen. Da bin ich so geworden, denn die sind auch so, und es ist für sie das beste."
Hemma schwieg. Etwas stand in ihr auf, das viele Jahre stumm in Fesseln gelegen hatte. Ach, immer noch klagte etwas in ihr – es war noch nicht gestorben. „Weißt du, Agnes", murmelte sie bedrückt und verletzt, „du warst das jüngste Kind – es lag nicht viel auf dir. Doch es kann sein, daß ein Mensch mit vielen Pflichten beladen ist von Kindheit an. Der lernt es dann früh, sich zu beugen und zu fügen und Haß und Liebe nach innen zu drängen, wo sie niemandem lästig fallen."
Die Albeckerin wurde im Dunkeln rot. Sie erkannte, daß sie der Freundin weh getan hatte, von der sie und die Ihren nichts als Gutes erfahren hatten. Sie wußte nicht, was sie sagen sollte, um ihre allzu offene Rede wieder gutzumachen. Sie legte unsicher den Arm um Hemmas Schulter. Die zuckte ein wenig zurück. Für ihre heimlichste Wunde war Mitleid Qual.
„Wir wollen uns deshalb nicht weniger gut sein, weil unsere Herzen verschieden geartet sind", sprach sie liebreich. „Dir ist es vom Schicksal aufgetragen, deiner Liebe zu leben, und du erfüllst dies aufs allerbeste. Gott gebe, daß auch ich meine Aufgabe so gut lösen möchte!"
Da wurde Agnes weich. „Vergib mir, wenn ich dich kränkte! Du mußt es begreifen – ich bin aus Angst um Thietmar ganz wild. – Hemma – du mußt mir helfen! Wir dürfen es nicht zulassen, daß Adalbero unseren Frieden stört."
„Agnes, denkt Adalbero wirklich daran, dann geht es um uns a l l e, ums ganze Reich! Dann müssen wir alle kämpfen, auch du und ich!"

Ein schwerer Ernst kam plötzlich über sie beide. Sie saßen gedankenvoll und schweigend im Dunkel der Kemenate, bis Thietmar durch die Türe rief: „Agnes, was sollen unsere Gäste denken, wenn du sie so schlecht bedienst!"
„Da bin ich schuld, Thietmar!" lachte Hemma. „Du weißt, Frauen haben ihre Geheimnisse." Er bot ihr die Hand, sie in die Halle hinabzuführen. Und sie fühlte, wie unruhig und aufgeschreckt er war.

Der Ritt nach Dietrichstein verlief wie eine Lustreise. Adalbero frischte mit Wilhelm fröhliche Jagderlebnisse und bedeutsame Kriegserinnerungen auf, sie sprachen von ihren Söhnen und deren Zukunftsplänen. Auch der Herzog besaß zwei Söhne, Markward, der mit Wilhelm und Hartwig zugleich am Kaiserhofe geweilt, und Adalbero, der aus einer schweren Kinderkrankheit einen lahmen Fuß behalten hatte. Der sollte sich dem geistlichen Stande zuwenden. Er war sehr klug und durch die Entbehrungen und Zurücksetzungen seiner Knabenzeit merkwürdig ernst und tiefsinnig geworden. Von ihm sprach Adalbero nicht gerne. Doch auf Markward schien er unbändig stolz zu sein. Hemma dünkte es, er sei gewiß nicht schöner, stärker und klüger als ihre zwei Söhne, die Wilhelms Kraft und Waffenkunst geerbt hatten. Doch besaß auch er jene seltsame, fast geheimnisvolle Macht, sich die Menschen mit einem Blicke, einem Lächeln gefügig zu machen, durch die der Herzog zu solcher Bedeutung gelangt war.
Die Frauen vergaßen um seinetwillen auf Ehre und Pflicht – mit siebzehn Jahren hatte er die Frau eines Ministerialen zum Ehebruch verleitet und seither bei der Kaiserin Kunigunde nicht mehr allzu hoch in Gnade gestanden. Adalbero spöttelte ein wenig darüber – die fromme Kaiserin hatte sich selbst und anderen nichts vergönnt – dem armen Kaiser am allerwenigsten, nicht einmal sein Eherecht.
Hemma bebte vor Zorn über seine schamlosen Worte. Nie hatte sie gewagt, ihre Freundin nach dem Geheimnis ihrer Ehe zu fragen, obwohl unter den Leuten viel darüber geredet worden war. Und nun mußte sie hören, wie einer, der sich des Kaisers Treugeselle genannt hatte, darüber spottete wie ein fahrender Gaukler, dem nichts mehr heilig ist.
Doch sie hütete ihre Zunge – sie wollte sich nicht um kleiner Dinge

willen mit Adalbero zanken. Denn sie fühlte, daß sie einmal eine große Abrechnung mit ihm werde halten müssen. Dann durfte nichts Kleinliches, Heimzahlerisches zwischen ihnen stehen. Sie sprach wenig und ritt in verlorenem Sinnen zwischen den waldrauschenden Bergen dahin. Es wurde Abend, ehe sie nach Dietrichstein kamen. Die Burg war nicht viel anders als die von Albeck, nur waren alle Gebäude außer Turm und Mauer aus braunem Holz. Sie war lieblicher gelegen als das Albecker Felsennest. Der Ausblick ins breite, blühende Glantal ließ die Enge und Düsternis der Räume fast vergessen.

Der Dietrichsteiner, ein derber Mann im Bauerngewande, raufte eben mit einem Stier zum Tore heraus. „Heil! Heil!“ schrie er zwischen Keuchen und Schelten zu den anreitenden Gästen herüber.

„Um Gottes willen, Wilhelm, spring ihm doch bei!“ rief Hemma in Ängsten, denn das wilde Tier ging gegen den Mann mit allen Kräften los.

Wilhelm lachte: „Daß er uns vom Hofe jagte! Der will uns nun erst recht zeigen, daß er allein mit dem Lämmlein fertig wird!“

Sie drängte ihr Pferd in die freie Wiese hinaus. Sie wußte, mit Stieren war nicht zu spaßen. Doch dem Dietrichsteiner gelang es nun, ihn bei den Hörnern zu fassen, und er hielt ihn fest trotz Schütteln und Toben und drängte ihn Schritt für Schritt nach dem aufgetrampelten, nassen Stallwege hin, bis zum offenen Gatter der Sommerweide. Da erst sprang Wilhelm ab. Er lief an die Ecke des schweren Balkenzaunes und stieß ein wildes Kuhgebrülle aus. Der Stier stutzte, und diesen Augenblick benützte der Dietrichsteiner, um mit einem wahren Löwensatze zurückzuspringen und das Gatter hinter sich zuzuschlagen.

Dann kam er herbei und reichte ihnen die heißen, vom schweren Kampfe leise bebenden Hände. Wilhelm hieb ihn derb auf die Schulter. „Solche Späße scheinst du immer noch zu brauchen, alter Raufbold! Meiner Hemma ist beinahe das Herz stillgestanden, als sie dein Leben in Gefahr sah!“

„Dich hat sie wohl mit solchen Mätzchen kirre gemacht, – man sieht dir's an“, sagte er grob und warf ihr einen giftigen Blick zu.

Sie lachte. Es war ihr plötzlich, als sähe sie Ohm Rapoto vor sich.

„Ja, klug habt Ihr getan, Euer Leben ohne Frauen einzurichten! Es dünkt Euch gewiß fröhlicher, mit einem Stier zu raufen anstatt mit einem Weibe!“

„Einen Stier kann man bei den Hörnern packen und kann ihn rechtschaffen anbrüllen. Ein Weibsbild verklagt einen beim Propst, wenn man ihr einmal den Hintern bläut. Und je lauter man schreit, desto tauber wird sie."
„Woher wißt Ihr denn dies alles, Herr Ulrich – unbeweibt, wie Ihr seid?" fragte sie unschuldig.
„Aus meinen glückseligen Bräutigamstagen", blökte er sie an.
„O, da war es gut, daß es nicht zur Ehe kam", meinte sie bedauernd. „Für die Jungfrau nämlich –"
Da lachte auch er, erst kichernd, dann immer freier und lauter.
„Auch für mich, edle Frau, auch für mich, Ihr könnt mir's glauben! Wenn ich höre, was Ihr für scharfe Zunge habt – und dabei seid Ihr wegen Eurer Sanftmut und Geduld noch weit berühmt –!"
„Ja, seht Ihr, man darf nicht alles glauben, was die Leute reden", sagte sie trocken. „Ich zum Beispiel konnte es nie glauben, daß Ihr Euren Gästen Sterz und saure Milch vorsetzt und ihnen sagt, Ihr hättet Mäuse in den Betten!"
„Wenn die Moosburgerin Euch das geschirgt hat, so hat sie nur wenig aufgeschnitten. Ich mag die angemalte Paradiesschlange nicht, und damals war sie noch Witwe und hatte gerade weder Mann noch Liebhaber. Ich durchschaute ihre Gelüste im ersten Augenblick." Hemma lachte hellauf. Frau Cäcilia, dieses Urbild aller weiblichen Zierlichkeit, und dieser dickköpfige, bärengrobe Bauerndachs auf Dietrichstein! Da mochte wohl die männliche Eitelkeit Herrn Ulrichs Gedanken verwirren. „Euch aber will ich zeigen, daß ich mich auf Gastfreundschaft wohl verstehe, denn Ihr gefallt mir."
Der Bau des alten Weiberfeindes sah innen gar nicht unbehaglich aus. Zwar wurden die Gäste von einer Meute gefleckter Bluthunde nicht allzu anmutig begrüßt, und das Geländer der Leiter, die sie zur Turmtüre hinanklettern mußten, war abergläubisch mit Wolfsblut beschmiert, so daß falsche Freunde straucheln mußten. Die Halle aber war mit einer Unmenge von herrlichen Fellen, Geweihen, Waffen und altersbraunen Trinkhörnern geschmückt. Staub, Spinnweben und Hundsflöhe hatten sich reichlich und unbehindert in diesem stolzen Männerprunke festgesetzt, und ein leiser, scharfer Geruch von Falken, Most und nassem Leder beengte beim Eintreten ein wenig den Atem, denn die winzigen Fensterluken waren wegen Herrn Ulrichs Vergicht mit Horn vernagelt.

Auf dem schweren Eichentische stand schon das Nachtmahl für ihn bereit. Ein kalter Schweinsbraten, ein Schwartenmagen und ein Räucherfisch. Daneben dampfte es würzig aus einer hölzernen, reifenbeschlagenen Bitsche, und ein Ranft schwarzes Brot lag bescheiden dabei.
„Stasiza! Stasiza!“ schrie Herr Ulrich gegen die schwarzbraune Balkendecke. Und allsogleich kam eine Magd herabgelaufen, eine windische Schönheit mit einem Gesicht wie Milch und Blut, den wohlgetanen Leib mit leuchtendbunten Kleidern und glänzenden Ketten behangen. Unterwürfig neigte sie sich und wartete auf den Befehl ihres Herrn. „Marsch mit dir in den Keller, und bring uns Wein! Und dann schau in die Küche, damit wir bald ein gutes Nachtmahl bekommen! Aber eines, zu dem sich der Kaiser setzen würde!“
Herr Ulrich begegnete plötzlich Hemmas ernst gewordenem Blick. Er kratzte sich hinter dem Ohr und erklärte ihr: „Ja, die Stasiza, die hab ich ihrem Vater um einen Ackergaul abgekauft. Ich sah sie den Pflug ziehen droben am Faaker See – und da schien es mir, sie sei doch zu schade dazu. Ihr Vater ging gleich auf den Handel ein. Ihm war ein Roß lieber als so ein schwaches, unnützes Mädchen. Und ich bin zufrieden mit ihr, denn sie ist geschickt zu aller Arbeit und fleißig und dankbar und gefällig.“
Ja, und es kam ihr wohl wie ein Märchen vor, auf einer Burg zu wohnen und keine schwere Arbeit zu tun und schöne Kleider, Schmuck und gutes Essen zu haben und vom großen Herrn gezärtelt zu werden. Da würde es nichts fruchten, ihr oder Herrn Ulrich ins Gewissen zu reden. Einmal, später, wird die Zeit dazu gekommen sein, wenn der Herr ihrer überdrüssig ist oder sie ihr Herz an einen jungen Mann verliert – oder wenn Herr Ulrich stirbt und seine Erben sie vom Hause jagen.
So verlor Hemma kein unnützes Wort über des alten Raufbolds jugendlichen Übermut, sondern lobte freundlich das Mahl, das Stasizas Hausfrauensinn alle Ehre machte. Die saure Rahmsuppe war fein mit Kümmel abgeschmeckt, der Ochsenbraten mit harten Eiern, Weißbrot und Wurstscheiben gefüllt; dazu gab es noch gekochte Zunge, junge Erbsen, Rettiche und Apfelkren und eine würzige Kräutertunke und als süße Speisen Küchlein in heißem Weine und gekochte Dörrbirnen.
„Das hast du flink zuwege gebracht, Stasiza“, lobte Hemma das

Mädchen auf slowenisch, als es schüchtern die Kräutertunke vor sie hinstellte.
„Die Trude hat mir geholfen. Sie kann gut kochen. Ich lerne es von ihr", antwortete das Mädchen bescheiden.
Sie ist ein gutes Kind, dachte Hemma. Und es tat ihr weh, daß solch ein Wesen, über das von harten, gedankenlosen Menschen verfügt wurde, das sich gutwillig und dankbar in alles schickte und seine Schönheit und liebliche Gabe zu dienen ohne Frage hinschwendete, in Sünde und Elend hineingestoßen werden sollte.
Und als sie merkte, daß die drei Männer in ihre Jagdgeschichten so vertieft waren, daß sie auf nichts sonst achteten, trat sie neben Stasiza zur Anrichte und sagte: „Mein liebes Kind, wenn es dir einmal hier nicht mehr gefallen sollte oder du einen Rat oder eine Hilfe brauchst, dann komm zu mir! Ich nehme dich gerne in den Dienst und will dir weiterhelfen, denn ich sehe, daß du ein tüchtiges, fleißiges Mädchen bist."
Dankbar, wie sie jedes freundliche Wort annahm, sagte Stasiza: „Gute Frau, ich werde nicht vergessen, wie gnädig Ihr zu mir seid! Aber der Herr ist nicht hart zu mir. Ich bin froh, wenn ich hierbleiben darf."
„Ich meine ja nur, du sollst wissen, wohin du gehen kannst, wenn es einmal anders käme, Stasiza. Niemand weiß ja, was noch über ihn kommen mag."
„Ja, das weiß niemand", meinte das Mädchen mit einem Anflug slawischer Schwermut, die plötzlich das Funkeln ihrer schwarzen Augen verschleierte. Sie nahm hastig, wie erschrocken, das Tragbrett und ging hinaus.
Hemma setzte sich zu den Männern an den Tisch. „Ja, ja, Herr Markgraf", lachte der Dietrichsteiner eben. „So steht die Sache und nicht anders! Du kannst es mir ruhig glauben!"
Wilhelm lachte auch. „Woher du nur immer alle diese schönen Geschichten hast!"
„Auch ich habe vornehme Beziehungen, Herr Markgraf!" triumphierte der Alte.
„Das glaub ich dir! Doch wozu redest du mich immer mit Markgraf an? Willst du mit mir anbinden?"
Herr Ulrich schlug sich schallend auf die prallen Schenkel. „Ja weißt du denn selber nicht, daß du es bist? Seit wann bist du denn unterwegs?"

„Heute ist der dritte Tag“, sprach Wilhelm starr vor Staunen.
„Ja, wahrhaftig, da seid ihr aneinander vorbeigeritten! Nein, da freut es mich doppelt, daß ich es sein soll, der dir die Freudenbotschaft sagen kann! Ja, mein Wilhelm, der König hat dich noch größer gemacht, als du ohnehin schon bist, du bist jetzt Markgraf an der Sann!“
Er stand auf und hielt sein Trinkhorn hoch und erwartete mit stolz leuchtendem Gesicht den Freudenausbruch des Freundes.
Wilhelm hob sich nun auch langsam von seinem Sitze. „Markgraf –“, sagte er vor sich hin, eher benommen als erfreut. „Das heißt also, der König hat meine Grafschaft zur Mark erhoben – zum selbständigen Gebiete innerhalb des Reiches – losgetrennt vom Herzogtum Karantanien – unabhängig von des Herzogs Gewalt –“
Seine Blicke flogen fast verstört zu Adalbero, der steil in seinem Faltstuhle saß und mit bleichem, gespanntem Gesichte vor sich hin starrte. „Sag mir, Ulrich, von wem hast du die Nachricht?“ fragte Wilhelm.
Fast ärgerlich stellte der Dietrichsteiner das Trinkhorn wieder hin. „Von deinem eigenen ältesten Sohne, der wird mich doch nicht belogen haben! Er kam geradewegs von Bamberg zurück. Er war in Brixen gewesen und ritt deshalb über Villach und Feldkirchen heim. Bei mir kehrte er ein, und da erfuhr ich es von ihm.“
„Wie sagte er denn – erzählte er mehreres?“
„Nun, er war sehr fröhlich, dir eine so gute Botschaft bringen zu können. Aus freien Stücken, nur von der Königin Gisela und dem Erzbischof Aribo von Mainz leise gemahnt, so sagte er, habe ihm der König vor seiner Abreise eine große Schenkung gemacht. Dreißig Königshuben nach eigener Wahl zwischen den Flüssen Kopreinitz, Köttnig und Wogleina in Untersteiermark und abermals dreißig zwischen Gurk und Save in Krain. Das schließt sich ja an deine Besitzungen prächtig an, und du hast jetzt so ziemlich ganz Krain und Untersteiermark in deiner Hand beisammen. Da ist es vom König nur klug, wenn er dir die freie Macht über dieses Gebiet überträgt, denn deiner Treue ist er gewiß. Und keiner versteht es besser als du, eine Kriegsmannschaft zum Schutze der Marken aufzustellen, zu rüsten und zu üben, und deine Frau ist geübt darin, dem Elend und der Barbarei abzuhelfen. Darum, Heil dir, Markgraf Wilhelm, und Heil deinem Lande!“

Er trank und stieß mit Wilhelm an, der nun seinen Becher mit tiefem Zuge leerte. Hemma sah es an seinen Augen, wie Stolz und Freude langsam in ihm aufglühten und alle Ängsten und Bedenken schwanden. Doch ihr war plötzlich schlimm zumute. Sie wußte: Nun war Adalbero ihr Feind, unerbittlich, unversöhnlich. Niemals würde er ihnen verzeihen, daß er ihretwillen um einen großen Teil seiner Macht gekommen war. Mit kalten Lippen trank sie Wilhelm und Ulrich zu und lauschte, bis ins Letzte angestrengt, auf den Unterton in Adalberos Glückwünschen. Er war erregt, – er konnte es nicht verbergen.

„Adalbero", sagte Wilhelm beinahe weich, „das wird doch nichts zwischen uns beide legen! Du weißt, niemals wäre es mir in den Sinn gekommen, dieses Amt selbst anzustreben. Doch nun will ich es mit allen meinen Kräften aufs beste verwalten, – so wahr mir Gott helfe!"

Adalbero verzog das Gesicht zu einem harten Lachen. „Ich mißgönne dir die Ehre nicht, Wilhelm. Ich hatte es schon Kaiser Heinrich gesagt, das Herzogtum war für einen Mann zu groß und zu schwierig zu verwalten. Und ich muß bekennen, ich war der Plage manchmal schon müde. Kärnten und Obersteier allein, das genügt mir."

Hemma vermochte nicht erleichtert aufzuatmen. Sie wurde ärgerlich, da Herr Ulrich ausrief: „Nun, Herzog, lange genug habt Ihr dem Grafen alle Macht und alle Ehre weggeschnappt. Nun ist es nur in der Ordnung, wenn auch ihm einmal ein Lohn für seine Arbeit wird!"

„Gefeiert habe auch ich nicht!" sprach Adalbero scharf.

„Nein, Ihr habt Euch und das Land mächtig in die Höhe gebracht, das muß man Euch lassen! Nun gebt nur acht, daß –"

„Viel hat Euch das Reich zu danken, Herzog!" rief ihm Hemma hastig in die Rede. „Niemand weiß besser als Wilhelm und ich, wieviel Mühe Ihr aufgewendet habt, um aus dem Lande, das durch Aufstände und Fehden verheert war, ein geordnetes Gemeinwesen zu schaffen. Dies wird Euch immer unvergessen bleiben."

„Die Toten rühmt man", sprach der Herzog bitter. Er stand auf, nahm sein Schwert und ging hinaus.

Verstört blickten sie sich an. Wilhelm sprang auf und wollte ihm nacheilen. Doch Hemma hielt ihn zurück. „Laß ihn, er wird es schon verdauen", rief auch Ulrich.

Das Gespräch wollte nicht mehr so recht in Gang kommen. Der Wein schien schwerer als sonst. Die Männer tranken drauflos, bis ihre Köpfe für schicksalsschwangere Gedanken keinen Raum mehr hatten.
Doch Hemma lauschte unaufhörlich, ob Adalberos Schritte wiederkehrten. Endlich fand Herr Ulrich, daß es Zeit sei zum Schlafengehen. Die Männer sollten bei ihm oben in seiner Stube schlafen, für Hemma und Atre wurden zwei Ruhebänke in der Halle mit Fellen, Kissen und Decken belegt.
„Gut Nacht, Frau Markgräfin!“ grüßte sie Wilhelm, recht vom Weine verwirrt.
Sie strich ihm übers grobe Haar. „Verdient hast du es, vieltreuer, guter Mann!“
Sie lag im Entschlummern, als sie plötzlich Schritte durch die Halle tappen hörte. Sie setzte sich auf. „Seid Ihr es, Herr Azo?“
„Ja –“, flüsterte seine Stimme.
Sie hörte die Schritte näher kommen.
„Seid Ihr denn noch wach?“
„Ja“, flüsterte sie zurück. „Ich konnte nicht schlafen – Euretwegen.“
„O, welche Gnade!“ lachte er gedämpft. Er stand nun ganz nahe bei ihr, doch es war so dunkel, daß sie keine Spur von ihm sehen konnte.
„Herr Azo, ich möchte mit Euch sprechen! Habt ein wenig Geduld, bis ich einen Span anzünden kann!“
Sie tappte zur Feuerstätte und blies die Asche fort. Die Feuermutter glomm darunter, und ein Bündel Kienspäne hing an der Mauer zum Trocknen. Rasch flammte das Licht auf.
„Ich habe auf Euch gewartet, Herzog“, begann sie, ein wenig eingeschüchtert durch sein nachtbleiches, zerstörtes Gesicht. „Es war mir, als müßte ich heute noch mit Euch reden.“
Er kam näher zu ihr, doch sagte er nichts.
„Es mag Euch seltsam scheinen, daß ich Euch vom Schlafen aufhalte. Doch wir sind ja beide nicht mehr kindisch genug, um etwas anderes wichtig zu nehmen als den Sinn, den wir mit unserem Tun und Reden meinen. – Ich bitte Euch – nehmt es so!“
Er lehnte sich an die schwere hölzerne Säule. „Es scheint mir, Ihr fürchtet, daß ich Wilhelm wegen seiner Erhöhung zürnen könnte. Nein, Frau Hemma, ich kenne Wilhelm gut genug, um zu wissen,

daß es ihm niemals in den Sinn gekommen wäre, mich zu verdrängen. Doch müßte ich blind sein, um nicht zu sehen, daß König Konrad mich kränken wollte."
„Es sieht so aus", mußte sie zugeben. „Euer Zwist muß ihm sehr nahegegangen sein."
„Unsere Frauen sind Schwestern", sprach er finster. „Und als ihr Bruder, Herzog Hermann von Schwaben, im dreizehner Jahre starb, glaubte Konrad, seine Gemahlin müsse allein erben. Es kam zur Fehde, und es ließ sich nicht vermeiden, daß eine endlose Kette von Beleidigungen, Schaden, Schmach und Haß daraus folgte. Doch hat er weniger Ursache zu zürnen als ich, denn er schlug mich bei Ulm, so daß ich schändlich aus Schwaben fliehen mußte."
Hemma sah, wie es ihn überrann. „Das sind nun schon über sechs Jahre her", sagte sie.
„Doch Ihr seht, daß er es nicht vergessen hat. Ich auch nicht."
„Herr Adalbero", bat sie, „Ihr dürft nicht in diesem Trotz verharren. Laßt mich offen zu Euch reden wie ein einfacher, reifer Mensch zum anderen! Seht Ihr, solange Herr Konrad ein Vasall des Reiches war, konntet Ihr ihn befehden, soviel Ihr wolltet. Doch nun ist er König. Was Ihr nun gegen ihn tut, wendet sich gegen die Einheit des Reiches! Ich kann es verstehen, daß die ungesühnte Schmach Euch brennt. Dennoch seid Ihr nur einer in der Gemeinschaft aller Deutschen. Und Ihr dürft diese Gemeinschaft nicht um Eures Hasses willen zerstören!"
Er stieß mit dem Schüreisen in die Glut, daß die Funken sprangen. „Glaubt Ihr wirklich, es sei für uns Deutsche ein solches Glück, Konrad zum Kaiser zu haben?"
Ihr stockte der Atem, als habe er ihr ein furchtbares Geständnis abgelegt. Ehe sie ein Wort der Abwehr fand, sprach er leise, doch immer leidenschaftlicher weiter: „Kaiser Heinrich hatte es erfaßt, was Deutschland frommt. Er sicherte und erweiterte das Reich gegen Osten, er hielt Frieden mit der Kirche und tat ihr so viel Gutes, daß ihm niemand zürnen konnte, wenn er auf der anderen Seite ihre Mißstände hart bekämpfte. Und er sorgte für Bildung und Sitte, so daß die anderen Völker die Vorherrschaft der Deutschen willig anerkennen mußten. – Doch was tut Konrad von alledem? Er denkt an nichts als an seine Macht. Er schmälert die Rechte der Herzoge und Grafen, er hat nichts übrig für die Welt der Ideen, er denkt immer noch eng und habgierig, als der kleine

Mann, der er einst war. Seine Ziele sind nach Süden und Westen gerichtet, wo die beste Kraft unseres Volkes verbluten und verkommen wird. Mich dünkt, ein deutscher König müßte nach Osten schauen. Dort sind die Grenzen noch ungewiß, der Raum weit, die Feinde ohne Ausdauer. – Gräfin Hemma, Ihr seid eine kluge Frau, – seht Ihr nicht, daß ich recht habe? Was streiten wir uns mit Franzosen und Italienern um einen Fußbreit Boden, indes sich im Osten die Erde dehnt wie eine weite Wiege neuen Blutes?"
Hemma sann lange seinen Worten nach. Ungerecht empfand sie des Herzogs Anschuldigungen gegen den König. Wohl war er so, wie er ihn gezeichnet hatte, doch dies war nur die eine Seite seines Wesens. Die andere, die gute – die ungeheure Tatkraft und Umsicht seiner Regierung, sein unbeugsamer Wille, des Reiches Macht um jeden Preis zu steigern, seine glückhaften Erfolge, die sah Adalbero nicht. – Doch darin mochte er recht haben, daß im Osten des Volkes Zukunft lag. Bitter war auch ihr der Gedanke an Rom, in dem schlechte Päpste den Thron der Heiligen schändeten und die Straßen vom Blute deutscher Helden gerötet waren. Sie seufzte tief. „Manchmal kamen auch mir schon solche Gedanken", sagte sie bekümmert. „Ihr solltet trachten, sie auch dem König nahezulegen."
„Glaubt Ihr im Ernste, daß er darauf hören würde?" fragte er spöttisch. Sie schwieg verzweifelt, die unüberbrückbare Kluft erkennend, die zwischen den beiden Männern aufgerissen war. Sie trat zu ihm und faltete die Hände vor der Brust. „Und dennoch, Herr Azo!" beschwor sie ihn, „dennoch dürft Ihr nicht gegen ihn aufstehen! Noch hat ihm und dem Reiche alles zum Glücke ausgeschlagen, was er begann. Bedenkt doch, ein Aufstand würde auch Eure Werke zerstören, und namenloses Unglück würde über unser Land kommen!"
Er schlug die Augen zu Boden. „Woher wißt Ihr, daß ich jemals an solche Pläne gedacht habe?"
„Ich weiß es nicht!" sprach sie inbrünstig. „Aber mir ist es, als müßte ich Euch dies alles sagen. Herr Azo, laßt allen Unmut fahren! Zieht Euch zurück vom Königsgefolge, solange Herr Konrad nicht so groß und edel sein kann wie Ihr! So werdet Ihr weitere Kränkungen vermeiden. Habt Geduld und wartet – die Zeit wird schneller kommen, als Ihr glaubt, da man Euch bitten wird, wieder mit Eurem Rat und Eurer Macht zu helfen!"

„Ich bin zweiundfünfzig", murmelte er. „In unseren Tagen sterben die Männer früh."
„Und wenn auch! Habt Ihr nicht Land und Gut zu eigen, genug Arbeit für einen Mann, es zu verwalten? Ist es nicht Ehre genug, wenn man Euch als den besten Herzog und Herrn rühmt? – Ihr braucht doch nicht zu fürchten, daß man einen Adalbero von Eppenstein unter den Scheffel stellen kann!"
„Ihr haltet mich für geduldiger, als ich bin. Ich könnte es nicht ertragen, daß man über mich lächelte und sagte, ich sei ein Bauer geworden, weil der Königshof für mich nicht mehr fruchtbar genug sei. – Und ich habe die Herabsetzung nicht verdient! Ich habe dem Reiche gedient mit allen meinen Kräften, ich habe –"
„Gerade darum soll es Euch nicht so schwer bekümmern!" fiel sie fast hitzig ein. „Jetzt steht Ihr mit gutem Gewissen da, voll Selbstgefühl und dem Bewußtsein, alle rechtlichen Leute auf Eurer Seite zu haben. Setzt Euch darum nicht ins Unrecht, Herr Azo! Bleibt, der Ihr seid! Ihr könnt Euch wahrlich auch ohne königliche Gnade genug sein."
„Ich wollte, ich könnte es –", murmelte er nach einer Weile. „Doch schwer ist es, ohne Schwindel so tief hinabzustürzen. – Ihr solltet mein Weib sein, anstelle dieser Puppe, die mich mit ihrem ewigen Jammern und Bedauern noch wilder macht! – Ihr braucht nicht strenge Augen zu machen, Frau Hemma – auch Ihr müßt vertragen, daß ich offen bin. Oft dachte ich, ich hätte mich allzu lange in der Welt herumgetrieben. Wäre ich heimgekehrt, ehe Ihr Wilhelms Frau wurdet, vielleicht hätte ich Euch erobert. Ihr und ich – hätten wir nicht die Welt gewonnen?"
„Dann müssen wir Gott danken, daß er es anders gefügt hat", lächelte sie über eine kurze Verwirrung hinweg. „Die Welt gewinnen – das heißt viel Kummer, Kampf und Sorge auf sich nehmen. Ich wünsche mir nicht mehr davon, als ich schon habe."
Er blickte sie lange an. „Ja – Ihr seid Euch selbst genug", sagte er dann.
Sie dachte: Nicht ganz – ich wollte, auch ich selbst wäre mir nichts mehr – nur Gott allein. Doch sie sprach es nicht aus. Sie reichte ihm die Hand hin und flüsterte: „Nun will ich Euch aber gehen lassen, sonst werdet Ihr meines Redens überdrüssig. Doch ich bitte Euch, vergeßt nicht, was ich Euch sagte, wenn ich auch nur eine Frau bin, die von der hohen Staatskunst nichts versteht."

„Ich werde nichts vergessen, und ich danke Euch", sprach er und zog ihre Hand an seinen Mund. Zögernd stand er noch einige Augenblicke vor ihr, dann wandte er sich kurz und stieg die steile Treppe zu den Schlafkammern hinauf.
Hemma aber löschte den Span und tastete nach ihrem Bette. Sie fiel davor nieder und barg in tiefer Erschöpfung das Gesicht in den weichen Fellen. Sie vermochte kaum, Gott zu danken, daß er ihr allem Anscheine nach die rechten Worte eingegeben hatte. Sie war so müde, als hätte sie einen schweren Kampf bestanden.

Wilhelm und Hemma drängte es, heimzukehren, doch Adalbero sagte, daß er doch noch bis Moosburg reiten müsse, da Frau Cäcilia sie erwarte. Und Hemma wußte, daß ihre Verwandte bitter gekränkt sein würde, wenn sie erführe, daß die „reichen Verwandten" in Dietrichstein umgekehrt seien. Also entschlossen sie sich, beisammenzubleiben.
Ja, es war nicht ganz leicht, mit Frau Cäcilia im Guten auszukommen. Immer suchte sie in Hemmas Betragen eine geheime Geringschätzung. Hemma lag es ferne, ihr gegenüber mit Reichtum und Macht zu prunken oder auf sie wie andere Frauen herabzuschauen. Man hatte bald erfahren, daß sie nach dem Tode ihres Gemahls ein loses Leben geführt hatte, – arm und lebenslustig und blendend schön, wie sie gewesen war. Und in den sechs ledigen Jahren, die sie als Herrin der Moosburg verlebte, hatten die Leute viel von ihr zu klatschen gewußt. Kleriker und Ritter, schöne Bauernburschen und reiche Ehemänner waren mit ihr ins Gerede gekommen. Schließlich hatte sie ihren Vogt Siegebert geheiratet, einen harten, habgierigen Mann, der die Wilde fest am Zügel hielt. Es hieß, er schlage sie oft und sperre sie in den Turm, wenn er verreisen müsse.
Hemma konnte für ihre Verwandte keine besondere Liebe aufbringen. Spitz und lose waren Cäcilias Reden, voll boshafter oder lüsterner Anspielungen. Doch unwillkürlich stand die stolze, fromme Gräfin dieser lebenstollen, unbekümmerten Frau näher als so mancher anderen, die ihre Liederlichkeit hinter dem Scheine der Tugend verbarg und den Mantel der frommen Heuchelei ängstlich über ihre Sünden deckte.
Es zog ein Regen auf, als sie gegen die Moosburg kamen. Schon in ihrer Jugend war Hemma der Stammsitz ihrer Ahnen unheimlich

und unchristlich erschienen. Von unwegsamen Sümpfen umschlossen, hob sich die Burg auf ihrem felsigen Kegel. Der schwere, dunkle Turm ragte auf seiner höchsten Spitze auf, und rings um ihn drängten sich einige hölzerne und steinerne Häuser zwischen Mauern und Zingel.

Herr Siegebert war ein guter Hausvater. Alles war schön instand gesetzt, nirgends lagen Heu und Stroh oder gar Korn herum, und die Dienstleute hatten es eilig.

Auf der neuen, schmalen Steintreppe, die in zierlichem Absatz erst frei, dann an der Turmwand angelehnt zur Halle führte, stand Cäcilia, immer noch holdselig anzuschauen. Ihre mühsam weißgehaltene, runde Rechte rührte anmutig an die Schließe ihres pflaumenblauen Mantels. Die Linke hielt seine Falten züchtig und zierlich gerafft. Sie küßte erst Hemma und Wilhelm, dann den Herzog auf beide Wangen – es war, als ob sie ihm dabei sage: Denkst du daran? Er nahm ernsthaft ihre Hand und geleitete sie in den Saal empor, als ob er die Königin von Burgund aufführe, und er hielt überaus ehrerbietig den schönen Türvorhang in die Höhe, um sie hindurchzulassen. Hemma, die nach ihr schritt, gewahrte ein winziges Lächeln in seinen Mundwinkeln. –

Hemma machte es Vergnügen, ihr zuzuschauen, wie sie durch die Halle schritt, – nein, besser schlich. Man sah die Füße unter dem steifen Prachtgewande sich nicht bewegen, nur die zarten Knie hoben und senkten sich verführerisch. Den goldblonden Lockenkopf trug sie leicht geneigt, die Wangen waren rosenlicht gemalt, und um die Mitte und die runden Hüften lag ihr das Kleid wie eine straffe Haut. Hemma hatte erzählen hören, daß in Rom und in Burgund die Frauen anfingen, sich so zu halten und zu kleiden. Doch vorher wußte es Cäcilia, – ihr hatte es wohl der Südwind zugetragen, wie man sich auf die neueste Weise höfisch und erlesen benahm.

Weniger höfisch und erlesen sah neben ihr Herr Siegebert aus.

Doch ein kleiner Knabe kam herein, um der Frau Muhme die Hand zu geben. Sie zog ihn neben sich auf die Bank, indes Cäcilia die Männer unterhielt. Der kleine Askuin war scheu – es sah fast so aus, als werde er allzuviel geschlagen. Er glich weder dem Vater noch der schönen Mutter, sondern hatte ein schmales, langes, adeliges Gesicht, in dem ein Paar unkindlich wissende, schwermütige blaue Augen standen.

„Sieh nur, was für ein großer Knabe du geworden bist!“ sagte Hemma. „Wie alt bist du nun?“
„Zehn Jahre“, flüsterte er.
„Da wird es ja nicht mehr lange dauern, daß du die Waffenkunst erlernst.“
„Reiten kann ich schon, und mit dem Bogen kann ich auch schon ganz gut umgehen. Doch der Vater sagt immer, für alles andere sei ich zu schwach.“
„Nun, das wird ja besser werden“, meinte Hemma. „Bis du das Schwert bekommst, wirst du es längst führen können.“
„‚Askuin, nun geh wieder in die Küche!“ rief die Mutter vom Tisch herüber. „Kinder gehören nicht in die Halle!“
Ja, es war nun vornehm, die Kinder allein essen zu lassen; Cäcilia zeigte, daß sie es wußte.
Nicht allzu üppig war das Mahl. Dies mochte wohl Herr Siegebert bestimmt haben. Doch Cäcilia hatte ihr Bestes getan, diesen Mangel durch die anmutige Zierlichkeit der Unterhaltung auszugleichen. Auch das Gedeck war schön und rein, die Mägde benahmen sich sittsam und geschickt. Hemma mußte ehrlich anerkennen, daß es ihr nicht gegeben war, so fröhlich und hübsch zu plaudern und die langweilige Hausfrau so geschickt hinter der schönen Burgherrin zu verbergen.
Als das Mahl beendet war, sagte Cäcilia: „Es trifft sich gut, daß wir heute einen ritterlichen Sänger zu Gaste haben. Aus Bescheidenheit wollte er nicht an der Tafel teilnehmen, doch vielleicht läßt er sich jetzt bitten, hereinzukommen.“
Sie schwebte zur Türe hinaus und kam nach längerer Zeit mit dem fahrenden Ritter zurück. Hemma hatte sich sehr auf den Sang gefreut, doch nun, da sie den Mann betrachtete, fühlte sie sich enttäuscht und abgestoßen. Er mochte einst sehr schön gewesen sein, doch nun war sein Haar mißfarbig grau und schütter, und sein verschwommenes, frauenhaft weiches Gesicht zeigte den gemeinen Ausdruck des minderen Spielmannes, der Lügen und große Gefühle wie tägliches Brot auf seine Zunge nimmt.
Cäcilia sagte strahlend: „Herr Raymond de Montelione hat mir versprochen, uns seine Kunst zu zeigen.“
Voll Freuden hob Wilhelm seinen Becher und trank ihm zu. Doch Hemma mußte auf einmal denken: „Raymond – hieß so nicht Margrets Mann? Sollte er es sein?“

Sie blickte nach Adalbero. Sein Gesicht war nicht erfreut, eher unzufrieden.
Nach einem tiefen Trunk hob Raymond an. Er sang stehend und spielte zu seinen halb gesungenen, halb gesprochenen Worten auf einer kleinen, dreieckigen Harfe.
Er sang von der Nibelungen Fahrt ins Heunenland, von Hagens Treue und Krimhilds Haß und von dem blutigen Ende der Burgunder. Hemma hatte dieses Lied schon einmal gehört, in Regensburg. Dort hatte es ein Schüler des Bischofs Pilgrim von Passau gesungen. Damals hatte sie Krimhilds übergroße Liebe bewundert. Doch heute schien es ihr, als könne sie es nicht mehr verstehen, daß die Königin um der Liebe willen ihren eigenen Stamm zerstört hatte.
Und da erkannte sie auf einmal, wie viele Jahre seit jener Zeit vergangen waren, da sie mit den Herzogskindern gespielt und von der schönen Zukunft geträumt hatte. Aus dem tändelnden Mädchen war eine ernste Mutter geworden.

Es war schon spät, als sie auf die Treppe hinaustrat, um ein wenig Luft zu schöpfen. Die Nacht war regnerisch und windig. Hemma wäre gerne schlafen gegangen. Doch Cäcilia und der Herzog unterhielten sich so gut – Wilhelm hörte ihnen schmunzelnd zu. Sie selber begann dieses Wortgeplänkel schon ein wenig zu langweilen. Sie zog den Mantel fester um und wollte, vom unfreundlichen Wetter getrieben, wieder in die Halle zurückkehren, – da gellte plötzlich ein jammervolles Kindergeschrei über den engen Hof. Ohne zu überlegen, lief sie eiligst die Treppe hinunter und durch den Regen zum Küchenhause hin.
Sie riß die Tür lauf – da sah sie Siegebert mit einem schweren Stock auf den kleinen Askuin loshauen. Der Knabe wand sich schreiend an des Vaters Hand und war in die Knie gesunken und blutete aus Mund und Nase. „Du Bastard! Du Unnutz! Du Wechselbalg!" brüllte Siegebert. „Dich werde ich lehren, mir im Wege herumzustehen! Ich erschlag dich, daß ich dich endlich los bin!"
„Halt ein!" herrschte sie ihn an wie einen Knecht. Mit einem Ruck riß sie dem Überraschten den Knüppel aus der Hand und schleuderte ihn in die Ecke.
„Was geht Euch dies an, was ich mit meinem Buben mache?" brüllte er nun auf sie ein.

„Seht Ihr nicht, daß das Kind schon genug hat? Und wenn es auch nicht Euer Kind ist, wie ich eben von Euch selbst gehört habe, so habt Ihr doch nicht das Recht, Cäcilias Kind zu erschlagen!"
Sie hob den Knaben, der nun halb betäubt am Lehmboden lag, auf ihre Arme und trug ihn zur Wasserbank.
„Ihr tut, als ob Ihr hier zu befehlen hättet", murrte er ihr tückisch nach.
„Soviel wie Ihr!" gab sie ihm über die Schulter zurück. „Denn diese Burg und aller Besitz Cäcilias kommt aus m e i n e r Sippe, und wenn ich mich um das Erbe hätte streiten wollen, so wäre es wohl m i r zugefallen. Ihr aber kamt hierher als ein habloser Mann, dem es gelang, eine leichtsinnige Frau auf den Leim zu locken! Und dieses Kind wird hier der Herr sein, sobald er das Alter haben wird, ob es nun von Euch ist oder von einem anderen."
„Ihr – Ihr!" keuchte er ihr ins steinkalte, weiße Gesicht. „Seid Ihr dessen so sicher, daß es so kommen wird?"
„Ihr redet im Rausche, Vogt!" sprach sie verächtlich und begann dem Knaben das Blut abzuwaschen.
Wimmernd legte das Kind die schlotternden Arme um ihren Hals und versteckte das Gesicht unter ihrem Mantel.
„Wo schläfst du denn?" fragte sie ihn zärtlich.
„Da oben", flüsterte er mit einem matten Deuten.
„Geht jetzt", befahl Hemma dem Manne.
Er stellte sich breit vor sie hin.
„Geht jetzt!" fuhr sie ihn an. „Sonst trage ich das Kind, so wie es ist, zu den Gästen in die Halle hinauf!"
Rasch gewann sie die Türe. Er sprang ihr nach. „Wagt es, mich anzurühren! Dann stehen übermorgen achthundert Männer vor Eurem Schlangennest!"
Er ließ die Hände sinken und wich einen Schritt zurück. „Geht jetzt – zum letzten Male! Und schickt mir Cäcilia ans Fenster!"
Da drückte er sich rücklings hinaus. Hemma schob den schweren Riegel hinter ihm zu. Dann half sie dem Kinde über die Leiter in den Dachraum hinauf. Zwischen Gerümpel und Kienspanbündeln war ein Heunest bereitet, auf dem der Knabe schlief. Bis ins Innerste empört, bettete sie ihn so gut sie konnte und deckte ihren Mantel über ihn. „Hab keine Angst, Askuin, ich bleibe heute nacht bei dir."
„Ja, bitte", klagte der Kleine und schaute ihr furchtsam nach, als sie

in die Küche hinunterschritt, um Cäcilia zu erwarten. Jetzt erst sah sie, daß zwei Mägde am Herde lagen, die sie mit leuchtenden Augen anstarrten.
Es dauerte nicht lange, bis es ans Fenster klopfte. „Bist du es, Cäcilia?"
„Ja, Hemma. Was ist denn geschehen? Warum kommst du nicht in die Halle?"
Hemma stieß das Fenster auf.
„Dein Mann hat Askuin halb erschlagen", sagte sie. Ein Wimmern kam aus dem Dunkel. „Wie kannst du es zulassen, daß er das arme Kind so mißhandelt?"
Zuckend tasteten Cäcilias Hände am Fensterrahmen hin und her. „Hemma", flüsterte sie dann schwach, „Hemma – was soll ich tun? Wenn ich ihn mahne, schlägt er auch mich –. Hemma, – o, glaube mir – ich leide viel – das Kind versteht es nicht – aber ich – ich –"
„Das Kind ist groß genug, um mehr zu verstehen, als gut ist", sprach Hemma ernst. „Ich will nicht mit dir rechten, Cäcilia, über das, was du getan hast, da du mit einem fremden Kinde unter dem Herzen Siegeberts Weib wurdest. Doch nun hast du die Pflicht, Askuin vor deinem Manne zu schützen. Merkst du denn nicht, daß ihm das Kind im Wege ist? Er wird es aus der Welt schaffen – und wenn es soweit ist, kommst vielleicht du an die Reihe."
Cäcilias blonder Kopf fiel auf ihre Arme nieder. Sie weinte fassungslos. „Hemma, hilf mir! Ich bin in seiner Hand – ich kann weder mir selbst noch Askuin helfen! Rate mir, was ich tun soll! Du bist klug und klar – o Hemma, was soll ich tun?"
„Gib mir Askuin mit", sprach Hemman nach einer Weile. „Ich will ihn bei mir erziehen und in allen ritterlichen Pflichten unterweisen lassen. Vor allem aber ist er bei uns in treuer Hut."
„Das wird das beste sein, Hemma, – ich bitte dich darum! Dann wird es auch zwischen Siegebert und mir besser werden, wenn er das Kind nicht immer unter den Augen hat. Und ich kann fröhlicher sein, wenn ich weiß, es geht ihm gut. Denn es hat mir oft weh getan, wenn ich nicht mit ihm zärtlich sein konnte und wenn ich sah, daß er schlechtes Essen und Schläge bekam – und wenn er krank war, durfte ich kaum zu ihm. Dir gebe ich ihn leichten Herzens, – ich weiß, du wirst zu ihm gut sein."

„Das will ich", sprach Hemma. Doch innerlich kam sie fast ein böses Lachen an über Cäcilias Bereitwilligkeit, ihr beschwerliches Kind von sich zu geben. „Dann sind wir uns einig. Siegebert frage ich nicht. Mein Mann wird gewiß einverstanden sein, das weiß ich. Nun will ich heute bei Askuin schlafen. Sage den anderen, ich sei so müde gewesen, daß du mir schon wo ein Bett gerichtet habest. Morgen früh reiten wir."
Sie saß noch eine Weile bei dem Knaben, der vor Fieber und Schmerzen nicht schlafen konnte. Sie erzählte ihm leise von Zeltschach, von den Hunden und Pferden, von den Kindern, die dort weilten, um bei ihr in aller guten Sitte unterwiesen zu werden, von Ritter Lanzo, der ihm die Waffenkunst beibringen werde, und von dem guten Meister Koloman, dem Burgpfaffen.
Endlich hörte das Kind sie nicht mehr. Sie legte sich daneben hin und lauschte auf die raschen Atemzüge. Und es ging ihr vor, wie sie neben ihren Söhnen gelegen, als sie noch klein und schwach und zärtlich waren. Sie begann zu beten, daß Gott den beiden seinen Schutz verleihen möge. Immer war sie in Sorge, wenn sie von ihnen ferne war, obwohl nun längst sie es waren, die ihre alte Mutter schützen mußten, wenn sie gemeinsam in eine Gefahr kommen sollten.
Mitten in ihrem süßen Sinnen wurde sie sich plötzlich bewußt, daß von irgendwoher ein Flüstern kam. Sie lauschte. Ja – es war irgendwo, nicht weit von ihr. Gespannt blickte sie um sich in die Finsternis. Da sah sie durch eine Ritze in der Balkenwand zu Häupten des Kindes einen schmalen Lichtstreifen dringen. Ein Vorratshaus war an die Küche angebaut. Jemand war drüben im Dachraume. Diebe –?
Lautlos stand sie auf und versuchte, durch die Ritze zu spähen. Es gelang ihr leicht, ein wenig von dem bröckelnden Lehm fortzukratzen. Da sah sie auf dem langen Arbeitstisch in der Mitte des Vorratsraumes eine Laterne stehen – halb davor den schwarzen Rücken eines Mannes. Ein anderer saß auf der Kante des Tisches – es war Adalbero.
Ein kalter Schrecken durchrann sie. Was hatte er hier zu tun? Mit wem sprach er? Er flüsterte so leise, daß sie ihn nicht verstehen konnte. Doch nun sprach der andere: „Ihr könnt es mir glauben, hochgebietender Herr, es ist, wie ich Euch sage. König Miesko ist fest entschlossen, König Konrads Oberhoheit über Polen anzu-

erkennen. Er hat das Blut seines Vaters, des großen Boleslav Chrobry, nicht geerbt."

Unmutig warf der Herzog etwas dazwischen. Der andere stand auf und trat zu ihm. Nun sah sie ihn von der Seite. Es war der Sänger.

So war dieser Ritt nach Moosburg ein abgekartetes Spiel gewesen –. Raymond berichtete. Sie erhaschte: „– – nicht günstig – – Frieden überall gewünscht – – auf dem weiten Weg zu Herzog Rastislav und Herrn Prizislauga – – König Konrad gefürchtet –"

Eine rasche Frage des Herzogs beantwortete er fast heftig: „Ich habe alles getan, was Ihr –"

Adalbero schnallte seine Tasche auf und zählte ihm eine Reihe Goldstücke hin. Es war zu wenig. Der Herzog legte dazu.

Da ging eine Türe auf. Mit erschrecktem Gesicht, den Finger an den Lippen, trat Cäcilia zu den beiden Männern. Sie deutete flüsternd gegen die Wand, hinter der Hemma stand, und lauschte. Erbleichend glitt der Herzog vom Tische.

Hemma hatte kaum Zeit, sich hinzuwerfen und ins Heu zu wühlen, als sie eine schmale Türe gehen hörte. Mit der Laterne in der Hand trat Cäcilia zu ihr und leuchtete ihr ins Gesicht. „Ich habe dir eine Decke gebracht, Hemma", sprach sie leise.

Wie aus tiefem Schlafe erwachend, dehnte sie sich und stammelte verwirrt: „Was ist – Wilhelm –", und wandte sich zur Seite.

Cäcilia huschte hinweg. „Du hast Glück gehabt, sie schläft", flüsterte sie in der Türe. Hemma sah noch am flüchtigen Schatten, wie sie sich an Adalberos Hals warf.

Hemma lauschte auf die immer leiseren Schritte. Dann lag sie in erregtem Grübeln bis zum Morgen.

Es war klar – Adalbero hatte den fahrenden Sänger ausgesandt, Verbindung mit den Sklaven zu suchen. Allzu gut schien es ihm nicht geglückt zu sein.

War es soweit?

O, wenn sie doch wüßte, ob es ihr gestern gelungen war, den Herzog zu Treue und Pflicht zurückzurufen! Sie wünschte es so sehr – dennoch mußte sie daran zweifeln.

Cäcilia war ihm verfallen – sie würde alles tun, was er von ihr verlangte. Raymond hatte er sich gekauft. Die windischen Bauern, die Knappen und viele der Herren, die sich nach Abenteuern sehnten, hingen mit leidenschaftlicher Ergebenheit an ihm. Er wußte das. Sie wäre am liebsten aufgestanden und zu ihm gelaufen, um ihn wieder und wieder zu beschwören, von aller Untreue zu lassen. Sie wollte ihm sagen: „Ich habe alles gehört – Ihr seid auf dem falschen Wege! Kehrt um, kehrt um, ehe es zu spät ist!" Doch sie wußte, niemals durfte sie darüber sprechen. Nun mußte auch sie anfangen, ihre Geheimnisse zu wahren. Sie durfte sich nicht ausliefern, ehe es zum Kampfe kam.

Doch Gott gebe, daß es für ihn nur eine Versuchung war!

„Getroffen!" schrie Askuin in wildem Eifer und sprang dem Speere nach, der federnd im Ziele steckte. Das war ein vielfach zerstochenes Brett, in Form eines stehenden Bären ausgeschnitten und grausig bemalt.

„Nicht übel", lobte Herr Lanzo. „Doch wenn nun der Bär lebendig wäre, würdest du auch dann deinem Speere nachlaufen?"

„Nein, dann würde ich blitzgeschwind mein Schwert ziehen und ihm an den Leib rücken!" rief der Knabe. Er war nun braungebrannt und selbstbewußt und benahm sich wie ein junger Held – das heißt so wie Herr Hartwig, der ihm als der Inbegriff aller ritterlichen Herrlichkeit erschien.

Glückselig fuhr er auf, als seines Abgotts klingende Stimme vom Gange herunterrief: „Da schau! Askuin wird gefährlich!" Lachend sprang Hartwig die Stufen herab und fuhr mit einem großen Satze unter den bunten Schwarm von Knabenjugend, die den Zwinger mit Lärm und Lust erfüllte.

„Da kommt der Bär, – wehr dich, Askuin!" brummte er bösartig und tatzte nach dem Knaben. Der riß dem nächsten Gespielen das viel zu große Schwert von der Hüfte und begann sich zu wehren. Wacker focht er gegen den mächtigen Angreifer, doch dem war es ein leichtes, die ungeschickten Hiebe des Kleinen mit spielerischen Faustschlägen abzuwehren. Schließlich sah er, daß dem tapferen Bärentäter der Atem auszugehen drohte. Er nahm ihn in die Arme und preßte ihn an seine breite Brust. „Ha, welch ein zarter Fraß!" knurrte er lüstern und schleuderte den ermatteten Gegner auf den Haufen von Oberkleidern hin, der unter einer Stiege lag.

Da saß Askuin schwindlig vom Tosen des Blutes und der Ehre, von Herrn Hartwig eines Kampfes gewürdigt worden zu sein, wie einer

der größten und stärksten der Knappen. Und er sah, wie er sein Koller aufriß und mit der bloßen Hand das Blut von seiner Brust wegwischte, und hörte ihn lachend herüberrufen: „Noch drei, vier Jahre Knödel essen, Askuin, dann sitzt dieser Hieb so tief, daß du dem Bären das Fell abziehen kannst!"
Wunderschön war es auf Zeltschach!
In Glück und Stolz versunken, sah er den anderen zu, wie sie unter Herrn Lanzos harter und strenger Zucht sich in den Waffen übten. Sie sprangen und liefen, sie rangen und fochten und überboten sich in der edlen Kunst, mit Speer und Schwert und Schild und Rüstung umzugehen. Nach dem Frühmahle sollten sie alle miteinander nach Friesach reiten – auf ausgetauschten Pferden. Askuin begriff nun schon, daß es eine große Ehre für ihn war, bei der Markgräfin Hemma aufgezogen zu werden. Sieben Knaben und sechs Mädchen aus adeligen Geschlechtern wuchsen bei ihr auf. Denn die Eltern hielten es für einen großen Nutzen, ihre Kinder schon früh mit einem so reichen, mächtigen und hochgeehrten Hause zu befreunden. Zudem war der Ruf von Hemmas Tugend, Klugheit und edler Sitte schon weit ins Land gedrungen. Bessere Lehre konnten die Kinder nirgends finden.
Und wie vielen Waisen und Verlassenen von armen und hörigen Leuten sie Mutter war! Oft nahm sie sich ihrer schon in der Wiege an. Sie zog sie auf und ließ sie die Bauernarbeit oder ein Handwerk lernen; sie suchte den Mädchen, wenn sie herangewachsen waren, einen guten Mann. Manches arme Waisenkind, das ohne sie verdorben und gestorben wäre, saß als wohlhabende Bürgersfrau in Friesach oder auf einem schönen Bauernhofe. Denn die Männer wußten, daß die Ziehtöchter der Markgräfin ehrbare, fleißige und sparsame Hausfrauen waren und daß sie eine schöne Mitgift an Leinen und Hausgerät mitbrachten.
Askuin mußte darüber nachdenken, woher es wohl komme, daß Frau Hemma so vielen Kindern Mutter sein konnte. Seine eigene Mutter hatte nur ihn gehabt und hatte dennoch kaum Zeit gefunden, sich um ihn zu kümmern. Und er begriff zum ersten Male von weitem, daß es eigentlich an den Frauen lag, ob die Welt schön oder schrecklich war –.

Am Abend saß Hemma in der großen Arbeitsstube des Webhauses. Nun, da so viele Mägde und lernende Mädchen sich um sie versammelten, wollte sie nicht mehr mit all dem Flachs und all der Wolle und all dem fasrigen, fliegenden Fadenflug in die Halle ziehen. Auch wollte sie mit der schnatternden Schar den Männern nicht lästig fallen. Doch es geschah nun so, daß die Männer ihnen nachgezogen kamen, so daß an diesen Winterabenden die große Stube voller Leute war. In der Mitte saßen die Mädchen und Frauen bei ihrer Arbeit. Hemma ging zwischen ihnen hin und her und zeigte ihnen, wie man Stoff zu schönen Kleidern schnitt und zusammennähte, sie lehrte sie, die Hals- und Ärmelränder mit buntem Faden zierlich auszusticken, und dazwischen hinein gab sie ihnen manch gutes Wort, das wert war, daß sie es sich fürs Leben merkten.

Auch die armen Kinder saßen dabei und lernten das Spinnen, Flechten und Weben, die Knaben schnitzten Löffel und Pfeile, und die Männer taten, als arbeiteten sie auch, wenn sie ihre Messer schliffen und Pfeile fiederten und runde Löchlein zu feinen Mustern in ihre Ledergürtel schlugen. Auch ihre Söhne und Lanzo kamen ab und zu, selbst Wilhelm, wenn er zuhause war. Hemma mußte manchmal heimlich lächeln, wenn sie bemerkte, wie diese vier ihr mit andächtigen Blicken folgten, wohin sie sich auch wandte. Welche Frau hatte es so gut, eingebettet zu sein in Liebe und Achtung, wie sie es war?

„Morgen bin ich nicht bei Euch", sagte sie an diesem Abend. „Ich reite nach Stein, Frau Hildegard ist gestorben und wird übermorgen begraben."

Die Mägdlein seufzten, wohl mehr darüber, daß die Herrin fortreisen wollte, als über den Tod der uralten, einsamen Frau.

„Als ich ein Kind war", fuhr Hemma fort, „da habe ich Frau Hildegard oft gesehen. Sie war schon damals nicht mehr jung, doch überaus hold und liebenswert. Und da sie jetzt von uns gegangen ist, schickt es sich wohl, daß ich Euch erzähle, was wir an ihr verloren haben."

„Ja, – ja, erzählt!" bat es ringsum im Kreise. Alle richteten sich lange Fäden und größere Bauschen Wolle und Flachs, die Männer aber legten ihr klirrendes Werkzeug beiseite.

Hemma setzte sich in ihren Faltstuhl und sann ein wenig nach. Dann begann sie: „Das sind nun schon fast hundert Jahre her, daß Frau Hildegard auf einem Edelhofe im unteren Lavanttale geboren wurde. Sie wuchs heran und wurde so schön und tugendhaft, daß sie bald als die herrlichste Jungfrau des Draulandes gerühmt wurde. Sie war sanften und liebreichen Gemütes, und darum fiel es ihr schwer, den Eltern zu gehorchen und Herrn Albuin die Hand zu reichen, der damals die Burg am Skarbin besaß. Albuin war ein wilder, harter Mann, und die Burg war wie ein Schwalbennest in die höchsten Zinnen des Skarbins hineingebaut. Tief, tief unter ihr rauschte die böse Drau, und ringsum war es einsam. – Fels und Wasser und starrer Wald. – Ihr Mann war viel auf seinen Fehden unterwegs. Da hatte sie niemanden, mit dem sie reden konnte, denn die Leute auf der Burg waren alle roh und feindlich gegen sie, die ihre Untaten nicht gutheißen konnte. Ein wenig besser wurde es wohl, als die Kinder kamen. Sie hatte fünf, drei Mädchen, Geza, Gepa und Wezela, und zwei Knaben, Aribo und Albuin, der später Erzbischof von Brixen wurde. Sie hatte die Freude, daß alle Kinder ihr nachgerieten, sie waren fromm und gut. Sie aber blühte in ihrer demütigen Verborgenheit immer schöner auf, so daß Morduin, der Bruder ihres Gemahls, in sündhafte Liebe zu ihr verfiel. Er belog sie, daß Albuin auf seinem langen Feldzuge umgekommen sei, und wollte sie verlocken, mit ihm auf seine Burg zu ziehen. Doch sie wollte ihm nicht glauben und wies ihn ab und zeigte ihm ihren Abscheu so offen, daß er voll Wut davonritt. Nun verwandelte sich seine Liebe in tödlichen Haß.

Er zog ihrem Gemahl entgegen und blies ihm listig ein, daß Hildegard ihn mit einem Knechte betrogen habe. Albuin konnte es nicht glauben. Doch als er, schon mit zweifelndem Herzen, zur Burg emporritt, saß da eine Magd am Wege. Die erzählte ihm dasselbe, da sie von Morduin bestochen worden war.

Da stürmte er wie ein Rasender in die Burg. Wahnsinnig vor Eifersucht und Kränkung, horchte er nicht auf Hildegards Bitten und Beschwören, sondern schleppte sie ans Fenster und stürzte sie über den hohen Felsen in die Drau hinunter.

Sie hat es mir einmal selbst erzählt: Es war ihr gewesen, als schwebten Engel um sie und trügen sie sanft auf ihren Händen abwärts, bis sie unten zwischen Fels und Strom ins dichte Gebüsch fiel.

Da dankte sie Gott für die wunderbare Errettung und gelobte, von jetzt an ihr ganzes Leben ihm zu weihen. Sie wanderte über die Drau und von dort weiter bis an den Felsenhügel von Stein. Dort verbarg sie sich und lebte wie eine Klausnerin.

Doch mit der Zeit erfuhr sie von den armen Leuten, die in der Nähe hausten, daß ihr Gemahl sein Unrecht eingesehen habe. Er war des Glaubens, die Drau habe sie fortgerissen. Und zur Sühne für den Mord an seiner unschuldigen Frau sei er auf eine Wallfahrt ins Heilige Land gegangen.

Da sandte sie ihren armen Kindern Botschaft, daß sie noch am Leben sei. Die zwei ältesten Töchter hieß sie am Skarbin bleiben, damit sie die Burg in Ordnung hielten. Und sie baute eine Kirche und eine kleine Burg am Stein und lebte dort mit ihren drei jüngeren Kindern, bis Geza nach Salzburg ins Kloster ging, Aribo zum Babenberger in die Waffenlehre kam und Albuin, der Jüngste, den geistlichen Stand erwählte.

Dann lebte sie jahrelang still dahin, tat den Armen Gutes und betete Tag und Nacht zu Gott. Damals war es, daß sie oft zu meiner Großmutter Imma kam. Denn die beiden Frauen waren sich einig in ihrem Streben, Gott immer vollkommener zu dienen. Immer wenn ich sie sah, war es mir so süß ums Herz, als hätte mich ein Engel angerührt.

Da kam eines Tages ein blinder Pilger an ihr Tor und bat sie um ein Stücklein Brot. Und als sie es ihm reichte, erkannte sie ihn. Es war ihr Gemahl. Von Mitleid überwältigt, fiel sie in die Knie und bat Gott, er möge ein Wunder tun und ihn sehend machen – sie wußte ja, wie namenlos bitter es für ihn sein mußte, im finsteren Kerker der Blindheit zu leben. Und sie nahm sein Haupt in ihre Hände und küßte ihn auf seine kranken Augen.

Da fiel die Nacht von ihm – er schaute wieder das Licht. Und dann erkannte er, wer ihm das Wunder erbeten hatte. Niemals hat Frau Hildegard über diese Stunde gesprochen. Doch können wir es wohl ahnen, wie ihre Herzen von Schmerz und Wonne zuckten –.

Er bat sie, mit ihm heimzukehren. Doch sie vermochte nicht mehr, sich aus ihrer Einsamkeit loszureißen. Sie sagte zu ihm: ‚Laß mich hierbleiben, wo ich mit Gott so glücklich war. Doch zum Zeichen, daß ich dein in Liebe gedenke, will ich alltäglich die Glocke läuten. Du wirst sie am Skarbin hören, als einen Gruß von mir.‘

Da kehrte er froh und traurig heim. Er lebte noch einige Jahre, bis Gepa und Wezela sich vermählt hatten und Aribo das Schwert erhalten hatte. Jeden Morgen stieg er auf den Turm und lauschte,

wenn die Glocke von Stein über Berg und Wasser herüberklang. Und eines Tages fanden sie ihn dort als Toten.
Nun ließ sich Frau Hildegard die Witwenweihe geben und lebte wie eine strenge Nonne bei ihrer Kirche. Niemals mehr verließ sie ihre kleine Burg. Täglich trat sie auf den Gang hinaus und warf Brot und Fleisch und Geld zu den Armen hinunter, die im Hofe schon darauf warteten.
Manchmal kam ihr Sohn, Erzbischof Albuin, zu ihr, den sie jetzt schon als Heiligen verehren. Da sprachen sie dann von göttlichen Dingen und schwangen sich über die Sterne auf, wie wir es von Sankt Augustinus und seiner Mutter Monika lasen. Doch Albuin starb schon im Jahre 1006, auch Wezela starb bei ihrem dritten Kinde, und Gepas Mann wurde Graf im Nordgau, so daß sie auch diese Tochter niemals wiedersah. So wurde es sehr still um sie, da ja auch Aribo kränkelte und die Mutter selten besuchen konnte.
Sie wurde alt, uralt. Die Leute sagen, ihr Geist sei in den letzten Jahren schon trüb gewesen. Sie habe mit ihrem Manne und ihren toten Kindern geredet, als ob sie in der Stube neben ihr säßen. Und mit Gott habe sie manchmal gesprochen, als wäre er ihr Kind. – Mag sein, daß sie vom hohen Alter kindisch geworden war. Doch mir will es fast scheinen, als liege eine verborgene Weisheit in ihren Reden, die wir weltverwirrten Leute nicht fassen können.
Und nun ist sie gestorben. Sie war allein, als der Tod kam. Die alte Magd hatte die große Stunde verschlafen – so still ist sie gegangen. Doch wir wollen nicht vergessen, wieviel Segen von Frau Hildegard ausgegangen, und wir wollen Gott danken, daß er uns solch ein Vorbild der Geduld und Frömmigkeit vor Augen gestellt hat."
Ein leises Weinen ging unter den Mädchen um. Die Fackeln waren herabgebrannt – es war fast dunkel geworden. Doch keines regte die Hand, um neue Späne aufzustecken. Sie sannen alle dem wunderbaren Leben nach, das sich in ihrer Mitte ereignet hatte, verborgen, unbeachtet, seit die grelle Mordtat Albuins aus dem Gerede der Leute längst verschwunden war.
Hemma aber seufzte tief auf, von jäher Bedrückung erfaßt. Sie mußte denken: „Was werden sie in den Spinnstuben von mir erzählen, wenn ich gestorben bin? Weh mir, sie werden von meinem Reichtum sagen, von meinem starken Handeln, Richten und Wirken.

Und dennoch ist all dieser laute Ruhm nur leerer Rauch gegen Hildegards verborgenes Leben in Gott."
Und Angst um ihre Seele umklammerte plötzlich ihr Herz.

Zu Dreifaltigkeit des nächsten Jahres vergabte Wilhelm zwanzig Stück Land am Dobritscher Berge, in der Wochein und bei Nassenfuß an die besten seiner Kriegsleute. Das waren zum größten Teile Bayern, die des Waffendienstes müde geworden waren oder sich Verstümmelungen zugezogen hatten. Sie waren Söhne von Bauern, und viele von ihnen hatten sich dem Kriegsdienst schon deshalb verschrieben, um dereinst mit Grund und Boden belohnt zu werden. Nun standen sie im Hofe der Friesacher Burg und hielten ihre Lehensbriefe in den harten Händen. Stolz und zufrieden gaben sie dem Markgrafen den Handschlag. Jeder hatte ein großes Stück Land bekommen, zu einem Drittel schon bebaut, zu zwei Dritteln Wildnis. Die wenigsten fanden schon eine Hütte, in der sie wohnen konnten. Doch sie waren es alle gewöhnt, unter freiem Himmel zu schlafen und sich selber zu helfen. Bis der Winter kam, hatte sich jeder Hof und Herd gebaut und ein starkes Weib genommen. Und in fünf Jahren waren zwanzig kampftüchtige Sippen im kärntischen Boden eingewurzelt.
Im Zwinger war für sie ein Festmahl bereitet worden. Hemma sparte an diesem Tage nicht. War es doch für die Männer ein Abschied aus dem engen Verband mit ihrem Herrn und ein froher Anfang zu eigenem Leben. Sie trat ans Fenster und trank ihnen zu, wenn sie ihren Namen riefen. Sie wußten, daß die kleinen Sorgen und Mühren ihrer ferneren Tage der Markgräfin am Herzen liegen würden.
Das Mahl war unten im vollen Gange, als die Türe hastig aufsprang und ihr ältester Sohn zu ihr trat. Sein Gesicht war finster, ja verstört. „Mutter", sagte er, „nun habe ich etwas erlebt, was ich niemals für möglich gehalten hätte."
Sie blickte verwundert zu ihm auf. „Wo warst du denn?"
„Im Herzogshofe. Auch dort wurden heute die Lehen ausgeteilt. Doch es ging alles so sonderbar zu –. Nein, ich kann es nicht glauben!"
„Komm, Wilhelm, setz dich zu mir und erzähle mir in aller Ruhe", sagte sie. Selten geschah es, daß Wilhelm in solche Erregung geriet. Er aber begann, in der Halle auf und nieder zu gehen. „Wie könnt

Ihr dies deuten, Mutter: An fünfzig Männer hat der Herzog heute Grund vergeben. Und unter diesen ist kein einziger Deutscher, sondern lauter Slawen. Nicht unsere guten, braven, verläßlichen Windischen, sondern ein seltsames Kriegsvolk: wilde, rauflustige Krainer, Kroaten, Mähren, die von unseren Leuten gar nicht verstanden werden, wenn sie mit ihnen reden. Ich glaube nicht, daß einer von ihnen etwas von der Bauernwirtschaft versteht – eher würde ich sie für Galgenvögel und Wegelagerer halten, wenn ich ihnen an einem anderen Orte begegnete als im Herzogshofe. Ich wunderte mich, daß Herr Adalbero solchen Leuten sein bestes Land geben wollte, Huben im Mur- und Olsatale, auf den Grebenzenhängen. Doch als ich Markward darum frug, lachte er und sagte, das sei so eine kindische Art seines Vaters, den Kaiser ein wenig zu ärgern, weil er ihn gegen den Patriarchen Poppo den kürzeren ziehen ließ. Und er erzählte mir, daß dies nun schon einige Jahre so hinginge: Herr Konrad habe die Besitzungen, um die der Herzog ihn bat, ausdrücklich Frau Beatrix, nicht ihm, übergeben, als habe er zu einem Weibe mehr Vertrauen. Dafür sei Adalbero nicht mit ihm nach Rom gezogen und sei der Kaiserkrönung ferngeblieben. Nun hat der Kaiser dem Patriarchen von Aquileia recht gegeben und hat dem Herzog verboten, von ihm Abgaben einzuziehen. Dafür belehnt nun Adalbero fremde Slawen mit seinen Huben, weil er weiß, daß der Kaiser nichts so sehr gerne sieht als die deutsche Siedlung in den südlichen und östlichen Gauen. – Doch dünkt Euch nicht, Mutter, daß dies zu weit geht? Er muß doch seinem Haß eine Grenze setzen und darf um seiner Rache willen nicht seine Pflicht vergessen!"

„Ja, Wilhelm, da hast du recht", sprach Hemma erregt. „Du mußt mit dem Vater darüber sprechen. Wir können dies doch nicht geschehen lassen, daß der Herzog vor unseren Augen seine deutsche Fürstenpflicht verläßt! Wir werden sonst mitschuldig daran."

Wilhelm biß sich auf die Lippen. „Mutter, ich bin zu Euch gekommen. Dem Vater darf man über den Herzog kein bitteres Wörtlein sagen. Er hält die Freundschaft allzu hoch. Und überdies scheint es mir, als habe er Adalbero gegenüber ein schlechtes Gewissen, da der Kaiser ihn auf des Herzogs Kosten zum Markgrafen ernannt hat. Er sagte mir vor einigen Wochen, als ich ihm von Adalberos aufrührerischen Reden bei unseren Knappen erzählte, es sei verständlich, wenn er gereizt sei. Der Kaiser benehme sich ihm gegenüber kleinlich und rachsüchtig wie ein böhmischer Kesselschmied. Aber er war ganz außer sich –"

Hemma sann seinen Worten nach. Der Vater war außer sich gewesen –. Ja, leicht mochte es auch ihm nicht mehr fallen, Adalberos Benehmen zu rechtfertigen. Es kostete ihn vielleicht eine wilde Anstrengung, das Vertrauen zum Freunde aufrechtzuhalten. „Was waren das für Reden, von denen du sprachst?" fragte sie dann.

„Nicht lange vor Pfingsten waren wir in Kolnitz, der Vater und ich. Wir ritten über die Saualm heim, durch die Stelzing heraus ins Görtschitztal. Unterwegs trafen wir auf eine Schar von Knappen, die schreiend und fluchend durch den Graben dahinwanderten. Ich fragte sie, was sie denn hätten. Da brachen sie in wüste Schimpfereien gegen den Kaiser aus. Er lasse es sich in Rom und im Reiche wohlergehen, doch um die Kärntner kümmere er sich nie, außer wenn er Abgaben eintreiben wolle oder Männer für den Krieg brauche. Die Herren dürften unbehindert die Bauern und Knappen bedrücken, soviel sie wollten, die Gesetze seien alle für die sicheren und reichen Verhältnisse im Reiche zugeschnitten, nicht für uns, die wir ohnehin solch hartes Leben hätten. Besser wäre es, das Reich zerteilte sich in Stücke, die leichter zu beherrschen seien als solch ein unermeßliches Land, das drei große Königreiche umfasse – Burgund, Deutschland, Italien! – Ich wurde über dieses unsinnige Gerede so wild, daß ich den Leuten heftig übers Maul fuhr. Da bellten sie zurück, bis ihnen der Vater mit der Peitsche drohte. Wir ritten davon, doch hinter uns hörten wir sie fluchen. Ein Stück nach der Lölling überholten wir den alten Jörg. Ich konnte nicht anders, als zu ihm zurückreiten und ihn fragen, woher denn die Knappen ihre seltsame Staatsweisheit auf einmal hätten. Bekümmert erzählte er mir, der Herzog habe ihnen in Semlach droben eine lange Rede gehalten, davon seien sie so klug geworden. Er selber sei aber nicht bis zuletzt geblieben, weil er freitags keinen Wein trinke, und der Herzog habe vier Fässer davon ausschenken lassen."

Hemma stand auf und stieg den hohen Fenstertritt empor. Sie vermochte kein Wort zu sprechen vor Zorn und Sorge. So weit war es schon –. Das Reich zerkleinern, ja. Eine kleine Krone ist doch auch eine Krone. Und welches Recht hatte er, *ihre* Knappen aufzuwiegeln, daß sie hinter ihrem Herrn nachfluchten? Wo wird das enden?

Fast hilfesuchend legte sie die Hand auf die Schulter ihres Sohnes. „Nein, Wilhelm – nun glaube ich selber, daß es besser ist, den Vater nicht noch mehr in Sorge zu stürzen. Er wird es ja von anderen erfahren, an wen Adalbero seine besten Lehen gab. Gott helfe mir!“ brach es aus ihr. „Ich spüre, daß es hohe Zeit ist, etwas zu tun! Doch ich bin eine Frau, und du bist allzu jung! Wenn doch mein Vater noch am Leben wäre! Er war in allen Fragen des Reiches klug und kühl und bedacht. Sein Wort hätte beim Kaiser Gewicht. –“

„Mutter“, sagte Wilhelm voll Zärtlichkeit, „Ihr werdet das Rechte finden. Doch habt Ihr es noch nicht gehört? – Fast jede Nacht klirren in der Halle die alten Waffen. Und der Schild Waltunis soll heute früh auf dem Boden gelegen haben. Das bedeutet Kampf.“

Erbleichend hob Hemma die Hände zu seinen Schultern – „Gott bewahre uns vor Unglück –“, flüsterte sie, indes ihr Herz bis zum Halse pochte. Unglück – nur eines gab es, das sie in Wahrheit fürchtete: Unheil, das ihren Söhnen zustoßen könnte. Mit einer Innigkeit, die an Qual grenzte, trank sie jeden Zug dieses jungen, unsterblich geliebten Gesichts, diese klugen, treuen tiefliegenden Augen, die so vollkommen den Augen des Vaters glichen, aus denen aber ihr eigener Geist ihr entgegengrüßte. O, dieser starke, reine, unerbittliche Mund, das braune Haar, schimmernd von Jugend und Gesundheit – o, immer noch bog sich ihr ganzes Sein um diesen hohen, schlanken, geschmeidigen Jünglingskörper, immer noch war ihr Herz groß genug, ihn zu umfassen und zu tragen! Erst müßte es zerhauen und zerstückelt werden, ehe ihre Kinder aus ihr gerissen werden könnten!

Woche um Woche verging für Hemma in rastlosem Grübeln und Überlegen. Oft war es ihr, als müsse sie nach Eppenstein reiten und mit der Herzogin sprechen, doch sie wußte, daß sich Beatrix in allen Fragen, die sie verstand, blindlings auf die Seite ihres Gemahls stellen würde. Mit Adalbero selbst wagte Hemma nicht mehr zu sprechen. Er kam jetzt seltener nach Zeltschach. Und wenn er kam, vermied er es, mit ihr allein zu sein. Er trank mit Wilhelm und scherzte mit Hartwig, der so vom Überschwang seines jungen Lebens ergriffen war, daß er keine Zeit fand, dunklen, heimlichen Wegen nachzuspinnen.

Wenn sie es nur irgend konnte, richtete Hemma es so ein, daß

Adalbero mit ihrem ältesten Sohne nicht zusammentraf. Der junge Wilhelm vermochte nicht, seine Abneigung und sein Mißtrauen zu verbergen. Schroffe, beleidigende Worte fielen, der Vater brauste auf und wies den Jungen derb zurück, und Adalberos lächelnde, geringschätzige Art, mit der er diese Angriffe eines unreifen Knaben von sich abgleiten ließ, machte die Sache auch nicht besser.
Hemma litt bis in den Schlaf an diesen unausgesprochenen Kümmernissen und Ängsten. Gegen Ende des Sommers kam ihr Gemahl von seiner Reise nach Frankfurt heim – bedrückt und verbittert. Kaiser Konrad hatte ihn dort auf dem Konzil der geistlichen Fürsten auf jede erdenkliche Weise geehrt. Doch Adalbero hatte wieder eine schwere Kränkung erleiden müssen.
Mit eigenen Augen hatte Wilhelm gesehen, wie Adalbero als Schwertträger des Kaisers zu Füßen des Thrones gesessen hatte. Hohe Ehre wäre es jedem anderen gewesen. Doch einem Herzog von Kärnten kam das Amt eines Truchsessen zu, – eines der vier höchsten Ehrenämter des Reiches. Es mochte Adalbero eine ungeheure Überwindung gekostet haben, diese Kränkung in Ruhe hinzunehmen. Prächtig gekleidet hatte er zu Füßen des Kaisers gesessen und das Schwert auf seinen Knien gewiegt. Seinem leise ergrauten, edlen, undurchdringlichen Gesicht hatte niemand angesehen, was er dachte. Doch Hemma glaubte es zu wissen.
Noch stand der Herbst in voller Pracht, da machte sie sich eines Tages zu einem einsamen Ritte auf. Sie wollte die Klause ihres Vaters aufsuchen und dort in der Waldeinsamkeit darauf harren, ob nicht sein Geist ihr einen Rat einflüstern wolle.
Es war am Abend des zweiten Reisetages, als sie am Sapotnikfelsen ankam. Am Rande der flachen Kuppe des Vorberges schob er sich, eine riesige Platte aus glitzerndem, rotgrauem Stein, wie eine Kanzel in die blaue Weite hinaus. Der Abend verklärte die unendliche Ferne und hob aus seinem klaren Lichte das Meer der weitgeschwungenen Höhenzüge, die fernen, durchsichtig hingehauchten Felsenberge, die verschwiegenen Seen und die tiefe, rauschende Einsamkeit der Wälder.
Hemma glitt auf einen Teppich von kurzem Rhododendron und faltete überwältigt die Hände. Hier mochte wohl auch ihr Vater oft in den Abend geschaut haben. Diese Schönheit und Stille hatte ihn über die Welt und all ihre Not getröstet. Hier war er glücklich gewesen. Vielleicht sprach hier sein Geist zu ihr.

Die Unruhe kehrte wieder. Seufzend stand sie auf, nahm ihr Pferd am Zügel und führte es sorgsam zu Seiten des Felsens an seinen Fuß hinab. Dort war unter überhangendem Stein eine Klause gebaut. Noch hing die Türe fest in den Angeln, und das Moosdach grünte dicht. Ehrfürchtig trat sie ein. Der Raum war eng und dunkel. Ein wenig geblendet von der Abendsonne, stieß sie an eine wackelige Bank, einen morschen Tisch. Ein Kreuz aus Fichtenästen stand darauf, ein irdener Bauernkrug, eine Schwertscheide. Das Schwert selbst mochte wohl ein Hirte mitgenommen haben. Oder hatte es der Vater hergeschenkt? Wieder tat es ihr weh, weil sie so wenig von ihm wußte. Er war nicht auf dieser Laubschütt gestorben. Unten in Diex, nach der Christmette, hatte ihn in der Kirche der Herzschlag getroffen. Er hatte auf dem Kirchwege einen Wolf erschlagen müssen, das hatte ihn den letzten Rest seiner Kräfte gekostet.

Sie setzte sich an den Tisch und legte die gefalteten Hände darauf. Und sie dachte daran, wie oft ihr Vater da gesessen hatte, einsam und verlassen, doch überglücklich, – dies hatte er ihr selbst gesagt, jedesmal wenn sie ihn besucht hatte. Der lange Almwinter war wohl furchtbar gewesen. Doch Gott hatte seine Strenge überschwenglich belohnt. Sechs Jahre hatte er so gelebt – in Frieden.

„Vater“, rief sie ihn leise an, „habe Erbarmen mit mir! Ich stehe vor einem schweren Kampfe! Gib mir einen Rat, was ich zu tun habe, um den Frieden unseres Landes zu retten! Es ist dein Land, es ist deine Tochter, die dich ruft!“

Sie legte den Kopf auf ihre Hände und verharrte lange so. Der hohe Wald rauschte draußen, – die Größe der einsamen Nacht wuchtete immer dunkler vor der Türe.

O, schön war es hier in Gottes Wildnis!

Es war Hemma, als dürfe ihre Seele das bunte, enge, flitterhafte Gewand der Welt abstreifen und dürfe nackt und groß sich dehnen vor dem, der sie erschaffen hatte.

Da sie ins Freie trat, glommen schon die Sterne auf. Sie setzte sich auf den glatten Steinblock vor der Türe und betrachtete die geheimnisvolle Herrlichkeit des Himmels, die hoch über den samtdunklen Wäldern lautlos hintanzte.

Hemma begriff, daß es viele in die Einsamkeit zog, die in der lauten, häßlichen Welt einsamer waren als hier bei Bäumen, Tieren und Sternen.

Sie mußte an den Grafen Otwin vom Pustertale denken, den Gemahl Frau Wichburgs, die das Kloster zu St. Georgen gestiftet hatte. Alle hatten geglaubt, er sei auf seiner Fahrt ins Heilige Land umgekommen. Doch heuer im Sommer hatten sie ihn gefunden, sterbend. Nach langer Irrfahrt war er in die Heimat zurückgekehrt und hatte dort erfahren, daß seine Frau und zwei seiner Töchter in St. Georgen als Nonnen lebten.

Da hatte er ihren frommen Frieden nicht stören wollen, sondern sich auf einem Berge nahe dem Kloster eine Klause gebaut und dort gelebt. Wenn unten am See die Glocke zum Gebete läutete, hatte auch er in das Gotteslob seiner Lieben eingestimmt. Und demütig hatte er die Almosen angenommen, die sie dem fremden, alten Einsiedel sandten. Erst da es mit ihm zum Sterben kam, hatte er sich zu erkennen gegeben.

Gerne wäre Hemma nun auf den Felsen gestiegen, um den Lauf des Mondes zu betrachten. Doch sie wagte sich nicht von der Klause fort. Wölfe und Bären mochten in der Nähe sein, und schlimme Geister gingen wohl im Walde um.

Sie nahm ihr Pferd und führte es in die Hütte. Dann aß sie ein wenig aus ihrer Satteltasche, betete und legte sich auf die vermoderte Laubschütt.

Gegen ihren Willen schlief sie traumlos und fest, bis die Sonnenpfeile ihr Gesicht trafen. Da sprang sie auf und trat in den blendenden Morgen hinaus.

Silbriger Dunst schleierte die Ferne.

Feuchte Frische wehte um die grauen Stämme, und zwischen Tau und feinen Perlenschnüren lockten schwarze und rote Beeren.

Hemma schüttete ihrem Pferde Hafer auf den Stein und ließ es dann frei grasen. Sie aber stieg auf den Felsen und begann zu beten. Ärger als je erschienen ihr hier in dieser großen Stille die Verwirrung und Befleckung der Welt. O, dürfte sie hier bleiben, wo ihre Seele ihre eigenste Sprache reden durfte, wo nichts zwischen Gott und ihrem Herzen stand! Es graute ihr, zurückzukehren in diese Dornenhecke von Angst, Sorge, Mühe, Niedrigkeit, Falschheit und Grausamkeit. Und dennoch war sie mit dieser Welt durch tausend Fäden der Liebe, der Gewöhnung und der Pflicht verbunden.

O Gott, hilf mir, mich treu und wahrhaftig hindurchzuzwingen, bis

an das Tor, hinter dem du stehst! O weise mir einen Steg, denn ich finde keinen mehr!
Die Stunden vergingen im Wellenschlag ihres Gebetes, das sich bald angesichts der Größe der reinen Schöpfung zu himmlischem Entzücken hob, bald zu ihren Sorgen und Ängsten flehend niedersank. Die Sonne war schon über die Höhe ihrer Bahn hinweggeschritten, als Müdigkeit die einsame Beterin überfiel. Sie kehrte in die Zelle zurück und verkroch sich mutlos ins Dunkle.
Der Wunsch überkam sie, bei einem guten Menschen Trost zu suchen. Und da erinnerte sie sich plötzlich, daß der Patriarch von Aquileia, Herr Poppo, in Ossiach weilte, um sich der Stiftung seiner Eltern huldreich und kräftig anzunehmen. Mit ihm war wohl auch Herr Balduin gekommen. –
Und wie der Blitz in die Finsternis der Wolkennacht durchfuhr sie die Erkenntnis, daß sie mit Herrn Balduin sprechen mußte. Er reiste mit dem Patriarchen zum Kaiser. Und sie wußte es – der Kaiser hegte für den frommen, gelehrten Berater des Kirchenfürsten eine fast abergläubische Verehrung. Er konnte ihn vielleicht bestimmen, den Haß gegen Adalbero fahrenzulassen. Dann wurde alles gut.
„Ich danke dir, Vater!" murmelte sie und küßte das morsche Kreuz. Es war ihr so gewiß, daß er ihr diesen guten Gedanken eingegeben hatte, daß sie glückselig ihr Pferd rief und ihm den Sattel aufschnallte.
Und sie legte ihre Wange an die rissige Brettertüre und sprach unter Tränen: „Leb wohl, leb wohl, du gesegnete Klause, – leb wohl, du guter Felsen, – du lieber Wald! Und du, mein liebreicher, treuer Vater, leb wohl!"
Sie riß sich los vom Anblick der dreimal heiligen, unberührten Berge und nahm ihr Pferd am Zügel und tauchte mutig im Geschlinge des Waldes unter.

„Wenn die Dinge so liegen, da hat Euch wohl die Hand Gottes hergeführt, Frau Markgräfin", sprach Herr Balduin. Er saß sehr aufrecht auf einer hölzernen Bank in der Pfortenstube des Klosters Ossiach. Auf seinem schmucklosen geistlichen Gewande prunkte kein Abzeichen seiner dompröpstlichen Würde. Und er sah nun nicht mehr so engelhaft aus wie damals, als er Hemma zum ersten Male beraten hatte. Sein Haar war früh ergraut und hatte sich gelichtet, die Gestalt war knochig und ein wenig unbeholfen vom vielen Sitzen, und der Ausdruck seines Gesichtes und seiner Worte waren nicht mehr sanft und demütig, sondern zurückhaltend und fest.

Dennoch flößte er Hemma dasselbe Zutrauen ein wie in längst vergangenen Tagen.

„Ich danke Euch, ehrwürdiger Herr, daß Ihr meinen Bitten so gnädig nachkommen wollt!" atmete sie auf.

„Ich werde alles tun, was nur in meiner Macht steht. Doch nicht, weil Ihr mich bittet, sondern weil es meine Pflicht ist. Übel stände es um die Ehre des Kaisers, wenn er um einer alten Feindschaft willen einen verdienten Mann zum Aufruhr treiben würde. Er darf nicht nur Treue verlangen, er muß es seinen Vasallen auch möglich machen, sie zu halten."

Sie saß auf der anderen Seite des leeren Tisches und mußte sich zusammennehmen, um ihm nicht allzu stürmisch zu danken. Sie wußte, er würde mit aller Klugheit den Kaiser beraten, er würde keinen Haß heraufbeschwören, wenn er mit dem Herzog sprach. Auch ihm lag der Frieden am Herzen.

„Nun reitet mit Gott, Frau Markgräfin", sprach der Priester, „und laßt es den Herzog nicht merken, wieviel Ihr von seinem Treiben wißt und ahnt. Dann kann er leichter zurück, wenn es ihn reuen sollte. Ich fahre morgen. In acht Tagen werde ich den Kaiser sehen."

Er sagte ihr kein Wort des Dankes oder des Lobes für ihre Sorge um das Wohl des Landes, noch für all das Gute, was er von ihr gehört. Doch er hielt ihr die Türe auf, da sie aus der Stube ging, und bat: „Betet für mich, Frau Markgräfin, daß auch ich meine Pflicht erfüllen kann."

„Ich vergesse es selten", lächelte sie. „Denn Ihr habt meiner Seele schon viel Gutes getan."

Im Jahre 1029 kam wieder großes Unheil über die Menschen. Furchtbare Hitze dörrte Felder und Wiesen aus, Krankheiten gingen um, die Leute verzweifelten vor Angst. Das Ärgste aber waren die Schlangen. In eklen Knäueln lagen sie auf den klaffenden Wegen, sie zischten durchs zerfallende Gras und krochen in Häuser und Ställe. Viele Menschen und Tiere starben an ihren Bissen. Sie rollten sich in die Betten und lagen an den halbleeren Milchschüsseln, sie züngelten den kleinen Kindern in die offenen Mäulchen. Die armen, verzweifelten Leute hielten sie für Teufel, die auf die Welt losgelassen worden waren. Ja, der Leutpriester von St. Peter im Holz verweigerte den Toten, die an Schlangenbissen gestorben waren, das christliche Begräbnis. Da fingen sie an, mit Zaubersprüchen und Bannzeichen sich Hilfe zu verschaffen, doch es fruchtete weder heidnische noch christliche Gewalt wider die Ausgeburten der Hölle.

In Friedlach über dem Glantale war etwas Seltsames geschehen. Ein fremder, brauner, dürrer Mann war eines Tages ins Dorf gekommen. Seine Sprache hatten die Leute nicht verstanden, doch hatte er ihnen durch Zeichen begreiflich gemacht, daß er Macht über die Schlangen habe und daß er den Ort von ihnen befreien wolle. Überglücklich führten die Bauern ihn zum Pfarrer, und dort zeigte es sich, daß der fremde Mann und der alte Priester sich zur Not in einer heidnischen, geheimnisvollen Sprache verständigen konnten. Sie sprachen stundenlang miteinander in der Sakristei. Gegen Abend kam der Pfarrer zu den Leuten heraus. Sein vertrocknetes altes Gesicht war verwirrt und ängstlich. Mit unsicherer Stimme befahl er, sie sollten um einen hohen Lärchenbaum auf dem freien Anger draußen einen großen Scheiterhaufen errichten. Als dies geschehen war – es ging schon gegen Abend –, kletterte der Fremde behend am turmhohen, kahlen Stamm hinauf bis in den Wipfel. Dort stand er auf dem stärksten Ast und zog ein Buch aus seinem weiten Gewande. Und als unter ihm die ersten Flammen ins dürre Holz griffen, begann er mit eintönig singender Stimme aus dem Buche zu lesen. Es dauerte nicht lange, da kamen von allen Seiten die Schlangen dahergeeilt. Zornig und zischend, sich überstürzend, schossen sie aus ihren Schlupfwinkeln hervor und fuhren ins tödliche Feuer. Sie kamen aus Häusern und Wäldern und aus den Glansümpfen, sie mußten von den Almen herbei und von den Felsen herunter. Die Menschen standen starr vor Entsetzen in einem gedrängten Haufen beisammen. Es währte lange, ehe der Strom des Gewürmes sich lichtete. Immer schütterer krochen sie herbei, eilig, als fürchteten sie, zu spät zu kommen. Und schließlich war die letzte in den Flammen verschwunden. Die Menschen atmeten auf. Doch da stieß der Mann am Baume einen grausigen Schrei aus. Voll Entsetzen ließ er den Wipfel los, er glitt und stürzte und versank selbst im hoch auflodernden Feuer.

Sie fanden von ihm nichts mehr als einen halbzerschmolzenen Ring. Ein kleines Mädchen aber sagte wichtig zum Pfarrer: „Siehst du, die große weiße Schlange mit dem Krönlein, von der ich dir erzählte, die hat ihn mit ihrem Schweif herabgerissen."
Da rannte der alte Mann wie irrsinnig davon und schloß sich in seinem Widum ein.
Am nächsten Sonntag aber kam er wieder hervor und hieß die Gemeinde im Kirchhof zusammentreten, und er bekannte ihnen unter Tränen, daß er eine große Sünde begangen habe. Der fremde Mann, der sie von der argen Plage befreite, hatte ihn aufs Gewissen befragt, ob jemand im Orte eine große, weiße, gekrönte Schlange gesehen habe. Wenn es so sei, dann könne er die Beschwörung nicht halten, denn es sei eine schwere Gefahr dabei. Und obwohl der Pfarrer gewußt hatte, daß die kleine Algund eine solche Schlange gesehen hatte, war ihm doch eine Lüge über die Lippen gekommen. Aus bitterem Erbarmen mit seinen Seelkindern, die qualvoll sterben mußten, hatte er den fremden Mann belogen und in den Feuertod geschickt. Nun brannte ihn die Reue und Angst, daß der unselige Tod des Zauberers an seiner Gemeinde sich rächen könnte. Er zog einen Lederbeutel hervor und sagte, er wolle seinen Spargroschen für die alten unnützen Tage zu einer ewigen Stiftung verwenden, auf daß alle Jahre in der Kirche zu Friedlach eine Messe für die Seelenruhe des Fremden gelesen werde. Die Bauern legten dazu, und selbst der Herr von Dietrichstein stiftete einen Acker, obwohl er sonst der Kirche nicht gerne was gönnte.
Hemma hatte von dieser seltsamen Begebenheit gehört. Der Schauer des Ungewissen rührte sie daraus an. Doch sie hatte keine Zeit, darüber nachzudenken. Sie wußte sich vor Arbeit kaum zu fassen. Wohl waren diesmal ihre Vorratshäuser vom Segen vieler Jahre gefüllt, so daß sie reichlich austeilen und helfen konnte. Doch es hieß, mit aller Macht die Leute am Zaum zu halten, damit sie nicht in ihrer Verzweiflung außer sich gerieten. Sie mußte schon früh im Jahre trachten, von den krainischen Gütern Korn, Rauchfleisch und Wein zu bekommen.
Es war nicht leicht für sie, denn Wilhelm weilte in Krain, und ihre beiden Söhne waren aus dem Feldzug gegen die Ungarn noch nicht zurückgekehrt. Die Sorge um die Gesundheit ihrer Lieben raubte ihr den Schlaf. Sie sah sie verstümmelt wiederkehren – manchmal

im Traume widerfuhr ihnen noch Ärgeres. Doch im Wachen wies die Mutter solche Gedanken weit von sich.

Der Herzog kam nun selten in sein Land. Kaiser Konrad hatte ihn an den Hof gezogen und bemühte sich, die alte Feindschaft zu begraben. Adalbero saß in hohen Ehren bei ihm, ja es hieß, der Kaiser habe seinem Freunde, dem Bischof Egilbert von Freising, die Erziehung seines Sohnes, des zwölfjährigen Königs Heinrich, übertragen.

Hemma dachte daran, wenn sie sich abends müde in ihre Kemenate schleppte. Es war ein Gedanke, der ihr jedesmal Mut und Freudigkeit verlieh. Sie wußte freilich nicht, ob Herrn Balduins Mahnungen die günstige Wandlung bewirkt hatten oder ob es die Aufstandsgelüste des jüngeren Konrads waren, wie es die Leute deuteten. Wie es auch war, es war alles gut geworden, und sie hatte ihr Teil dazu beigetragen. Die alten Waffen hatten wohl zum Kampf gegen die Ungarn gerufen.

Oft saß sie nun des Abends an ihrem Fenster und atmete rastend die kühle Waldluft, ehe sie sich ins Bett zur Ruhe legte. Sie hatte sich überall in ihren Burgen hohe Fenstertritte richten lassen, denn sie liebte es, von ihrer Stube aus ein Stücklein Grün zu sehen. Da lehnte sie in ihrem Faltstuhl und träumte von ihren beiden Söhnen. Es war ihr oft, als müßte sie sich erst daran gewöhnen, daß sie nun erwachsene Männer wurden. Wilhelm hatte dreiundzwanzig Sommer, Hartwig zwanzig. Immer wieder, wenn sie ferne weilten, schien es ihr, als müßten sie als kleine Knaben gelaufen kommen wie einst. Und sie vertiefte sich in holde Erinnerungen, sie beschwor das Glück der vielen reichen Jahre herauf, in denen ihre Kinder herangewachsen waren. Und sie dankte Gott tausendmal, daß sie gute Menschen und tapfere Männer geboren hatte. Wilhelm, ihr Ältester – das Herz schlug ihr vor Stolz und Glück, wenn sie an ihn dachte, – er glich seinem Vater, nur war er um ein kleines schlanker und geschmeidiger. Sein Wesen aber war schon jetzt ausgeglichen, ernst und fest. An Klugheit und hohem Sinne konnte sich keiner mit ihm messen. Hemma mußte manchmal denken, wie sie ihn nach Maria Elend getragen, noch ehe er geboren war. Und es war ihr, als könne sie sehen, wie Mariens Gnade auf ihm lag.

Hartwig artete anders, heiter, kampflustig und schön, schöner als seine Eltern jemals gewesen waren. Groß und schlank und blond-

lockig, mit siegstrahlenden hellen Augen und einem feinen, schmalen Kopf über den breiten Schultern, unbekümmert und gutherzig und ohne Arg und Falsch, wie einer der Helden aus jenen Tagen, da noch die Götter mit irdischen Frauen Menschen zeugten. Noch hatte er es nicht erleben müssen, daß auch das beste Schwert am harten Stein zerschellt. Noch war das Vertrauen in ihm, daß er zum Sieger geboren sei. Gott erhalte ihm diesen Mut! Um ihn bangte die Mutter mehr als um den Erstgeborenen.
Vor dem Schlafengehen nahm sie den kupfernen Weihwasserkessel von seinem Haken und sprengte segnend den heiligen Tau gegen Osten, wo ihre Söhne im Felde lagen, und gegen Süden, wo ihr Gemahl das Neuland deutschen Bodens rodete. Mein bester Treugeselle, dachte sie inniglich. Kehr glücklich wieder! Und über Berge und Ströme hinweg fühlte sie die treue, starke Verbundenheit mit dem guten Manne.
Sie war nun eine alternde Frau. Silberne Fäden zeigten sich an ihren Schläfen, und ein paar strenge, gerade Falten zeichneten ihre Stirn; doch ihr Herz konnte noch lieben, tiefer und stärker als in ihren jungen Jahren. Und sie liebte ihren Mann, den Gott ihr gegeben. Denn in all den tausend Tagen und Stunden hatten ihre Herzwurzeln immer fester ineinandergegriffen, und Vertrauen, innigstes Wohlwollen und Zartheit waren wie ein lieblicher, später Brautkranz aus ihrer ehelichen Gemeinsamkeit emporgeblüht.
Und so, von Liebe beladen und beglückt, legte sie sich zur Ruhe nieder. Sie löschte das Lichtlein und faltete die Hände, und über ihr lächelte die Mutter Gottes aus Lindenholz und reichte dem holden Jesukindlein ihre Brust.

„Den Thymian mußt du hierher in die Sonne setzen, Liutswinde“, rief Frau Hemma über das schmale Wurzgärtlein herüber. Das Mädchen hob sich ein wenig steif von der feuchten, duftenden Frühlingserde und wischte sich die feinen blonden Ringelhaare aus der Stirne. Den dicken Busch winziger rötlichgrüner Pflänzchen zwischen den Händen, kam es vorsichtig nach dem fußschmalen Steig dahergetrippelt. Hier an der ausgebuchteten Turmmauer brütete die Sonne grell und schwer.
„Hier steht der Thymian jedes Jahr“, sagte Frau Hemma. „Hier wird er stark und heilsam. Kennst du das Kraut, das da im Winkel wächst?“

„Ja, – Labkraut, nicht wahr, Frau Patin?“
„Und das daneben?“ – „Rainfarn.“ Hemma nickte und kauerte sich nieder. Eifrig und schweigsam begann sie zu setzen, die dünnen Pflänzchen brauchten nicht viel Platz. Bald standen sie in zierlichen Reihen da.
„Nun haben wir unser Gärtlein vollgepflanzt, Gott geb, daß es gedeihe“, sprach Hemma und streckte ihren schmerzenden Rücken gerade. Sie blickte über die Beete hin, in denen Koriander und Wohlverleih, Dill, Fenchel, Baldrian, Dragun, Wohlgemuth, Rauten und Malven, Lauch und Kresse und vielerlei andere Kräuter wuchsen. Ein Duft schwelte aus den jungen Blättern, der Hemma lieblicher dünkte als der Geruch von Rosen und Tulpen. Die ersten Falter tummelten sich um die Vergißmeinnichtstauden neben dem Brünnlein, und in der Luft schwang süßes Summen und Singen.
Ihre Großmutter Imma kam ihr in den Sinn, die diesen Garten angelegt hatte. Als kleines Mädchen hatte sie ihr helfen dürfen. Ja, köstliche Stunden waren es gewesen, die sie mit der Großmutter hier verbracht hatte. Spielend hatte sie die Kräuterweisheit erlernt, zusammen mit all den lieblichen Sagen und Sprüchen, die Frau Hemma von den Kräutern zu erzählen wußte. Auch Liutswinde sollte dies alles erlernen. Sie würde wohl nach ihr auf Gurkhofen die Hausfrau werden.
Hemma lächelte über sich selbst und ihre kühne Prophezeiung. Das alles lag in Gottes Hand. Sie pflückte einen Stengel vom Rainfarn und sagte fast zärtlich zu Liutswinde: „Labkraut, Thymian und Rainfarn, das war Unserer Lieben Frau Bettstroh für das Jesukind. Deshalb legen noch heutigentags die Mütter ein Büschlein davon ihren Kindern in die Wiege.“
Liutswinde lauschte mit einem innigen, fast schmerzlichen Ausdruck in den Augen. Sie war zarten Gemütes, gleich den holdseligen Jungfrauen der höfischen Sage, die über ein totes Vögelchen bitterlich weinen mußten und eigentlich für diese eiserne Welt zu schade waren. Soviel von diesen blumenhaften, lichtschönen Gestalten in den alten Mären gesungen wurde, so selten wuchsen sie auf dieser armen Erde. Doch Liutswinde könnte wohl auch Blankflor oder Virginal oder Hertelin heißen. Ihr Gesicht war von feinem, römischem Schnitt und hatte eine seltsam gleichmäßig goldfarbene Haut, die nur wenig vom gekräuselten Blondhaar abstach. Die dunkelblauen Augen blickten ein wenig verträumt, und ihre zarte,

schlanke Gestalt war in jeder Linie edel und erhaben, wenn auch irgendwie unbrauchbar für irdische Beschäftigungen. Doch es bemühte sich ja so sehr, das gute Kind, die Pflichten einer Hausfrau zu erlernen. Seine Mutter Agnes hatte es in den Arbeiten einer kleinen Burgwirtschaft wohl unterwiesen. Doch die Verhältnisse in Albeck waren kaum zu vergleichen mit dem weiten Kreise von Pflichten, den einst Hemmas Schwiegertochter ausfüllen mußte.
Noch war es nur eine holde Ahnung, doch sie träumte gerne davon.
Auch sie errötete gleich ihrem Patenkinde, als das Türlein knarrte und zwischen den zart belaubten Zweigen der Stachelbeerbüsche ein hellgrauer Kittel aufleuchtete. Hartwig kam den schmalen Mittelsteig herab, langsam, fast zögernd. Er trat zu seiner Mutter und sah ihr eine Weile zu, wie sie ein Rosenkrautstöcklein in die Gartenerde verpflanzte. „Wird Euch die Hitze nicht zuviel? Ihr solltet Euch in den Schatten setzen."
„Es arbeitet sich so gut zu zweien", sagte die Mutter. „Doch wir sind nun wirklich fertig. Die Trudel soll alles schön begießen, dann können die Erdmännlein darunterheizen."
Zu dritt setzten sie sich auf die Bank unter dem alten Apfelbaum.
„Gerade solch ein Frühlingstag ist es gewesen, als ich hier saß und dein Vater, Liutswinde, über die Mauer gesprungen kam. Damals dachte ich nicht, daß seine Tochter mir einmal hier im Wurzelgarten helfen sollte."
Das Mädchen griff spielend nach den zarten, weißen Blütenblättern, die auf sie niederflockten. „Seit ich unter Euren Jungfrauen bin, kann ich mir dies alles erst vorstellen, wieviel Ihr für uns getan habt", sprach es verlegen. „Ich möchte am liebsten immer bei Euch bleiben."
Hemma blickte verstohlen auf ihren Sohn. Ein wenig vorgeneigt, saß er an ihrer Linken und betrachtete mit leuchtenden Blicken das feine, reine Mädchengesicht. Er sprach nichts – das sagte viel.
„Dann wollen wir deine Eltern bitten, daß sie dich lange bei uns lassen", lächelte die Mutter. „Doch nun geh und sage der Trudel, sie soll mit der Gießkanne kommen. Sonst verderben uns die Pflanzen."
Eifrig lief Liutswinde zum Türlein empor. Hartwig stand plötzlich auf und lehnte sich gegen den Baumstamm. „Ihr mögt Liutswinde gerne leiden", sagte er. Sie hörte sein Herz durch die gleichgültigen Worte klopfen.

„Ja, sie ist mir das liebste von meinen Patenkindern. Und in diesem Jahre, das sie bei uns weilte, gewann ich sie lieb wie eine Tochter."

Er errötete vor Freude. „Mutter!" atmete er auf. Und nach einer Weile begann er entschlossen: „Ihr habt Euch manchmal gewundert, daß Wilhelm und ich keine Lust zum Heiraten aufbringen konnten. Dies kam wohl daher, daß wir keine Jungfrau sahen, die sich auch nur von weitem mit Euch vergleichen ließe. Doch was würdet Ihr sagen, wenn ich um Liutswinde freite?"

Nun war es heraus. Er schlug die Augen auf und blickte seiner Mutter brennend ins Gesicht. „Mein Hartwig", sagte sie voll Liebe, „eine bessere Tochter könnte ich mir nicht wünschen. Und ich glaube, auch der Vater wird nichts gegen diese Heirat haben. Doch du weißt, der Kaiser hat dir eine andere Gemahlin zugedacht. Ihn mußt du vor allem befragen, ehe du bei Thietmar um sie freist."

Hartwig lachte glücklich. „Ich danke Euch, Mutter! Wenn nur Ihr und der Vater einverstanden seid – des Kaisers Zusage will ich leicht gewinnen!"

„Eins muß ich dir noch sagen, mein Hartwig. Ich will nicht, daß du zum Kaiser reitest und Thietmar um Liutswinde fragst, wenn du nicht weißt, daß sie mit dir eines Herzens ist. Denn es wäre für dich und für sie ein schlechtes Los, wenn sie, von ihren Eltern gezwungen, dein Weib würde. Und Thietmar würde gewiß nicht wagen, uns ein Nein zu geben."

Zögernd griff Hartwig in den Schlitz seines Wamses. Er zog einen schönen, reinen Bergkristall an seidener Schnur hervor. „Dies ist ein Talisman, den Liutswindes Ahne einst vom Berggeist geschenkt bekam, weil sie ihm für seine Kinder das schönste ihrer Zicklein gab. Der Stein bringt Glück. Liutswinde schenkte ihn mir vor sechs Wochen, als ich mit dem Vater gegen die Kroaten zog – den Stein und ein paar süße Worte. Ich glaube, ich weiß es, daß sie so denkt wie ich."

Hemma wollte ihm antworten. Doch das Türlein knarrte, und Liutswinde kam mit der Magd zurück. Und Hemma mußte sich mit Gewalt zurückhalten, um nicht dem holden jungen Geschöpf einen Kuß auf die Wange zu drücken.

Die Pflänzlein im Wurzgarten waren schon fest angewurzelt und breiteten sich in der Junisonne aus, als Hartwig sich aufmachte, um zum Kaiser zu reiten. Niemand außer den Eltern wußte, worum es bei diesem Ritte ging, auch Liutswinde nicht, denn Wilhelm hatte von seinem Sohne das Wort gefordert, von seinen Wünschen zu schweigen, bis der Kaiser seine Zustimmung zur Vermählung gegeben habe.

Denn Verwirrung und Betrübnis wollte er nicht über die Tochter seines Freundes kommen lassen, wenn ein Verbot des Kaisers ihre zu früh geweckten Hoffnungen zerstörte. Doch als sie am Turm standen und dem kleinen Reiterzuge nachwinkten, brach Liutswinde in Tränen aus. Da trat er zu ihr und tröstete sie gut: „Weine nicht, mein Kind! Trauriger Abschied, selige Heimkehr. Früh müssen unsere Frauen dieses Sprichwort lernen." Sie hob den Arm vor das Gesicht und weinte nur noch bitterlicher, doch sie ließ die feste, große Hand des Markgrafen lange nicht mehr los.

Zwei Wochen später mußte auch er ausreiten. Unter den Knappen gingen dunkle Gerüchte um, daß sich in Krain ein Aufstand vorbereite. Kein Bote hatte davon gemeldet, noch hatten die reisenden Kaufleute eine sichere Kunde zu sagen gewußt. Doch es war nun so, daß überall in den südlichen Marken unter dem Volke eine große Unzufriedenheit herrschte. Seit dem Jahre 1029 waren die Scheunen nie mehr voll geworden. Vier strenge Winter, drei harte Sommer waren darauf gefolgt und hatten die Leute zu stumpfen, reißenden Tieren gemacht. Und das gute Jahr, das nun gekommen war, schien keinen rechten Segen zu bringen. Die Menschen stürzten sich wie wild auf die guten Gaben Gottes, die ihnen in den Mund wuchsen, doch das Arbeiten hatten sie verlernt. Überall hörte man schimpfen und schmälen, daß niemand dem armen Lande helfen wolle – draußen im Reiche praßten sie mit Wein und Korn. Doch es mochte dem Kaiser wohl gefallen, wenn die Sklaven ausstürben.

Hemma wußte, daß ganz Deutschland, ja auch Frankreich und Italien die gleiche Not litten. Doch ein leichtes war es, dem verzweifelten Volke Haß ins Herz zu reden. Und sie ahnte, wer es tat. Schweren Herzens begleitete sie Wilhelm bis nach Friesach hinaus. Dort hatte Wilhelm noch bis zum Abend zu tun. Nach dem Nachtmahle aber wollte er mit seinen Kriegsleuten abziehen und die Nacht durchreiten.

Ein Stück vor Friesach holten sie zwei einsame Reiter ein. „Es ist der Herzog und sein Knecht", sprach Wilhelm überrascht, „ich wußte nicht, daß er im Lande ist."
„Lanzo erzählte mir, er sei öfters hier, doch zeige er sich seinen Freunden kaum und reite allein umher", sagte Hemma.
„Ja, er hat sich in den letzten zwei Jahren sehr verändert", brummte der Markgraf. „Der Teufel weiß, warum er sich mit dem Kaiser nicht vertragen kann!"
Nun hielt der Herzog sein Pferd an und wandte sich zurück. Hemma hatte ihn über ein Jahr lang nicht gesehen. Nun erschrak sie fast vor ihm. Er war abgemagert und stark ergraut. Die seltsame Macht, die in seinen Augen und dem Ausdruck seines Gesichtes gelegen war, hatte sich in einen unheimlichen dämonischen Bann verzerrt. – Besessene hatten wohl diese Gewalt im Blick, auch andere hinabzureißen, die nicht von oben gehalten wurden. Er schien keine sonderliche Freude an dieser Begegnung zu haben. Doch als Wilhelm ihm die Hand entgegenstreckte und ihn anredete: „Heda, Azo, hat dich ein guter Wind zu uns verschlagen?", da schlug er ein und sagte: „Ob es ein guter Wind war, das weiß ich noch nicht. Doch schlecht ist es auf keinen Fall, einem alten Freunde zu begegnen, der einem noch die Treue hält."
Begütigend klopfte ihm der Markgraf auf die Schulter: „Wenn du dich öfters bei uns blicken ließest, würdest du sehen, daß du hier mehr als einen treuen Freund hast. Wo warst du all die lange Zeit?"
„Im Süden. Ich habe ja auch Istrien, die Lombardei und Friaul zu verwalten. Und je weiter vom Kaiserhof entfernt, desto besser für mich."
„Nun ja, wenn ihr schon wie Hund und Katze seid –", schalt Wilhelm gutmütig. Gott mochte wissen, wer das gute Einverständnis zuerst gestört hatte, das vor sechs Jahren zwischen den beiden Schwägern zustande gekommen war!
„Ist deine Frau in Friesach?" fragte er.
„Nein, sie ist in Verona zurückgeblieben. Ich kehre morgen dieser Gegend wieder den Rücken."
„Dann sei doch heute unser Gast! Was wirst du in deinem ungastlichen Hofe herumsitzen und finstere Gedanken spinnen!" bat ihn Wilhelm. Es war ihm schrecklich, des Freundes Verbitterung und Entfremdung zu fühlen.

„Du bist ein guter Mann, Wilhelm", lächelte Adalbero. „Du magst recht haben. Ich nehme es an, wenn Frau Hemma nichts dagegen hat."
Sie neigte sich zustimmend, so freundlich sie konnte. Doch es war ihr nicht möglich, ihn mit Freuden willkommen zu heißen. So grob konnte sie nicht lügen.
Hinter den beiden Männern ritt sie in Friesach ein. Sie hörte das Gespräch immer wärmer werden. Sie konnte sich nicht darüber freuen. Doch um Wilhelm den letzten Abend nicht zu verderben, ließ sie ein reiches Mahl rüsten und den besten Wein aus dem Keller holen.
Dann saßen sie zu viert an der Tafel: der Herzog, der Markgraf und seine Frau und Herr Lanzo, der Wilhelm in Friesach vertreten sollte, während er in Krain weilte. Der Tag stand noch vor den kleinen Fenstern der Halle. Drinnen zwischen braunem Holz und dunklen Umbehengen war es düster und fröstelnd kühl.
Der Herzog aß, als ob er drei Tage lang nichts Warmes in den Leib bekommen hätte. Dazwischen fragte er Wilhelm nach Zweck und Ziel seiner Ausreise, schalt über ein paar unsinnige Gesetze, die der Kaiser über die friulanische Mark verhängt hatte, klagte über das zänkische Wesen seiner Frau. In all seinen Reden zeigte sich eine heimliche Spannung und Gereiztheit, die selbst Wilhelms Laune verderben mußte.
„Nein, Azo, du bist mir heute allzu mieselsüchtig! Du hast doch wahrlich keinen Grund, auf jeder Suppe ein Haar zu finden. Du bist und bleibst der Erste in Karantanien, du hast zwei Söhne, eine Frau, die dich anbetet, Reichtum und Macht, Gesundheit und Glück in deinem Handeln; ich weiß nicht, was dir noch so bitter abgeht, daß du am Leben keine harmlose Freude mehr haben kannst!"
Adalbero tat einen tiefen Zug und blickte sinnend in den leeren Becher. Dann sagte er mit leisem Spott: „Mein guter Wilhelm, dir hat wohl Frau Hemma Lammsblut in die Adern gegossen, daß du das nicht mehr verstehst. Ansonsten würdest auch du nicht ruhigen Gemütes dasitzen und es dir gefallen lassen, daß unser großmächtigster Herr und Kaiser nach und nach aus seinen Edlen hörige Knechte macht und unser Volk dem Hungertode preisgibt."
Lanzo sprang auf und schleuderte seine Kanne gegen ihn. Doch Adalbero wehrte sie durch einen Schlag seiner Hand ab, daß sie

polternd mitten in der Halle zu Boden fiel. „Ich meinte nicht Euch, Ritter“, sprach er kalt. „Euresgleichen dünkt dem Kaiser wohl zu ungefährlich, um seinen Kopf darüber anzustrengen, wie er Euch ducken sollte.“
Lanzo griff hinter sich, wo sein Schwert an der Mauer hing. Da schrie Wilhelm, bleich vor Zorn und Selbstüberwindung: „Ich gebiete Frieden an meinem Tisch! Lanzo, häng dein Schwert wieder auf! Und dir, Azo, sage ich: Reden wider den Kaiser, dem ich Treue geschworen habe, will ich in meiner Halle nicht hören! Wenn ich dich anschaue, so wundert es mich nicht, wenn Herr Konrad uns manche Freiheit nimmt. Denn ihr wäret imstande, um eures Eigensinnes willen die Einheit des Reiches zu zerschlagen. Doch mich, Azo, wirst du auf meine alten Tage nicht dazu bringen, das zu vergessen, wofür ich mein Lebtag gekämpft habe!“
Der Herzog setzte sich und tunkte einen Bissen Fleisch in die Kräuterbeize. „Wie schade“, meinte er dann, „daß Kaiser Konrad diese schöne Rede nicht hören konnte! Ich werde kaum Gelegenheit haben, ihm davon zu erzählen.“
Wilhelm antwortete nichts. Mit finsterem Gesicht würgte er am Braten, doch der Hunger war ihm vergangen. Auch Hemma war die Kehle eng. Hastig befahl sie der Magd, die Mandelmilch und das Eiergebäck zu bringen. Sie konnte das Ende des Mahles kaum erwarten.
Endlich war es soweit. Wilhelm stand auf. „Nun ist es Zeit für mich. Leb wohl, Adalbero. Hoffen wir, daß wir beide besserer Laune sind, wenn wir uns wiedersehen.“
„Ich begleite dich. Ich will in meinem Hofe übernachten, denn sonst könnte Herr Lanzo um seinen ruhigen Schlaf kommen.“
Der Ritter tat, als ob er ihn nicht hörte. Doch er grüßte den Herzog auch nicht, als er mit den anderen aus der Halle ging. Sein Gesicht wurde weiß vor Haß, als er ihm nachblickte. Steif stand er am Tisch und starrte nach der Türe, bis sie sich wieder auftat und die Markgräfin allein zurückkam.
Müde setzte sie sich auf ihren Platz. Er blickte auf ihr Antlitz nieder, das betrübt und sorgenvoll zwischen den schneeweißen Leinenbinden hervorsah, und wilde Reue erfaßte ihn, daß er dem Herzog nicht sein Schwert in den Leib gerannt hatte.
„Es ist nicht gut, daß Wilhelm fortgeritten ist“, flüsterte sie nach einer Weile.

„Er traut ihm immer noch zuviel. Obwohl er ja heute ziemlich aufrichtig war.“
„Ja – er wagt viel. Es ist ihm nun wohl alles gleich. Das bedeutet offenen Kampf.“
Lanzo atmete tief auf. „Es ist höchste Zeit.“
„Ja, Frau Markgräfin, ich bitte Euch, kehrt heim nach Zeltschach! Wenn wirklich ein Aufstand ausbrechen sollte, seid Ihr dort am besten aufgehoben. Ich habe hier die Burg zu verteidigen. Doch in Zeltschach seid Ihr bei Eurem Sohn.“
„Dann tut mir die Liebe, Herr Lanzo, und gebt mir drei gute Männer mit. Ich will gleich reiten.“
Er stand auf. „Habt Ihr eine Waffe bei Euch?“
Sie lächelte: „Nur dieses Messer. Doch es wird kaum zu einer Wehr genügen.“
Er schnallte einen starken Dolch von seinem Gürtel. „Dann nehmt dies mit. Ich habe das Gefühl, daß wir eine schlechte Nacht erleben werden.“
Sie wog die Waffe in ihrer Hand, ehe sie die Scheide an ihren seidenen Gürtel hing. Er half ihr, mit den zerdehnten, alten Lederriemen fertig zu werden. Da sagte sie über seinen gebückten Scheitel hin: „Einmal möchte ich Euch danken können für alle Treue, die Ihr uns Zeltschachern erwiesen habt. Herr Lanzo, Ihr sollt es wissen, von allen guten und edlen Herren, die ich kenne, halte ich keinen so wert wie Euch. Als Euch der Herzog heute abend kränkte, da traf er auch mich.“
Seine Hände sanken. Wie gebannt verhielt er in der gebeugten Haltung, ohne das Gesicht zu ihr zu erheben. Und von dem leisen Schauer, der ihn überrann, zu seltsamer Milde angerührt, beugte sie sich zu ihm und küßte ihn auf die Schläfe.
Da richtete er sich empor mit Augen, als hätte er eben das Sakrament genommen. „Das wißt Ihr wohl schon lange, daß mein Leben Eurem Dienst gehört“, sprach er schwankend.
Sie standen ein paar Herzschläge lang sich stumm gegenüber. Doch in dieser Stille hörten sie drüben im Markte das dumpfe Lärmen von Männern und Waffen.
„Es ist besser, Ihr reitet schon jetzt. Noch ist es nicht dunkle Nacht.“
Er geleitete sie in den Hof hinab. Fünf starke, tüchtige Männer wählte er aus, um die Markgräfin nach Zeltschach zu bringen.

Auch er ließ sich seinen Rappen satteln. „Bis Grafendorf reite ich mit Euch, Frau Hemma. Dann muß ich umkehren. Es könnte sonst sein, daß ich selber nicht mehr in die Burg hineinkäme, die ich verteidigen soll." Während die Pferde gesattelt wurden, ordnete er an, daß die Tore geschlossen werden sollten, und ließ eine starke Wache Mauer und Turm besetzen. Er selber wollte durch ein Hintertürlein zurückkehren.

Dann ritten sie aus der sicheren Burg in die mondlose Nacht hinaus. Sie ließen den Markt zur Rechten liegen und eilten nach einem Fahrwege am Fuße des Berges hin. Die Pferde kannten den Weg. Die Reise ging rasch dahin. Schweigend und geduckt hasteten sie unter den Baumästen in die Finsternis hinein.

Plötzlich schien es ihnen, als glose ein düsterer Feuerschein hinter den dichten Büschen zur Linken. Sie hielten die Pferde an und tasteten im Schritt voran. Doch jählings bäumte sich das Roß des Vorreiters in die Höhe. Ein Mann in Waffen hing an seiner Trense. Und ehe Hemma recht gewahr wurde, was eigentlich geschehen war, sah sie sich von einer Schar dunkler Gestalten umringt. Eine grobe Hand im Eisenhandschuh suchte sie vom Sattel zu reißen. Sie hieb mit ihrer Peitsche in ein unkenntliches Gesicht und riß mit der Rechten den Dolch aus der Scheide. Blindlings stach sie um sich, sie wurde sich bewußt, daß niemand ihr mit einer Waffe nahe kam, doch sie fühlte klammernde, zerrende Griffe von allen Seiten. Und um sie tobte es von Waffen und Kampfgeschrei, sie hörte den edlen Gesang des Gälinschwertes Herrn Lanzos, und wie ihre Sinne sich der ersten Verwirrung entrangen, erkannte sie, daß ihre übermächtigen Angreifer wohl keine kunstreichen Kämpen waren – eher ein wildes, mordlustiges Gesindel. Die herrlichen Hiebe ihrer Männer schafften für Augenblicke freien Raum um sie. Da gab sie ihrer tapferen Gulda die Sporen, und über dunkle Körper und funkelndes Eisen hinweg flog sie in den Hohlweg hinein, der noch vor Grafendorf den Berg hinanführte.

Hoch stieg hinter ihr der Kampflärm an. Vielleicht gelang es Lanzo und seinen Getreuen, die Feinde aufzuhalten. Funken spritzten unter den Hufen, der Atem der Stute keuchte, doch sie schien es zu wissen, daß es um alles ging. Sie arbeitete sich den steilen, steinigen Weg empor. Hemma bog in ein schmales Steiglein ein. Hier war sie sicher. Doch vielleicht lauerten die Häscher schon vor der Burg.

Nun wurde der Weg eben. Vorsichtig tauchte sie aus dem Walde ins gerodete Land. Da sah sie die Burg ihr gegenüber liegen – ruhig, dunkel, in tiefem Frieden. Die schwarzen Dächer der Hütten auf den Hängen duckten sich zwischen den schwellenden Saaten. Und hoch über den Kämmen der Hänge flammten die roten Sterne. Der holde Frieden der Sommernacht erpreßte ihr ein rauhes Aufschluchzen. Erschrocken über den unbeherrschten Laut, legte sie die Hand über ihren Mund. Und vorsichtig trabte sie den Wiesenhang hinunter und jagte drüben die Burghöhe hinan, quer über die Halde.

Das Tor war schon verriegelt. Sie pochte mit dem eisernen Hammer dagegen und schrie gellend: „Auf! Auf!", denn es war ihr, als höre sie unten im Graben die Wegsteine poltern.

Schritte hasteten heran, der Riegel schrie, und der junge Torwärtel riß den schweren Flügel zurück. Sie schlug das Tor mit Macht hinter sich zu und keuchte: „Die Balken vor! Sie sind mir auf den Fersen!"

Sie fiel vom schäumenden Pferde – ihr Herz tat plötzlich, als sei es krank. Die Männer faßten sie unter den Armen und richteten sie auf. Mit Gewalt faßte sie sich und bezwang die Ohnmacht, die sie befallen wollte.

Ihr Sohn kam über den Hof gelaufen: „Um Christi willen, Mutter, was ist Euch widerfahren?"

„Der Herzog, Wilhelm –. Er ließ mich überfallen. Doch ich entkam ihnen bis hierher – zu dir. Schnell, Wilhelm, rüste alles, – es gilt wohl einen Aufstand!"

Einen Augenblick stand er starr vor Überraschung. Doch dann wandte er sich und stürmte ins Leutehaus, wo die Reisigen noch beim Abendtrunk beisammensaßen. Und während Hemma sich auf der Treppe umschaute, ob ihre treue Gulda wohl in guter Pflege sei, hörte sie bereits das Rumpeln der aufgescheuchten Männer, das Klirren der Eisen, und wenige Augenblicke später wanderte Kerzenlicht durch die Waffenkammern und durch die Keller, wo Fässer voll Pech und Schwefel seit Jahren lagerten. Dann sah sie die dunklen Schattenrisse von Helmen und Spießen über den Mauern rings emporsteigen.

Atre und die Jungfrauen bestürmten die bleiche, erschöpfte Herrin, sie möge sich zur Ruhe begeben. Fügsam ließ sie sich die Gewänder abstreifen und das Gebende von den schweißfeuchten Haaren nehmen. Und als das furchtsame Geflüster der Mädchen vor ihrer Tür verstummt war, verfolgte sie in gespanntem Lauschen, wie das hastige Klirren und Knirschen, das dumpfe Reden und Befehlen ringsum versickerte und unheimliche, lauernde Stille sich über die finstere Burg legte.

Im Morgengrauen begann es sich im Tal zu rühren. Noch war es so dunkel, daß die Wächter auf den Mauern nur einen Schatten zwischen den Hängen erkennen konnten, der sich leise raschelnd und schlürfend näher schob. Die Männer besetzten das Hamit, den äußersten Verteidigungsring aus starken, spitzen Pfählen und Dorngestrüpp. Innen war an dieser hölzernen Mauer in halber Höhe ein schmaler Brettergang angezimmert. Darauf fanden sie nun alle ihren Platz, die Reisigen, die Markgraf Wilhelm in der Burg zurückgelassen hatte, die jungen und starken unter den Bauern, die im Laufe der Nacht samt Vieh und Weib und Kindern in die Burg geflüchtet waren, die älteren der Knappen, die schon einen heißen Tag vertragen konnten. Die Knaben, die alten Bauern, die rüstigen Weiber und Mägde standen unter dem Brettergange bei Haufen von Steinen und Kesseln voll Pech und Wasser, unter denen schon Zunder und Späne bereitlagen.

Der junge Graf stand in dem vordersten der hölzernen Erker und lugte gespannt hinab in das schattenhafte Gewimmel, das nun immer schneller am Burghügel emporkroch. Wilhelms scharfes Auge spähte die zerflatternden Reihen auf und ab. Adalbero war nicht dabei, – auch keiner von den Herren, die ihm befreundet waren. Der fremdartige große Reiter, der sich so unvorsichtig benahm, das mochte wohl der Anführer sein.

Nun waren sie so nahe, daß ein Pfeilschuß sie erreichen konnte. Sie hatten Leitern, Steine und kleine Sturmböcke bei sich. Der Anführer hielt sein schwarzes Pferd am Fahrweg an. Stumm hob er die Hand. Und wie eine losgelassene Meute wilder Hunde sprangen die geduckten Gestalten in die Höhe und rannten das letzte steile Stück zum Pfahlwerk hinan.

Da legte Wilhelm an. Klirrend zischte sein Pfeil von der Sehne und traf den Reiter mitten ins Gesicht. Ein greller Fluch erstickte in seinem Munde – er stürzte und fiel unter die Füße der Angreifer hin. Und zwischen den Spitzen der Pfähle schoß es wie ein giftiger, zorniger Wespenschwarm von Pfeilen und Steinen hervor.

Nun brauste es um die Burg von Wutgebrüll und Steingepolter.

Unaufhaltsam brandete der Strom der Feinde aus dem Tal empor, unaufhörlich zischten die Geschosse, prasselten kochendes Wasser, rauchendes Pech und stinkender Schwefel dawider. Als die Sonne blutrot aufging, lag schon ein Wall von Toten und Schwerwunden vor dem Hamit. Die Zeltschacher aber hatten nur ein paar leichte Schrammen davongetragen, und ein Bauer war von einem Pfeil getötet worden. Die entliehene Eisenhaube hatte die Stirn seines mächtigen Stierschädels nur halb bedeckt.

Indes draußen am äußersten Saume der Burg der Männertod um sich fraß, ließ Hemma die Fallbrücke zwischen Palas und Turm herniederlassen und schickte sich an, alles für eine langwierige, vielleicht unglückliche Verteidigung vorzubereiten. Hoch oben unter dem Lugaus wurde Stroh und Heu ausgebreitet, und an den Wänden entlang ließ sie die Truhen der ihr anvertrauten Kinder aufstellen. Hier fanden sie die letzte Zuflucht, wenn die Mauern fallen sollten. In den kleineren Gaden daneben wurden Brot und Mehl, Schmalz, Eier, Speck und Würste, Ölkrüge und Weinfässer zu Bergen aufgehäuft. Alte Leinwand, Salben und Arzneien zur Pflege der Verwundeten trugen Mägde in schweren Truhen die altertümlichen, morschen Leiterstiegen empor, und die Kinder liefen ihnen im Wege herum und waren toll vor freudiger Erregung.

Das Gaden unter der Kinderstube richtete Hemma für sich und die Frauen ein – darunter ließ sie in zwei Stockwerken für die Männer Strohlager richten und gute Betten für die Verwundeten. In all die kleinen Nebenräume aber wurden Vorräte gestopft, soviel der alte Bau nur fassen konnte. Denn niemand mochte wissen, wie lange es dauern würde und ob die Burg einem ernstlichen Ansturm der herzoglichen Wehrmacht dauernd widerstehen konnte. Dann blieb der Turm als letzter Schlupf. Leicht war er nicht zu gewinnen. Die einzige Türe war ein winziges, schmales Loch, schwindelnd hoch über dem Hofe, in die klafterdicke Rundmauer eingefügt. Drei schwerbeschlagene, starke Eichentore schlossen den Eingang ab. Fenster gab es keine, außer den engen Rissen der Schießscharten. Wohnlich war es freilich nicht in dem steinernen Ungetüm. Doch wenn die drei Tore mit Balken und Riegeln verschlossen waren, so mochte draußen die Hölle toben und drinnen konnte man guter Dinge sein. Wenn nicht der Hunger kam –. Doch inzwischen würde Hartwig heimkehren.

Bis über die Mittagsstunde hatte Hemma mit Kindern und

Mägden zu tun, ehe sie die Vorräte, die sie stets im Turme bereithielt, aufgefüllt hatte. Zuletzt sammelte sie in der Halle alle silbernen und kunstreichen Geräte, die ehrwürdigen Waffen und Wandbehänge, Wilhelms geliebte Jagdtrophäen und das Schönste an Leinen und Stickereien. Sie holte mit Atre ihre Schmuckkästlein und ihre prächtigen Festgewänder aus der Kemenate, ihre drei Bücher, den Reliquienschrein und die Muttergottes Frau Immas, die jetzt über ihrem eigenen Bette thronte. Die Burgkapelle wurde ihrer schönsten Kostbarkeit beraubt, doch Kelch und Jesustaube blieben darin, da den Bedrängten täglich der Trost der heiligen Messe gespendet wurde.

Im Erdgeschoß des Turmes, im fensterlosen Verlies, standen Truhen und Schreine voll edlem Geschmeide, blitzend von Steinen und schimmernd von rotem Golde. Münzen und rohe, pfundschwere Ringe und Klumpen aus Silber lagen in Haufen an den feuchtgrünen Mauern, und die märchenschönen Gebilde der Bergkristalle, der Topase, Amethyste und Rauchquarze glommen wie lebend in der Finsternis. Schwere silberne Geschirre, Gürtel, Brustpanzer, uraltes Gewaffen und ungefüger Frauenschmuck aus heidnischer Vorzeit lagen in dunklen, eisenbeschlagenen Truhen versenkt.

Mit der Fackel in der Hand stieg Hemma in das Gewölbe hinab. Atre und der alte Ruother, der zum Kriegsdienst schon zu gebrechlich war, ließen die eingesammelten Kostbarkeiten an Seilen zu ihr hinab. Sie begann, all die wertreichen Dinge an ihren Platz zu räumen, ein wenig hastig und achtlos, denn unter all dem harten Golde überkam sie stets ein grausiges Gefühl. Sie konnte sich herzlich freuen, wenn sie die Tafel für ihre Gäste mit erlesenen Geräten schmücken durfte. Doch wenn sie es hier in der muffigen Finsternis von allen Seiten glimmen sah, wagte sie oft kaum, sich umzuwenden, – als säße der Teufel auf dem toten Schatze.

Viel hatte sie schon davon ins arme, warme Leben heraufgeholt, hatte Kirchen gebaut und dürftigen Leuten mit vollen Händen gegeben. Doch das Gold im Turme wuchs und wuchs. –

Aufseufzend ließ sie den schweren Deckel über eine randvolle Truhe fallen. Ging nicht eher ein Kamel durch ein Nadelöhr denn ein Reicher in den Himmel?

„Mutter, seid Ihr da unten?“ rief Wilhelms Stimme durch die enge Luke im Scheitel des Gewölbes herab. Und da sie ihm antwortete, kam er die Leiter herabgestiegen und stellte sich neben die Mutter.

„Ihr sollt nicht allein in die Schatzkammer gehen, Mutter", sagte er besorgt. „Ihr wißt, die Gräfin von Lavant wurde darin ermordet."
„Du magst recht haben, mein Wilhelm. Doch solche Gedanken liegen mir ferne. Die Leute haben mich mit Zutrauen und Liebe allzusehr verwöhnt. Wie steht es daußen?"
„Für den Augenblick haben wir Ruhe", sagte Wilhelm und ließ sich schwer auf die Truhe fallen. „Sie haben eingesehen, daß die Überrumpelung mißlungen ist. Nun werden sie wohl mit Ballisten und Sturmtüren gefahren kommen. Doch dies hat Weile. Inzwischen haben wir unsere Schäden wieder ausgebessert."
Die Mutter hätte ihrem großen Knaben gerne das Haar aus der blutbeschmierten Stirne gewischt und seine Müdigkeit an ihrem Herzen eingelullt. Doch diese Zeiten waren vorbei. „Hast du Hoffnung, das Hamit zu halten?" fragte sie ruhig.
„Eine Weile ja. Wir könnten zwar gut noch Männer brauchen. Der Vater hat die besten nach Krain mitgenommen."
„Wenn es uns gelänge, einen Boten ihm nachzusenden! Er kann mit seinem großen Troß noch nicht weit gekommen sein."
„Ich meine, wir leisten es allein. Er ist Markgraf an der Sann und darf nicht nur an die eine Burg denken, wenn es überall brennt."
Die Mutter nickte. „Hartwig kommt sicherlich zurück, sobald er von Adalberos Untreue hört. Und Thietmar eilt uns wohl auch zu Hilfe."
„Den meisten Grund hiezu hätte der Kaiser, denn es ist doch klar, daß der Herzog uns deshalb hier einschließt, damit er ungehindert losschlagen kann." Er sprang auf und ging zornig im Verliese auf und nieder. „Mutter – hier hocken und nicht wissen, was draußen geschieht, mit gebundenen Händen warten! Wärt Ihr nicht und meines Bruders Herzgespiel – bei Gott, noch in dieser Stunde wagte ich einen Ausfall!"
„Gott weiß", sprach sie bekümmert, „es ginge mir nicht um mich. So wie du alles angeordnet hast, würde ich es fast wagen, allein die Burg zu verteidigen, zumal es nicht lange dauern würde, bis du Hilfe herbeigebracht hättest. Doch würde den Männern der Mut sinken, wenn sie meinen Befehlen gehorchen müßten."
Wilhelm lächelte zärtlich: „Gute Mutter, diesen Ausweg lassen wir für die letzte Not. Dann aber, das weiß ich, werdet Ihr eine ebenso gute Feldherrin sein wie jetzt Hausherrin."

„Ach, Wilhelm", seufzte sie, – „mir ist oft, als tauge ich nicht einmal mehr zu diesem. Ich warte schwer, mein liebster Sohn, daß ich die Schlüssel in die Hände meiner Schwiegertochter legen dürfte. Hartwig denkt nun daran, mir diesen Wunsch zu erfüllen, doch wie ist es mit dir? Du könntest in deinen Jahren schon längst eine Frau und liebe Kinder haben. Allzu wählerisch scheinst du mir!"
Wilhelm setzte sich neben sie. Gedankenvoll schwieg er und spielte mit dem kunstreichen Schlüssel, der noch auf dem Deckel der Truhe lag. „Ich will es Euch sagen, Mutter", begann er dann, „wir sind heute so schön allein wie selten. Ich wollte es Euch erst sagen, wenn Hartwig seinen Verspruch gefeiert hat."
„Was, mein Wilhelm?" fragte sie bang, da er von neuem innehielt.
„Mutter, es ist mein Wunsch seit langer Zeit, ein Kloster zu bauen und selber darin ein Mönch zu werden, sobald der Vater mich entbehren kann. Seht Ihr – all dieser Reichtum macht mich weder stolz noch froh, und die Macht, die auf mich wartet, dünkt mich eine Last. – Mutter, seid Ihr darüber traurig? Ihr habt mir selbst einmal erzählt, wie mein Großvater Engelbert sein Gelübde löste und wie sein Leben dabei verdarb. Könnt Ihr denn wünschen, es ging mir so wie ihm?"
„Nein, Wilhelm, – nein, dies vermag ich nicht zu wünschen!" stammelte sie fassungslos. „Doch hast du denn ein Gelübde getan? Niemals merkte ich an dir einen Schimmer von dergleichen. –"
„Ein Gelübde kann man es nicht nennen", antwortete er fest. „Ich war in den Bergen bei Admont, bei unseren Salzbergwerken in Hall. Da sah ich, wie dort die Leute gleich den wilden Tieren leben – wie sie den Gefahren der Berge und den Nöten des Leibes und der Seele hilflos preisgegeben sind. Da beschloß ich, dort ein Kloster zu bauen. Und wie ich allein umherstrich und den Platz suchte, auf dem es einst stehen sollte, da war es mir, als sei es ein allzu ärmliches Geschenk, das ich Gott darbringe. Was sollten ihm Gold und Ländereien, wenn ich mich selbst ihm vorenthielt? Und da entschloß ich mich, ein Mönch zu werden."
Hemma saß in sich zusammengesunken neben ihm. Da redete er – einfach und ruhig, als wäre es selbstverständlich, Macht und Reichtum, Waffenehre und Minne hinzuwerfen. Und ihr Herz brach bei dem Gedanken, ihn hinzugeben an ein Leben voll Entsagung, – ihn, der wie keiner geschaffen war, zu führen und zu herrschen.

Zitternd, fast flehend, faltete sie die Hände. „Wilhelm, bist du dessen so sicher? Leicht täuscht man sich in diesen Dingen. Auch ich wünschte einmal, Nonne zu werden."
„Ich würde zu Euch kein Wort gesagt haben, wenn ich dessen nicht sicher wäre. Und ich bin nun achtundzwanzig Jahre alt."
Ja, Wilhelm wußte, was er wollte, – es war ein fertiger Entschluß, den er aussprach, und niemand vermochte daran zu rütteln. Aufschluchzend sprach sie: „Dann will ich nimmermehr ein Wort dagegen reden. Ich weiß ja, daß es eine große Gnade ist. Bloß mein Herz kann es noch nicht fassen – nicht fassen, daß du von uns fortgehen willst."
Er legte die Arme um sie und biß sich auf die Lippen, um den eigenen Schmerz hinabzukämpfen. Und wie einst als Knabe preßte er die Stirne an ihre Brust und fragte, von einem kalten Schauer angerührt: „Mutter, müssen wir denn nicht alle einmal fortgehen? –"

Fünf Tage später lagen die Herzoglichen immer noch vor dem Hamit. Wohl war es von Feuer versehrt, von Prellstößen eingedrückt, von Pfeilen und Steinen zersplittert. Vielleicht hielt es noch eine Nacht, bis alles Kampfgerät hinter die Mauern geschafft war.
Wilhelm stand auf dem hölzernen Lugaus und schaute schweren Herzens über das bunte Gewimmel der Feinde hin. Bis weit hinunter in den Graben dehnte sich das Feldlager. Zwanzigmal so viele Leute waren wohl darin, als es bewaffnete Männer in der Burg gab. Sie machten sich eben daran, das Frühmahl zu verspeisen – gestohlenes Fleisch, geraubten Wein aus ihrer preisgegebenen Vorburg im Graben draußen und von den umliegenden Bauernhöfen. Viel stand nicht mehr davon.
Die Mauer war stark. Sie konnte diesem Gesindel vielleicht über den ganzen Sommer standhalten. Hartwig mußte bald heimkehren. Wie es wohl in Friesach stand? War Lanzo glücklich heimgekehrt? Und was mochte wohl rings im Lande geschehen sein? Was wollte der Herzog eigentlich mit alldem? Wollte er den Kaiser zur Freundschaft zwingen? Gewiß hatte er Schlimmeres im Sinne, doch was? Konnte es wahr sein, was die Mutter befürchtete, daß er im Verein mit den slawischen Fürsten und den oberitalischen Großen den Süden und Osten des Reiches an sich reißen und sich selbst eine

Krone aufsetzen wollte? Wenn er dies wollte, dann hatten ihm wohl Stolz und Ehrgeiz den Verstand geraubt. Warum aber gärte es vom Capo d'Istria bis an die Donau, von Verona bis an die ungarischen Sümpfe?

Er fuhr sich über die Stirne. Allzu verwegen war ein solcher Plan. Ein Mann von Adalberos Klugheit konnte sich doch darauf nicht einlassen!

Ein schriller Hornstoß schreckte ihn auf. Er kam vom Walde her, von der Höhe gegenüber. Bei Gott, da brach es hervor, Reiter und Fußvolk in hellen Scharen! Waren es Freunde des Herzogs? – Nein, es war Lanzo – er kannte ihn an seinem leuchtendblauen Wappenrocke! Und dort an der anderen Flanke, das mußte Thietmar sein. Mit einem Satze sprang er die Leiter hinab und stieß ins Horn, daß die Männer zusammenrannten. „Ausfall! Das Tor auf! Wir stürmen das Lager! Die Friesacher und die Albecker sind da!"

Laut schreiend vor Freude rannten sie nach ihren Waffen. Die Balken flogen vom Tore, die Riegel sprangen zurück, und wie ein Sturzbach raste der Schwall gepanzerter Männer den Berg hinab und wühlte sich in die verwirrten Haufen der Feinde.

Die mußten ihr Frühmahl lassen. Sie warfen Löffel und Messer fort und suchten ihre Schwerter und Eisenhauben, doch ehe sie zur Besinnung gekommen waren, erscholl vom Dobritscher Berg her das Kampfgeschrei der Dietrichsteiner. Da drängten sie sich auf einen Haufen zusammen und suchten so, nach drei Seiten hoffnungslos kämpfend, den Graben zu erreichen. Draußen am Hohenfeld, da mußte schon des Herzogs Heermacht gesammelt stehen.

Laut hallend und klirrend zog sich der Kampflärm in die kühle, fichtenrauschende Schlucht hinein. Wilhelm wollte mit den Seinen vordrängen, um den Fliehenden den Weg abzuschneiden. Doch in der steilen Enge gelang es ihm nicht. Immer schneller, immer loser wälzte sich die Flut der Geschlagenen abwärts, und da sie bei Grafendorf das offene Tal gewannen, hasteten sie in wilder Eile vor den Zeltschachern her nach Süden, dem Hohenfelde zu. Sie überquerten die sommerlich seichte Metnitz und liefen den Wiesenhang hinan. Doch da die ersten die Höhe gewonnen hatten, schrien sie laut in kopflosem Entsetzen, denn das Hohenfeld breitete sich leer wie ein abgeernteter Acker. Nur um das Kirchlein der heiligen Radegundis

rauchten die verkohlten Bauernhöfe als düsteres Zeichen, daß der Herzog hier vorübergekommen war.
Nun blieb der Wald als letzte Rettung. Vielen gelang es, über die Felder zu entkommen und im Dickicht zu verschwinden. Die anderen liefen und liefen ins Krappfeld hinab bis gegen Althofen, und sie hofften vergebens, auf einen Heerbann des Herzogs zu stoßen. Es war, als sei die Welt ausgestorben. Die Häuser und Höfe standen leer.
Bei Mölbling fielen dem Dietrichsteiner die letzten der Herzoglichen in die Hände. Er wollte sie erschlagen wie alle anderen, die längs der Straße und der Metnitz auf den Wiesen lagen. Wilhelm ließ es nicht zu. Sie wurden gebunden und unter einen Baum geführt und ausgefragt. Doch sie waren niedrige, unbeholfene Leute, die nur mühselig die windische Sprache verstanden. Der Herzog habe sie in ihrer Heimat angeworben, – weit, weit im Osten. Vor drei Jahren war er dort gewesen bei ihrem großen, strengen Herrn. Mehr war aus ihnen nicht herauszubringen.
Da ließ Herr Ulrich jedem von ihnen ein Ohr abschneiden und schrie sie wütend an: „Lauft, lauft zum Teufel, ihr Läusepack! Und wenn ihr den Herzog trefft, so sagt ihm, daß wir es mit ihm auch so gemacht hätten, wenn er nicht feige ausgerissen wäre!“

Der Mond stieg schmal über den mächtigen Rücken der Großen Sau empor, und der Nachtwind hauchte den letzten Rauch vom Hohenfeld hinweg, da saßen die müden Kämpfer auf einer Wiese jenseits der Radegundiskirche und rasteten von Hitze und Wut des Tages aus. Wilhelm war abends noch eilends nach Hause geritten, um seiner Mutter die seltsame, frohe Kunde von der lautlosen Flucht des Herzogs zu bringen. Doch Lanzo, Thietmar und der Dietrichsteiner lagen mit gelüfteten Eisenkollern im taukühlen Grase beisammen, ein Stück weit von ihren Leuten entfernt. Sie waren schon ein wenig zu alt für das laute Siegesgeschrei und all die übermütigen Späße, zu denen die unverwüstlichen Burschen noch aufgelegt schienen. Sie wollten nicht vor Tagesgrauen aufbrechen, denn es war schön hier unter dem freien Himmel, und je länger die Markgräfin Zeit hatte, desto herrlicher würde das Gelage ausfallen.
In einer wohligen Schlaftrunkenheit redeten sie dahin, von Zeiten, in denen sie jung und abenteuerlustig gewesen waren. Und es war

ihnen, als sei es noch nicht so lange her, wie jene übermütigen Burschen dort wohl glauben mochten, und als seien ihre Herzen nur ein wenig klüger, doch gar nicht älter geworden.
„Ihr seid doch auch damals dabeigewesen, als wir es mit dem Arduin von Ivrea zu tun hatten, bei Udine. Ja, ihr konntet euch an der Siegesfeier ergötzen. Doch mir ist es damals fast ans Leben gegangen", sprach Herr Ulrich.
„Ja, es war ein Glück, daß wir dich noch lebend fanden. Lang lagst du siech", erinnerte sich Lanzo.
„Etwas Seltsames erlebte ich in jener Nacht", redete der Dietrichsteiner bedächtig weiter. „Ich lag in großen Schmerzen zwischen anderen Verwundeten und Toten da und bemühte mich, meiner schlechten Seele einen guten Weg zum Himmel zu bauen, denn ich merkte schon, daß mein Blut von mir tropfte wie Wein aus einem lecken Faß. Es wollte mir aber keine wahre Reue kommen, ja, ich konnte nichts dagegen tun, daß ich froh war, im Leben nichts versäumt zu haben. Ich sage euch, es ist nicht so leicht, selig zu sterben, wenn man lustig gelebt hat. Und wie ich denn so mit Mühsal seufzte: ‚O Sankt Alexius, hilf du mir hinauf!', da rührte sich etwas neben mir, und eine schwache Stimme sagte: ‚Ja, guter Ritter, Gott wolle uns gnädig sein, nun haben wir keine Zeit mehr, unsere Sünden zu beichten.'
Ich hob den Kopf und vermochte ein wenig von dem armen Teufel zu sehen. Es war ein Mann von vielleicht fünfunddreißig Jahren, mit prächtiger Wehr gekleidet, ein vornehmer Herr. ‚Der Burgpfaff wird uns schon ein paar Messen lesen', tröstete ich ihn. ‚Und vielleicht habt Ihr eine fromme Frau zuhause, die macht eine Stiftung für Euer Seelenheil, so daß Ihr nach Jahr und Tag dem Fegefeuer entrinnen könnt.'
‚Nicht das Fegefeuer schreckt mich', ächzte er verzweifelnd. ‚Wißt Ihr, was das heißt, eine ungebeichtete Sünde viele Jahre lang herumzutragen?'
Das wußte ich ja nun nicht, denn ich hatte mich nie gefürchtet, meine Lästerlichkeiten unserem furchtsamen, tauben Meister Alwin anzuvertrauen, denn meistens wußte ohnehin die ganze Gemeinde davon. Aber der gute Ritter tat so jämmerlich, ich konnte nicht anders als ihn schonend fragen: ‚Sagt mir, habt Ihr denn so was auf dem Herzen?'
‚Ja!' schrie er auf, daß es über das Leichenfeld hinhallte. Und nach

einer Weile bat er mich flehentlich: ‚Herr Ritter, hört mich an! Ich will Euch meine Beichte sagen. Und ich bitte Euch, geht zu einem Priester und bringt ihm mein Bekenntnis, wenn Ihr mit dem Leben davonkommt.‘
Ich hörte an seiner Stimme, daß er schon die ganze Brust voll Blut haben mußte, und dachte, was ist dabei, wenn es den armen Teufel tröstet. ‚In Gottes Namen, sagte ich, ‚fangt an, ich will tun, wie Ihr es wollt.‘
‚Und werdet das Geheimnis wahren wie ein Beichtiger?‘
‚Wie ein Beichtiger!‘ versicherte ich ihm.
Da fing er an, mir zu beichten wohl eine Stunde lang in Scham und Ängsten, mit blutigen Tränen. Und ich sage euch, mir standen die Haare zu Berg über das, was dieser Mann verbrochen hatte. Ich werde es euch nicht und niemandem verraten, was ich da hörte, – es ist besser, wenn es begraben bleibt. Aber mein Lebtag werde ich diese Stunde nie vergessen, wie dieser röchelnde Mensch mir seine großen Sünden auf die Brust legte, indes ihn der Tod schon am Kragen packte und die Raben und Geier über uns hinstrichen – gegraust hat es mich. Und wie er zu Ende war, da haben wir miteinander Gott um Gnade für ihn gebeten – es war mir auf einmal zumute wie einem Geistlichen, der mit dem Teufel um eine Seele rauft, ihr mögt es mir glauben oder nicht. Und weil er es wollte, riß ich ein Gras vom Boden und brach es in drei Teile, und er legte es sich mühselig auf die Zunge, als nähme er das Sakrament! Das schien ihn sonderlich zu trösten. Er wurde stiller und stiller und starb eigentlich recht selig eine kurze Weile darauf.
Mich habt ihr gerade noch zur rechten Zeit gefunden. Und zwei Tage danach beichtete ich einem welschen Priester, was ich von dem fremden Ritter gehört hatte. Und ich konnte mich nicht einmal ärgern, als ich sogar eine Buße aufgetragen bekam, um dem armen Sünder in der Ewigkeit zu helfen. Seltsam war dies alles – ja.“
„Ich habe auch schon davon gehört, daß manche Todwunde es so machen, wenn sie keinen Priester mehr bekommen können“, sagte Thietmar nach einer Weile. „Auch ich hatte oft das Verlangen, einem Bach oder einem Baume mein Herz aufzutun, – damals, als ich elf Jahr lang in den Wäldern umherstrich.“
„Ja, seltsam ist es, daß man sich selber allein nicht ertragen kann“, meinte Herr Ulrich verwundert. Und mit einem befreienden

Lachen schlug er Lanzo auf die Schulter: „Die Nacht ist schön und still und lang – wie wär's, wenn wir uns ein kleines von unseren Sünden beichten würden? Fang an, Lanzo – wir wissen allzuwenig von dir!"
Lanzo lag auf dem Rücken und schaute in das Sterngeflimmer hinein. Er nahm einen langen Grashalm aus dem Munde und sagte halb im Scherz: „Ja, Ulrich, eine ungebeichtete Sünde trage ich auch auf dem Herzen. Ich habe eine schöne Frau geliebt und habe es ihr nie gesagt – ich bin hundertmal mit ihr allein gewesen und habe sie nie geküßt – ich bin alt geworden und kann sie noch immer nicht vergessen."
„Mit solchen Sünden habe ich keine Freude", grämelte der Dietrichsteiner und warf Thietmar einen vielsagenden Blick zu. „Damit hättest du früher um Rat zu mir kommen sollen. Ich hätte dir gesagt: Gerade die besten und frömmsten Frauen haben ein allzu weiches Herz und können schwerlich einen Mann verzweifeln lassen."
„Du scheinst doch nicht zu wissen, wen ich meine, sonst könntest du nicht so reden", sagte Lanzo obenhin. „Doch wenn dir meine Sünden nicht gefallen, so müssen wir eben von etwas anderem reden."

Acht Tage lang fanden Herr Ulrich und seine Männer von der Zeltschacher Burg nicht fort. Der junge Graf bot seinen treuen Kampfgenossen alle Lustbarkeiten der Jagd, der Waffenspiele und der Tafelfreuden. Doch stärker als alle Festesfreude hielt sie alle die Begierde noch beisammen, zu erfahren, was eigentlich mit dem Herzog geschehen sei. Hielt er sich versteckt, um plötzlich loszuschlagen? War er zu den Slawen geflohen? War er zum Kaiser geritten, um sich zu versöhnen? – Niemand wußte es – es war, als habe ihn die Erde verschlungen.
Es war am Tage der Heimsuchung Mariä, als Hemma, müde von all der großen Hausfrauenarbeit, in den Wurzgarten hinabging und sich auf den heißen Steinstufen hinsetzte. Der späte Sommernachmittag brütete über den duftenden Kräutern. So schön und friedlich war es da und fromm wie in einer Kapelle. Am Morgen während der Messe hatte Hemma keine Andacht gefunden. Allzu viele fremde und laute Menschen hatten den engen Raum zum Bersten angefüllt. Doch hier im Garten, unter den heilsamen, lieblichen Kräutern, war es ihr, als raste die Mutter Gottes neben ihr. Sie sprachen nichts

miteinander, sie saßen nur still beisammen, und Hemma war glücklich, die heilige Nähe der lieben Frau zu fühlen. Plötzlich schreckte sie auf, sie hatte wohl geschlafen. Askuin stand vor ihr. „Was willst du denn?“ fragte sie ihn verwirrt.
„Herr Hartwig ist zurückgekommen“, berichtete er. „Und er weiß vieles vom Herzog zu erzählen.“
Als sie in die Burg kamen, saß er unter der Linde auf dem Brunnentrog und ließ sich das kalte Wasser über die heißen Pulse rinnen. Die Haare klebten feucht und dunkel an seiner Stirne – immer mußte er sich so leichtsinnig erhitzen! Unachtsam war er immer gewesen, was seine Gesundheit betraf. Eine Magd kam mit Wein und Fleisch und Käse gelaufen, doch er hatte kaum Zeit zu essen, denn ein Schwarm von Männern drängte sich um ihn und bestürmte ihn mit Fragen.
Er sprang auf und küßte seine Mutter auf beide Wangen.
„Mein Hartwig“, rief sie atemlos. „Hast du eine glückliche Reise gehabt? Ich sorgte mich sehr, daß es vielleicht in Bayern oder Salzburg böse zugehe, nachdem es bei uns plötzlich so still geworden.“
„Nein, Mutter, es liegt alles in tiefstem Frieden“, beteuerte er. „Mit unserem Herzog ist es aus. Er ist in die Reichsacht getan und mußte fliehen, sonst wäre das Gericht des Kaisers übel mit ihm umgesprungen.“
Lautlos standen die Männer, da er zu erzählen begann, wie Untreue ihren eigenen Herrn geschlagen.
Anfang Juni war es wohl gewesen, als Kaiser Konrad erfahren hatte, daß Adalbero einen großen Aufstand vorbereitete. Er hatte Briefe abgefangen, die zwischen ihm und einigen slavischen Fürsten gewechselt worden waren, und vom Capo d'Istria war schlimme Kunde gekommen, daß der Herzog alle Leute unterdrücke, ja gefangensetzen und töten lasse, die dem Kaiser offen die Treue hielten. Auch war sein Heerbann zu einer unheimlichen Größe angewachsen, doch waren es meist ausländische Leute, die hinzugekommen waren.
Da der Kaiser zu einer großen Heerfahrt gegen die Liutizen aufrufen ließ, mußte er zuerst Frieden in seinem Reiche haben und lud Adalbero vor sein Gericht. Doch der Herzog zog es vor, sich mit anderen Dingen zu beschäftigen, die ihm wichtiger dünkten. Nun berief der Kaiser alle anwesenden Fürsten zum Reichsgericht zusammen und forderte von ihnen, daß sie in gemeinsamem Spruche Adalbero

das Herzogtum und die Mark entziehen sollten. Die Fürsten zögerten und redeten sich hinaus, daß Adalbero eigentlich dem jungen König Heinrich unterstellt sei, – sie hätten das Recht nicht, über ihn zu Gericht zu sitzen.

„Zwei Tage früher war ich in Bamberg angekommen und mußte darum an dieser Gerichtssitzung teilnehmen. Und ich sage euch, auch ich hatte nicht das Herz, so schlimme Dinge von Adalbero zu glauben und ihn zu verurteilen. Ich schloß mich als der Jüngste der Meinung der älteren Herren an.

Nun ließ der Kaiser seinen Sohn, König Heinrich, herbeiholen und zählte vor ihm in höchster Erregung alle Kränkungen auf, die unser Herzog ihm und dem Reiche angetan hatte. Es war eine schöne Litanei, auf die der junge König mit nichts anderem als mit Acht und Absetzung antworten konnte. Doch er stellte sich vor seinen strengen Vater hin und verweigerte ihm den Gehorsam. Wir alle saßen kalt vor Schrecken da. Und auch Herrn Heinrich mochte nicht wohl zumute sein, denn er war weiß bis in die Lippen. Er sagte dem Kaiser offen ins Gesicht, er habe Adalbero einst einen Eid geschworen, der binde ihn nun und in Ewigkeit an ihn. Wie der Kaiser dies hörte, sprang er auf in wildem Zorn, – wir glaubten schon, er wolle seinen Sohn mit dem Schwerte anfallen. Doch ehe er einen Schritt von seinem Hochsitze tun konnte, brach er ohnmächtig zusammen.

Wir trugen ihn auf eine Bank und riefen die Ärzte, und dann gingen wir hinunter in den Hof und standen ganz betäubt beisammen. Der Markgraf Ekkehard von Meißen meinte ganz entsetzt, Adalbero müsse in der schwarzen Kunst erfahren sein. Sonst wäre es nicht möglich, einen so eigenwilligen, jungen Menschen in einen solchen Bann zu schlagen, daß er wider alle Vernunft gegen seinen Vater und sein eigenes Reich wüte. Und er könne nun leider nicht mehr an Adalberos treue Gesinnung glauben, denn schlimmer als alles andere dünke ihm dies, einem halbwüchsigen Knaben einen Eid abzulisten, der ihn von allen seinen Pflichten abbringen müsse. Wir mußten ihm recht geben. Es war uns allen ganz unheimlich zumute.

Erst gegen Abend lud uns der Kaiser wieder zu sich. Und wir konnten unseren eigenen Augen kaum glauben, als wir sehen mußten, wie der Kaiser sich vor seinem Sohne auf die Knie warf und ihn unter heißen Tränen beschwor, des Reiches eingedenk zu

sein, wenn er schon um seines Vaters willen von seinem unsinnigen Eide nicht abgehen wolle. Und er zeigte ihm die Briefe, die Adalberos Untreue klar bewiesen, und stellte ihm vor, wie alle Feinde der Deutschen frohlocken würden, wenn ein so herrliches, großes Land vom Reiche gerissen würde. Da endlich wurde der König weich. Es war wohl, als müsse er sich jedes Wort erst aus der Brust reißen, doch er gestand nun, daß er zu der Zeit, als noch Bischof Egilbert von Freising sein Erzieher war, sich mit dem Herzog angefreundet habe. Und auf das Zureden des Bischofs habe er ihm auch den Eid geleistet, ihn niemals an seinen Gütern zu schädigen. Und er habe dies in dem Glauben getan, den erbitterten Herzog dem Kaiser treu zu erhalten. Nun aber sehe er selbst, daß er getäuscht worden sei.
Nun kam des Kaisers Zorn über den Bischof. Der konnte nicht leugnen, daß es so geschehen war. Mit groben Schmähworten wies ihm der Kaiser die Türe. Und noch in derselben Stunde ward Adalbero des Hochverrates schuldig gesprochen und samt seinen beiden Söhnen aus dem Reiche verbannt. Das Herzogtum wurde ihm abgesprochen, sein Eigengut verfiel dem Reiche, und über sein Haupt wurde die Acht verhängt.
So kam das Gericht über ihn in elfter Stunde, bevor er noch seine bösen Pläne ins Werk setzen konnte. Und es blieb ihm nichts mehr als eine schnelle Flucht."
Das war die Hand Gottes, die den Stolzen gedemütigt hatte.
Erschüttert standen die Männer im schweigenden Kreise. Hemma aber wußte nicht, wie schwer sie an der Schulter eines fremden Waffenknechtes hing. Schwäche überkam sie wohlig und weh. Nun fiel die Last von ihr – die Angst vor dem Unheil, das sie hatte kommen sehen. Gott selber hatte das Schwert geführt gegen den Feind ihres Hauses. Nun konnte sie wieder in Frieden schlafen.
Hartwig trat zu ihr: „Was ist Euch, Mutter? Ihr seid so bleich?"
Fast demütig ließ sie sich von ihm fortführen. „Die Gerechtigkeit Gottes –", begann sie. Doch die Stimme brach ihr in einer großen Ermattung, und schluchzend sank sie an die Brust ihres Sohnes.

Spät im Herbst kam der Vater heim. Die Krainer hatten es nicht glauben wollen, daß der Herzog alles im Stiche gelassen, und hatten auf eigene Faust losgeschlagen. Hemma kannte den glühenden Starrsinn dieser Leute, die sich von dem einmal eingeschlagenen

Wege nicht mehr losreißen konnten. Und Adalbero hatte es verstanden, sie für seine Pläne zu entflammen. Den Slawen hatte er vorgeredet, in seinem zukünftigen Reiche würden sie die Herren sein; den Deutschen hatte er gezeigt, daß sie auf einem verlorenen Posten stünden und sich selber helfen müßten. Den Knappen hatte er freies Schürfrecht versprochen, den Bauern Nachlaß des Zehents. Wieviel von diesen Versprechungen er wohl gehalten hätte?

Hemma erinnerte sich, wie sie schon vor zwei Jahren vor den erbitterten, aufgehetzten Leuten hatte fliehen müssen. Sie hatte es lange nicht glauben können, daß ihre Krainer, denen sie doch stets eine gute Mutter gewesen, sich im Ernste gegen sie wenden könnten. Doch schließlich hatte sie eiligst auf einem Ochsenwagen entrinnen müssen, und bei einem Bauern hatte sie sich einen Tag lang im Keller unter einem Bottich verborgen gehalten.

Sie hatte Wilhelm nie davon erzählt, denn sie wußte in ihrem Innersten, daß sie dennoch die Liebe und das Zutrauen der Krainer besaß. Und sie war ihnen zugetan, nicht weniger als den Deutschen, denn sie waren einfachen Gemütes, demütig und geduldig, trotz ihrer vielfachen Geschicklichkeit, ihrer Körperkraft und seltsam unbewußten Schlauheit.

Zu Allerheiligen wurde der Vogt von Purgstall in Steiermark im Streit erschlagen. Die Nachricht kam eine Woche später nach Friesach, an einem finsteren, stürmischen Abend, als der Markgraf nach dem Essen beim heißen Weine saß, um die reißenden Schmerzen in seinen Narben zu betäuben. Ärgerlich schob er den Krug von sich.

„Ich habe es diesem Raufbold vorausgesagt! Es ist wahrhaft nicht gut, wenn es einem Menschen in jungen Jahren so wohl ergeht. In Purgstall hätte er das schönste Leben haben können und hätte nicht mit allen Nachbarn Streit anfangen müssen. Besser wäre es gewesen, ich hätte ihn im Heerbann gelassen, anstatt ihm eine Vogtei zu übergeben."

„Das kommt oft vor, daß ein Mann, der sich im Kriege auszeichnet, im friedlichen Alltagsleben sich nicht zu helfen weiß", sagte Lanzo. „Dem Wulf war der Lohn für seine Waffentaten nicht zum Heil."

„Es kommt mir vor, du machst es mir noch zum Vorwurf, daß ich ihn mit Purgstall belehnte", murrte Wilhelm gereizt. „Erinnere dich, dir habe ich die Vogtei zuerst angeboten, und du hast sie ausgeschlagen, wie alles andere, was ich dir zugedacht hatte!"

Lanzo saß und rollte die Würfel über den Eichentisch, als wolle er sich ein Los werfen. „Du könntest sie mir heute ja wieder antragen“, meinte er dann.

Überrascht blickte ihn der Markgraf an. „Das heißt, du möchtest fort von uns? Wie kommt dir auf einmal so etwas in den Sinn?“ fragte er gekränkt.

Lanzo lächelte. „Gott segne dich, Wilhelm, du bist noch der gleiche wie damals, da wir der Herzogin Hildegard die Tränentüchlein nachtrugen. – Das kannst du dir wohl nicht vorstellen, daß auch ich einmal des unruhigen Lebens müde werden könnte? Viel sind wir miteinander geritten, mein Freund, und oft haben wir nebeneinander gekämpft. Und für dein Gut und deine Mark habe ich wohl ebenso aufrichtig gesorgt wie du selber. Doch nun wirst du im Frühling den größten Teil deiner Macht deinen Söhnen übergeben und willst dir ein wenig Ruhe gönnen. Und da wundert es dich, wenn auch mir so etwas in den Sinn kommt?“

Da sprang Wilhelm auf und schloß den treuen Waffenbruder in die Arme. „Bei Gott, Lanzo, du hast es verdient, daß ich dir endlich Ruhe gönne! Du sollst die Burg Purgstall haben als freies Eigen bis an dein Lebensende, und ich will sie reichlich begaben mit Huben und hörigen Leuten, mit Vieh und Hausgerät und allem Wohlstand an Silber, geschlagen und ungeschlagen. Denn das weiß ich, daß ich dir niemals alle Treue vergelten kann, die du mir erwiesen hast!“

Und er ließ den Schreiber rufen, und sie setzten die Urkunde auf vom Größten bis ins Kleinste, auf daß kein Streit entstehen könne, falls Wilhelm plötzlich sterben sollte.

Gegen Mitternacht setzte Wilhelm sein Siegel auf das Pergament. „Nun wünsche ich dir von Herzen, daß du noch lange Jahre Herr auf Purgstall seiest“, sprach er und schenkte die Becher voll.

Lanzo nahm den seinen. „Ich danke dir, Wilhelm! Allzu fürstlich hast du meinen Wunsch erfüllt.“

Sie tranken still den Becher leer, und beide mußten an die Stunde denken, da sie als blutjunge Knaben in mondheller Mitternacht unter einer alten Eiche am Karnburger Hügel gestanden waren. Ernst und feierlich hatten sie drei Tropfen Blutes aus ihrem linken Arm in ihre Becher fallen lassen, hatten sie ausgetauscht und treue Brüderschaft getrunken. Ihren schaurigen Eid hatten der Wind und die Sterne gehört.

Nun waren sie alt. Doch der Baum hatte nicht verdorren und die

Wiese nicht verwelken müssen, denn die Treue hatten sie beide gehalten.

Ehe der Winter kam, zog Lanzo nach Purgstall. Wilhelm und Hemma rüsteten ihm ein großes Abschiedsmahl. Dann nahm er Abschied und ritt mit dem Markgrafen in die neue Heimat. Wilhelm wollte ihn selbst in seine Herrschaft einführen.

Bald nach seiner Rückkehr fiel strenge Kälte ein. Schneestürme tobten über die Berge hin, und alle Wege und Straßen waren verweht und vereist. Dennoch war es Hemma, als sei noch kein Winter so schön gewesen wie dieser.

Eine heimliche Schwermut lag tief unter dem innigen Frieden des winterlichen Zusammenlebens. Sie wußten ja, daß es der letzte Winter war, den sie gemeinsam verbrachten. Denn im Frühling wollte der Markgraf seine Güter teilen. Es war ihm schwer, seinem Ältesten, dem er den wichtigsten Teil seiner Herrschaft zugedacht, nun auf seine Bitten die steirischen Güter zu verschreiben, auf daß er dort sein Kloster gründen könne. Er war zu fromm, um lange zu widersprechen. Doch wenn sie abends ums Feuer saßen, hingen seine guten, strengen Blicke oft lange an der Gestalt seines Sohnes. Er konnte es sich nicht vorstellen, wie dieser schöne, starke junge Mensch, der wie selten einer zum Herrscher geboren schien, die Demut und Wehrlosigkeit eines Mönches ertragen konnte. Und sich selbst zum Troste sagte er sich, daß Wilhelms außerordentliche Klugheit, seine edle Herkunft und seine Freundschaft mit den Großen der Erde im Kloster nicht verborgen bleiben würde. In zehn Jahren trug er vielleicht Mitra und Hirtenstab eines Erzbischofs und saß im Rate des Kaisers und des Papstes. Und in seinem Segen und Fluche würde größere Gewalt liegen als im eisernen Tritt vieler Heerscharen.

So träumte der Vater, indes sich die Mutter mühte, dem Sohne ihrer Tränen und Gebete noch alle Liebe zu schenken, deren sie fähig war. Er aber lebte einfach und fröhlich ernst zwischen ihnen. Er kämpfte ritterlich mit seinem Bruder, wenn es Hartwig nach einem Waffenspiel gelüstete, er ritt mit dem Vater zu den Knappen, die immer noch nicht zur Ruhe kommen konnten und ein seltsam aufsässiges Wesen zeigten. Doch sie fühlten es, wie er sich langsam aus allem löste, und seine tiefe, fast mystische Frömmigkeit trat immer deutlicher zutage.

Auch Hartwig gehörte nicht mehr ganz zu ihnen. Manchmal gab es der Mutter einen wehen Stich ins Herz, wenn er vergaß, sie zu grüßen, oder ihre Fragen überhörte, weil er wie verzaubert mit allen Sinnen an dem holdseligen Mädchen hing. Dennoch war sie glücklich, daß es ihrem Sohne vergönnt war, diejenige zur Frau zu bekommen, die er ersehnte. Und Liutswinde war ein rührend liebliches Geschöpf, gut und rein und fromm. Sehr klug und entschlossen war sie wohl nicht. Doch wenn Hemma an das Schwanken und Schwärmen ihrer eigenen Jugend dachte, so dünkte es ihr, sie sei auch nicht viel anders gewesen. Und Liutswinde war sechzehn Jahre alt.

Am St. Andreastage war Hartwig mit dem Vater und dem Bruder und zwölf anderen hochedlen Freunden nach Albeck geritten und hatte Thietmar um die Hand seiner Tochter gebeten. Nur schwer hatte der Albecker seine gewaltige Freude verbergen können. Er machte wohl schickliche Einwände, er könne seiner Tochter keine würdige Aussteuer mitgeben und er fürchte, man könne ihr einst ihre Armut vorwerfen, – in anderen edlen Häusern würde sie als vollwertige, ebenbürtige Braut mit Freuden aufgenommen werden, und dies dünke ihn besser. Doch der einzige, der diese Worte ernst nahm, war Hartwig. Ihn hätte es kaum gewundert, wenn Thietmar sein Kleinod für ihn zu gut gehalten hätte.

Am Sonnabend darauf hielten sie das Verspruchsmahl. Und es wurde ausgemacht, daß Liutswinde über den Winter noch in Hemmas Obhut bleiben solle, um bei ihr noch das Nötige zu lernen. Im Lenz aber sollte sie heimkehren und bis zur Hochzeit im Juni bei ihren Eltern bleiben. Dann würde Hartwig alle Güter nordwärts der Karawanken von seinem Vater erhalten, er selber und Hemma wollten nach Krain ziehen und nach des Kaisers Wunsch die Mark an der Sann verwalten. Hemma hatte dort vor allem die kleine Burg Grailach liebgewonnen. Als ihre Kinder klein waren, hatte sie mit ihnen einige Jahre dort verlebt.

Ja – nächsten Winter waren sie in alle Winde verstreut. – Darum geizten sie mit den Stunden, die sie beisammen verbringen konnten. Und mit dankbarer Verwunderung wurden sie sich bewußt, daß sie eigentlich immer in Frieden miteinander gelebt hatten. In den meisten Sippen gab es Haß und Streit, doch sie hatten in liebevoller Einigkeit gelebt, die aus allen häuslichen Stürmen, Sorgen und Kümmernissen stets aufs neue erstanden war.

„Ja, wir haben es schön gehabt, meine Hemma", sagte Wilhelm an einem trauten Winterabend. Er saß neben ihr im Hochsitze und spielte mit ihrer schmalen, feinrunzeligen Hand. „Sorgen und Mühen, die haben auch wir gehabt, und Schmerzen sind uns auch nicht fremd geblieben. Doch du warst immer wie ein Krüglein Wein und Öl, das niemals leer wurde."
Sie legte die Wange an seine Schulter. „Ich hatte es leicht, gut zu sein – wenn ich es war –", murmelte sie.

Zwischen Weihnachten und Neujahr kam Frau Agnes von Albeck ganz verstört nach Friesach geritten. Es war spät abends und stockfinster, als sie mit einem alten Knecht über die Zugbrücke trabte. Halb ohnmächtig vor Kälte und Furcht ließ sie sich von Hemma in die Halle führen. Von Zwischenwässern an hatte sie das wilde Gejaid gehört. –
„Wie kannst du aber auch jetzt in den Rauhnächten so spät unterwegs sein?" schalt Hemma sie liebevoll. „Du hättest doch in jedem Bauernhause Obdach gefunden!"
Gutwillig ließ sich Agnes die gefrorenen Schuhe ausziehen und die blauen Hände mit Hirschtalg einreiben. „Ich mußte zu dir, Hemma, es ist bei uns etwas so Seltsames geschehen –."
Hemma schickte die Mägde hinaus und legte selber den großen Hauspelz um die zitternde, schmale Gestalt der Freundin. „Erzähle, Agnes, vielleicht kann ich euch helfen."
Die Albeckerin nahm einen Schluck vom heißen Würzweine.
„Hemma, du kanntest doch meine Schwägerin Margret! Wir hatten uns doch liebgewonnen wie Schwestern, die Kinder hingen an ihr, und alle Leute mochten sie gerne leiden, obwohl sie ihre schlimmen Tage hatte, wo sie zänkisch und verbissen war. Ich hielt ihr das nicht für übel, denn ich wußte ja, daß sie noch immer nicht ganz über das Unglück mit ihrem Manne hinausgekommen war. Doch zwei Tage vor Weihnachten fehlte sie beim Nachtmahl. Wir aßen, doch als sie immer noch nicht kam, ging ich sie suchen. Da fand ich sie zitternd vor Kälte an der Mauerbrüstung draußen. Zornig legte sie den Finger an die Lippen. Sie beugte sich in die Nacht hinaus, als ob sie etwas höre. Ich konnte keinen Laut wahrnehmen und sagte endlich zu ihr: ‚Was hast du denn, Margret? Komm doch hinein zum Essen!'
Sie ging mit mir, ohne ein Wort zu sagen. Doch drinnern erschrak

ich vor ihr. Sie war totenbleich, und ihre blauen Augen glommen schwarz wie Kohlen. Zerfahren redete sie ein paar Worte mit uns und schob sich ein paar Bissen in den Mund. Doch plötzlich stand sie auf, lief aus der Halle hinunter in den Hof und aus der Burg hinaus. Gegen Mitternacht kam sie wieder. Ich hatte auf sie gewartet und bat sie, mir doch zu sagen, warum sie so außer sich sei. Sie antwortete seltsam eiskalt und starr: ‚Raymond –.' Das war alles.

Die ganze Weihnachtswoche sprach sie kaum ein Wort mit uns. Die Kinder bekamen Angst vor ihr, und Thietmar wurde böse und schalt sie ein verrücktes altes Weib. Gestern nun wollten wir alle mitsammen nach Glödnitz in die Messe reiten. Da fehlte sie. Wir suchten sie in der ganzen Burg. Es war umsonst. Nur ihre Fußspuren fanden wir und konnten sie eine Weile verfolgen. Sie führten zur Gurker Straße. Sie hatte nichts mitgenommen als ihren Mantel und einen kleinen Ledersack, wohl mit einer Zehrung, und von Thietmars Waffen fehlt ein langer, scharfer Dolch. – Ach, Hemma, nun rate mir! Was glaubst du, daß mit ihr geschehen ist? Ich glaube, sie hat den Verstand verloren – Ihre Augen waren so furchtbar. Doch sie muß ja umkommen in den Wäldern bei dieser Kälte. Und ich habe Angst, daß sie mit Thietmars Messer ein Unheil anrichtet. Hemma, vergib mir, daß ich dich plage, – doch ich bitte dich, hilf uns! Du hast Leute genug! Laß sie in den Wältern suchen und alle Wege abstreifen! Sie hat sich gewiß hierher in die Nähe gewandt, – was sollte sie sonst auf der Gurker Straße. Hemma, du bist wohl wenig erfreut, daß deine neue Verwandtschaft zu dir mit dem Anliegen kommt, eine Närrin einzufangen", schloß sie ein wenig gekränkt, da die Markgräfin so stille vor ihr saß.

„Agnes!" rief sie vorwurfsvoll, „Margret war meine Gespielin in der Kinderzeit. Und ihr schlimmes Geschick ist mir oft zu Herzen gegangen. Nein, heute noch will ich meinen Mann bitten, daß er in aller Frühe die Leute aussendet. Wir werden sie schon finden, Agnes", tröstete sie. „Margret ist eine schwache alte Frau und kann vor unseren Männern keinen großen Vorsprung gewinnen, und es hat nicht geschneit. Also müssen ihre Spuren noch zu sehen sein."

Innerlich aber fror sie plötzlich in einem eiskalten Entsetzen. Sie konnte nicht glauben, daß Margret wahnsinnig geworden sei. Daß

sie eine Zehrung und eine Waffe mitgenommen hatte, sah nicht danach aus. Vielleicht hatte sie wirklich Raymonds Stimme gehört. Sie hatte sich wohl getäuscht. Wie konnte sie den Klang nach so vielen Jahren wiedererkennen? Doch wenn er es war – warum trieb er sich hier herum? War er allein? Von wem war er gesandt?
„Iß, Agnes“, bat sie und lauschte gequält, wie die Albeckerin von Margrets sonderbarem Wesen erzählte, das ihr in der ersten Zeit ihrer Ehe oft Kümmernisse bereitet habe.
Doch sie fühlte, wie die Angst in ihr wieder hoch aufschlug, gleich einer Flamme, die nur zum Schein erstickt gewesen.
Die Nacht in Moosburg kam ihr in den Sinn. Der Herzog und Raymond hatten bei der Laterne gesessen. Sie sah es plötzlich klar vor Augen. Und der Herzog sprach: „Sage meinen Getreuen in Karantanien, sie sollen weiter auf mich hoffen.“ –
„Nun will ich zu Wilhelm gehen und ihm alles erzählen“, sagte sie mühsam. „Ich will dir Atre schicken, damit sie dir beim Auskleiden helfe. Du willst heute wohl bei deiner Tochter schlafen.“
Sie konnte die klagende Stimme der Freundin nicht mehr ertragen. Auf schwachen Füßen schlich sie in das Schlafgemach. Wilhelm schlief. Sie kniete sich neben ihm nieder und betrachtete in Tränen sein schweres, gutes Gesicht. Und sie betete und rang die halbe Nacht, Gott möge seine alten Tage vor Kampf und Kummer bewahren.
Die Männer kamen zurück, ohne Margret gefunden zu haben. Ein plötzlicher Jauk hatte wärmere Luft und schließlich Schnee gebracht. Ungetröstet ritt Agnes nach Albeck heim. Sie hatte wenig Hoffnung, die Schwägerin wiederzusehen.
Hemma mußte Tag und Nacht über das seltsame Geschehnis nachdenken. Es war ihr, als stehe etwas Dunkles vor ihrer Türe und warte darauf, daß es hereinschlüpfen könne. Wenn sie in den Markt ritt, begann sie die Leute auszufragen, ob sie einem Manne begegnet seien, der so und so ausgesehen habe. Die Leute wußten nichts zu melden. Doch es schien Hemma, vielleicht mit Unrecht, als gebrauchten sie Ausflüchte und hätten einen listigen Blick in den Augen.
Auch Liutswinde schien sich das Unglück ihrer Muhme recht zu Herzen zu nehmen. Es war begreiflich – hatte doch Margret sich der Albecker Kinder so heftig angenommen, wie nur eine kinderlose, vereinsamte Frau es vermag. Und es war schön von dem

Mädchen, daß es so innig an seinen Verwandten hing. Dennoch schien es Hemma fast ein wenig merkwürdig, daß eine junge, glückliche Braut über das Schicksal einer alten Frau so außer sich geraten konnte. Zuerst hatte sie sich nicht allzuviel darüber gegrämt. Sie hatte wohl gehofft, daß die Muhme bald gefunden werden würde. Doch je länger es währte, desto seltsamer wurde sie. Sie schlich verloren herum wie eine Schlafwandlerin, sie weinte ohne Grund und kränkte sich über jede leise Ermahnung halb zu Tode. Wenn Hartwig sie zärtlich trösten wollte und nach seiner Weise die Hand kosend auf ihren Nacken legte, fuhr sie zusammen und sagte gereizt, sie habe keine Lust zum Spielen, während die gute Muhme vielleicht erfroren im Walde liege. „Du liebst mich nicht", sagte er einst zu ihr, halb traurig, halb im Scherze. „Sonst würdest du mir deinen Kummer klagen und würdest getröstet sein, wenn ich dich in die Arme nähme." Da floh sie vor ihm in eine Ecke und weinte stundenlang, den ganzen Abend, als wollte ihr das Herz brechen. Schließlich trat Hemma zu ihr und gebot ihr strenge, endlich mit dem unsinnigen Greinen aufzuhören. Sie müsse nun doch lernen, sich wie ein erwachsener Mensch zu betragen. Das Mädchen starrte sie in wildem Entsetzen an und schien nicht zu hören, was sie sprach. Doch sie saß nun still wie eine Docke auf ihrem Platz und wagte niemandem ins Gesicht zu schauen.

Hemma machte sich viele Sorgen um die zwei jungen Leute. Sie sah des Mädchens qualvolle Verwirrung und Hartwigs gedrücktes Wesen und konnte keinem helfen. Doch wenn sie die beiden betrachtete, so konnte sie es nicht übersehen, daß Liutswinde sich gegen ihren Verlobten mehr als mädchenhaft scheu und spröde zeigte. Und sie fürchtete sich davor, daß sie einmal mit ihr darüber sprechen müßte.

Bin ich denn schon so alt, dachte sie, daß ich die jungen Leute nicht mehr verstehen kann? Ich glaubte doch so deutlich zu sehen, wie glücklich Liutswinde über Hartwigs Liebe war. Habe ich mich denn getäuscht?

In der Nacht vor Mariä Lichtmeß betete Hemma lange in der Kapelle. Vor den Festtagen Unserer Lieben Frau wachte sie immer einige Stunden lang im Gebet, denn sie hatte nicht vergessen, wie gut die Himmelsmutter einst zu ihr gewesen.

Deine Seele aber wird ein Schwert durchdringen, hatte der greise

Simeon zur Mutter Jesu gesprochen. O Maria, auch mir ist es, als sei mir eine bittere Weissagung zuteil geworden. Ach, diese schmerzliche Ahnung der Mütter, die mit all ihrer Liebe ihr Kind nicht vor dem Leid des Lebens und vor dem Tode schützen können! Die ohnmächtig unter dem Kreuze stehen müssen, wenn ihr Liebstes daran verblutet, selbst in tausend Qualen vergehend! O Maria, ich bin nicht so stark wie du. Ich zittere davor, daß Hartwig, mein lichtes, sieghaftes Kind, eine demütigende Enttäuschung erleben, daß Wilhelm seinen frommen Entschluß einst bereuen könnte. O Maria, nimm sie an deine Hand und leite sie durch alle Fährnis sicher hin zum ewigen Leben!
Steif vor Kälte und Müdigkeit stand sie schließlich auf. Neben der Türe sah sie Atre auf den eisigen Fliesen hocken, ein altes, verhutzeltes Weiblein mit einem rotbackigen, feinen Runzelgesicht.
„Aber Atre! Du solltest doch im warmen Bett bleiben“, schalt sie freundlich.
Doch die Alte fuhr in die Höhe und legte mit funkelnden Augen die Finger an die Lippen. Hemma lächelte. Sie wurde ein wenig kindisch, die liebe, gute, treue Seele!
Flink huschte Atre zur Tür und öffnete sie lautlos. Doch sie hielt die Herrin am Mantel zurück und bedeutete ihr zu bleiben und das Licht zu lösen. Verwundert, halb gegen ihren Willen, gehorchte Hemma. Sie standen und starrten durch den Türspalt in den engen, nächtigen Hof hinaus. Der Schnee leuchtete matt.
Hemma wußte nicht, wie lange sie so gestanden hatten, als leise, leise eine Türe knirschte. Es schien vom Turme herzukommen, der jetzt nicht bewohnt wurde. Ja – die Treppe ächzte – kaum hörbar. Und dann kam ein lichter Schatten über den engen Zwinger geschlichen – ein feines, schlankes Mädchen in weißem Filzmantel, das offene Blondhaar bloß und verwirrt über den schmalen Schultern. Nahe an der Kapelle huschte es vorbei und verschwand im Schatten. Hemma mußte sich an den steinernen Torbogen lehnen. Konnte es denn sein? War es nicht nur ein Spuk der Nacht? Liutswinde –.
Sie wollte sich aufraffen und dem Mädchen nachgehen, doch ehe sie ihr wild klopfendes Herz zur Ruhe zwingen konnte, ächzte die Stiege wieder. Wie ein großes, schwarzes Tier setzte ein Mann in drei Sprüngen lautlos über den Hof, ein Schlüssel klirrte und knirschte, und in der finsteren Mauer erschien für einen Augenblick der lichte

Ausschnitt eines kleinen Türleins, das zur Metnitz führte. Der Schlüssel knirschte wieder – ein Schuh scharrte am Eise. Dann war es still.
Laut aufstöhnend preßte Hemma das Gesicht an den kalten Stein. Ein schneidender Schrecken war durch ihr innerstes Mark gedrungen, als sie den Mann erblickte. Sie hatte ihn nicht erkannt, dennoch war ihr, als müßte sie ihn oft gesehen haben – nicht mit Freuden. Dann aber wallte eine heftige Kränkung in ihr empor. Dieses schwache, einfältige Ding, das sie seit seiner Geburt mit Güte überhäuft hatte – nun brachte es Schande, Treubruch und Falschheit in ihr Haus und ihre Sippe!
Sie wollte Liutswinde auf der Stelle strenge befragen, doch sie besann sich. Sie wollte in den Mädchenstuben kein Aufsehen machen. Was nun zu geschehen hatte, mußte so unauffällig als möglich vor sich gehen. Streit und Feindschaft – ja Mord und Fehde konnten sonst aus dem Leichtsinn eines pflichtvergessenen Mädchens erwachsen.
„Weißt du schon lange davon?" fragte sie die Alte.
„Es ist das drittemal, daß ich sie sah", antwortete Atre gehässig. „In eine gute Brautlehre geht die nicht – die!"
„Weißt du, wer der Mann ist, zu dem sie geht?"
„Nein, ich sah ihn bis heute nie. Ich bemerkte nur, wie sie um Mitternacht fortschlich, wenn alle schliefen. Ich bin alt, ich habe einen leisen Schlaf", kicherte sie. „Alte Hunde sind die wachsamsten."
„Es war gut, daß du es mir zeigtest, Atre. Du bist immer noch die Treueste von allen. Doch nun geh zur Ruhe und schlafe dich aus. Ich möchte diese Nacht in der Kapelle bleiben."
Am anderen Morgen sagte sie nach dem Frühmahle: „Liutswinde, komm zu mir in die Kemenate!" Ihr Herz war schwer und bang, als sie dem Mädchen voranschritt.
Mitten in der Kemenate blieb sie stehen und blickte ratflehend zum Marienbild auf. Dann fragte sie ruhig: „Liutswinde, bei wem warst du heute nacht?"
Das Mädchen fuhr zusammen, als hätte der Blitz vor ihm eingeschlagen. Röte flammte über sein Gesicht, es griff nach dem Fußende des Bettes und starrte die Markgräfin an.
„Ich war – in der Stube bei den anderen Mädchen –", hauchte sie.
„Liutswinde, es ist nun für dich das beste, wenn du mir die volle

Wahrheit sagst. Vielleicht läßt sich dann alles auf einen guten Weg bringen."
„Es ist die Wahrheit", sprach Liutswinde fester, indes die Röte langsam aus ihrem Antlitz wich und wächserne Blässe und Starrheit allmählich ihre Züge fremd und unheimlich machten.
„Ich habe dich heute nacht aus dem Turm kommen sehen – dich und einen fremden Mann", sprach Hemma traurig.
„Da habt Ihr Euch getäuscht, das war nicht ich –", antwortete das Mädchen bestimmt.
„Wie kannst du mich so frech belügen! Ich stand drei Schritte von dir und habe dich genau erkannt."
„Ich war es nicht." –
Hemma war stumm vor Staunen. Welch ein böser Geist war in dieses sanfte, willenlose Kind gefahren, daß es eigenmächtig gefährliche Wege ging und mit einer Hartnäckigkeit leugnete, gleich einer verstockten Buhlerin?
„Liutswinde", bat sie, selbst den Tränen näher als das Mädchen. „Willst du denn deinen Verlobten betrügen, der mit solcher Liebe an dir hängt! Sag mir doch alles, ich will dir redlich aus dem Irrsal heraushelfen, in das du dich gebracht hast!"
Es zuckte um den schönen, bleichen Mund, doch dann kam die Antwort: „Ich habe nichts zu sagen. Ich war es nicht."
Hemma schwieg. Sie fühlte, wie eine Mauer zwischen ihr und dem Mädchen emporgewachsen war. „Könntest du es Hartwig oder dem Markgrafen leichter sagen als mir?" fragte sie dann.
„Ihr wollt mich fangen", fauchte das Mädchen. „Ich habe nichts zu sagen. Ich war nicht im Turme heute nacht!"
„Nun, dann wird es dir ja gleichgültig sein, wenn du von jetzt an bei Atre in der Kammer schläfst", sagte Hemma mühsam beherrscht. „Geh nun. Vielleicht kannst du mir später eine andere Antwort geben."
Liutswinde blickte um sich wie ein gefangenes Tier. „Ich mag Atre nicht leiden", sagte sie atemlos. „Ich will lieber mit der Trudel schlafen."
„Bis jetzt befehle ich noch in dieser Burg", sprach Hemma ruhig.
Mit einem feindseligen Blicke drehte sich das Mädchen herum und lief ohne Gruß aus der Kemenate.
Hemma ging ruhelos auf und nieder. Mußte sie nun mit Hartwig sprechen? Es würde ihn nur bitter kränken, ohne etwas zu nützen.

Wenn Liutswinde ihm beteuerte: „Ich war es nicht“, so glaubte er ihr gegen das Zeugnis aller Engel. Doch sie konnte auch nicht zulassen, daß sie sein Weib wurde und ihn betrog. –

In Qual und Zweifel verbrachte sie die nächsten Tage. Drüben im Markte tobten die Narren der Fastnacht. Die Knechte und Mägde und das junge Volk schmausten und tollten und trieben derben Mummenschanz. Die Frau in ihren Sorgen wurde dadurch nur noch trauriger gestimmt.

Am unsinnigen Donnerstag wurde sie durch das tolle Geschrei der Kinder an das Fenster gelockt. Sie sah durch den trüben Dunst des Winterabends eine Schar Leute vom Markte zur Burg herüberziehen. Viele von ihnen steckten in Narrenkleidern, andere trugen vernünftigere Gewandung, doch alle benahmen sich sonderbar, wie Leidtragende in einem Leichenzug. In ihrer Mitte trugen sie eine Bahre, – darauf lag etwas Buntes, wohl ein Mann in Fastnachtsfetzen, und eine graue Gestalt lief daneben her.

Unwillig wandte sich Hemma ab. Sie konnte es nicht leiden, wenn die Leute in ihrer Trunkenheit mit Tod und Begräbnis ihren Scherz trieben. Es war schon vorgekommen, daß der Mann, der sich zum Scheine auf die Bahre gelegt hatte, tot und starr dagelegen war, als man das schwarze Tuch von seinem Gesicht zog. Der Teufel hatte ihn geholt, indes die Zechgenossen ihn mit Wein besprengten und in lästerlicher Totenklage um ihn herumtanzten. Dennoch zog es die Menschen immer wieder zu solch grausigen Späßen.

Sie ging in den Hof hinab, um dem Wärtel zu sagen, er solle die Narren fortweisen. Doch da kamen sie schon zum Tore herein – eine ganze Schar aufgeregter Leute. Und die graue Gestalt, die neben der Bahre hergelaufen war, löste sich aus dem Knäuel und hinkte auf Hemma zu.

Sie erkannte sie zuerst nicht. Es war eine bis auf die Knochen abgehärmte Frau mit grünlichen Frostflecken im verzerrten Gesicht. Schneeweiße Haare zottelten unter dem großen grauen Wolltuche hervor. Ein Fuß war in einem Klumpen schmutziger Fetzen eingewickelt.

„Sie wollten mich durchaus zum Markgrafen schleppen“, krächzte sie belustigt. „Ich habe gar nichts dagegen. Mag er mich richten, mein Tagwerk ist vollbracht.“

„Margret –“, entsetzte sich Hemma.

Doch dann drängten sich die Leute heftig um sie. „Mörderin! –

Besessene! – Windin!“ schrien sie durcheinander. Hemma wurde zur Bahre geschoben. Sie wußte, wer der Tote war, noch ehe sie einen Blick auf ihn geworfen hatte.
Da lag er mit einer klaffenden Wunde im Halse, blutüberströmt das bunte Narrengewand. Ein Schimmer der einstigen Schönheit dämmerte auf dem bläulichblassen Gesicht.
„Tragt ihn in die Kapelle!“ befahl sie. „Und du, Margret, komm hinauf zum Markgrafen!“
„In die Kapelle gehört er nicht!“ keuchte sie. „Auch mein Kind haben sie verscharrt wie eine tote Katze!“
„Margret, über die Seele richtet Gott“, sprach Hemma schaudernd. „Komm jetzt!“
„In den Kerker mit ihr!“ schrien die Leute. „Sie soll nicht ohne Strafe ausgehen, weil sie eine Vornehme ist!“
„Der Markgraf hält weder im Hofe noch im Kerker Gericht“, sagte Hemma streng. „Es wird mit ihr nach dem Gesetz verfahren werden.“
Hocherhobenen Hauptes hinkte Margret zur Treppe. In der Tür stieß sie mit Liutswinde zusammen. Entsetzt wich das Mädchen vor ihr zurück, als sähe sie ein Gespenst. Dann kam sie langsam zögernd die Stufen herab und näherte sich vorsichtig der Bahre.
„Was ist eigentlich geschehen?“ flüsterte sie.
„Das besessene Weibsbild hat ihn erstochen, draußen an der Olsa in einer Knappenschenke“, schrie ein Bursch ihr zu.
Mühsam wandte sie die Augen nach dem Toten, ein langer Schauder rann über sie. „Raymond –“, murmelte sie heiser.
Sie tastete mit der Hand in die leere Luft und lallte: „Ist noch jemandem – etwas – geschehen?“ Dann brach sie neben der Bahre nieder.
Starke Arme hoben die Holde auf und trugen sie ins Haus. Hemma folgte ihnen. Auch sie wäre gerne in einen Winkel hingesunken vor Müdigkeit und Entsetzen. Doch sie durfte nicht – sie durfte nicht – nun mußte sie achthaben, daß ihr kein Wort von Margrets Geständnis entging.
Sie stand oben im Saale, wo schon die Fackeln brannten und der Markgraf mit finsterem Gesicht im Hochsitz saß. Als Hemma eintrat, sagte sie eben klar und lebhaft: „Was dieser Mann mir angetan, das wißt Ihr ja, wenn Ihr es auch als Mann nicht erfassen könnt, was das alles für eine Frau bedeutet.“ Sie schloß die Augen und

zählte mit harter Stimme auf: „Aus einer sicheren Heimat von Ehre und Frieden fortgelockt werden – um Liebe –. Und dann erkennen müssen, daß alles nur Spott und Scherz gewesen, – vielleicht ein wenig Lust. Und dann verachtet und betrogen werden, weggeworfen und verstoßen. Im bittersten Elend und in Schmach und Schande betteln müssen und im Straßengraben ein Kind gebären. Dann kam der Winter. Wir schleppten uns von Dorf zu Dorf. Ich wurde krank und hatte keine Milch mehr für mein Kind. Da starb es in einem verlassenen Stall. Nicht einmal einen Sarg konnte ich ihm geben. Ich wickelte es in mein Tuch und legte es selber in das Loch im Kirchhofwinkel, wo die Landstörzer und Ehrlosen liegen – winzig klein und steif, wie es war. Und solange ich lebe, spüre ich immer noch den toten Leib des Kindes in meinen Händen. Und bei der Nacht hörte ich es immer weinen, und ich wußte es alle Tage, daß ich nicht sterben dürfe, ehe nicht das falsche warme Blut dieses Schurken über diese Hände geronnen war. Viele Jahre wartete ich umsonst. Doch da ich zu Weihnachten seine Stimme hörte, wußte ich, daß die Zeit gekommen war. Ich schlich ihm nach und fand ihn, und dann bin ich ihm auf Schritt und Tritt nachgegangen, bis die Stunde geschlagen hatte. In der Schenke draußen an der Olsa vergnügte er sich so sehr. Alle waren betrunken, auch er. Da trat ich hinterrücks zu ihm und zerschnitt ihm die Kehle. Nun mögt Ihr mich richten, wie Ihr wollt. Meine Ehre habe ich gerächt, und mein kleines Kind wird ruhig schlafen können – drunten in Chiusaforte."

Wilhelm wiegte das breite Schwert auf seinen Knien. Es dünkte ihn, Margret habe recht getan. Ein schneller Tod war eine milde Strafe für ein zerstörtes Leben. Dennoch – Mord war Mord nach dem Gesetze.

„Frau Margret, ich kenne Euch seit vielen Jahren als eine gute und rechtliche Frau. Darum will ich Euch in eine milde Haft nehmen und will zum Thing jene sechs Männer einberufen, die Euch und Eure Sippe am besten kennen. Da werdet Ihr kein allzu hartes Urteil zu erwarten haben. Denn alle wissen ja, was Euch widerfahren ist."

„Ich danke Euch", sprach Margret mit Anstand. Doch dann griff sie plötzlich krampfhaft nach ihrem Halse. Ein harter, qualvoller Husten rüttelte die brüchige Gestalt, bis ein Schwall hellroten Blutes aus dem Munde hervorschoß.

Hemma eilte zu ihr hin und faßte sie unter den Armen. Margret wischte sich mit dem Tuchzipfel das Blut vom Gesichte. „Es ist – nicht so schlimm – wie es aussieht –“, keuchte sie atemlos. „Nur ein wenig verkühlt – böse Wochen – Schnee – Kälte. –“
„Komm nun mit mir“, bat Hemma.
In einer engen, verschließbaren Kammer hoch oben im Palas wurde rasch ein Bett gerichtet. Ein Kohlenbecken wurde hineingestellt.
„Ah!“ seufzte Margret und dehnte sich zwischen den reinlichen Linnen. „So wohl habe ich lange nicht geschlafen.“
Hemma ging und bereitete ihr selber einen schweißtreibenden Trank und ein Mus aus feinem Weizenmehl. Wie sie damit an das Bett der Gefangenen trat, sah sie sofort, daß sie in hohem Fieber lag. Margret würde wohl eine schwere Krankheit bekommen.
Sie aß mit Heißhunger ein paar Bissen. Doch dann legte sie den Löffel fort. „Ich bin es nicht mehr gewöhnt“, lächelte sie.
Hemma setzte sich zu ihr. „Margret“, bat sie, „du hast Raymond durch sechs Wochen hindurch verfolgt. Ich bitte dich, sage mir, was tat er die ganze Zeit?“
„Ein sonderbares Wesen trieb er in dieser Gegend“, berichtete Margret bereitwillig. „Er ritt und wanderte in den Wäldern umher und traf mit anderen Männern zusammen. Oft waren es viele, meist Knappen. Dann hatte er wieder eine Begegnung mit einem einzelnen Herrn. Manchmal trafen sie sich auf einsamen Sennhütten oder auf Waldplätzen, zweimal in den Gruben. Was sie sprachen, konnte ich nicht verstehen. Ich glaube, sie hätten mich erschlagen, wenn ich mich gezeigt hätte, denn es ging um etwas Geheimes und Gefährliches.“
„Ja, so habe ich es gefürchtet“, murmelte Hemma. „Ach Margret, wie konnte ich so einfältig sein und glauben, daß Adalbero Ruhe geben würde! Er traf sich mit einem einzelnen Herrn, sagst du. War es der Eppensteiner?“
„Ich glaube nicht. Es war nicht immer derselbe. Doch er ritt öfters mit einem jungen Manne, der von allen mit großer Ehrfurcht behandelt wurde.“
„Wie sah er aus?“
„Groß, dunkel und schön war er wohl. Ich hatte nicht viel acht auf ihn. Raymond dienerte um ihn wie ein Knecht.“
Markward, des Herzogs Sohn. – Wer konnte es sein als er?
Hemma faltete die Hände krampfhaft vor der Brust. „Wir werden

schlimme Zeiten bekommen, Margret. Du weißt vielleicht selbst nicht, wie wichtig die Nachrichten sind, die du uns bringst. Ich muß noch in dieser Stunde mit dem Markgrafen darüber sprechen."

Wilhelm erwachte gegen Morgen von einem schweren Traume. Da sah er seine Frau noch immer vor dem Bette knien. „Hemma, gute", sagte er sanft. „Du machst dir zu arge Sorgen. Komm her zu mir und sag mir, was dich eigentlich so quält!"
Mühselig hob sie sich von den steifen Knien und setzte sich zu ihm an den Bettrand. „Es ist eine Angst in mir", flüsterte sie. „Adalbero wird wieder den Kampf beginnen."
„Meine gute Hemma", sagte er und streichelte ihre Hand. „Viele Kämpfe haben wir schon bestanden, warum nicht auch diesen? Sieh doch, des Eppensteiners Macht ist heute viel kleiner als damals, da er noch Herzog war. Und doch hatte er damals nicht gewagt loszuschlagen."
„Ja – ja, – doch heute hat er unsere eigenen Leute aufgehetzt. Auch wir dürfen uns nicht sicher fühlen."
„Die Knappen waren immer unruhige Gesellen. Unsere Kriegsleute und Bauern aber halten zu mir wie immer. Sorge dich nicht, Liebe! Immer warst du tapfer."
Sie nickte und legte die Wange auf das Kissen neben ihn. „Gott wolle dich mir bewahren, mein Trost und meine Stärke!" flüsterte sie und küßte ihn inniglich.

Vier Tage darauf starb Margret einen friedlichen Tod. Mehr ihrer guten Freundin zuliebe als aus eigenem Wunsche hatte sie sich mit ihrem göttlichen Richter ausgesöhnt. Da er sie vor dem zeitlichen Gericht so gnädig bewahrt hatte, mochte wohl auch sein ewiges Urteil barmherzig gewesen sein.
Sie legten die Bahre mit der Leiche auf einen Schlitten und führten sie so mit geziemender Begleitung durch das Gurktal hinauf bis nach Glödnitz, wo Margret begraben werden sollte.
Der Himmel war trübe, und die Wälder standen schwarz über den weißen Wiesen. Kein Hauch rührte sich in der feuchtkalten Luft. Gegen Abend kamen sie nach Lieding. Da standen die Verwandten der Toten vor der Kirchentüre. Thietmar, finster und grau wie Stein, und neben ihm seine weinende Gattin und die vier Kinder. Von den entfernteren Magen war keines gekommen. Laut auf-

schluchzend warf sich Liutswinde ihrer Mutter in die Arme. Hemma wunderte sich, wie sie noch Tränen haben konnte. So hatte sie all die Tage geweint, seit sie an Raymonds Bahre hingesunken war. Im Pfarrhaus fanden sie alle mitsammen in einer Stube Nachtherberge. Abwechselnd wachten sie drüben in der Kirche bei der Toten. Am nächsten Morgen aber zogen sie weiter nach Glödnitz, wo Margret bestattet wurde. Im Hofe, der Hemma gehörte, hielten sie ein bescheidenes Leichenmahl. Sie aßen und tranken nicht viel.
„Was ist nur mit meiner Tochter geschehen?“ fragte Agnes in Angst und Sorge.
„Merkst du es auch, daß sie nicht glücklich ist? Es sieht so aus, als wolle sie nicht gerne Hartwigs Frau werden“, antwortete Hemma still. „Vielleicht ist es das beste, du nimmst sie jetzt schon zu dir nach Albeck. Da wirst du es wohl erfahren, wie es um sie steht. Und ich bitte dich, zwinge sie dann nicht! Es wäre für beide ein Unglück.“
Erschrocken starrte die Albeckerin sie an. „Das kann ich nicht begreifen, sie sagte mir doch beim Verspruchsmahl, es sei ihr so seltsam, als habe der heilige Erzengel Michael selbst um sie gefreit. Und sie weinte vor Glück.“
„Junge Herzen kennen sich oft selber nicht“, meinte Hemma traurig. „Plötzlich kommt ein fremder Wind, und alles ist hinweggeweht, was so schön in Blüte stand.“
Liebreich nahm sie am nächsten Morgen Abschied von Liutswinde. So weh ihr auch das Mädchen getan hatte, so sah sie doch, wie hart es litt. Gerne hätte sie ihm aus Not und Verwirrung herausgeholfen. Doch Liutswinde fand keinen Weg zu ihr.
Gott gebe, daß sie wenigstens den Mut aufbrachte, ihren Eltern zu sagen, daß sie nicht Hartwigs Frau werden wolle! Dann sollte alles andere vergessen und begraben bleiben.

Es ging auf Ostern zu, und der Schnee schmolz von Wegen und Straßen fort. Nun wurde es Zeit, daß der Markgraf seine Frühjahrsreise nach Krain antrat, um dort Gericht zu halten, Land zu vergeben und überall nach dem Rechten zu sehen.
„Das beste wäre, du kämest mit mir“, sagte er eines Morgens zu seiner Frau, als sie ihn nach dem Frühmahle zu den Hochöfen hinunterbegleitete. „Du könntest nach Grailach reisen und dort alles schön instand setzen lassen, damit wir es im Herbst in der Burg

gleich heimisch haben. Und ich möchte dir alle Vollmacht geben, damit du mich dort in den südlichen Gauen vertreten könntest, so daß ich diesmal nicht so weit hinunterreiten brauchte. Dann könnten wir leichtlich zu Anfang des Sommers wieder in Friesach sein. Zu Mariä Himmelfahrt werde ich dann meinen Söhnen alles übergeben, und nach dem Kleinen Frauentag siedeln wir beide nach Krain. Ist es dir recht so, meine Liebste?"

Hemma schritt neben ihm. Ein scharfer Schmerz bohrte sich in ihre Brust. Fiel es ihr so schwer, von ihren Söhnen fortzugehen und die Heimat zu verlassen? War es so traurig, alt zu werden? Seltsam – das Schlimmste dünkte es sie, jetzt fortzureisen und ihre großen Söhne allein zu lassen.

Zögernd sagte sie: „Wilhelm, könntest du nicht deine Reise ein wenig verschieben? Es wird mir so schwer, jetzt fortzugehen, da wir doch immer noch nicht wissen, ob nicht Adalbero einen bösen Handstreich plant. –"

„Nun solltest du endlich beruhigt sein!" brauste er auf. „Du hast doch selbst gesehen, daß alle unsere Nachforschungen uns nur lächerlich gemacht haben. Was dieses verrückte Frauenzimmer, die Margret, in ihrem Fieberwahn sprach, sollte dich nicht auch um all deine Vernunft bringen! Solch üble Kerle wie dieser Raymond haben immer ihre Heimlichkeiten, denn der Galgen steht nie weit von der Landstraße. Adalbero ist arm und geächtet – er hat seinen Lohn erhalten. Nun sollte man ihn endlich in Frieden lassen!"

Hemma schwieg. Sie wollte ihn nicht mit weiteren Bedenken erzürnen, doch vermochte sie auch nicht, ihm recht zu geben. Da lenkte Wilhelm selber ein. „Ich begreife ja, daß du über Adalberos Verrat nicht so schnell hinwegkommen kannst. Auch mir hat es einen harten Schlag gegeben, so daß ich heute noch seinen Namen kaum hören kann. Doch mußt du bedenken, daß er heute ein machtloser Mann ist. Und Schlimmeres als seine gerechte Strafe darf man einem Menschen nicht anwünschen."

Sie suchte seine Hand und drückte sie inniglich. Ja – des Herzogs Untreue hatte ihn tief getroffen. Dennoch wünschte er ihm nichts Böses, da er doch einst sein Freund gewesen. „Ja, liebster Herr", sprach sie, „so wollen wir denn jetzt schon reisen."

Am Ostermontag nach der Messe zog Wilhelm mit seinen Männern aus. Er mußte einen Umweg über Villach machen, da der neue Herzog Konrad, des Kaisers Vetter, dort Hof hielt. Hemma machte sich erst in der Weißen Woche auf die Reise. Sie nahm nur Atre, Lieblint und drei bewaffnete Männer mit sich. Atre war schon zu mühselig, um zu reiten. Sie lag halb sitzend in einem großen Weidenkorb, der zwischen zwei Pferden aufgehängt war. Die Männer schmälten über das alte Weib, das allen nur eine Last sei. Doch Hemma brachte es nicht übers Herz, sie zu Hause zu lassen, denn Atre wäre vor Kummer krank geworden.

Bei Leonstain am Wörthersee wollte sie sich mit Wilhelm treffen. Ihre zwei Söhne begleiteten sie bis Gurkhofen. Es war ein schwüler Frühlingstag, als sie durch das Gurktal hinaufritten. Der Himmel war mit einem leichten Wolkenschleier bezogen, und die Luft stand schwer und schwül im Tale. Es schien, als sollte es gegen Abend das erste Lenzgewitter geben.

Auf einer Wiese zu Füßen der Burg hielten sie Rast. Hemma wollte an Gurkhofen vorüberreiten. Sie saß mit ihren Söhnen unter einem großen Haselbusch. Sie waren alle drei ein wenig trübe und einsilbig von der Schwüle und von einer leisen, beklommenen Traurigkeit.

„Grüßt mir Liutswinde, wenn Ihr in Albeck einkehrt, Mutter", bat Hartwig. Seine sehnsüchtigen Blicke flogen in das walddunkle Tal hinein. Sie hatte ihn gebeten, nicht nach Albeck zu kommen. Er konnte es nicht verstehen. War es eine Minneprobe?

Hemma nickte schweigend. Wenn sie nach Hause kam, dann mußte sie wohl mit Hartwig sprechen und ihm die erste große Enttäuschung bringen. Wahrlich, Wilhelm hatte den besseren Teil erwählt. Der treueste Herr Christus würde ihn nie enttäuschen. Schmerzliche Liebe zu ihren beiden Kindern schwoll in ihrer Brust. Nein, vor Leid konnte auch die Mutter sie nicht bewahren, und wenn sie ihr Leben darum hingäbe.

„Wißt ihr noch, wie wir mitsammen einen Sommer lang in Gurkhofen waren?" fragte sie traumverloren, fast weh. „Ihr wart noch klein. Ihr wart beide an der Bräune sterbenskrank gewesen. Es war mir wie ein Wunder, daß ich euch noch besaß, daß ihr lebtet und spieltet und euch in meine Arme warft."

In den beiden Männern dämmerte von diesem Sommer nur ein verschwommenes Bild, wie die Erinnerung an einen Traum, der holder und süßer war als andere Träume. Von der bösen Krankheit wußten sie nichts mehr. Doch die Mutter konnte jetzt nach so vielen Jahren nicht daran denken, ohne von dem Schauder der qualvollen Todes-

schatten ergriffen zu werden. Gott sei es gedankt, daß der Würgengel an ihrem Hause vorübergegangen war!
Die Sonne begann schon gegen Westen sich zu neigen. Hemma mußte aufbrechen. Doch es war ihr plötzlich, wie es ihr oft gewesen, wenn sie von ihren kleinen Kindern fortreiten sollte. Sie vermochte sich nicht loszureißen vor Zärtlichkeit und Sorge. Fast schüchtern ergriff sie die Hände ihrer Söhne und hielt sie klammernd fest. Sie konnte ihnen nicht sagen, wie ihr ums Herz war. Sie hätten es ja nicht verstanden. Doch sie bat: „Vergeßt nicht, daß ihr die Brücke in Zwischenwässern zuerst genau prüft, ehe ihr auf dem Heimweg darüber reitet. Sie schien mir schlecht und morsch zu sein."
Die jungen Männer lächelten verstohlen, und Hartwig meinte: „So ist sie jetzt schon manches Jahr."
„Und denkt daran, daß wir jeden Abend füreinander beten wollen, dann finden unsere Gedanken bei Gott zusammen."
„Das wollen wir unser Leben lang so halten", sprach Wilhelm und drückte ihre Hand. „Wie könnten wir Euch sonst danken für alle Liebe und Sorge, für Lehre und Beispiel, die Ihr und der Vater uns gegeben habt?"
Sie stand auf. „Lebt wohl!" sagte sie hastig. Sie mußte plötzlich mit den Tränen kämpfen. „Lebt wohl!"
„Gott gebe Euch eine glückliche Heimkehr", wünschte Hartwig. „Und trachtet bis zur Sonnenwende daheim zu sein!"
Sie küßten und segneten sich und schieden voneinander.
Dann ritt Hemma rasch zwischen den Feldern fort. Und wieder mußte sie daran denken, wie sie oft von den Kinderbettchen davongelaufen war, um das bitterliche Abschiedsweh der Kleinen nicht mehr zu hören. Jetzt war sie es, die weinte. –
Wo der Weg in die Auen bog, hielt sie hinter den ersten Büschen an und spähte zurück. Durch den Schleier ihrer Tränen und das Spiel der jungen Blätter sah sie ihre Söhne nebeneinander zur Burg emporreiten. Sie waren schon zu weit entfernt, um den Hall ihrer Worte oder den Hufschlag zu vernehmen.
Einträchtig zogen der Blonde und der Dunkle den steilen Weg hinan. Sie folgte ihnen mit brennenden Blicken bis an die Brücke, die sich seltsam lautlos vor ihnen herniedersenkte. Und gemeinsam verschwanden sie im tiefen Schatten des Tores.
Sie wischte sich die Tränen von den bebenden, kalten Wangen, und

wie im Traume winkte sie mit einem Zipfel ihres Schleiers und sandte ein Kreuz in die leere Luft.

Hemma trat aus dem schmalen Türlein in die Sonne hinaus. Die steile Wiese fiel samtengrün von der Ringmauer zum dunklen Wasser ab, das in sanftem Bogen den Burghügel umschloß. Das Weglein war kaum fußbreit und ganz verwachsen. Hemma trat von ihm fort ins glatte Gras, das noch von der Mittagssonne glühte, und ging langsam dem Wasser zu. Sie fühlte es nicht, wenn ihr weicher, grüner Schuh über einem starren Kräutlein ausglitt, und sie vernahm den süßen Sang der Amsel nicht, die in den Haseln schon ihr Abendlied begann. Sie preßte die schmalen, kraftvollen Hände unter der Brust zusammen und starrte in den Fichtenwald jenseits des Sees hinüber. Er war so grün, so dunkel – dunkelgrün. Dunkel war der Schatten, den er aufs grüne Wasser warf. Das tat so wohl in dieser Angst. O Stille, Stille!

Droben in der Halle saßen sie und sangen. Sie hatte es nicht mehr ertragen können. Wie konnten sie dieses Lied vom Herzog Heinrich singen, der dem Kaiser die Treue gebrochen hatte!

Ja, hier auf der Moosburg hielten sie immer noch heimlich zum Herzog Adalbero. Nun war es fast ein Jahr her, daß er flüchtig das Land verlassen hatte. Er hatte den Kampf verloren. Ja, er hatte ihn verloren. Gott hatte ihn gestraft, meineidig und treulos, wie er gewesen war. Doch vergessen war er nicht. Seine großen, falschen Worte gingen immer noch um.

Hemma setzte sich unter eine Esche, die hoch über dem Wasser auf einem Felsblock ragte. Ein Lachen kam vom Turme herab. Lachte Cäcilia über sie? Sie hätte nicht herkommen sollen, nie noch war es gut für sie gewesen, auf der Moosburg einzukehren. Doch kleinlich und niedrig wäre es ihr erschienen, an der Burg ihrer Verwandten vorüberzureiten und erst in Leonstain zu nächtigen. Es wäre ja armselig, gekränkt zu sein über Cäcilias ewige Sticheleien, – Kleinlichkeiten, eitle Eifersüchteleien, wie sie unter den Frauen alltäglich sind.

Und nun sangen sie drinnen dem lieben Gast zu Ehren das Lied vom Herzog Heinrich. Ja, es war Cäcilia gelungen, sie damit zu kränken. Hemma schämte sich, daß sie gegangen war, aber sie hatte nicht anders gekonnt. – Ein Grauen stand in ihr auf, sooft sie nur den Namen des großen Verräters hörte oder an ihn dachte, an den gewaltigen, dunklen Mann, an dem keiner vorübergehen konnte, ohne ihn zu lieben oder zu hassen.

Nun war er des Landes verwiesen, arm und machtlos. Was fürchtete sie ihn noch? Warum kam sein Gesicht in ihre Träume? Warum konnte sie ihm nicht verzeihen? Jedem, der im Elend war, neigte sich ihr mütterliches Herz. Warum blieb es hart bei der Kunde, daß er im Gasteinertale bei ihren Knappen um Milch und Brot für seine Frau gebettelt habe? Herre mein, süßer Jesu Christ – nicht Härte, Angst ist es – heute wie je.

Ach, es lag kein Trost in dieser Erkenntnis!

Der schmale Stirnreifen über dem Frauenlinnen drückte ihre schmerzenden Schläfen. Sie nahm ihn ab und legte ihn neben sich ins Gras. Sie lockerte die nonnenhaften Binden, die Kinn und Wangen hielten. Die Sonne war nun hinter der Burg verschwunden. Betend legte Hemma die Hände ineinander und versuchte still zu werden. Doch es gelang ihr nicht.

Vor ihr lag der kleine See in grünen Wald gebettet. Kleine Inseln schwammen auf dem schwarzen Wasser. Kaum ein paar Bäume hatten darauf Platz. Im Westen verlief der See im Moose. Der Platz, auf dem die Burg stand, war Hemma immer wie ein unheiliger Ort erschienen. Es war da so viel Sumpf und wilder Wald, und es gab eine Menge von Schlangen, Kröten und anderem unheimlichem Getier. Doch heute tat es wohl, daß alles so dunkel und lautlos war.

In fernen Kinderzeiten hatte sie Angst gehabt vor den ungewissen Geschichten, die sich die Leute hier erzählten, von der wunderschönen Mildreda, die Kaiser Arnulfs Buhle gewesen. Sie hatte ihn geliebt, da er noch der Bastard des Reichs geheißen wurde. Darum hatte er ihr auch als Kaiser lange die Treue gehalten. Hier auf der Moosburg hatte sie auf ihn gewartet, Monde und Monde lang. Droben im höchsten Turmgelaß stand noch die Bank, auf der sie einst saß und zur Straße hinüberstarrte, auf der er kommen mußte. In der kühlen Kemenate hatte sie ihm Hemmas Urgroßvater geboren.

Aus dieser großen, sündigen Liebe baute sich ihr Geschlecht. Und in jedem Menschenalter geschah es, daß diese unheimliche Leidenschaft in einem der Nachkommen Mildredas wieder aufflammte. Cäcilia – sie war jetzt eine ehrbare Frau. Was vor Jahren geschehen war, das sollte vergessen sein. Doch Jungfrau Gepas

Geschichte hatte Hemmas Herz oft mit süßem Grausen und schreckhafter Trauer zum Klopfen gebracht, wenn sie in den ersten Jahren ihrer Ehe auf der Moosburg einkehrte.
Jungfrau Gepa war eine Base ihres Großvaters Hartwig gewesen. Sie hatte die Schönheit ihrer Ahne geerbt, doch war sie sanften, innigen Gemütes gewesen. Sie lebte bis in ihr neunzehntes Jahr still auf der Burg dahin. Doch eines Morgens war sie verschwunden. Alles Suchen war vergebens. Im Wasser schwamm ihr Gürtel, das war alles. Da glaubten ihre Brüder, sie sei ertrunken, und wollten schon für ihre fromme Seele ein Amt verrichten lassen.
Doch am Abend, als schon die fremden Priester auf der Burg waren, kam ein altes Weiblein und sagte, sie wisse, daß Jungfrau Gepa noch am Leben sei. Sie habe sie vor einigen Wochen gesehen, als sie sich beim Holzsuchen verspätet habe. Die Jungfrau habe auf einer Felsplatte am Ufer des Sees gekniet und mit einem Manne geredet, der bis über die Schultern im Wasser gestanden habe. Schwarzhaarig sei er gewesen, sagte die Alte, und seine nackten Schultern grün wie Schlamm. Seine Augen hätten die Jungfrau feurig angeglost, so daß sie wie verzaubert sich zu ihm herabgeneigt gehalten habe, ohne sich zu rühren. Zweimal noch habe sie die beiden dort belauscht. Und sie wolle schwören, daß dieser Mann kein Mensch von Fleisch und Blut gewesen. Das drittemal habe sie ihm ein Kreuzchen aus Haselstäbchen zugeworfen. Da sei er in die Tiefe getaucht wie ein Nix und nicht mehr heraufgekommen.
Die Mägde hatten sich bei dieser Kunde furchtsam angeschaut. Lange wagten sie nicht zu bekennen, daß Gepa manchmal mit nassen Kleidern heimgekommen war. Sie hatte gesagt, sie sei im Moore ausgeglitten.
Einige Jahre später sahen sie zwei Knaben, die spielend auf einem Balken gegen die winzige Insel ruderten. Dort saß in der Dämmerung eine Frau in einem langen, nassen Linnenhemde und blickte unverwandt zur Burg hinüber. Der ältere der Knaben erkannte sie an ihrem schönen, rotblonden Haar und ihren sehr hellen Augen. Sie aber war bleich, als habe sie die Sonne Jahr und Tag nicht mehr gesehen, und ihr Gesicht war starr und fremd und leer.
Die Knaben hatte Angst überfallen, und sie ruderten lautlos aus dem Bereich der gespenstigen Erscheinung. Es wurde dann viel darüber geredet. Und irgend jemand hatte dann das Lied aufgebracht

von der wunderschönen Gepa, die vom unseligen Wassermann in den tiefen, dunklen See gelockt wurde. Nun war es schon wieder vergessen. Doch Hemma konnte sich noch entsinnen, daß die Großmutter dieses Lied nicht hören wollte. Sie sagte, sie glaube nicht, daß Gepa mit dem Wassermann geflohen sei. Sie sei wohl mit einem der Geächteten gegangen, die in den wilden Wäldern hausten. Die Großmutter war eine kluge Frau.
Doch Hemma hatte es viel besser gefallen, sich auszudenken, wie die holde Gepa tief am Grunde des Sees saß, und der Wassermann tat ihr über die Maßen leid. Er war so schön und hatte keine Seele, und er war immer traurig. Hemma hatte damals oft gedacht, daß es wunderbar sein müsse, so zu lieben wie Gepa. Auch sie fühlte, daß ihr Herz so geartet sei, aus Liebe alles, alles fortzuwerfen und unterzugehen in einer tödlichen Vergessenheit.
Dann freilich war es nicht so gekommen. Niemals waren die Wasser singend über ihr zusammengeschlagen, und niemals hatte sie sich selbst entsinken dürfen. Es wäre ja zu viel mit ihr untergegangen.
Nun war sie eine alte Frau. Sie dankte es Gott, daß sie sich sagen konnte, sie habe Ehre, Gut und Reinheit ihres Geschlechtes gegen alle Teufel getreu verteidigt. Mit offenem Blick konnte sie jenen, die nach ihr kamen, das Erbe übergeben. Sie selber aber durfte hingehen und endlich Kampf und Mühe hinter sich lassen.
Und wie eine süße Ahnung überkam es sie, als warte auf sie nun doch noch ein Wunder der Liebe. Nun würde sie Zeit und Sammlung finden, sich in Gott zu versenken, und vielleicht würde er sie noch einmal mit Trost und Wonne heimsuchen, wie damals, da sie in die Kirche Maria Elend trat.
Die Sehnsucht nach der stillen Zweisamkeit mit ihm, die sie nie ganz verließ, erglühte heißer. Sie beugte das Gesicht in ihre Hände und saß so, bis der Widerschein des Sonnenunterganges blutige Lichter auf das schwarze Wasser warf und aus dem Moore die weißen Nebel stiegen.

Ein kleines Mägdlein kam über die Wiese herab. Es besaß des Burgherrn dunkelbraunes Kraushaar und Frau Cäcilias kornblumenblaue Augen. Winzig und überzart wie eine Elfe irrte es von Strauch zu Strauch, wie Kinder tun, um die sich niemand kümmert und die mit sich selber nichts anzufangen wissen.

Da es die einsame Frau unter der Esche sah, hielt es inne und äugte verstohlen zu ihr hin. Ob sie böse wäre, wenn Walburg sich neben sie hinsetzte und mit ihr ein wenig plauderte? Eine plötzliche Lust trieb das Kind, die Muhme zu fragen, warum sie heute am Wasser sitze und nicht Ohm Azo – und warum er heute aus seiner Turmkammer so gar nicht herauskomme. Er wisse doch so schöne Lieder. Doch die Eltern hatten dem kleinen Burgelin so viel davon erzählt, wie streng und hochmütig die Muhme Hemma sei, daß es nicht wagte, sie anzureden.
Und leise schlich es durch das weiche Gras davon.

Die Furt der Klage

Die Holunderbüsche wiegten ihre elfenbeinfarbenen Dolden um den mächtigen Turmbau der Burg Grailach. Duft und Farbe glühten über den weitgeschwungenen Hügelwellen des Nassenfußerlandes. Der Kirchturm von St. Ruprecht stand grau und streng darin, und die noch ziemlich neuen Höfe der Ansiedler schimmerten silbern vom bleichenden Holze. Südlich süß und weich war die Luft, hold war die Erde, schön und stark wuchsen die Menschen.
Wahrlich, eine gute Ruhstatt hatte der Herr für Hemmas alte Tage bereitet. Dankbaren Herzens und dennoch von Heimweh und Sehnsucht ein wenig bedrückt, stand sie oft am Fenster der Kemenate, die sie sich hoch im Turm eingerichtet hatte. Sie hatte in der Burg alles aufs beste geordnet und bemühte sich nun, ihr Amt als Markgräfin zu verwalten. Es geschah ihr hart, den ganzen Tag von Streitigkeiten und Untaten, von Grenzsorgen und Elend zu hören und ein strenges, unerbittliches Gesicht zu machen, da sie doch oft den Streitenden am liebsten die Arme um die Schultern gelegt und ihnen die kindische Kleinlichkeit ihres bösen Eifers fortgelächelt hätte. Doch gab es auch ernstere Dinge, die ihr bis in den Schlaf nachgingen, und sie verschwor sich, in Zukunft, wenn Wilhelm wieder an ihrer Seite war, nur noch das stille, innige Leben einer frommen Hausmutter zu führen.
Ein uralter, mühseliger Priester hauste auf der Burg, Meister Vaclav, ein Mähre. Er trug den Namen seines Taufpaten, des heiligen

Erzbischofs Adalbert von Prag. Der hatte ihn einst aus der Gewalt seines jüngeren Bruders erlöst, der ihn um des Erbes willen gefangengehalten hatte. Und obwohl er damals schon ein Mann von dreißig Jahren war, hatte ihn doch die Begegnung mit dem heiligen Mann so tief berührt, daß er nach seiner Befreiung allem Anspruch entsagte und sich taufen ließ, um dem Erzbischof als Schüler auf all den vielgewundenen und harten Stegen seines Lebens nachzufolgen. Nun verbrachte er seine alten Tage auf der Burg Grailach. Die Slawen liebten ihn als einen der Ihren, die deutschen Ansiedler ehrten sein hohes Alter, seine Weisheit und Güte. Hemma aber erschien es als eine besonders liebreiche Fügung Gottes, daß sie einen solchen Führer zum Himmel gefunden hatte.
Manchmal, wenn sie nach heißen Tagen in der kühlen Kapelle ihre Abendandacht hielt, entschlüpften ihre Gedanken dem strengen Gang der Psalmen zu sanften Zukunftsträumen. Ein wenig Traurigkeit mischte sich darin, doch sie war nicht bitter, denn es war der Lauf des Lebens, zu verzichten und zu vergehen, wenn die Zeit gekommen war.

Hemma saß am Fenster ihrer Kemenate und ließ die Nadel emsig durch ein Stück grüne Seide fliegen. Es war ihr eine fromme Freude, in ihren stillen Stunden zur Ehre Gottes Meßgewänder zu sticken. So schön wie ihre Mutter Tuta konnte sie es nicht. Ihre Hand war ein wenig schwer und taugte besser dazu, wilde Knaben zu führen, ein Pferd zu zügeln, den Mägden die Arbeit vorzuzeigen und ihren Namen groß und steil auf ein Pergament zu setzen. Doch traf sie die Farben und Linien schön und klar, so daß ihre Stickereien viel gerühmt wurden.
Atre hockte auf dem hohen Tritt und schnitt handgerechte Fäden von den bunten Seidensträhnen. Vor dem Fenster zitterte das Schattenspiel der Blätter, huschten die Vögel, knirschte ein Schritt auf dem Wege draußen. Drinnen aber murmelte der zahnlose Mund des greisen Kapellans die Heiligenlegende, die ihm die schönste schien: von dem heldenmütigen Leben und Sterben seines Meisters, des Erzbischofs Adalbert.
„Und da wir nun auf die Burg Hališ kamen, sagte uns der Herr, er wollte die Frau ihrem Manne zurückgeben, wenn der Herr Adalbert ihm drei Tage hindurch jeden Knechtsdienst leiste, den er verlange. Denn er glaubte, so ein großer und berühmter Fürst und Erzbischof

würde darauf voll Zorn die Burg verlassen. Doch mein guter Meister legte den Ring und die goldene Kette in meine Hände und machte sich ohne ein Wort daran, dem heidnischen Wüterich die schmutzigen Strümpfe auszuziehen. Dann wartete er ihm vor allen Leuten bei Tische auf und aß im Winkel am Boden bei den anderen Knechten. Er ertrug Schläge und Schimpfnamen und weigerte sich nicht, als der Burgherr von ihm verlangte, er solle den Roßstall ausmisten. So ging es den ganzen Tag mit Spott und Mühen fort, doch am nächsten Tag gegen Abend –"

Ein harter Hufschlag erscholl am Wege. Hemma blickte von ihrer Arbeit auf. Sie sah nicht mehr, wer es war – der Reiter war schon um die Kehre verschwunden. Er hatte Eile.

Doch nun zögerte er, ehe er ans Tor pochte. Die leise Unruhe und Sorge, die immer in Hemma lauerte, flackerte hoch auf. „Atre, laß jemanden nachsehen –", begann sie.

Unten knirschten die Riegel, eine atemlose Stimme keuchte etwas Unverständliches. Dann ging das Tor wieder leise zu.

Ein Schrei gellte irgendwo in der Burg.

Hemma stand auf und trat langsam vom Fenster in die Stube herab. Da blieb sie stehen – starr von einem seltsamen Entsetzen – und lauschte, wie es langsam näher kam, ein aufgeschrecktes Geraune, ein Klagen und Verstummen, – zögernde Schritte, die vor ihrer Schwelle furchtsam innehielten.

Dann sprang die Türe hastig auf. Ein Mann trat in die Stube, so bleichen und verzerrten Gesichtes, daß sie ihn zuerst nicht erkannte. Er riß an seinen Fingern und krallte sie in das Koller und rang nach Worten.

Da vermochte sie ihn endlich mit weißen Lippen zu fragen: „Was bringt Ihr mir, Herr Gerd?"

Seine dunklen Augen schlossen sich krampfhaft. „Eine schlechte Kunde –", brachte er schaudernd hervor.

„Aufstand?" fragte sie.

Er nickte, immer noch mit geschlossenen Augen. „Adalbero – ja. Er überfiel Friesach und die Burg – und da geschah es."

Sie richtete sich hoch und steil auf, wie um sich gegen das eisige Entsetzen zu stemmen, das auf sie niederschlug.

„Was –", lallte sie.

Er schwieg, starrte sie nur mit verzweifelten Augen an.

„Was?" schrie sie herrisch.

Er riß sich zusammen. „Mit eigener Hand –", begann er, und hastig fuhr er fort: „Mit eigener Hand erschlug er Euren Sohn Wilhelm, und Herr Hartwig fiel neben ihm im Kampfe."
Sie blickte ihn mit weiten, verständnislosen Augen an, da er nun wie ohnmächtig vor ihr auf die Knie fiel und laut schluchzend die Arme vors Gesicht schlug.
„Nein –", sagte sie und schüttelte den Kopf. – „Nein –."
Sie strich mit der Hand über ihre Stirne und trat zu Atre, die wie ein halbtoter Vogel auf der Fensterstufe hockte. „Atre – um Christi Barmherzigkeit willen – sag mir –"
Dann wandte sie sich jäh. „Es kann doch nicht sein – es kann doch nicht sein –", keuchte sie. „Herr Gerd, steht auf! Sagt mir – es ist doch nicht wahr!"
Sie rüttelte ihn hart an der Schulter und riß ihn empor und hielt ihn mit beiden Händen an den Schultern fest.
„Es ist wahr, Frau Markgräfin", stieß er verzweifelt hervor. „Gott weiß, daß es mir lieber wäre, ich selber läge tot."
Nun sanken ihre Arme. Ein glühender Schmerz senkte sich in ihre Brust und drang mit jedem Herzschlag tiefer und tiefer und zerschnitt all ihr Leben in Qualen ohne Maßen. Sie verstand und starb nicht darüber. –
Bleich und verheert wie eine Wahnsinnige wich sie von ihm zurück, bis sie mit dem Rücken an die Wand schlug. Da preßte sie die Stirne an den kalten Stein und kreuzte die Arme über dem brechenden Herzen, und sie drückte den Mund viele Male an die tote Mauer, als küsse sie ein Herzliebes. Dann schrie sie auf, daß es gellte: „Wilhelm! Hartwig! Meine Kinder, – meine Kinder!" – Mägde stürzten auf sie zu und wollten sie stützen. Doch sie stieß sie von sich und krallte die Hände wieder in ihre Brust und bog sich wie ein schwanker Baum im Sturm der Schmerzen.
„Herrin – Herrin –", schluchzten und flehten die Getreuen.
„Geht – geht", ächzte sie ohne Tränen. „Allein lassen – geht." – Da schlichen sie zitternd und weinend fort und kauerten sich draußen vor der Tür nieder. Und das Herz gefror ihnen, wenn sie die arme Herrin drinnen aufschreien hörten: „Ich habe es gewußt, – warum habe ich ihn nicht getötet? Mit eigener Hand – oh, mit eigener Hand!"
Und sie hörten ihre gebrochenen Schritte auf und nieder schlurfen und vernahmen dumpfe Schläge an den Wänden. Gegen Abend tat

sich die Türe auf, und weiß und fremd wie ein Gespenst schritt die Markgräfin an ihnen vorüber. „Richtet alles; wir reiten noch heute", sprach sie heiser.
Die Frauen umfaßten ihre Knie und wollten ihr folgen. „Laßt nur, ich gehe in die Kapelle", wehrte sie ihnen und schwankte über die steile Stiege hinab. –

Vorüber an den gesegneten Fluren und Wäldern des krainischen Unterlandes, vorüber am See von Veldes, vorüber an den weißen, schwindelnden Felshängen des Loiblpasses! Kurze Rasten und lange, scharfe Ritte, durchwachte Nächte, im Sattel zugebracht, – wirrer, flüchtiger Schlaf in schwüler Mittagsstunde, indes die Herrin rastlos, händeringend in der Nähe auf und nieder wandert. Von Stunde zu Stunde, je näher sie der Heimat kommen, verfällt ihr Gesicht, wird hohlwangig, fieberäugig und fremd. Niemand wagt mehr, neben ihr ein Wort zu sprechen, seit sie ihnen sogar das laute Beten verwiesen hat. Dumpf und schweigsam, von Entsetzen und Mitleid bedrückt, hasten sie dahin gen Norden, wo nun der treulose Herzog haust.
Es geht gegen Mitternacht, da kommen sie an die Glanfurt, ein gutes Stück südlich von Maria Saal. Kein Stern steht am Himmel, die Luft ist schwül und tot. Nur ein ungewisses Licht gleißt verhohlen auf dem glatten, eiligen Wasser. Ringsum verlieren sich ebener Sumpf und Heide in der nächtlichen Finsternis, nur im Süden dämmert etwas wie ein Widerschein der weißen Berge.
Vorsichtig watet ein Pferd nach dem anderen durch die tückische Furt. Am andern Ufer warten sie zusammen.
„Frau Markgräfin", bittet Ritter Gerd, „erlaubt, daß wir hier ein wenig rasten. Die Pferde können nicht mehr. Und ich möchte, daß wir ausgeruht ins Zollfeld kommen. Wer weiß, wie es um Sankt Veit aussieht."
Müde nickt sie. „Ja, ihr seid alle erschöpft. Sucht euch einen guten Platz zum Schlafen."
Auf dem nahen Hange steht eine Hütte. Dort wühlen sie sich ins Sumpfheu und fallen in einen tiefen Schlaf.
Hemma setzt sich auf einen umgestürzten Weidenstamm. Sie hört zu ihren Füßen das Wasser murmeln und rauschen. Weitum ist nichts als Finsternis und Grauen, und Finsternis und Grauen sind auch in ihr.

Immer noch kann sie es nicht fassen, daß es wahr sein soll. Wider alle Hoffnung hofft ihr Herz verzweifelt, daß ihre Söhne doch nicht tot, sondern nur schwer verwundet seien. Oder ist dies alles nur ein Traum? Dennoch – dennoch – als Leichen hatte man sie in die Burg getragen, da des Herzogs erster Angriff abgewiesen war. – Tot – tot – tot –.

Leise aufschreiend preßt sie das Gesicht in die heißen Hände. O Gott, o Gott, warum hast du mich verlassen!

Sie wagt nicht, an ihn zu denken, an den da droben über den schwarzen Wolken. Denn in gotteslästerlichen Fragen bäumt sich ihr ganzes Sein gegen ihn auf. Warum hast du sie mir gegeben, als eine Gnade übermaßen groß? Warum ließest du sie täglich schöner, reiner und edler aufblühen, um sie jetzt so grausam hinzumähen? Warum nimmst du gerade sie, die Besten, Herrlichsten – warum nicht andere, die deine Erde schänden? Und was habe ich dir getan, daß du mich folterst mit der härtesten Qual, die nimmer endet bis zum Tode? –

Gott – Gott, höre mich nicht an! O Gott, laß mein Herz hier brechen, ehe ich es sehen muß – sehen muß! Laß diesen Baumstamm in das Wasser stürzen und mich begraben! Erlöse mich, erlöse mich! O du Allwissender, weißt du auch dies, was eine Mutter um ihr Liebstes leidet? Weißt du es und kannst es ihr dennoch nehmen? Wer bist du denn? Bist du die Liebe, wie ich bis jetzt wähnte?

Schaudernd, bis ins Innerste verlassen, klammert sie sich an die tote Weide. Ein Windhauch flüstert im Schilf und streichelt ihr Gesicht. Wie eine Hand. –

Die Furt der Klage nennen die Leute diesen Ort. – Celovec. Nächtens wandern die Geister der Dahingeschiedenen hier über das Wasser, leise weinend und raunend, und entschwinden im weiten Moore. Manchmal schleichen im späten Abenddämmer scheue Gestalten heran, Menschen, die um ihre Toten klagen. Dann hängt wohl ein Krüglein Met an einem Erlenast, ein buntes Tüchlein weht im Schilf, oder ein Schüsselchen mit Honig wartet draußen auf einem flachen Steine, auf daß ein totes Kindlein seine Labung habe. Das nächste hohe Wasser nimmt es mit und schwemmt es fort, so wie alle Liebe hinunterrinnt in den Strom der Zeiten und hinmündet in ein unendliches, unbekanntes Meer.

Hemma glaubt nicht mehr an diese alten, heidnischen Gebräuche.

Dennoch zwingt es sie, zu lauschen. Ist es nicht, als tauchten Schritte in das Wasser, als flüstere eine Geisterstimme im Winde – „Mutter – Mutter."
Sie streckt die Arme aus. „Hartwig, Wilhelm!" weint sie tränenlos. Ach, nie wieder, nie wieder wird sie das süße Wort von ihren Lippen hören, nie wieder. – Kann es denn sein, kann denn alle Hoffnung, alle Zukunft über Nacht zerstört werden?
Ach, welche Seligkeit war über ihrem Leben aufgegangen, da sie Mutter wurde! Auf bloßen Füßen wallte sie nach Maria Elend, um für die unaussprechliche Gnade dankzusagen.
Maria Elend. –
Ja, im Elend endet ihre Wonne. Das Magnifikat hatte sie unter Freudentränen gebetet. Nun weiß sie kein anderes Gebet als: Mein Gott, mein Gott, warum hast du mich verlassen?
Wie hatte es Maria ertragen können? Auch sie hatte ihr Kind sterben sehen, ihr alles. Sie hatte nicht gemurrt und nicht gefragt. O Maria, ich vermag es nicht! –
Sie ließ sich auf die feuchte Erde gleiten und warf sich über den rauhen, harten Stamm wie über ein Kreuz. Und aus der schwarzen Nacht in ihrer Seele stieg das gnadenreiche Bild Maria Elend. Die Schmerzensmutter mit dem toten Sohne am Schoß. Unverwandt blickten die verweinten Augen der heiligen Maria in Hemmas starre, tränenlose. Es schwieg ihr Mund, als wüßte sie, daß solche Trauer keinen Trost vertrüge. Stumm hielt sie ihr den verbluteten Jesus entgegen. Auch ich habe ihn mit Freuden getragen und geboren – auch mir haben sie ihn grausam hingemordet.
Da stöhnte Hemma laut auf, als zerspränge ein Seil an der Folter, auf der sie gelegen hatte. Tränen stürzten wild und sehrend aus ihren Augen – sie schluchzte und weinte und wand sich in heißer Not und rief die geliebten Namen in ihre überströmten Hände. Doch es war ihr, als läge ihr Haupt an der schwertdurchbohrten Brust Unserer Lieben Frau, und ihre Seele sprengte die Umklammerung der Todesqual und wuchs empor, bis sie Mund an Mund mit dem König der Schmerzen sprechen konnte: „Nicht mein, sondern dein Wille geschehe!"
Hingeworfen über das harte Holz, kämpfte sie ihre Verzweiflung nieder. Ja – ja, dein sei das Opfer! Es ist mehr als mein Leben, mehr als ich tragen kann, – aber es sei dein! Du hast es gegeben, du hast es genommen – dein Name sei gebenedeit!

Nun sind sie bei dir – bei dir. Laß sie nicht lange vor der Himmelstüre warten – und laß es nicht zu lange währen, bis wir uns alle bei dir wiederfinden – die Kinder, ich – und Wilhelm – ach, Wilhelm! Heißer flossen ihre Tränen. Wie mochte er es tragen! Gott stärke ihn!
Eine dumpfe Helle dämmerte im Osten, und feuchte Kühle kroch aus dem Wasser. Hemma stand von den Knien auf. Todmüde schlug sie den Mantel fester um sich und trocknete ihre Tränen. Sie sah den Morgenstern groß und rot zwischen den nächtigen Wolken hervorbrechen.
Die dunkle Nacht war vorbei, der Tag der Schmerzen brach an. Mit Beben und Bangen, doch ganz ergeben, nahm sie das Kreuz an aus der Hand des Herrn.

Nebel und Morgengrauen woben um den unheimlichen Ort, als Ritter Gerd aus der Hütte trat. Er sah die Herrin reglos neben dem Wasser stehen, groß und hoch und dunkel wie ein heiliges Steinbild. Da sie ihm das Gesicht zuwandte, verstummte der Morgengruß auf seinen Lippen, so bleich und überirdisch erhaben strahlte ihr Angesicht. Er beugte sein Knie und küßte den nassen Saum ihres Gewandes.
Sie schaute über ihn hinaus gen Osten, wo in diesem Augenblick ein blendender Sonnenpfeil die schweren Schwaden durchbrach.
Da preßte sie die schmalen Fingerspitzen an den haltlos bebenden Mund und sprach unter verhaltenen Tränen und doch von einer geheimnisvollen, schweren Freude getröstet: „Seht nur, Herr Gerd, wie schön es dort ist, wo sie nun weilen."

Im Zollfeld und um St. Veit war alles still wie an einem Karfreitag. Doch da sie durch den Woischarter Wald ritten, spürten sie im Winde einen scharfen Brandgeruch. Sie trieben die ermatteten Pferde an, um bald aus dem unheimlichen Forst hinauszukommen, wo hinter jedem Dickicht eine eppensteinische Schar lauern konnte. Trotzdem war es später Nachmittag, als sie gegen Althofen kamen. Entsetzt hielten sie am Waldrande an. Burg und Weiler standen in hellen Flammen, es brannten die Höfe im Krappfelde und auf den Höhen. Mölbling war eine verlöschende Fackel, und über dem Urtelgraben und dem Görtschitztal, über Friesach und den Wimitzbergen ballte sich der Rauch wie schwarzrote Gewitterwolken.

„Frau Markgräfin“, sagte Ritter Gerd, „es wird wohl das beste sein, wenn Ihr hier in einem sicheren Unterschlupf wartet, bis ich erkundet habe, wie es um die Unsrigen steht.“
„Nein“, antwortete sie. „Reiten wir durch. Wir werden schon einen sicheren Seitenpfad finden.“
Die Straße war ruhig. Sie ritten weiter, vorbei an gesengten Hütten und Höfen. Erschlagenes Vieh lag am Rain, und verängstigte Leute huschten ins Gebüsch, sobald sie den kleinen Zug mit der Markgräfin erblickten.
Je näher sie nach Friesach kamen, desto furchtbarer zeigten sich die Spuren eines grausamen Krieges. Hier war kein Haus verschont geblieben. Leichen trieben in der Metnitz, Kinder schrien gellend nach ihren Eltern. Die Felder und Wiesen sahen aus wie zerwühlte Sautratten. An einem Baume neben der Straße hingen wohl ein Dutzend Bergknappen wie Drosseln an einer Rautasche. Schaudernd schlugen die Reiter ein Kreuz.
Nirgends aber war eine Spur von den Eppensteinischen zu sehen. Der Aufstand war wohl niedergeschlagen worden. Doch niemand wollte ihnen Rede und Antwort stehen. Die verzweifelten Leute flohen vor den Heimkehrenden schon von weitem in den Wald.
Friesach rauchte und schwelte wie ein ausgebrannter Meiler. Wo einst im Zingel das Tor gestanden hatte, türmten sich verkohlte Balken, Steine und junge Fichtenstämme zu einem rohen Walle. Eine Rotte Männer lungerte darauf herum. Hemma sah, daß sie zu Wilhelms Heerbann gehörten.
Sie dämpften ihr wildes Geschrei, als sie die Markgräfin erkannten. Ihre derben Gesichter, die von Haß und Mordgier zuckten, wurden stier und dumpf. Einer schlug grüßend an seinen Schild, es klang wie eine zerbrochene Glocke.
Die Zügel zittern in Hemmas Händen bei diesem traurigen Willkomm. Es ist Wahrheit – nun kann sie nicht mehr entrinnen, nun trägt sie jeder Schritt näher zur Richtstätte ihrer Liebe.
Wie durch das Rauschen vieler Wasser hört sie den Bericht eines Kriegsmannes an Herrn Gerd: „– – – lange hat seine Herrlichkeit nicht gedauert – wir haben sie gerächt – – sie kommen nicht allein zur Himmelstür.“
Ein Schauder fliegt Hemma beim Klang dieser blutsatten Stimme an. Doch sie vermag jetzt nichts zu denken. Sie hat nur Angst – Angst vor dem, was sie nun wird sehen müssen.

Die Straße ist frei. Über ausgestorbene Brandstätten ziehen sie gegen die Burg.

Stumm weicht das Gesinde vor der Markgräfin zurück, da sie in den Hof reitet und wie eine Sterbende in Askuins Arme fällt. Doch sie rafft sich auf und blickt mit wirren Augen suchend um sich. Aus der Halle, wo sonst die Reisigen aßen, fällt roter Fackelschein. Zerdrücktes Schluchzen und Beten geht hinter den leeren Fenstern um. Und im Saale oben klingt wirres Schreien und Scharren.

„Wo?" fragt Hemma zerdrückt.

Askuin nimmt sie leise an der Hand. Sein todbleiches junges Gesicht ist mit einem Verbande eingemummt, und seine Hand ist heiß von Fieber. Alles – alles ist zerbrochen und zerstört, geht es dumpf durch Hemmas Gedanken.

Vor der Kapellentür bleibt sie stehen. Sie läßt die Hand wieder vom rostigen Ringe fallen und stöhnt leise. Doch dann öffnet sie das Tor und tritt ein.

Es ist finster in der kühlen, steinernen Gotteskammer. Die Fenster sind dicht verhangen, sechs Fackeln brennen auf eisernen Schäften um einen grauen Sarkophag. Zwölf Männer in Eisen halten mit blankem Schwert und hohem Schild die Totenwacht.

Sie regen sich nicht, da die bleiche Frau in die Kapelle tritt. Nur ein kaum hörbares Singen geistert durch den Stahl in ihren Händen.

Hemma löst sich von Askuins Hand und geht langsam, Schritt für Schritt, auf die Bahre zu. Ihr Herz steht still, da sie die Hand an die purpurne Decke legt, darunter sich zwei langgestreckte Gestalten zeichnen.

Flüchtig weht es an ihrem Geist vorbei: ein weißes Nesseltuch – ein süßes, rundes, rosenlichtes Kindlein –.

Sie wimmert in sich hinein. Dann zieht sie mit einem jähen Griff die Decke fort.

Zwei wächserne Gesichter, lang und hager und streng, – sehr fern schon allem Licht und allem Leben und von dem Grauen der Vergängnis angegriffen. Und dennoch Inbegriff aller Liebe, aller Hoffnung, aller Erfüllung! Zerbrochen, – zerstört, unwiederbringlich – unwiederbringlich.

Starr blickt sie auf die Toten nieder. Sie schaut die tiefe, tödliche Wunde an Wilhelms Halse, das dunkle Blut an Hartwigs lichtem Haar, das über den klaffenden Spalt gelegt ist.

Hat es euch weh getan?
Weh – ich war fort. O hätten die Streiche mich getroffen – o läge ich auf dieser Bahre!
Ihre Knie brechen, sie sinkt lautlos zu Boden. Doch ihre Sinne vergehen nicht. Sie möchte schreien und sich die Haare raufen, doch zwölf starre, ergrimmte Augenpaare gleißen unter schwarzen Helmen hervor. Sie legt die Stirne an den kalten Stein und kniet so ohne Laut und Regung. Sie weiß nicht, welche Zeit vergangen ist, da tritt einer aus der Reihe der Wächter auf sie zu. Mit lichtblauen, harten Augen blickt er auf sie nieder. „Seid stark, Fraue", spricht er klar und fest. „Sie starben für das Reich." –

Draußen im Hofe ist das verstörte Gesinde zusammengelaufen, um die Herrin zu begrüßen. Laut weinend drängen sich die Mägde um ihre Knie, die Männer drücken finster ihre Hände. Viele von den Weibern tragen Trauerkleider und haben rotverweinte Augen. „Daß nur Ihr wieder daheim seid!" schluchzen sie. „Grausam, grausam ist es bei uns zugegangen!"
Sie führen die Herrin von ihrem eigenen Schmerz fort zum Leid ihrer Schutzbefohlenen. In der Halle der Reisigen liegen sie in langen Reihen, die ganze Besatzung der Burg. Auch ein paar Mägde.
„Durch das Metnitzpförtchen haben sie sich eingeschlichen", klagt die alte Gret, „und alles haben sie niedergemacht, was ihnen in die Hände gekommen ist."
„Des Herzogs Sohn war auch dabei. Er ist entkommen."
„Der Aussatz soll ihn finden!" flucht die Alte.
„Still – still", mahnt Hemma mit erloschener Stimme. „Hier wollen wir beten, nicht fluchen." Und mühselig kniet sie vor der Bahre des treuen Ruother nieder und betet ein Vaterunser vor – auch für sie das erste, das sie über die Lippen bringt, seit sie die schreckliche Todeskunde vernommen.
„Wo ist mein Gemahl?" fragt sie dann.
„Droben im Saal", antwortet Askuin schnell. „Doch es ist besser, Ihr geht jetzt zur Ruhe. – – Sie halten den Leichenschmaus", setzt er zögernd hinzu.
Hemma bemerkt kaum, wie sich die Leute verstört und bedeutsam anblicken. Doch plötzlich fühlt sie die Furcht, das Grauen in allen Gemütern. „Es ist doch meinem Herrn nichts geschehen?" fragt sie bang.

Sie schütteln die Köpfe und geben ihr den Weg frei.
Auf der niederen Steintreppe vor dem Saale glühen blutige Fußtapfen. Trunkenes Brüllen hallt der gebrochenen Frau entgegen, da sie sich die Stufen hinaufschleppt.
Niemand öffnet ihr die Tür, wie sonst, wenn sie nach Hause kam. Alles ist anders – anders.
Entsetzt bleibt sie auf der Schwelle stehen, als sie das, was hinter der Türe lag, zurückgeschoben hat. Ihr leiser Schrei verhallt in dem Toben der trunkenen, rasenden Männer, die da in dem Dunst und dem Glutschein der Fackeln um eine zerstörte Tafel sitzen. Sie unterscheidet zuerst den wirren Graukopf des Dietrichsteiners – wie ein wütender Stier, muß sie denken –, den Kolnitzer mit einer blutigen Binde um Hals und Arm, den Marquardt von Mallenthein, dürrer, wilder und häßlicher als sie ihn je gesehen.
Doch vor der Tafel auf den schönen gelben Fliesen liegen zusammengehauene Männer zuhauf. Blut rinnt in dunklen, glitzernden Bächen von ihnen fort bis unter den Tisch. Eine kleine Schar Gefesselter drängt sich hinter der Anrichte zusammen.
Hemmas Kraft ist zu Ende. Ekel würgt ihr die Luft aus der Kehle. Der rote Fackelschein verschwimmt vor ihren Augen zu einer düsteren Wolke. Doch darin sieht sie plötzlich Wilhelms Gesicht auftauchen, graubleich, von eisenfarbenem Haar wild umstanden, blutigen Irrsinn in den schwarzen Augen.
Taumelnd hebt er den Becher gegen sie. „Heil dir, Hemma, mein gutes Weib! Unser Glück ist aus. –" Er fährt mit der Hand quer durch die Luft, daß der Wein zu Boden spritzt. „Doch unsere Ehre – habe ich wieder aufgerichtet."
Er stiert sie an – o Gott, wie fremd! Manchmal, in Augenblicken höchsten Zornes, hat sie schon dieses Gesicht hinter seinen festen, treuen Zügen lauern gesehen. Doch heute ist es da – unverhüllt – lodernd – grausam, wie das Antlitz eines heidnischen Rachegottes.
Sie rafft sich zusammen, legt die Hand auf seine Schulter.
„Wilhelm", spricht sie voll heißem Erbarmen.
Da brüllt er auf, daß es über das trunkene Getöse hinweghallt. Sein schwerer Kopf fällt auf ihre Schulter. Mit aller Kraft stützt sie den mächtigen Leib, der von hartem Schluchzen gerüttelt wird, sie legt die Wange auf sein feuchtes Haar und küßt seine Schläfen und flüstert: „Armer – armer Wilhelm – nun bin ich bei dir – gemeinsam werden wir es ertragen, du und ich, armer Wilhelm."

„Rache!“ ruft Ulrich von Dietrichstein, wohl schon zum tausendsten Male in diesen Tagen. Der Mallentheiner, dürr und dunkel wie ein Teufel, setzt über den Tisch und reißt einen Gefangenen aus dem Winkel hervor. „Er war dabei, als Wilhelm fiel. Er soll sterben wie er!“ – „Sterben!“ schreien die anderen.
„Halt!“ ruft Hemma und hebt die Hand. Vor ihrem weißen Leidensgesicht verstummen die Rasenden. „Ihr Herren“, spricht sie sanfter, „nun möchte ich euch bitten: Laßt meinen Gemahl und mich nun in der Stille klagen! Allzu schwer ist, was uns betroffen hat. Und nun tut mir die Liebe und laßt diese armen Menschen am Leben. Nun ist es des Blutes und der Tränen wohl genug!“
Die Männer sahen sich an. Es waren viele unter ihnen, die Hemma nur flüchtig kannte, Steirer, Salzburger, Bayern, die wohl geholfen hatten, Adalbero niederzuwerfen. Endlich rief der Kolnitzer ungeduldig: „Führt sie in die Keuche, wenn die Frau Markgräfin es so haben will!“
Da neigte Hemma das Haupt und sprach mit schwankender Stimme: „Ich danke euch tausendmal, ihr Herren, für eure Treue und Hilfe! Ich hoffe, es ist für euch alle die beste Unterkunft bereitet. Wollet eure Wünsche dem Hausvogt sagen.“
„Der Hausvogt liegt drunten auf der Bahre“, sagte der Dietrichsteiner barsch. „Und für uns werden wir selber sorgen, das soll Euch wenig kümmern.“ Er schob sich zwischen Tisch und Bank hervor und tappte auf Wilhelm zu. „Du sollst jetzt schlafen, alter Geselle! Nehmt ihn am anderen Arm, Frau Hemma!“
Mühselig kamen sie bis in die Kemenate. Dort legten sie Wilhelm auf das breite Bett, lösten ihm die Schuhe von den Füßen und den Gürtel von seinem weiten Trauergewande. Er war nun halb bewußtlos vom Weine und vor Erschöpfung und ließ alles mit sich geschehen wie ein Kind.
Sie setzte sich zu ihm und hielt seine Hand, bis er in einen schweren Schlummer fiel. Es war ihr, als sei sie tödlich krank vor Müdigkeit und Kummer.
Dennoch spannte sie heimlich ihre Kraft schon wieder wie eine niedergebogene Fichte im Windbruch eines Waldes. Wie durfte sie sich zerbrechen lassen, da so viel Not nach ihr schrie? Das verheerte Land, die Witwen und Waisen, die Wunden und Müden und Wilhelm – Wilhelm.
Leise küßte sie sein verblichenes Haar. Und in diesem Kuß entsank

sie sich und ihrem eigenen zerbrochenen Herzen, das so wild nach Trost und Heilung schrie.

Es wurde Abend und Morgen und Nacht und Tag. Die Zeit ging weiter, und die Pflicht stand vor der Tür und rief Hemma aus der trauervollen Versunkenheit hervor. Weitum hatte Wilhelms Rache ein grausiges Gericht gehalten. Bis ins Görtschitztal und in die Flattnitz waren die Knappendörfer verheert, die Aufrührer gerichtet. Das Elend war groß.

Wer sie hatte retten können, hatte sich auf die Almen und in die Wälder geflüchtet. Doch nun trieb sie der Hunger wieder hervor. Wohl hatte Hemmas Herz gezuckt, als die ersten Rebellen vor sie hingetreten waren. Das schlechte Gewissen und die Todesangst sahen aus den hohlen Augen. Sie hatten ihre Weiber und Kinder bei sich, um das Herz der Herrin zu erweichen. Sie sprach kein Wort von dem, was ihr geschehen war. Sie wußte, sie waren arme Verführte, die von Adalbero in einen hoffnungslosen Kampf getrieben worden waren. Sie hatten Leben und Habe eingesetzt und verspielt, indes er und sein Sohn vor dem anrückenden Heer des Kaisers geflohen waren.

Still und traurig, wie sie jetzt immer war, reichte sie ihnen Brot und Kleidung, ermahnte sie, ihre verbrannten Hütten bis zum Herbst wieder aufzubauen, – Holz zum Bau könnten sie sich vom Walde selber nehmen, das Essen bekämen sie in der Burg. Willig ließ sie ihnen ihre Hände, wenn sie dann, von Reue und Mitleid überwältigt, vor ihr in die Knie sanken und sie um Vergebung baten. „Gott habt ihr mehr beleidigt als mich“, sagte sie wohl und verbarg ihre Tränen hinter ihrem grauen Trauerschleier.

Wilhelm ließ sie schalten. Er wollte jetzt keinen Menschen sehen. Tagelang strich er allein im Walder umher. Als des Kaisers Boten kamen, die ihm den Dank des Reiches für seine Treue brachten, ließ er sie wohl von Hemma aufs beste bewirten und beschenken, doch er selber erschien nicht an der Tafel. Spät abends, als Hemma endlich in die Kapelle gehen konnte, fand sie ihn neben dem Sarkophag eingeschlafen. Tränen glitzerten in seinem krausen Barte, sein Schwert lag mitten auf den Fliesen, als ob er es von sich geworfen hätte.

Drei Wochen nach ihrer Heimkehr mußte Hemma wieder zu einem Leichenmahl reiten. Thietmar von Albeck war seinen Wunden

erlegen. Es hatte zeurst nicht so ausgesehen, als ob der Hieb in die Schulter so gefährlich wäre, doch es war der Brand dazugekommen, und nun war er kläglich gestorben.
Außer sich vor Kummer warf sich Agnes in Hemmas Arme, als sie zu ihr in die Kemenate trat. „Hemma", schluchzte sie wild, „denke daran, was ich dir hier an dieser Stelle einst gesagt habe: Besser wäre es, eine von uns Frauen hätte diesem Werwolf ein Messer in den Rücken gestoßen! Dann lebten die Besten noch, und alles wäre gut. Nun lebt er – und wir haben alles verloren – oh, Hemma, alles – alles – alles!"
„Du hast noch deine Kinder, Agnes", tröstete Hemma die Freundin. Sie weinte nur noch verzweifelter. „Die zwei kleinen Mädchen sind noch zu jung, um etwas zu verstehen. Ulrich ja, Ulrich ist mein Trost und meine Stütze, doch Liutswinde macht mir nichts als Sorgen. Seit dem Aufruhr schließt sie sich von uns allen ab und spricht oft tagelang kein Wort. Nun scheint es doch, als ob sie Hartwig über alle Maßen geliebt habe."
„Kann ich sie sehen?" fragte Hemma mit schwerem Herzen.
„Nein, sie sagte, sie wolle heute niemandem begegnen. Sie sitzt drüben im Frauenhause und hat die Tür zugeriegelt –. O Hemma, – der Tod kommt gerne dreimal in ein Haus. Erst war es Margret, nun Thietmar, – Gott soll uns schützen, noch mehr Leid ertrage ich nicht!"
Nun kamen neue Gäste. Hemma ging in die Halle hinunter, um jene, die von weit her geritten kamen, an den Tisch zu laden. Dann ordneten sich alle zum Leichenzuge. Draußen bei der Glödnitzer Kirche, die Hemma hatte bauen lassen, war von Thietmars Vater eine Begräbnisstätte gestiftet worden.
Beim Leichenmahle sprachen die Leute viel von all den großen Begräbnissen, die nach dem Aufruhr gehalten worden waren. Viele waren gefallen – hüben und drüben. Am seltsamsten war es aber wohl auf der Moosburg zugegangen. Frau Cäcilia war mit durchstochenem Herzen im Moore gefunden worden. Herr Siegebert ließ sie in Ehren begraben und sagte unter mühsamen Tränen, sie sei wohl aus Rache überfallen und getötet worden, da es nicht verborgen geblieben war, daß sie ohne sein Wissen den Eppensteiner auf der Burg versteckt gehalten hatte. Doch wollte das Raunen nicht verstummen, daß Siegebert selber sein Weib ermordet habe.

Nun besaß er die Burg zu freiem Eigen, denn Cäcilia hatte zu Weihnachten feierlich ihren Sohn Askuin enterbt, da er seine Mutter treulos im Stich gelassen und ihr nichts als Kummer und Enttäuschung bereitet habe. Es hieß, Herr Siegebert wolle noch diesen Herbst mit der Witib eines reichen Villacher Waffenschmieds Hochzeit machen.
Nun ist die Moosburg um eine dunkle Geschichte reicher, dachte Hemma. Sie nahm sich vor, für Cäciliens Seele eine Stiftung zu machen. Sie konnte es wohl brauchen, die arme, ruhelose Frau.

Drei Tage blieb Hemma in Albeck, um ihrer Freundin über die bittersten Stunden hinwegzuhelfen. Länger aber wollte sie Wilhelm nicht alleine lassen. Sie bat Agnes inniglich, bald zu ihr nach Zeltschach zu kommen. Dort, wo nicht jeder Stein sie an ihr verlorenes Glück gemahne, werde sie ihr Unglück leichter tragen.
Herr Ulrich von Dietrichstein, der als Zeuge bei der Verteilung des Erbes dabeigewesen war, meinte, es sei nicht gut, wenn eine traurige Frau allein durch den Wald reite. Überdies müsse er einmal nach seinem Freunde Wilhelm sehen. Ohne viel um Erlaubnis zu bitten, schloß er sich Hemma an, als sie sich auf die Reise machte. Er ritt eine gute Strecke schweigend und mürrisch neben ihr her. Doch als sie schon von weitem die Glödnitzer Kirche sehen konnten, fluchte er: „Gottes Blut und Teufels Huf! Die alten Leute waren doch die klügeren!"
Fragend blickte sie zu ihm hinüber. Da sprach er: „Vor ein paar Jahren war es wohl – damals, als Adalbero seine ewigen Streitigkeiten mit dem Kaiser hatte –, da erzählte mir einmal Euer Ruother, daß die alten Waffen in Eurer Halle sich bei Nacht gemeldet hätten. Wir redeten damals eine gute Weile darüber, ob dies nun einen Kampf voraussagen solle oder ob die Alten sonst etwas von Euch hatten haben wollen. Heute weiß ich es nun: Damals hätten wir losschlagen sollen. Damals hätten wir unseren sauberen Herzog einfach absetzen und gefangennehmen sollen. Und wenn wir ihm den Kopf vor die Füße gelegt hätten, so wäre es auch kein großer Irrtum gewesen. Doch wenn ich zu Wilhelm ein Wörtlein davon sagte, so hieß es: die Treue und das Recht und die Aufrichtigkeit und die Freundschaft – als ob sich der schlechte Kerl jemals um diese schönen Dinge geschert hätte! Größere Untreue als den Mord an Euren Söhnen hat die deutsche Erde nicht gesehen."

Hemma seufzte. Ja, so wäre es – vielleicht – besser gewesen. Dennoch, wer wollte Wilhelm tadeln, daß sein gerader Sinn solche Hinterlist nicht fassen konnte? Und seine Pflicht hatte er ja nicht verletzt. Er war des Aufstandes auch jetzt Herr geworden. Nur er selber hatte sein Bestes verloren.

Sie ritten wieder schweigend dahin. Nach einer Weile begann Herr Ulrich wieder: „Ihr müßt nicht glauben, daß ich Euch einen Vorwurf machen wollte. Ich kann mir nur nicht helfen – es grämt mir innerlich alles um und um, wenn ich denke, welch jammervolles Ende diese zwei prächtigen jungen Leute nehmen mußten!"

Sie raffte sich mühsam zusammen und sprach: „Niemand hat mir noch richtig erzählt, wie es zugegangen ist. Ihr wart doch damals in Friesach, nicht?"

Er hustete. „Das Ganze ist eine Schande für das Land und für uns alle. Der Teufel soll ihn in den Lüften zerreißen, diesen Schurken! Ja, ich war damals dabei. Es ist wohl besser, ich erzähle es Euch frank und frei, als daß einmal ein heulendes Weibsstück Euch ein Schauermärchen vorplärrt."

Sie waren nun an der Kirche von Glödnitz angekommen. „Ein Vaterunser für den Thietmar werdet Ihr wohl beten wollen", meinte er unwirsch und wälzte sich von seinem riesenhaften Grauschimmel. Sie nahm seine Hand und stieg ab.

Nachdem sie in der Kirche an der Grabstätte der Albecker ein kurzes Gebet gesprochen hatten, traten sie in den trüben, milden Tag hinaus. „Wir wollen hier ein wenig rasten", bat Hemma.

Sie setzten sich auf den kurzgemähten Rasen und blickten ins Tal hinaus. Die verschleierte Sonne stand hoch. „Ja", sagte der Dietrichsteiner nach einer Weile, „das war nun so: In der Woche nach Pfingsten waren alle Knappen von nah und weit in Friesach zusammengekommen, wie alle Jahre. Diesmal aber waren es solche Menschenmengen, und fremdes Gesindel und fahrendes Kriegsvolk mischte sich darunter, daß der Markt wie ein Bienenstock vor dem Schwärmen aussah. Viele hatten sich draußen auf den Wiesen Laubhütten gebaut, und es war ein Gedränge und eine Lustbarkeit, ein Saufen und Fressen, ein Raufen und Würfeln, daß es selbst mir ein wenig ungut wurde, als ich am Freitag nach Friesach kam. Ich nächtigte in einer Herberge und wollte am nächsten Tage mich um ein paar gute Schmiedgesellen umschauen. Doch ich kann nicht dazu, denn am Morgen lief alles auf den

Schindanger hinaus. Zwei Knappen hatten in der Nacht – voll und toll besoffen, wie sie waren – eine ehrbare Bürgersfrau, die schöne Schmiedin, überfallen, derweil ihr Mann und ihre Gesellen im Wirtshaus waren. Die Magd schlug Lärm und lief zur Burg um Hilfe. Die kam freilich zu spät – doch am Samstag in aller Frühe hielten Euere Söhne Gericht und ließen beide Knappen an den Galgen hängen – das mindeste wohl, was solchen Frauenschändern gebührt. Unter den Knappen war aber den ganzen Tag ein böses Gerede und Geraune, ich selber hatte einige Händel mit den aufsässigen Burschen.
Am Dreifaltigkeitssonntag waren Wilhelm und Hartwig in der großen Messe am Petersberge. Sie beichteten beide dem Propste und nahmen den Leib des Herrn. Sie hatten wohl ihre Schwerter bei sich, doch trugen sie keine Rüstung unter ihren Festtagsgewändern. Ja – ich hatte mir auch die Mühe nicht genommen, an so einem heißen Tage mich mit dem vielen Eisen abzuschleppen. –" Er hielt inne und stierte zu Boden und schüttelte den Kopf, als müsse er eine Hornisse abwehren. „Nun, ich war mit meiner Andacht bald zu Ende und ritt in den Markt hinunter. Der wimmelte von aufgeregten Menschen. Ich hatte Mühe, mein Roß bis zum Brunnen durchzuzwängen. Da hörte ich ein paar Schreie –.
Ich wende mich um und sehe gerade, wie die zwei jungen Grafen vom Berg herabkommen. Bei Gott, schönere zwei kann man sich nimmer denken! Im Nu sind sie in einer schreienden, fuchtelnden Rotte eingekeilt. ‚Mörder! Schinder! Blutrichter', brüllt es von allen Seiten. Ich höre Hartwigs helle, klare Stimme – was er sagte, verstand ich in dem Getöse nicht. Die Leute wurden stiller, einige Burschen schmunzelten sogar. Doch in diesem Augenblick drängt sich eine Hundertrotte von dem fremden Kriegsvolk mit Spießen und Keulen durch die Leute, daß sie schreiend zur Seite drängen. Und auf einmal haben alle Knappen Messer und Steinschleudern in den Händen. Die Weiber flüchten, Kinder werden niedergetreten, und um die zwei Grafen geht es im Ernste los. Ich fahre mit meinem Hengste drein, um ihnen zu Hilfe zu kommen – noch nehme ich es nicht für ernst, denn eine Rotte zu Fuß kann gegen ein Dutzend Reiter, wie wir es insgesamt waren, schwer aufkommen. Ich sehe Hartwig um sich hauen, noch mit dem flachen Schwerte – sein Gesicht war so erstaunt, nicht im mindesten erzürnt. Doch Wilhelm schien es schon zu dämmern, daß es hier nicht um eine bloße

Knappenrauferei ging. Kaum war ich bei ihnen, da brachen nun aus allen Gassen und Schlüften bewaffnete Männer hervor. Ich schrie: ‚Zur Burg, zur Burg!' Wilhelm nickte. Es hieß für uns, wacker zu fechten, denn alle zielten nach unseren Rossen. Und wir waren noch nicht bis an die Metnitz gekommen, da brach Wilhelms Hengst zusammen. Ich konnte ihn nicht mehr sehen, ich war abgedrängt worden. Ich mühte mich, zu ihm zu kommen, und gerade wie ich auf Schwertslänge ihn erreichen könnte, höre ich ein Lachen. Wilhelm reißt sich herum, und beide sehen wir in Adalberos wütiges Gefriß. Einen Augenblick stehen wir starr vor Überraschung – da blitzt des Herzogs Schwert und fällt auf Wilhelms bloßen Hals nieder. Ich barst vor Wut und hieb ein Dutzend Leute um mich zusammen, doch ehe ich dem feigen Hund nahe kommen konnte, war er zwischen den Söldnern verschwunden. Inzwischen war Hartwig bis an den Burgweg gekommen und hatte sich aus dem ärgsten Gedränge herausgehauen. Auch sein Roß stürzte, aber ich sah ihn in langen Sprüngen, rechts und links ausfallend, gegen das Burgtor hetzen. Sankt Jörgen Dank! dachte ich. Er ist in Sicherheit! Ich hoffte immer noch, daß Wilhelm noch zu retten sei – um ihn stand nun ein Rudel Knappen ganz betroffen. Doch als ich hinkam, konnte ich gerade noch seinen letzten Blick auffangen. Da gab es denn für mich kein Halten mehr. Ich habe unter dem Gesindel gehaust wie ein Wilder. Und spähte und spähte nach dem Eppensteiner aus. Doch der hatte sich verkrochen.
Mein Hengst blutete, drum suchte ich selber zur Burg zu gelangen. Doch als ich näher kam, mußte ich sehen, daß alles verraten war. Aus dem Burgtor stürmten aufständische Horden hervor. Ein wildes Gemetzel wütete auf der Brücke und dem Wege. Hartwig lag schon als Leiche im Graben, und mir blieb nichts anderes übrig, als in größter Eile zum Herzog Konrad nach Villach zu reiten und an alle Getreuen Botschaft auszusenden.
Drei Tage später hatte sich ein Heer gesammelt, Wilhelm kehrte zurück, und Adalbero wurde schimpflich besiegt. Wir aber nahmen gerechte Rache an dem elenden Mordgesindel."
Die Hände vors Gesicht geschlagen, saß Hemma neben ihm. So geschah es in der Welt – die Lichten fielen, die Finsteren lebten weiter und spannen neues Unheil. Im offenen Kampfe, Mann gegen Mann, hätte Adalbero ihre Söhne nie bezwungen. Ihr junger Waffenruhm kannte sie nur als Sieger. Da dingte der Böse die unzähli-

gen schwarzen Zwerge, die unter der Erde hausen, und durch Verrat und List übewältigte er die reinen Helden. Es war wie in den alten Mären.

„Unbegreiflich bleibt es mir, wie die Aufständischen in Eure Burg gelangen konnten. Die paar Mägde, die mit dem Leben davongekommen waren, erzählten, daß am Morgen während der Messezeit plötzlich die ganze Burg von fremdem Kriegsvolk gewimmelt habe. Und sie schworen, daß des Herzogs Sohn Markward dabei gewesen sei. Wie auf einen Schlag brachen sie aus allen Winkeln hervor und metzelten alles nieder, was sich wehrte. Und als Hartwig an das Tor kam, machten sie den Ausfall. – Sie müssen wohl während der Nacht sich eingeschlichen haben. Und der sie anführte, hat wohl ein geheimes Türlein gekannt."

Ach – es ist ja nun alles gleichgültig, wie es geschah! Gutzumachen ist es nicht mehr – nie mehr.

Sie schlingt die schmalen Hände um die bebenden Knie und schaut hinüber, wo jenseits des Tales der Wald an den bleichleuchtenden Himmel rührt. Und es ist ihr, als versinke alle Welt um sie und sie stünde einsam auf einer Insel im Meer der Schmerzen. Nicht Schiff noch Steg holt sie zurück. Nur eine unsichtbare Straße lockt sie empor ins Land der Seligen.

Sie schrickt zusammen, da Herr Ulrich neben ihr brummt: „Es wundert mich, wie Ihr dieses Unglück so mannhaft tragen könnt. Manche andere Frau weinte sich die Augen blind. Ihr aber helft noch den anderen, damit alles wieder in Ordnung komme. Wahrhaftig, es ist viel für eine Frau!"

Sie ist ein wenig gerührt, weil er sie so zart trösten will. Doch sie schüttelt leise den Kopf. „So manche Frau mußte es schon erdulden, daß ihre Söhne im Kampfe fielen. Und Gott wird mir beistehen, das Kreuz willig zu tragen, das er mir auferlegt hat."

Die Schwüle des Hochsommerabends hauchte zu den engen Kapellenfenstern herein. Leise flackerten die sechs Kerzenflammen um den steinernen Sarkophag. Die Leinenbinden um Hemmas schmalgewordenes Gesicht waren ein wenig feucht. Die Hitze drückte sie so sehr in ihren schweren dunklen Trauergewändern, und sie hatte den Tag über viel Arbeit gehabt. Dennoch wollte sie heute noch eine Weile beten – sie sehnte sich so sehr nach Stille, Andacht und Gelassenheit.

Hundertmal im Tage bohrten sich die Messerstiche des Grames in ihre Seele. Bald mußte sie mit Knappen verhandeln, die unter den Aufständischen gewesen waren, bald mußte sie den Trostsprüchen fremder Menschen standhalten. In allen Stuben und Höfen standen holde, zerstörte Erinnerungen auf, Kleider und Waffen lagen noch herum, die ihren Söhnen gehört hatten, Hunde winselten um ihren jungen Herrn. Und Wilhelm – ach Wilhelm! Seine wilden Klagen, sein dumpfes Dahinbrüten, seine Gleichgültigkeit gegen alle Pflichten waren kaum noch mit anzusehen. Er verfiel und alterte, sein Haar bleichte, sein Rücken beugte sich unter dem weiten, schweren schwarzen Trauermantel.
Bis der Abend kam, brannte ihr das Herz von tausend Stichen. Sie hatte keine Zeit, sich zu besinnen, sie mußte es bluten lassen wie ein Mann in der Schlacht, der seiner Wunden und seiner Schmerzen nicht achten kann, ehe der Kampf zu Ende ist. Doch wenn der Abend kam und alle Pflicht des Tages erfüllt war, dann gewann sie in langem Gebete den Trost und die Ergebung, die Klarheit und den Leidensmut zurück.
So kniete sie, indes draußen in der Burg das Leben zur Ruhe ging. Der Türmer stieß einmal kurz ins Horn. Bald darauf knarrte die Türe, und ein schwebend leichter Schritt huschte über die Fliesen. Hemma nahm die Hände vom Gesicht und blickte auf. Erschrocken gewahrte sie, wie eine unirdisch holde Gestalt die zwei Stufen zum Sarkophag hinaufschritt. Ein weißliches, gürtelloses Linnenkleid fiel von den schmalen Schultern nieder, zwei halbgelöste Zöpfe schimmerten im düsteren Schein der Kerzenflammen. Langsam, mit inniger Gebärde legte sie einen Strauß dunkler Rosen auf die kalte Steinplatte. Dann beugte sie sich darüber und murmelte etwas in die Blumen hinein. Liutswinde. –
Hemma stand das Herz vor Schrecken still. Des Mädchens Gebahren hatte etwas so seltsam Gespenstisches, Verlorenes. Da es sich aufrichtete, sah sie sein Gesicht. Es war von einer fast erschreckenden, geisterhaften Schönheit übergossen, durchsichtig bleich und schmal. Doch die Lippen brannten rot, die Augen glühten groß und dunkel in tiefen, weiten Höhlen, und die vor kurzem noch kindlich weichen Züge spannten sich scharf und klar wie eine edle Gemme.
Liutswinde ging einige Male um den Sarg herum und tastete mit dünnen, schwachen Fingern am Rande des Steindeckels hin, als

wollte sie ihn öffnen. Doch da ihr dies nicht gelang, trat sie vom Sarge fort und kam unbefangen zu Hemma herüber.

Ohne Gruß setzte sie sich neben die erschrockene Frau. „Gott minne dich, Liutswinde", sagte Hemma endlich. „Kommst du deinen Bräutigam besuchen?"

Geheimnisvoll flüsterte das Mädchen: „Ich habe das Türlein zugemauert. Jetzt hilft ihm auch der Schlüssel nichts mehr. Er kann nicht mehr herein."

„Was sprichst du da, Liutswinde?" murmelte Hemma entsetzt. Das Mädchen hatte wohl über all dem Kummer den Verstand verloren. Von Mitleid überflutet, legte sie den Arm um die abgemagerten Schultern.

Ruhig ließ es das Mädchen geschehen. „Er sagte mir, ich sei so schön", klagte es mit einer kindisch-singenden Stimme. „Bin ich denn wirklich so schön, daß ich für Hartwig zu schade bin? Hartwig ist blond wie ich – Markward dunkel wie die Nacht – oh –."

Sie strich sich über die Stirne, wurde unruhig. Suchend flogen ihre wirren Blicke durch den Raum. „Ist er denn wirklich tot? Und bin ich schuld? Ich mag nicht schuld daran sein – ich liebe ihn, ich liebe ihn!" schrie sie plötzlich durchdringend auf.

Zitternd vor Grauen und Jammer hob sich Hemma von den Knien. Sie faßte das Mädchen fest an den Schultern und bannte die flüchtigen Blicke mit ihren starken, stillen. Augen. „Liutswinde!" rief sie beschwörend. „Besinne dich! Sage mir, hast du Markward den Schlüssel zum Metnitztörlein gegeben?"

Sie nickte hilflos. „Er sah mich an, – er bat so schön. Sterben muß ich vor Liebe, wenn ich dich nicht sehe. Laß mich ein –", flüsterte sie verloren.

Hemma schlug die Hände vors Gesicht. Nein, nein, sie durfte dem Mädchen nicht zürnen! Zerbrach es doch selber an seiner ungewollten Schuld!

Sie hörte es neben sich weinen: „Hartwig – Hartwig –, ich habe dich so lange nicht gesehen – Hartwig, bleib du bei mir! Sie sagten, du wärst tot – es ist nicht wahr! Ich habe doch die Türe vermauert! Steine habe ich getragen, sieben lange Nächte hindurch – schwere Steine – nun bin ich müde – der Kopf tut mir so weh – küsse mich, Hartwig. –"

Leise huschte Liutswinde von Hemma fort. Sie breitete die Arme aus, als sähe sie ihn, den sie verraten und dennoch als einzigen

geliebt hatte. Doch plötzlich stieß sie einen kleinen, enttäuschten Seufzer aus. Sie ließ die Arme sinken und fiel auf die Knie nieder. „Nimmermehr!“ ächzte sie. „Nimmermehr. Verloren, tot, ewig –. Ich! Ich!“ schrie sie verzweifelt. Sie schlug mit der zarten Stirn auf den Steinboden und schrie immer wieder gellend, hart und unerbittlich: „Ich! Ich! Ich!“
Hemma sprang auf. Sie faßte das Mädchen unter den Armen und hob es auf. Doch es schlug mit seinen schwachen Fäusten wild um sich. „Hartwig, – Wilhelm, – den Vater! Ich habe sie getötet! Legt die Mörderin aufs Rad! Laßt mich sterben – dann stehen sie wieder auf! Buhlerin! Mörderin! Verräterin!“ Sie spie bei jedem Worte vor sich selber aus und wand sich in Hemmas Armen wie eine wilde Katze.
Hemma hob sie auf, umschlang sie fest und trug sie aus der Kapelle. Da sie den sternweiten Himmel über sich erblickte, wurde sie plötzlich still. – „Hinauf – hinauf“, seufzte sie.
Träne um Träne glitzerte aus ihren weit offenen Augen. Willig ließ sie sich nun in die abgeschiedene Kammer emportragen, in der ihre Muhme Margret gestorben war. Hemma streifte ihr das leichte Gewand vom Leibe und zog ihr die Schuhe aus. Sie hingen zerfetzt an den wundgelaufenen Füßen. Sie war wohl den ganzen weiten Weg von Albeck nach Friesach gegangen. – Heimlich. – Ja – und niemand in der Burg durfte erfahren, daß sie hier war. Wenn eine der Mägde aus ihren Wahnreden erriet, daß Liutswinde an dem Blutbad des Dreifaltigkeitstages schuld war, dann –. Atre allein sollte ihr bei der Pflege helfen.
Sie trat ans Fenster und rief laut zum Turm hinüber, wo der Kopf des Wärtels über die Mauerbrüstung aufragte: „Kuno, schau hierher!“
Er erkannte die Stimme der Herrin und rief zurück: „Was befehlt Ihr, Frau?“
„Schicke jemanden zu Atre! Sie soll eiligst zu mir heraufkommen!“ Es dauerte nicht lange, so keuchte das Weiblein bei der Türe herein.
„Sieh, Atre! Wir haben wieder eine Kranke im Hause. –“
„Die! –“ fauchte die Alte über das erschöpfte, schlafende Mädchen hin. – „Die müßt Ihr vor der Tür verrecken lassen!“
„Atre!“ mahnte Hemma unwillig. „Sie ist krank!“ Und sie rührte mit dem Finger an die Stirne.

„So hat sie Gott gefunden!“ greinte Atre unbarmherzig. „Ja, ja, Untreue schlägt ihren eigenen Herrn!“
„Atre!“ sprach Hemma traurig. „Niemand darf wissen, daß sie hier ist. Ich hatte gehofft, daß du als die treueste der Treuen mir bei der Pflege helfen würdest.“
„Ich habe nicht gesagt, daß ich sie nicht pflegen will!“ fuhr Atre auf. „Ich werde es tun, so gut ich kann, aber denken kann ich mir dabei, was mir paßt.“ Dann fing sie an, zornig zu weinen und nutzlos in der Stube herumzuwerken.
„Setz dich hierher ans Bett und laß sie nicht einen Augenblick allein“, sagte Hemma streng. „Ich gehe jetzt hinab und sende einen Brief an ihre Mutter, damit sie nicht länger in Sorge sei. Vorher bringe ich noch einen Schlaftrunk und eine Schüssel Milch für sie. Das gibst du ihr, sobald sie erwacht. Gegen Mitternacht komme ich wieder, und du kannst bis zur Messe schlafen.“
Atre konnte den Mund nicht halten. „Der Herr wird gewiß eine Freude haben, wenn Ihr ihn die halbe Nacht in seinem Kummer allein laßt wegen dieser Buhldirne!“
Hemma gab ihr keine Antwort mehr und ging aus der Stube.

In der dritten Mitternacht ihrer Krankenwache saß Hemma allein am Bett Liutswindens. Sie war todmüde. Es war ihr nun, als müsse sie selber den Verstand verlieren, wenn es so weiterginge. Wenn die starre, glühende Schönheit des Mädchengesichts sich in fratzenhafte Verzerrtheit wandelte und aus dem keuchenden Munde immer wirrere Reden, immer verzweifeltere Schreie brachen, dann stand etwas in Hemma Geist auf, das sie selber an den Rand eines Abgrundes hinriß. Irgend etwas in ihr stimmte ein in diese Auflehnung und Verzweiflung, in dieses haltlose Sich-dem-Schmerz-Ergeben. Und etwas in ihr wünschte glühend, auch hinüberzustürzen in Wahn und Traum und Tod.
Denn eine namenlose Folter war es für sie, tausendmal den geliebten Namen des Sohnes in allen Tönen der Zärtlichkeit und der Sehnsucht zu hören, immer wieder die grause, unfaßbare Passion neu zu erleben. Und so bitter war es, nicht helfen zu können. Alle ihre oft erprobten Tränklein und Tausegen, ihre Sprüche und kräftigen Gebete fruchteten nichts. Immer tiefer sank der arme, gefangene Geist in Wirrnis und Höllenqual.
Morgen konnte wohl die Mutter kommen. Arme, arme Agnes!

Atre trat mit einem neuen Öllichtlein ein. „Schläft sie?"
„Ja. Doch schließe die Türe gut zu. Sie redete heute viel vom Fortgehen."
Mürrisch nickte die Alte und stellte das Licht, das Preiselbeerwasser und den Baldriangeist in die tiefe Fensternische. „Nehmt auch Ihr einen Schlaftrunk", brummte sie. „Ihr schaut selbst schon aus wie eine Todkranke."
„Ich werde es tun, Atre", lächelte die Frau.
Sie ging zu Wilhelm. Er schlief fest. Leise nahm sie ihren Mantel um. Nun konnte sie doch noch ein Stündlein in die Kapelle gehen. Der Hof war hell vom Mondenschein. Bleichgrün leuchtete die Rundung des mächtigen Turmes. Das Kreuz am Giebel der Kapelle gloste wie ein Kristall. Doch die breite Wand des Palas lag in schwarzem Schatten. Hoch oben unter dem seidenschimmernden Schindeldach glühte der Lampenschein aus dem Krankenzimmer. Gott gebe ihr eine ruhige Nacht, dachte Hemma und wollte in die Kapelle treten.
Doch in diesem Augenblicke kreischte Atres Stimme durch die mitternächtliche Stille. Ein dumpfes Gepolter – die Lampe oben fiel, flammte hoch auf und erlosch. Und wieder und wieder schrie Atre. – Dann war es still.
Hemma lief zum Palas zurück, so rasch sie ihre Füße trugen. Doch ehe sie die steinerne Saaltreppe erreicht hatte, schlug eine Tür heftig zurück. Und wie ein holdunheimlicher Spuk flüchtete Liutswindens weiße, leichte Gestalt über die schmale Fallbrücke, die Palas und Turm im ersten Gaden verband.
Einen Herzschlag lang wußte Hemma nicht, ob es Wahrheit oder Traum gewesen war, was sie gesehen. Dann sprang sie die Stufen hinauf und wandte sich auf dem Absatz und schrie durch die hohlen Hände zum Turm empor: „Hab acht, Kuno, hab acht! Aufhalten!" Doch statt dem dunklen Kopf des Wärtels tauchte ein weißer Schatten über der Brüstung empor. Flüchtig wie ein Falter stand des Mädchens Gestalt hoch auf der Mauerkrone.
Es breitete die Arme aus und hob das Gesicht gegen den Mond. Dann tastete sein Fuß ins Leere – und durch die Bahn des silbernen Lichtes fiel es wie ein leichtes, weißes Tuch zur Erde.
Da Hemma sich neben das Mädchen hinkniete, war es schon tot. Sie wischte ihm das Blut von den Mundwinkeln und legte ihm die dünnen Hände über der Brust zusammen. Doch plötzlich war es ihr,

als stürze sie selber in eine rauschende Tiefe. Es wurde finster um sie. Lautlos fiel sie über die Leiche hin.

Am Tore drängten sich die Leute und schlichen mit betrübten Gesichtern ein und aus. Sie warteten geduldig, bis eine Magd vorüberkam, und fragten sie bang: „Wie geht es der Frau Markgräfin? Ist die Gefahr vorbei?“

Nein, in der Nacht habe sie wieder schwer gelitten. Jetzt schlafe sie. Gott gebe, daß es zur Gesundheit sei.

Droben in der Kemenate lag Hemma nun schon die dritte Woche. Sie konnte es selbst nicht genau sagen, welche Krankheit sie darniedergeworfen hatte. Das Herz wurde von Krämpfen gequält, der Kopf schmerzte, und eine unüberwindliche Mattigkeit lähmte ihre Glieder. Nie in ihrem Leben war sie ernstlich krank gewesen. Die erste Geburt war wohl auf Leben und Tod gegangen, und einmal war sie beim Reiten gestürzt und hatte lange bewußtlos gelegen. Doch sonst war sie von den vielerlei kleinen Beschwerden und gefährlichen Krankheiten anderer Frauen verschont geblieben.

Nun lernte sie es kennen, wie es tut, wenn auch der beste Wille den elenden Leib nicht mehr zum Dienste zwingen kann – wenn man erkennen muß, daß die Welt und das Haus nicht zusammenstürzen, wenn Hand und Auge der Herrin hinter Mauern und Türen machtlos erlahmen.

Öfter als einmal hatte Wilhelm wochenlang in dem breiten Ehebett gelegen, und sie hatte seine Wunden gepflegt. Nun vergalt er es ihr mit aller Treue. Tag und Nacht saß er bei ihr und leistete ihr jeglichen Dienst, um den sie ihn bat. Nie hatte sie geglaubt, daß seine großen Hände sie so sorglich heben und streicheln würden, daß seine Stimme so mitleidig klingen, seine Schritte so vorsichtig schleichen konnten.

Es tat so gut, stille dazuliegen und in sein großes Gesicht zu schauen. Es war ihr so vertraut in jedem Zug, sie wußte von jeder dieser Furchen, wie sie geworden war. Ehe – sie war wohl mehr als Liebe. Sie war Gnade.

Zehn Jahre war er alt gewesen, da sein Vater ihn nach Gurkhofen gebracht hatte, auf daß er mit seiner zukünftigen Braut erzogen werde. Seit jener Zeit hatte sein Herz ganz ihr gehört. Fünfzig Jahre Liebe, fünfzig Jahre Fürsorge, Schutz und Aufrichtigkeit, fünfzig Jahre gemeinsames Leben.

Hatte er ihr auch oftmals weh getan, nie hatte er sie betrogen und verraten. Und über alle menschliche Schwachheit hinaus war ihre Liebe ins Ewige gewachsen. Wenn eines von ihnen starb, so würde es kein Ende sein.
Stundenlang hielten sie sich an der Hand und dachten beide dieselben innigen oder traurigen Gedanken, ohne sie auszusprechen. Und wenn sie beide auch alle Zukunft verloren hatten, so besaßen sie doch ein unverlierbares Vergangenes und eine Hoffnung auf Ewigkeit.

Die Blätter fielen, und im Wurzgärtlein zu Zeltschach dufteten die Kräuter stärker als je im Lenze. Nun saß sie wieder auf den sonnigen Stufen, bleich und müde. Doch der Mut und die Gelassenheit blühten langsam wieder in ihr empor.
Die klare, holde Herbstsonne meinte es gut mit ihr. Die Luft war still, und der Himmel taute ein mildes Blau auf die goldleuchtende Erde nieder.
Weiß strahlten die neugebauten hölzernen Hütten und Höfe im Sonnenlicht. Wenn der erste Schnee kam, würden die Obdachlosen alle wieder geborgen sein. Über den Winter konnte sie ihnen wohl mit Nahrung und Kleidung hinüberhelfen. Der Frühling wischte dann die Spuren des Aufstandes vollends fort. Nur die Toten standen nimmer auf.
Sie seufzte und legte die beinbleichen Hände im Schoß zueinander. In den endlosen, verzweifelten Nächten ihrer Krankheit hatte sie es sich angewöhnt, Gott mit einem Lobgesang zu preisen, wenn der Gram ihr Herz zu brechen drohte. So begann sie auch jetzt das Benediktus zu beten. Doch sie kam nicht über den dritten Vers hinaus, da sie Wilhelms Schritte hinter sich am Wege hörte.
Sie wandte sich und lächelte ihm entgegen. „Kommst du auch ein wenig in die Sonne heraus? So schön ist es da. –“
Schwerfällig ließ er sich neben sie niederfallen. Er nahm ihre Rechte zwischen seine großen, harten Hände und blickte stumm vor sich auf den Boden hin, wo starre, stachlichte Kräutlein zwischen den Steinplatten hervordrängten. Sie sah, wie es heimlich in seinem Gesichte arbeitete – ach, immer noch konnte er so schlecht verbergen, wie es in ihm aussah. Wie war er sich doch gleichgeblieben seit ihren Kindertagen! Geduldig wartete sie, bis er zu sprechen anhub.

Es währte lange, bis er gepreßt hervorstieß: „Heute abend kommen Ulrich und Ritter Gerd und der Propst von Friesach zu uns. Ich möchte mein Testament aufsetzen lassen."
Ihre Hand zuckte ganz leise in der seinen, doch sie schwieg ruhig stille, als wüßte sie nicht, was er ihr damit sagen wollte. Oh, längst schon hatte sie gesehen, daß seine gewaltige Lebenskraft zerbrochen war. Nun hatte er es wohl auch selbst erkannt.
„Ich werde alle, die mir die Treue hielten, mit reichen Schenkungen begaben. Die Kirchen von Maria Wörth, von Friesach, von Sankt Rupert und Sankt Georgen sollen Stiftungen erhalten, damit für unser Seelenheil dort eifrig gebetet werde. Unserem Herzog Konrad will ich alles rohe Silber im friesacherischen Schatzhause übergeben, auf daß er damit ein Heer ausrüste zum Schutze des Reiches. Alles übrige aber, was ich besitze, soll dir gehören, auf daß du es nach deinem klugen und edlen Sinne verwendest."
„Es soll alles nach deinem Willen geschehen, Wilhelm", sagte sie verhalten. „Doch ich hoffe zu Gott, daß nicht ich dir nachtrauern muß." –
Er lächelte leise. „Gutes wünschest du mir nicht, meine Liebste, doch siehst du – ich habe es von dir gelernt, zu sagen: wie Gott will!" Beschämt legte sie den Kopf an seine Schulter. Tränen kamen ihr. Erschütternd klang das Wort der Ergebung in seinem stolzen Munde.
„Du darfst aber nicht glauben, daß ich mich vielleicht krank fühle", begann er nach einer Weile von neuem. „Dennoch kann es sein, daß unser Herr mich plötzlich abberuft. Und ob ich heimkehre, das weiß auch er allein."
Sie richtete sich auf. „Was meinst du, Wilhelm?" flüsterte sie erschrocken.
Er legte den Arm um sie. „Ja, das muß ich dir nun sagen, Hemma", sprach er. „Ich habe mich entschlossen, nach Rom und ins Heilige Land zu fahren."
„Wilhelm!" schluchzte sie leise.
„Weine nicht, Hemma!" sagte er gut. „Ich weiß, du wirst es mir nicht wehren wollen, da es doch für mich das beste ist – das einzige."
„Gott verzeih mir, wenn ich dagegen rede!" sprach sie unter mühsam zurückgedrängten Tränen. „Aber hast du bedacht, daß du nicht mehr jung genug bist für die Mühen einer solchen Reise? Und ich

bin dann allein. – Wie kann ich alte, kranke Frau die Herrschaft führen? Soll ich auch dich noch verlieren?"

Seine Augen verschwanden fast unter den buschigen, eisgrauen Brauen. Schwer atmend stützte er den mächtigen Kopf in die Rechte. „All mein Leben lang", begann er schwer, „solang ich dich kenne, habe ich mich in Treuen bemüht, dich zu schirmen. Immer warst du die erste, um die ich fragte, ich liebte dich und ehrte dich – auch dann, wenn ich nicht gut war. Es war mir so von Gott gesetzt."

„Ja, ich hatte es schön bei dir", flüsterte Hemma. „In Ewigkeit will ich dir deine Treue danken."

„Mir ist jetzt oft, als habe sie schon begonnen, die Ewigkeit –", gab er seltsam versunken zurück. „Die Welt bekommt ein anderes Gesicht, und alles weicht in die Ferne, was mich früher besaß. Selbst meine Liebe zu dir wird neu – still und bleich und fromm wie ein Totenengel."

Sie barg ihr Gesicht mit Tränen und Küssen in seiner Hand. Ihr Herz schrie vor Angst und Kummer. Sie fühlte, sie hatte ihn verloren, und sie fühlte, wie sehr sie ihn geliebt hatte – so wie er gewesen war, mit allen seinen Ecken und Härten und seiner unbekümmerten, ungefügen Menschlichkeit.

„Als ich zur Schwertleite ging, habe ich mir gelobt, ein rechter Ritter zu werden. Und Gott kann es bezeugen, daß ich diesen Willen treulich hochgehalten habe. Trotzdem scheint es mir nun, als ob ich mein Leben lang in die Irre gegangen wäre. All dies Verlangen nach Ruhm und Macht, alle Lust und aller Kampf – verloren – vergebens –." Er stöhnte leise und warf den Kopf in den Nacken. „Vielleicht ruft Gott mich fort von allem Gut der Welt. Ich weiß es nicht – ich suche und horche und kann es nicht erkennen, was da werden soll. – Nur das weiß ich: Ich muß fortgehen von diesem Ort, wo alles mich in Gram und irdischer Sorge und auf den alten Wegen festhalten will. Ich muß fortgehen, Hemma – alles treibt mich fort. Am Heiligen Grabe werde ich wohl Trost und Frieden finden."

Ja, er mußte gehen. Wenn es so war, dann durfte sie ihn nicht zurückhalten. Gott rief ihn.

„Ich denke auch daran, daß ich Buße tun soll für die grausame Rache, die ich am unschuldigen Volke nahm. Ich hätte mein Kreuz anders annehmen sollen. Auch der Propst von Friesach, mit dem ich kürzlich sprach, riet mir, zur Sühne für all das vergossene Blut ins

Heilige Land zu fahren. – Ja, – alles, alles drängt mich hinaus. Hemma, wenn es dir weh tut, so klage es Gott, nicht mir."
Sie hob das heiße, verweinte Gesicht aus seiner Hand. „Niemandem will ich es klagen, wenn es zu deinem Heile ist", sagte sie still. „Ach, Wilhelm, oft wünschte und betete ich, du möchtest dich mit ganzem Herzen zu Gott wenden. Nun sehe ich, daß du ihm näher bist als ich. Gott segne dich, mein liebster Herr! Wie er dich ruft, wird er auch meiner nicht vergessen."
Behutsam nahm er ein gelbes Blatt von ihrem Knie. „Das habe ich gehofft, daß du es so nehmen wirst", sprach er. „Viele Wege, harte Wege bist du tapfer mit mir gegangen. Jetzt haben wir noch einen vor uns, den wir gemeinsam wandern werden."
Sie neigte das leidvolle Antlitz zu sanfter Bejahung. Und während sie den Blick wieder zum Himmel hob, in dem stille Wolken wie Schiffe gegen die fernen, opalenen Berge zogen, kam eine schluchzende Sehnsucht über sie.
„Es ist nicht mehr weit", tröstete Wilhelm. In seiner brüchigen Stimme zitterte dasselbe Heimverlangen.

Der Propst von Friesach hatte dem Markgrafen angeraten, den Winter daheim zu verbringen und erst im Frühling auszureisen. Doch es trieb Wilhelm so heftig von zuhause fort, daß er sein frommes Vorhaben nicht aufschieben konnte. In der Woche vor Allerheiligen ging er auf seine Pilgerfahrt.
Hemma begleitete ihn bis ins Deutsche Gereuth. Hoch oben in den Bergen, tief in der Wochein, stand ihre kleine, feste Burg. Gegen Mittag ritten sie in den Hof. Wilhelm hatte schon durch Boten alle krainischen Vögte und Herren auf die Burg bestellt. In ihrer Gegenwart überreichte er Hemma das Schwert und gebot ihnen, sie als Herrin und Richterin der Mark zu ehren und ihr in allem zu gehorchen. Und alle die starken und mächtigen Männer legten ihren Treueid in Hemmas bleiche, ruhige Hand.
Indes in der Halle unten ein großes Gastmahl für die Geladenen gehalten wurde, legte Wilhelm in der Kemenate seine Waffen und fürstlichen Gewänder ab. Er schenkte dem jungen Askuin, der ihn bleichen Gesichts zum letztenmal bediente, sein rotscheckiges Roß und sandte ihn dann in die Halle hinab. Hemma selbst streifte ihm die weite Pilgerkutte über den eisgrauen Kopf.
Dann ging er zu den Tafelnden hinunter. Er ergriff einen Becher

und leerte ihn zum Abschiedstrunk: „Lebt wohl, ihr meine treuen Tisch- und Kampfgenossen! Und wenn ihr an mich denkt, so erinnert euch, daß jeder einmal von der Tafel aufstehen und fortgehen muß!" sagte er ernst und fest in die Stille hinein. Dann nahm er den weißen Pilgerstab und wanderte in den schon leise grauenden Herbstabend hinaus.

Am Hoftore stand Hemma und wartete auf ihn. Still trat sie an seine Seite und schritt neben ihm über die Brücke fort, zwischen Ställen und Scheunen auf die steil abfallenden Wiesen hinaus.

Wo sich der Weg in die Tiefe bog, hielten sie die zögernden Schritte an, um Abschied zu nehmen. „Die Nacht wird hell, vielleicht bin ich morgen schon in der friulanischen Mark", sprach Wilhelm.

„Gott segne dich!" flüsterte Hemma bebend. „Gott sei mit dir auf allen deinen Wegen! Gott führe dich glücklich heim zu mir!"

Dann sah sie zwei kleine, harte Tränen in seinen Bart rinnen, und sie verlor die Gewalt über ihr gepeinigtes Herz. Heiß aufschluchzend warf sie sich an seine Brust und weinte, weinte, weinte, als läge sie über seiner Bahre.

Er bewegte die Lippen, doch sie fanden keinen Laut. Hastig strich er über den schwarzen Schleier, der ihren Scheitel bedeckte, immer wieder, immer wieder. Die Liebe eines Lebens lohte mit aller Macht und Süße um sie empor.

Höchste und tiefste Worte, die in all den vielen Jahren niemals ihre stolzen, keuschen Lippen gefunden hatten, drängten sich nun in ihre Augen. Hatten sie denn bis zu dieser Stunde jemals gewußt, wie groß die Minne war, die sie verband?

„Hemma", flüsterte Wilhelm endlich, „wenn ich wiederkomme, dann wollen wir so leben, wie du es wohl lange gewünscht hast – ganz in Gott."

Sie preßte ihre Lippen auf seine leise zuckende Hand. „Nun glaube ich, daß Gott dich wieder heimführen wird", stieß sie rauh hervor, „o Wilhelm, – Wilhelm!"

„Nun segne dich Gott und Unsere Liebe Frau", sprach er plötzlich laut. „Leb wohl, mein Herzlieb, mein treues Gemahl!" Sie vermochte ihm nicht zu antworten. Gehorsam ließ sie die Hände von seinen Schultern fallen. Sie zeichneten sich das Kreuz auf Stirne, Mund und Brust: „Im Namen des Vaters, des Sohnes und des Heiligen Geistes." Dann wandte sich Wilhelm und ging eilends von hinnen.

Sie stand am Wegrain wie zu Stein erstarrt. Sie sah ihn immer tiefer über die Wiesen zu Tale steigen, eine schwere, gebeugte, einsame Gestalt. Sein schwarzes Gewand verschwamm schon mit der sinkenden Nacht. Er blickte nicht mehr zurück, sondern ging und ging, bis die finstere Mauer des Waldes ihn verschlang.
Ein schmaler, trauriger Mond begann hoch am Himmel zu scheinen. Ringsum standen die gewaltigen Berge ernst und steinern, und um den Triglav ballten sich die herbstlichen Wolken. Die Sterne taten sich auf, und ein kalter, feuchter Wind griff in Hemmas Mantel.
Ihr war, als würde sie eins mit Dunkel und Stein und Stille. Der brennende Schmerz des Abschieds erlahmte, und eine ungeheure Einsamkeit wuchs aus ihrer Seele und aus den mächtigen Tälern empor. Es kam die Nacht, und Hemma war allein.

Als die kleine Reiterschar im steilen Walde untertauchte, seufzte Herr Balduin und sprach: „Ein trockenes Jahr haben wir heuer! Mich wundert, daß Euch die Sonnenhitze so wenig anhaben kann, Frau Markgräfin!"
Sie lächelte: „Ich bin es nun schon gewöhnt, bei jeder Witterung zu reiten."
„Ja, Ihr verwaltet Eure Herrschaft wie ein Mann. Es ist wahr."
Sie errötete unter der gebräunten Haut. „Mein Herr soll alles in bester Ordnung finden, wenn er heimkehrt."
„Wachet und betet – niemand weiß den Tag und die Stunde", sagte der Dompropst fromm. Gott wolle es ihm schenken, daß er das Haus des Herrn, die Kirche, mit ebensoviel Sorgfalt und Eifer verwaltete wie diese Frau das anvertraute Gut! „Das braucht Ihr wohl nicht zu fürchten, daß Euer Gemahl Euch wegen der neuen Kirche schelten wird?"
Sie lächelte wieder voll Innigkeit und Süße. „Die Kirche von Pisweg, die Ihr heute weihen werdet, ist die neunte, die ich bauen ließ. Niemals hat mein guter Herr mir ein hartes Wort deswegen gesagt. Höchstens schalt er ein wenig, wenn ich zu lange am Stickrahmen saß, um die Meßgewänder selbst zu zieren."
Der herbe geistliche Mann verstand es nicht, daß sie vielleicht nun gerne von ihrem Gemahl gesprochen hätte. „Neun Kirchen, sagt Ihr. Sankt Radegund, Sankt Georgen unter Straßburg, Sankt Lorenzen, Glödnitz; von denen weiß ich. Doch die anderen habt Ihr wohl gestiftet, derweil ich in Aquileia war?"

„Ja", sagte sie einfach, ohne Hochmut und ohne Scheu. „Drei stehen im Trixnertale: Sankt Lambert, Sankt Georgen am Weinberg, Sankt Margaret am Töllerberge und eine in Kraßnitz. Eine wird eben in Friesach gebaut – als Sühne für all die Untaten, die dort geschahen." Sie atmete schwer auf, doch sprach sie ruhig weiter: „Ich habe immer getrachtet, die Kirchen an eine solche Stelle hinzubauen, wo möglichst viele Menschen in weitem Kreise ihres Segens genießen können. Auch die Sankt Lambertskirche in Pisweg, zu der wir heute reiten, wird wohl ringsum in den Wimitzbergen allen eine Zuflucht sein."

Der Weg begann nun steil anzusteigen. Riesenhafte Baumstämme ragten aus dem kraftvollen Waldboden empor. Doch war der Forst nicht allzu wild und drohend. Man sah, daß zwischen Gurkhofen und dem abgelegenen Bergdorf nicht nur die scheuen und bösen Waldtiere hin und her gingen.

Feiertäglich gewandete Leute wichen vor den Reitern ins Haselgebüsch. Sie grüßten die Herrin und den Gesandten des Salzburger Erzbischofs tief und freudig. „Schöne und freundliche Menschen gibt es hier in Eurem Lande. Man sieht es ihren Gesichtern und Kleidern an, daß es ihnen wohlergeht. Mich wundert es, daß sie sich vom heidnischen Aberglauben so ungern trennen wollen."

„So schlimm, wie es in Salzburg erzählt wird, ist es nicht", verteidigte Hemma die Ihren eifrig. „Getauft sind sie alle, und alle kommen sie gerne zur Messe, wenn es ihnen nur möglich ist. Sie hoffen getreulich, daß der gute und strenge Herr im Himmelssaale ihr mühseliges, gerechtes Leben belohnen wird. Und gewiß sündigen sie nicht schwerer als die guten Christen, die in der Nähe Eures Bischofshofes wohnen. Nur in den kleinen Beschwernissen und Sorgen meinen sie wohl, daß ihnen die Geister und Götterschemen lieber helfen wollten als der hohe Himmelskönig, von dem sie einmal im Jahre eine drohende Predigt hören. Und darum treiben sie heimliche Zauberei und schleichen nachts zu den heiligen Bäumen."

Der Dompropst nickte bekümmert. „Ihr habt ganz recht, Frau Hemma, es fehlt an guten und gelehrten Priestern, die dem heidnischen Spuk ihr gründliches Wissen entgegensetzen könnten und die das Vertrauen der Leute durch ihr makelloses Leben gewinnen würden. Seit ich von Clugny scheiden mußte, war mein ganzes

Bestreben, eine neuere, bessere Geistlichkeit zu schaffen. Gott weiß, ich war wohl selbst zu lau, um andere zu verbessern."
Hemma hätte ihn nun damit trösten können, um wieviel besser es um den Glauben stehe, seit er im Bistum wirke. Doch sie wußte, daß er kein Lob hören wollte. Darum sagte sie nur: „Vielen Dank bin ich Euch schuldig, Herr Propst, daß Ihr mir für die Kirche von Pisweg einen so eifrigen und frommen Priester bestellt habt, wie es Meister Petrus ist. – Als ich ein junges Mädchen war", lächelte sie versonnen, „da waren wir einmal zwölf Trautgesellen am Hofe der Herzogin Gisela von Bayern. Der Erzbischof Wolfgang, den wir nun längst als Heiligen verehren, ließ an einem Ostermontag zwölf Kerzen auf den Altar der Burgkapelle stecken, und auf jeder war der Name eines heiligen Apostels eingeschrieben. Jedes von uns nahm ein Licht und erwählte sich so einen Schutzherrn fürs Leben. Ich las den Namen Petrus auf meiner Kerze. Und heute erst erkenne ich, daß dieses Losspiel wohl von Gott gelenkt worden war. Damals freilich beneidete ich im stillen Brigida, des Herzogs Tochter. Sie hatte Sankt Johannes, den holden Liebling des Heilands, zum Freund bekommen." –
„Auch ich kannte einst in meinen jungen Jahren keinen heißeren Wunsch, als immerdar an der Brust meines geliebten Meisters zu liegen und seiner süßen Stimme zu lauschen. Nun bin ich mitten in Kampf und Arbeit hineingestellt, und mir ist nichts geblieben als die Hoffnung, einst beim himmlischen Gastmahl ihn wiedersehen zu dürfen." Hemma blickte von der Seite in sein kluges Gesicht, in dem sich die Haut wie dunkles Pergament über den scharfen Knochen spannte. Fern, fern lag der Tag, an dem er zu Grafendorf die Messe gelesen hatte und Tränen der Entzückung über sein junges Blondgesicht geronnen waren. Nun waren sie beide alt und ein wenig mühselig, und sie redeten miteinander, wie ein bejahrter Knecht und eine ausgediente Magd von jenen stolzen, frohen Tagen reden, da sie noch mit dem Herrn zu Festen und Gastmählern reisen konnten. –
„Habt Ihr nie eine Botschaft von Eurem Gemahl erhalten?" fragte Herr Balduin rasch und unvermittelt, als schäme er sich seiner weichlichen Klage.
„Niemals", sprach Hemma. „Vielleicht ist er schon am Ziel der Reise und kehrt nächstes Jahr zurück."
„Ich wünsche es Euch", sagte der Priester. „Hart mag es für eine

Frau wohl sein, ohne Stütze ein verantwortungsvolles Amt zu tragen."

Hart – dachte Hemma fast verwundert, – hart? Anderes ist hart – die viele Arbeit ist Labsal.

Nun trafen sie immer mehr Leute, die zur Kirchweihe wollten. Sie mußten vielen Grüßen danken, und Herrn Balduins Segenshand schlug viele Kreuze über die demütig geneigten Häupter. Rasch klomm der steile Weg hinan, bis sie endlich durch ein festlich bekränztes Zaungatter auf das freie, gerodete Land hinauskamen. Da dehnten sich die blaßgoldenen Felder auf dem breitgewölbten Bergrücken, Stadel voll Heu und trautem Getier standen wie Archen auf den Hängen. So weit der Blick schweifte, hob sich eine waldige Welle neben der anderen in der Runde, und überall in der dunklen Wildnis leuchtete die gesegnete, fruchtbare, bebaute Erde um einen braunen Hof hervor wie goldene Inseln. Nahe vor den Reitern aber, inmitten der kornduftenden, himmelsnahen Bergäcker, schwebte ein Kirchlein. Der Stein war neu und licht, das Dach schimmerte. Ein hölzerner Widum stand nahe dabei. Menschen in bunten Schwärmen wimmelten darum wie Bienen um einen neuen Stock. Plachenwagen mit Met und Leckereien schwankten leise im Ansturm der fröhlichen Käufer, Bettler säumten den neuen Kirchweg, und zwischen den rasch zusammengeschlagenen Schranken auf der Widumwiese wieherten und stampften Hunderte von prächtigen, breitbrüstigen Bauernhengsten und Herrenrossen. Rauch und Bratenruch kräuselte von den schmorenden Ochsen empor, Dampf quoll aus Wurstkesseln und Muspfannen, und im Schatten der alten Bäume lagerten Biertonnen und Weinfässer.

Da war es wohl kein Wunder, wenn alles Volk in lauten Jubel ausbrach, da es der Markgräfin ansichtig wurde, die so mütterlich für das Heil ihrer Seelen sorgte und dabei doch das Wohl des Leibes nicht vergaß. Sie lächelte und drückte hundert Hände und versprach, nach der Kirchweihe bis zum Abend bei ihnen zu bleiben, damit sie ihr alles erzählen könnten, was ihnen am Herzen liege.

Aus der Türe des Widums trat Meister Petrus, das helle, kluge Bauernbubengesicht von Seelenliebe und guten Vorsätzen verklärt. Ein wenig ungelenk und schüchtern schickte er sich an, die hohe, weitberühmte Frau würdig zu begrüßen. Doch sie kam ihm zuvor. Rasch und gelenkig wie eine Junge glitt sie aus dem Sattel und kniete vor dem jungen Pfarrherrn nieder. Errötend breitete er die geweihten Hände über sie und segnete sie im Namen des Vaters, des Sohnes und des Heiligen Geistes. –

Herr Boltmar, der die Grenze der Mark gegen Ungarn zu bewachen hatte, war zu Anfang des Ostermondes mit vielen Bitten und Klagen der Siedler und Dienstmannen nach Karantanien gekommen, und Hemma hatte ihn auf ihrem Hof im Trixnertale empfangen. Der alte Kämpe hatte erst mit Widerwillen und Mißtrauen die Reise zu seiner frommen Herrin angetreten, mit der ein rechter Mann gewiß kein vernünftiges Wort reden konnte. Doch nach drei Tagen schied er hochzufrieden über die verschwenderische Bewirtung und die reichen Gastgeschenke, mehr noch über die hohe Ehre, die ihm und seinen drei grimmen Begleitern angetan worden war, und am zufriedensten über die überraschende Einsicht der Markgräfin in Dingen der Kriegskunst und der Besiedlungspolitik.

Nun ritten sie von dannen, Herr Boltmar nach Osten, wo seit dem Tode des heiligen Königs Istvan wieder die wilden Reiter um die Grenze schwärmten, – die Markgräfin nach Westen in ihre einsame Burg. Ein wenig müde und schweigsam ritt sie auf dem schmalen, nassen Pfade hin, der sich zwischen der engen, sumpfigen Talsohle und den finsteren, steilen Felsenkegeln hinschlängelte. Getreu ihrer Pflicht fragte sie sich noch einmal, ob sie Herrn Boltmar in allem den richtigen Bescheid gegeben habe. Gott mochte es lenken, sie hatte das Beste gewollt.

Sie lächelte ein wenig, da sie an den alten Kriegsmann dachte. Es kam ihr in den Sinn, wie sie als junge Frau sich vor den Reisigen ihres Mannes gefürchtet hatte. Sie hatte nicht verstehen können, daß Wilhelm mit solcher Lust unter ihnen hatte weilen mögen, denn sie hatte sie wegen ihrer groben Stimmen, ihrer lästerlichen Reden und um ihrer Gewalttätigkeit willen insgesamt für sehr böse Menschen gehalten. Nun, sie scheute auch jetzt noch vor ihren Flüchen und allzu eindeutigen Scherzen zurück. Doch sie hatte längst eingesehen, daß Gott und die gute Sitte durch feine, versteckte und wohlüberlegte Künste oft viel bitterer gekränkt werden als durch solche weitschallenden, offenherzigen Bocksprünge. Sie hatte jetzt viel mit solchen Recken zu tun, ob es nun edelblütige Anführer waren oder hörige, ausländische Troßknechte. Doch es kostete sie nun kein Kopfzerbrechen mehr, mit ihnen im richtigen Tone zu reden. Sie wußte, daß sie alle sehr viel auf Lob und Ehren hielten, und Ehre gebührte ihnen auch im höchsten Maße für ihre todbereite Treue, für ihre Tapferkeit und ihre Taten. Und sie wußte auch, daß ihnen eine gewisse Schärfe und Strenge an ihrer Herrin besser gefiel als fromme Milde und Rücksichtnahme. Im übrigen hatte sie genug von Waffenkunst und Kriegsführung gehört und gelernt, um mit ihnen verständig über ihr Handwerk reden zu können. Und sie hatte noch nie erleben müssen, daß einer der derben Männer ihr die Ehrfurcht und den Gehorsam verweigert hätte. Ja, dachte sie voll Dankbarkeit, wem Gott ein Amt gibt, dem gibt er auch den Verstand. Und was ich in meiner Armseligkeit dennoch verderbe, das macht er in seiner Gnade wieder gut.

Es überkam sie, wie so oft, wenn sie ihre Gedanken von den vielfältigen, mühsamen Geschäften des Alltags zu Gott wandte, sie fand bei ihm sich selbst wieder, ihre Trauer und ihre Liebe, jedoch auch ihren Frieden.

Während sie durch das stille, menschenleere Tal heimwärts zog, erwog sie in frommem, dankbarem Herzen, wie gütig Gott ihr Leben geführt hatte von ihren Kindertagen an. Sie überdachte alle Wohltaten, die er ihr an Leib und Seele erwiesen. Und sie, in deren Händen das Wohl und Wehe vieler Tausende lag, beugte sich demütig wie ein Kind vor dem Herrn des Lebens und benedeite ihn auch um dessentwillen, was er ihr genommen hatte. Denn sie glaubte und vertraute, daß er die Liebe sei.

Vor wenigen Tagen hatte sie einen Brief ihrer lieben Jugendgespielin, der Königin Gisela von Ungarn, bekommen. Mit diesem Schreiben hatte sie ihr für diese Welt Lebewohl sagen wollen. Ihr Gemahl, König Istvan, war gestorben, und nun hatte sie im Benediktinerinnenkloster zu Passau den Schleier genommen. Auch sie dankte Gott, der sie durch viel Fährnis und Herzeleid in den sicheren Hafen geführt hatte. Auch sie hatte viele Kämpfe an der Seite ihres Herrn überstehen müssen, ihr einziger Sohn Emmerich war ihr gestorben, und nun hatte ihr Gemahl sie allein gelassen.

Brigida lebte als Äbtissin in Niedermünster. Brun trug die Würde eines Erzbischofs, Kaiser Heinrich weilte längst bei Gott. Kunigunde erwartete ihren Tod. Seit einem Jahr lag sie schwer krank in ihrer Stiftung Kaufungen.

Lange würde es nun nicht mehr dauern, bis sie alle wieder versammelt waren –.
In ihren Gedanken hatte sie kaum gemerkt, daß sie schon bei Sankt Johanns an die Gurk gekommen war. Sie hielt auf der Brücke an und blickte in das flirrend klare Bergwasser, in dem runde, braungraue Steine lagen und bunte Forellen hin und her schossen. Sooft sie hier vorüberkam, war es ihr ein heimlicher, kindischer Trost, in die glasklaren Wellen zu schauen. Denn wie andere Frauen einen Spiegel oder einen Edelstein befragten, glaubte sie, die Gurk würde ihr verraten, wenn es ihrem lieben Herrn übel erginge. Sie blickte hinab in den eiligen Fluß, der sich heiter vor den Brückenpfeilern kräuselte. Doch da war es ihr, als flösse plötzlich das Wasser schwarz und träge dahin, Fischlein und braune Steine versanken wie in einer finsteren Wolke. Sie erschrak so sehr, daß sich ihr Herz zusammenzog und sie totenbleich im Sattel schwankte. Hastig bot ihr Herr Gerd den Arm zur Stütze. „Was ist Euch, Frau Markgräfin?“
„Mir war, als ginge die Gurk so trübe –“, murmelte sie verloren.
„Ihr sollt nicht stundenlang in der grellen Sonne reiten“, mahnte er. „Da müßt Ihr schwindlig werden. Seht doch, das Wasser ist klar wie sonst an schönen Tagen!“
Furchtsam blickte sie ins Bachbett hinunter. Und obwohl sie nun sah, daß ihre Augen sich getäuscht hatten, konnte sie doch vor Angst und Kummer nicht mehr froh werden.

Der Bauer Lenz kam mit seinem braunen Gaul vom Acker herein. Er hatte den ganzen Tag hart geschafft und war nun müde und hungrig. Doch der Frühling leuchtete so herrlich im Paradiese Kärntens, dem Lavanttale, und rings um den schmalen Fahrweg drängte und duftete eine wilde Fruchtbarkeit ans Licht, so daß der junge Bauer seine erdschweren Füße leichter hob. Summend schritt er durch die Gatter. Die Halt war schon leer, die Erdmut hatte das Vieh schon heimgeholt. Das niedrige, dunkelbraune Holzhaus, der mächtige Stadel standen friedsam in der Sohle des breiten Seitentales. Falb schimmerten die tiefen Strohdächer.
Vom Haustor her kam ihm die Bäuerin entgegen. Sie war hochschwanger. Vorsichtig schritt sie auf ihren nackten Füßen über die zerstampfte Wiese. Sie lachte nicht wie sonst über das ganze runde, bräunliche Gesicht; es war etwas Fremdes, Ernsthaftes in

ihren klaren, hellen Augen. „Gott grüße dich, Lenz", sagte sie und reichte ihm die Hand. „Ich wollte dich gerade vom Feld heimholen."

„Ist dir nicht gut?"

„Wohl, wohl", lachte sie leise. „Da hat es noch seine drei Wochen Zeit. Aber einen Besuch haben wir bekommen."

„Wer soll denn das sein?" fragte er ein wenig unwirsch. Jetzt, mitten in der Frühjahrsarbeit, hätte er keine Freude, wenn seine alte Schwieger käme und den ganzen Tag jemandem zum Zuhören brauchte.

„Ein Jerusalemfahrer ist's", sagte sie schier andächtig. „Ein alter, großbärtiger Mann, ein Heiliger. –"

Er wurde wieder freundlich. Da gab es wohl ein großes Erzählen bis tief in die Nacht hinein. „Hast du ihm wohl etwas zu essen gegeben?"

„Er hat nichts anderes annehmen wollen als einen Schluck Milch. Siehst, er sitzt auf der Bank vor dem Haus."

Ein alter, hagerer Mann im dunklen Pilgergewand lehnte an der Balkenwand. Sein knochiges, abgezehrtes Gesicht war wächserngelb, der weißliche Bart hing schütter auf die Brust herab. „Ich bitte dich, Bauer, laß mich heute nacht im Stadel schlafen", sagte er heiser, als der Lenz herangekommen war. „Morgen früh gehe ich dann zeitig über die Saualm weiter."

„Du kannst auch im Hause schlafen, wenn du willst", sagte der Bauer.

„Ich danke dir schön, Gott soll dich und dein Weib dafür segnen. Aber ich schlafe am liebsten im Heu."

Erdmut kam und stellte Milch und Sterz auf den eichenen Tisch unter dem Lindenbaum. Ein Knecht und ein Halterbub, zwei starke Mägde, der Ahn und die Bauersleute setzten sich auf die Bänke.

„Sag uns einen Segen", bat Erdmut und rückte näher an ihren Mann heran, damit der Pilger neben ihr Platz finden könne.

Er faltete die Hände und sprach: „Gott der Vater, der in seiner Huld unser Brot aus der Erde wachsen läßt, segne diese Speise, damit sie uns Kraft gebe, ihm zu dienen."

Er schlug ein Kreuz über die hölzernen Schüsseln und nahm seinen Löffel aus dem Gürtel. Doch er aß kaum ein paar Bissen. Erdmut fühlte, wie es ihn im Fieber schüttelte.

„Du bist wohl krank?" fragte sie.

„Ja, – in Joppe hat mich ein Fieber befallen, das nimmer von mir weichen will."
„Joppe – ist das schon im Heiligen Land?" fragte der Bauer.
„Es liegt am Meer, doch der Weg nach Jerusalem ist noch weit und gefährlich."
„Erzähl, erzähl!" drängten die Leute.
Der Pilger schaute aus trüben Augen über sie hinaus in den frühlingslichten, breiten Augraben, vor dem sich golden verschleiert der Garten des Lavanttales weitete. Es war schon später Abend, doch der Glanz der Obstblüten, der silbernen Wolken und der seidenblauen Luft hielt immer noch das scheidende Licht gefangen.
„Eine große Gnade ist es", sagte er, „das Heilige Grab schauen zu dürfen. Wie ich auf meinen Knien den Kreuzweg gegangen bin, wie ich eine Nacht am Ölberg gebetet habe, da sprang mein Herz vor Reue über meine Sünden und vor Mitleid mit meinem Herrn Jesus. Und dennoch war es eine Wonne ohne Maßen. Ich vergaß aller Mühen und Leiden, meiner Krankheit und meines Unglücks – ich begehrte nichts anderes, als dort zu sterben, um nimmermehr von ihm getrennt zu werden. – – Dennoch sage ich euch, keine kleine Gnade Gottes ist es, daß er euch hier in diesem wunderbaren Tale eine gute Heimat gegeben hat. Begehrt lieber nicht, von fremden Ländern zu hören, auch hier habt ihr das Heilige Land, auch hier ist euch Gott nahe. Dankt ihm und preist ihn für jeden Bissen Brot, für jeden Halm, für jedes Gras, das aus diesem Boden wächst. Kostbarer ist es als alle Wunder der Fremde." Müde sank er in sich zusammen und wischte sich mit dem groben Ärmel den Schweiß von der Stirne.
„Es mag wohl so sein, wie du es sagst", sprach Erdmut nach einer Weile. „Ich kann es nur nicht so schön setzen wie du, aber oft denke ich mir, mein Kind soll einmal so werden – wie unser Land. Unser Herrgott meint es gut mit ihm."
Er nickte ihr freundlich zu. „Vergeßt nie, ihm dafür zu danken. Doch jetzt will ich mich schlafen legen. Ich möchte morgen bis Zeltschach kommen."
Die Bäuerin führte ihn in den Stall hinüber. Sein Atem keuchte, da er über die Einfahrt emporschritt. Wie mag der morgen über die Saualm kommen? dachte Erdmut.
Es war nicht mehr viel Heu im Stadel, doch hinten unter der Luke, die wie das Auge Gottes ausgeschnitten war, türmte sich noch eine

hohe Schütt. Erdmut half ihm, sich ein Bett zu wühlen. „Woher kommst du, Mann Gottes?“ fragte sie kindlich zu ihm empor, da sie wieder auf dem Bretterboden stand. „Mir ist es, als hätte ich dich schon einmal gesehen.“
„Das mag wohl sein“, lächelte er todmüde. „Wenn ich daheim bin, dann werde ich deiner Freundlichkeit nicht vergessen. Sie soll dir und deinem Kinde vergolten werden.“
Ein Schauer flog sie an. Sie nickte mit schüchternem Danke und ging langsam durch die finstere Tenne fort.
Der Pilger lag verschlummernd im knisternden Heu. Das Fieber schüttelte ihn. Kalt strich die Luft zur offenen Luke herein, doch er war zu müde, um noch mehr Heu auf sich zu decken. Er starrte in die Sterne und sah den dunklen Bogen einer Alm in den schimmernden Himmel schneiden.
Morgen, – morgen war er daheim.
Im Fieber sah er ein ewig geliebtes Antlitz über sich geneigt – jung und stolz und süß wie einst. „Hemma!“ stöhnte er, von Sehnsucht und Entzücken zerbrochen. Doch das holde Gesicht entschwand im blassen Schein der Nacht.
Morgen, – dachte er.
Er sah sich selber den Burghügel von Zeltschach aufwärts wandern. Da war der Hochofen, die alte Vorburg, die Brechelstube. – Freude der Heimkehr wallte über ihn hin.
Doch der Weg nahm kein Ende. Er mühte und mühte sich den steilen Berg empor. Fremd wurden die Bäume, die Wasser an seinem Rand. Ich bin am Tor vorbeigegangen, wirrte es in ihm voll Angst. Nun finde ich nicht mehr zurück. – Wohin, – wohin zieht es mich nun?
Dann war es ihm wieder, als zöge er zur Schwertleite, kostbar gegürtet und geschmückt mit Purpur und Edelsteinen. Fern, fern an einem hohen Dom hörte er die Glocken läuten. Viele gingen mit ihm in einem großen Zuge, er sah sie nicht, nur ihre Schritte klangen leicht und freudig ihm zur Seite. Und plötzlich sang es vor ihm auf wie Silber und edler Stahl. Er blickte vom Boden empor und schaute ihn. –
Den Kaiser.
Er war so ohne Maßen herrlich anzuschauen, daß Wilhelm in die Knie stürzte. Hinter ihm drängte sich eine gewappnete Heldenschar – zwei junge Köpfe strahlten daraus hervor. Sein Herz

zersprang, er wußte, – es waren seine Söhne, doch er konnte jetzt seine Blicke nicht aus dem Banne des Kaisers lösen. Eine Stimme erscholl, furchtbar und befreiend wie ein erster Donnerschlag: „Wohlan, du guter und getreuer Knecht, weil du über weniges getreu gewesen bist, will ich dich über vieles setzen. Geh ein in die Freude deines Herrn!"
„Herre! Kaiser!" stammelte der Mann. „Ich habe schwer gefehlt – unwürdig bin ich –"
„Du warst getreu!" fiel zum dritten Male das heilige Wort vom Munde des Weltenkaisers, und wie ein flammender Blitz rührte sein Schwert an die Schulter seines alten Dienstmannes.

Früh am nächsten Morgen, als der Bauer für seine Pflugochsen ein Büschel Heu holte, fand er den Pilger tot im Stadel. Er rief sein Weib, das unten im Stall die Kühe molk. „Siehst du", sagte er mit gutmütigem Spott, „jetzt kann er deine Gutheit nimmer vergelten, wenn er heimkommt."
Hastig legte sie ihm die Hand auf den Mund. „Red nicht so", flüsterte sie. „Schau ihn an, der ist bei Gott, da gilt sein Versprechen das Doppelte." Sie kniete neben der Leiche hin und betete ein Vaterunser. Auch den Bauern ergriff es nun seltsam im Gemüte, denn das wächserne Gesicht leuchtete im ersten Morgenschein so groß und klar und erdenfern. „Mag sein, er ist ein vornehmer Mann gewesen", meinte er. „Wir müssen an ihm ein Zeichen suchen, wem wir eine Botschaft senden sollen."
Erdmut wagte nicht, den Toten anzutasten; doch der Lenz öffnete den groben Kittel, fand nichts als einen Bußgürtel, mit Dornen gespickt, und an einer hanfenen Schnur ein schönes, kostbares Reliquienkreuz, wie es edle Frauen am Halse tragen.
Erdmut liefen die Tränen aus den Augen. Gewiß wartete eine liebe, treue Frau auf ihn, – umsonst. Nie würde sie erfahren, was sein Geschick gewesen.
Der Lenz band den ledernen Schnürriemen am Halse des Toten wieder zusammen. „Ja, da können wir nichts anderes tun als ihn begraben", sagte er beklommen. „Wir müssen die Nachbarn alle zusammenrufen und eine Totenschau halten, damit später niemand sagen kann, wir hätten ihn erschlagen."
„Das wird doch niemand von dir glauben!" rief Erdmut schier unwillig.

„Wir sind Bauern, und der da war gewißlich ein großer Kriegsherr. Narben hat er genug am Leibe, und das Kreuz ist mehr wert als unser ganzer Hof."
Da fügte sie sich und ging zu den Mägden und sandte sie und den Schafbuben weitum auf alle Höfe in der Au und auf den Höhen, bis weit hinab ins Lavanttal.
Gegen Abend waren alle beisammen und standen unter der Linde um die Bahre, auf die sie den Toten gelegt hatten. Es war eine große Schar von freien und hörigen Bauern in knielangen Zwilchkitteln und weiten, verwaschenen Filzhüten. Auch Weiber waren bei ihnen, hochbusige, breithüftige Gestalten mit pflaumenweichen Wangen und Lippen, mit Brauenbogen und Nasen wie aus festem, dunklem Holz geschnitten. Der Jodl am Eck, uralt und zäh und verkrümmt wie die Wurzel einer Wetterlärche, sagte: „Wir alle haben gesehen, daß der Jerusalemfahrer vor Schwäche und Müdigkeit verstorben ist und daß den Lenz in der Au kein Verschulden treffen kann. So können wir denn den heiligen Mann begraben. Wir wollen es damit halten, wie es unsere Altvorderen getan haben, und wollen ihn auf einen Ochsenwagen legen. Und wo die Ochsen stehen bleiben, dort wollen wir ihm ein Grab bestellen."
„So soll es sein!" stimmten ihm alle bei. In ihrem einfachen Sinne zweifelten sie nicht daran, daß der Fremde ein Bote Gottes war, und es konnte wohl sein, daß er am Grabe des heiligen Pilgers Wunder und Segen strömen ließ. Da mußten sie es dem Allwissenden überlassen, welche Stätte er zum Brunnen der Gnade wählen wollte, und das unvernünftige Vieh, das seiner Absicht keinen Eigenwillen entgegensetzte, würde er wohl am sichersten führen. Also spannte der Lenz zwei junge Ochsen ein, die mit Weg und Steg noch nicht vertraut waren, und lud die Bahre auf den Wagen. Langsam zogen die schönen, rahmweißen Tiere ihre seltsame Last den Augraben empor und immer höher den Berg hinan. Dreimal verschnauften sie auf ihrem Wege. Doch als sie auf den Potzbauerkogel zwischen dem Augraben und Twimberg im Lavanttale kamen, hielten sie an und ließen sich nicht mehr von der Stelle bringen.
Da hoben die Bauern die Leiche vom Wagen. Die hohen Fichten rauschten, als erkennten sie den, der da zu ihnen gebracht wurde. Das war er, der den großen Bären geschlagen hatte und vor dem die argen Wölfe geflohen waren.

Ein Waldbruder, der beim sauren Brunnen im Graben seine Klause hatte, betete mit den Bauern einen langen Totensegen. Dann trugen sie dürre Äste zu einem hohen Feuer zusammen und schickten sich an, die Totenwacht zu halten.
Es war der dritte Freitag nach Ostern, im Jahre des Heils 1038.
Am nächsten Morgen kamen noch mehr Leute herbei, die von der wundersamen Begebenheit gehört hatten. Ein alter Jäger war dabei. Er schaute dem Toten ins Gesicht und ging in die Knie. „Das ist mein Herr!“ rief er jammervoll. „Das ist der Markgraf Wilhelm an der Sann. Oft habe ich mit ihm gejagt drüben am Hirschegg und auf der Großen Sau! O Jammer und Not – so elend und verlassen hat er sterben müssen!“
Und er weinte bitterlich um seinen Herrn und nahm das Kreuz vom Halse des Toten, um es der armen Gräfin zu bringen.

Hemma saß auf einer übermoosten Wurzel und starrte hinüber zu dem Grabe, auf dem ein Kreuz von Fichtenästen steckte. Den ganzen Tag war sie schon an diesem Ort, betend, weinend, um Fassung und Ergebung ringend. Doch allzu bitter war es, zu denken, daß er hier, eine Tagreise von seinem Ziele entfernt, hatte sterben müssen, ohne die Heimat wiedergefunden zu haben. Warum hatte er ihr keine Botschaft gesandt? Sie wäre ihm entgegengezogen und hätte den Kranken sorglich heimgebracht, um ihn zu heilen.
Gott allein wußte, warum es hatte so kommen müssen – ja, er wußte es! Sie mußte sich darein ergeben. – Gott verzeihe ihr, – nun war sie alt und vielerfahren in Leid und Opfer und Einsamkeit, und immer noch zuckte sie unter dem Schlage seiner Hand zusammen und mußte sich gewaltsam bezähmen, um nicht gegen seinen Willen sich aufzubäumen! Wie war ihr Menschenherz zäh und ungelehrig, ungebeugt in Stolz und Liebe!
Nun erkannte sie erst, wie sehr sie Wilhelms Heimkehr ersehnt hatte. Sie hatte Gott mit ihrem blinden, harten Vertrauen zwingen wollen, ihre Gebete zu erfüllen, und nun saß sie da und vermochte nicht, Gott zu danken, daß er ihren lieben Freund aus Kummer, Elend und Mühsal dieses Lebens in die ewige Heimat entführt hatte. Und sie vermochte nicht zu glauben, daß es auch für sie selbst das Beste war, wie er es angeordnet hatte.
Sie schlug die Hände vors Gesicht und weinte wieder bitterlich. Die Dämmerung webte schon schwarzgrün zwischen den mächtigen

Stämmen, und drunten im Bachgraben huben die Wildkatzen und Luchse zu schreien an. Die weichen Flügel der Eulen und Käuze wischten durch die stille Luft. Da kam ein schwerfälliger Schritt durchs Gestrüpp heran. Die einsame Frau blickte auf und sah einen jungen Bauern auf die kleine Lichtung treten. Erhitzt vom schnellen Aufstieg, kam er auf Hemma zu.
„Frau!" rief er beschwörend, „ich bitte Euch, kommt zu uns auf den Hof hinab. Ich bin der Lenz in der Au, wo Euer Herr gestorben ist. Meine Erdmut ist von dem vielen Hin und Wieder krank geworden, jetzt liegt sie in den Wehen und kann das Kind nicht bekommen. Die Leute sagen, Ihr habt schon vielen geholfen, Ihr müßt zu ihr kommen. Es ist nicht mehr zum Anschauen –"
Hemma wischte sich die Tränen vom Gesicht und stand auf.
„Ja, Lenz. Halt mir das Pferd und führe mich auf dem schnellsten Weg hinab."
Schweigend stolperte der Bauer voran und riß das Pferd am Zügel hinter sich den steilen Abhang abwärts. Stachlige Äste schlugen Hemma in die Augen, Ruten pfiffen um ihre Füße. Es wurde langsam Nacht.
Oft schon war sie zu gebärenden Frauen gerufen worden, zu vornehmen Herrinnen, an deren Bett sich die erfahrensten Wehmütter eifersüchtig drängten, und zu armen Mägden, die verlassen in einem Stallwinkel um das neue Leben rangen. Gott würde auch diesmal ihre Hand segnen. Sie betete inständig darum – gut war das junge Weib zu ihrem Gemahl gewesen.
Sie kamen in die Au hinaus und sahen von weitem ein trübes Licht aus einem kleinen Fenster schimmern. „Hört Ihr sie schreien?" keuchte der Lenz und zerrte wilder am Zügel.
Sie hörte nichts hinter ihrem Gebende und dem schweren Witwenschleier. Doch sie sagte: „Jetzt finde ich den Weg allein, ich reite schnell voraus!"
Und während sie auf dem weichen Ackerboden hastig vorwärts sprengte, fiel ihre eigene Qual von ihr ab. Es gab so viel Leid auf dieser Welt, das schwerer wog als ihres. Morgen würde sie vielleicht Zeit haben, ihrer Trauer nachzudenken und nach Gottes Hand zurückzutasten. Heute mußte sie ihm danken, daß er eine alte, unnütze Frau rief, um zwei junge, starke Leben zu erhalten.

Draußen rauschte ein linder Regen auf die jungen Saaten nieder. Hemma stand am Herde und kochte eine kräftige Suppe für die Wöchnerin, die mit ihrem kleinen Sohn schlafend im breiten Strohbett drüben lag. Der Feuerschein spielte auf der rupfenen Schürze, die Hemma sich über ihr feinwollenes Trauergewand gebunden hatte, und machte ihr bleiches, verwachtes Gesicht jung und rosig.
Der Lenz saß auf der Herdbank, ein wenig verworren von dem Schrecken der Nacht und von dem wiedergewonnenen, nun doppelt reichen Glück.
Die Suppe brodelte auf dem Dreifuß. Hemma setzte sich neben den Bauer auf die Bank. „So Gott will, brauchst du keine Angst mehr zu haben", sprach sie ihm zu. „Du mußt nur schauen, daß sie nicht zu früh zur schweren Arbeit geht; dann wird sie schon wieder zu Kräften kommen."
„Den ganzen Sommer soll sie mir keinen Krampen und keine Schaufel anrühren", verschwor er es ihr. „Sie soll nichts tun als kochen und ein wenig auf das Vieh schauen und den Buben pflegen! Der wird wohl auch recht?" fragte er sie ängstlich.
„Gewißlich wahr, ich habe noch nicht viele Kinder gesehen, die so hübsch und stark gewesen sind wie deines", lobte Hemma zu seiner größten Freude. „Daß wir ihn zuerst tüchtig bläuen und rollen mußten, das kommt daher, daß er halb erstickt war. Das soll dir keine Sorgen machen."
Er faßte plötzlich nach ihrer Hand und drückte sie, daß die Ringe in das Fleisch schnitten. Doch er sagte nichts, sondern blinzelte ins kleinbrennende Feuer.
Erst nach einer langen Weile begann er zögernd und überlegend: „Einen Sohn haben – ja, das ist wohl das Beste, – was einem widerfahren kann. Das weiß ich erst seit heute früh. Aber eines gräbt mich, und das werdet Ihr nicht begreifen können."
„Was gräbt dich?" fragte sie freundlich, als er ein wenig verstockt innehielt.
„Daß er zuerst dem Herrn gehört und dann erst mir, daß er auch nur ein leibeigener Knecht soll werden, wie ich und meine Brüder und mein Vater! Es geht uns gut, wir haben den Hof, aber mir geschieht es hart, wenn ich daran denke."
„Lenz", mahnte sie ihn, „schau, du bist nicht frei, das ist wahr. Aber du siehst ja selber, daß viele in unseren Tagen sich mit freiem

Willen in die Hörigkeit begeben, damit ein Herr sie schütze und ernähre und ihnen ein Stück Land gebe. Hart sind die Zeiten, Lenz, und es ist leichter zu dienen als zu kämpfen."

„Ich trau mir's zu", schrie er fast jauchzend heraus. „Oder glaubt Ihr nicht, Frau?"

Erschrocken legte sie ihm die Hand auf den Arm. „Sei still – gönn ihr doch den Schlaf!"

Er schwieg und lauschte verwirrt zum Bett hinüber, doch die müde Schläferin regte sich nicht.

„Hast du nie Gelegenheit gehabt, deinen Herrn – es ist wohl der Graf Siegfried von Spanheim – um die Freiheit zu bitten?" flüsterte Hemma.

„Wie er unsere Gräfin, die Jungfrau Richardis von Lavant, geheiratet hat, ist mein Vater zu ihm gegangen, aber er ist ungnädig abgewiesen worden."

Sie dachte nach. „Für meine Herrschaft habe ich vor drei Jahren die Bestimmung niederschreiben lassen, daß jeder Hörige sich selber mit sieben Silberdenaren loskaufen kann, die er durch eigene Arbeit erworben hat. Ich wollte damit dem Tüchtigen Gelegenheit geben, die Freiheit zu erwerben, und zugleich verhindern, daß die Unfähigen aus dem Verband mit ihrem Herrn von einem unbedachten Guttäter losgerissen werden, um dann hilflos zu verderben."

„Die sieben Denare könnte ich Euch wohl auf den Tisch legen", sagte der Bauer stolz. „Sieben für mich und sieben für mein Weib und fünf für meinen kleinen Sohn!"

Traurig lächelnd sann sie ins Feuer. „Ich habe im Sinn", sprach sie dann, „dem Spanheimer einen Tausch vorzuschlagen. Ich möchte den Augraben und den Potzbauerkogel haben und würde ihm dafür den Griffnerberg und das Granitztal anbieten. Ich denke, er wird es zufrieden sein. Dann will ich oben über dem Grab im Walde eine Kapelle bauen und ein paar Linden pflanzen, und dann gelten meine Bestimmungen auch für dich, und du kannst Weihnachten auf deinem Freibauernhof feiern."

Der Bauer zerbrach einen Prügel über dem nackten Knie. „Da will ich Gott loben, solang ich das Leben hab!" Das helle Wasser sprang ihm in die Augen. Er drückte seine blondumkrausten Lippen so fest auf Hemmas Fingerknöchel, daß sie seine Zähne spürte. Dann stand er heftig auf und lief aus der Stube. Sie sah ihm durch das kleine

Fensterloch nach, wie er im feinen Regenschleier verschwand. Eine leise Wehmut überkam sie, wie sie wohl Erwachsene fühlen, wenn sie einem glücklichen, eifrigen Kinderspiel zusehen, an dem sie nichts als Tand und Traum erkennen und das doch auch sie einst wichtig nahmen.

Was galt es denn – frei oder unfrei, – reich oder arm, geliebt oder einsam? Erst wer unter tausend Schmerzen über all diese Gemarken hinausgegangen war, begann von ferne die Wahrheit zu erahnen.

Dann kamen eine neue Wonne und eine neue Liebe, ein neuer Schmerz. Doch dies war mit Worten nicht mehr auszusprechen, und wer es empfangen, der ging durch die Welt wie ein abgeschiedener Geist, selig und dennoch in Liebe gebunden, von Sehnsucht nach dem Paradiese glühend und dennoch die Verworrenheit der sündigen Welt allzu tief erkennend und beweinend. Und während Hemma noch immer in den silbernen Regen starrte, in dem der glückstrunkene Mann verschwunden war, erkannte sie erschauernd, daß sie schon tief im bleichen Licht der Wahrheit stand.

Sie konnte es nicht fassen, daß Gott ihr diese Gnade verliehen haben sollte, ihr, einer weltlichen Fürstin, die ihr Leben lang aus dem Gehege irdischer Macht nicht hinausgetreten war. Wohlleben und Glanz, tausendfältige Geschäftigkeit, Ehre und Liebe hatten sie von der Wiege an begleitet. Und dennoch hatte Gottes Hand sie niemals losgelassen und hatte sie aus dem Dickicht der Welt herausgeführt. Sie wußte, es war nicht ihr Verdienst, daß sie sich nicht verloren hatte. Gestern noch hatte sie sich verzweifelt an den letzten Ranken festgehalten, die Gott ihr aus der Hand winden wollte. Nun nimm mich hin! betete sie mit geschlossenen Augen. Nimm mich hin – nimm mich hin!

Nun besaß sie nichts mehr. Längst, längst war ihr der Reichtum nur noch eine Aufgabe, kein Besitz. Und was ihr Herz besessen hatte, war ausgelöscht für diese Welt.

Nun nimm auch mich selbst, nimm mich hin –. Es war ein bebendes Warten in ihr, als müßte sich jetzt eine Hand auf sie legen zum Zeichen der Besitzergreifung.

Doch mitten in ihre stille, innige Entrückung klang nichts als ein leises Wimmern vom Bette herüber.

Aufatmend wandte sich Hemma und nahm das weinende Kindlein an sich. Sie trug es zur milden Herdwärme hinüber und wickelte es

in frische Windeln. Und dann kam es über sie, daß sie hundertmal unter Tränen die winzigen Händlein küssen mußte. Es war aber das ewige Leben, das sie in Einfalt und süßer Minne grüßen wollte.
Vier Tage später kam der Graf Siegfried von Spanheim mit großem Gefolge, um am Grabe des Markgrafen sein Gebet zu verrichten und eine geziemende Spende zum Bau der Kapelle beizusteuern. Mit sichtlichem Vergnügen ging er auf die Bitte der Witwe ein und ließ gleich an Ort und Stelle den Landtausch verbriefen. So kam es, daß Hemma, schneller als sie gedacht, in den Besitz der Gegend gelangte, in der ihr Gemahl gestorben war.
Große Freude herrschte unter den Bauern in der Au. Sie kamen in hellen Haufen, um der neuen Herrin zu huldigen, deren Güte und Weisheit sie schon erfahren hatten. Denn nun, da sie der Lenzin so wunderbar geholfen hatte, wagten sich auch andere mit ihren Anliegen heran. Da war eine Kuh krank, dort lahmte ein Kind, hier war ein ungeratener Sohn zu belehren, da ein Erbstreit zu schlichten. Geduldig half Hemma mit Rat und Tat aus der Erfahrung ihres langen Lebens und aus der reifen Klugheit ihres selbstlosen Herzens. Ihr Wort ging allen seltsam tief zu Herzen. Viele besserten sich in ihrem Wandel, und Frieden und Freude kehrten in ihre Hütten ein.
Drei Wochen blieb Hemma beim Lenz in der Au. Sie überwachte noch selbst den Beginn des Kapllenbaues und pflanzte drei Linden auf den gerodeten Platz. Gräbern nannten die Leute den Ort. – Dann ritt sie über das Klippitztörl nach Hause, nur von zwei jungen Knechten begleitet. Atre hatte sie schon früher heimschicken müssen. Sie war nun hinfällig und krank. Hemma hatte den Bauersleuten nicht noch eine zweite Krankenpflege zumuten wollen. Die zwei Knechte hatte sie angestellt, tüchtig bei der Feldarbeit mitzuhelfen. Anfangs hatten sie sich geziert und so getan, als hätten sie längst vergessen, wie man eine Heugabel angreift. Doch das Bauernblut war bald in ihnen wach geworden, und sie waren dem Lenz und seinen Nachbarn eine tüchtige Hilfe gewesen.
In der Stelzing und im Görtschitztal wie am Dobritscherberg, überall warteten die Leute schon an ihrem Weg und beweinten den Tod ihres Herrn. Hemma kam langsam vorwärts. Viele Ratschläge mußte sie finden, viel Hilfe versprechen, strenge und milde Verweise austeilen, Entscheidungen treffen. Sie war nun schon längst in

diesen Dingen geübt und erfahren. Dennoch war jetzt etwas Neues darin: nun war sie allein die Herrin, sie allein verantwortlich. Sie mußte gegenüber von Zossen in einer Knappenhütte übernachten, dort, wo die Leute den Namen „Hüttenberg“ in „Hüte dich vor diesem Berg“ verkehren. Mit gutem Grund – denn die Knappen benahmen sich dort ärger wie offene Räuber. Hemma dachte kaum daran. Auch hier saßen die Leute am Abend um sie, und ihre grellen Augen lichterten zutraulich aus den schwärzlichen, hageren, eisernen Gesichtern. Tiefer als im Lavanttale rührte hier die anhängliche Liebe ihr Herz. Denn hier hatte Wilhelms Rache einst arg gehaust. Es schien vergessen zu sein, ja, es war, als nähmen sie es als selbstverständlich hin. Hatten sie ihm doch seine Söhne erschlagen. Aug um Aug, Zahn um Zahn. –

Hemma wußte wohl, welche Untaten in dieser Gegend schon geschehen waren, doch sie sah nur das Mitleid, die Liebe, das ungelenke Dienenwollen. Sie war die Mutter des Landes. Sollte sie ihre ungeratenen Kinder verstoßen? Bald würde vielleicht der eine oder andere vor ihrem Gerichte stehen, und sie mußte mit aller Strenge gegen ihn verfahren. Heute aber sollten sie erkennen, daß sie ihre Nöte verstand, ihr hartes Leben. Und wenn sie auch ihre Strenge erfuhren, so sollten sie doch stets an ihre Liebe glauben dürfen.

Lange noch redeten die Görtschitztaler Knappen an dem Abend, an dem die Markgräfin Hemma bei ihnen gewesen, so einfach und gut, als wäre sie eine der Ihren. Was sie gesagt und wie ihr die Tränen gekommen waren, als die Perga ihr vom Tod ihrer Kinder vorgeklagt hatte, und wie sie den Greiz angeschaut hatte und er in die Nacht hinausgelaufen war, um das gestohlene Roß freizulassen. –

Und dann hatte sie ihnen freundlich zugeredet, sie sollten doch nicht jeder für sich in den Berg hineinschürfen, wie es ihm gelüste; davon komme es, daß unter ihnen so viel Streit und Totschlag um einen guten Stollen sei und daß im Berg so viel Unglück geschehe, weil ohne Plan wild durcheinandergegraben werde. Sie sollten sich lieber zu einer Gilde zusammenschließen und in Gemeinschaft ein wohldurchdachtes Bergwerk anlegen. Sie wolle ihnen einen erfahrenen Hutmann schicken, der sie beraten könne, und werde ihnen in genauer Verrechnung das Erz abkaufen. Dann brauchten auch die Weiber nicht mehr um des Gewinnes willen beim Erzbau zu helfen,

sondern könnten ein Stück Land für eine Kuh und ein paar Ziegen und Schweine bebauen und könnten ihre Kinder gut erziehen. Und sie erzählte ihnen, welch geachteter Stand die Knappen am Kuster und in Zeltschach seien.
Ja, die Markgräfin war eine gute und kluge Frau.

Die Mutter des Pfarrers von Pisweg kam mit Brot und Käse und saurem Wein in die braune Stube. Hemma saß noch auf der Eckbank hinter dem großen Eichentische. „Schön ist es bei dir, Mutter Gertrud!" sagte sie, dankbar für die gute Rast nach mühevollem, winterkaltem Ritt. Atre hockte wie eine erfrorene Krähe auf der Herdbank. Rot stach die spitze Nase aus dem gelbbleichen, verfallenen Gesicht. „Gib ihr zuerst einen Schluck vom Würzweine", bat Hemma. Seit Jahren mußte sie sich nun um die Alte sorgen wie um ein kleines Kind. Es war mühsam, ihre Wünsche und Launen zu erfüllen und sie überallhin mitzunehmen, doch Hemma war froh, ihr die große, lebenslange Treue ein wenig vergelten zu können.
Mutter Gertrud erzählte eifrig, wie schön ihr Sohn in der Kirche die Weihnacht gefeiert habe. Freundlich schweigend lauschte Hemma. Sie war müde. Ihr Herz vertrug das Reiten nicht mehr recht. Nun würde sie sich auch bald eine Sänfte und zwei Maultiere anschaffen müssen.
Sie aß ein wenig von der guten Jause, indes die Hausfrau rüstig am Herde zu werken begann, um dem hohen Gast eine gefüllte Gans zu braten. Saure Rüben dufteten schon aus dem schwarzen Hafen, und Äpfel und Butter schmorten honigüberglänzt am Rande der Feuerstätte.
„Wenn wir gegessen haben, Mutter Gertrud, dann möchte ich dich bitten, daß du mir die Bauern hierher zusammenrufst. Ich bin heute zu müde, um auf die Höfe zu reiten." Große Freude schien Mutter Gertrud mit dieser Bitte nicht zu haben. Doch sie konnte der Markgräfin nicht widersprechen. „Ich schicke gleich den Roßbuben aus", sagte sie. Und nach einer Weile, als der Braten am Spieße langsam zu duften begann, meinte sie vorsichtig: „Glaubt Ihr nicht, edle Frau, daß Ihr noch eine schwere Enttäuschung erleben werdet, wenn Ihr Euch mit dem Volke allzu gemein macht?"
Hemma lächelte: „Enttäuschung kann ich wohl keine erleben, da ich nichts anderes erwarte, als daß die armen Leute auch Menschen

sind. Und was sie darüber hinaus aus Armut und Unwissenheit fehlen, so sollte ich dafür Buße tun, da ich mich zu wenig mühte, diesen Grundübeln abzuhelfen."

Gertrud preßte die Lippen zusammen wie unter einem Tadel. Ein schräger Blick streifte die Gestalt der Markgräfin. Man hätte sie für eine Bäuerin halten können, wenn ihr bräunlichblasses Gesicht nicht so viel Geist und Zucht und Größe ausgestrahlt hätte. Sie trug nun Sommer und Winter ein grobes, schlichtes, fast bäuerliches Kleid aus der Wolle schwarzer Schafe mit Ärmeln aus gebleichtem Linnen, das leicht zu waschen war, einen breiten Ledergürtel, an dem ihr Eßzeug in einer silbernen Hülse hing, daneben eine geflochtene Tasche mit einigen Münzen und zwei Arzneifläschchen mit Melissengeist für Atre und Baldrian für sie selber. Ihre Reithandschuhe waren derb wie die eines Mannes, doch um den Hals trug sie eine schwere silberne Kette mit einem goldgefaßten, schwärzlichen Rauchtopas, ein Ring mit einem gleichen Steine steckte am Daumen, und ein breiter, glatter, schmuckloser Silberreif schloß sich um das schlichte Gebende und den Witwenschleier. Ring und Kette hatte ihr Wilhelm geschenkt, den Silberreifen trug sie zum Zeichen ihrer Würde. Es wäre allen Leuten unschicklich erschienen, wäre sie barhaupt gegangen wie eine Magd. Im Sommer trug sie wohl auch einen weiten Hut mit einer silbergedrehten Schnur. Alle Leute ringsum in den Tälern und Berghöfen kannten sie nun von weitem an ihrer Tracht. Hemma hatte sie ausgewählt, da sie ihr zugleich brauchbar und würdig schien. Kostbare, prunkvolle Gewänder waren ihr nur hinderlich, wenn sie durch jedes Wetter reiten und auf den Bauernhöfen manchen Handgriff selbst vorzeigen mußte, wenn sie Kranke pflegte und Kinder wickelte.

„Ja", sagte sie freundlich, „das mußt du nun verstehen, Priestermutter. Als ich noch meinen Mann und meine Söhne hatte, da ging ich freilich in Hermelin und Seide, denn vielerlei Freundschaften und Geschäfte banden uns an die Großen des Reiches. Heute bin ich eine einsame alte Frau, und es will mich bedünken, es stünde mir schlecht an, wenn ich eine prächtige offene Tafel halten und mich neben den lebenslustigen Herrinnen brüsten wollte."

„Das ist gewiß sehr fromm und gottwohlgefällig", murmelte Mutter Gertrud und drehte eifrig den Spieß. Hemma lächelte leise. Die rüstige, tüchtige Häuserin hielt viel auf strenge Ordnung in dieser Welt. Sie wäre gewiß sehr ärgerlich geworden, wenn sie ihr gesagt hätte, wie wenig ihr noch daran lag, eine große Herrin zu sein, und wie inniglich eins sie sich mit den mühsalbeladenen, einfachen Bäuerinnen und Mägden fühlte. Wenn sie auf den Zusammenkünften der Edlen erscheinen mußte, so war es ihr oft, als gehöre sie nicht mehr zu ihnen. Die eifrig besprochenen Streitfragen über Pferde, Mode, Damespiel, über Rang und Schild, Minne und Abenteuer dünkten sie leer und lächerlich. Es bedrückte sie, zu sehen, wie die Nichtigkeiten die Menschen von ihrem wirklichen Leben abdrängten. Sie wußte freilich, daß hinter höfischer Form und spielerischen Worten manch blutendes Herz, manch echte Liebe sich verbarg. Doch Eitelkeit und Spielerei wucherten darüber hin und erstickten das Echte, aus der Tiefe Gewachsene.

Es war ihr wohler, wenn sie auf einer morschen Hausbank saß und derbe, ungelenke Worte hörte, die von Geburt und Tod, Lebenskampf und Erdsegen, von Elend und Sünde sprachen. Da war es ihr, als sei sie der Wahrheit näher. Traurig dachte sie daran, daß sie nun gewiß nicht mehr lange leben würde. Wer sorgte dann für ihrer Leute leibliches, mehr noch für ihr ewiges Heil? Bedrückten Herzens mußte sie sich sagen, daß auch die Priester, die sie bestellt und begabt hatte, nicht alle ihres Amtes würdig walteten. Meister Petrus, der in der kluniazensischen Lehre Herrn Balduins gestanden, war gewiß ein Vorbild für alle anderen, doch so mancher, der sich Pfarrer nannte, verstand nicht einmal sein eigenes Meßlatein. Ihre Kirchen standen leer und verstaubt, und in den Köpfen der Leute spukte ein grausiger Aberglaube. Ihre Großmutter Imma hatte im Gurkerwalde ein Kloster bauen wollen. Gott wußte, warum er es nicht werden ließ. „Eine andere wird es bauen", hatte sie einmal gesagt. War sie es, die dazu berufen war?

Es geschah nicht zum ersten Male, daß ihr der Gedanke kam – noch ohne klare Gestalt, zweifelnd, schwebend.

Sie schreckte aus ihren Gedanken empor. Atre hatte laut aufgestöhnt. „Was hast du?" fragte Hemma und stand auf.

Atres Augen drehten sich zu ihr herüber – halb erloschen, hilfesuchend. Hastig trat Hemma zu ihr. „Atre, Gute, dir ist wohl hart?" Krampfhaft zog die Greisin den Atem ein und fiel vornüber an Hemmas Brust. Wie ein kleines Kind nahm die Frau den dürftigen Körper auf die Arme. Mutter Gertrud kam vom Herd herüber.

Ohne ein Wort zu verlieren, öffnete sie die Kammertüre und wies auf ihr eigenes Bett.
Sorglich legte Hemma ihre leichte Last auf die vielen schöngestickten Kissen hin. „Ruf deinen Sohn, – er soll mit dem Krankenöl kommen!“ flüsterte sie der Hausfrau zu. Sie sah, daß es mit Atre zu Ende ging.
Sie öffnete das reinliche, graue Kleid und zog die vielen wollenen Hüllen von den dünnen, blutleeren Füßen. „Atre“, rief sie dann leise. Es zuckte in den erstarrenden Augen. Da beugte sich Hemma über sie und küßte sie inniglich auf Stirne, Mund und Wangen.
„Ich danke dir, Atre!“ sagte sie laut und klar. Doch plötzlich erloschen der Kummer und die Sorge in ihrem Herzen. Sie hielt die Hand der Sterbenden in der ihren und fühlte, wie das Leben daraus fortrann. Es war nur der Leib, der starb, – und es war nur eine kurze Spanne Zeit, die Atre, die Treue, auf sie würde harren müssen.
Bald öffnete sich auch für sie das Tor.

Im Jahre des Heiles 1041 starb der Erzbischof von Salzburg, Thietmar der Zweite. Und Kaiser und Papst und Reichsfürsten erwählten mit seltener Einmütigkeit den Dompropst Balduin zu seinem Nachfolger.
Mit großer Freude vernahm Hemma von der Erhebung des Mannes, dem allein sie die Klugheit und Gewalt zutraute, das geistige Leben des Landes neu zu erwecken. Es war ihr, als bestärke sie Gott in ihrem Planen, eine große Klostergründung zu beginnen. Sie kam aber noch nicht so schnell dazu, nach Salzburg zu reisen, um ihre Absichten mit dem neuen Erzbischof durchzusprechen. Sie mußte nach Krain fahren, wo eine böse Seuche ausgebrochen war. Und im Frühling des darauffolgenden Jahres fiel ein ungarisches Heer, vom Thronräuber Aba geführt, in die karantanische Mark ein. Die wilden Magyaren hatten wohl im Sinne, die Welt wieder in Schrecken zu versetzen, wie es ihre heidnischen Vorfahren vor zweihundert Jahren getan hatten. Da war es Hemma Pflicht, überall die Männer zum Waffendienst aufzurufen, den Zustand der Burgen zu prüfen und dem jungen Markgrafen Gottfried von Steier einen bedeutenden Silberschatz zur Verfügung zu stellen, damit er sein Verteidigungsheer auf das beste ausrüsten könne.
Müde von Sorgen und den Anstrengungen der mondelang währen-

den Reise kam sie zu Christi Himmelfahrt nach Purgstall im Admonttale. Sie hatte Herrn Lanzo Botschaft schicken lassen, damit er über den ungebetenen Besuch nicht zu sehr erschrecke. Sie hatte nichts von ihm gehört, seit er die Burg zu eigen besaß und er ihr keine Rechenschaft mehr schuldig war. Einmal war er an Wilhelms Grab gewesen, Erdmut hatte ihr davon erzählt. Doch den kurzen Weg von Gräbern nach Friesach hatte er nicht gefunden. Das sumpfige Tal drängte den Weg an die Berglehne. Ein rauher Wind, wie er in Mittelkärnten niemals wehte, zerrte an ihrem Schleier. Sie dachte daran, daß ihr ältester Sohn hier, jedoch noch tiefer im Tale drin, hatte ein Kloster bauen wollen. Ein hartes Leben hatte er sich vorgesetzt. Nun war er bei Gott.

Unter dem wehrhaften Burgtore trat ihr Lanzo entgegen. Da sie ihn sah, grauhaarig, doch schlank und mit seltsam fein gewordenen Zügen, schlug ihr Herz hoch auf. Die Zeit stand wieder vor ihr, die schönen reichen Jahre, in denen sie Frau und Mutter gewesen. Es war, als zerbräche der schwere Kreuzesbalken, der ihr Herz in fromme Ergebung niedergebeugt hatte, und eine wilde, schmerzliche Sehnsucht nach dem süßen, süßen, verlorenen Frauenglück bäumte sich auf.

Stumm weinend ließ sie sich in des Ritters Arme gleiten und legte ihre Wange an die seine.

Er fand keinen Gruß. Endlich murmelte er, ohne sie anzublicken: „Ich hatte nicht mehr gehofft, daß Ihr doch noch kämet.“

„Schwer war die Zeit für mich – sprach sie, von Tränen gewürgt. Sie wußte nicht, daß es die erste Klage war, die seit Wilhelms Abschied über ihre Lippen kam.

„Das habe ich wohl verstanden“, antwortete er fast scheu.

An hocherhobener Hand führte er sie über eine schöngezimmerte neue Stiege in die Halle hinauf. Da war der Boden mit Maiglöckchen und jungem Birkenlaub bestreut, und bunte Seidentücher und Teppiche hingen an den Wänden. An der fensterlosen Nordwand stand eine Ruhebank, mit Fellen und Kissen reich belegt. Gerührt erkannte sie, daß er ihretwegen seine Halle so schön und wohnlich geschmückt hatte. Gewiß hatte er sonst hier einen Hunde- und Falkenstall wie einst in Zeltschach in seiner Turmstube. Ein wenig steif ließ sie sich auf den niederen Sitz fallen und sah ihm zu, wie er an der Anrichte zwei silberne Becher mit hellem Weine füllte. Seine schmale, braune Hand zitterte leicht dabei – o,

wie diese leichte, sehnige Hand dieselbe war wie einst! Und wie diese flammendblauen Augen noch immer dasselbe junge Feuer hatten! Und wie alt war sie – und wie müde.
Sie nahm den Becher aus seiner Hand. „Gott minne Euch, Herr Lanzo!" sprach sie und trank.
„Gott vergelt es Euch, daß Ihr gekommen seid!" sprach er.
Eine Magd brachte die Suppe herein. Es war schon Zeit zum Spätmahle.
„Trag die Suppe nur wieder ans Feuer, Gotta", befahl Lanzo lächelnd. „Das ist nun nicht so, als ob meine Freunde zu Gaste kämen. Die Frau Markgräfin wird gewiß zuerst ein Bad nehmen und ihre Kleider wechseln wollen. Zeige der Kammermagd der Fürstin, wo alles bereitet ist!"
„Ihr habt Euch meine Eigenheiten gut gemerkt", meinte Hemma ein wenig beschämt. So genau nahm sie es nun eigentlich nicht mehr damit. Oft, wenn sie müde nach Hause kam, warteten schon neue Bittsteller auf sie, eilige Boten aus Krain und Untersteier oder Reiter mit Nachrichten von den Grenzwachten. Da ließ sie das Bad kalt werden und hielt ihr derbes Gewand für gut genug, um darin mit den fremden Leuten zu reden.
Doch es tat gut, nach dem Ritt durch den scharfen Wind eine wohlgeheizte Badestube zu finden. Und um Herrn Lanzo nicht zu enttäuschen, holte sie ein leichteres, schwarzes Kleid und einen silbernen Gürtel aus ihrer Reisetruhe und schlang ein frisches Gebende um ihren Kopf. Mehr konnte sie nicht tun – sie hatte diese Pracht für den Babenberger und Herrn Gottfried für gut genug gehalten.
Während des Nachtmahles sprachen sie von dem glorreichen Siege, den Herr Gottfried über die Ungarn erkämpft hatte. Hemma erzählte von Begegnungen und Burgen, von den Verhältnissen in Krain, von des Dietrichsteiners Grämlichkeit und des jungen Albeckers Hochzeit. Sie sprachen bald hastig, bald zögernd, als wollten sie es vermeiden, die alten Zeiten heraufzubeschwören und sich damit weh zu tun.
Doch das Mahl ging vorbei, und Hemma war nicht mehr gewohnt, hernach zu trinken. Ihr Becher blieb halb geleert vor ihr stehen.
„Ihr wollt Euch wohl lieber ein wenig an die Luft setzen?" fragte Herr Lanzo. „Von meinem Söller habt Ihr einen lieblichen Blick in das Tal."

Es war wahr, – der Erker klebte wie ein Schwalbennest hoch oben am glatten, viereckigen Turme und bot eine freie Sicht. Das Abendrot war schon verglommen, nur im Westen, über den hohen, zackigen Bergen, dämmerte noch ein schwefelgelbes Licht. Die ersten zagen Sterne blinzelten aus der Himmelstiefe, die schier ohne Farbe über dem dunklen Tale stand. Hauchzarte Nebelstreifen schlangen sich weit unten um die Weidenstrünke und Erlenbüsche. Wie tat die Ruhe wohl! Hemma stellte den Kragen ihres Mantels ein wenig höher. Es war kühl, doch der Wind war eingeschlafen. Sie saß auf der steinernen Bank und lehnte den Kopf an die Wand zurück und schloß die Augen. Wie süß die Amsel unten in den Büschen sang! Wie lange war es nun her, daß sie so gut gerastet hatte?

Lanzo lehnte an der Brüstung und blickte ihr unverwandt ins emporgehobene Gesicht. Da saß sie bei ihm – er konnte nicht glauben, daß es ein Zufall der Reise war, der sie zu ihm geführt. Sie hatte sich wohl zu ihm geflüchtet, die Einsamkeit hatte sie zu ihm getrieben. Schwer war die Zeit gewesen, er sah es ihr an. Wie bleich und müde sie war! Sie schien ihm nicht alt zu sein, obwohl zwei scharfe Falten zwischen ihren Brauen standen – beredte Zeugen einsamer, verzweifelter Nächte. Doch die weitgeschwungenen Lider hoben und senkten sich mit derselben schönen Ruhe wie einst, und die Kerben um ihren Mund sprachen nicht von Weinerlichkeit und scharfen Worten, sondern waren von ihrem ernsten, leidsüßen Lächeln eingeschrieben. Weiß wie einst blinkten ihre Zähne, ungebeugt trug sie das Haupt. Nur in ihrem Wesen war etwas Fremdes, Fernes, heimlich Feierliches. –

Es hatte ihn früher schon manchmal angerührt, doch nun lag es stets über ihr wie ein unsichtbarer Ornat.

Es waren wohl nur die Jahre, in denen sie einander nicht gesehen hatten. Sie waren sich doch ein wenig fremd geworden.

Fremd – nein. Hatte er sie doch einst in ihrem hohen Werte ganz erkannt, tiefer und ehrfürchtiger als ihr Gemahl, dem sie demütig diente!

Sie fühlte seinen unverwandten Blick und schlug die Augen auf. „Seid Ihr zufrieden gewesen in den sieben Jahren, die Ihr hier haustet?“ fragte sie.

Eine heftige Röte wallte über seine Stirn. Er zögerte und biß sich auf die Lippen, doch dann sprach er leicht: „Dazu hatte ich allen

Grund. Wilhelm hat nicht gekargt. Morgen will ich Euch zeigen, wie schön ich es hier habe. Ackerland und Wald zum Jagen und Fischen, ein Paradies für einen alten Junggesellen. Mein Hundezwinger kann sich sehen lassen, und meine Falken sind weitum gesucht."

„Nun, da kann ich von Glück reden, daß ich nicht mitten in eine große Jagd hineingeraten bin!" lachte sie leise.

„Die hätte ich abgeblasen", sprach er schnell. „Doch unterm Jahre sehe ich meine Nachbarn selten. Im Herbst dann, – Ihr wißt ja, wie der Waidteufel in uns Männer fährt, wenn die ersten Buchenblätter gilben. Sonst aber habe ich höchstens Besuch von meinem jüngsten Stiefbruder, der nach meinem Tode die Burg haben soll. Er ist ein feiner, guter junger Mann, der seiner habgierigen Sippschaft nicht gewachsen ist. Er dient jetzt beim Spanheimer."

„Wäre es da nicht besser, Ihr nähmt ihn jetzt schon zu Euch? Ihr wäret nicht so einsam."

Er schwieg und wandte sich halb von ihr ab und blickte ins Ennstal hinaus, das nun in lichtlose Nacht versank. Hemma fürchtete, sie habe ihn gekränkt. Schon früher war er oft seltsam empfindlich gewesen. „Es macht Euch jedoch wohl Freude, alles allein zu schaffen", meinte sie.

„Nein", sprach er mit fremder, tiefer Stimme in die Dunkelheit hinaus. „Nein, das ist es nicht. Es ist eine Besessenheit, mit der Gott wohl schon manchen Mann geschlagen hat. Man hofft und lacht und leidet und weiß, es ist umsonst –", er lachte und warf spielend sein Messer von einer Hand in die andere.

Sie begriff nicht gleich, – allzu fern und zu tief verschüttet lagen alle Gedanken an irdischer Minne Not und Süße. Sie wartete, ob er vielleicht seine Kümmernisse mit ihr aussprechen wollte, und da er nun wieder schwieg, sagte sie: „Herr Lanzo, das wißt Ihr ja, daß ich Euch in allem wohlgesinnt bin und Euch helfen will, so gut ich nur kann."

„Ja", sagte er fest und wandte sich voll zu ihr. „Ich habe auf diese Stunde so lange gewartet. Nun müßt Ihr mir erlauben, daß ich Euch alles sage."

„Sprecht", ermunterte sie ihn. Sie konnte im Dunkeln seine Züge nicht erkennen. Nur aus seiner Stimme hörte sie das wilde Pochen seines Herzens.

„Ich liebe Euch", sagte er.

„Herr Lanzo –", stammelte sie bestürzt.
„Ja, – ich liebe Euch, Ihr müßt mich anhören! Heute ist es kein Treubruch mehr, wenn ich es Euch sage."
Fassungslos faltete sie die Hände unterm Kinn. Sie konnte es nicht glauben, was er da sprach. Es war ein Unding! Da saßen sie, zwei müde alte Leute, und er sagte ihr von Minne.
„Einmal war ich schon nahe daran, so zu Euch zu reden", hörte sie ihn sagen. „Wißt Ihr es noch? Ich kam nach Regensburg mit Wilhelms Brautgeschenken. Ich wollte Euch heimgeleiten zu ihm. Doch seit ich Euch zum erstenmal gesehen hatte – in der Halle des Herzogs Heinrich, wißt Ihr es noch? –, war ich von Minne zu Euch entbrannt. Noch während der ganzen Reise nach Friesach sann ich nach und rang mit mir, ob ich Euch nicht mein Verlangen gestehen sollte. Es war mir, als sähe ich an Euren traurigen Augen, daß Ihr nicht mit Freuden meines Freundes Weib würdet. Und ich hätte mit Wilhelm um Euch kämpfen wollen, ja, ich dachte mir aus, wie ich mit Euch heimlich entfliehen könnte, – alle Ehre und alle Treue dünkten mich wie leerer Wahn, wenn ich neben Euch ritt und Euren Mund so schwermütig lächeln sah.
Doch die Reise nahm ein Ende, und ich kam nicht darüber hinaus, daß ich Wilhelm Blutsbrüderschaft geschworen hatte."
Die Treue ist eine harte Herrin. – Wer hatte das nur gesagt? Fern, fern klang eine einst geliebte Stimme. Nein, Lanzo, die Treue meinte es gut mit Euch. Wohl Euch, daß Ihr damals schwieget!
Sie lauschte seiner Rede wie einem Liede, das einer anderen, einer Toten galt. „Dann wurdet Ihr Wilhelms Weib, und ich blieb bei Euch. Ich lachte über mich, ich verachtete mich, daß ich diese Qual vor blinden Augen ertrug, aber ich sah, daß Ihr nicht glücklich wart. Manchmal spracht Ihr mit mir, gütig und hold wie mit einem Freunde. Einmal, dachte ich, würdet Ihr Euch wohl an meiner Brust ausweinen. Und dann hätte ich alles getan, worum Ihr mich gebeten hättet, ich hätte mein Leben gewagt, um Euch einen kleinen Trost zu bringen, oder ich hätte Wilhelm hinterrücks auf der Jagd erschlagen. Doch niemals rieft Ihr meine Minne an. Damals stand es übel um mein Heil, ich gab mich auf, als wollte ich mir die Ehre abgewöhnen. Dann geschah es zum ersten Male, daß Ihr einen echten Dienst von mir verlangtet. Ihr batet mich nicht mit Worten, doch ich sah, wie Eure Augen mich drängten, das Gottesgericht mit Thietmar auszutragen."

Hemma forschte in ihrer Erinnerung. Sie konnte sich nicht besinnen, daß sie von Lanzo gefordert hätte, er solle den gefährlichen Kampf auf sich nehmen.
„Ich tat es und wurde verwundet, und Ihr pflegtet mich durch viele lange Wochen. Es war meine schönste Zeit. Ihr wart mir nahe Tag und Nacht, ich lernte Euch von neuem kennen. Da mußte ich verstehen, daß Ihr mich so, wie ich war, nicht zum Freunde haben wolltet. Sollte ich Euer Ritter sein, so mußte ich erst ein anderer werden. Und da wachte in Euerer Nähe alles auf, was gut und edel und mannhaft in mir war. Und ich schwor mir, Euch in Treuen zu dienen auch ohne Minnelohn. Denn ich erkannte, daß Ihr viel zu hoch über mir standet, um meinetwillen auch nur ein Stäublein Eurer Pflicht zu verstreuen."
Du guter Mensch, dachte sie, das hat wohl Gott gewirkt, nicht ich. Denn damals lebte ich meinem Glücke, indes du mit der Versuchung rangst. Da standest du höher vor Gott als ich.
„Viel später einmal, als ich schon wähnte, ich sei nun wert, Euer Ritter und Wilhelms Freund zu heißen, da zeigtet Ihr mir erst, was ich Euch galt. Denkt Ihr noch daran, – an den Abend, da Herzog Adalbero Eure Burgen überfiel, da Ihr Euch zu mir niederneigtet und holde Worte fandet und ich Euren Mund auf meinem Scheitel fühlte. Von dieser Stunde an vermochte ich nicht mehr ruhig neben Euch zu sein. Ich bat Wilhelm um das Lehen, aber ich hoffte und harrte, daß Ihr einmal kommen würdet, Frau Hemma."
„Frau Hemma –", rief er sie bittend an.
Sie atmete tief auf. „Auch das ist eine Gnade von Gott, so treu und rein geliebt zu werden", sagte sie leise schwankend. „Doch ist mir um Euer Leben leid, Herr Lanzo. Niemals konnte ich Eure Minne lohnen."
„Wir leben noch", sprach er.
„Ja, aber nun ist es zu spät. Wir sind alte Leute geworden."
„Ihr meint wohl, es stünde mir schlecht an, mit meinen grauen Haaren von Minne zu reden", sprach er mit einem bitteren Lächeln. „Doch, Frau Hemma, wenn man wie ich ein ganzes Leben lang von einem unfaßbaren Glück geträumt – und gewußt hat, es ist auf immer vergebens, – und dann kommt das Glück doch noch, und wäre es auch in letzter Stunde, – soll man es nicht für diese letzte Stunde fassen?"

Er setzte sich neben sie auf die steinerne Bank und nahm ihre kalte, schmale Hand. „Frau Hemma, laßt uns die Jahre, die uns noch bleiben, gemeinsam verleben! Ihr seid einsam und verlassen, – glaubt mir, ich würde für nichts anderes mehr leben als für Euch. Ich könnte ja das Glück nicht fassen –"
Schweigend duldete sie es, daß er ihre Hand an seinen Mund, an seine glühende Stirne preßte. Sie vermochte nicht, ihre Gedanken zu einer besonnenen Antwort zu sammeln. Ja, – er hatte sie geliebt – doch es war so endlos lange Zeit verronnen, seit sie es gewußt hatte. Ja, auch andere hatten um ihre Hand geworben, seit sie Witwe war. Fürsten und Herren, die sie in ihrem Leben vielleicht einmal im Königsgefolge gesehen, hatten zu ihr Boten gesandt. Das reiche Gut ließ die Jahre der Frau leicht vergessen. Doch Lanzo dachte nicht an das, was sie besaß – er dachte nur an sie.
„Niemanden gäbe es –", begann sie mühsam beherrscht, „mit dem ich lieber leben wollte als mit Euch, Herr Lanzo. Doch ich hatte mir nie etwas anderes vorgesetzt, als bis an mein Ende Witwe zu bleiben und um meinen Herrn zu trauern."
„Ihr hattet mich lange nicht gesehen, – ich war Euch fremd geworden", wandte er ein.
Ein Lächeln huschte über ihr Gesicht. „Ja, es ist wahr. Doch nun werde ich bei dem bleiben müssen, was ich mir vorgenommen habe, Herr Lanzo. Seid mir nicht gram. Glaubt mir, ich bin von all dem Leid so müde, daß ich nicht daran denken mag, jetzt noch ein neues Leben anzufangen."
„Ein neues Leben!" sagte er bitter. „Mein Leben war es von Jugend an, Euch zu lieben. Und auch ich sollte Euch nicht so fremd sein, daß es Euch schwerfallen könnte, Euch an mich zu gewöhnen."
Sie neigte den Kopf. Hart war es, dem treuen Manne weh zu tun. „Ich will zu Euch reden wie zu meinem Freunde, der Ihr ja seid", sprach sie leise und entschlossen. „Seht Ihr, Herr Lanzo, schon lange geht es mir vor, ich solle ein Kloster gründen und selbst darin den Schleier nehmen. Ich habe meine Söhne verloren, nun will ich Gott zum Erben einsetzen und mich und das Meine ihm zurückgeben. Ich bitte Euch inniglich, redet mich nicht von diesem Vorhaben ab! Es würde gewiß weder zu Eurem noch zu meinem Heile sein, wenn es Euch gelänge, mich umzustimmen."
„Frau Hemma", flüsterte er, „ich glaube, ich müßte an Gottes Güte verzweifeln, wenn ich Euch für immer verlieren sollte –"

„Dennoch wird sie bei Euch bleiben und Euch trösten", gab sie zurück und sah ihn mit einem tiefen Blick an.
Und da er in ihr Gesicht blickte, das der milde Schein der Nacht schwach kenntlich machte, verließ ihn die Hoffnung. Er schlug die Hände vor die Augen. „Frau Hemma, – versteht Ihr denn nicht – für mich ist dann alles aus und vorbei –"
„Sprecht nicht so, guter Freund", flüsterte sie. „Ihr tut mir weh. Wollte Gott, ich könnte Euch besser lohnen! Nun darf ich es nicht mehr!"
Er stützte den Kopf in beide Hände. Wäre er jung und blond wie damals, da er die holde Braut nach Friesach brachte – er fiele vor ihr auf die Knie und flehte sie mit heißen Worten an. Übel stünde es dem hohen Sechziger an, sich so zu demütigen. Und es wäre umsonst – immer ist es ein anderer, der die Hand auf sie legt. Erst war es Wilhelm, dem er Treue geschworen – nun ist es Gott, gegen den ein armer Mensch nicht anrennen kann.
Hoffnungslos enttäuscht stand er auf. „Dann vergebt mir", murmelte er. „Ich hätte Euch am ersten Abend nicht mit solchen Dingen kommen sollen. Vergeßt es!" Doch während er sprach, hob die Hoffnung schon wieder ihr Haupt. Wie konnte er sie so überrumpeln? Wenn sie darüber nachdachte, vielleicht kam ihr dann doch der Wunsch, der Einsamkeit zu entrinnen, – vielleicht brachte sie es dann doch nicht über sich, ihn zurückzustoßen. Waren nicht ihre Worte hold, waren nicht ihre Augen betrübt und verwirrt?
Mit einer Zartheit, in der die Entsagung eines ganzen Lebens lag, küßte er ihre Hand. „Nun wünsche ich Euch eine ruhige Nacht." Und da er den schmerzlich-innigen Durck ihrer schmalen, kühlen Finger spürte, konnte er es sich nicht versagen, sie zu bitten: „Glaubt nicht, ich wollte Euch je abhalten, Eure Stiftungen durchzuführen."
Da wußte sie, daß er auf die nächsten Tage baute. „Das weiß ich, Herr Lanzo. Vergebt mir!"
Er führte sie die steile Stiege hinab in ihre Kemenate. Ohne ein Wort verneigte er sich vor ihr und ging die Stiege wieder hinauf.
Ihre Kammerfrau hatte das Muttergottesbild, das sie gerne auf die Reise mitnahm, schon auf einer schönen, hohen Kleidertruhe aufgestellt. Hemma kniete sich davor hin und begann wie sonst ihr Nachtgebet zu sprechen. Doch von dem Lobpreis Gottes wanderten ihre Gedanken zu dem einsamen Mann, dessen leise Schritte sie

über der Balkendecke hörte. Sie spürte keinen eigenen Wunsch in sich, noch einmal die Wärme und Trautheit einer Ehe zu erleben, doch es tat ihr bitterlich weh, daß sie ihrem treuesten Freunde alle Hoffnung auf Glück zerstören mußte. Tränen rannen ihr über die bleichen Wangen, da sie an all die vielen Jahre dachte, in denen er ihr und Wilhelm so selbstlos gedient, wenn sie sich der Worte entsann, die er einst zu ihr gesprochen. Sie bat Gott aus blutendem Herzen, er möge ihn getrösten und ihn erkennen lassen, daß sie nicht anders handeln konnte.
Die Nacht verging in Unruhe und Kümmernis. Im Morgengrauen hörte sie Lanzos Schritte draußen auf der hölzernen Stiege. Sie trat auf den Gang hinaus. Doch sie sah ihn, schon zur Jagd gerüstet, in den Hof hinaustreten. Er wollte ihr wohl einen Tag Zeit lassen, sich zu besinnen.
Doch sie wollte nicht warten, bis er wieder nach Hause kam. Was hatte es für einen Sinn, ihn und sich selbst zu quälen?
Da sie in die Kammer zurücktrat und ihr feines Kleid mit ihrem schwarzbraunen Lodenkittel vertauschte, mußte sie über sich selber lächeln. War es nicht, als ob sie vor einer Versuchung fliehen müßte! Jetzt – auf ihre alten Tage! Gott wußte es – immer noch war ihr Herz nicht hart und stark genug, um ohne Zucken und Zaudern jemandem weh zu tun, wenn es sein mußte.

Gegen Abend kam Herr Lanzo von der Jagd zurück und erfuhr von seinen Leuten, daß die Markgräfin am Morgen ausgereist sei. Da wurde er bleich und konnte es lange nicht glauben, und er mußte sich auf die Stufen vor seiner Halle setzen, als hätte ihn der Schlag gestreift. Dann ritt er in den Wald zurück, ohne einen Bissen gegessen zu haben.
Und da er nach einer Woche immer noch nicht heimgekehrt war, begannen die Leute zu reden, er habe wohl die heilige Frau in seinem Wahne verfolgen wollen, doch Gott habe ihn zur Strafe im Sumpf umkommen lassen. Andere erzählten, die Ennsbrücke sei unter ihm zusammengebrochen und die wilden Wellen hätten ihn samt seinem bösen schwarzen Hengst mit sich fortgerissen.
Doch gab es auch solche, die zu berichten wußten, ein alter Mann in Jägertracht habe im Kloster Ossiach um Aufnahme gebeten. Nun lebe er dort als Laienbruder.
So redeten die Leute und wußten nicht, was sie für wahr halten

sollten. Doch wir, die wir den treuen Ritter länger kennen als sie und selber alles von der Barmherzigkeit Gottes erhoffen, wollen es ihm gerne gönnen, daß er bei guten Mönchen am stillen, walddunklen See seinen Frieden gefunden habe.

Hemma saß an der Berglehne unterhalb Gurkhofens und blickte über das Gewimmel des Bauplatzes hin. Sie hatte sich einen Stein zum Sitze ausgewählt, der ihr schon in ihren Kindertagen ein köstlicher Ruheplatz dünkte. Da wartete sie nun so manchen Abend, bis die Bauleute kamen und ihren Taglohn aus ihrer Hand entgegennahmen. Der Bau des Klosters schritt rüstig vorwärts. Hemma ließ zwei große steinerne Vorratshäuser, die im rechten Winkel zueinander standen, zu Wohn- und Arbeitsräumen für die Schwestern ausbauen und sie durch ein höheres Gebäude verbinden, das den Kapitelsaal enthalten sollte. Das bisherige Webehaus ließ sich leicht zur Wohnung der Laienschwestern ausgestalten. Alles, was an Ställen und Werkräumen und Gesindekammern zu einer großen Wirtschaft gehört, war bereits großzügig und in bestem Zustande vorhanden. Also fehlten nur die Klosterkirche und eine hohe Mauer um die ganze Siedlung.
Die Kirche ließ Hemma voerst klein und schlicht aufführen. Die Gründung sollte nicht durch den langwierigen Bau eines großen Gotteshauses hinausgezögert werden. So wie sie es dachte, konnte das Kloster im nächsten Jahr vollendet sein. So würde sie also ihr Leben hier beschließen, wo sie ihre Kinderjahre verbracht hatte. Nirgends auf der Welt dünkte es sie so schön wie hier. Es gab hier freilich keinen lieblichen See, keine lachende Pracht der Fluren wie im Lavanttale, keine zackigen Berge, die zum Himmel stürmten. Doch der Schwung der Waldhänge zog sich so weit und klar und groß dahin, und im Osten wölbte sich die Saualpe in einem schönen, ruhigen Bogen. Seit ihrer Jugend hatte sie viel Waldland roden lassen, und nun leuchteten Wiesen und Äcker um die braunen, festen Höfe. Da fing sich der Blick an keiner zerknitterten, zerzackten oder kleinlichen Linie, da war alles großer, weiter Schwung, überströmt vom ernsten, mütterlichen Segen der Erde und dem breit niederbrechenden Himmelslicht.
Hemma war innig daheim auf diesem Stück Karantaniens. Die Sonne schwand hinter dem Wald, und die Werkleute legten ihre Arbeit nieder. In einer langen Reihe wanderten sie, nach ihrem Handwerk

getrennt, an Hemma vorbei, und jedem legte sie seinen Lohn in die schwielige Hand. Einer der letzten, ein Kärrner, fiel ihr auf. Er machte schon seit Tagen ein finsteres Gesicht. „Was fehlt dir?“ fragte sie ihn freundlich.

Er zögerte mit der Antwort. Doch dann stieß er frech hervor: „Da sitzt Ihr mit einem Sack voll Geld und tut nichts den ganzen Tag. Und ich muß von früh bis spät meinen Karren schieben für ein paar Heller!“

Bekümmert sagte sie zu ihm: „Ich hatte bis jetzt geglaubt, ich zahlte euch einen gerechten Lohn, doch wenn es dir zu wenig ist, was ich gebe, so nimm du selber, was dir recht scheint.“ Und sie spreizte den Rand des Ledersäckleins weit auseinander, damit er tief hineingreifen könne.

Doch beschämt von ihrer Güte und ihrem Vertrauen, wagte er nicht mehr herauszunehmen als das Friesacher Silberstück, das er auch sonst bekam.

Es dunkelte schon, als sie in die Burg heimkehrte. Im Hofe stand ein Schwarm Leute beisammen und schwatzte aufgeregt durcheinander. „Jetzt haben sie endlich die Waldhexe eingefangen, Frau!“ rief ihr einer entgegen.

„Die Waldhexe? Wer hat sie denn gefunden?“

„Ich“, sagte ein junger Jäger und trat aus der Schar vor sie hin. „Ich bin auf den Eisenhut gegangen, wie es mir der Vogt geschafft hat. Da habe ich zwei Weiber unterwegs gefunden, die haben ganz hin im Staudach gesessen. Die Jüngere war wohl krank, ein bildsauberes Weibsbild. Ich habe ihr von meinem Kranebitter einen Schluck gegeben und habe sie gefragt, was sie denn da in der Einöde verloren hätten. Aber sie haben es mir durchaus nicht sagen wollen. Da bin ich ihnen nachgeschlichen, ganz heimlich, und wild bin ich geworden dabei, weil sie wie die Schnecken gesäumt haben. Sie sind in einen finsteren Waldgraben hinein, und da war ein Häusl vor einer Steinwand, und eine schieche Alte ist davor in der Sonne gesessen und hat Kräuter geklaubt. Ein lahmes Reh und anderes Gevieh hat sie bei sich gehabt. Die Weiber haben endlos lang mit ihr geratscht, aber endlich sind sie doch mit einem Krüglein voll Salbe davongegangen. Ich aber hab mir gedacht, das ist gewiß die Waldhexe, von der die Leute so viel reden, und bin zu ihr in die Hütte und hab sie zusammengepackt. Sie hat sich auch nicht viel gewehrt. Jetzt wird sie das Wettermachen und den Heidenzauber wohl müssen bleiben lassen. Sie sitzt im Turmkämmerlein, ganz hoch droben."

Hemma wiegte nachdenklich den Kopf. Einen großen Gefallen hatte ihr der Bursche nicht getan. Sie fühlte eigentlich nichts als Mitleid mit den armen Leuten, die noch in den hintersten Wäldern eigensinnig ihrem Heidenglauben lebten. Freilich schien es oft, als ob sie mehr Gewalt über die Dämonen und Naturgewalten, über Krankheit und Tod und die unerforschliche Zukunft hätten als die Christenleute. Doch Hemma dachte, daß daran nicht der Glaube, sondern die Christen schuld seien. Die gaben sich dem lauten Leben in großer Geschäftigkeit hin und nahmen sich nicht die Ruhe, sich in die ewigen Geheimnisse zu versenken. Und da hielt sich die Weisheit ihnen fern. Was aber die faulen Leute nicht verstanden, das nannten sie Zauberei, Höllenkunst und Trug. Was sie aber nicht hinderte, zu solchen Kräften die Zuflucht zu nehmen, sobald sie über einem Schicksalsschlag den Kopf verloren.

Hemma nahm eine Kerze und stieg allein in das Turmstüblein hinauf. Da fand sie ein uraltes, hageres Weib in einem groben, grauweißen Linnenkittel. Das schlohsilberne Haar hatte sie mit einem gewirkten Bande im Nacken zusammengebunden. Sie stand am Fenster und schaute so versunken über das Tal hinweg, daß sie zusammenfuhr, als Hemma die Türe schloß. Zwei grellblaue, scharfe Augen glosten in dem braunen, hexenhaften Gesicht, das wohl einst sehr schön gewesen war. Sie musterte Hemma unverhohlen und lächelte dabei mit einem leisen, überlegenen Spott. Hemma wußte selbst nicht, wie ihr geschah – sie hielt den Blick der Alten reglos aus. „Ja, – viel Wasser ist die Gurk hinabgeronnen, seit wir das letztemal hier beisammen waren", kicherte die Hexe.

Zweifelnd blickte Hemma sie an: „Ich kann mich nicht besinnen, daß ich dich je gesehen hätte."

„Das macht nichts. Auch ich würde dich nicht erkennen, wenn ich nicht wüßte, daß du die Hemma bist: Damals hast du anders ausgesehen!" Sie lachte hell heraus wie eine Junge.

Hemma wurde es unheimlich. Etwas wehte sie an – wie aus einer Gruft, in der noch ein Duft von längst verwelkten Blumen geistert.

„Besinne dich! Einst kanntest du mich gut, du schliefst mit mir und aßest mit mir und wolltest mich in deinen Himmel führen."

„Dewa –", atmete Hemma auf.
„Ja, die Dewa bin ich. Du hattest mich wohl längst vergessen. Siehst du, da war ich treuer als du. Ich hatte es mir stets vorgesetzt, dich noch einmal zu besuchen, ehe eins von uns dahingeht. Und da sich eben ein so hübscher junger Mann als Begleiter fand, nahm ich es dankbar an."
„Dewa –. O sprich, wie ist es dir wohl ergangen, Dewa?"
„Besser als dir", lächelte die Alte und tippte mit einer spitzen Kralle auf die zwei scharfen Falten zwischen Hemmas Brauen. „Ich war frei."
„Das sagt viel, jedoch nicht alles", rief Hemma fast munter. Die seltsame Begegnung machte ihr Freude. „Komm doch mit mir in meine Kemenate, da iß und trink und erzähl mir dabei, wie du gelebt hast."
Doch Dewa setzte sich auf das Strohlager hin. „Es gefällt mir hier sehr gut", meinte sie. „Bleib nur du bei mir. Gegessen habe ich schon, du hast deine Leute zur Gutherzigkeit erzogen. Wie ich gelebt habe – nun, es wird dir vielleicht nicht gefallen. Zuerst war ich bei meinem Vater Erchanger. Er hatte seit vielen Jahren im Walde gelebt. Doch als ich heranwuchs und überaus schön wurde, da wurmte es ihn doch, daß ich niemals eine Herrin sein sollte, wie seine Mutter es gewesen war. Er versuchte seine Sippe zu versöhnen, doch sie übergaben ihn dem Gericht, und er starb elendiglich. Das war sehr bitter für mich – ich hatte von der Welt genug. Es glückte mir, in den Wald heimzukommen. Und da blieb ich nun bis auf den heutigen Tag. – Nein, ich war nie vermählt. Aber einen Sohn habe ich. Das ist mein Kummer – er ließ sich von der Ruhmsucht verführen, vielleicht auch vom Gelde und vom Glanz der Welt. Er ist heute Arzt bei einem großen Herrn, berühmt und reich. Ich aber lebe im Walde bei meinen Tieren und bei meinen Bäumen."
„Dewa", redete ihr Hemma zu. „Bleib nun bei uns, du bist jetzt alt und sollst nicht so einsam sein. Ich will dir in Friesach ein Häuschen mit einem schönen Garten schenken, und du kannst noch ein paar gute Jahre verleben."
Dewa lächelte fein. „Gut meinst du es, Hemma, das weiß ich. Doch schau mich an! Glaubst du wirklich, daß ich noch zu euch passe?"
„Du könntest dich gewöhnen", murmelte Hemma.
„Nein, ich gewöhne mich nicht mehr, ich bin viel reicher als du und

als ihr alle. Ich habe meine eigene Welt", sprach sie und beschrieb mit der dürren Hand einen weiten Bogen in der Luft, indes ihre Augen hell aufflackerten. „Ich habe meine eigenen Götter und eine Wissenschaft, die für euch zu schade ist."
„Dewa, mir wird bange, ob wir uns drüben wiederfinden."
„Drüben –. Der Wind wird über dein Grab streichen, Hemma, und wird die Blumen küssen, die daraus wachsen. Vielleicht bin ich im Wind und in den Blumen du."
Ein Schauer lief über Hemma hin. „Du bist nicht im rechten Glauben, Dewa", flüsterte sie.
„Noch einmal lehrst du mich das Beten nicht, Hemma", lachte Dewa. „Mag sein, daß ich unrecht habe. Ganz sicher hast auch du deinen Himmel nicht."
„Da sagst du die Wahrheit, Dewa, doch Gott wird sich wohl über mich erbarmen und meine Sünden vergessen."
„Du bist eine fromme Frau, Hemma, eine Heilige heißen dich die Leute, die zu mir kommen. Die schmerzhafte Mutter von Karantanien. Dennoch wirst du mich wohl kaum mit Gewalt bekehren lassen wollen –." Ein mißtrauischer Blick schnellte unter den weißumbuschten Brauenbogen hervor.
„Nein", sagte Hemma. „Das muß ich wohl einem Stärkeren überlassen. Allzu weit haben unsere Wege auseinandergeführt."
„Ja, es ist am besten, ich gehe wieder. Gesehen habe ich dich, Hemma, es hat mich gefreut, obwohl du mir von Herzen leid tust. – Laß mich nun hinaus!"
Schweigend nahm Hemma die Kerze und öffnete die Türe. „Du hast wenig ändern lassen, seitdem du hier die Herrin bist. Ich fände auch allein zum Tore."
„Es ist verschlossen, und ein Wächter sitzt davor", sprach Hemma, seltsam berührt von der Ungeduld Dewas, ihr wieder zu entlaufen. Erstaunt ließ der Wärtel die beiden ungleichen Frauen auf die Bohlenbrücke hinaustreten. „Das will ich dir noch sagen, Hemma: Du solltest etwas für dein Herz tun. Es ist nicht gesund, ich werde dir einmal eine Arznei schicken."
„Ja, ganz in Ordnung ist es nicht", lächelte Hemma. „Ich bin ja auch alt genug, um ein Gebrest zu haben."
„Ich bin gesund", sagte Dewa. Sie reichte Hemma die Hand. „Leb wohl. Wenn wir uns wiedersehn, dann werden wir ja wissen, wer recht gehabt hat."

„Leb wohl, Dewa“, sprach Hemma und zeichnete ihr ein Kreuz auf den Handrücken.
Und sie stand an das Geländer gelehnt und blickte der hageren, hellen Gestalt nach, die mit großen, rüstigen Schritten vom Wege fort und über die Wiese emporwanderte. – Ja, viel Wasser war die Gurk hinabgeronnen.

Am Dreikönigstage 1043 hielt Erzbischof Balduin im Dom zu Salzburg ein hohes Amt. Vorn im Gestühl, wo die Edlen ihre Plätze hatten, kniete auch Hemma, in tiefe Andacht versunken. Sie war gar schlicht und ehrwürdig anzuschauen in ihrem schwarzen Gewande, über das sie einen schwarzen Mantel geworfen hatte, der mit dem Felle der Schneehasen gefüttert war. Das weiße Gebende und der Witwenschleier umschlossen nonnenhaft das bräunlichbleiche, stille Gesicht mit den großen, müden, dunkel umschatteten Augen. Rechts und links von ihr reckten sich prächtige, seidenbunte, silberblitzende Gestalten, doch die Leute im Kirchenschiff wandten alle die Köpfe nach ihr. Denn weit über die Grenzen Karantaniens war der Ruf ihrer Weisheit, Milde und Heiligkeit hinausgedrungen. Schon gingen Legenden und Lieder von Mund zu Mund, die von ihrem großen Leide, von Wundern und Geschichten zu sagen wußten, und weitum wurden die Leute beneidet, die unter ihrer mütterlichen Herrschaft leben durften.
Als sie nach der Messe mit ihrem kleinen Gefolge aus dem Dome kam, fielen die Menschen vor ihr auf die Knie. Verwundert, daß ihr dies auch hier begegnete, wo sie nicht als Herrin zu befehlen hatte, lächelte sie und schritt grüßend zum Bischofshof empor. Und allen war es, als hätten sie einen Segen empfangen.
Sie war zum Frühmahl an die Tafel des Erzbischofs geladen. Hernach aber sollte sie mit Herrn Balduin ihre Gründung besprechen und besiegeln. Sie hatte Askuin, Ritter Gerd und den Pfarrer von Pisweg als Zeugen bei sich.
Da sie in den schattigen, gepflasterten Hof vor dem Kapitelhause trat, hörte sie eine scharfe Frauenstimme aus dem Fenster einer Schreibstube schallen: „Das hätte ich nicht erwartet, daß der Erzbischof mir eine solche Kränkung zufügen könnte! Wie stehe ich nun vor meinem Gefolge da, wenn ich hier heimgeschickt werde?“
„Ich bitte Euch tausendmal um Vergebung, edle Frau“, sprach ein geduldiger alter Mann, „wir haben gestern schon einen Boten in

Euren Hof gesandt, um Euch zu bitten, lieber am nächsten Sonntag, das ist übermorgen, zur Tafel zu kommen, denn der gnädigste Herr dachte, daß es doch auch Euch nicht angenehm sein könnte, mit der Markgräfin an einem Tische zu sitzen."

„Warum aber soll ich zurückstehen? Gelte ich, die Schwester der Kaiserin Gisela, weniger als sie?"

„Frau Hemma hat Wichtiges mit dem Herrn Erzbischof zu besprechen", beschwichtigte der Sekretarius. „Sie hat eine weite Winterreise gemacht, um ihn zu sehen."

Hemma stand bleich und bebend inmitten des düsteren Hofes. Endlich faßte sie sich so weit, daß sie in die schöne Laube treten konnte, von der die Stiege in die Halle hinaufführte. Doch in diesem Augenblick tat sich eine Tür zur Rechten auf, und eine kleine, rundliche Frau mit hochrotem Gesicht schoß heraus.

Es war Beatrix von Eppenstein.

Sie erschrak sehr, als sie Hemma erkannte. Der war es, als müsse sie in wilder Flucht die Treppe hinaufrennen. Sie hatte ja gewußt, daß König Heinrich den Söhnen und der Witwe Adalberos ihre steirischen Güter wieder zurückgegeben hatte. Doch sie hatte nicht erwartet, sie noch einmal sehen zu müssen. Mühsam, wie zu Stein erstarrt, sagte sie in das lähmende Schweigen hinein. „Gott minne Euch, Frau Beatrix."

„Und Euch desgleichen, Markgräfin!" antwortete die Eppensteinerin kurzatmig. „Ihr wollt wohl auch den Erzbischof besuchen?" fügte sie kindisch hinzu, um zu ergründen, ob Hemma etwa ihre etwas lauten Worte gehört habe.

Hemmas Gesicht blieb ganz still und weiß, so daß Beatrix erleichtert aufatmen konnte. „Ja, ich möchte mit ihm meine Klostergründung besprechen. Ihr habt wohl davon gehört."

„Ei freilich, man spricht davon, wie schön Ihr auf Eurem Gurkerhof alles errichten lasset! Mein Gott, wo sind die Zeiten, da wir dort alle miteinander fröhlich waren!"

Hemma verstand nicht, wie Beatrix so etwas zu ihr sagen konnte. Hatte denn das, was dazwischen lag, ihr Wesen nicht berührt?

„Gott sei es geklagt, ich bin ja nun auch Witfrau", redete sie dahin, froh, daß Hemma ihr nicht unfreundlich entgegenkam. „Nach Allerseelen im Jahre 1039 ist mein Gemahl gestorben. Er wollte noch zu seinem Freunde, dem König Heinrich, reisen, damit er ihm das Herzogtum wieder zurückgebe, da doch Herr Konrad so früh gegangen war. Doch unterwegs starb er mir dahin. Ach ja, all diese Ungerechtigkeit, die hat ihn getötet!"

Arme Frau, dachte Hemma, ohne recht zu wissen, warum. Arme Frau! Und plötzlich erkannte sie, daß sie bis auf den heutigen Tag es vermieden hatte, sich zu fragen, ob sie Adalbero verziehen habe. Sie hatte wohl gehört, daß er bei seinen bayerischen Verwandten in Ebersberg in der Verbannung gewesen, daß er ein Jahr nach Wilhelm gestorben war. Doch sie hatte getan, als wisse sie es nicht, – sie hatte nicht daran denken wollen, – sie hatte dem Haß und der Rache ihr Herz so fest verschlossen, daß auch die verzeihende Milde nicht hatte eindringen können. „Das war freilich schwer für Euch", sagte sie gütig.

Beatrix zerdrückte eine Träne. „Eine Witfrau hat es nicht leicht, Ihr wißt es selber", begann sie wieder.

Da fiel ein Schatten von der Türe her. Ein großer, junger Mann stand in ihrem Bogen. „Markward, sieh nur, ganz zufällig habe ich hier die Markgräfin getroffen!"

Einen Augenblick schien es, als wolle er zurückweichen. Doch dann kam er langsam heran. Bei jedem seiner zögernden Schritte wurde sein schönes, dunkles Gesicht bleicher.

Hemma konnte die Marter kaum noch ertragen. Meinen Sohn Hartwig hast du erschlagen, Mörder, Mörder! schrie es in ihr. Dennoch hielt sie stille.

Er neigte sich tief vor ihr. Doch die Hand, die er zum Gruße heben wollte, sank wieder in die Falten seines langen Feiertagsgewandes nieder.

Sie sah es und verstand es wohl.

„Ich muß es deinem Bruder nach Mainz berichten, daß die Markgräfin ein Kloster gründen will. Es wird ihn freuen, er ist ein überfrommer Priester, wißt Ihr –", redete Frau Beatrix.

Markward hörte sie nicht, er stand Aug in Aug mit der Frau, die er so schwer gekränkt hatte.

Staunend sah Beatrix, wie sich in den beiden todblassen Gesichtern jeder Muskel spannte, wie die Augen brannten. Es war, als kämpften sie und rührten sich doch nicht, als wären sie aus Stein.

Was früher unter den kindischen Reden der Eppensteinerin wie ein Feuer geglost hatte, flammte nun angesichts des Mörders hoch auf. Doch sie rang und rang mit dem ausbrechenden Haß, und sie las in seinem zuckenden Antlitz Scham, Reue, tiefen Ernst. Sie

fühlte, Gott hielt auch ihn an der Hand – auch ihn. Schon stand es wie ein Mal auf seiner freien, stolzen Stirn. –. Ein Schauer lief durch sie.
Da brach er vor ihr in die Knie. „Vergebt mir –“, flüsterte er.
Sie legte die zitternde Hand auf seinen dunklen Scheitel. „Der Friede Christi –“, sprach sie mit einer kleinen, fremden Stimme. Doch sie konnte den Segen nicht zu Ende sprechen. Bitterlich weinend verbarg sie sich in ihrem Mantel und schwankte wider die Wand.
Sie merkte kaum, wie Beatrix ihren Sohn aufgeregt mit sich fortzog. Sie fühlte nur, wie das letzte in ihr niederbrach, was noch sie selbst gewesen.

Der frühe Winterabend dunkelte schon, als Hemma am Dome vorüberging. Sie hatte den ganzen Tag in der Schreibstube des Erzbischofs zugebracht und war nun von all den Verhandlungen sehr müde. Sie trat in die Kirche und setzte sich auf eine Betbank, die nahe vor dem Altare stand. Zu knien vermochte sie nicht.
Gott gebe, daß sie alles nach seinem Willen geordnet hatte! Nun gehörte ihr bald nichts mehr in dieser Welt. Am Tage der Klosterweihe, wohl zu Mariä Himmelfahrt im nächsten Jahre, würden ihre heute aufgesetzten Bestimmungen Kraft erhalten.
Sie überdachte alles noch einmal. All ihren Besitz an Gurk und Metnitz und im Trixnertale, und viele ihrer von Wilhelm ererbten Güter in Krain sollte das Kloster Gurk erhalten. Die steirischen Güter aber sollten zur Gründung eines Mönchsklosters verwendet werden, so wie es Wilhelm, ihr lieber Sohn, gewünscht hatte. Admont sollte es heißen.
Manches ihrer Güter fiel an den Kaiser zurück, da mit ihr das Geschlecht erlosch. Zeltschach aber sollte Askuin gehören, da er von Siegebert nichts zu erwarten hatte. Und Steindorf, Köttnig und Sirdosege in Krain sollte Herr Gerd zum Lohn für seine Treue erhalten. Ihr Armenhaus in Friesach hatte sie bedacht und eine Unzahl ihrer Diener mit Schenkungen überhäuft. Was aber an Geld und Schätzen übrigblieb, das sollte zum Bau der zwei Klöster und zweier herrlicher Kirchen verwendet werden.
Nonnen aus Salzburg, Töchter der heiligen Erintrudis, würden in Gurk leben. Ja, es war gut, daß sie alle ihre Leute in milder Hut wußte, wenn sie starb.

Nun gib mir deinen Segen, Vater im Himmel, betete sie.
Es war ihr überaus leicht zumute. Nun standen noch einige Monde harter Arbeit vor ihr. Doch dann konnte sie rasten.
Vor Müdigkeit konnte sie nicht recht beten. Sie blickte zur Jesustaube auf, die im Scheine des Ewigen Lichtes schwebte, und bewegte die Lippen lautlos in einem schlaftrunkenen Dank. Und es war ihr, als käme sie in einem Schifflein von weit her, weit her. Stürme und Sturzfluten bebten noch im Holze, Ruder und Segel trieben längst auf den Wellen fort. Doch wie an einem Seil gezogen schwamm nun ihr Boot zu Lande.
Sie saß ganz still und ließ sich heimwärts tragen.

Der Dom

Mit ihrem Öllichtlein trat Mutter Hemma in ihre Zelle, die nun alles umschloß, was sie in dieser Welt noch ihr eigen nannte. Es war nicht viel: ein schmales, hartes Bett, ein Schreibpult, ein Stuhl, ein Kreuz und eine Betbank. Kein Bild, kein Buch, selbst ihre Muttergottes aus Lindenholz stand nun unten in der Kirche und gehörte allen, die zu ihr beten kamen.
Hemma stellte das Licht auf den Tisch und stand mit gefalteten Händen davor. Sie war so müde und so glücklich, – ja glücklich. O Ruhe, Ruhe, selige Rast!
Nun war von ihr abgefallen, was ihr schon längst nur eine harte Pflicht bedeutet hatte, – Macht, Reichtum und Ehre. Nun war sie wieder bei Gott, wie einst als Kind, nun war sie daheim bei ihm. Sie küßte den Zipfel ihres Nonnenschleiers, mit dem auch sie heute bekleidet worden war. Sie war darunter verborgen, eine von den siebzig Novizinnen, die nun hier in der klösterlichen Tugend unterwiesen wurden. Nicht mehr die Erste sein, nicht mehr führen, herrschen, befehlen müssen, untergehen in Schweigen und Gottinnigkeit!
Es war wie ein Traum – nicht zu fassen, nicht auszudenken.
Hemma trat an das kleine, tiefe Fenster. Draußen lag eine helle Nacht. Sie konnte die lichten Garben auf den Feldern sehen. Laurentiustränen schossen über den sternbesäten Himmel, und die Milchstraße verlor sich in der Unendlichkeit.

Es war ein Frieden, so tief, daß es Hemma war, als vernähme sie einen fernen Hall vom Reigen der Seligen über den Sternen.
O Sehnsucht – o Seligkeit!

Der Erzbischof Balduin saß zum letztenmal im hohen Kapitelsaale und nahm Abschied von seinen geistlichen Töchtern. Die zwölf Nonnen und die Äbtissin Ita, die hier ihre neue Heimstatt gefunden hatten, saßen ehrerbietig und nach Amt und Rang geordnet auf ihren niedrigen Stühlchen im Halbkreis um ihn.
Froh und wehmütig zugleich lauschten sie, wie Herr Balduin ihnen von Frau Hemma erzählte. Wie sie einst als junge, wunderschöne Frau zu ihm um Rat gekommen sei, wie sie ihren jahrelangen, heimlichen, zähen Kampf mit dem ungetreuen Herzog Adalbero geführt habe und wie sie jedesmal, da er ihr begegnet sei, schöner in Würde, Demut und Frömmigkeit gestanden habe. „Ja, ich bekenne in Wahrheit", sprach er ernst, „daß sie mir stets ein hohes Beispiel war. Da wir jung waren, hat es mir Gott gegeben, ihr manchen Rat zu erteilen und über manchen Stein hinwegzuhelfen. Doch sie ist mir vorangeeilt auf dem Wege zur Vollkommenheit. Und heute möchte wohl sie es sein, die mich belehren könnte."
„Ja", sprach Frau Ita, „es ist eine Gnade für uns alle, eine Heilige in unserer Klosterfamilie zu haben."
Ein ehrerbietiges Gemurmel ging im Kreise um. Nur Schwester Himzila, die Jüngste, meinte zweifelnd: „Eine gute, fromme Frau ist Mutter Hemma gewiß, doch will es mir scheinen, sie habe nichts Außergewöhnliches aus Liebe zu Gott getan. Nie habe ich von schweren Abtötungen gehört, sie hat ihr Gut nicht unter die Armen verteilt, sie hat als Fürstin in der Welt gelebt. Und sie hat sich auch nicht freiwillig von aller irdischen Liebe getrennt, wie andere Freunde Gottes, sondern er hat ihr erst alles nehmen müssen. Und wenn sie jetzt ihre Güter zu frommen Stiftungen verwendet, so geschieht es doch wohl, weil sie alt ist und keine Erben hat. Mich hat es schon oft gewundert, daß man sie als Heilige rühmt."
Die Frau Äbtissin wollte Himzilas raschen Mund mit einem strengen Verweise schließen. Doch der Erzbischof hob die Hand und sprach milde: „Meine Tochter, viele Wege gibt es, Gott zu finden, und nicht der leichteste, nicht der schlechteste dünkt mich der, den eure gute Mutter gegangen ist. Sie hat freilich keine außer-

gewöhnlichen Opfer gebracht und hat nicht alles hingeworfen, was ihr an Liebe und Macht beschieden war. Doch liegt in diesen auffallenden Werken der Frömmigkeit oft ebensoviel Stolz und Eigensinn wie guter Wille, Gott zu dienen. Das Größte dünkt mich dies: alles aus Gottes Hand anzunehmen, wie er es schickt. Frau Hemma hat es getan. Sie ist ihm nicht zuvorgekommen, sie hat immer gewartet, wie er es fügen wird. Doch jede Schickung, ob gut oder böse für sie, hat sie aufs vollkommenste benützt, um ohne Eigenwillen das Beste daraus zu gestalten. So hat sie mehr zu Gottes Ehre gewirkt als durch Wunder und Gesichte."

Schwester Himzila glitt von ihrem Stuhl zu Boden und küßte die gelben Fliesen. „Ich habe gesündigt", sprach sie leise mit zuckenden Lippen. „Übel steht es mir an, etwas geringzuschätzen, was ich selbst nicht zu tun vermöchte!"

„Viele Wege führen zum gleichen Ziele, meine Tochter", tröstete sie der Erzbischof. „Hüte dich nur, in allzu schnellem, rastlosem Laufe so rasch dahinzustürmen, daß dir die Kraft fehlt, dort auszuharren, wo dir der Herr gebietet, stillzuhalten."

Schwester Agnes, die einst die Frau auf Albeck gewesen war, öffnete das vergitterte Guckloch und sagte zu dem jungen Manne, der wartend davorstand: „Ja, die ehrwürdige Mutter Abbatissa hat es erlaubt, daß Ihr mit Frau Hemma sprechen dürft. Doch müßt Ihr Euch kurz fassen. Sie ist in diesem Winter recht gebrechlich geworden."

Der Schlüssel knirschte laut, und die kleine, schwere Tür drehte sich in den schmiedeeisernen Angeln. Auf den Zehenspitzen trat der junge Mann in den dunklen, gepflasterten Gang und drückte seine lederverhüllte Pergamentrolle fester an seine Seite. Schweigend schritten ihm die zwei Pförtnerinnen voran und führten ihn in die Sprechstube. Hinter dem einfachen hölzernen Gitter saß eine Klosterfrau in einem Lehnstuhle. Die großen klaren Augen blickten forschend in das ein wenig verwachte und verhärmte Jünglingsgesicht.

„Also Ihr seid der Meister Einwig", sagte sie freundlich. „Kommt, nehmt Euch einen Stuhl und erzählt mir von Eurem Plan."

Befangen schälte Einwig das Pergament aus der Lederhülle. „Ich habe erfahren, daß Ihr, edle Frau Markgräfin, hier an dem Kloster eine große Kirche erbauen wollt, und da habe ich hier aufgezeichnet, was mir schon lange Tag und Nacht im Sinne steht."

Sie griff nach der Rolle und entfaltete sie auf ihren Knien. Ihr mütterlich lächelndes Gesicht wurde ernst und aufmerksam. Lange versenkte sie sich in das Gewirr der Linien und sprach kein Wort. Des jungen Meisters Blicke hingen ängstlich an ihr. Wenn auch sie seinen Plan verwarf und unausführbar fand, wie seine Meister, dann wollte er ein Steinmetz werden und nie mehr seine Hand an einen Stift legen. –

Endlich blickte Hemma auf. „Das ist keine Klosterkirche", sagte sie. „Das ist ein Dom, wie wohl auf Erden kein schönerer steht."

Meister Einwig erbleichte unter ihrem Lob. Auch sie fand es schön, was ihn in vielen Nächten bis zu Tränen entflammt hatte – ein Dom aus lichtem, gelbem Stein, in edelsten, schlichtesten Maßen aufgebaut – zwei Türme – eine Krypta – nein, ein Wald aus hundert Säulen! Unfaßbar schön und klar, tief ernst und gewaltig, erhaben und milde zugleich.

„Der Heilige Geist hat Euch eine hohe Gabe verliehen", sprach sie. „Er muß Euch die Hand geführt haben, als Ihr dies geschaffen habt." Ehrfurcht und Bewunderung dämpften ihre Stimme. Einwigs Herz sprang hoch auf. Gestern noch hatten ihn Meister und Gesellen verlacht ob seiner allzu kühnen Pläne, doch diese Frau verstand ihn – die einzige. –

„So glaubt Ihr, edle Frau, daß es möglich sei, diese Kirche zu bauen?"

„Wäre ich nicht so alt, so wollte ich selbst es unternehmen", antwortete Hemma fast eifrig.

„Mein Freund meinte, ich sei um hundert Jahre zu früh auf die Welt gekommen", lachte er nun glückselig.

„Das mag wohl sein", meinte sie sinnend. „Ich will Euch keine falsche Hoffnung machen. Ihr wißt vielleicht, daß ich meine Güter dem Kloster vergab und Silber und Gold bereitgestellt habe, genug, um einen solchen Dom zu bauen. Doch darüber verfüge nicht mehr ich. Schwerlich aber wird die Frau Äbtissin daran denken, eine so große Kirche hinzustellen, solange unsere kleine Marienkapelle genügt. Doch, Meister Einwig, es ist mir manchmal, als hätte Gott mit meiner Stiftung anderes vor, als ich mir ausgedacht habe. Es mag wohl geschehen, daß hier in Karantanien ein eigenes Bistum gegründet werden muß. Vielleicht herrscht dann ein Bischof hier an Stelle der Frau Äbtissin – und der mag ihn dann nach Eurem Plane bauen – den Dom von Gurk."

Staunen und Niedergeschlagenheit zerdrückten das Entzücken des jungen Baumeisters. Er mußte sich erst mühsam zusammenraffen, ehe er etwas sagen konnte. „Darüber werde ich ein alter Mann –", murmelte er.
„Meister Einwig", Hemmas Stimme klang laut wie eine tiefe Glocke, „Ihr dürft nicht kleiner sein als Euer Werk! Ihr werdet den Dom für tausend Jahre bauen. Was gilt dagegen Euer kurzes Leben. Dies", sagte sie und wies leuchtenden Auges auf das Pergament, „dies ist zu groß, als daß Ihr es für Euch, für Euren kleinen Ruhm empfangen haben könnt! Dieses Werkes seid Ihr nicht Herr, Ihr seid nur Werkzeug, und Ihr seid seiner nicht wert, wenn Ihr Euch darüber nicht selbst vergessen könnt."
Meister Einwig schlug die Hände vors Gesicht, als schaue er in einen flammenden Dornbusch. Es war ihm, als ahne er erst jetzt von weitem, wie hoch ihn Gott begnadet habe, als er in einem Fieber von Wonne und Elend den Dom im Geiste schuf. Er begriff auf einmal, daß es nicht um des Menschen willen geschah, wenn Gott einen Teil seiner Schöpferkraft verschenkte.
Es kam über ihn, als habe er eine Weihe empfangen.
Er hob seine Augen wie in Verzückung zu dem weißen Muttergesicht Hemmas. „Dann will ich es gerne erwarten, und wenn ich es auch nicht mehr erleben sollte."
„Gott segne Euch", sagte sie still. Dann blickte sie wieder lange auf den Plan nieder. „Ich werde selbst mit der Mutter Abbatissa darüber reden", versprach sie ihm. „Doch glaube ich nicht, daß sie an ein so großes Werk herangehen wird. Wenn es so ist, so will ich Euch einen Brief an den Erzbischof von Salzburg geben. Er wird Euch mit Freuden als seinen Baumeister aufnehmen. Und wenn es Gott will, wird er Euren Dom erbauen lassen." Meister Einwig küßte die Hand, die sie ihm entgegenstreckte. „Kommt morgen um diese Zeit wieder", sprach sie. „Da werde ich Euch Bescheid sagen können. Nun geht und seid bedankt für die große Freude, die Ihr mir heute bereitet habt."
Mütterlich segnend ruhte ihre Hand einen Augenblick auf seinem glatten braunen Scheitel. Dann nahm sie ihren Stock, der neben dem Sessel lehnte, und ging mühselig aus der Stube.
Da staunte Meister Einwig sehr, daß die Frau, die mit wenigen Worten sein Wesen bis ins Tiefste aufgerüttelt hatte, so gebrechlichen Leibes war. Ein schwaches Gerüste, hinter dem schon die

ewigen Mauern des Domes schimmerten, hoch und vollends aufgeführt – ging es dem Baumeister durch den Sinn.

Das war nun das zweite Jahr, das Hemma im Kloster verbrachte. Die Schwestern dachten oft, sie sei sehr alt geworden. Damals, als sie auf dem Nonnsberg eingekehrt war, um die Äbtissin zu bitten, ihr zwölf Nonnen für ihre Gründung zu senden, da war sie eine immer noch schöne, aufrechte Frau gewesen, der man ihre Jahre nicht ansehen konnte. Doch schon in den ersten Monden, die sie im Frieden rasten konnte, schien sie immer bleicher und zarter zu werden. – Sie bat die Äbtissin um einen Stock, – sie fürchte sich ein wenig, über die eisigen Höfe zu gehen. Doch da der Frühling kam, behielt sie ihn für immer. Zu Mariä Himmelfahrt brach sie im schwülen Chore zusammen. Es ging vorüber. Doch einige Wochen danach fand eine Gartenschwester sie ohnmächtig zwischen den Salbeistauden. Nun wurde es offenbar, daß Hemma schon jahrelang an Herzanfällen gelitten hatte. Sie hatte ihnen nicht viel Bedeutung zugeschrieben. Wenn der Mensch alt wurde, so kamen eben allerlei Beschwerden. Doch nun hatte sie den Schmerzen und der Atemnot nicht mehr viel Kraft entgegenzusetzen.
Sie fühlte es selbst, daß sie wohl bald von hinnen müsse. Sie dachte an das Sterben ohne Angst. Gewiß, der Tod war hart. Viele hatte sie schwer ringen sehen, und sie erwartete nicht, daß sie es leichter haben sollte. Doch es war ihr fast wie damals vor der Geburt ihres ersten Kindes, da sie sich nach den ersten Wehen mit frohem Mute für die grausamen Qualen gewappnet hatte, die unweigerlich auf sie warteten. Was bedeuteten sie gegen das Glück, ein Kind zu haben! Und was war der Tod gegen die Gewißheit, ihre Lieben wiederzusehen?
Oft saß sie in den sanften Vorfrühlingstagen an der sonnigen Klosterwand und träumte davon. Waren sie doch fast alle drüben, die ihr nahegestanden hatten. Sie war sehr einsam auf der Welt. Doch wenn sie daran dachte, daß sie Gott schauen werde, entsank ihr der Mut. Da kam ihr die Angst, er könne sie verstoßen, denn nun, da sie viel Zeit zum Beten hatte, erkannte sie immer klarer die furchtbare Größe und unerbittliche Reinheit seiner Majestät. Und sie sah sich als ein Wesen voll Verwirrung, Niedrigkeit und Sünde. Wie würde ihr da geschehen, wenn sie vor seinem Angesichte stand?

In den Nächten saß sie nun in den hochaufgetürmten Kissen. Frau Ita hatte ihr gesagt, sie sollte nicht mehr zum nächtlichen Chorgebet in die Kapelle gehen. Da mühte sie sich nun, ihr einsames Gebet mit den Gesängen der Mitschwestern zu vereinen. Doch es gelang ihr schwer, das Beben und Brennen ihres Herzens machte sie so unruhig.

Mein Gott, dachte sie traurig, da liege ich nun und weiß, daß ich nur noch wenig Zeit habe, dir zu dienen. Dennoch ist mein Gebet zerstreut. Meine Tage gehen dahin, ohne daß ich jene vollkommene Liebe finde, die meine guten Schwestern üben. Lau und unstet, bedrückt und von irdischen Gedanken zerstreut, lebe ich zwischen Heiligen, und ich spüre nicht, daß ich besser werde. Früher habe ich meiner vielen Arbeit die Schuld gegeben, wenn ich mich meiner Kälte schämte, doch jetzt muß ich bekennen, daß es meine Trägheit ist, die mich von dir trennt. Mein Gott, und du stehst vor meiner Tür –. Erbarme dich meiner – trotz allem!

Tränen liefen über ihre welken Wangen. Voll siedender Angst überfiel sie der Gedanke, die Dürre ihres Gemütes sei vielleicht ein Zeichen, daß Gott sie verstoßen habe. Sonst würde er ihr wohl die Gnade geben, durch Liebe und Reue die Mängel ihres Lebens noch gutzumachen.

Sie stöhnte laut auf. Nein, – Gott verstieß keinen, der ihn suchte. Und sie, – Er, der Allwissende, hatte es gesehen, daß sie ihr Leben lang ihm nachgelaufen war. Mein Gott, ich will mich nicht abschrecken lassen, – auch von dir selber nicht. Ich liebe dich ja, obwohl ich elend bin, – ich liebe dich!

Sie schloß die Augen. „Ich liebe dich!" flüsterte sie. „Ich liebe dich, weil du allein liebenswert bist. Ich liebe dich, Wahrheit. Ich liebe dich, Liebe. Wenn du mich verstoßen hast, – vergib mir, daß ich dich liebe! Wenn du mich auch verdammen willst – vergib mir, daß ich dich liebe! Ich kann nicht anders, – in Ewigkeit kann ich nicht anders als dich lieben."

Eine schmerzhafte Innigkeit erglomm zehrend in ihrer Brust. Es war, als bräche ihr Herz. Nun muß ich sterben – wehte es an ihr vorüber. Doch der Tod schreckte sie nicht. Sie durfte Gott lieben – lieben.

Die arme, finstere Zelle versank in einem weißen Licht. Ein Brausen kam auf sie zu, als schlüge ein gewaltiger Wind ihr den Atem vom Munde. Und jemand sprach zu ihr – es war nicht Klang – es war

nicht Wort – es war ein Hauch, unhörbar und doch erschütternder als Glockensturm.
Fürchte nichts, Geliebte! Meine Liebe ist nicht kleiner als die deine.
Hemma fühlte nicht, wie ihr Kopf auf ihre Knie schlug. Sie lauschte, wie es um sie verflutete, gleich einem singenden Wasser, das zur Quelle heimkehrt. Sie weinte vor Glück, und alles bebte in ihr vor Entzücken.
Wie war ihr nur geschehen, daß die Liebe zu ihr kam?
Ach, all ihr Leben lang hatte sie sich ohne Frage dareingefunden, Gottes treue, fleißige Magd zu sein. Es war ihr genug gewesen, wenn er sie nur nicht aus seinem Dienste verstieß. Und nun erhob er sie zu seiner Freundin –.
Es war ihr, als sängen Engel um sie und dankten Gott, da sie es nicht vermochte. Schwäche und Schmerz tauchten aus dem Meere der Wonne wieder empor. Inbrünstig dachte sie: Bald – bald –.

Bald –. Doch lang sind zwei Monde, wenn Stunde um Stunde in herben Qualen und tödlichen Ängsten hinschleicht. Furchtbare Krämpfe zermalmen Hemmas Herz. Die müde Brust muß hart um Atem kämpfen. In den Nächten will der Schlaf nicht kommen. Viele Male dreht die Krankenschwester die Sanduhr um, und Hemma denkt: Vielleicht bin ich bei dir, ehe die Stunde verronnen ist.
Doch lang sind zwei Monde.
Hemma sitzt im Bett, schweißfeucht ist das Nonnengebende, der Fuß des Sterbekreuzes ist glatt von ihren klammernden Händen. Ihre Lippen sind bläulich, tief eingesunken die großen Augen. Die Nase, schmal und wächsern, bebt in dem ununterbrochenen Kampfe nach Luft.
Weit offen stehen die Fensterläden. Draußen schwillt frühsommerliche Herrlichkeit. Drüben am Hange die Paradieswiese – bunt und frisch und licht wie einst. – Ein Dengeln klirrt von der Sonnseite her. Die Sensen beginnen zu rauschen.
Wenn von der Marienkirche das Glöcklein zum Chorgebet ruft, halten die Mäher erschrocken inne. Gilt es schon ihr? Die Nonnen sagen an der Pforte, es gehe nun zu Ende mit der guten Mutter Hemma. Und sie erzählen den ängstlichen, bedrückten Leuten von ihrer großen Geduld. Ja, sie leide viel, doch klage sie nie. Ein Wimmern entschlüpfe ihr wohl, wenn die Qualen zu arg kämen, doch

sonst liege sie immer im Gebete versunken. Die Pflegeschwestern hätten bei ihr ein leichtes Dienen. – Gott gebe ihr eine baldige Erlösung.
Da weinen die Leute bitterlich, als ob ihre eigene Mutter im Sterben läge. Und sie setzen sich in dem äußersten Klosterhof zusammen und beten für ihre gute Frau, und jeder weiß etwas von ihr zu erzählen. Wie sie ihm ausgeholfen, da er im Elend war, wie sie einen auf den rechten Weg gebracht, dem anderen ein Gunst verliehen habe. Und viele sagen, daß sie vor ihrer milden alten Stimme gezittert hätten, als spräche ein Erzengel zu ihnen. Tag und Nacht wird der Hof nimmer von Menschen leer. Und im Chor knien die Nonnen und beten für ihre kranke Schwester. Alle haben sie von Herzen liebgewonnen. Fast zwei Jahre hatten sie mit ihr gelebt und hatten nie gefühlt, daß Mutter Hemma eine so hohe, mächtige Frau gewesen und daß sie eigentlich von ihrer Gnade in Gurk weilten. Die Frau Äbtissin und die Novizenmeisterin hatten sie im Anfang manchmal auf ihre Demut prüfen wollen. Doch Schwester Hemma hatte es gar nicht gefühlt. Wenn eine von ihnen eine Versuchung zu bestehen hatte oder sonst an einem schweren Kummer trug, war sie zu Schwester Hemma gegangen. Ihr Rat war klug und tröstlich, und ihr Gebet war stark. Wenn sie nun fortgeht, so ist es trauriger, als wenn Frau Ita stürbe. Denn eine Äbtissin kann man wieder wählen, doch Hemma gibt es keine zweite mehr.
„Heute ist wohl Aposteltag – Peter und Paul?“ flüstert die Kranke kaum hörbar.
„Ja“, antwortet Schwester Agnes, die bei ihr gewacht hat. „Den Tag hast du immer hoch gefeiert.“
Der Schatten eines Lächelns geistert über das verfallene Gesicht. „Siehst du – welche Liebe – daß ich gerade heute – sterben soll.“
Mit einem leisen Schrecken blickt Agnes ihre alte Freundin an. Es könnte wohl sein, daß es so geschähe. Schlimm war die Nacht.
„Willst du, daß ich dir einen Priester hole? Oder die ehrwürdigste Mutter?“
Kaum merklich schüttelt Hemma den Kopf. „Jetzt – Messe. Noch Zeit –“, flüstert sie gebrochen. Das goldene Morgenlicht fällt in einer breiten, schimmernden Brücke zum Fenster herein. Leise, leise grüßt der Schall eines Klingelns von der Kirche herüber. Schwester Agnes kniet neben dem Bett nieder. Es ist sehr still im weiten Klo-

sterhause, die Schwestern und Mägde sind alle beim Amte in der Kirche drüben. Die müden, verwachten Augen der alten Pflegerin fallen zu.
Doch plötzlich schreckt sie auf. Jemand hat sie gerufen, – laut und dringend. Hemma –? – Nein, die liegt still und reglos da, als wäre sie tot.
Von einem seltsamen Schauer angerührt, blickt Schwester Agnes sich um. Sie hat geträumt, die Zelle ist leer.
Sie will sich von den Knien aufrichten und vor der Türe nachsehen. Doch da sieht sie, wie Hemma die Augen auftut, groß, strahlend, staunend.
Sie stirbt – fährt es Agnes durch das Herz. Hastig greift sie nach dem silbernen Glöcklein, das auf dem Tische steht, und läuft aus der Zelle.
Das erschreckte Geklingel schwingt den Nonnen entgegen, da sie eben im feierlichen Zuge aus der Kirche zurückkommen.
„Mutter Hemma stirbt!" schluchzt Agnes laut. „Schnell, Schnell – es geht zu Ende!"
Die Sakristanin eilt in die Glockenkammer, und über das letzte Aufschwingen des Festgeläutes barmt das Totenglöcklein über das Tal hinaus.
Da bleiben die Leute auf ihrem Heimweg stehen, die Männer nehmen die Hüte ab, und die Frauen schlagen weinend die Hände vors Gesicht.
Da wird wohl die gute Frau Hemma im Sterben liegen – eine selige Heimfahrt schenk ihr, o Herr im Himmel droben!
Die Frau Äbtissin und drei Priester knien am Sterbelager, und bis auf den Gang hinaus drängen sich die betenden, weinenden Schwestern. Wie aus weiter, längst entschwundener Ferne hört Hemma noch das traurige Rauschen der vielen Stimmen: „Ziehe hin, christliche Seele, aus dieser Welt, im Namen des Vaters, der dich erschaffen, – – im Namen aller Chöre der seligen Geister –"
Immer ferner, immer wesenloser entsinken Trost und Beistand. Grenzen und Straßen vergehen.
Sie ist allein. Einsamkeit, weiße tote Stille dehnt sich unendlich. Sie wandert darin, schwer keuchend, wie in einem zähen Nebel. Doch einer kommt ihr schon entgegen. Er, der sie sieht.
Sie hört seinen Schritt immer lauter dröhnen und weiß, daß sie vergehen muß, wenn sie sein Antlitz schaut.

Nun ist nur noch ein dünner Schleier zwischen ihr und ihm. Sie bebt zurück. Ich Nichts –. Ich Staub. – Rühre mich nicht an – erbarme dich!

Doch da sie vergehend zusammenbricht, sinkt sie in Seine Arme.